Zum Buch:

Gena Showalter
Der Vampirprinz

Nicolai – der Klang seines Namens lässt Janes Herz vor Verlangen beinahe zerspringen. In einem geheimnisvollen alten Buch liest sie die Geschichte des starken, wilden Vampirprinzen. Und sie ist sich sicher, ihm in ihren Träumen begegnet zu sein. Doch die Schriftseiten verraten ihr noch mehr: Nur sie kann Nicolai aus der Gefangenschaft retten. Als Jane am nächsten Morgen in dem magischen Königreich Delfina erwacht, will sie alles daransetzen, Nicolai zu befreien und seine ungezähmte Leidenschaft zu spüren.

Jill Monroe
Die Traumprinzessin

In einer tragischen Nacht verlor der Berserker Osborn beinahe alles. Noch immer pocht der blanke Zorn in den Venen des mächtigen Kriegers, und der Durst nach Rache an seinen Feinden schwelt unauslöschlich in seiner Brust. Dann findet er eines Tages die Prinzessin Breena lieblich schlafend in seinem Bett. Der Anblick ihrer zierlichen Schönheit erweckt sein brennendes Begehren. Doch Breena bringt die gefährliche Blutmagie in Osborns Nähe und verlangt von ihm, was er niemals wieder jemandem geben wollte ...

„Paranormal – phänomenal!" *Goodreads*

Zu den Autorinnen:

New-York-Times- und USA-Today-Bestsellerautorin Gena Showalter gilt als Shootingstar am romantischen Bücherhimmel des Übersinnlichen. Ihre Romane erobern nach Erscheinen die Herzen von Kritikern und Lesern gleichermaßen im Sturm. Mit der Serie „Herren der Unterwelt" feierte sie ihren internationalen Durchbruch.

Jill Monroes Begeisterung für Romances begann, als ihre Großmutter ihr an einem heißen Sommertag einen Roman in die Hand drückte. Jahrelang schrieb sie für sich, bis sie 2003 von einem Verlag DEN Anruf bekam und ihr erstes Buch verkaufte. Die Autorin lebt mit ihrem Mann und zwei Kindern in Oklahoma.

Lieferbare Titel:

Gena Showalter: „Atlantis"-Reihe
Gena Showalter: „Die Herren der Unterwelt"-Reihe

Royal House of Shadows

Gena Showalter
Der Vampirprinz
Seite 7

Jill Monroe
Die Traumprinzessin
Seite 241

MIRA® TASCHENBUCH
Band 65124

Neuausagabe im MIRA Taschenbuch
Copyright © 2017 by MIRA Taschenbuch
in der HarperCollins Germany GmbH

Titel der amerikanischen Originalausgaben:

Lord of the Vampires
© 2011 by Gena Showalter
erschienen bei: Harlequin Books, Toronto

Lord of Rage
© 2011 by Jill Monroe
erschienen bei: Harlequin Books, Toronto

Published by arrangement with
HARLEQUIN ENTERPRISES II B.V./S. à r. l.
Umschlaggestaltung: büropecher, Köln
Umschlagabbildung: Valeriya Maslova, Khomulo Anna/Shutterstock
Redaktion: Anne Schünemann
Satz: GGP Media GmbH, Pößneck
Printed in Germany
Dieses Buch wurde auf FSC®-zertifiziertem Papier gedruckt.
ISBN 978-3-95649-758-2

www.mira-taschenbuch.de

Werden Sie Fan von MIRA Taschenbuch auf Facebook!

Gena Showalter

Der Vampirprinz
Roman

Aus dem Amerikanischen von
Justine Kapeller

Prolog

Es war einmal, in einem Land der Vampire, Formwandler und Hexen, ein Blutmagier, den verlangte es nach der einzigen Macht, die ihm verwehrt war: der Macht zu regieren. Er und seine Armee der Monster griffen den Königspalast an, schlachteten das beliebte Königspaar von Elden ab und wollten mit Nicolai, dem Kronprinzen, und seinen drei Geschwistern Breena, Dayn und Micah das Gleiche tun.

Nur gelang es dem Magier nicht, sein grausames Werk zu vollenden. Er hatte nicht damit gerechnet, wie stark der Durst eines Königs nach Rache sein konnte und wie stark die Liebe einer Mutter zu ihren Kindern.

Ehe er seinen letzten Atem aushauchte, benutzte der König seine Magie, um seine Nachkommen mit einem unstillbaren Verlangen nach Rache zu füllen. So stellte er sicher, dass sie bis in alle Ewigkeit kämpfen würden, um zu bekommen, was ihnen zustand. Zur gleichen Zeit benutzte die Königin ihre Magie, um ihre Kinder fortzuschicken und sie zu retten. Jedenfalls für den Augenblick.

Doch der König und die Königin waren geschwächt, ihre Gedanken vor Schmerzen verwirrt, und ihre Zauber widersprachen einander.

Und so geschah es, dass es den Königskindern auferlegt war, den Mann zu zerstören, der ihre Eltern umgebracht hatte. Doch sie waren auch des Palastes verwiesen, jedes in ein anderes Königreich ihrer Welt geschleudert. Die einzige Verbindung zum königlichen Haus Elden, die ihnen noch blieb, war ein Zeitmesser, den ihre Eltern ihnen geschenkt hatten.

Nicolai, den die Leute auch den dunklen Verführer nannten, war im Bett gewesen, aber nicht allein. Er war nie allein. Er war ein Mann, der ebenso für seine Launen bekannt war wie für seine köstlichen Berührungen. Und nach der Geburtstagsfeier für seinen jüngsten Bruder hatte er sich in seine privaten Gemächer zurückgezogen und sich an seiner neuesten Eroberung gelabt.

Dort hatte ihn die zwiespältige Kraft der Zauber getroffen.

Als er seine Augen das nächste Mal geöffnet hatte, war er in einem *anderen* Bett gewesen ... jedoch nicht mit der Partnerin, die er gewählt hatte. Er war immer noch nackt, aber jetzt lag er in Ketten. Er war Sklave eben jener Leidenschaften, die er in seiner Geliebten geweckt hatte. Leidenschaften, die sich mit der Magie verwoben und ihn direkt auf den Sexmarkt gesandt hatten, wo er schnell an eine Prinzessin von Delfina verkauft worden war. Sein Wille war gebrochen, die Begierden waren ihm genommen, sein Zeitmesser gestohlen und seine Erinnerungen gelöscht.

Nur zwei Dinge konnte man ihm nicht nehmen, egal wie sehr die Prinzessin es versuchte: die kalte Wut in seiner Brust und das brennende Verlangen nach Rache in seinen Adern.

Ersteres würde er entfesseln. Das Zweite genießen. Die Prinzessin wollte er sich zuerst vornehmen und dann den Magier, an den er sich kaum erinnern konnte, den er aber dennoch verachtete.

Bald.

Er musste nur entkommen ...

1. Kapitel

Ich brauche Dich, Jane.
Mit einem Stirnrunzeln legte Jane Parker die Nachricht auf die Küchenanrichte. Sie betrachtete das abgegriffene ledergebundene Buch, das in einer schmucklosen Schachtel auf einem Meer aus schwarzem Samt lag. Vor einigen Minuten war sie von ihrem Fünf-Meilen-Lauf zurückgekehrt. Das Paket hatte sie danach auf der Veranda gefunden.

Es stand kein Absender darauf. Keine Erklärung, warum das Ding für sie hinterlassen worden war, und kein Hinweis darauf, wer „Ich" sein sollte. Oder warum Jane gebraucht wurde. Warum sollte irgendjemand ausgerechnet sie brauchen? Sie war siebenundzwanzig Jahre alt und hatte gerade erst wieder gelernt, ihre Beine zu benutzen. Sie hatte keine Familie, keine Freunde, keinen Job. Nicht mehr. Ihre kleine Hütte in Kleinste Stadt Aller Zeiten, Oklahoma, lag abgeschieden, eine winzige Erhebung in der umliegenden Weite aus grünen Bäumen und endlos blauem Himmel.

Sie sollte das Ding einfach wegwerfen. Aber natürlich war ihre Neugierde wieder einmal größer als ihre Vorsicht. Wie immer.

Zögernd nahm sie das Buch hoch. Doch sobald sie es berührte, sah sie ihre Hände in Blut getaucht. Sie keuchte erschrocken auf und ließ das schwere Buch auf die Anrichte fallen. Aber als sie dann ihre Hände ins Licht hielt, waren sie sauber, die Fingernägel ordentlich geschnitten und in einem hübschen Rosa lackiert.

Deine Fantasie geht mit dir durch, und in deinem Blut ist vom Laufen noch zu viel Sauerstoff. Das ist alles.

Kalte, harte Logik – ihr bester und einziger Freund.

Der Einband des Buches knarrte, als sie es in der Mitte aufschlug, wo ein zerfetztes rosa Band lag. Der Duft von Staub und Moschus drang zu ihr hinauf und dazwischen noch etwas anderes. Etwas … das ihr das Wasser im Mund zusammenlaufen ließ und das ihr vertraut war. Sie legte die Stirn in noch tiefere Falten.

Jane rutschte auf ihrem Stuhl hin und her, als ein scharfer Schmerz durch ihre Beine fuhr, und atmete tief ein. Oh ja. Ihr lief wirklich das Wasser im Mund zusammen, als sie einen Hauch von Sandelholz wahrnahm. Sie bekam eine Gänsehaut, verspürte ein angenehmes Prickeln, ihr Blut erhitzte sich. Wie peinlich. Und, okay, auch interessant. Seit dem Autounfall, der ihr Leben vor elf Monaten zerstört hatte, kannte sie Erregung nur noch in der Nacht, in ihren Träumen. Am helllichten Tag so zu reagieren, und das nur wegen eines Buches, war ... merkwürdig.

Sie gestattete es sich nicht, darüber nachzudenken. Sie würde ohnehin keine zufriedenstellende Antwort darauf finden. Stattdessen konzentrierte Jane sich auf die Seiten, die vor ihr lagen. Sie waren vergilbt und empfindlich, brüchig. Und mit Blut besprenkelt? Kleine scharlachrote Tropfen befleckten die Ränder.

Mit den Fingerspitzen fuhr sie behutsam über den handgeschriebenen Text, und ihr Blick blieb dabei an einzelnen Worten hängen. *Ketten. Vampir. Gehören. Seele.* Mehr Gänsehaut, mehr Kribbeln.

Sie errötete ein wenig.

Jane kniff die Augen zusammen. Wenigstens ergab der Duft nach Sandelholz jetzt einen Sinn. In den letzten Monaten hatte sie immer wieder von einem Vampir geträumt, der in Ketten lag, und beim Aufwachen hatte sein Duft noch an ihrer Haut geklebt. Und ja, er hatte sie erregt. Davon erzählt hatte sie niemandem. Wer hätte ihr also dieses ... Tagebuch schicken sollen?

Sie hatte jahrelang nicht nur in der Quantenphysik gearbeitet, sondern auch im Bereich der Grenzwissenschaften. Manchmal hatte sie Kreaturen erforscht, die aus „Mythen" und „Legenden" stammten. Sie hatte kontrollierte Befragungen mit tatsächlichen Bluttrinkern durchgeführt und sogar deren Leichen seziert, wenn man sie ihr ins Labor gebracht hatte.

Sie wusste also, dass es Vampire, Formwandler und andere Kreaturen der Nacht wirklich gab, auch wenn sie ihre Mitarbeiter aus der Quantenphysik nicht in diese Wahrheit eingeweiht hatte. Vielleicht hatte es jemand herausgefunden und ihr einfach einen Streich gespielt. Vielleicht gab es keine Verbindung zu ihren Träumen. Allerdings schien bereits eine Ewigkeit vergangen zu sein, seit sie mit diesen Mitarbeitern zuletzt Kontakt gehabt hatte. Und außerdem, wer würde so etwas tun? Keiner von ihnen hatte sich genug für sie interessiert, um *irgendetwas* zu tun.

Lass die Sache ruhen, Parker. Ehe es zu spät ist.

Dieser Befehl ihres Selbsterhaltungstriebs ergab keinerlei Sinn. *Zu spät wofür?*

Ihre Instinkte antworteten nicht. Na gut, die Wissenschaftlerin in ihr *musste* jedenfalls wissen, was vor sich ging.

Jane räusperte sich. „Ich lese ein paar Absätze, mehr nicht", sagte sie laut. Sie war allein, seit man sie vor einigen Monaten aus dem Krankenhaus entlassen hatte, und manchmal war der Klang ihrer Stimme besser als die Stille. „Ketten lagen um den Hals des Vampirs, um seine Handgelenke und seine Fußknöchel. Man hatte ihm das Hemd und die Hosen genommen, ein Lendenschurz war seine einzige Kleidung, und nichts schützte seine bereits misshandelte Haut. Die Glieder der Ketten schnitten ihm bis auf die Knochen, ehe er heilte – und sie ihn wieder schnitten. Es war ihm gleich. Was war Schmerz, wenn der freie Wille, wenn die eigene Seele einem nicht mehr gehörte?"

Eine Welle des Schwindels brach über sie herein, und sie presste die Lippen zusammen. Ein Augenblick verging, dann ein weiterer, ihr Herz schlug schneller und hämmerte wild gegen ihre Rippen.

Brutale Bilder tauchten vor ihr auf. Dieser Mann – dieser Vampir – gefesselt, hilflos. Hungrig. Seine sinnlichen Lippen waren straff gespannt über scharfen weißen Zähnen. Er war überraschend gebräunt und verlockend muskulös, mit dunklem unordentlichem Haar und einem Gesicht, das sie mit seiner überirdischen Schönheit noch jahrelang in ihren nächtlichen Fantasien heimsuchen würde.

Was sie gerade gelesen hatte, hatte sie schon gesehen. Viele Male. Aber wie? Das wusste sie nicht. Sie wusste nur, dass sie in ihren Träumen Mitleid für diesen Mann empfunden hatte, sogar wütend gewesen war. Und gleichzeitig war da immer eine Andeutung von Erregung im Spiel gewesen. Jetzt ergriff diese Erregung Besitz von ihr.

Je mehr sie atmete, desto mehr hing der Duft nach Sandelholz an ihr und desto mehr veränderte sich ihre Wirklichkeit, als wäre ihr Zuhause nicht mehr als ein Trugbild. Als wäre der Käfig des Vampirs echt. Als bräuchte sie nur aufzustehen und loszugehen – nein, zu rennen –, um bei ihm zu sein, jetzt und auf ewig.

Okay. Genug davon. Sie klappte das Buch zu, auch wenn noch viele Fragen offengeblieben waren, und ging mit eiligen Schritten davon.

Eine so starke Reaktion sprach, besonders vor dem Hintergrund ihrer Träume, gegen einen Streich. Nicht dass sie daran je wirklich geglaubt hätte. Doch alle anderen Möglichkeiten bereiteten ihr so viele Sorgen, dass sie sich weigerte, sie auch nur in Betracht zu ziehen.

Jane duschte, zog sich Jeans und T-Shirt an und aß ein nahrhaftes Frühstück. Gegen ihren Willen wanderte ihr Blick immer wieder zu dem Ledereinband. Sie fragte sich, ob es den versklavten Vampir wirklich gab und, zugegeben, auch, ob sie ihm helfen konnte. Ein paarmal hatte sie das Buch schon aufgeschlagen, ehe ihr überhaupt bewusst wurde, was sie tat. Und jedes Mal war sie davongeeilt, ehe sie in den Bann der Geschichte geraten konnte.

Vielleicht hatte man ihr das dumme Ding genau deswegen gegeben. Um sie zu ködern, damit sie sich wieder an die Arbeit machte. Sie musste aber nicht arbeiten. Geld war für sie kein Problem. Darüber hinaus liebte sie die Wissenschaft einfach nicht mehr. Warum sollte sie? Es gab nie eine Antwort, nur immer noch mehr Fragen.

Wenn ein Puzzleteil an seinen Platz geglitten war, brauchte man zwanzig weitere. Und am Ende konnte nichts, was man tat, nichts, was man gelöst oder entwirrt hatte, die Menschen retten, die man liebte. Es gab immer irgendeinen dämlichen Kerl, der sich in der Bar ein paar Bier genehmigte, in seinen Wagen stieg und in deinen raste. Oder sonst etwas Tragisches.

Das Leben war willkürlich.

Jane sehnte sich nach Eintönigkeit.

Aber als Mitternacht heranrückte, kreisten ihre Gedanken immer noch um den Vampir. Sie gab auf, kehrte in die Küche zurück, schnappte sich das Buch und stakste zurück ins Bett. Nur ein paar Absätze, verdammt, und *dann* würde sie sich wieder nach Eintönigkeit sehnen.

Janes viel zu großes T-Shirt rutschte ihr bis zur Taille hoch, als sie das Buch auf ihren angezogenen Beinen ablegte, die Stelle aufschlug, wo das Lesezeichen immer noch steckte, und ihre Aufmerksamkeit auf die Seiten richtete. Einige Sekunden lang schienen die Worte in einer Sprache geschrieben zu sein, die sie nicht verstand. Und einen Wimpernschlag später waren sie wieder in Englisch.

O-kay. Sehr merkwürdig und sicherlich – hoffentlich – bloß durch den Schlafmangel hervorgerufen.

Sie fand ihre Stelle. „Man nannte ihn Nicolai." Nicolai. Ein starker, sinnlicher Name. Die Silben klangen in ihrem Kopf wie eine Liebkosung. Ihre Brüste zogen sich schmerzlich zusammen, sehnten sich nach einem heißen feuchten Kuss. Jane errötete am ganzen Körper. Sie versuchte, sich zu erinnern. Einen Vampir namens Nicolai hatte sie nie befragt, und der Vampir in ihren Träumen hatte nie mit ihr gesprochen. Er hatte sie überhaupt nicht wahrgenommen. „Er wusste nichts von seiner Vergangenheit, wusste nicht, ob er eine Zukunft hatte. Er kannte nur seine Gegenwart. Seine verhasste und qualvolle Gegenwart. Er war ein Sklave, eingesperrt wie ein Tier."

Wie schon beim ersten Mal wurde ihr plötzlich schwindelig. Dieses Mal las Jane weiter, auch dann noch, als ihre Brust sich zusammenzog. „Man hielt ihn sauber und ölte ihn ein. Zu jeder Zeit. Nur für den Fall, dass Prinzessin Laila ihn in ihrem Bett brauchte. Und die Prinzessin brauchte ihn. Oft. Nachdem er ihre grausamen, perversen Gelüste befriedigt hatte, blieb er geschlagen und verletzt zurück. Doch er ergab sich nie. Der Mann war wild, fast unkontrollierbar, und so voller Hass, dass jeder, der ihn ansah, in seinen Augen den eigenen Tod erblickte."

Das Schwindelgefühl verstärkte sich. Ihr Verlangen ebenfalls. Einen solchen Mann zu zähmen, all seine Wildheit auf sich selbst konzentriert zu wissen, zu spüren, wie er wild hämmernd in einen eindrang ... aus freien Stücken ... Jane schauderte.

Konzentrier dich endlich, Parker. Sie räusperte sich. „Er war hart und gnadenlos. Ein Krieger im Herzen. Ein Mann, der absolute Kontrolle gewöhnt war. Wenigstens glaubte er das. Selbst ohne seine Erinnerungen merkte er genau, dass jeder Befehl, der an ihn gerichtet wurde, seine Nerven wund kratzte."

Noch ein Schaudern durchfuhr sie. Sie knirschte mit den Zähnen. Er brauchte ihr Mitleid, nicht ihr Verlangen. *Ist er für dich wirklich so echt?* Ja, das war er. „Wenigstens bekam er einige Tage Erholung", las sie weiter, „von allen vergessen. Der ganze Palast stand kopf, weil Prinzessin Odette von den Toten auferstanden war, und ..."

Der Rest der Seite war leer. „Und was?" Jane blätterte um, aber ihr wurde bald klar, dass die Geschichte ein offenes Ende hatte. Na toll.

Glücklicherweise – oder auch nicht – entdeckte sie am Ende des Buches noch etwas Geschriebenes. Sie blinzelte und schüttelte den Kopf. Die Worte veränderten sich nicht. „Du, Jane Parker", las sie langsam vor. „Du bist Odette. Komm zu mir, ich befehle es Dir. Rette mich, ich flehe Dich an. Bitte, Jane. Ich brauche Dich."

Ihr Name stand in dem Buch. Wie kam ihr Name in das Buch? In der gleichen Schrift wie alles andere? Auf den gleichen alten vergilbten Seiten, mit der gleichen verschmierten Tinte?

Ich brauche dich.

Sie konzentrierte sich wieder auf den Teil, der an sie gerichtet war. Immer wieder las sie „Du bist Odette", bis das Bedürfnis zu schreien endlich von ihrer Neugierde besiegt wurde. Ihre Gedanken überschlugen sich. Es gab so viele Möglichkeiten. Gefälscht, echt, Traum, Realität.

Komm zu mir.
Rette mich.
Bitte.
Ich befehle es dir.

Etwas in ihr reagierte auf diesen Befehl stärker als auf alles andere. Der Drang zu rennen – hierhin, dorthin, überallhin – durchfuhr sie. Bis sie ihn fand, ihn rettete, war nichts anderes mehr wichtig. Und sie konnte ihn retten, wenn sie nur erst bei ihm war.

Ich. Befehle. Es. Dir.

Ja. Sie wollte gehorchen. So sehr. Sie fühlte sich, als wäre eine unsichtbare Leine um ihren Hals gelegt, an der man jetzt zog.

Jane schloss das Buch mit zitternden Fingern. Sie würde niemanden suchen. Nicht heute Nacht. Sie musste sich sammeln. Morgen, mit klarem Kopf nach einer starken Tasse Kaffee, würde sie sich die Sache logisch erklären können. Hoffte sie jedenfalls.

Nachdem sie das Buch auf ihren Nachttisch gelegt hatte, ließ sie sich in ihr Bett fallen und schloss die Augen. Sie versuchte, ihre rasenden Gedanken zu beruhigen, hatte aber wenig Erfolg. Wenn Nicolais Geschichte stimmte, war er von seinen Ketten so gefangen, wie sie es einst von den Leiden ihres Körpers gewesen war.

Ihr Mitleid wuchs ... breitete sich aus ...

Während man ihn in einem Käfig gefangen hielt, war sie an ihr Krankenbett gefesselt gewesen, mit gebrochenen Knochen, gerissenen Muskeln und einem von Medikamenten vernebelten Verstand, und das alles, weil ein betrunkener Fahrer in ihren Wagen gerast war. Und während sie unter dem Verlust ihrer Familie gelitten hatte – immer noch litt –, weil ihre Mutter, ihr Vater und ihre Schwester im gleichen Wagen gesessen hatten, wurde Nicolai von einer sadistischen Frau mit unerwünschten Berührungen gefoltert. Sie spürte eine Welle des Mitleids und einen Funken Zorn.
Ich brauche dich.
Jane atmete tief ein, langsam wieder aus und drehte sich auf die Seite. Sie klammerte sich fest an ihr Kissen, so fest, wie sie sich plötzlich an Nicolai klammern wollte, um ihn zu trösten. Um bei ihm zu sein. *Äh, fang damit gar nicht erst an.* Sie kannte den Mann nicht einmal. Deshalb würde sie sich auch nicht vorstellen, mit ihm zu schlafen.
Aber genau das tat sie. Seine Qualen waren vergessen, als sie sich ausmalte, wie er sich auf sie legte, die silbernen Augen vor Verlangen leuchtend, seine Pupillen geweitet. Seine Lippen waren voll und gerötet, weil er ihren ganzen Körper mit Küssen bedeckte, und ihr Geschmack glänzte noch feucht darauf. Sie leckte ihn, schmeckte ihn, schmeckte sich selbst, wollte ausnahmslos alles, was er ihr zu geben hatte.
Er stieß einen anerkennenden Laut aus und ließ seine Fangzähne aufblitzen.
Sein großer muskulöser Körper bedeckte ihren. Auf seiner erhitzten Haut bildeten sich kleine Schweißperlen, sodass ihre Körper sich auf dem Weg zum Höhepunkt leichter aneinander reiben konnten. Lieber Gott, fühlte er sich gut an. So verdammt lang. Lang und stark. Er passte perfekt, füllte sie ganz aus. Vor, zurück, schneller und schneller, bis an den Rand der höchsten Empfindungen, und dann langsamer ... langsamer ... qualvoll.
Sie kratzte ihm mit den Fingernägeln über den Rücken. Er stöhnte. Sie schlang ihm die Beine um die Hüften und drückte ihn an sich. *Ja. Ja, mehr.* Schneller, immer schneller. Nie genug, fast genug. *Mehr, bitte mehr.*
Nicolai drang mit der Zunge in ihren Mund ein und spielte mit ihrer Zunge, ehe er zubiss und gierig an ihrem Blut saugte. Ein

scharfes Stechen, und dann, endlich, oh Gott, endlich, trat sie über die Grenze.

Wellen der Lust durchfuhren ihren ganzen Körper, bis kleine Sterne vor ihren Augen aufblitzten. Ihre Muskeln zogen sich wieder und wieder zusammen, und flüssige Hitze sammelte sich zwischen ihren Oberschenkeln. Sie ritt endlose Sekunden, Minuten lang auf den Wellen, bis sie sich auf die Matratze sinken ließ und nach Atem rang.

Ein Orgasmus, dachte sie benommen. Ein echter Orgasmus von einem eingebildeten Mann, und sie hatte sich nicht einmal selbst berührt.

„Nicolai ... mein ...", flüsterte sie, und als sie endlich einschlief, lag ein Lächeln auf ihren Lippen.

2. Kapitel

„Prinzessin. Prinzessin, Ihr müsst aufwachen."

Jane öffnete blinzelnd ihre Augen. Gedämpftes Sonnenlicht drang in das Schlafzimmer – das nicht ihr eigenes war, wie sie verwirrt bemerkte. Ihr Zimmer war schlicht, mit weißen Wänden und einem braunen Teppich, und das einzige Möbelstück darin war ein schmuckloses Bett. Doch jetzt sah sie über sich einen Betthimmel aus rosa Spitze. Rechts befand sich ein prächtig geschnitzter Nachttisch, auf dem ein juwelenbesetzter Pokal stand. Darunter lag ein weicher glitzernder Teppich, der zu einer Bogentür führte, deren Flügel offen standen und das Innere eines großen Wandschranks zeigten, aus dem ein Regenbogen aus Samt, Satin und Seide herausquoll.

Das konnte nicht stimmen.

Sie setzte sich mit einem Ruck auf. Ihr wurde schwindelig – ein vertrautes Gefühl, aber kein tröstliches –, und sie stöhnte.

„Ist alles in Ordnung, Prinzessin?"

Sie zwang sich dazu, sich zu konzentrieren, und sah sich um. Neben ihrem Bett stand eine junge Frau. Eine Frau, der sie noch nie begegnet war. Klein, pummelig, mit Sommersprossen auf der Nase und krausem rotem Haar. Sie trug ein Kleid aus grobem braunem Stoff, das unbequem eng zu sitzen schien.

Jane krabbelte rückwärts, bis sie gegen das Kopfteil des Bettes stieß. „Wer bist du? Was machst du hier?" Noch während sie sprach, riss sie ihre Augen vor Erstaunen weit auf. Sie hatte fünf verschiedene Sprachen gelernt, aber im Augenblick sprach sie keine davon. Und doch verstand sie jedes Wort, das aus ihrem Mund kam.

Auf dem Gesicht des Mädchens waren keine Emotionen zu lesen, als wäre sie es gewohnt, von Fremden angebrüllt zu werden. „Ich bin Rhoslyn. Früher war ich das Dienstmädchen Ihrer Mutter, doch jetzt soll ich Euch dienen. Wenn Ihr mich behalten wollt", fügte sie unsicher hinzu. Auch sie sprach in dieser merkwürdigen lyrischen Sprache mit den fließenden Silben. „Die Königin hat mich gebeten, Euch zu wecken und in ihr Studierzimmer zu bringen."

Dienstmädchen? Mutter? Janes Mutter war tot, genau wie ihr Vater und ihre Schwester. Sie waren ums Leben gekommen, als der betrunkene Fahrer sein Auto in ihre Seite des Wagens gerammt hatte. Ihr Vater und ihre Schwester waren sofort tot gewesen. Ihre Mutter jedoch ... Sie war vor Janes Augen langsam verblutet. Der Wagen war in einen Baum verkeilt gewesen, ihre Sitzgurte hatten sie gefesselt gehalten, die Metalltüren und das Dach waren so vollkommen verbeult gewesen, dass man sie hatte herausschneiden müssen. Doch da war es schon zu spät gewesen. Sie hatte bereits ihren letzten, qualvollen Atemzug getan.

Sie war genau an dem Tag gestorben, als man ihr gesagt hatte, dass der Krebs endlich besiegt war.

„Wage es nicht, mich mit meiner Mutter zu verspotten", knurrte Jane, und Rhoslyn zuckte zusammen.

„Es tut mir leid, Prinzessin, aber ich verstehe nicht. Ich spotte nicht über die Einladung Eurer Mutter." Wie verängstigt sie jetzt klang. In ihren dunklen Augen sammelten sich sogar Tränen. „Ich schwöre, ich wollte Euch nichts Böses. Bitte, bestraft mich nicht."

Bestrafen? Sollte das ein Witz sein? Nein, *Witz* war nicht das passende Wort. Hatte sie vielleicht einen Nervenzusammenbruch? Aber das konnte nicht sein. Zusammenbrüche waren eine Art Hysterie, und sie war nicht hysterisch. Außerdem war da noch die Sache mit der Sprache. *Komm schon. Du bist Wissenschaftlerin. Geh der Sache mit Logik auf den Grund.*

„Wo bin ich? Wie bin ich hierhergekommen?" Als Letztes erinnerte sie sich daran, in dem Buch gelesen zu haben, und ... Das Buch! Wo war das Buch? Ihr Herz hämmerte unkontrollierbar, wie ein Gewitter in ihrer Brust, während sie sich noch einmal umsah. Dort! Ihr Buch lag auf dem Schminktisch, so nah und doch so fern.

Meins, brüllte jede Zelle in ihrem Körper. Das überraschte sie. Und es überraschte sie auch, wie selbstverständlich sie diese Behauptung fand. Andererseits hatte sie es praktisch mit dem Ding getrieben. Und ... ach verdammt. Ihr Blut erwärmte sich wieder, ihre Haut begann zu kribbeln, und ihr Körper bereitete sich darauf vor, vollkommen in Besitz genommen zu werden.

Ich brauche dich, Jane. Der Text. Sie erinnerte sich an den Text. *Komm zu mir. Rette mich.*

Denk logisch darüber nach. Sie war eingeschlafen und hatte geträumt, wie ein Vampir sie sündig berührte. Und dann war sie, wie bei „Alice im Wunderland", in einer seltsamen neuen Welt aufgewacht. Und sie war ganz sicher wach. Das war kein Traum. Wo war sie also? Wie war sie hergekommen?

Was wäre, wenn ...?

Sie erstickte den Gedanken, ehe er in eine Richtung führen konnte, die ihr nicht gefiel. Es musste eine logische Erklärung geben. „Wo bin ich?", fragte sie noch einmal.

Während Jane sich aus der weichen Umarmung ihrer Federmatratze befreite, sagte das angebliche Dienstmädchen: „Ihr seid in ... Delfina." Sie sprach mit einem fragenden Tonfall, als könnte sie nicht ganz begreifen, dass Jane die Antwort nicht bereits kannte. „Ein Königreich ohne Zeit und Alter."

Delfina? Davon hatte sie ... schon einmal gehört, stellte sie erstaunt fest. Nicht den Namen, aber von einem „Königreich ohne Zeit". Einige der Wesen, die sie befragt hatte, hatten von diesem Reich gesprochen, einem magischen Reich, in verschiedene Königreiche unterteilt, von dem die Menschen nichts wussten. Damals war sie nicht sicher gewesen, ob sie daran glauben sollte oder nicht. Sie waren Gefangene, weggesperrt zum Wohle der Menschheit. Sie hätten alles erzählt, um damit ihre Freiheit zu erlangen. Auch angeboten, Jane in ihre Welt zu begleiten.

Was wäre, wenn ...?

Was, wenn sie die Grenze von ihrer Welt zur anderen übertreten hatte? Jane erlaubte dem Gedanken endlich, zu seinem Ende zu kommen, und ihr drehte sich der Magen um.

Ehe der Autounfall ihr Leben so einschneidend verändert hatte, hatte sie nicht nur mythische Kreaturen untersucht. Sie hatte die Manipulation von makroskopischer Energie erforscht und jeden Tag „das Unmögliche" versucht. Zum Beispiel den molekularen Transfer eines Objekts von einem Ort – einer Welt – an einen anderen, und es war ihr gelungen. Nicht mit Lebensformen, natürlich, noch nicht, aber mit Plastik und anderen Materialien. Deshalb hatte man sie als annehmbares Risiko eingestuft, wenn es um die Interaktion mit den gefangenen Wesen ging, den Toten wie den Lebendigen.

Was, wenn es ihr irgendwie gelungen war, sich selbst zu transferieren? Aber, fragte sie sich, wie hatte ihr das gelingen können, wenn sie die nötigen Geräte nicht bei sich in der Hütte gehabt hatte? Nachwirkungen von ihrem Kontakt mit den transferierten Materialien vielleicht?

Nein. Es gab zu viele Variablen. Zum Beispiel ihre neue Identität als Königstochter.

„Rhoslyn", sagte sie und hielt ihre zusammengekniffenen Augen auf das Mädchen gerichtet, während sie sich auf die Beine stellte. Ihre Knie schlugen zusammen, und ihre Muskeln verkrampften sich, aber das Schwindelgefühl kam zum Glück nicht wieder.

„Ja, Prinzessin?"

Sie sah schnell an sich herunter, blinzelte überrascht und musste ein zweites Mal hinsehen. Sie trug eine wunderschöne rosafarbene Robe, die sie nicht selbst gekauft und noch nie zuvor gesehen hatte. Der Stoff schlug Wellen um ihren knochigen Körper und tanzte um ihre Knöchel.

Wer zur Hölle hatte sie angezogen?

Ist auch egal. Sie konzentrierte sich auf das Hier und Jetzt. „Wie sehe ich aus?"

Rhoslyn streckte die Hand aus, und Jane schürzte die Lippen und schreckte zurück. „Bitte, Prinzessin, es geht Euch nicht gut. Erlaubt mir, Euch zu helfen."

„Bleib, wo du bist", befahl Jane ihr. Bis sie herausgefunden hatte, was vor sich ging, würde sie niemandem vertrauen. Und ohne Vertrauen kein Anfassen.

Das Mädchen erstarrte. „W... was immer Ihr befehlt, Prinzessin. Soll ich Euch etwas bringen?"

„Nein, äh, ich will nur etwas von da drüben holen." Jane ging mit unsicheren Schritten voran. Die Fasern des Teppichs waren so weich, wie sie aussahen, streichelten ihre nackten Füße und kitzelten den empfindlichen Bereich zwischen ihren Zehen. Sie ging langsam, um ihre geschundenen Beine zu schonen. Als sie endlich das Buch in Händen hielt und sich umdrehte, fühlte sie sich wieder normal. Das Mädchen hatte sich immer noch nicht bewegt. Sie hatte einen Arm in

Richtung des Bettes ausgestreckt und zitterte. „Steh bequem", hörte Jane sich sagen.

Mit einem erleichterten Seufzen ließ Rhoslyn ihren Arm sinken. „Ihr habt gefragt, wie Ihr ausseht. Wunderschön, Prinzessin. Wie immer." Es klang automatisch, ohne Gefühl dahinter.

Jane behielt ihre halbe Aufmerksamkeit auf sie gerichtet, die andere Hälfte konzentrierte sich auf das Buch. Sie runzelte die Stirn. Das dunkle Leder war makellos. Sie schlug die Mitte auf. Es lag kein Lesezeichen darin, und die Seiten waren neu, frisch. Leer. „Das ist nicht mein Buch", sagte sie. „Wo ist mein Buch?"

„Prinzessin Odette", antwortete Rhoslyn, ohne zu zögern. „Meines Wissens nach seid Ihr ohne Buch hier angekommen. Wenn ich Euch jetzt bitten dürfte ...?"

„Warte. Wie hast du mich genannt?"

„Pr... Prinzessin Odette? So lauten Euer Titel und Euer Name. Oder nicht? Soll ich Euch anders nennen? Oder vielleicht kann ich die Heilerin benachrichtigen, damit sie ..."

„Nein. Nein, ist schon in Ordnung." Prinzessin Odette, von den Toten auferstanden. Genau diese Worte hatte Jane gelesen. Und sie hatte auch gelesen: „Du, Jane Parker. Du bist Odette."

Sie drehte sich um und lehnte sich gegen den Schminktisch, um sich im Spiegel zu betrachten. Als sie sich selbst erblickte, erstarrte sie. Hellbraunes Haar floss über eine Schulter. *Ihr Haar. Vertraut.* Ihre Augen waren glasig, und unter ihnen waren halbmondförmige dunkle Schatten. Auch vertraut.

Sie streckte die Hand aus. Ihre Fingerspitzen berührten das Glas. Kalt, fest. Echt. Wenn sie ihr Gewand hochhob, würde sie die Narben sehen, die ihren Bauch und ihre Beine entstellten. Sie wusste es genau.

Sie hatte sich also nicht über Nacht in Prinzessin Odette verwandelt. Oder, verflucht, vielleicht sahen sie und die Prinzessin einfach gleich aus.

„Wie bin ich hergekommen?", krächzte sie und drehte sich wieder zu dem Mädchen um.

Ich brauche dich, Jane.

Nicolai. Sie atmete zischend ein, als sein Name plötzlich ihre Gedanken erfüllte. Nicolai, der versklavte Vampir, angekettet, missbraucht. Nicolai, der Liebhaber, der in ihren Körper eindrang. Ihre

Beine öffneten sich für ihn und pressten sich dann zusammen, um ihn festzuhalten.

Komm zu mir.

Zu ihm kommen, als würde er sie kennen. Als würde sie ihn kennen. Aber sie war ihm noch nie begegnet. Jedenfalls nicht dass sie wüsste.

So etwas war möglich, nahm sie an. Laut der Paradox-Theorie ... Verdammt. Nein. Es wurden keine Hypothesen über die Paradox-Theorie aufgestellt, solange sie nicht weitere Informationen gesammelt hatte. Sonst würde sie die nächsten Tage nur mit Nachdenken verbringen.

Rhoslyn erblasste. „Gestern Abend hat ein Mann der Palastwache Euch draußen auf den Treppen gefunden. Er hat Euch hierher in Eure Schlafkammer getragen. Es wird Euch freuen zu erfahren, dass man sie seit Eurem Verschwinden unverändert belassen hat."

Sie war zu Hause eingeschlafen ... und hier wieder aufgewacht. Als Prinzessin Odette, von den Toten auferstanden. Alice im Wunderland.

„Ich hoffe, es macht Euch nichts aus, aber ich habe Euch gebadet und Euch etwas anderes angezogen", fügte Rhoslyn hinzu.

Glühend heiße Hitze stieg in ihre Wangen. In den letzten elf Monaten hatten sie jede Menge Fremde gebadet und umgezogen, und sie war erleichtert, dass es Rhoslyn gewesen war und nicht irgendein verschwitzter keuchender Kerl. Trotzdem. *Wie peinlich.* „Wo ist mein Hemd?"

„Es wird gewaschen. Ich muss zugeben, so etwas habe ich noch nie zuvor gesehen. Es waren fremde Schriftzeichen darauf."

Sie schloss das Buch und presste es gegen ihre Brust. „Ich will es zurückhaben." Im Augenblick war es ihre einzige Verbindung nach Hause.

„Natürlich. Sobald ich Euch zu Eurer Mutter gebracht habe, werde ich ... Oh, verzeiht. Ich wollte sie nicht wieder erwähnen. Ich werde Euch in ... das Studierzimmer im unteren Geschoss bringen und das Kleidungsstück für Euch holen." Ehe Jane etwas erwidern konnte, fügte Rhoslyn durch zusammengebissene Zähne hinzu: „Ich freue mich so sehr – so wie Euer ganzes Volk –, dass Ihr zu uns zurückgekommen seid. Wir haben Euch vermisst, sehr sogar."

Eine Lüge, das stand außer Frage. „W... wo war ich?"

„Eure Schwester, Prinzessin Laila, hat gesehen, wie Ihr vor einer gefühlten Ewigkeit von den Klippen gefallen seid. Nachdem Euer neuer Sklave Euch erstochen und leer getrunken hatte. Auch wenn wir Euren Körper nie finden konnten, nahm man an, Ihr wäret tot, denn so einen Sturz hat noch nie jemand überlebt. Wir hätten wissen müssen, dass Ihr, der Liebling von ganz Delfina, einen Weg finden würdet." Sie ließ ein steifes Lächeln aufblitzen, das höchstens eine Sekunde anhielt.

Prinzessin Laila. Auch dieser Name hallte in Janes Kopf wider, direkt gefolgt von „grausame, perverse Gelüste".

„Nicolai", sagte sie. War er hier? War er echt?

Das Dienstmädchen kaute auf seiner Unterlippe und schien plötzlich nervös zu sein. „Wollt Ihr, dass ich den Sklaven Nicolai zu Euch bringen lasse?"

Janes Pulsschlag beschleunigte sich, ihre Haut erwärmte sich und kribbelte wie zuvor. Dieses Mädchen wusste, wer er war. Das bedeutete, er war wirklich hier, er war so echt, wie sie selbst es war.

Ihre Gedanken überschlugen sich. Das Buch. Die Charaktere. Die Geschichte, die vor ihren Augen Wirklichkeit wurde ... und Jane war jetzt ein Teil davon, tief darin verwoben, auch wenn sie nicht sie selbst war. Endlich. Ein Puzzleteil fiel an seinen Platz.

Das Buch könnte eine Verbindung darstellen. Vielleicht hatte sie, indem sie laut vorlas, eine Pforte von ihrer Welt in diese geöffnet. Vielleicht war es Nicolai irgendwie gelungen, das Buch zu ihr zu schicken, und sie war seine einzige Hoffnung auf Freiheit.

„Nicolai", wiederholte sie. „Bring mich zu ihm." Sie musste ihn sehen, und sie war zu ungeduldig, um abzuwarten. Würde er sie erkennen? Hatte sie recht mit ihren Vermutungen?

Rhoslyn schluckte. „Aber er war es, der Euch erstochen hat, und Eure Mutt... ich meine, äh, die Königin mag es nicht, wenn man sie warten lässt. Sie hat Euch bereits einmal besucht, aber Ihr habt fest geschlafen und konntet nicht geweckt werden. Ihre Ungeduld wächst, und Ihr wisst, Ihre Launen ..." Ihre Wangen röteten sich, als sie merkte, was sie gesagt hatte. „Es tut mir leid. Ich wollte der Königin gegenüber nicht respektlos sein."

Nicolai hatte Odette erstochen, die Frau, die Jane gerade verkörperte? Das war eine Wendung, die Jane nicht erwartet hatte. Verdammt. Was, wenn er versuchte, Jane das Gleiche anzutun?

Das wird er nicht, sagte ein tief verborgener, geheimer Teil von ihr. *Er braucht dich. Das hat er selbst gesagt.*

„Ein paar Minuten länger zu warten wird der Königin nicht schaden." Wer auch immer diese Königin war und was sie ihr auch bedeuten sollte, Jane war es egal. Obwohl es ihr nicht behagte, dass eine solche Frau, die anscheinend unter unberechenbaren Launen litt, hier regierte und ihre Worte Gesetz waren.

„Eure Schwester …"

„Ist egal." Auch sie war tot. Obwohl, wenn man dem Buch glaubte, könnte *Odette* sehr wohl eine Schwester haben. Diese andere Prinzessin. Aber auch das war Jane egal. „Bring mich zu Nicolai. Sofort." Zeit, ein weiteres Puzzleteil zu finden.

Das Mädchen zuckte zusammen, und in der angespannten Stille tickten die Sekunden dahin. Endlich sagte es: „Was immer Ihr befiehlt, Prinzessin. Hier entlang."

3. Kapitel

Man nannte ihn Nicolai. Er wusste nicht, ob das sein richtiger Name war. Er wusste nichts über sich selbst. Immer, wenn er versuchte, sich zu erinnern, pochte ein unerträglicher Schmerz in seinem Kopf, und sein Verstand verschloss sich. Er wusste nur, dass er ein Vampir war, und die Frauen um ihn herum waren Hexen. Das und dass er dieses Königreich und sein Volk verachtete – und er würde sie alle vernichten. Eines Tages. Bald. So wie er eine ihrer Prinzessinnen vernichtet hatte.

Vorfreude stieg in ihm auf. Die Leute, die ihn gefangen hielten, dachten, er wäre schwach und harmlos. Sie hungerten ihn aus, gaben ihm nur einen Tropfen Blut am Morgen und einen Tropfen am Abend. Mehr nicht. Er wurde ständig verspottet und gequält. Besonders von Prinzessin Laila. *Von so edler Geburt, und jetzt sieh dich an. Zu meinen Füßen, und ich kann mit dir machen, was ich will.*

Von edler Geburt? Das würde er bald herausfinden.

Sie nahmen an, dass er ihnen kein Leid zufügen konnte, nur weil er gefesselt war und hungerte. Sie hatten keine Ahnung, welche Macht in ihm brodelte. Macht, die wie er selbst in Ketten lag, aber sie war da, bereit, im richtigen Augenblick ihre Ketten zu sprengen.

Bald, dachte er mit einem finsteren Grinsen.

Sie hatten seine Macht von ihrer Heilerin fesseln lassen und auch sein Gedächtnis gelöscht, und daraus machten sie kein Geheimnis. Den Grund dafür hatten sie ihm allerdings nie verraten. Woran sollte er sich nicht erinnern? Auch das würde er herausfinden.

Was *sie* nicht wussten, war, dass die Hexe nicht Nicolais innere Stärke gehabt hatte, und schon jetzt waren einige seiner Fähigkeiten ihrem mentalen Käfig entkommen und hatten es ihm erlaubt, eine Frau zu sich zu rufen, die ihn befreien konnte.

Eine Frau, die endlich angekommen war. Vor Ungeduld und Erleichterung lief er immer wieder in seiner Zelle auf und ab. Seine nackten Füße klopften dabei auf dem kalten Zementboden, und seine

Ketten rasselten. Selbst seine Wachen waren schockiert, als Prinzessin Odette wie durch ein Wunder aufgetaucht war. Oder vielmehr das Mädchen, von dem sie annahmen, dass es Prinzessin Odette war.

Die echte Odette war tot. Dafür hatte er gesorgt. Er hatte sie ausgesaugt, erstochen und dann über die Klippen vor den Palastmauern gestoßen. Übertrieben gewalttätig vielleicht, aber ein Feind war ein Feind, und sie hatte seinen Zorn entfacht. Außerdem hatte er sichergehen müssen, dass sich nicht einmal die mächtigsten Hexen von so etwas erholen konnten.

Beeil dich, Weib. Ich brauche dich.

Nicolai hatte unzählige Tage, Wochen, Jahre – er war sich nicht sicher – mit Odette verbracht, ehe er sie umgebracht hatte. Sie war es gewesen, die ihn auf dem Sexmarkt gekauft hatte. Sie war eine grausame Frau gewesen, mit einer Vorliebe dafür, anderen Schmerzen zuzufügen. Sie konnte keinen Höhepunkt erreichen, wenn ihr unfreiwilliger Partner nicht vor Schmerzen schrie.

Bei Nicolai hatte sie nie einen Höhepunkt erreicht.

Stumm zu bleiben war für ihn eine Frage des Stolzes gewesen. Egal welche Werkzeuge sie an ihm benutzt hatte, egal wie vielen Männern und Frauen die Schlampe es erlaubt hatte, ihn zu berühren und zu benutzen, er hatte immer nur gelächelt.

Als Odette ihn mit vor die Palastmauern genommen und ihm damit gedroht hatte, *ihn* von den Klippen zu werfen, wenn er sich ihr weiterhin widersetzte, war für ihn endlich die Gelegenheit gekommen, zuzuschlagen. Sie hatte den Fehler gemacht, seinen Maulkorb im Kerker zurückzulassen. Sie hatte auch den Fehler gemacht, in seine Reichweite zu kommen. Obwohl er in Ketten gelegen hatte, hatte er sie angefallen, sie zu Boden geworfen und seine Fangzähne in ihrem Hals vergraben. Ausgehungert, wie er gewesen war, hatte es nur wenige Minuten gedauert, sie leer zu saugen. Und nach dem letzten Schluck, der ihr das Leben genommen hatte, hatte er sie mit ihrem Dolch erstochen, nur um sicherzugehen, und sie über den Rand der Klippen geworfen.

Der Leibwächter hatte zu spät bemerkt, was vor sich ging, und da hatte Nicolai, der Appetit auf einen weiteren Imbiss bekommen hatte, ihn bereits angefallen. Sie hatten wie Tiere gekämpft. Nur weil er animalischer war als die meisten Männer, hatte Nicolai gewonnen.

Der Wächter hatte eigentlich keine Chance gehabt. Wenn man sie provozierte oder sie hungrig waren, wurden Vampire wahnsinnig und heißhungrig – unvorhersehbare, unkontrollierbare Raubtiere, die Beute gewittert hatten.

Während er sein zweites Opfer ausgesaugt hatte, war Prinzessin Laila gekommen. Nachdem sie ihrer älteren Schwester immer das Anrecht auf den Thron geneidet hatte, genau wie ihre Besitztümer und Nicolai selbst, hatte sie Odette beobachtet und auf den richtigen Zeitpunkt gewartet.

Nicolai hatte ihn ihr unfreiwillig verschafft. Sie und ihre Wachen waren schneller gewesen, als seine Augen es fassen konnten, gestärkt und beschleunigt durch uneingeschränkte Magie, und auch wenn die Mahlzeit, seine erste seit Wochen, ihn gestärkt hatte – die Ketten hatten ihn behindert. Sie hatten ihn beschämend schnell überwältigt.

Plötzlich ertönten Schritte, gefolgt von einem süßen Duft, und beides zog seine Aufmerksamkeit auf sich. Nicolai erstarrte, seine Ohren zuckten, und das Wasser lief ihm im Mund zusammen. Alles verzehrender Hunger überkam ihn, sein Magen zog sich zusammen. *Muss ... das Weib ... kosten ...*

Das Verlangen entsprang nicht seinem Verstand, sondern einer Quelle tief in seinem Innersten. Einem Instinkt, einem Bedürfnis.

Normalerweise kündigten Schritte Lailas Bedienstete an, die kamen, um ihn die Treppe hinauf in ihr Schlafzimmer zu schleppen. Dieses Mal bog eine pummelige Rothaarige um die Ecke. Er sog die Luft tief ein und knurrte. Sie war es nicht. Von ihr ging dieser süße Duft nicht aus.

Nicolai hielt den Atem an und hoffte, dadurch seinen Verstand zu klären, wenn auch nur für einen Augenblick. Er war so verdammt hungrig nach der Quelle des Duftes – er musste sie sehen. Er blieb in der Mitte seines Käfigs stehen, hinter ihm seine Pritsche, vor ihm das schwere Gitter, und wartete. Wer würde sein Verlies als Nächstes betreten?

Und dann sah er sie. Die Frau, die er herbeigerufen hatte. Seine „Odette".

Er atmete scharf ein. Sie. Sie war es. Ein zweites Knurren stieg in ihm auf, dieses Mal direkt aus seiner Seele. *Muss das Weib kosten.*

Sie roch nicht wie die wahre Odette. Für alle anderen würde sie das. Sie würde nach dem zu starken blumigen Parfum riechen, vermischt mit dem widerlichen Gestank einer eiternden Wunde – der Beweis ihres verdorbenen Herzens. Aber für ihn ... oh, für ihn ... Er atmete noch einmal ein, er konnte nicht anders. Ein Fehler. Die Süße war jetzt dichter, fast, als könnte er sie berühren. Sie vernebelte ihm den Verstand. *Muss. Kosten.* Seine Fangzähne und sein Zahnfleisch schmerzten, so sehr wollte er von ihr trinken. *Muss kosten.*

Er betrachtete sie, und sein Blut ging fast in Flammen auf. Jeder, der sie ansah, würde nur die Maske erblicken, die sein Zauber auf sie gelegt hatte. Eine mystische Illusion, die sie zu einer anderen Frau machte. Haar, so schwarz wie der Abgrund, die Augen funkelnde Smaragde und Haut so blass wie Schnee. Aber damit hatte sich die legendäre Schönheit ihres Vaters auch schon erschöpft, und die grausame Hässlichkeit ihrer Mutter zeigte sich. Odette war groß, aber kräftig gebaut, ihre Wangen durch zu viel Maßlosigkeit aufgequollen, ihr Kiefer breit und kantig. Ihre dunklen Augenbrauen waren buschig und berührten sich fast in der Mitte. Ihre Nase war lang und eindeutig krumm.

Was Nicolai dagegen sah, war die Frau, die sein Suchzauber gewählt hatte. Die Frau aus seinen Träumen. Träume, in denen sie am Rand stand, ihn beobachtete und nie ein Wort sprach. Träume, die er nicht verstanden hatte. Bis jetzt. Die ganze Zeit hatte seine Magie gewusst, was er brauchte.

Sie war genauso groß wie Odette, jedoch schlank wie ein Grashalm, und ihr Haar hatte die Farbe von Honig. Ihre Augen waren verführerisch katzenhaft, eine Schattierung dunkler als ihr Haar und voll düsterer Geheimnisse. Ihre Haut war leicht gebräunt und leuchtete, als wäre die Sonne darunter verborgen. Ihre Wangen waren perfekt modelliert, ihr Kinn stur und doch zart.

Zart, ja. So sah sie aus. Verführerisch filigran, unglaublich fragil und herrlich weiblich. Fast ... zerbrechlich. Würde er sie umbringen, wenn er von ihr trank? Und er *würde* von ihr trinken. Er würde nicht in der Lage sein, ihrem Duft lange zu widerstehen.

In ihm regte sich ein Beschützerinstinkt – eine Empfindung, die er nicht kannte, erst recht nicht für eine Fremde – und verlangte, dass er sie in seine Arme nahm und weit fort von all den Schrecken brachte.

Schrecken, für die er verantwortlich sein würde. Nicht nur durch seine dunkle Umarmung, sondern auch durch die Bosheit der Leute um sie herum. Den Bewohnern von Delfina wäre ihr Leben nichts wert, wenn sie erfuhren, wer sie in Wahrheit war. Sie würden sie umbringen. Unter Schmerzen.

Willst du Freiheit oder das Mädchen beschützen? Beides kannst du nicht haben.

Er verschloss sein Herz. Er wollte Freiheit.

Ihre Blicke trafen sich eine Sekunde später, und ein Schock des Erkennens durchfuhr ihn. Vielleicht spürte sie es auch, denn sie keuchte auf und stolperte. Dann richtete sie sich auf und blieb an den Gittern seines Käfigs stehen. Ihre bernsteinfarbenen Augen waren weit aufgerissen, ihr sinnlich rosiger Mund offen über gleichmäßigen weißen Zähnen. Sie hielt ein Buch in der Hand.

Koste sie ...

Er wünschte sich, ihre Zunge zu sehen. Wollte ihre Zunge mit seiner einfangen. Sein Verlangen überraschte ihn. Wie lange war es her, dass er wirklich erregt gewesen war?

„Du bist echt", flüsterte sie und legte ihre freie Hand um einen Gitterstab. Sie drückte so fest zu, dass ihre Knöchel weiß wurden. „Du bist wirklich hier. Und du siehst genau wie in meinen Träumen aus."

Er nickte steif – nicht das Einzige, was an ihm steif war. „Ich bin echt, ja." Sie hatte von ihm geträumt, wie er von ihr geträumt hatte? Die Vorstellung gefiel ihm.

Er deutete mit dem Kinn auf ihre Dienerin. *Mach, dass sie verschwindet.*

Ihre Aufmerksamkeit richtete sich auf das Mädchen, und sie keuchte noch einmal auf, als überraschte es sie, nicht mit ihm allein zu sein. „Du kannst gehen, Rhoslyn. Und danke, dass du mich hergebracht hast."

„Alles, was Ihr wünscht, Prinzessin." Rhoslyns Miene wurde vor Erleichterung weich, und sie knickste. Dann lief sie schnell um die Ecke und die Treppe hinauf.

„Du bist verwirrt", sagte Nicolai. Wie rau seine Stimme war, wie er sie durch seine Zähne pressen musste und wie schneidend sein Tonfall klang.

Ein Schauer lief über ihren schmächtigen Körper, als sie sich ihm zuwendete. „Ja. Ich war allein zu Hause und habe in einem Buch gelesen – über dich! Und im nächsten Augenblick war ich hier. Wie komme ich hierher? Wo *ist* hier? Zuerst dachte ich, dass ich halluziniere oder das Ganze ist ein Streich, aber das stimmt nicht. Ich weiß, dass es nicht stimmt. Ich bin ganz ruhig. Ich kann sehen, und ich kann fühlen."

„Keine Halluzination, kein Streich." Seine Stirn legte sich in tiefere Falten, und seine Fangzähne gruben sich in seine Unterlippe. *Nur ein Schluck, nur ein kleiner Schluck.* „Du hast ein Buch über mich gelesen? Ist es das?"

Ihr Blick fiel auf seine Zähne, und sie schluckte. „Ja. Ich glaube, du hast es selbst geschrieben." Ihre Stimme war so zart und zerbrechlich wie ihre Gestalt. „Oder wenigstens einen Teil davon. Aber nein, das hier ist es nicht. Es ist leer. Oder vielleicht ist es das doch, es ist nur noch nicht geschrieben."

Soweit er wusste, hatte er kein Buch geschrieben, und er hatte auch niemandem ein Buch geschickt. Das hatte allerdings nichts zu bedeuten. Die Erinnerung daran konnte mit dem Rest seiner Vergangenheit begraben liegen.

Er schloss einen Moment lang seine Augen und genoss ihren Duft – und spürte, wie der Schmerz in seinem Zahnfleisch sich verstärkte. Er ging auf sie zu, entschlossen, sie zu packen und zu beißen.

Als er merkte, was er tat, zwang er sich, anzuhalten. Er würde ihr nur Angst einjagen, und dann schrie sie, und eine Wache würde kommen, um sie zu retten.

Er könnte natürlich eine Hand auf ihren Mund legen und mit der anderen ihren Kopf nach hinten schieben, um sich freie Bahn zu verschaffen. Er könnte an ihr lecken … endlich köstlich schmecken …

Konzentrier dich. „Weißt du, wer ich bin?" Wieder war sein Tonfall rau und fordernd. „Sind wir uns schon begegnet? Außer in deinen Träumen?"

„Nein."

Enttäuschend. „Ich werde dir alles erklären. Später", log er. Je weniger sie wusste, jetzt und in Zukunft, desto besser für sie. „Jetzt müssen wir uns beeilen." Seit er auf dem Sklavenmarkt aufgewacht war – vor Wochen, Monaten, *Jahren*? – trieb ihn mehr an als nur der Drang, zu trinken und zu entkommen. Ihn trieb der Drang an, das Königreich Elden zu erreichen.

Er musste dorthin. Bald. Mehr als das, er musste den neuen König umbringen. Er wusste nicht, warum, er wusste nur, dass der bloße Gedanke an den Mann ihn mit Zorn erfüllte. Und mit jedem Tag, den dieser Mann lebte, starb ein Stück von Nicolai. Dieses Wissen gehörte nicht zu seinen Erinnerungen, es kam aus der gleichen Quelle wie sein Bedürfnis, diese Frau hier zu kosten.

Kosten. Wie oft würde er das Wort noch denken?

Unzählige Male. Bis er bekam, was er wollte, dessen war er sich sicher.

„Gib mir deinen Arm." Er leckte sich die Lippen bei dem Gedanken, sie zu berühren, die Textur ihrer Haut zu erfahren. „Ich werde dich zeichnen." Ein kleiner Biss in ihr Handgelenk, das war alles. Er würde sich zwingen, aufzuhören. Für den Anfang.

Sie schüttelte den Kopf, und ihr Honighaar tanzte auf ihren Schultern. „Nein. Erklär mir alles. Jetzt. Danach können wir darüber *reden*, ob du mich zeichnest, was auch immer das sein mag."

Die Frau konnte nicht so stur sein, wie sie sich gab. „Wir werden vielleicht getrennt." Ehe sie ihn befreite. „Ich will zu jeder Zeit wissen, wo du bist."

„Äh, ich bin mir nicht sicher, wie es mir gefällt, dass jemand immer weiß, wo ich bin. Aber wie gesagt, wir können darüber reden. Später."

Also gut, sie war *noch* sturer, als es den Anschein hatte. „Wie du sehen kannst, bin ich ein Sklave. Ich werde gefoltert." Die Worte auszusprechen entfachte noch mehr Wut in ihm. Er hätte nie zulassen dürfen, dass man ihn in diese Situation brachte. Er hätte stärker sein müssen. Er *war* stärker. Aber er wusste beim besten Willen nicht, wie er auf den Sexmarkt gekommen war. „Ich weiß nicht einmal ..."

„Ob dein Name wirklich Nicolai ist, bla, bla, bla. Ich *weiß*. Ich habe doch gesagt, ich habe in dem Buch über dich gelesen. Ich verstehe das alles nur nicht." Sie deutete auf den Kerker, auf ihn, auf ihr Gewand. „‚Jane, ich brauche dich', hast du gesagt. Woher wusstest du, dass du mir schreiben sollst, wenn wir uns noch nie begegnet sind?" Sie strahlte Verzweiflung aus. „Es sei denn, ich war schon einmal hier, bin dann aber in eine Zeit nach Hause zurückgekehrt, in der

31

wir uns noch nicht begegnet waren, und meine Träume waren Echos von den Dingen, die noch kommen sollten. Das würde bedeuten, wir befinden uns in einer Zeitschleife, aber das führt natürlich zu einem Paradox, und ..."

„Genug." Jane. Ihr Name war Jane. Er erschien ihm irgendwie vertraut, und seine Erregung stieg ... und stieg. Vielleicht weil die Silbe so weich und lyrisch war wie ihr fremder – kaum hörbarer – Akzent. *Konzentrier dich.* Wenn sie irgendwem sonst diese Fragen gestellt hätte ... „Was hast du den anderen erzählt?"

„Nichts." Sie lachte ohne Humor. „Ich kenne sie nicht."

„Gut. Das ist gut." Aber ihn kannte sie, obwohl sie sich nur in ihren Träumen gesehen hatten? Wie er in diesem Buch behauptete, sie zu kennen? Hier ging noch irgendetwas anderes vor sich. „Woher kommst du, Jane?"

„Oklahoma."

Oklahoma war nicht Teil dieses magischen Reiches. „Dann bist du eine Sterbliche? Keine Hexe?"

Ein Zwinkern mit dunklen Wimpern und ein Augenblick des Erschreckens. Und Stolz. „Ich hatte recht. Ich habe die Grenze übertreten, nicht wahr?"

„Jane. Ich habe dir eine Frage gestellt." Und er war es gewohnt, sofort Antworten zu erhalten. Das spürte er in seinen Knochen.

„Ja, ich bin sterblich, und nein, ich bin keine Hexe. Aber du, du bist ein Vampir."

Er nickte. Er wusste, dass dieses Reich neben der Welt der Sterblichen existierte – einer Welt, die zum größten Teil nicht wusste, was sie umgab.

Die Grenze übertreten, wie sie es genannt hatte, geschah öfter, als es sollte. Wie und warum, wusste allerdings niemand. In einem Augenblick redete man mit einem Formwandler, oder man kämpfte gegen einen Oger, und im nächsten stand an seiner Stelle ein Mensch. Und wenn es kein Mensch war, dann ein nutzloses, biegsames Objekt.

Vor Enttäuschung brach Nicolai fast zusammen. Warum hatte seine Magie diese Frau gewählt? Was nutzte ihm eine Sterbliche hier? Selbst wenn sie so verlockend war? Wenn Jane gebeten würde, ein Ritual abzuhalten, wie man es von Odette oft verlangt hatte, könnte sie es nicht. Sie würde versagen. Dann würden alle wissen, dass sie nicht war, wer sie zu sein behauptete, und das, noch ehe er bekam, was er wollte.

Er musste schneller handeln, als er geplant hatte.

„Hör zu. Ich habe dich hierher beschworen, und ich bin es, der dich beschützen wird." Eine kleine Wahrheit, mit der er sie beschwichtigen wollte. „Vertrau niemandem sonst. Nur mir." Eine Lüge, die ihn retten sollte. Denn sobald sie ihn befreit hätte, würde er alles hinter sich lassen. Diesen Palast – und sie. Weil seine Macht so unberechenbar war, konnte er die Maske, die sie zu Odette machte, nicht abnehmen, solange sie zusammen waren, ohne zu riskieren, sie gleichzeitig wieder nach Hause zu schicken. Außerdem musste sie sich im Palast frei bewegen können, wie es nur eine Prinzessin konnte. Was eine Prinzessin nicht konnte, war, außerhalb dieser Mauern zu reisen, ohne belästigt zu werden.

Sobald er sie verlassen hätte, würde Jane nur noch ihr Verstand bleiben, um sich zu schützen.

Er verspürte einen Anflug von Schuldgefühlen. Ehe diese Gefühle Zeit hatten, sich auszubreiten, Wurzeln zu schlagen und zu wachsen, zermalmte er sie zu Staub und verstreute sie in alle Winde. Er durfte nicht weich werden. Egal wie verzweifelt er das Blut dieser Frau begehrte.

„Du hast also irgendeinen Zauber veranstaltet?", fragte sie. „In Ordnung. Einen magischen Vampir kann ich mir vorstellen. Aber viele Leute glauben auch, Wissenschaft ist so etwas wie Magie. Also, reden wir von natürlicher Magie, Runen, Hellsehen oder Metaphysik? Ich kann nämlich ..."

„Jane." Sie plapperte. Er fand das ... charmant. Er runzelte die Stirn. Charmant? Wirklich? Er musste sie kosten, ehe sich sein Urteilsvermögen noch mehr trübte.

Sie lächelte verlegen. „Tut mir leid. Neugierde und Rätselraten sind irgendwann noch mal mein Untergang. Waren sie jedenfalls früher. Ich dachte, ich würde sie mittlerweile hassen, aber, na ja, wie du siehst, ist das nicht der Fall."

Dieses Lächeln – hatte er je etwas so Offenes und Unschuldiges gesehen? Ein weiterer Funke der Schuld loderte in seiner Brust, aber er erstickte ihn wieder. Dieses Mal fiel es ihm leichter, weil seine Erregung angestiegen war und langsam das Einzige wurde, worauf er sich noch konzentrieren konnte.

Nein. Nur seine Flucht zählte.

„Warum ich?", fragte sie. „Ich meine, woher wusstest du, dass du ausgerechnet mich beschwören musst?"

Er hatte eine Frau gewollt, die der Anziehung eines Vampirs erlag, eine, die noch nicht durch das Böse der Herzkönigin beschmutzt war, eine, die sich nicht vor Blut fürchtete und die seine Qualen begriff. Er erzählte ihr nichts davon. Er kannte die Frauen – jedenfalls glaubte er das – und wusste, es würde ihr nicht gefallen. „Befiehl meine Freilassung. Sofort. Beeil dich."

Plötzlich wirkte sie verärgert. „Wie?", verlangte sie zu wissen.

„Ruf die Wache. Sag ihnen, sie sollen mir die Ketten abnehmen, weil du mich mit in deine Schlafkammer nehmen willst. Und dann sag ihnen, sie sollen die Heilerin zu uns schicken."

„Die Heilerin?" Ihr besorgter Blick fuhr über seinen Körper. „Bist du verletzt?"

Nein. Aber die Heilerin hatte seine Erinnerungen und seine Macht gefesselt. Also musste sie auch in der Lage sein, sie zu befreien. Und, dachte er düster, ich will die Schlampe umbringen. „Ich höre nicht, wie du nach der Wache rufst, Jane."

„Dann funktionieren deine Ohren ausgezeichnet, Nicolai. Also, die Wache wird tun, was ich ihnen befehle?" Sie schnippte mit den Fingern. „Einfach so?"

„Für sie bist du Prinzessin Odette. Die älteste Tochter ihrer Königin und bald ihre Herrscherin." Nicolai erlaubte es sich endlich, an das Gitter heranzutreten. Seine Ketten rasselten dabei. Immer näher ... „Sie werden alles tun, was du von ihnen verlangst."

Sie ließ das Metall los und wich zurück, ehe er sie anfassen konnte. Als wäre er schmutzig und unwürdig. Wahrscheinlich war er das. „Ja, aber warum glauben die, dass ich Odette bin?"

Ein Muskel unter seinem Auge fing an zu zucken. Ihre andauernden Fragen gingen ihm auf die Nerven, das stimmte, aber ihre Nähe war noch aufreibender. Wenn er ihr nahe war, überwältigte ihr Duft ihn fast und war so köstlich, dass er wahrscheinlich sabberte. „Darum."

„Warum?", wiederholte sie.

Stures Stück. „Weil meine ... Vampirmagie sie dazu bringt", sagte er tonlos. Ihr mehr zu verraten, würde sie vielleicht in die Flucht schlagen. Sterbliche waren so leicht verängstigt von Dingen, die sie nicht verstanden.

Im Augenblick brauchte er diese Frau auf seiner Seite und bei Sinnen. Auch wenn er zugeben musste, dass sie sich bisher ziemlich gut hielt.

„Wie?", fragte sie hartnäckig.

Er schüttelte das Gitter. „Tu, was ich dir sage, Jane. Wir müssen uns beeilen."

Sie hob eine Augenbraue. „Du bist niedlich, wenn du versuchst, mich herumzukommandieren, weißt du das?" Die Farbe in ihren Wangen vertiefte sich, und ihr Atem wurde flacher. „Und du ... riechst nach Sandelholz."

Ihm wurde klar, dass sie seinen Duft ebenso sehr mochte wie er ihren. Es erregte sie. Ihre Brustwarzen waren kleine Perlen unter ihrem Gewand, die nach einer Berührung oder einem Kuss flehten. Kribbelte ihr Bauch? War sie schon feucht zwischen den Beinen?

Seine Hände ballten sich zu Fäusten. „Ich weiß nicht, warum ich hier bin oder wie sie mich fassen konnten, aber ich weiß, dass ich nicht hierher gehöre. Wenn ich bleibe, werden sie mich wieder und wieder foltern. Sag mir, dass du anders bist, Jane. Sag mir, dass es dir nicht gefällt, zuzusehen, wie ein Mann gefoltert wird."

Ihr Blick fiel auf das Metall, das um seinen Hals lag, und dann tiefer. Vielleicht folgte sie den getrockneten Blutstropfen auf seinem Bauch, ehe sie an seinem aufgestellten Lendenschurz haltmachte.

Noch ein Schauder überlief sie. „Es gefällt mir nicht", hauchte sie gebrochen. „Aber was geschieht, wenn die merken, dass ich nicht Odette bin?"

„Das werden sie nicht." Diese Lüge gelang ihm nicht so reibungslos. „In Ordnung? Alles, was du wissen musst, um die Illusion aufrechtzuerhalten, ist, dass du mich auf dem Sexmarkt erworben hast. Ich gehöre dir. Verlange, dass sie mich freilassen, und nimm mich mit in deine ..."

Das Geräusch von Schritten hallte durch den Kerker, und Nicolai presste seine Lippen zusammen. Jane erstarrte. Publikum konnten sie jetzt nicht gebrauchen. Dann kam Laila um die Ecke. Ein finsterer

Ausdruck entstellte ihr ohnehin hässliches Gesicht. Sie war klein und kräftig wie ihre Mutter, ihre Wangen waren ebenso voll wie Odettes und ihre Hängebacken genauso auffällig.

Ohne die Hakennase galt sie allerdings als „Schönheit" der Familie. Sie hatte ihre langen Haare zu einem Knoten auf dem Kopf zusammengenommen, nur zwei Locken hingen ihr an den Schläfen herab. Ihr opulentes Kleid aus grünem Samt passte zu ihren Augen, auch wenn es in diesem oder jedem anderen Königreich nichts gab, was sie attraktiv hätte machen können. Das Böse in ihrer Seele überschattete alles.

Ein silberner Zeitmesser hing von einer Kette an ihrem Hals. Sie nahm ihn nie ab, und der Anblick ließ Nicolais Magen stets vor Wut verkrampfen. Warum?

Laila kam abrupt zum Stehen, als sie Jane entdeckte, und glättete ihre Miene so schnell sie konnte zu einem liebevollen Ausdruck. „Was machst du hier unten, liebste Schwester? Und dann noch in deinem Nachthemd." Sie lachte nervös. „Du solltest dich ausruhen. Wir wollen doch nicht, dass du krank wirst, oder? Du hast bereits so viel durchmachen müssen."

Auch ihre Stimme ekelte ihn an. Er hatte sie über sich gehört, unter sich, hinter sich und ihren warmen Atem auf seiner Haut gespürt. Und jetzt, so kurz vor seiner Flucht, musste er sich auf die Zunge beißen, um seine Flüche für sich zu behalten.

Bald würde er sie vernichten.

Jane schluckte und sah ihn an.

Tu, was ich dir gesagt habe, Jane, vermittelte er ihr, und ein Teil von ihm verabscheute es, das tun zu müssen. Er hatte noch nie im Leben um etwas bitten müssen. Er hatte immer … Ein scharfer Schmerz durchfuhr seine Schläfen und unterbrach seine Gedanken. Eine Erinnerung, abgestorben, ehe sie leben konnte.

„Du bist Prinzessin Laila. Meine Schwester. Ja." Jane atmete tief ein, drückte ihre Schultern durch, und stellte sich ihrer „Schwester". „Er … er ist mein. Er gehört mir." Was ihr an Überzeugungskraft fehlte, machte sie mit Entschlossenheit wett.

Braves Mädchen.

Laila knirschte mit ihren viel zu weißen Zähnen und trat von einem Fuß auf den anderen. „Ja, aber du warst fort, meine Liebe. Ich habe seine Pflege übernommen. Jetzt gehört er mir." Sie streichelte den Zeitmesser. „In solchen Situationen gibt Mutter immer dem recht, der schon besitzt."

„Ist mir egal. Er ist mein."

„Odette, sei vernünftig." Wie geduldig Laila erschien. Eine Täuschung. „Er hat schon einmal versucht, dich umzubringen, und es ist ihm fast gelungen. Du kannst mit ihm nicht fertigwerden, und ich habe mich an ihn gewöhnt, also ..."

„Ich sagte, er ist mein."

Braves Mädchen, dachte er wieder. Nicolai wünschte sich so verzweifelt, den Sturm der Macht in sich entfesseln zu können, lieber jetzt als später. Er würde Laila zerschmettern, lächeln, während sie brüllte, lachen, während sie starb, und dann den Palast Stein für Stein auseinandernehmen und auf dem Schutthaufen tanzen.

Bald. Das Wort hallte unablässig in ihm wider.

Er wusste nicht, welche Macht er in sich trug oder ob er stark genug war, um zu tun, was er mit diesem Königreich vorhatte. Die vollkommene Zerstörung. Aber er machte sich keine Sorgen darum. Wenn seine Macht zu schwach war, würde er seine Armee herbeirufen, und sie würden gemeinsam marschieren ...

Wieder schoss ihm der Schmerz durch den Kopf, und eine weitere Erinnerung war zerstört. Der Schmerz entlockte ihm ein Zischen und befreite seinen Verstand, ehe er sich vollkommen verlor.

Beide Frauen warfen ihm einen kurzen Blick zu, ehe sie sich wieder aufeinander konzentrierten. Aber Lailas Blick kehrte noch einmal zu ihm zurück, und zu seiner Erektion – in der sein Verlangen nach Jane noch immer pulsierte. Sie sperrte überrascht den Mund auf. „Du bist erregt."

Er griff schweigend unter seinen Lendenschurz und begann seine Länge auf und ab zu reiben, sie mit dem zu verspotten, was er ihr nie freiwillig geben würde.

Laila keuchte unterdrückt und riss ihre Augen weit auf, als sie sich zu ihrer Schwester umdrehte. „Wie ist es dir gelungen, ihn zu erregen?"

„Ich ... ich ..." Rot zu werden stand Jane genauso gut wie ihr Lächeln. So unschuldig und süß sah sie aus, wie Sonnenlicht und Mondlicht zusammen. *Kosten ...*

„Schon gut", fuhr Laila sie an. Die Fassade aus Liebe und Geduld brach rasch zusammen. „Ist auch egal. Mutter ist auf dem Kriegspfad und will mit dir reden. Sie hat tagelang um deinen Tod getrauert und war außer sich vor Freude bei deiner Rückkehr. Diese Freude wird dich aber nicht davor bewahren, ausgepeitscht zu werden, wenn du dich ihr weiterhin widersetzt."

Eine Mutter, die *tagelang* um ihr Kind trauerte. Wie herzerwärmend, spottete Nicolai in Gedanken. Aber die Herzkönigin war schon immer als brutale Tyrannin bekannt gewesen, ein gnadenloses Miststück und eine machthungrige Mörderin. Nicolais eigene Mutter war ...

Er biss die Zähne zusammen, um den Schmerz zu ertragen.

„Ich hatte gehört, dass du auf dem Weg hier herunter bist", fuhr Laila fort, „und ich bin gekommen, um dich zu holen. Du willst die Königin doch nicht etwa warten lassen?"

„Ich ... ich ..."

„Nein. Willst du nicht."

Verdammt. Jane ließ sich von Laila anführen. Sie bewies damit, dass sie nicht die Willenskraft hatte, selbst die Führung zu übernehmen. Seine einzige Chance auf Flucht schwand mit jeder Sekunde, die verstrich, mehr.

„Laila, nein, ich ..."

„Dein armer verwirrter Verstand hat sich noch nicht von deinem Sturz erholt, nicht wahr, mein Liebling? Aber du möchtest die Haut auf deinem Rücken bestimmt behalten, das weiß ich genau. Wache!", rief Laila.

Jane rang die Hände. Sie war offensichtlich aufgewühlt.

„Ich ... ich ... Das ist nicht nötig. Ich will nicht ausgepeitscht werden, aber ich muss wirklich ..."

Zwei bewaffnete Wachen kamen um die Ecke und blieben hinter Prinzessin Laila stehen. Sie hielten ihren Blick geradeaus gerichtet und erwarteten ihre Befehle.

Wenn sie Jane anfassten, würde Nicolai sie hinrichten. Er würde ihnen die Kehlen aufschlitzen und auf ihre Leichen spucken. Die Wildheit seiner Gedanken hätte ihn überraschen sollen. Jane war nur aus einem einzigen Grund hier; ob sie sich nun so verhielt oder nicht und ob die Bewohner von Delfina sie anfassten, war nebensächlich.

Doch Nicolai war nicht überrascht. Nichts würde ihn davon abhalten, diese Männer kaltblütig zu ermorden. Jane gehörte ihm. Sie war seine Retterin, und nur er durfte sie anfassen. Nur er allein. Niemandem sonst war es gestattet.

Bis er sie zurückließ.

Er biss sich so fest auf die Zunge, dass er das eigene Blut schmeckte.

„Legt dem Gefangenen seinen Maulkorb an und bringt ihn in meine Kammer", befahl Laila, und er entspannte sich etwas. Die Männer waren also nicht wegen Jane hier. „Meine Schwester und ich werden von der Königin erwartet."

„Nein", knurrte Nicolai, ehe er sich davon abhalten konnte.

„Nein?" Laila richtete erstaunt ihre Aufmerksamkeit auf ihn. Sie wickelte ihre fetten kleinen Finger um den Zeitmesser, der von ihrem Hals hing, und drückte zu. „Du wagst es, Befehle zu erteilen, Sklave? *Mir?*"

„Odette bleibt." Jane konnte vielleicht die Diener und ihre Schwester täuschen, aber die Herzkönigin war nicht so leichtgläubig. Sie hatte Odette nach dem eigenen Abbild geschaffen, und niemand kannte sie besser. Jane und ihre seltsame Sprache würden sofort enttarnt werden. Und dann brachte man sie um, ehe Nicolai sie benutzen konnte.

Herz ... verhärten.

Erweichen ...

Laila fing an zu stammeln: „Du ... du willst nur wieder versuchen, sie umzubringen. Deswegen willst du sie hierhaben. Ich weiß es genau. Deshalb gibst du vor, sie zu begehren. Nur deshalb."

Er fuhr mit der Zunge über seine Fangzähne. „Ich muss in ihr sein. *Deshalb* soll sie hierbleiben."

Wieder lief Jane rot an.

„Du ... du lügst", stotterte Laila. „Du hasst sie. Du würdest nie mit ihr ins Bett wollen."

„Ich begehre sie."

Eine angespannte Pause. Mit abgehackten Bewegungen überbrückte Laila die Entfernung zwischen sich und ihrer Schwester und legte einen Arm um Janes Taille. „Hör nicht auf ihn. Er würde alles sagen, um eine zweite Chance zu bekommen, dir wehzutun. Komm mit. Ich beschütze dich."

„Nein!" Jane sprang aus Lailas Umarmung und starrte zu den Wachen hinauf. „Bringt Nicolai in *meine* Kammer und legt ihm keinen Maulkorb an. Und sag M... Mutter, ich brauche meine Ruhe. Ich spreche später mit ihr."

Laila wurde blass, als die Männer Janes Befehlen folgten. Sekunden später quietschen die Scharniere, die Tür zu Nicolais Käfig öffnete sich. Weitere Schritte wurden laut, und dann wurde ein Schlüssel in die Metallfassung gesteckt, die ihn an die Wand fesselte.

Seine Erleichterung war beinahe greifbar.

„Aber ... aber Odette. Du begibst dich in Gefahr", sagte Laila verzweifelt.

„Er. Gehört. Mir. Mehr gibt es nicht zu sagen."

Das waren die falschen Worte. Ihre Behauptung – *Er gehört mir* – weckte ein wildes Tier in ihm. Ihr, er gehörte ihr, und er würde sie nehmen, ehe er sie verließ, egal was die Folgen waren. Immer und immer wieder. Auf jede Art, die er sich vorstellen konnte. Er würde von ihr trinken und ihren Körper in Besitz nehmen.

Er war nicht mehr aufzuhalten, und man konnte nicht mehr vernünftig mit ihm reden. Jetzt nicht mehr.

4. Kapitel

Die Federmatratze gab unter seinem Gewicht nach, als die Wachen Nicolai auf das Bett zwangen. Sie verankerten die Metallketten um seinen Hals an einem Stahlhaken in der Wand und nahmen ihm dann die Ketten von Hand- und Fußgelenken ab – nur, um ihn gleich danach an die Bettpfosten zu fesseln.

Jane stellte fest, dass Odette schon früher Sklaven hierher hatte bringen lassen. Die Pfosten waren mit tiefen Kerben vernarbt, die von ihrem Widerstand sprachen. Jeder Menge Widerstand. Wie oft hatte Nicolai diese Art von Erniedrigung durch die Prinzessin ertragen müssen?

Wenigstens versuchte er nicht, die Wachen zu beißen, und sie versuchten auch nicht, ihm wehzutun. Jane musste sich also nicht auf die Seite eines „Sklaven" stellen und ihr Misstrauen wecken. Sie fühlte sich auch so bereits, als blinkte eine Leuchtreklame über ihrem Kopf, auf der groß „Betrügerin" stand.

Gott sei Dank hatte Laila die Wahrheit nicht bemerkt. Und was für ein Schock war diese andere Prinzessin überhaupt? Klein, gedrungen und so gemein, dass man meinte, ihr müsse Schaum vorm Mund stehen. Wenn die böse Hexe aus dem Märchen sich mit Hannibal Lecter zusammentat und die beiden ein Kind bekamen, würde dieses Kind Laila heißen.

Pass auf, was um dich herum geschieht, Parker!

Ach ja. Jane konzentrierte sich. Sie sah fassungslos zu, wie einer der Wachmänner Nicolai von Kopf bis Fuß säuberte und der andere ihn einölte.

Sie legte ihr Buch auf den Nachttisch und überlegte sich, ob sie etwas dagegen einwenden sollte, wie man mit ihm umsprang, aber sie war sich nicht sicher, ob „Odette" so etwas tun würde. Deswegen hielt sie den Mund. Die ganze Zeit blieb Nicolai stumm, sein Gesicht war ausdruckslos, aber sein Blick, oh, sein Blick klebte förmlich an ihr. Seine Pupillen waren riesig, und darin funkelte immer noch … Lust.

Auf sie oder auf ihr Blut? Seine Fangzähne waren scharf und lang und zeigten, wie groß sein Hunger war.

Im Augenblick war er das perfekte Aushängeschild für einen Fetisch für Fesseln, Blut und harte Kerle. Er war angekettet, das schon, aber er behielt trotzdem die Kontrolle. Er war stark, sowohl körperlich als auch geistig, und er strahlte etwas aus, Pheromone vielleicht, die in *ihr* den Wunsch weckten, sein Sklave zu sein. Jede Zelle ihres Körpers sehnte sich schmerzlich und wild nach seiner Berührung. Sie war noch nie einem Wesen begegnet, das einen so perfekten Körper hatte.

Einen so stolzen und starken Mann zu sehen, wie er auf einem Bett aus rosa Spitze und Rüschen gefesselt lag und dafür vorbereitet wurde, von ihr benutzt zu werden, sollte ihr eigentlich den Magen vor Übelkeit umdrehen. Aber sie begehrte ihn nur noch mehr.

Sie hatte ihn sich schon vorgestellt, ehe sie sich begegnet waren, aber ihre Vorstellung hatte ihm nicht gerecht werden können. Er war groß, mindestens einen Meter neunzig, mit breiten muskulösen Schultern, einem sehnigen festen Bauch und einer Haut wie Milchkaffee. Er hatte schulterlanges Haar, schwarz wie die Nacht, und Augen, deren Farbe an Mondlicht auf Schnee erinnerte, silbrig und von goldenen Fäden durchzogen.

Sie sah nicht ihren Tod in diesen Augen, wie das Buch ihr versprochen hatte. Sie sah ihre Verführung. Wie oft hatte sie sich selbst davon abhalten müssen, die Hand auszustrecken und sich von ihm „zeichnen" zu lassen, was auch immer das bedeutete, nur um seine Haut auf ihrer zu spüren. Deshalb war sie von ihm fortgesprungen, als er die Hand nach ihr ausgestreckt hatte. Sie hatte Angst vor der eigenen Reaktion, Angst, dass die Begierde, die sie spürte, sie ihre Selbstbeherrschung vergessen ließ. Schon jetzt war das Bedürfnis, ihm nah zu sein, so wichtig und notwendig wie das, zu atmen.

Die gleiche Kraft, die sie hergebracht hatte, musste auch für diese seltsame Anziehung verantwortlich sein.

Obwohl er am ganzen Körper von Schnittwunden und blauen Flecken übersät war und seine Arme und Beine mit getrocknetem Blut verschmiert, hatte er keine einzige Narbe. Im Grunde hatte er keinen einzigen Makel, Punkt. Am ehesten kam daran noch die schmale Spur aus dunklen Haaren, die von seinem Nabel bis an den Saum seines

Lendenschurzes führte – und das war kein Makel, sondern eher ein Pfad in den Himmel.

Und wo sie schon beim Ziel dieses verruchten Pfades war – unten in seinem Käfig hatte sie ihn erregt, und er hatte nicht versucht, es zu verbergen. Er hatte damit *geprahlt* und absichtlich die Aufmerksamkeit darauf gelenkt. Aus gutem Grund. Außer in ihren Träumen und dem einen Mal, das sie es sich mit ihm vorgestellt hatte, war sie nur mit einem einzigen Mann im Bett gewesen. Und dieser Mann konnte dem Vergleich einfach nicht standhalten. Sie bezweifelte, dass irgendein Mann das konnte. „Groß" war in Nicolais Fall eine Untertreibung.

Als er sich berührt hatte und mit seinen Fingern seine Länge auf und ab gefahren war, hatte ihr Körper geradezu geschmerzt. Sie hatte die Situation vergessen und sich vorgestellt, auf die Knie zu fallen. Sie wollte ihre Zunge nach ihm ausstrecken und ihn verschlucken.

Verstand, hör sofort auf, so versaut zu sein!

Endlich waren die Wachen fertig und gingen zur Tür. Ihr gebrüllter Befehl „Schlüssel hierlassen!" brachte beide Männer zum Stehen.

Der kleinere der beiden drehte sich um und verbeugte sich. „Ihr habt den Schlüssel für diese Fesseln bereits, Prinzessin."

Oh. Odette hätte das gewusst. „Na ja", sagte sie und schluckte. „Der Fall ... von den Klippen – ihr wisst von den Klippen, nicht wahr? – muss mein Gedächtnis beeinflusst haben. Ihr könnt, äh, uns allein lassen." Sie deutete auf die Tür, so prinzessinnenhaft, wie sie konnte. Liebe Güte, so zu tun, als wäre sie eine andere – jemand, dem sie noch nie begegnet war – machte überhaupt keinen Spaß.

Die Tür schloss sich mit einem leisen Klicken.

Sie drehte sich zu ihrem „Gefangenen" um und verringerte den Abstand zu ihm, bis der Rand des Bettes sie dazu zwang, stehen zu bleiben. Wieder wollte sie ihn berühren, aber sie gestattete sich diesen Luxus nicht. Diese Zähne – er könnte ihre Halsschlagader als Souvenir mitnehmen.

„Der Schlüssel ist in der Nachttischschublade", sagte Nicolai und durchbrach damit die Stille. „Benutz ihn."

Selbst seine Stimme war ein Genuss. Ein sinnliches Gelage aus Tönen und Nuancen. Heiser, belegt, einen Hauch rauchig. Sie schauderte und leckte sich die Lippen. „Du hast mich vielleicht beschworen oder so ähnlich, aber du hast mir nichts zu befehlen. Also hör zu. Du sagst mir, was los ist – und *danach* hole ich den Schlüssel."

„Du und dein ‚danach'." Er starrte sie wütend an. Seine langen Wimpern verschmolzen miteinander, als seine Lider sich schützend über seine einzigartigen zweifarbigen Augen legten. „Das ist Erpressung." So genervt, wie er schien, da war auch so etwas wie ... Stolz.

Warum Stolz? Sie atmete ein und aus und genoss seinen Duft nach Sandelholz. Jetzt war er viel stärker als in ihren Träumen oder beim Lesen des Buches. „Ja, das ist Erpressung, und ich gebe nicht nach."

Grausam von ihr, aber sie befürchtete, wenn sie ihn befreite, würde er erst etwas essen und dann aus der Tür rennen und sie zurücklassen, ohne eine einzige Frage zu beantworten. Er hatte das Aussehen eines gefangenen Panthers, bereit, zuzubeißen und davonzurennen. Außerdem hatte er im Kerker nicht mit ihr reden wollen, und er hatte es nur getan, weil sie ihn gezwungen hatte. Deshalb würde sie ihn weiterhin zwingen.

„Anscheinend riskiere ich es, ausgepeitscht zu werden, weil ich hier bei dir bin", fügte sie hinzu. „Du schuldest mir also etwas."

„Du würdest es nicht verstehen", sagte er durch zusammengebissene Zähne.

Sie hatte die Highschool im Alter von fünfzehn Jahren abgeschlossen. Mit achtzehn hatte sie ihren Master gehabt. Und während sie auf ihren Doktortitel zuarbeitete, hatte sie sich einem streng geheimen Institut der Regierung angeschlossen, um unerklärliche Fähigkeiten und Phänomene zu erforschen und Wege zu finden, selbst das Unerklärliche zu erklären. Sie hatte nur aufgehört und sich auf Medizin spezialisiert, um zurück nach Hause zu ziehen und ihrer Mutter zu helfen, bei der Brustkrebs diagnostiziert worden war.

„Ich glaube, ich schaffe das", sagte sie trocken. Sie stemmte ihre Hände in die Hüften und zog so den Stoff des Gewands über ihrer Brust straff.

Sein Blick blieb an ihren Brüsten kleben, und seine Lippen spannten sich über seine Zähne. „Na gut. Reden wir. Nachdem du dich auf mich gesetzt hast."

Sie blinzelte über seinen sinnlichen Vorschlag, und noch währenddessen reagierte ihr Körper auf ihn und bereitete sich vor, ihn in sich aufzunehmen. „Was ... Warum?"

„Du bekommst, was du willst, und ich bekomme, was ich will."

„Erpressung?", ahmte sie ihn nach, nicht halb so selbstsicher, wie sie klang. Das Blut rauschte in alarmierender Geschwindigkeit durch ihre Adern.

„Ja."

Verlockend. So verlockend. Und wahrscheinlich sollte es sie einschüchtern. „Ich gebe aber nicht nach." Einer von ihnen musste versuchen, professionell zu bleiben.

„Bist du feucht?"

Der Atem stockte ihr in der Kehle. Offensichtlich würde Nicolai nicht derjenige sein, der professionell blieb. Und im Ernst, was war das bitte für eine Frage? „Ich ... ich kenne dich nicht einmal, natürlich bin ich nicht ... ich kann gar nicht ... was du gesagt hast."

„Jane. Ich habe gesehen, wie du mich angestarrt hast. Du kannst. Also. Bist du feucht?"

„Ja", flüsterte sie und wurde rot. Das hatte sie heute schon oft getan. Offensichtlich würde auch sie nicht professionell bleiben.

„Ich bin hart wegen dir."

Ich weiß. Und wie ich das weiß. „Das ist egal." Oh Gott, es war nicht egal. Sie wollte sich mit dieser Härte bekannt machen, wie es sich gehörte. Also mit einem schönen festen Händedruck. „Ich meine, äh, hast du vor, mir so wehzutun, wie du der echten Odette wehgetan hast?"

Einen Herzschlag lang Schweigen. „Odette habe ich gehasst. Jane begehre ich."

So süße, verlockende Worte, noch wirksamer, weil sie ihm nicht vorwerfen konnte, nur das zu begehren, was ihm zur Verfügung stand. Auch Laila hatte ihn gewollt, aber er begehrte die Prinzessin überhaupt nicht. Logischerweise musste Jane also annehmen, dass er sich so zu ihr hingezogen fühlte wie sie zu ihm. Ja, sicher, logisch. Und nicht nur, weil sie zitterte und verzweifelt wollte, dass es stimmte.

Er versuchte vielleicht einfach nur, sie weichzukochen.

Oh, toll. Jetzt kam ihr so ein Gedanke, von dieser hässlichen Stimme tief in ihr. Einer Stimme, die nicht wollte, dass sie je glücklich war. Einer Stimme, die meinte, sie hatte es nicht *verdient*, glücklich zu sein. Sie stritt sich schon seit Monaten mit ihr und gewann langsam immer mehr dieser Kämpfe. Heute vielleicht nicht.

„Wenn ich dir wehtäte, würdest du mir nicht helfen", sagte er mit seidiger Stimme. „Ich will, dass du mir hilfst, und ich bin nicht dumm."

Nein, er war sexy. „Du bist gewalttätig. Ich weiß es."

„Ja."

Seine Ehrlichkeit entwaffnete ihr Argument, ehe sie es aussprechen konnte.

„Hast du Angst vor mir, Jane?"

„Vielleicht. Was, wenn du mich beißt? Oder dieses Zeichnen machst?"

„Es wird dir gefallen, das Beißen und das Zeichnen, aber ich werde beides nicht tun, solange du mich nicht anflehst. Darauf gebe ich dir mein Wort. Und jetzt setz dich auf mich", wiederholte er. „Ich kann dir auch Lust bereiten. Geben und nehmen. Das werden wir jetzt tun. Wir werden einander Lust geben und nehmen, während wir uns unterhalten."

Anflehen ... Du lieber Himmel, dazu könnte es wirklich kommen. Denn tief in sich, im Herzen ihrer Weiblichkeit, wollte sie bei ihm sein. Als wäre sie für ihn geboren worden, und nur für ihn allein. Oder verzaubert. Aber selbst der Gedanke, dass er sie vielleicht mit einem Zauber belegt hatte, konnte ihr Verlangen nach diesem Mann nicht dämpfen. Dieses Verlangen war ihr aus irgendeinem Grund ebenso vertraut wie sein Duft.

„Ich ziehe mein Gewand nicht aus. Meine Unterwäsche auch nicht. Wir haben uns gerade erst kennengelernt. Das wäre, äh, billig."

Idiotin. „Ich vertraue darauf, dass du dein Wort hältst. Und ich tue das nur, um Antworten zu bekommen", log sie.

„Ist mir egal. Ich will dich fühlen."

Langsam und unsicher kletterte sie auf ihn, ein Bein auf jeder Seite seiner Hüften. Ihr Gewand schob sich hoch, bis ihre Oberschenkel nackt waren. Genauso langsam senkte sie ihren Körper ab, bis sie sich an seiner Härte rieb. Sie keuchte, als sie sich berührten. Er stöhnte.

Das war so viel besser als in ihrer Fantasie. Er war heiß, so heiß. Hart, so hart.

„Rede", sagte sie und breitete ihre Handflächen auf seiner Brust aus. Ehe sie das Gegenteil von dem tat, was sie gesagt hatte, und sich den Slip auszog.

Er bäumte sich auf und presste sich fester an sie. Sie stöhnten gemeinsam, und sein Herz schlug ebenso unregelmäßig wie ihres. Das gefiel ihr.

Ein Augenblick verstrich. „Du hast gesagt, du magst Rätsel", bemerkte er heiser. Sein Blick richtete sich auf ihren Hals.

Ihr Puls flatterte, als würde er sich freuen, von ihm bemerkt zu werden. „Ja."

„Wir passen sehr gut zusammen, findest du nicht?"

„Ja." Liebe Güte. Wie dämlich sie klang. Ja dies, ja das. Es war nur so, dass er ihre Schaltkreise durchgebrannt hatte. Sie saß tatsächlich rittlings auf ihm. Und sie sehnte sich. Sie sehnte sich wie ein Drogensüchtiger nach dem nächsten Schuss. Warum sonst hätte sie sich einem Vampir an den Hals werfen sollen?

Er wartete. Als sie nicht mehr sagte, hob er noch einmal die Hüften. „Was willst du wissen, Jane?"

Sie rieb sich an ihm. Aus Versehen, redete sie sich ein, und nur das eine Mal, aber es reichte aus, um sie zum Schwitzen zu bringen. „Ich will ... mehr über ... dich wissen. Warum hast du ausgerechnet mich herbeigerufen, um dich zu befreien?" Da. Sie hatte ihre Stimme wiedergefunden und hechelte auch nicht, als würde sie einen Berg besteigen. Oder einen gut bestückten Mann.

„Das hast du nicht gesagt", fuhr sie fort. „Sehe ich wie Prinzessin Odette aus oder so?" Wenn dem so war, gaben Odette und Laila ein seltsames Paar ab. Die blonde Riesin neben dem brünetten Zwerg. *Neidisch?* „Ich meine, du hast gesagt, für alle anderen sehe ich aus wie ihre Prinzessin." Sie rieb sich noch einmal an ihm, fester diesmal, aber auch langsamer, ganz langsam, und dieses Mal konnte sie es unmöglich ein Versehen nennen. Sie brauchte es. „Aber als ich mich im Spiegel angesehen habe, war da nur, na ja, ich selbst."

Kleine Schweißperlen bildeten sich auf seiner Stirn, während er sich ihr entgegenstreckte und sich mit ihr bewegte. „Du siehst ihr überhaupt nicht ähnlich. Ja, mach weiter so."

„Und wie funktioniert dein Zauber dann?" Seine Spitze stieß gegen ihre empfindlichste Stelle, und Jane stöhnte. „Warum glauben alle, ich wäre sie?"

„Als ich dich beschworen habe, habe ich meine Fähigkeit, Illusionen zu erschaffen, auf dich angewendet und Odettes Bild über deines gelegt." Seine Ketten rasselten, als er versuchte, die Arme zu senken. Als er merkte, dass es ihm nicht gelang, verzog er verärgert das Gesicht. „Für alle, die dich sehen, mit Ausnahme von mir, siehst du aus wie sie, und du klingst wie sie. Aber, bei allen Göttern, du riechst einfach himmlisch."

„Du auch." Er hatte von Fähigkeiten gesprochen, die er besaß. So unglaublich heiß ... äh, *interessant*. Während ihrer Ausbildung war es nie so eine herrliche Qual gewesen, Antworten zu bekommen. „Kannst du die Illusion von mir nehmen?"

Das Leder seines Lendenschurzes fühlte sich zwischen ihren Beinen weich an, ein starker Kontrast zu seiner Härte, der eine Spannung erzeugte, die ihr den Atem nahm. Ihr Herz hämmerte so kräftig, dass sie fast Angst hatte, ihre Knochen würden brechen.

Sie musste langsamer machen, sonst explodierte sie, ehe das Gespräch vorüber war.

„Nein, das kann ich nicht. Nicht, solange wir zusammen sind. Meine Macht ... Sie haben mir etwas angetan. Meine Fähigkeiten irgendwie gebunden, so wie sie meinen Körper gefesselt haben." Er befeuchtete sich die Lippen, entblößte dabei seine Fangzähne und verbarg sie gleich wieder. So scharf, so tödlich. „Gefällt dir das, Jane? Bin ich gut?"

So sehr, dass es ihr Angst machte. „Ja."

„Beug dich vor. Küss mich!"

Wieder der Drang, zu gehorchen ... Stattdessen hörte sie auf, sich zu bewegen. Ja. Sie wollte ihn küssen. Aber sie wusste, auch wenn sie sich vorbeugte, wenn sie ihm den Atem aus den Lungen küsste, wie sie es wollte, dann würden sie Sex haben. Es ging nicht anders. Man sah doch, wie kurz sie davor war, ihn anzuflehen!

Sie konnte nicht mit ihm schlafen. Sie waren Fremde. Schlimmer noch, er war ein Vampir, ein Bluttrinker, und sie hatte an seiner Art Forschungen betrieben. Oh Gott. Das tötete die beste Stimmung. Wenn er es je herausfand, war die Stimmung nicht das Einzige, was sterben musste.

Sie vergewisserte sich, dass er es bestimmt nie herausfinden würde, ehe sie in Panik verfiel. Sie selbst hatte nicht vor, es ihm zu verraten, und wer wusste schon sonst davon? Niemand. Auch wenn er sich fragen könnte, warum sie mehr über seinen Körper wusste, als sie sollte. Zum Beispiel, dass er am Leben war, nicht tot, und seine Organe so angeordnet waren wie bei einem Menschen.

Außerdem würde sie irgendwann nach Hause zurückkehren. Das hoffte sie jedenfalls. Mehr noch, sie waren in Gefahr und unter Zeitdruck. Sie brauchte Antworten von ihm, keinen Sex. Keine Küsse.

Zögernd kroch sie von ihm herunter und stellte sich neben das Bett. Ihr gaben die Knie fast nach. Unglaublich, dass sie das Gleichgewicht halten konnte, denn ihre Muskeln schienen so weich zu sein.

„Jane?"

Sie durfte ihn nicht ansehen. Sie würde nicht nachgeben. Er war einfach so verdammt schön und sein Blick so hungrig. Nach ihr. „Unscheinbare Jane" hatten die Kinder in der Schule sie genannt. Sie war jetzt schon versucht, sich wieder auf ihn zu werfen und sich bis zur Ekstase an ihm zu reiben. Sein Duft hing an ihr. Sandelholz. Köstlich. Jedes Mal, wenn sie einatmete, roch sie ihn, und ihre Entschlusskraft schwand.

„Kann jemand anders die Illusion nehmen?", fragte sie und wendete ihm dabei nur ihr Profil zu. „Während wir zusammen sind?"

„Warum hast du mich verlassen?"

„Ich konnte mich nicht konzentrieren. Ich habe nur ..."

„...an mich gedacht. Und an Sex."

Ihre Wangen wurden warm, als sie nickte.

Er knurrte leise. „Wenn du schon nicht willst, dass ich dir Lust bereite, setz dich wenigstens neben mich. Ich möchte lieber nur einen Teil von dir als überhaupt nichts."

Sagte die Spinne zu der Fliege. Er war anscheinend ein geborener Verführer. Nicolai wusste genau, wie man lockte und verlockte. Obwohl sie es besser wusste, setzte sie sich hin. Ihre Finger strichen über seine Rippen, und seine Hitze brachte sie erneut am ganzen Körper zum Zittern.

„Die Antwort auf deine Frage lautet Ja", sagte er noch grollender. „Wenn jemand größere Macht besitzt als ich, kann meine Illusion gebrochen werden. Aber wandere nicht umher und frag nach so jemandem. Du willst nicht, dass die Hexen hier erfahren, was ich mit dir getan habe."

Sie wartete gespannt und stumm darauf, dass er fortfuhr. Er tat es nicht. Endlich stieß sie hervor: „Dabei kannst du es doch nicht belassen. Was, wenn sie die Wahrheit herausfinden?"

Es folgte nur weiteres Schweigen.

Ihr Herzschlag beschleunigte sich. „Was, wenn deine Magie versagt, während ich hier bin?" Wieder wartete sie. Er beeilte sich nicht, ihr zu versichern, dass alles gut werden würde. *Immer noch kein Grund zur Panik. Noch nicht.*

„Füttere mich", sagte er, und seine Fangzähne sprangen dabei über seine Unterlippe, „und ich werde kräftiger. *Niemand* wird dann mächtiger sein als ich." Am Ende wurden seine Worte undeutlich.

Eine Hälfte von ihr bebte vor Lust, die andere schauderte vor Angst. Die Vampire in ihrem Labor hatten sich von Plasmaspenden ernährt. Sie war noch nie gebissen worden. Sie hatte noch nie den Wunsch verspürt, sich beißen zu lassen. Bis jetzt. Wenn jemand dafür sorgen konnte, dass sie so etwas genoss, dann dieser Mann.

„Ich denke darüber nach. Und jetzt noch mal auf Anfang. Wenn du jeden wie die Prinzessin aussehen lassen kannst, warum hast du dann ausgerechnet mich beschworen?" Warum hatte er ausgerechnet sie in Gefahr gebracht? Es war nicht so, als würde er sie wollen, und nur sie allein. Sie erinnerte sich an die Verachtung in seinem Blick, als er erfahren hatte, dass sie bloß ein Mensch war, erinnerte sich an seine Überraschung. „Das habe ich schon einmal gefragt, und du hast nicht geantwortet."

Er beugte sich vor und zwang ihre Finger fest an seine Haut. Ein stummer Befehl – ein unnachgiebiger Befehl –, ihn zu berühren. „Ich habe nicht speziell dich beschworen."

Das war ihr schon klar gewesen, nachdem sie die Frage gestellt hatte, aber es von ihm bestätigt zu hören, deprimierte sie. Sie musste mit ihm auf Augenhöhe bleiben, doch selbst in Ketten war er ihr weit voraus.

„Wen wolltest du dann beschwören?", fragte sie und malte neben seinem Bauchnabel ein X. Sie blinzelte. Seinem Nabel? Verdammt! Ihre Willenskraft konnte man vergessen. Sie hatte sich befohlen, ihn nicht anzufassen, also war natürlich das Erste, was sie tat, seinen Bauchnabel für sich zu beanspruchen.

„Jane?"

Seine tiefe Stimme erschreckte sie, und sie richtete sich kerzengerade auf. Einen Augenblick später sah sie Nicolai in die Augen. Ein Fehler. Augen wie flüssiges Silber, lodernd vor Leidenschaft. Eine träge Miene, hinter der sich ein Meer aus Verlangen verbarg.

„Ja?" *Gefahr, Jane Parker, Gefahr.*

„Du hörst mir nicht richtig zu, obwohl wir dieses Gespräch nur führen, weil du es willst. Wir könnten ..."

„Es tut mir leid", sagte sie, ehe er fertig sprechen konnte. Es gab keinen Grund, herauszufinden, ob seine Idee, was sie stattdessen tun könnten, mit ihren Wünschen übereinstimmte, aber jede Menge Gründe, die dagegensprachen. Sie setzte sich auf ihre Hände, um sie mit ihrem Gewicht festzuhalten. Hoffentlich. „Ab jetzt passe ich auf."

Er fuhr mit der Zunge über seine Fangzähne, und sie konnte nicht anders, als sich vorzustellen, wie er mit der Zunge zwischen ihre Beine fuhr. „Ich habe die Person beschworen, die mich retten kann."

Oh, lieber Gott. Ihre Knochen schienen zu schmelzen. Ein zweites Mal auf ihn zu klettern, ist vielleicht keine so schlechte Idee, überlegte sie. Dann konnte sie ihn besser hören. Ja, ja, weil sie Probleme damit hatte, ihn zu hören, und ... Verdammt noch mal, dachte sie wieder. Du weißt doch, dass du ihn nicht einmal ansehen darfst!

Sie räusperte sich. „Dann befreie ich dich also, und danach?" Gut. Das war die richtige Richtung.

„Ich bin ... nicht sicher."

Wahrheit oder Lüge? Das Zögern ... „Komme ich wieder nach Hause?"

„Ich habe doch gesagt, ich weiß es nicht. Wartet ein Mann auf dich?", fragte er durch zusammengebissene Zähne.

„Nein. Sonst hätte ich dich nicht geritten. Treue ist wichtig." Sie hatte nichts und niemanden, bis auf die Routine, an die sie sich gewöhnt hatte. Sechs Uhr dreißig aufwachen, fünf Meilen joggen. Duschen, anziehen, Frühstück machen. Ein paar Stunden lesen, meistens etwas über Mikropartikel, manchmal einen Liebesroman, danach Mittagessen. Noch ein paar Stunden lesen, online alles einkaufen, was sie brauchte, und auf dem Laufband laufen, um die Knoten in ihren Muskeln zu lösen. Baden, Abendessen. Fernsehen und dann schlafen. *Aufregend.*

Sie musste nicht arbeiten, denn zum einen hatte sie durch ihre Forschung so viel Geld verdient, dass sie unmöglich alles ausgeben konnte, und zum Zweiten hatte sie nach dem Autounfall so viel Schmerzensgeld bekommen, dass sie unmöglich alles ausgeben konnte. Das Problem war, dass sie sich nach etwas sehnte, das man mit Geld nicht kaufen konnte. Ihre Familie. Eine zweite Chance.

„Aber ich bin dort nicht in Gefahr", fügte sie leise hinzu. „Also, sag mir: Was machst du, wenn ich dich befreit habe?"

Seine Gesichtszüge zeigten vollkommene Entschlossenheit. „Meine Folterknechte umbringen." Flach, kalt. Ein Schwur. „Danach reise ich nach Elden."

Dass er jemanden umbringen wollte, sollte sie nicht in Fahrt bringen, aber das tat es. Und wie. Diese Wildheit ... Er würde beschützen, was ihm gehörte, und um das kämpfen, was er wollte. Immer. Jeder, der ihm oder den Personen, die er liebte, etwas antat, musste leiden. Und bei ihm musste eine Frau sich nie mehr Sorgen machen. Außer um ihre Slips. Die dürften ein paarmal in Fetzen gehen.

„Wenn ich die Heilerin rufe und sie ihren Teil tut, und ich dich dann gehen lasse, nimmst du mich mit?"

Sie würde nicht hierbleiben, so viel war klar. Nicolai hatte vielleicht vor, alle umzubringen, aber er war nur ein einzelner Mann. Oder Vampir, egal. Es würde Überlebende geben. Überlebende, die darauf aus waren, die Person zu bestrafen, die den großen bösen Vampir auf sie losgelassen hatte.

Und je länger sie in diesem Palast blieb, desto mehr begab sie sich in Gefahr, hatte er gesagt. Sie konnte sich aber auch nicht allein auf die Flucht begeben. Sie wusste nichts über dieses Land. Dieses *magische* Land, wo Zauber ausgesprochen werden konnten, Erinnerungen gelöscht und mächtige Vampire versklavt.

Er öffnete den Mund und schloss ihn wieder. Dann entspannte er sich und ließ seinen Körper in die Matratze sinken. Seine Miene wurde weicher, und er sah sie voll lodernder Hitze an. „Was würdest du denn tun, um bei mir zu bleiben?", fragte er, und seine Stimme war wie Rauch, der sie umspielte und versuchte, sie wieder in seinen Bann zu ziehen.

Ihre Hand juckte danach, sich nach ihm auszustrecken, und der Drang, ihn zu berühren, erwachte erneut. Sie wollte die Beschaffenheit seiner Haut kennenlernen – sie hatte vorher nicht genug darauf geachtet. Sie wollte die Wärme seines Körpers wiederentdecken. Schon streckte sie die Hand nach ihm aus ...

Sie sprang auf und wich vor ihm zurück. Neben ihm zu sitzen war ein Fehler gewesen. Sie konnte sich nicht konzentrieren, und sie konnte ihre blöden Hände nicht bei sich behalten.

„Jane", sagte er genervt.

„Was?"

Er kniff die Augen zusammen, und die goldenen Flecken darin leuchteten durch das Silber. „Vergiss es. Habe ich deine Fragen beantwortet?"

„Ja. Warte, nein, ich …"

„Zu spät. Du hast Ja gesagt. Die Meinung ändern gilt nicht. Jetzt ruf die Heilerin." Er hob den Arm, der ihr am nächsten war, so gut er konnte, und rieb mit der Handschelle gegen den eisernen Bettpfosten. „Und nimm mir die Ketten ab."

Verdammter Kerl. Er hatte nicht versprochen, sie mitzunehmen.

„In Ordnung. Zuerst die Ketten. Dann die Heilerin. Aber du schuldest mir etwas. Und wie. Und trink nicht von mir. Ich habe dich nicht angefleht."

„Ist gut."

„Ich vertraue dir. Wenn du dein Wort brichst, werde ich das nie wieder tun. Und wer erst einmal mein Vertrauen verloren hat, kann es nie wieder gewinnen." Sie drehte sich um und beugte sich über den Nachttisch, um die obere Schublade aufzuziehen. Tatsächlich lag darin ein langer dünner Schlüssel auf einem Bett aus purpurrotem Samt. „Sieh einer an. So einfach."

„Odette!" Scharniere quietschten eine Sekunde, ehe die Schlafzimmertür gegen die Wand prallte.

Jane wirbelte entsetzt herum. Eine kleine fettleibige Frau mit geröteten Wangen kam schwer atmend durch die offene Tür. Sie trug ein marineblaues Kleid mit goldenen Akzenten, das über ihrem runden Leib viel zu eng saß. Sie hatte pechschwarzes Haar, das von grauen Strähnen durchzogen und mit viel Öl streng an den Kopf gekämmt war.

Die Stadt ohne Zeit verlangte ihre Opfer.

„Du wagst es, dich mir zu widersetzen, Mädchen?"

Die Königin, dachte sie voller Furcht und mit einem Anflug von Panik. Ihre „Mutter". Die mit der Peitsche. *Vergiss nicht, du sollst Odette sein.*

Angst pumpte in alarmierender Geschwindigkeit durch Janes Adern und gesellte sich zu Furcht und Panik. Gefahr, Gefahr, rief ihr Verstand, und es war nicht die köstliche Art, die Nicolai zu bieten hatte. Wenn es in dieser Welt auch nur ansatzweise so zuging wie in der eigenen, dann hatte diese Frau, diese Königin, die absolute Macht über alles und jeden in ihrem Königreich. Auch über Jane.

„Es ... es tut mir leid." Janes Blick fiel auf Nicolai. Seine Miene war leer, seine Gesichtszüge vollkommen glatt. Und doch konnte er die Spannung in seinem Bizeps und seinem Bauch nicht verbergen. Er vibrierte fast. So unauffällig wie möglich warf sie ihm den Schlüssel zu. „Ich wollte Euch nicht verärgern, M... Mutter. Meine Königin."

„Und doch hast du es getan. Du, meine Thronerbin, zu der mein Volk als Vorbild aufsehen sollte, hast mich wie einen Trottel dastehen lassen." Wenigstens war ihr der Schlüssel nicht aufgefallen. „Statt zu deiner dich liebenden Mutter zu kommen, hast du lieber einen Sklaven aufgesucht." Während die Königin sprach, kamen zwei Wachen hinter ihr in den Raum.

Jane erkannte sie nicht, sie waren größer und sahen gemeiner aus als die anderen.

„Jetzt sollst du bestraft werden."

Die Männer kamen weiter auf sie zu.

„Aber ... ich ... Das könnt ihr nicht machen! Aufhören. Wagt es nicht, mich anzufassen. Loslassen!"

Nicolai entfuhr ein Knurren. Eines, das Schmerzen versprach. Jede Menge Schmerzen. Niemand außer Jane schien es zu bemerken. Die Wachen packten sie an den Armen und fingen an, sie aus dem Schlafzimmer zu zerren.

„Mein", fuhr Nicolai sie an. „Nicht anfassen."

Wieder wurde er ignoriert.

„Aufhören! Loslassen!" Sie wehrte sich, trat um sich und brüllte, aber die Männer lockerten ihren Griff nicht.

Hinter sich hörte sie, wie Nicolai an seinen Ketten riss. „Mein!"

„Ich kann tun, was ich will", sagte die Königin, so herablassend, dass Jane sie ohrfeigen wollte. „Vielleicht hast du das nach deiner kleinen Beule am Kopf vergessen. Aber keine Sorge, mein Schatz. Ich werde dich daran erinnern – und dafür sorgen, dass du es nie wieder vergisst."

5. Kapitel

Sie schrie kein einziges Mal auf, sie keuchte nicht einmal, als die Peitsche ihre zarte Haut verletzte.

Nicolai war an Odettes Bett gefesselt. Er hatte Jane nicht gezeichnet, wie er es vorgehabt hatte, aber er war trotzdem auf eine Weise mit ihr im Einklang, von der er nicht glaubte, sie schon einmal mit einer anderen Person erlebt zu haben. Er hätte nicht in der Lage sein dürfen, sich so auf sie zu konzentrieren, besonders, weil er noch gegen seine lodernde Lust auf sie – ihren Körper, ihr Blut – ankämpfte und alle anderen Gedanken im Vergleich trüb und unwichtig geworden waren.

Jetzt fühlte er Wut. So viel Wut, und nur auf die Wachen gerichtet.

Sie hatten Jane den reich verzierten Gang entlanggeschleift, in dem lauter Porträts der Königin und ihrer Töchter hingen, die geschwungene Treppe mit ihrem dunkelvioletten Teppich hinab und in den extravaganten Bankettsaal. Auch wenn sie sich nicht mehr im Schlafzimmer befand, konnte Nicolai sie noch sehen. Als wären seine Gedanken auf irgendeine Art mit ihren verbunden. Sie wehrte sich den ganzen Weg entlang. Erst als man sie über die Festtafel beugte und ihr Gesicht gegen das polierte Holz drückte, erst als man ihr das Gewand am Rücken aufriss, hatte sie sich beruhigt.

Schwer atmend drehte sie den Kopf, um die Königin anzusehen. Die Herzkönigin, eine Frau, die dafür bekannt war, sich an den noch pulsierenden Organen zu laben, die sie auf der nie enden wollenden Suche nach ewiger Jugend für ihre Zauber und Beschwörungen benutzte.

„Tut das nicht", flehte Jane. „Ich wollte Euch nicht beleidigen."

Die Königin hob eines ihrer vielen Kinne, und die anderen wackelten darunter. „Und doch hast du es getan."

„Es tut mir leid."

„Es wird dir gleich noch viel mehr leidtun."

„Bitte", sagte Jane, und ihre Haut war zugleich blass vor Angst und leuchtete vor Anstrengung. „Gebt mir noch eine Chance."

Vielleicht antwortete die Königin etwas. Nicolai würde es nie erfahren. Er war zu sehr von Janes Rücken gebannt. Sie trug bereits Narben. Mehr, als er jemals zählen könnte. Sie rankten sich um ihre Wirbelsäule bis zu ihren Rippen, rot und zornig, Bänder des Schmerzes. Sie erstreckten sich hinab bis dorthin, wo ihr Gewand sich teilte, und vielleicht sogar an ihren langen Beinen entlang.

Was zur Hölle hatte man ihr angetan?

Seine Schuldgefühle erwachten zu neuem, heulendem Leben, und dieses Mal konnte er sie nicht unterdrücken. *Er* hatte sie in diese Situation gebracht. Diese zarte, verlorene Frau mit dem verlockenden Duft, die ihm einen Sonnenstrahl in seinen dunklen Abgrund geschickt hatte. Sie war gekommen, um ihn zu retten, und sie hatte ihm genug vertraut, um sich auf ihn zu setzen, während sie sich unterhielten. Hatte sich an ihm gerieben, seine Lust in ungekannte Höhen getrieben, selbst ohne den Höhepunkt zu erreichen. Und ihr Widerstand – bei den Göttern, er wollte ihn ihr austreiben. Immer noch. Er wollte sie seine Bisse spüren lassen, und seine Küsse.

Wollte sie nehmen.

Vielleicht war sie auch nur eine Herausforderung, der er sich stellen musste. Es war ihm egal. Sie war ganz einfach sein. Das stand außer Frage. Mein, riefen alle Zellen seines Körpers weiterhin. *Ganz mein.*

Er konnte nicht zulassen, dass sie ausgepeitscht wurde.

Nicolai sah zu dem Schlüssel, der an seiner Seite lag. Jane hatte ihn ihm zugeworfen, und er war auf der Matratze gelandet. Mutig von ihr, aber nutzlos. Er konnte sich nicht weit genug vorbeugen, um ihn mit dem Mund zu erreichen. Er konnte seine Hand nicht genug verdrehen, um ihn zu fassen. Er konnte nichts damit anfangen. Und doch, dass sie es überhaupt versucht hatte, im Angesicht der Gefahr, die ihr selbst drohte … berührte ihn.

Er *würde* fliehen. Was auch immer dafür nötig war. Er würde sie retten.

Noch nie zuvor hatte man ihn allein außerhalb seiner Zelle gelassen, ohne dass eine Wache in der Nähe war. Er riss an seinen Handschellen. Die Metallglieder kratzten auf seiner bereits eingeschnittenen Haut und gruben sich immer tiefer und tiefer in sein Fleisch. Er hatte an ihnen gezerrt, als er nach Jane greifen wollte, aber da war es ihm egal gewesen, er hatte keinen Schmerz gespürt außer seinem schmerzlichen Begehren. Jetzt spürte er den Schmerz. Er ließ sich nur nicht davon abhalten.

Wie zuvor hielten die Riegel stand, an seinen Handgelenken und am Bett. Er knirschte mit den Zähnen. Sein Hass auf Laila, ihre Mutter und ganz Delfina wuchs immer weiter. *Zerstören ...*

Er schloss die Augen und konzentrierte sich auf die Macht, die in ihm verschlossen war. Da war sie, dunkel, so dunkel, ein Sturm, der nur darauf wartete, losgelassen zu werden, und der verzweifelt in ihm brodelte. Und alles, was er tun musste, war, den Glaskäfig zu durchbrechen, den man in ihm errichtet hatte.

Ein Glaskäfig, durch dessen Mitte dünne Risse liefen, wie Flüsse auf einer Landkarte.

Nutz sie aus. Er schlug gegen das Glas seiner Gedanken, immer und immer wieder. Nichts. Er kratzte daran. Immer noch nichts. Verdammt!

„Jetzt", hörte er die Königin sagen, und es riss Nicolai zurück in die Gegenwart. Zu Jane und ihrer Verbindung. Irgendwie war genug seiner Magie entkommen, damit er sie jederzeit beobachten konnte, selbst wenn sie voneinander getrennt waren.

Leder zischte durch die Luft. Der erste Schlag traf. Jane kniff die Augen fest zusammen und presste ihre Lippen aufeinander. Sie verzog das Gesicht, aber sie gab keinen Laut von sich.

Sie hatten es getan. Sie hatten sie ausgepeitscht.

Einfach so zerbrach etwas in Nicolai. Nicht der Glaskäfig, sondern etwas viel Gefährlicheres, das in ihm brüllte wie ein wildes Tier, das man bis an seine Grenzen getrieben hatte.

Nicolais Körper hatte vom ersten Augenblick an auf Jane reagiert. Er hatte Lust erfahren, Schuld und Besitzanspruch, in verschiedenen Maßen. Jetzt übernahm der Besitzanspruch sein Handeln.

Mein, dachte er wieder.

Dieses Mal entsprang das Wort tief aus seinem Inneren, so unaufhaltsam wie eine Lawine. Er verstand nicht, warum der Gedanke von so viel Wildheit begleitet war, und er weigerte sich im Augenblick, darüber nachzudenken. Später. Er wollte später darüber nachdenken. Jetzt gerade wusste er nur, mehr als je zuvor, dass sie sein war – seine Retterin, seine Frau –, und nichts sonst war mehr wichtig.

Die Wachen hatten sie angefasst, ihr wehgetan. Dafür mussten sie sterben. Qualvoll. Wenn er mit ihnen fertig war, würden sie ihm wahrscheinlich danken, dass er sie endlich umbrachte.

Er brauchte sich dafür nur zu befreien. Und das würde er. Nichts konnte ihn aufhalten. Jetzt nicht, nicht mehr.

„Bald" war endlich gekommen.

Ein magischer Vampir zu sein, wie Jane es genannt hatte, war ihm dabei keine Hilfe, musste er jetzt zugeben. Doch seine Entschlusskraft nahm nur noch zu, vermischte sich mit seinem Hass und dem Brennen seines neuen Besitzanspruchs. Er würde Jane durch reine Sturheit erreichen; er würde sie retten. Egal was er dafür tun musste. Sein Blick wanderte zu seinen Handschellen, und er kniff die Augen zusammen. Ohne Daumen würden seine Hände einfach hindurchpassen.

Er musste nicht einmal darüber nachdenken. Macht's gut, Daumen.

Gegen den Schmerz, von dem er wusste, dass er kommen würde, biss er sich auf die Zunge, dann rammte er seine Hände mit ausgestreckten Daumen gegen das Kopfteil des Bettes. *Knirsch.* Die Knochen brachen schon mit dem ersten Schlag. Er atmete tief ein, aber wie Jane gab er keinen Laut von sich. Schlag um Schlag um Schlag. Jeder neue Aufprall verursachte mehr Schaden, zerriss Sehnen, zerfetzte Muskeln, zersplitterte Knochen.

Als er fertig war, schwitzte er, er blutete, und seine Hände hingen schlaff herunter. Aber sein Oberkörper war frei. Mit einem Knurren setzte er sich aufrecht hin. Er hörte das Pfeifen von Leder, das durch die Luft peitschte, und einen leisen Atemzug. Noch ein Hieb auf Janes zarte Haut.

Haut, die er liebkosen wollte.

Seine Hände waren zu zertrümmert, um nach dem Schlüssel zu greifen. Tatsächlich warf er das kleine Stück Metall bei seinen Versuchen sogar auf den Boden. Er würde ihn später brauchen, um die Halsfessel zu lösen, dann wollte er ihn mit dem Mund aufheben – nachdem er sich befreit hatte.

Mit zusammengekniffenen Augen spähte er zu seinen Füßen hinab. In einem anderen Winkel würden diese Füße sofort durch die Metallringe gleiten. Und um diesen anderen Winkel zu erreichen, musste er nur jeden Knochen brechen, der von seinem Knöchel zu seinen Zehen führte.

Nicolai fing an, gegen den Boden zu treten.

Jane schloss die Augen, um die Tränen zu verbergen, die sich darin sammelten und drohten, überzulaufen. Es war nicht so, als hätte sie noch nie Schmerzen ertragen. Du liebe Zeit, immerhin hatte sie sich die Wirbelsäule gebrochen, und ihre Beine waren monatelang unbrauchbar gewesen. Und dann die Operationen. Immer wieder war sie operiert worden, um ihre Knochen wieder an den richtigen Platz zu setzen. Und danach natürlich noch Rehabilitation.

Dieses Auspeitschen war also nicht mehr als ein kurzes Aufblitzen auf ihrem Schmerz-Radar. Was sie kaum ertrug, war die Demütigung, über den Tisch gebeugt zu sein, mit aufgerissenem Kleid, ihre Narben offen sichtbar für jeden, der ihr Schaden zufügen wollte, und ihr Körper gefesselt mit Seilen, die sie nicht sehen konnte. Magie? Und wofür? Weil sie nicht mit einer fetten hässlichen Frau hatte sprechen wollen, als diese sie zu sich gerufen hatte?

Arme Odette. War ihr Leben immer so gewesen? In ständiger Angst vor der nächsten Strafe? Und armer Nicolai. Jane konnte ihm nicht vorwerfen, dass er alles in seiner Macht Stehende tat, um sich zu retten. Sie hätte es genauso gemacht.

Im Grunde hatte sie nur sich selbst Vorwürfe zu machen. Hätte sie auf Nicolai gehört und ihn befreit, als er es wollte, wären sie jetzt schon weit, weit fort von diesem schrecklichen Ort. Na ja, er jedenfalls. Er hätte sie zurückgelassen. Und das, dachte sie, könnte er immer noch tun. Während ihres Gesprächs hatte sie ihm kein Versprechen entlocken können. Nicht dass er sie mitnehmen würde, und auch nicht dass er sie beschützte. Und jetzt war es zu spät. Auf keinen Fall würde sie ihn nach alldem gefesselt lassen. Unter keinen Umständen. Er war frei, sobald sie körperlich dazu in der Lage war, ihn zu befreien, und dann würde sie sich selbst aus dem Staub machen.

Vielleicht war das dumm von ihr. Wahrscheinlich. Okay, es war auf jeden Fall dumm. Zuzulassen, dass sie von der einen Person getrennt wurde, die wusste, wer und was sie war, der einen Person, die sie nach Hause bringen konnte … war verdammt dämlich. Aber das würde sie trotzdem nicht davon abhalten.

Wow. Jane Parker, dämlich. Das war neu. Sie lachte ohne Humor dahinter. Eine Neuheit im Angesicht des Schmerzes. *Super.*

„Amüsierst du dich?", fragte die Königin.

Jane weigerte sich, sie auch nur wahrzunehmen.

Die Königin kreischte empört. „Ihr schlagt sie offensichtlich noch nicht fest genug. Du." Sie schnalzte mit den Fingern. „Nimm du die Peitsche. Deine Arme sind stärker, das weiß ich wohl."

Oh, wie abstoßend.

Eine kurze Pause, dann fuhr die Peitsche wieder auf sie herab, fester, so viel fester, wieder und immer wieder, und die Minuten strichen dahin. Immer noch entkam Jane kein Laut. Sie wollte nach Hause. Zurück in ihr langweiliges Leben, über das sie allein die Kontrolle hatte.

Die Peitsche schwieg. Endlich Ruhe.

„Hast du deine Lektion gelernt, Odette?", fragte die Königin erwartungsvoll. „Oder soll ich ihn auch die Haut von deinen Beinen abschälen lassen?"

Jane öffnete den Mund, um der Schlampe zu sagen, sie solle zur Hölle fahren – dieses Mal konnte sie sie nicht ignorieren –, aber dann hielt sie sich zurück. Glaubten diese Leute an die Hölle, wussten sie überhaupt, was das war? Würde sie sich damit vielleicht als Mensch verraten und so den Schutz – wie gering er auch sein mochte – verlieren, den ihr das Aussehen von Prinzessin Odette brachte?

„Schweigen wird dir nicht …"

Ein Brüllen hallte von den Wänden wider, scharf und kehlig und Schmerzen verheißend.

Jeder im Raum erstarrte. Jane vergaß zu atmen. Dieses Geräusch – so etwas hatte sie noch nie gehört. Ein Tier war entkommen, ein Löwe vielleicht, das musste es sein. Und auf seiner Speisekarte standen Menschen.

Noch ein Brüllen, gefolgt von dem Geräusch berstender Möbel und zerspringenden Porzellans. Schmerzensschreie. Keuchen, rasende Schritte. Waren die Wachen geflohen?

„Lasst mich nicht allein", rief sie.

„Was geht hier vor?", fauchte die Königin. Okay. Gut. Sie war noch da. Auch wenn sie eine Schlampe war. „Du, finde es heraus. Du, schütz mich."

„Befreit mich!", verlangte Jane. „Sofort."
Sie wurde nicht beachtet.
Eine der Wachen lief auf die Tür zu, aber da die anderen Wachen gerade in den Raum strömten, um dem Biest zu *entkommen*, gelang es ihm nicht, hinauszukommen. Nicht lebendig. Für einen Augenblick lief alles durcheinander, dann spritzte Blut, und ein kopfloser Körper fiel zu Boden.
Aus dem Augenwinkel entdeckte Jane Nicolai. Er war über und über mit Blut befleckt, er humpelte, und seine Arme hingen schlaff an seinen Seiten. Seine Fangzähne hatte er in einer schrecklichen, blutroten Grimasse entblößt, und sie wusste: *Er* war das wilde Tier.
Gott sei Dank. Sie entspannte sich etwas. Irgendwie, auf irgendeine Weise, war es ihm gelungen, zu entkommen. Sein Plan, alle umzubringen, die unter dem Dach dieses Palastes lebten, schien gut voranzuschreiten.
Zunächst hatte sie geglaubt, es würde Überlebende geben. Jetzt nicht mehr.
Er rammte einen weiteren Wachmann, hieb ihm die Schulter in den Bauch und schleuderte ihn zurück. Der Wächter prallte gegen einen weiteren, gegen den mit der Peitsche. Die zwei fielen zu Boden. Nicolai vergrub seine Zähne im Hals des Peitschenträgers und schüttelte ihn wie ein Wolf seine erste Beute seit Monaten. Schreie ... Stille ... Tod ...
Plötzlich war Jane frei von den Fesseln, die sie gehalten hatten. Sie richtete sich auf. Scharfe Schmerzen schossen ihr über den Rücken und fuhren in Spiralen durch den Rest ihres Körpers. Sie bemerkte sie kaum. Das Gewand rutschte ihr von den Schultern und entblößte einen Augenblick lang ihre Brüste. Sie griff eilig nach dem Stoff und hielt ihn vor sich.
Nicolais silbrig goldener Blick richtete sich auf die Königin, die von ihrem Wächter nicht länger geschützt wurde. Blut – und andere Dinge – troffen ihm aus dem Mund. Seine Miene war finster und so mörderisch, dass selbst Jane vor ihm zurückwich. Er bot einen furchterregenden Anblick. Ein Krieger, von Blut berauscht, dessen einziges Ziel es war, alles und jeden um sich herum zu vernichten.
Er ging auf die Königin zu. „Stirb. Du wirst sterben."

„Wie kannst du es wagen, mich und mein Volk auf diese Weise zu bedrohen?", fuhr die Schlampe ihn an. „Ich habe dich leben lassen, nachdem du meine älteste Tochter gequält hast, und jetzt glaubst du, du kannst auf meine Gnade spucken? Wache!"

Niemand kam. Vielleicht waren sie alle zu sehr damit beschäftigt, tot zu sein.

„Sie. Ist. Mein", zischte Nicolai und stellte sich vor Jane, während er immer weiter auf die Königin zuschritt. Irgendetwas stimmte nicht mit seinen Füßen, seine Knöchel waren in einem unnatürlichen Winkel verdreht, und doch waren seine Schritte fest und entschlossen.

Die Königin hob ihre vielen Kinne. „Du willst meine Tochter vor mir beschützen? Die Tochter, die du selbst umbringen wolltest?"

„Mein!"

„Dann komm, Sklave. Komm und hol mich."

Janes Herz schlug mit neuer Kraft. Ihre Beine zitterten. Die Königin hatte keine Chance, diesen letzten Kampf zu gewinnen, oder doch? *Bitte nicht.*

Nicolai sprang.

Grinsend streckte die Königin einen Arm aus, und Wellen der Macht pulsierten von ihrer Hand. Die Luft um sie herum schimmerte und verdichtete sich. Nicolai prallte gegen eine unsichtbare Wand und wurde zurückgeschleudert.

Noch ein Brüllen löste sich aus Nicolais Kehle, als er aufsprang. Er trommelte mit seinen verletzten Fäusten gegen die unsichtbare Mauer und ließ seine Fangzähne aufblitzen.

Die Königin lachte selbstgefällig. „Verstehst du jetzt? Selbst wenn du deine volle Stärke hättest, könntest du mir nichts antun. Ich bin unerreichbar für dich."

Das Geräusch schwerer Schritte hallte durch den Saal, und Jane sah mit weit aufgerissenen Augen zu, wie die zweite Verteidigungslinie aufmarschierte. Also gab es doch noch mehr Wachen. Dieses neue Regiment hielt Schwerter und Speere in den Händen, und als sie den blutbeschmierten Nicolai entdeckten, handelten sie sofort.

„Nein!" Jane warf sich vor ihn, mehr durch Instinkt getrieben als durch Logik. Sie wusste nur zu gut, dass man Vampire umbringen konnte, und sie konnte es nicht ertragen, zuzusehen, wie Nicolai dies durchmachen musste.

Starke Arme schlossen sich um ihre Taille und rissen sie gegen einen harten Körper. Immer noch von Instinkten getrieben, kämpfte sie einen Augenblick dagegen an, trat aus und benutzte ihre Ellenbogen.

„Mein. Halt ... still."

Nicolai. Sie entspannte sich, obwohl er immer noch wie ein wildes Tier wirkte. Er fühlte sich warm an. Fest, stabil trotz seiner Wunden. Sogar draufgängerisch. Ihre Atemzüge wurden schneller, und sie nahm den Duft nach Sandelholz wahr, den sie bereits zu lieben gelernt hatte.

Na gut. Wir werden also gemeinsam sterben, dachte sie losgelöst von allem. Sie hatte im vergangenen Jahr so viel überlebt. Den Autounfall, Verletzungen, an denen die meisten Menschen gestorben wären. Verletzungen, die auch sie hätten umbringen sollen. Besonders, da sie sich nach dem Tod sehnte und nichts getan hatte, um sich selbst zu helfen.

Sie war so verloren gewesen und hatte so viele Fragen gestellt. Warum ausgerechnet sie? Was war so anders, so besonders an ihr, dass sie ertragen hatte, was andere nicht ertragen könnten? Nichts, war die Antwort.

Und jetzt, da sie leben wollte, sollte sie endlich sterben. Ironie vom Feinsten. Es würde ihr nicht gestattet sein, Nicolai besser kennenzulernen. Sie durfte keine Zeit mit ihm verbringen, mit ihm lachen oder ihn lieben.

Sie hätte ihn küssen sollen.

„Mein", wiederholte Nicolai dicht an ihrem Ohr. „In Sicherheit." Er hatte einen Arm ausgestreckt, wie die Königin, und die Luft um sie herum flackerte und bildetet eine ... Mauer? Für sie beide?

Sie sperrte den Mund weit auf, als die Wachen dagegenprallten und rückwärts flogen, wie Nicolai kurz zuvor.

Ein Keuchen drang aus ihrer Kehle. „Wie konntest du ...?"

„Komm", sagte Nicolai mit seiner rauen Stimme. Seine Ein-Wort-Sätze waren frustrierend, kamen ihr aber gelegen. Er stieß sie an.

Schritt für Schritt stieg sie über die Gefallenen, die im ganzen Saal verteilt lagen. Wer noch stehen konnte, wurde von der Mauer aus dem Weg geschoben. Vor dem Speisesaal lag ein Foyer. Großzügig geschnitten, mit Türen, die in jede Richtung führten. Wo sollte sie hingehen?

Laila kam die Treppe heruntergerannt, ihr langes Haar flatterte hinter ihr, und der silberne Zeitmesser hüpfte auf ihrer Brust. Als sie Jane und Nicolai entdeckte, kam sie abrupt zum Stehen.

Nicolai fauchte sie an. Er ließ Jane los, als wollte er die Treppe hinaufspringen und angreifen, aber er änderte seine Meinung schnell, legte seinen freien Arm erneut um Jane und sorgte mit dem anderen dafür, dass die Mauer bestehen blieb. „Mein."

Der Spitzname fing an, ihr richtig zu gefallen.

Die jüngere Frau atmete schwer, und in ihren grünen Augen glitzerten Eifersucht und Hass. „Dein? Sie gehört nicht dir. Odette, er hat vor, dich umzubringen! Kämpfe gegen ihn! Benutz deine Magie."

Jane zeigte ihr den Mittelfinger.

Ihre Wut wich dem Schock, aber nur für einen Augenblick. Sobald die Prinzessin ihre Sinne wieder bei sich hatte, brüllte sie: „Jemand muss sie aufhalten! Sofort!", aber den Wachen gelang es immer noch nicht, die Mauer zu durchdringen. „Er hat Odette verzaubert."

„Wir brauchen Magie, Prinzessin", sagte einer von ihnen. „Zaubert für uns. Irgendetwas!"

„Keine Magie", sagte Laila ohne zu zögern und mit einem kurzen Anflug von Panik. Dann, an Nicolai gewendet: „Glaubst du, ich ließe deine Vampirkraft und deine Fähigkeiten fesseln, ohne dich auch zu verzaubern, damit du für immer hierbleibst? Du kannst den Palast vielleicht verlassen, aber du wirst zurückkehren. Das verspreche ich dir."

Noch ein Knurren kam aus Nicolais Kehle, so wild, dass auch Janes Körper vibrierte.

„Du kannst sie umbringen, wenn du willst", sagte Jane. „Ich warte hier."

Er packte sie fester. „Mein."

Anscheinend war es wichtiger, sie zu beschützen, als Rache zu nehmen. Sie wusste nicht, warum er seine Meinung geändert hatte, aber seine Entscheidung war ein Geschenk, besser als ein Diamant, und nichts, was sie je weiterverschenken würde.

Ja, sie hätte ihn wirklich küssen sollen, als sie die Gelegenheit gehabt hatte. Wenn sie erst in Sicherheit waren, würde sie dieses Versäumnis nachholen.

Laila hob ihr Kinn (ihre vielen) und erinnerte Jane dabei an die Königin. Lächelnd zog sie mit der Fingerspitze Kreise um die Mitte des Zeitmessers. „Mach schon. Versuch es. Versage!"
„Geh", forderte Nicolai Jane auf.
„Wohin?" Sie packte ihr Gewand fester.
Er sprach nicht noch einmal, sondern führte sie zu einer der Türen. Er benutzte seine breiten, starken Schultern, um sie aufzuschieben, und passte dabei auf, dass er ihren Rücken nicht berührte. In ihrem Blut war das Endorphin so hoch konzentriert, dass er ihr auch Salz auf den wunden Rücken hätte streuen können, ohne dass sie etwas gemerkt hätte. Noch nicht.

Silbernes Mondlicht fiel in den Raum, und vor der Tür erstreckte sich eine große Fläche freies Land, auf dem Männer und Frauen in Roben entlanggingen, ohne Eile, fröhlich, und um sie herum tanzten Kinder. Dahinter sah Jane Bäume. Meilenweit weiße Bäume, deren Blätter sich im Wind wiegten und wie betrunkene Gespenster miteinander tanzten. Die Landschaft war ihr irgendwie vertraut, als wäre sie schon einmal hier gewesen. Wie ... warum ...?

Jane konnte nur starren und sich bemühen, alles zu verstehen, bis Nicolai sie losließ und ihre Gedanken abrupt in die Wirklichkeit zurückkehrten. Verließ er sie wirklich schon? Enttäuschung machte sich in ihr breit. Seine Berührungen hatten ihr gefallen, sie wollte mehr davon. Vielleicht für immer, was bedeutete, dass sie noch immer so dumm war wie vorhin. Zum Glück ließ er die Trennung nicht lange andauern. Er trat neben sie, ergriff ihre Hand so fest, wie er konnte, was in Anbetracht seiner Verletzungen allerdings nicht sehr fest war, und zog sie in die Menge.

„Hier entlang."

Ein Kind entdeckte sie und verbeugte sich tief. Ein Murmeln wurde laut, und alle anderen taten es ihm rasch gleich. Janes Schritte stockten.

„Äh, hi", sagte sie, weil sie nicht wusste, was sie sonst sagen sollte.
„Prinzessin", murmelten sie. Nicht freudig, sondern voller Angst.
„Lauf ... schneller ...", forderte Nicolai sie mit einem Stoß auf.
„Hat mich gefreut", murmelte sie und fing an zu rennen.

6. Kapitel

Sie waren stundenlang unterwegs – so erschien es ihm jedenfalls –, und doch gelang es ihnen nicht, den Wald zu verlassen. Nicolai hatte den Verdacht, dass sie im Kreis gingen und in der Mitte sein Verderben lag. Immer wenn er dachte, sie hätten Fortschritte gemacht, entdeckte er das glitzernde Dach des Palasts. Ein Dach, für das Delfina berühmt war, denn die Schindeln bestanden aus reinen Elfentränen. Egal was er versuchte, er konnte den Pfad nicht verändern.

Versagen. Das Wort hatte Laila benutzt. *Mach schon. Versuch es. Versage.* Ihm wurde klar, dass sie ihre Magie benutzt hatte, wie versprochen. Aber was war das für ein Zauber? Wenn er es nicht herausfand, konnte er auch nicht dagegen ankämpfen. Noch während Frage und Antwort sich in seinen Gedanken bildeten, durchfuhr ihn ein scharfer Schmerz. Er biss die Zähne zusammen.

Wenigstens waren die Wachen nicht hinter ihnen her. Selbst als die magische Mauer sich um sie herum in Rauch auflöste. Magie, von der er nicht wusste, wie er sie geschaffen hatte. Er wusste nur, dass er sofort gewusst hatte, was zu tun war, als die Königin ihre Mauer errichtet hatte.

Jetzt allerdings konnte er sich nicht mehr erinnern. Die Fähigkeit war verschwunden, als hätte er sie nie gehabt. Und das machte ihn wütend. Er musste Jane um jeden Preis beschützen.

Mein. Der Drang, sie zu besitzen, war jetzt so sehr Teil von ihm, dass er nicht wusste, wie er je ohne sie hatte überleben können. Also, ja, er würde sie beschützen. Auch vor sich selbst. Sein Hunger war vollkommen gestillt, nachdem er so viele Wachen leer gesaugt hatte, um zu ihr zu kommen, und doch konnte er sie immer noch riechen. Sein Weib. So süß. Er wollte sie immer noch kosten. So sehr.

Doch sie war verletzt und musste sich ausruhen. Nicht dass sie sich beschwerte. Sie hatte kein Wort gesprochen, seitdem sie den Hof des Palastes verlassen hatten. Sie war die ganze Zeit hinter ihm geblieben, akzeptierte alle seine Anweisungen, folgte seinen Befehlen. Humpelnd, vermutete er, und manchmal stützte sie sich auf seinen Arm.

Er hatte es sich nicht gestattet, sie anzusehen, denn er wusste, er wäre schon lange stehen geblieben, wenn sie müde erschiene. Doch er wollte sich so weit vom Palast entfernen wie möglich. Weit weg von Laila und der Königin – die eigentlich tot sein sollten und schon in ihren Gräbern verwesen.

Dass sie beide überlebt hatten ...

War ein geringer Preis, solange auch Jane lebte.

Seine Knöchel pochten vor Schmerzen, als er sie zu einer Höhle führte, die ihm jedes Mal aufgefallen war, wenn er sich, ohne es zu wollen, auf dem Rückweg befand. „Hier", sagte er rauer, als er vorgehabt hatte. „Da drin sind wir außer Gefahr." Er war sich sicher.

„Oh, gut. Du bist wieder normal."

Normal? Was sollte das heißen? „Ruh dich aus." Wenn sie erst ihre Kräfte gesammelt hatten, konnte er in den Palast zurückkehren, sich einschleichen, Laila und ihre Mutter umbringen und die Heilerin finden, wie geplant. Ehe er sich auf den Weg machte, würde er eine Schutzmauer aufbauen, damit Jane hierbleiben konnte und nicht in Gefahr geriet.

Sobald sein Gedächtnis erst zurückgekehrt war und seine Mächte befreit, konnte er zu ihr zurückkehren. Danach würden sie gemeinsam die Reise nach Elden antreten.

Seine Hände ballten sich zu Fäusten. Elden. Was erwartete ihn in Elden, bis auf den Wunsch, einen König umzubringen, dem er noch nie begegnet war? Jedenfalls nicht, soweit er wusste. Er wusste nur, dass der König die früheren Regenten ermordet und die Krone mit brutaler Gewalt an sich gerissen hatte.

Nicolai hatte gehört, wie Bedienstete im Palast über den Regierungswechsel tratschten. Gestern oder vor hundert Jahren, er wusste es nicht. Der Zeitzauber, den die Hexen auf den Palast gelegt hatten, sorgte dafür, dass die Minuten für alle Bewohner ewig lange andauerten und die Tage zu einer Masse ineinanderliefen, die niemand mehr zählen konnte.

Nicolai fragte sich, ob er den früheren Königen je begegnet war. Vielleicht hatte er sie ja bewacht. Während er sich die Personen nicht vorstellen konnte, sah er ihren Palast ohne Schwierigkeiten vor sich.

Ein weit in den Himmel ragendes Monstrum, gebaut, um Angriffen zu widerstehen, nicht, um dem Auge zu schmeicheln. Ein fruchtbarer grüner Wald umgab einen See, und mitten in dem See stand das Gebäude. Es gab keinen erkennbaren Eingang, bis auf die Brücke der Wachen – eine Brücke, die er besser kannte als die Züge des eigenen Gesichts.

Er *sehnte* sich nach diesem Palast, diesem See, diesem Wald. Er wusste, das Land roch nach Meersalz und Pinie. Er glaubte, das Hallen seiner Schritte hören zu können, als er auf … etwas zurannte, vielleicht, um jemanden zu umarmen? Er glaubte, das tiefe Lachen einer Frau und das anerkennende Schnauben eines Mannes zu hören. Ein Stich aus Liebe und Heimweh durchfuhr ihn, gefolgt von einer Welle des Hasses.

Liebe? Heimweh? Hass? Warum? Er musste die Antworten finden. Er musste den neuen König umbringen.

Ein dumpfer Schmerz breitete sich in seinen Schläfen aus, und er brach den Gedankengang ab. Für den Augenblick.

Jane stellte sich humpelnd vor ihn und legte ihre Hände auf seine Schultern. Sobald sie ihn berührte, sprangen seine Fangzähne wieder hervor, und sein Zahnfleisch begann zu schmerzen. Nur ein kleiner Schluck …

Nein! Noch nicht. Stattdessen sonnte er sich in ihrer Schönheit und lenkte sich von seinem unnötigen Hunger ab, indem er sich auf ihre elektrisierende Ausstrahlung konzentrierte. Elektrisierend, weil sie ihn irgendwie zurück ins Leben geholt hatte.

Ihr honigblondes Haar, das ein Gesicht umrahmte, so rein und einzigartig wie eine Schneeflocke, schien sich nach den Fingern eines Mannes zu sehnen. Ihre ockerfarbenen Augen sahen nicht mehr gehetzt aus, sondern entschlossen. Ihre Wangen waren rosig – vor Verlangen, obwohl sie so geschwächt und misshandelt war –, und ein dünner Film aus Schweiß von der schwülen Nachtluft brachte sie zum Leuchten. Sie hatte den Stoff ihres Gewands zusammengebunden, und die Knoten an ihren Schultern schienen ihn zu verspotten. Mit nur einem Zug konnte er sie lösen, und dann …

Nein, dachte er noch einmal. Er würde sich solche lüsternen Gedanken erst gestatten, wenn sie geheilt war. Und dann … oh ja, dann.

Zu sehen, wie sie für seine Taten ausgepeitscht worden war, hatte nicht nur etwas in ihm zerbrochen, es hatte auch etwas anderes geweckt. Ganz zu schweigen von ihrem Lächeln … Sie hätte ihn nicht anlächeln dürfen.

„Der Schlüssel", sagte er. „Befrei meinen Hals." Er benutzte seine Zunge, um sich den Schlüssel, den er im Mund hatte, zwischen die Zähne zu schieben.

„Ist mir ein Vergnügen." Sie schloss den Ring auf. Die schwere Fessel fiel mit einem lauten Aufprall zu Boden. „Wir sollten uns wahrscheinlich auf den Weg machen. Die Sonne geht bald auf." Auch wenn sie humpelte, ihre Stimme klang fest und kräftig. „Wenn ihr hier eine Sonne habt? Und wenn die Zeit für uns fortschreitet? Irgendwer hat gesagt, in Delfina gibt es keine Zeit."

„Das stimmt nicht ganz. Für die Bewohner des Palasts verläuft sie nur sehr viel langsamer. Und ja, hier draußen gibt es eine Sonne, einen Tag und eine Nacht."

„Dann müssen wir dich verstecken. Wir wollen doch nicht, dass du in Flammen aufgehst."

Er runzelte die Stirn. „Ich bin kein Nachtwandler." Woher wusste sie von den Nachtwandlern und davon, dass sie in Flammen aufgingen?

„Oh, na dann …" Sie wurde blass und schluckte. „Na ja, in meiner Welt gelten Vampire als Mythos. In Büchern und Filmen geht ihr immer in Flammen auf – oder glitzert –, wenn ihr mit Sonnenlicht in Berührung kommt."

Glitzern? „Vielleicht reagiere ich auf die Strahlen der Sonne empfindlicher als andere Bewohner des Reiches, aber ich bin nicht wie die Nachtwandler. Schlimmstenfalls bekomme ich einen Sonnenbrand, vielleicht ein paar Brandblasen."

„Oh. Gut." Ihre Erleichterung war spürbar.

So eine starke Reaktion, obwohl sie keinen Grund zur Sorge gehabt hatte. Und doch, ihre Sorge gefiel ihm. Er mochte es, dass sie sich Gedanken machte. Mochte, was es bedeutete. Er war ihr bereits wichtig.

„Ich habe nachgedacht", sagte sie und biss auf ihre Unterlippe.

Sein Magen zog sich zusammen beim Anblick ihrer Zähne, die taten, was er tun wollte, an ihren Lippen knabbern. „Das machst du ja gerne." Er legte seine pochende Hand auf ihre, damit sie sie nicht wegziehen konnte.

„Ja, schon." Ihre Zunge schnellte hervor und leckte über die Stelle, auf die sie gebissen hatte. „Wir sind im Kreis gegangen, also hat diese Harpyie Laila die Wahrheit gesagt. Du bist verflucht, in Delfina bleiben zu müssen."

Der Anblick ihrer Zunge fügte seiner Selbstkontrolle noch mehr Schaden zu als der ihrer Zähne. Wie einfach es wäre, sich vorzubeugen, sie zu lecken, zu kosten, zu genießen. *Erst wenn sie geheilt ist.* Noch eine Erinnerung. *Und erst wenn sie darum fleht. Das hast du versprochen.* „Ich weiß", sagte er schroffer als beabsichtigt.

„Oh." Sie rümpfte ihre zauberhafte Nase, und bei dem Anblick verflog seine Wut auf sich selbst. „Na ja, das hättest du mir sagen können. Ich habe mir Sorgen gemacht, dass du Einwände hast, und mir Argumente zurechtgelegt, falls wir streiten, in welche Richtung wir gehen sollen. Und überhaupt, du bist vielleicht verzaubert worden, zu denken, dass die gefährlichsten Orte die sichersten sind und andersherum. Wobei, das Vielleicht können wir streichen. Du bist auf jeden Fall verzaubert. Du bist sechs Mal am Wasser vorbeigelaufen!"

Wasser? „Du hast einen Fluss gesehen?" Das Königreich Elden war von einem See umgeben, einem See, der am Nordufer an Delfina grenzte. Darüber hatte er sich immer aufgeregt, während er in seiner Zelle verrottete. So nah an seinem Ziel, und doch so weit entfernt. Jetzt war er froh darüber.

„Nein", sagte Jane. „Ich habe nichts gesehen. Ich habe Wasser *gehört.*"

Er nicht. Das Einzige, was ihm an der Landschaft aufgefallen war, war der dunkle, zu dunkle Teil des Waldes, der ihm eine Gänsehaut bereitete. Wäre er allein gewesen, hätte er sich furchtlos in den Wald gewagt. Aber sein Verstand war darauf konzentriert, Jane zu beschützen, und er hatte sich entschlossen, nichts zu riskieren. Ein Fehler.

Seine geschwollenen Finger schlossen sich um ihre und drückten zu. „Warum hast du nichts gesagt?"

„Du hast einen auf furchterregendes Alphamännchen gemacht und die Führung übernommen, und, na ja, ich wollte keine schlafenden Hunde wecken. Außerdem war ich irgendwie abgelenkt von der Umgebung und vielleicht auch in Gedanken versunken. Also, wir werden Folgendes tun", fuhr sie fort. Wer machte jetzt einen auf Alpha und übernahm die Führung? „Du wirst uns an den gefährlichsten Ort hier im Wald führen. Und wenn du meinst, du solltest nach links abbiegen, gehst du nach rechts. Du machst das Gegenteil von allem, was sich für dich richtig anfühlt."

Klug war sie, seine Jane. Und so verdammt erregend, dass er bezweifelte, je genug von ihr bekommen zu können.

Er wollte sie behalten. In seinem Bett, seinen Armen, seine Fangzähne in ihrem Hals vergraben, seine Erektion zwischen ihren Beinen. Auch wenn es sein Schicksal war, eine andere zu heiraten, die ... Wieder fuhr ein scharfer Schmerz durch seinen Verstand, und er stöhnte.

„Was?", fragte Jane, wieder ganz besorgt. „Ist alles okay?"

Ihr Rücken war von Striemen überzogen, und sie fragte *ihn*, ob es ihm gut ging. Er presste seine Zunge gegen seinen Gaumen und nickte. „Geht es dir gut genug, um weiterzugehen?"

„Natürlich", sagte sie, als bestünde kein Zweifel daran.

„Also dann."

Auch wenn sein Körper protestierte, schleppte er sich weiter und ließ die Höhle hinter sich. Er folgte Janes Rat – ihrem Befehl – und tat das Gegenteil von dem, was seine „Instinkte" vorgaben. Er warf sich sogar in ein dorniges Dickicht, das den Pfad, der in den dunkleren Teil des Waldes führte, verdeckte. Er hatte erwartet, zerkratzt zu werden, aber die Blätter streichelten ihn nur und kitzelten ein wenig.

Ihm wurde klar, dass es dort keine Dornen gab. Auch wenn er sie sehen konnte, waren sie nicht dort. Laila – oder ihre Heilerin – war mächtiger, als er geglaubt hatte.

Das Lachen eines Mannes direkt vor ihnen zerschnitt die Nachtruhe. Nicolai blieb stehen und erstarrte. Jane prallte gegen ihn. Ihre Brüste schmiegten sich an seinen Rücken, und er musste seine Lippen zusammenpressen, um nicht zu stöhnen.

„Hast du das gehört?", flüsterte er.

„Was gehört?"

Das reichte als Antwort. Trotzdem ging er nicht weiter, sondern blieb stehen, wartete und lauschte. Janes Brustwarzen wurden hart und rieben sich an seiner Haut, wenn sie atmete. Ihr Duft hüllte ihn ein. *Muss Weib kosten ... bald.*

Dieses körperliche Begehren war neu für ihn. Oh, er hatte schon Sex gehabt. Vor Kurzem erst. Und oft, aber mit Laila, oder jemandem, den sie ausgesucht hatte, während die Prinzessin zusah und Anweisungen gab. Immer ans Bett gefesselt, im Maulkorb, und ihr Mund und ihre Hände zwangen ihn, auf sie zu reagieren, obwohl er sie hasste.

Manchmal, wenn selbst das ihn nicht erregte, hatte sie ihre Hexenmagie benutzt, um ihn hart zu machen. Im Gegensatz zu ihrer Schwester brauchte sie nicht die Schmerzen des anderen, um zu einem Orgasmus zu kommen. Sie hatte ihn ausgelassen geritten, während er in das Gesicht hinaufgestarrt hatte, das er hasste, keine Miene verzog und mit all seiner Kraft versucht hatte, sie – und sich selbst – davon abzuhalten, zum Höhepunkt zu kommen.

Manchmal war sie gekommen, manchmal nicht. Manchmal war er gekommen, manchmal nicht. Aber jedes Mal, egal wie es ausgegangen war, war sein Hass auf sie und sich selbst noch gewachsen.

Er konnte sich nicht erinnern, je bei einer anderen Frau gelegen zu haben – außer Odette –, auch wenn er sich sicher war, über die Jahre viele Geliebte gehabt zu haben. Denn wenn Laila sich auf ihm gewunden hatte, hatte er instinktiv gewusst, was sie in Ekstase versetzen würde. Seinen Daumen über das Nervenbündel zwischen ihren Beinen gleiten zu lassen. Dort mit seiner Zunge zu kreisen. Ihre Brüste zu kneten, an ihren Brustwarzen zu zupfen. All das zu tun hatte er sich geweigert, doch jetzt, bei Jane, wollte er genau das.

Er wollte in ihr ausdrucksvolles Gesicht sehen, wenn sie den Höhepunkt erreichte. Wollte spüren, wie sie sich an ihn klammerte. Wollte hören, wie sie seinen Namen rief. Lieber Himmel, sogar der Gedanke daran erregte ihn.

„Ernsthaft, worauf lauschen wir?", fragte Jane. Ihr warmer Atem lief seine Wirbelsäule hinab. „Ich höre überhaupt nichts."

Kosten ...

Schon wieder abgelenkt, Nicki? Der Gedanke, der wie aus dem Nichts gekommen war, riss ihn mit einem Ruck zurück in die Gegenwart. Jemand hatte das schon einmal zu ihm gesagt, er wusste es einfach. Eine Frau. Er wollte wissen, wer, aber er hatte jetzt keine Zeit, seinen Erinnerungen nachzuhängen. Er musste aufmerksam bleiben.

„Komm", sagte er und führte Jane tiefer in den dunklen Teil des Waldes. Noch mehr Gelächter hallte um sie herum. Böses, das von Rache sprach. Wieder blieb er stehen. „Hast du *das* gehört?"
„Was?"
Wieder Gelächter, die Stimme eines weiteren Mannes. „*Das.*"
„Nein. Ich höre jetzt das Wasser rauschen, mehr nicht."
Verdammt. Das Gelächter musste ein weiterer von Lailas Tricks sein, der ihn in die Irre führen sollte. Nicolai setzte sich wieder in Bewegung. Fünf Minuten verstrichen, eine Ewigkeit. Er blieb aufmerksam, unbewaffnet – er hätte sich eine verdammte Waffe mitnehmen sollen –, aber gewillt, Jane mit dem eigenen Leib zu beschützen.

Weitere fünf Minuten verstrichen. Dann noch weitere. Er war sich nicht sicher, wie lange er noch weitergehen konnte, aber er fühlte sich, als sollte er anhalten, also tat er das Gegenteil. Er preschte vor. Wieder fünf Minuten. Noch einmal fünf.

„Warte. Nicolai. Du hast …"

Jane verstummte, als Nicolai spürte, wie kaltes Wasser seine Füße umschloss und gegen seine Waden spritzte. Er runzelte verwirrt die Stirn, blieb stehen und sah hinab. Das Wasser war ihm nicht aufgefallen, obwohl es die ganze Zeit direkt vor ihm gewesen war.

Die Steine waren schlüpfrig, als er den Weg zurück ans Ufer fand. Gefährlich, dachte er. Dieser Ort ist gefährlich. Ich sollte …

Bleiben. Endlich.

„Du hast es geschafft", sagte Jane. „Du hast die Quelle gefunden."
Sie lachte, warm und sorglos.

Ohne nachzudenken, wirbelte Nicolai herum, um einen Blick auf sie zu erhaschen. Ihr Gesicht leuchtete heller als die Sonne an einem strahlenden Morgen. Ihre vollen rosigen Lippen waren an den Mundwinkeln nach oben gebogen und verlockten ihn, daran zu lecken, sie endlich zu kosten. Zu verschlingen. Der Saum ihres Gewands war nass und klebte ihr an den Knöcheln.

Sie war in Sicherheit. Er konnte sie haben. Oder?

Seine Brust zog sich zusammen, und sein Bauch zuckte. Er streckte die Hand nach ihr aus. Eine Berührung nur. Bis sie geheilt war, würde er sich nur eine Berührung gestatten. Nur dass seine Knie unter ihm nachgaben, ehe er sie anfassen konnte, und er ins Wasser fiel. Sein

Kinn sank auf seine Brust herab, er atmete schnell und schwach, versuchte seine Lungen zu füllen, aber es gelang ihm nicht.

Seine Energie schwand dahin, Erschöpfung überwältigte ihn.

„Oh nein, wage es nicht. Nicht hier. Du ertrinkst." Jane fasste unter seinen Arm, und irgendwie gelang es ihr, ihn ans Ufer zu zerren.

Als sie es geschafft hatten, stolperte er den Rest des Weges einfach irgendwie vorwärts, bis er unsanft auf dem moosbewachsenen Ufer ankam. Er versuchte aufzustehen, aber er fand nicht die Kraft dazu. Er musste nach Nahrung suchen. Jane musste am Verhungern sein. Er musste ihnen einen Unterschlupf bauen. Die Insekten fraßen diese Frau sonst bei lebendigem Leibe auf. Er musste Wache stehen. Ihr durfte nichts geschehen.

„Entspann dich", sagte sie.

„Schützen", murmelte er.

„Ja, ich beschütze dich." Sanfte Hände strichen ihm über die Stirn.

„Nein, ich ..." Er sank in eine tiefe Bewusstlosigkeit, ehe er ein weiteres Wort sagen konnte.

Nicolai ...

Die tiefe männliche Stimme, die nach ihm rief, kam ihm vertraut vor. Sie sprach immer in seinen Träumen zu ihm, wenn seine Verteidigung geschwächt war, aber jetzt war sie lauter als jemals zuvor. Und ... geliebt?

Nicolai ... Zeit ... Rette ...

Und weit entfernt vernahm er das *Tick, Tick, Tick* einer Uhr.

„Wer bist du?", verlangte er zu wissen.

Ein Bild blitzte in seinen Gedanken auf. Nicht vom Sprecher, sondern von riesigen grotesken Monstern, die auf ihn zukrochen. Jedes hatte acht Beine mit scharfen, tödlichen Krallen. Sie waren schwarz und behaart, ihre Augen groß und glänzend, ihre Schwänze spitz und auf ihn gerichtet. Sie starrten ihn an, als wäre er eine schmackhafte Zwischenmahlzeit. In seiner Kehle stieg Galle hoch, aber er ging weiter und ignorierte sie.

„Wo bist du? Was kann ich tun?"

Nicolai ... Bruder ... Werde gesund und komm. Zeit ... Retten ...

Bruder? Nicolai versuchte, sich einen Bruder vorzustellen. Nichts. Er konnte sich auch seine Mutter nicht vorstellen. Oder seinen Vater.

Selbst in seinen Träumen explodierte der Schmerz in seinem Kopf und verschloss die Erinnerungen.
Tick, tick, tick.
Töte, sagte eine andere männliche Stimme, ebenso vertraut. Sie klang tiefer und härter.
Verdammt. Er musste herausfinden, wer mit ihm sprach. Musste es wissen. Musste, musste, musste. Leben – und Tod – ruhten auf seinen Schultern.
Während er darüber nachdachte, wer sie waren, warf er sich von einer Seite auf die andere, und seine Hand traf auf etwas Festes und Warmes.
Er hörte ein Keuchen. Aus irgendeinem Grund verstärkte der Schmerz der Frau seine Aufregung nur noch. Beschützen ...
„Es ist alles in Ordnung. Du musst dir keine Sorgen machen", sagte sie beruhigend. „Ich bin hier. Du bist jetzt in Sicherheit."
Jane, dachte er und wurde ruhig. Seine Jane. So eine süße Stimme, so ein hübsches Gesicht. So eine autoritäre Persönlichkeit, einer Königin angemessen. Sie war in der Nähe.
Werde gesund ... Zeit ... Retten ...
Ja, dachte er. Mit Jane an seiner Seite konnte er alles tun. Gesund werden und sogar die Macht auffüllen, die er verbraucht hatte. Er entspannte sich und versank freiwillig wieder in der Bewusstlosigkeit. Dieses Mal hatte er ein Ziel.

7. Kapitel

Jane verbrachte zwei Tage damit, Vorräte zu sammeln und Waffen zu bauen. Dabei entfernte sie sich nie weit von Nicolai, der noch bewusstlos war, für den Fall, dass er sie brauchte oder sie unerwarteten Besuch bekamen, also waren ihre Vorräte beschränkt. Es war ihr allerdings gelungen, einige essbare Früchte und Nüsse zu finden. Aus kleinen dünnen Zweigen und Pfefferminzblättern hatte sie erstaunlich effektive Zahnbürsten gebastelt, die sie großzügig bei ihm und sich selbst verwendete.

Weil sie in der Nähe eines Flusses waren, fiel es leicht, den Patienten zu baden. Tatsächlich hatte es wohl noch nie zwei sauberere Menschen gegeben, die in der Wildnis gefangen saßen. Nicolai war nicht mehr eingeölt, seine Haut war rosig geschrubbt, und doch duftete er stärker nach Sandelholz als je zuvor. Jedes Mal, wenn sie seinen Duft einatmete, begann ihr Körper zu kribbeln, ihr Blut erhitzte sich, und ihr lief das Wasser im Mund zusammen.

Dazu kam, dass sie beim Waschen ihre Hände über seinen ganzen Körper gleiten lassen musste. Und so schmutzig, wie er gewesen war – hust, hust –, hatte sie ihn *oft* waschen müssen. Diese Muskeln – so hart, prall gespannt und mit Sehnen verwoben. Diese Spur aus Haaren, die von seinem Nabel hinabführte ... verlockte sie immer dazu, ungezogen zu sein.

Und Gott, sie schämte sich immer mehr.

Nicolai begehrte sie vielleicht, aber er brauchte wohl kaum eine weitere Frau, die nach ihm lechzte, während er hilflos dalag. Und erst recht keine grapschende Frau, die ihn ohne Erlaubnis anfasste, und Jane hatte sein Vertrauen bereits bis an die Grenzen strapaziert, indem sie ihn gewaschen hatte (und dann auch noch so oft).

Von jetzt an Hände weg, beschloss sie. Und eines Tages würde sie sich für ihr Verhalten entschuldigen. Vielleicht. Sie war sich nicht sicher, ob das glaubwürdig sein würde. Obwohl sie sich besser zurückhalten sollte – schließlich war er ein Missbrauchsopfer –, gefiel es ihr, ihn anzufassen. *Böse Jane.* Aber, na ja, ihm schien es auch zu gefallen, von ihr angefasst zu werden. Er warf sich immer herum und beruhigte sich erst, wenn sie in Reichweite war.

Nicolai sprach im Schlaf. Manchmal stellte er Fragen an einen Mann, der seine Hilfe brauchte, manchmal verfluchte er Laila für die schrecklichen Dinge, die sie ihm angetan hatte, und manchmal kämpfte er gegen hässliche Monster und zappelte mit Armen und Beinen. Nach den letzten beiden Vorfällen schwor er immer Rache. Schmerzhafte, langsame Rache.

Ein Schwur, den er jetzt mit Leichtigkeit in die Tat umsetzen konnte. Die Schwellungen in seinen Handgelenken und Fußknöcheln waren abgeklungen, seine Daumen hatten sich wieder eingerenkt, und seine Füße hatten sich vor ihren Augen wieder zusammengefügt. Selbst die Abschürfungen an seiner Haut waren verschwunden. Es war ein erstaunlicher Prozess, den sie da beobachtete.

Die Vampire, die sie erforscht hatte, waren auch schnell geheilt, aber nicht *so* schnell. Außerdem hatten sie auch nicht so lange am Stück geschlafen. Sie machte sich Sorgen um ihn.

Brauchte er Blut? Er hatte im Palast viel getrunken, und Überfütterung richtete genauso viel Schaden an wie Hunger. Vielleicht noch mehr, denn Überfütterung weckte einen unstillbaren Drang nach mehr, mehr, mehr. Nichts anderes zählte mehr, und Leiche um Leiche säumte den Weg von Vampiren, die es übertrieben hatten.

Sie dürfte so etwas nicht wissen. Sie hatte sich fast verraten, als sie zugegeben hatte, von der Sache mit dem In-Flammen-Aufgehen zu wissen. Und während sie sich selbst dafür hasste, an seinen Artgenossen Experimente durchgeführt zu haben, wünschte sie sich doch, sie hätte noch mehr geforscht, um jetzt mehr zu wissen. Alles, um Nicolai in diesem Augenblick zu helfen.

Jane seufzte. Sie würde ihm noch einen Tag geben. Und was dann? fragte sie sich.

Sie müsste eine Art Trage für ihn bauen und ihn durch den Wald bis zur nächsten Stadt schleifen, dort einen Heiler finden und ihn untersuchen lassen. *Wenn* es in der Nähe überhaupt eine andere Stadt als Delfina gab.

Das Problem – abgesehen von ihrer geringen Kraft und ihrer mangelnden Ortskenntnis – war ihr Gesicht. Ihre magische Maske. Als

Odette konnte sie nicht einfach in der Menge untertauchen, wie die Reaktion der Menschen vor dem Palast bewiesen hatte. Vielleicht würde Laila bald davon erfahren, wohin sie geflohen waren. Jemand könnte versuchen, Nicolai gefangen zu nehmen.

In dem Fall würde Jane die Person töten müssen, und sie war nicht bereit, zum Mörder zu werden.

Ihr entfuhr ein weiterer Seufzer, dieses Mal ein müder. Während ein goldener Mond sich an den samtschwarzen Himmel hängte, legte sie ihre gebastelten Waffen – Zweige, die sie an Steinen geschärft hatte, bis sie zu Dolchen und Speeren geworden waren – neben Nicolai. Dann legte sie sich selbst neben ihn.

Sie hatte vor einer Stunde ihr Gewand gewaschen und es über einen Ast gehängt, der in der Nähe herabhing. Bis auf ihren Slip war sie nackt. Es ging also nicht anders. Sie würde sich keine Selbstvorwürfe machen, weil sie Nicolais Wärme brauchte. Na ja, jedenfalls nicht viele. Die Bäder waren vielleicht überflüssig gewesen, sich an ihn zu schmiegen war es nicht.

Neben ihm zu liegen erweckte in ihr eine Fülle von wundersamen Empfindungen. Frieden, nach so vielen Monaten der Angst und der Trauer. Seelentiefe Zufriedenheit. Hoffnung auf die Zukunft, vor der sie sich bisher stets gefürchtet hatte. Er sollte nicht in der Lage sein, sie so schnell und so heftig zu beeinflussen, selbst mit Magie nicht.

Nachdem sie eine Weile darüber nachgedacht hatte, wurde ihr klar, dass Magie die Gefühle eines Menschen nicht verändern konnte. Er hatte seine Entführer nie an sich herangelassen, und wenn sie die Möglichkeit gehabt hätten, ihn zu zwingen, hätten sie es getan.

Obwohl sie erschöpft war, fiel es ihr schwer, einzuschlafen. Ihr Rücken war verschorft, und der Schorf spannte und platzte bei jeder Bewegung wieder auf. Und ihre Beine – ohne ihr morgendliches Jogging und die Krankengymnastik verkrampften ihre Beine immer öfter, schmerzten und pochten. Sie konnte praktisch spüren, wie ihre Muskeln verkümmerten.

Was gäbe sie nicht für eine Handvoll Schmerzmittel.

Wenigstens musste sie sich nicht vor dem Sonnenaufgang fürchten. In ihrer ersten Nacht hatte sie über ihrem kleinen Lager ein großes Dach aus Blättern gebaut. Nicolai hatte zwar behauptet, nicht in

Flammen aufzugehen, sobald ihn ultraviolettes Licht berührte, aber sie wollte es nicht riskieren. Zugegeben, die Sonne hier war trüb und immer von Wolken verhangen und lange nicht so heiß, wie sie es von zu Hause gewöhnt war. Aber während ihrer Forschungen hatte sie gesehen, wie andere Vampire zu Asche verbrannten. Vielleicht war einer von ihnen sein Freund gewesen.

Ihr Magen verkrampfte sich. Darüber wollte sie lieber nicht nachdenken.

Außerdem tarnte das Dach sie auch vor dem Feind und verbarg sie vor neugierigen Blicken. So stolz sie auf ihre Bemühungen auch war, sie waren bisher alle unnötig gewesen. Laila und ihre Männer waren nicht vorbeigekommen.

Höchstwahrscheinlich suchten sie nicht einmal nach dem Flüchtigen, weil die Prinzessin erwartete, dass Nicolai direkt zurück in ihr Bett marschiert kam.

Bett. Auch Jane wollte Nicolai genau dort. Eine weiche Matratze unter ihm, Jane auf ihm, ihre Nägel in seiner Brust vergraben, während sie sich auf ihm bewegte. Ein verlockender Schwall der Erregung ergoss sich in ihr, und sie stöhnte.

Nicolai war direkt neben ihr. Er könnte jeden Augenblick aufwachen und merken, wonach sie sich sehnte. Aber ... vielleicht würde ihr ein weiterer Tagtraum helfen. Ihm zuliebe. Schließlich musste es ihn stören, wie sie sich so herumrollte. Und beim letzten Mal war sie sofort eingeschlafen, nachdem sie ihren Höhepunkt erreicht hatte.

Ja, um Nicolais willen, dachte sie benommen, und ihre Hemmungen bröckelten, als sie sich vorstellte, wie er tief in sie eindrang ...

Ein leises Stöhnen weckte Nicolai, und er setzte sich mit einem Ruck auf.

Aus Gewohnheit überprüfte er sofort seine Umgebung. Der Mond stand hoch am Himmel und schien golden, die Sterne waren hell und funkelten ihm zu. Gespenstisch schwarze Bäume wiegten sich in einer Brise, die die schwüle Luft abkühlte. Ein Fluss floss an einem Ufer voller Kieselsteine entlang.

Er runzelte verwirrt die Stirn. Er war eingehüllt in den süßen Duft der Leidenschaft ... der verging ... und den stechenden Geruch nach Schmerz ... der sich verstärkte. Wer war ...?

Ein weiteres tiefes weibliches Stöhnen erklang, abgebrochen und scharf. Seine Aufmerksamkeit richtete sich nach links und nach unten. Jane. Jane lag neben ihm. Und bei allen Göttern, sie war fast nackt, wurde lediglich von einem winzigen Fetzen weißen Stoffs zwischen ihren Oberschenkeln verhüllt.

Den sollte er ihr ausziehen. Mit den Zähnen.

Sofort fingen seine Fangzähne an zu schmerzen, wie schon so oft in ihrer Gegenwart. Für einen Augenblick konnte er nichts weiter tun, als ihren Anblick in sich aufnehmen und seinen Blick gierig über sie schweifen lassen. Ihre Brüste waren klein, die Spitzen so rot wie Beeren und prächtig aufgerichtet. Ihr Bauch wölbte sich nach innen, jede einzelne ihrer Rippen war zu sehen.

Sie war offensichtlich lange Zeit hungrig gewesen. Er würde sie füttern, überlegte er, und freute sich bei dem Gedanken daran. Es sollte ihr nie wieder an Nahrung mangeln. Sie würde ihm aus der Hand essen, und nur die besten Leckerbissen. Er sah vor sich, wie sie die Augen schloss, als sie den saftigen Geschmack erlebte, jeden Bissen genoss, vor Wonne stöhnte, wie er erst mit ihr eine Mahlzeit kostete, und dann von ihr ...

Während Blut für ihn Quelle der Lebenskraft war, musste er auch essen. Vielleicht weil er nicht ganz und gar Vampir war. Seine Mutter war eine Hexe und ...

Seine Mutter war eine Hexe?

Schmerz durchfuhr ihn, und er schlug fast mit der Faust auf den Boden. Nicht schon wieder. Die Frustration nagte an ihm.

Dann entdeckte er die Narben auf Janes Bauch, und sämtliche Gedanken, sie mit erlesenen Fleischstücken zu füttern, waren vergessen, genau wie die Gedanken an seine Familie. Hunger einer anderen Art bemächtigte sich seiner. Er sehnte sich danach, einen Mord zu begehen. Diese Narben ... Beim dunklen Abgrund ... Er hatte bereits von ihnen gewusst, aber nicht, wie viele es waren und wie tief sie einschnitten.

Vom Nabel abwärts sah es aus, als hätte man sie in Scheiben geschnitten und von einem blinden Schneider zusammensetzen lassen. Breite rote Narben wucherten in jede Richtung, Male eines Schmerzes, den die meisten Menschen wahrscheinlich nie erfahren würden.

Was hatte man ihr angetan, und wie hatte sie es überlebt?

Wer auch immer ihr so wehgetan hatte, musste sterben, genau wie die Wachen, die sie angefasst hatten, gestorben waren.

Sie verdiente es, verwöhnt zu werden. Nicht nur das Essen von seiner Tafel sollte ihr gehören, auch Roben aus schwerem Samt und ein Bett aus weichsten Gänsedaunen. Sie sollte nie mehr arbeiten. Sie sollte sich entspannen, Spaß haben, ihre Tage vielleicht nackt verbringen, ausgestreckt in seinem Schlafzimmer, und ihre Nächte sollten sie schweißgebadet vor Leidenschaft zurücklassen.

Er wollte sich an ihrem Leib und an ihren Adern laben. Jeden Teil von ihr verkosten und zwischen ihren Beinen ein Festgelage abhalten. Sie hart und schnell reiten, sich von ihr langsam und hingebungsvoll reiten lassen. Sie in jeder Position nehmen, die ihm einfallen wollte, und dann vielleicht noch ein paar neue erfinden. Er wurde hart vor Sehnsucht nach ihr.

Sie braucht noch Zeit. Sie muss heilen. Tief einatmen, tief ausatmen. Aber bei allen Göttern, noch mehr von ihrem unglaublichen Duft, und er würde sie anfallen und vielleicht zu viel von ihrem Blut trinken. Sie war wie Morgentau auf den Blättern einer Rose, so schutzlos, und er würde immer auf sie achtgeben müssen.

Zitternd streckte er die Hand aus, um ihr das honigfarbene Haar aus der Stirn zu streichen ... Als er seine Hand sah, erstarrte er. Drehte die Handfläche dem Mondlicht zu. Wackelte mit dem Daumen. Geheilt. Er war vollkommen geheilt; er spürte keine Schmerzen mehr.

Wie viel Zeit war vergangen?

Wie lange hatte er Jane schutzlos allein gelassen?

Er sah sich erneut um und war erstaunt über das, was er sah. Es war so viel Zeit vergangen, dass sie eine Hütte hatte bauen können, Waffen schnitzen, ihre Kleider und seinen Körper waschen. Er war der Mann, der Krieger, doch *sie* hatte sich um *ihn* gekümmert.

Mein. Würdig, eine Königin zu sein.

Sie hatte ihm gesagt, dass kein Mann auf sie wartete, und darüber war er froh. Gäbe es einen, hätte er ihn umgebracht. Nicht schmerzhaft, nicht, solange der Mann ihr nicht wehgetan hatte, aber er hätte dennoch sterben müssen, sobald Nicolai einen Weg in ihre Welt gefunden hatte. Und er hätte ihn gefunden. Niemand außer ihm durfte diese Frau besitzen, zu keiner Zeit und an keinem Ort.

Und was, wenn auf dich jemand wartet? Jemand, den du vergessen hast? Er legte die Stirn in Falten. Der Gedanke gefiel ihm nicht. Treue war wichtig. Das hatte Jane gesagt. Er wusste nicht viel von sich selbst, doch er wusste, auch er glaubte daran.

Aber … er wollte Jane. In diesem Augenblick konnte er sich nicht einmal vorstellen, je eine andere zu wollen, je bei einer anderen zu liegen. Nie mehr. Es brannte wahrhaftig jede Zelle seines Körpers für Jane, und nur für Jane. Irgendwie war sie bereits ein Teil von ihm, war ihre Essenz tief in ihm verwurzelt. Er hegte den Verdacht, dass es immer ihr Schicksal gewesen war, sich zu begegnen und zusammen zu sein. Aber …

Wenn wirklich jemand auf ihn wartete, was dann? Trotz seiner schrecklichen Launen achtete er das Gesetz, und er nahm sein Wort niemals zurück. Oder doch?

Vielleicht. Aber … da war es wieder, dieses schreckliche, schreckliche Aber. Das Gesetz, seine Ehre, Treue, das alles spielte für ihn derzeit keine Rolle. Wenn er keine andere Frau wollte, würde er auch keine andere Frau akzeptieren. Er würde *Jane* nicht betrügen. So einfach war das.

Während er sich selbst, was das anging, für einigermaßen anständig hielt, glaubte er nicht, dass er auch ehrenhaft kämpfte. Er vermutete, dass er seine Schlachten gewann, auch wenn er zu unlauteren Mitteln greifen musste und seine Feinde ohne Gnade oder Reue bestrafte. Man brauchte sich ja nur einmal anzusehen, was er mit den Wachen der Herzkönigin angestellt hatte.

Und vor vielen Jahren hatte er seine Armee durch das Reich Wolfyn geführt. Der Mond war hinter Wolken verborgen, die Bewohner des Königreichs schliefen friedlich in ihren Betten. Er und seine Männer hatten alles niedergemäht. Er hatte sich dafür gehasst, so etwas tun zu müssen, aber das hatte ihn nicht aufgehalten. Alles, um seinen Bruder zu retten …

Ein weiterer scharfer Schmerz beendete seinen Gedanken. Die Erinnerung war verloren. Zum größten Teil. Er hatte einst eine Armee geführt. Das hatte er schon früher vermutet, aber jetzt wusste er es. Er hatte. Er hatte sie geführt. Aber … was für eine Armee? Andere Vampire? Söldner? Oder war er im Auftrag des Königs unterwegs gewesen?

Die Antworten kamen nicht, und er knirschte mit den Zähnen, als seine Frustration ihn überwältigte.

Er konzentrierte sich auf das Hier und Jetzt. Auf Jane. Er war bereit, für sie zu kämpfen. Er wollte sie in seinem Leben, und sie könnte durchaus etwas dagegen haben. Wenn dem so war, könnte es zu einem Streit kommen, und er würde *alles* tun, um sie zu behalten.

Endlich strich er ihr das Haar aus dem Gesicht und …

Sie hatte ein blaues Auge.

Nicolai erstarrte, und in ihm stieg noch stärkere Wut auf. Jemand hatte sie geschlagen. Wer hatte es gewagt, sie anzurühren?

Der animalische Instinkt in ihm kam brüllend an die Oberfläche, fauchte und lechzte nach Blut.

Ruhig, er musste ruhig bleiben. Vorerst. Hatte sie noch weitere Verletzungen? So sanft er konnte, rollte er sie auf den Rücken. In ihrem Gesicht waren keine weiteren Prellungen zu sehen. Ihre langen Wimpern warfen Schatten auf ihre Wangen, und er fuhr sie nach, nur um sicherzugehen. Sie waren zart, weich und warm. Ihre Lippen waren voll und rot, als hätte sie vor Sorge daraufgebissen.

Egal. Sie war wunderschön, ein unbezahlbares Kunstwerk.

An ihren Händen fand er mehrere Schnitte, aber die kamen vom Schärfen der Waffen. Er hatte selber oft solche Verletzungen gehabt. Noch eine Erinnerung, und dieses Mal ohne Schmerz. Er achtete nicht darauf. Jane war wichtiger.

Ihr ganzer Brustkorb war mit Prellungen überzogen, die von ihrem Rücken ausgingen, wo man sie ausgepeitscht hatte. Zum Glück trug sie keine weiteren Wunden aus der Schlacht davon. Wie also hatte sie das blaue Auge bekommen?

Sie bewegte sich im Schlaf und stieß noch ein schmerzerfülltes Stöhnen aus.

Ihr Rücken musste sie in dieser Stellung umbringen. Er hätte sie auf der Seite lassen sollen. Konnte er nie das Richtige tun, wenn es um diese Frau ging? Er schob ihr vorsichtig einen Arm unter die Schulter. Dann hob er sie hoch, bis sie fest an ihn geschmiegt lag und nichts mehr ihre Verletzungen berührte. Sie vergrub ihr Gesicht an seinem Hals, fügte sich an ihn wie eines der Puzzleteile, von denen sie so viel hielt.

Sie legte ihre Hand auf sein Herz, als würde sie sein unregelmäßiges Schlagen gegen ihres messen. Sie war so vertrauensvoll, so vertrauens*würdig*. Sie hatte ihn nicht verlassen, als sie die Gelegenheit dazu hatte. Und sie war so versöhnlich. Er hatte zugelassen, dass man sie auspeitsche, und doch kümmerte sie sich um ihn. Hatte sogar, bemerkte er erstaunt, seine Zähne gereinigt. Sein Mund schmeckte frisch, nach Minze.

Sie stöhnte wieder, aber dieses Mal, oh, dieses Mal war kein Schmerz in ihrer Stimme. Nur Verlangen. Ein so aufreizendes Geräusch. Sofort war er für sie bereit. Er biss sich auf die Zunge, und seine Fangzähne versanken tief in seinem Fleisch.

„Nicolai", hauchte Jane schläfrig.

„Es ist alles gut, Jane. Schlaf weiter."

„Nein, ich …"

„In Ordnung. Du kannst schlafen, nachdem du mir gesagt hast, wer dich geschlagen hat", unterbrach er sie, ehe sie selbst etwas fordern konnte.

„Das warst du." Warmer Atem fuhr über seine Brust, kitzelte seine Haut.

„Was?", brüllte er. „Ich?"

„Unfall. Mach dir keine Gedanken. Ich wollte mich auch nicht an dich kuscheln. Tut mir leid."

Ihr tat es leid? „Jane. *Mir* tut es leid." Scham traf ihn, wie kein Gegner ihn je hätte treffen können. „Nenne mir eine Strafe, und ich werde sie sofort gegen mich anwenden."

„Keine Strafe nötig, du dummer Mann. Ich habe doch gesagt, es war ein Unfall."

Selbst das vergab sie ihm einfach so. Sie war so viel mehr wert als er. „Ich werde dir nie wieder wehtun, du hast mein Wort."

„Du warst bewusstlos. Du konntest nichts dafür. Ich bin nur froh, dass du endlich aufgewacht bist. Ich habe mir solche Sorgen gemacht."

Sie will sich von mir wegrollen, dachte er, als er spürte, wie ihre Muskeln sich anspannten und auf Bewegung vorbereiteten. Er hielt sie fester. „Nein. Ich habe dich so hingelegt." *Und du wirst so bleiben.*

„Oh", sagte sie, und er konnte sich nicht entscheiden, ob sie zufrieden klang oder verärgert. „Bist du, äh, durstig? Nach Blut, meine ich."

Ja. „Nein." Sie war nicht dazu in der Lage, ihn zu füttern. Aber schon der Gedanke, sie zu kosten, ließ seine Fangzähne hervorschnellen, und sein Mund füllte sich mit Speichel.

„Okay. Gut, du fragst dich vielleicht, warum ich dich so oft gebadet habe, aber ich verspreche dir, ich habe dich nie mehr angefasst, als notwendig war. Okay, vielleicht schon, aber nicht viel. Und ich habe den Saum meines Kleides abgeschnitten, um daraus Waschlappen zu machen, damit du nicht ertragen musst, direkt von mir angefasst zu werden, während du bewusstlos bist."

Ertragen? Der Gedanke an ihre zarten kleinen Hände auf seinem Körper brachte ihn an den Rand einer Explosion. „Danke, dass du dich um mich gekümmert hast."

„War mir ein Vergn... ich meine, gern geschehen. Und, wie geht es dir jetzt?"

„Besser." Jetzt, da sie sich entspannt an ihn schmiegte. „Und dir?"

„Meine Beine tun weh."

Ihre Beine, nicht ihr Rücken. Das war die erste Beschwerde, die sie je ausgesprochen hatte, und sie gab ihm nicht die Schuld dafür. Plötzlich und vollkommen wurde er von Entschlossenheit übermannt, die sich mit einem Gefühl der Dringlichkeit mischte. „Schmerzen vom langen Gehen?"

„Eine alte Verletzung."

„Erzähl mir davon."

„Autounfall." Sie hielt inne. „Ein Auto ist ein Fahrzeug, das man benutzt, um mit hoher Geschwindigkeit auf Straßen entlangzufahren. Nun, jedenfalls, zwei davon sind ineinandergerast. In einem davon saß ich. Meine Familie auch. Ich habe überlebt. Sie nicht."

Er konnte sich nicht vorstellen, was sie beschrieben hatte, aber er konnte ihren Schmerz nachempfinden. „Ich kümmere mich um dich." Er legte sie vorsichtig auf den Boden und setzte sich auf.

„Kannst du nicht. Das kann nur die Zeit. Ich habe erst vor ein paar Monaten wieder angefangen zu laufen."

„Du konntest nicht laufen?" Als er sich umdrehte und durch die Bewegung genau zwischen ihren Beinen saß, wurden ihre Wangen heiß vor Scham, und sie bedeckte rasch ihre Brüste und ihren Bauch mit den Händen. Sie hielt ihren Blick starr auf die großen smaragdgrünen und weißen Blätter gerichtet, die ihnen die Sicht auf den Himmel versperrten.

„Fast ein Jahr nicht. Also, hey, habe ich schon erwähnt, dass ich mein Kleid gewaschen habe und deshalb fast nackt bin? Der Stoff war noch nicht trocken, und ich wollte dich nicht aufwecken, indem ich dich aus Versehen berühre, solange das Kleid noch kalt und nass ist. Aber wahrscheinlich hätte ich es doch riskieren sollen", plapperte sie. „Meine Narben, ich weiß schon, sie sind hässlich, und so perfekt, wie du bist, bist du wahrscheinlich auch perfekte Frauen gewohnt. Ich meine, nicht dass du bei Laila eine Wahl gehabt hättest und nicht dass sie perfekt wäre. Aber vor ihr hattest du bestimmt ..."

„Jane."

Sie leckte sich die Lippen. „Ja?"

„Eins nach dem anderen. Du glaubst, deine Nacktheit stört mich?"

„Na ja, schon. Nach dem, was Laila dir angetan hat, dachte ich ..."

„Du bist nicht Laila." Und jeder Teil von ihm wusste das.

„Das weiß ich, aber du bist ein Opfer von sexuellem Missbrauch, und ich ... ich wollte nicht an deine Grenzen stoßen und dich aufregen."

Aufregen? *Ihn?* „Ich habe dir schon gesagt, wie sehr ich dich begehre, Jane."

„Schon, aber du brauchtest mich, um dich zu retten. Du hast mir Honig ums Maul geschmiert, sozusagen." Als er sie verständnislos anstarrte, fügte sie hinzu: „Du weißt schon, mich weichgekocht, damit ich tue, was du willst."

Das war tatsächlich der Plan gewesen. Allerdings hatte sich vom ersten Augenblick an, als er sie gesehen hatte, alles geändert. Er hatte sich nur noch auf seine Instinkte verlassen. „Du bist wirklich klüger, als dir guttut, und du redest dir die lächerlichsten Dinge ein."

Sie kniff die Augen zusammen, aber nicht weit genug, um das Feuer in ihnen zu verbergen. „Noch was, worüber du dich beschweren willst, du fauler Vampir?"

Seine Lippen zuckten. Selbst wenn sie wütend war, machte es ihr nichts aus, wie nahe sie einander waren. Ihre Knie lagen neben seinen Hüften, und die Beule in seinem Lendenschurz berührte fast, was der süßeste Ort auf dieser und jeder anderen Welt sein musste. Trotz ihrer Unsicherheiten vertraute sie ihm vollkommen.

Ihre Nacktheit war ihr aus Gründen unangenehm, die nichts mit ihm zu tun hatten, und das konnte er nicht zulassen. „Du weißt, dass ich erst vor Kurzem ... gekommen bin", sagte er.

„Na ja, jetzt weiß ich es", sagte sie skeptisch.

„Zuletzt am Morgen deiner Ankunft. Wenige Stunden zuvor sogar. Nicht nur einmal, sondern zweimal. Und jetzt sieh mich an, Jane. Sieh *ihn* an."

Ein leises Gurgeln war die Antwort.

„Sieh genau hin", forderte er sie auf.

Dieses Mal gehorchte sie. Langsam, ganz langsam senkte sie ihren Blick. Sie keuchte auf, als sie entdeckte, in welchem Winkel sein Lendenschurz abstand.

„Wenn ich dich nicht begehren würde, wäre ich nicht hart."

„Ich weiß." Ein heißes Seufzen.

„Jedes Mal, wenn du an deiner Anziehungskraft zweifelst, musst du einfach nur hersehen." Er legte eine Hand um seine Erektion und bewegte sie auf und ab, auf und ab. Der schmerzhafte, aber notwendige Druck entlockte ihm ein Zischen. „Dann wirst du daran erinnert, wie verlockend ich dich finde. So sehr, dass du dich in ständiger Gefahr befindest, verschlungen zu werden."

„Aber meine Narben ..."

„Deine Narben beweisen nur, wie stark und fähig du bist. Sie beweisen, dass du einen schrecklichen Unfall überlebt hast. Sie sind bezaubernd."

„Wirklich?", quietschte sie, und ihre Wangen wurden noch röter.

„Wirklich. Und nur, damit du es weißt, zwischen uns gibt es keine Grenzen."

„Gibt es nicht?"

Er hörte auf, Hand an sich zu legen, ehe er aus Versehen abspritzte. „Nein."

„Aber ... aber ... es gibt immer Grenzen."

„Ach wirklich? Gibt es etwas, von dem du nicht willst, dass ich es mit dir tue? Eine Stelle an deinem Körper, die ich nicht berühren soll?" Er wartete angespannt auf ihre Antwort. Vielleicht irrte er sich. Er könnte falschliegen, was ihre Gefühle betraf.

Sie schluckte. „Nein."

Er entspannte sich. „Für mich gilt das Gleiche. Deshalb gibt es keine Grenzen."

„Okay, ich glaube dir. Aber ich ... ich finde, wir haben noch nicht ausreichend über die möglichen Auswirkungen von dem hier nachgedacht."

„Dem hier." Einer sexuellen Beziehung? „Und ich finde, du denkst und analysierst zu viel. Wir werden es tun. Eines Tages. Nicht heute, aber bald."

Noch ein Seufzen, und ihr ganzer Körper sackte in sich zusammen. „Das weiß ich auch. Ich fühle mich zu sehr zu dir hingezogen, um nicht irgendwann nachzugeben."

Es gefiel ihm, dass sie es so offen und ehrlich zugab. „Gut. Haben wir damit alles abgedeckt, was dir Sorgen bereitet hat?"

„Na ja." Sie biss sich auf die Unterlippe, bis sich dort ein kleiner Tropfen Blut bildete. „Ich habe nachgedacht."

„Ich sagte bereits, dass du das viel zu oft tust." Ehe er merkte, was er tat, streckte er den Finger aus, nahm den Bluttropfen mit der Spitze auf und leckte ihn ab. Ihr Geschmack, so süß wie ihr Duft, prickelte auf seinen Geschmacksknospen, und er stöhnte.

Dunkler Abgrund, *nichts* hatte ihm je so gut geschmeckt. Das Bedürfnis nach mehr wuchs ... wuchs ... bis er schwitzte, keuchte, um seine Kontrolle rang.

Er würde sie nicht anfallen. Das würde er *nicht*.

Er hatte gewusst, dass sie ihm schmecken würde, aber wie sehr, damit hatte er nicht gerechnet.

„Ich könnte jederzeit nach Hause zurückkehren", sagte sie, ohne die Veränderung in ihm zu bemerken. „Ich meine, du bist jetzt frei, und das war doch der Grund, aus dem du mich beschworen hast? Also kann es doch sein, dass die Magie, die mich hergebracht hat, bald nachlässt, ob du es willst oder nicht."

„Nein", brüllte er fast. Die Angst, sie zu verlieren, ließ ihn seinen Hunger vergessen.

Sie riss die Augen auf. „Nein?"

„Ich werde es nicht zulassen. Jetzt nicht und niemals."

Niemals? Ja, er würde sie für immer behalten. Würde sie nie wieder gehen lassen.

„Einfach so?" Sie schnippte mit den Fingern. „Du lässt es nicht zu, deshalb geschieht es nicht?"

Auf seiner Stirn bildeten sich Schweißperlen, als er sich zurücklehnte. „Ich bin noch nicht in Sicherheit. Also hast du noch nicht alle deine Pflichten erfüllt." Er würde sich einfach ständig in Gefahr begeben, wenn es sein musste. Er hatte schon zu viele Menschen, die er liebte, verloren. Den Schmerz konnte er einfach nicht ertragen. Den Schmerz. Den verdammten Schmerz, der seine Erinnerungen löschte. „Das Thema ist hiermit beendet."

„Na schön", schmollte sie. „Bist du morgens immer so grantig?"

Nur, wenn du davon sprichst, mich zu verlassen. „Würde ein grantiger Vampir dir sagen, dass du die schönste Frau bist, die er je gesehen hat?", fragte er, entschlossen, sie beide zu beruhigen.

Ihre Augen und ihr Mund wirkten mit einem Mal weicher, sinnlich. „Nein."

„Dann bin ich nicht grantig. Jetzt schließ die Augen und entspann dich." Wenn ihr Bernsteinblick seinem begegnete, würde er sich vergessen. Dann würde er sich hinabbeugen, sie küssen, bis sie nach Atem rang, und dann zu ihren Adern vorstoßen. Und wenn er seine Zähne in sie versenkte, würde er auch zwischen ihren Beinen versinken müssen. „Ich werde deinen Schmerz lindern."

8. Kapitel

Die schönste Frau, die er je gesehen hatte? Er musste wohl Odette sehen, vermutete Jane. Dünn zu sein war vielleicht in Mode, wenigstens dort, wo sie herkam, aber Jane war eindeutig *zu* dünn. Nach dem Unfall war sie ans Bett gefesselt gewesen und durch einen Schlauch ernährt worden. Als sie endlich aufgewacht und wieder in der Lage gewesen war, selbst zu essen, hatte die Nachricht vom Verlust ihrer Familie ihr den Appetit genommen.

Und jetzt, wo er wieder zurückgekehrt war, musste sie sich mit Früchten und Nüssen zufriedengeben.

Früchte ... Nüsse ... hmm ... In dem Augenblick wurde ihr klar, dass sie vor Hunger fast umkam. Ein saftiges Steak, dazu Pommes frites ... serviert auf einem zweiten Steak. Aber das Essen konnte warten. Viel mehr verzehrte sie sich nach der Berührung eines Mannes. Und Nicolai war sehr großzügig mit seinen Berührungen. Seine starken Finger massierten ihre Waden, tief und fest und genau richtig. Mit einem Stöhnen ließ sie sich in das Moos sinken, auf dem sie lag.

„Zu viel?", fragte er mit heiserer Stimme.

„Perfekt", presste sie heraus. Sie behielt die Augen geschlossen, wie er verlangt hatte. Nicht, weil er es befohlen hatte, sondern weil seine Fangzähne noch vorstanden. Seine Worte klangen undeutlich.

Diese Zähne machten ihr ebenso viel Angst, wie sie sie erregten. Sie hatte gesehen, welchen Schaden sie anrichten konnten, wie sie durch Fleisch und Knochen drangen, aber sie fragte sich auch, welche Lust sie einem bereiten konnten. Jedes Mal wenn sie sich das fragte, schauderte sie.

Zum Teufel, sogar jetzt zitterte sie. Sie beschloss, dass er von ihr trinken durfte, wenn er hungrig wurde. Nach dieser Massage schuldete sie ihm sowieso mindestens eine Niere. Denn, oh Gott, nichts hatte sich je so gut angefühlt. Nicht einmal, auf ihm zu sitzen und sich an ihm zu reiben – weder in ihrer Vorstellung noch in der Realität –, und das war schon himmlisch gewesen.

Okay, vielleicht war das Reiben genauso gut gewesen.

Er bearbeitete ihre Waden über eine Stunde lang, und als er sich ihren Oberschenkeln zuwendete, versuchte sie nicht mehr, ihre Brüste und ihre Narben zu verbergen. Warum sollte sie? Er hatte sie bereits gesehen und behauptet, er fände sie schön. Ihre Arme fielen kraftlos zu Boden. Gott, die Hände dieses Mannes waren einfach magisch.

Magisch. Ja. Irgendwie musste er Magie benutzen. Wärme floss von seiner Haut in ihre, eine betäubende Wärme, die sie berauschte, die sich in ihre Muskeln stahl, in ihre Knochen, bis jeder Zentimeter von ihr kribbelte – und ihm gehörte. Oh ja. Was auch immer er berührte, wurde sofort sein und existierte ab da nur noch für ihn.

Als seine Knöchel den Rand ihres Slips streiften, schien jeder Nerv, den sie besaß, plötzlich zum Leben zu erwachen und sich nach ihm auszustrecken. Bald schon atmete sie schwer, stöhnte, versuchte, seine nächste Bewegung vorherzusehen. An ihrem Knie rieb er eine Weile, dann streichelte er aufwärts, ihren Oberschenkel hinauf, fuhr über ihren Slip – *ja, genau da, bitte da, fast, fast* – nur, um innezuhalten und nicht ganz zu berühren, wo sie ihn am meisten brauchte, ehe er sich dem anderen Oberschenkel zuwendete. Sie musste sich auf die Lippe beißen, um nicht laut um mehr zu flehen.

Wenn er sie nur länger anfasste, den Winkel ein wenig änderte, würde sie kommen. Oh Gott, wenn sie allein davon kam ... wie peinlich.

Die Massage ging weiter. Und im Ernst, was machte es schon, wenn es peinlich war? Ihr war das egal. Wann würde er wieder ihren Slip berühren? Sie wartete angespannt, hoffte, war begierig darauf. Ihr ganzer Körper vibrierte. Selbst die Luft in ihren Lungen begann sich zu erhitzen. Aber die Zeit tickte dahin, und seine Bewegungen wurden ruckartiger, während er weiter die verspannten Muskeln knetete, und er kam die ganze Zeit nicht mehr in die Nähe.

„Lenk mich ab", sagte sie. Sonst würde sie ihn noch um einen Höhepunkt anflehen. Etwas, das sie sich nicht erlauben wollte. Er hatte gesagt, sie würden es bald tun. Das bedeutete, jetzt war die Zeit noch nicht gekommen.

Oder wollte er, dass sie flehte? Als sie im Schlafzimmer gewesen waren, hatte er gesagt: „Nicht, ehe du mich anflehst." Wollte er das jetzt? Erwartete er es? Wollte er sie in den Wahnsinn treiben und sie betteln hören? Na ja, bald würde sie ...

„Wie soll ich dich ablenken?", fragte er und überraschte sie damit. Okay, also stand Flehen nicht auf dem Speiseplan. Es erstaunte sie selbst, dass sie gegen die Enttäuschung ankämpfen musste. „Erzähl mir eine Geschichte."

Er hielt inne. „Eine Geschichte?"

„Ja." Sie öffnete ihre Augen einen Spalt und fügte hinzu: „Was auch immer du tust, hör nicht auf, mich zu massieren!"

Trotz seiner deutlich spürbaren Anspannung zuckten seine Lippen, was sie reizend fand. Höchstwahrscheinlich hatte er in seinem Leben schon lange nichts mehr zu lachen gehabt, und sie schien ihm Freude zu bereiten. So wie er sie erfreute.

„Eine Geschichte worüber?" Er blieb zwischen ihren gespreizten Beinen sitzen, ihre Knie angewinkelt, ihre Beine rahmten ihn ein.

„Ich weiß nicht. Deine Familie vielleicht." Kaum hatte sie die Worte ausgesprochen, wollte sie sie zurücknehmen. Sie erinnerte sich an den Abschnitt aus ihrem Buch. Er erinnerte sich nicht an seine Vergangenheit. Sein Gedächtnis ...

„Ich habe zwei Brüder und eine Schwester", sagte er und hielt den Atem an.

Ein Augenblick verstrich, dann noch einer. Seine Fangzähne zogen sich in seinen Mund zurück und verschwanden. Schock und Schmerz ersetzten den Ausdruck von Lust und Freude auf seinem Gesicht.

„Was ist los?", fragte sie, auch wenn sie die Antwort bereits kannte. Zumindest glaubte sie, sie zu kennen. Er musste darüber reden, musste loslassen. Etwas, das sie in der Therapie gelernt – und gleich wieder verworfen – hatte. Aber nur, weil sie es selbst nie versucht hatte, bedeutete das nicht, dass er es auch nicht tun sollte.

„Ich konnte mich bis eben nicht an meine Geschwister erinnern. Ich hatte eine Ahnung, aber ... Ich habe zwei Brüder und eine Schwester. Jetzt *weiß* ich es, ich weiß, sie sind echt." In seiner Stimme lag Herausforderung, als erwartete er, dass sie ihm widersprach.

„Sie sind echt", stimmte sie zu.

Er verzog das Gesicht, nickte. „Endlich kann ich sie in meinen Gedanken sehen. Ich erinnere mich nur nicht an ihre Namen. Wenn ich es versuche, explodiert mein Kopf fast vor Schmerzen."

„Schmerzen?"

„Eine *Aufmerksamkeit* der Heilerin."

„Oh Nicolai, das tut mir so leid." Zu wissen, dass man eine Familie hatte, und nicht in der Lage zu sein, sich an die Zeit miteinander zu erinnern, das musste die reine Folter sein, viel schlimmer, als überhaupt nicht zu wissen, dass es sie gab. Monatelang hatte Jane nur wegen ihrer Erinnerungen überlebt. „Löse dich davon, an ihre Namen zu denken, und beschreib nur, was du siehst." Vielleicht konnte sein Verstand sich, wenn er sich entspannte, auf einen Teil der Vergangenheit konzentrieren und andere Erinnerungen würden dann leichter folgen.

Der schmerzverzerrte Ausdruck wich aus seinen Augen, und seine Mundwinkel zuckten. Er grub seine Finger wieder fester in ihre Muskeln. „Mein jüngster Bruder, noch ein Junge, hat grüne Augen, und sein Haar ist heller als deines. Ich sehe, wie er mir nachläuft, und bin glücklich."

„Ich wette, er hat dich bewundert", sagte sie, um ihm Mut zu machen. „Ich hatte eine ältere Schwester, und ich bin ihr immer nachgelaufen und wollte mit ihr und ihren Freunden spielen."

„Ja." Nicolai riss die Augen auf, aber er sah an ihr vorbei, an einen Ort, den sie sich nicht vorstellen konnte. „Ja, er hat mich bewundert. Uns alle. Und wir haben ihn geliebt. Er war immer so süß und unschuldig, der kleine Frechdachs. Ich ... ich kann uns zusammen sehen. Wir lächeln, und ein Einhorn läuft vor uns auf und ab."

Ein *echtes* Einhorn. Jane wollte mehr erfahren – zum Beispiel, ob sie das Tier gesattelt hatten und darauf geritten waren –, aber sie wollte den Fluss von Nicolais Erinnerungen nicht unterbrechen. „Was ist mit deinem anderen Bruder?"

„Auch er ist jünger, aber wir liegen nicht weit auseinander." Er hielt inne, als suchte er in Gedanken nach einer Bestätigung. Dann nickte er. „Sie sind alle jünger als ich. Selbst meine liebste Schwester."

„Und wie sind deine anderen Geschwister?"

„Meine Schwester hat ihren goldenen Schopf über ein Zauberbuch gebeugt. Ich versuche, sie zu überreden, mit mir zu kommen, weil ich auf den Markt muss, aber sie weigert sich. Sie will bleiben, sie hat zu viel zu tun. Sie arbeitet zu hart, will es immer allen recht machen. Und er, mein anderer Bruder, hat schwarzes Haar wie ich, und er jagt im Wald, er rennt mit den Wölfen."

Eine Leseratte und ein Krieger, was? „Ich wette, du bist der Diktator", sagte sie mit einem Lächeln. „Und der Jüngste ist der Liebling."

„Micah ist unser Liebling, ja." Nicolai riss die Augen auf, und ein Anflug von Schmerz kehrte zurück. „Micah. So heißt er. Ich frage mich, wo er ist, wo sie alle sind und was sie machen."

„Du wirst dich daran erinnern, genau wie du dich an Micahs Namen erinnert hast. Und vielleicht brauchst du dazu nicht einmal eine Heilerin. Diese Erinnerungen sind auch ohne sie zurückgekommen."

„Vielleicht sind sie deinetwegen zurückgekommen." Nicolais Blick richtete sich wieder auf sie. Er bemerkte ihr ermutigendes Lächeln und leckte sich die Lippen. Seine Miene veränderte sich noch einmal, von sehnsüchtig zu erhitzt. Seine Wangen röteten sich, und seine Fangzähne sprangen wieder hervor. Kleine Schweißperlen traten ihm auf die Stirn.

„Meinetwegen?" Die aufgehende Sonne warf zarte goldene Strahlen auf ihr Lager. Auch wenn er im Schatten blieb, schien seine bronzefarbene Haut zu leuchten. In seinen Augen wirbelte flüssiges Silber und hypnotisierte sie.

„Ja. Du bist die einzige Veränderung in meinem Leben." Seine Aufmerksamkeit richtete sich auf ihre Brüste, und sie streckten sich ihm entgegen, als wollten sie ihm gefallen. „Mein", fügte er hinzu und erinnerte sie an das Monster, das er im Palast geworden war.

Jetzt freute sie sich auf das Monster.

Das Kribbeln loderte wieder auf, intensiver dieses Mal, und es breitete sich rasend schnell aus. Vielleicht stöhnte sie. Vielleicht hob sie auch ihre Hüften, um mehr von seiner Hitze zu spüren. Sie wusste es nicht, denn ihre Gedanken waren zu sehr mit dem erfüllt, was sie von ihm wollte, was sie *brauchte*.

„Das sagst du immer." Und sie hoffte immer, dass es die Wahrheit war. Aber sie hatten einander nichts versprochen, hatten einander nur ihr Begehren gestanden.

Und obwohl er aufbrausend darauf bestanden hatte, dass sie bei ihm bleiben würde, hatte sie keine Ahnung, wie lange sie noch zusammen sein konnten. Eine Stunde? Eine Woche? Ein Jahr? Sie kamen buchstäblich aus zwei verschiedenen Welten, und sie konnte jederzeit so schnell verschwinden, wie sie aufgetaucht war.

„Mein", sagte er mit mehr Nachdruck, als würde er ihre Zweifel spüren.

„Was soll das bedeuten? Erklär es mir."

„Will dich. Kein Geheimnis. Du mich auch."

Lieber Gott, diese kurzen, abgehackten Sätze waren höllisch sexy. Als wäre sein Verstand auf einem einzigen Gedanken stehen geblieben – Lust –, und nichts konnte ihn davon abbringen, sie zu erleben. Mit ihr, und nur mit ihr.

Aber ... konnte sie ihn wirklich befriedigen? Sie kamen nicht nur aus zwei verschiedenen Welten, sie waren auch zwei vollkommen verschiedene Persönlichkeiten. Einerseits war da sein Missbrauch. Würden die Dinge, die sie von ihm wollte, ihn abschrecken? Vielleicht, vielleicht auch nicht. Bisher war ihm nichts zu viel gewesen. Andererseits kannte er sich eindeutig aus mit dem Körper einer Frau.

Odette und Laila waren gewillt gewesen, ihn zu versklaven, um sich an seinem Körper zu erfreuen. Jane kannte sich mit genau einem Mann aus. Sie wusste, was ihm gefallen hatte, aber sie hatte keine Ahnung, was ein anderer Mann sich wünschen würde.

Ihre vorherige Beziehung hatte drei Jahre gedauert und war mit ihrem Unfall zu Ende gegangen. Nicht seinetwegen. Spencer hatte ihr zur Seite stehen wollen. Sie hatte ihn weggestoßen, zu sehr von ihrer Trauer gelähmt, um sich mit ihm oder irgendwem sonst abzugeben. Und es war einfach so, dass sie ihn nicht mehr begehrte. Auf keine Weise. Sie hatte es versucht, sie hatte wirklich versucht, sich dazu zu bringen, ihn wieder zu begehren. Sie hatte einen ganzen Abend durchgeplant, um ihn zu verführen. Aber allein bei dem Gedanken daran, ihn zu küssen, war ihr übel geworden, und sie hatte ihn gleich nach dem Essen nach Hause geschickt.

Also, Fakt war, sie und Spencer hatten zwar alles getan, was man im Bett miteinander tun konnte, aber sie hatte keine weiteren Erfahrungen. Keine. In der Schule war sie viel jünger gewesen als alle ihre Mitschülerinnen, deswegen hatte niemand Interesse an ihr gehabt. Danach war sie zu beschäftigt gewesen. Spencer war der erste Mann gewesen, der sie genug abgelenkt hatte, um eine Beziehung zu beginnen.

Bisher hatte ihr Mangel an Erfahrung sie nicht gestört. Es war keine Zeit gewesen, darüber nachzudenken, nicht einmal, als sie auf

Nicolai gesessen und sich an ihm gerieben hatte. Sie war zu sehr damit beschäftigt gewesen, herauszufinden, was mit ihr geschah, und damit, in dieser fremden Welt, in der sie plötzlich aufgetaucht war, zu überleben.

Jetzt allerdings wollte sie perfekt sein. Die Beste. Sie wollte Nicolai auf die gleiche Art befriedigen, auf die er sie in ihrer Fantasie befriedigt hatte.

Sie hatte gern Sex gehabt. Und sie vermisste ihn, obwohl sie all die Monate kein Verlangen gespürt hatte. Ehrlich gesagt war es fast ein Jahr. Am meisten liebte und vermisste sie das Nachglühen, in den Armen des Mannes zu liegen, seine Wärme zu spüren, sich zu unterhalten, zu lachen.

„Ich habe dich an deine Gedanken verloren." Nicolai fluchte leise, aber er klang belustigt. „Ich versuche dir zu widerstehen, Jane, und es gelingt mir nicht. Und dann forderst du mich auch noch ständig heraus, deine Aufmerksamkeit zu behalten."

„Warum?" Eine gehauchte Frage. „Ich meine, warum versuchst du zu widerstehen?"

„Du brauchst Zeit, um zu heilen. Und da ist noch etwas, das ich dir zuerst sagen muss. Etwas, das dir nicht gefallen wird."

Ihr Magen verkrampfte sich. „Was denn?"

Ein Herzschlag, zwei. „Ohne meine Erinnerungen kann ich mir nicht sicher sein ... da wartet vielleicht eine Frau ..."

Noch ein Krampf. „Oh Gott. Du bist verheiratet."

„Nein. Nein, das wenigstens weiß ich. Kurz bevor ich auf dem Sexmarkt aufgetaucht bin, habe ich bei einer Frau gelegen ... einem Dienstmädchen. Ja, daran erinnere ich mich noch. Ich hätte mich nicht mit einem Dienstmädchen eingelassen, wenn ich verheiratet wäre. Aber vielleicht habe ich mich einer anderen *versprochen.*"

Vielleicht ... Nein. Unmöglich. „Hast du nicht." Die Überzeugung überkam sie ganz plötzlich. Er war zu besitzergreifend, um mit einem Dienstmädchen zu schlafen, während eine Verlobte irgendwo auf ihn wartete.

Hoffnung schimmerte in seinen Augen auf. „Es ist nur eine Möglichkeit, ich kann nicht sicher sein. Aber ich könnte nie jemand anderen so sehr begehren, wie ich dich will." Eine Sekunde später hatte er sich über sie gebeugt, und seine Lippen schwebten über ihren. Er atmete flach, seine Hände lagen neben ihren Schläfen, und seine Erektion presste sich zwischen ihre Beine.

Endlich. Die Berührung, nach der sie sich gesehnt hatte. Er gehörte ihr, nur ihr allein. Etwas anderes konnte sie nicht glauben. „Du kennst dich selbst vielleicht nicht, aber *ich* kenne dich", sagte sie. „Vertrau mir, auf dich wartet niemand."

Sie war nicht stur oder blind, was das anging. Er hatte zwar eine äußerst besitzergreifende Art, und zudem war es eine Tatsache, dass sich jede Frau, der er sich zuwendete, seiner vollkommenen Aufmerksamkeit sicher sein konnte; trotzdem war er ein Vampir, und Vampire wählten sich nur einen Partner im Leben. Sie waren körperlich nicht in der Lage, zu betrügen. Das hatten ihre Forschungen bewiesen. Also würde er, ob sein Gedächtnis nun funktionierte oder nicht, auf Jane nicht reagieren, wenn sein Herz schon einer anderen gehörte.

„Vielleicht bin ich ein schlechter Mensch, weil mir eine gesichtslose Fremde egal ist", sagte er. „Aber ich kann dir nicht widerstehen. Ich werde dir nicht widerstehen. Weise mich nicht zurück, Jane. Ich muss dich kosten, überall. Bitte." Er wartete nicht auf ihre Antwort, sondern überbrückte den Abstand zwischen ihren Lippen.

„Nicolai ..." Sie wollte ihm sagen, dass auch sie ihm nicht widerstehen konnte und ihn niemals zurückweisen würde, dass er kein schrecklicher Mensch war, aber die Worte verloren sich in dem brennenden Kuss, der ihre Lippen miteinander verschmelzen ließ.

Seine Zunge schob sich an ihren Zähnen vorbei und spielte mit ihrer, heiß, so heiß.

Er schmeckte nach Pfefferminz und ... Bonbons. Mmm. Ja, Bonbons. Zuckersüß, und doch war es sein Geschmack, nach dem sie sich verzehrte.

Sie konnte sich nicht davon abhalten, ihre Finger in seinem Haar zu vergraben.

„Ja. Bitte. Bitte", flehte sie ihn endlich an.

Sie krallte ihre Nägel in seine Kopfhaut und hielt ihn fest. Sie brauchte mehr, musste mehr haben, alles andere war vergessen. Mit den Knien klammerte sie sich an seine Hüften, hob sich ihm entgegen. Ein Keuchen hungriger Freude entkam ihr. Lieber Gott! Das Gefühl, wie er sich an ihrer Mitte rieb, raubte ihr den Verstand, ließ sie zerspringen, war unglaublich, besser als alles, was sie je gekannt hatte. Vielleicht, weil sie so verdammt feucht und bereit für ihn war. Also tat sie es noch einmal, sie wiegte sich, rieb sich an ihm, keuchte auf.

Mit einem zustimmenden Knurren trieb er seine Zunge tiefer in sie hinein. Ihre Zähne stießen aneinander. Schwindelerregende Reibung, nötig, aber auch eine Folter, denn ihr Verlangen stieg noch mehr an. Dann neigte er seinen Kopf, um noch tiefer mit ihr zu verschmelzen, und sie spürte seine Fangzähne an ihren Lippen.

Nein, *das* war Verlangen. Wahres, unverdünntes Verlangen. Sie *wollte* gebissen werden, wieder und immer wieder. Sie wollte alles für ihn sein. Geliebte, Nahrung, Atem.

Ihr Blut erhitzte sich bis zur Unerträglichkeit, in ihrem Bauch flatterte es. Der Kuss ging immer weiter, bis in ihren Lungen kein Sauerstoff mehr war. Bis Nicolai ihre einzige Verbindung zum Leben war.

„Bitte", sagte sie krächzend. „Tu es."

„Bei allen Göttern, Jane. Du … du bist wie Feuer. Ich will verbrennen."

„Ja."

Er leckte einen Pfad bis dorthin, wo ihr Puls am Ansatz ihres Halses pochte. Würde er sie endlich beißen? Aber nein, er leckte nur weiter an ihrem Puls und saugte daran, während er eine Hand auf eine ihrer Brüste legte und sie massierte. Er zwickte die pochende Spitze, und ein köstliches Gefühl schoss durch ihren ganzen Körper.

Himmel und Hölle, so köstlich dargeboten … Wie nahe sie schon daran war, über den Rand in den Abgrund zu fallen. Aber wenn sie es tat, falls sie es tat – *bitte, lass mich* –, wo würde sie landen? In den Wolken oder der flammenden Schlucht?

Es gab nur einen Weg, das herauszufinden …

„Nicolai?"

„Ja, Liebste."

Liebste. Seine Liebste. „Beiß mich."

„Jane." Ein Stöhnen. „Du verlockst mich. Ich sollte nicht …"

Sollte nicht, weil er immer noch glaubte, dass sie erst heilen musste? Oder weil ein Teil von ihm noch glaubte, dass es eine andere Frau gab, die irgendwo da draußen auf ihn wartete? Wenn das Unmögliche geschah und er schon vergeben war ... Warum unmöglich? fragte sie sich als Nächstes. Sie selbst war schließlich hier. *Nichts* war unmöglich.

Diese Erkenntnis ließ die ersten Zweifel in Jane aufsteigen. Sie hasste Betrüger, aber sie hasste auch Geschichten, in denen zwei Menschen gezwungen waren, zusammenzubleiben, weil sie sich verpflichtet fühlten, und nicht, weil sie sich liebten. Nicolai war nicht verliebt. Und wenn er eine Frau hatte, warum hatte sie dann nicht nach ihm gesucht? Ihn gerettet? Auch das brachte Jane wieder zu der Überzeugung, dass er auf keinen Fall jemandem versprochen sein konnte. Keine Frau würde diesen Kerl gehen lassen. Deshalb konnte Jane ihn immer noch haben.

Aber sie wollte auch nicht, dass er sie verachtete. Oder sich unter Druck gesetzt fühlte. Oder bereute, was sie taten. „In Ordnung. Wir werden nicht ..."

„Werden wir. Ich will dir nur nicht wehtun."

Erleichterung. So viel Erleichterung, am Rand schon das Leuchten der Ekstase, die in Reichweite gerückt war. „Du könntest mir niemals wehtun. Nicolai, bitte. Tu es."

„Ja, ja, bitte. *Ich* werde dich anflehen, wenn es nötig ist. Ich muss mehr haben ..." Seine Fangzähne kehrten an ihren Hals zurück und kratzten über ihre brennende Haut. „Muss dich kosten, sterbe, wenn nicht."

„Tu es." Sie atmete zischend aus und erstarrte, als sie sich in Gedanken auf seinen Angriff vorbereitete. Ob er ihr Lust bringen würde oder Schmerz, wusste sie nicht mit Sicherheit. Sie wusste nur, dass auch sie es brauchte.

Er atmete bebend ein. „Bist du sicher? Ich muss nicht. Ich kann noch aufhören."

„Hör nicht auf. Bitte, hör nicht auf. Ich fürchte mich nur vor dem Unbekannten."

Er leckte eine lange Spur an ihrem Hals entlang. „Keine Angst, meine kleine Jane. Ich passe auf dich auf. Nehme mich zusammen." Und dann, quälend langsam, versenkte er seine Fangzähne in ihrem Hals, saugte an ihr, trank ihr Blut.

Nicht ein einziges Mal empfand sie dabei Schmerzen, aber die Lust, oh, die Lust ... genau wie sie es sich vorgestellt hatte, wunderschön, auf die erotischste Art. Das fehlende Teil im Puzzle ihres Lebens.

Das Brennen seiner Lippen und das Reiben seiner Zunge entlockten ihrem Körper stürmische Reaktionen. Sie krallte sich in seinen Rücken, zog an seinen Haaren, verlor sich in einer Wonne, die sie nie für möglich gehalten hätte. Bald schon wand sie sich unter ihm, verzweifelt danach, den Höhepunkt zu erreichen.

Er schnurrte an ihrer Haut, sein warmer Atem strich über sie. Dann drang etwas Heißes, köstlich Heißes in ihren Kreislauf ein. Bisher hatte sie wirklich nicht gewusst, was Lust sein konnte. *Das* war Lust. Lust in ihrer reinsten Form. Kraft, Hitze, Macht. All das spürte sie.

Sie wand sich auf der Suche nach Befriedigung, die so nah und doch so fern war. Sie rieb sich wieder und wieder an ihm, und kleine Schauer fuhren jedes Mal, wenn er schluckte, durch ihren ganzen Körper. Lieber Gott. Sie könnte ihn wie einen Berg besteigen. Könnte ihn vernaschen, einen leckeren Bissen nach dem anderen. Könnte für immer in seinen Armen liegen.

Er löste sich von ihrer Ader. „Muss ... aufhören. Kann nicht ... zu viel nehmen."

Zu viel gab es nicht. „Nimm mehr."

„Versprochen, aufzupassen." Er leckte über die Einstiche und schickte dabei noch mehr dieser flüssigen Hitze in ihren Kreislauf. Er knurrte. „Jetzt bist du gezeichnet. Mein."

Sein, genau wie er zu ihr gehörte. Zu ihr und zu niemandem sonst.

„So gut. Noch nie etwas so ... Süßes gekannt. Schon ... süchtig ..."

Ja. Süchtig. Er war eine Droge. Ihre Droge, und sie bezweifelte, dass sie je davon loskommen würde.

Mit ihren Schmerzmitteln hatte sie den kalten Entzug machen müssen. Die Entzugserscheinungen waren ein Albtraum gewesen. Und doch wusste sie, mit einer plötzlichen schockierenden Klarheit, dass die Schmerzen damals nichts gegen das waren, was sie ohne Nicolai würde durchleiden müssen.

Er nahm die Hand von ihrer Brust, nahm sie stattdessen in den Mund, fuhr mit seiner lodernd heißen Zunge über ihre Spitze und schickte mehr dieser befriedigenden Schauer durch ihren ganzen Körper. Er biss aber nicht zu, nicht noch einmal.

Sie wollte überall von ihm gebissen werden. „Bitte, Nicolai."
„Alles, was du willst, werde ich dir geben."
Sie hob sich ihm entgegen, verschränkte ihre Füße in seinem Kreuz. Seine Erektion traf sie an genau der richtigen Stelle, und ihr Slip wurde noch weiter durchfeuchtet. „Ich will alles."
Er trug noch seinen Lendenschurz, aber das Leder musste verrutscht sein und ihn befreit haben, denn sie spürte die Hitze seiner seidigen Haut, zart und doch so hart, wie sie gegen die Baumwolle presste, die ihr im Weg war. Nur ein wenig mehr, und sie wären Haut an Haut. Hart an feucht.
Danach sehnte sie sich. Wollte es mit jeder Faser ihres Körpers. Aber Nicolai hatte andere Pläne. Er setzte seine Reise nach unten fort, fuhr ihre Narben mit der Zunge nach, leckte ihren Nabel. Seine dekadente Zuneigung hätte sie beschämt, wäre sie nicht so erregt gewesen. Eine Gänsehaut überzog ihren Körper und machte ihre Haut fast unerträglich empfindlich.
„Mein", knurrte er.
Ja. *Ja!* Für immer. Sie runzelte die Stirn. Nein, nicht für immer. Die Auswirkungen ihres berauschten Liebesspiels trafen sie wie ein Hammerschlag auf den Kopf. Sie könnte jeden Augenblick wieder zu Hause sein. Das hier war nicht von Dauer, und das durfte sie nie vergessen. Sie durfte sich nicht an ihn gewöhnen. Nicht an das alles.
Hast du schon.
Ja, hatte sie.
Wie konnte sie jetzt noch in ihr früheres Leben zurückkehren? Sie hatte die verbotene Frucht gekostet, war danach süchtig, genau wie sie vermutet hatte, und sie wollte mehr. Mehr von seinen Händen und seinem Mund und seinen Zähnen und seinen Fingern. Mehr von seiner Hitze und seiner Süße und seiner Wildheit. Aber wenn sie es jetzt nicht zu Ende brachte, wenn sie versuchte zu gehen, dann würde sie sich immer fragen, was geschehen wäre.
Also würde sie sich über die Folgen später Gedanken machen. Im Augenblick wollte sie es einfach genießen.
„Mein", wiederholte er.
„Ja", hörte sie sich zustimmen.
„Du willst mich."
„Dich und nur dich."

„Du bist so feucht für mich. Ich kann dich fühlen, fühlen, wie bereit du bist."

„Bereit für dich und nur für dich." Sie wiederholte sich, aber das war ihr egal. Die Worte stimmten.

„Du bist so heiß für mich."

„Ja."

„Du wirst mir alles geben."

„Ja, ich ..." Janes Gedanken verabschiedeten sich vollkommen. Endlich war er zwischen ihren Beinen und schob ihren Slip ganz zur Seite. Ihre Waden sanken auf seine Schultern herab, als seine Zunge sie berührte.

Beim ersten Kontakt schrie sie auf. So gut, so verdammt gut. Er leckte, saugte und knabberte an ihr und ließ ihr Begehren zu einer Stichflamme auflodern. So nah, näher als jemals zuvor.

„Gut?"

„Sehr gut!"

Seine Finger schlossen sich dem Spiel an. Erst einer, der in sie eindrang, dann zwei, vor und zurück, vor und zurück, er weitete sie, bereitete sie darauf vor, von ihm in Besitz genommen zu werden.

„Könnte immer hierbleiben", krächzte er.

Sie war nicht in der Lage, zu antworten, der wenige Atem, der ihr blieb, steckte in ihrer Kehle fest.

„Schmeckst auch dort süß."

Ein Laut entkam dem Knoten. Ein Seufzen.

„Komm für mich, Liebste." Der Befehl kam von dem Monster, das sie im Palast von der Leine gelassen hatte, aufgebracht bis an den Rand des Wahnsinns, verzweifelt, ein Eroberer. „Lass mich dein schönes Gesicht aufleuchten sehen." Damit biss er sie, genau dort, zwischen ihren Beinen.

Er saugte das Blut, das dort perlte, und dann, Gott sei Dank, schoss er, was auch immer seine Fangzähne produzierten, direkt in ihre Mitte.

Funken vollkommener Glückseligkeit entzündeten sich in ihr, breiteten sich aus und verzehrten sie von unten her. Jeder Muskel, den sie besaß, zog sich zusammen, zuckte und transportierte sie zu den Sternen. Noch ein Schrei entkam ihr, und dieser durchdrang das Licht des heranrückenden Tages.

Der Höhepunkt war so intensiv, dass sie glaubte, ihre Seele müsse zerspringen. Und dann war Nicolai über ihr. Er riss mit einer Hand ihren Slip auf und stieß gegen sie. Seine Augen waren so hell, dass sie funkelten, seine Fangzähne zu einem entschlossenen Fauchen entblößt – nicht aus Wut, sondern aus quälender Lust.

„Mehr", sagte er mit kehliger Härte.

„Nimm mich."

„Jetzt", knurrte er.

Kurz bevor er in sie eindringen konnte, raschelten die Büsche zu ihrer Linken, als die Blätter gegeneinandertanzten. Seine Aufmerksamkeit richtete sich mit einem Ruck dorthin, und ein drohendes Knurren entfuhr seiner Kehle.

Jane war noch zu verloren in ihrer Leidenschaft, um sich darum zu kümmern. „Nicolai! Bitte. Worauf wartest du noch?" *Mach mich wahrhaftig zu deiner Frau.*

„Beschützen." Er fuhr auf, und der Körperkontakt zwischen ihnen brach ab. Sie streckte die Hand nach ihm aus, aber er stellte sich vor sie, um sie mit seinem Körper abzuschirmen.

Die Zeit der Leidenschaft war vorüber. Jetzt war es an der Zeit, zu kämpfen.

9. Kapitel

Nicolais Verwandlung vom zärtlichen Liebhaber zum blutrünstigen Vampirkrieger brachte Jane mit einem Ruck in die Wirklichkeit zurück. Sie war nackt – der zerrissene Schlüpfer zählte nicht –, und gerade war jemand in ihr Lager eingedrungen. Riesen. Vier davon.

Alle vier starrten sie von oben bis unten an, als wäre sie eine Portion Grillfleisch – und die vier ausgehungerte Vegetarier.

Einer nach dem anderen bestätigten sie ihre Befürchtungen.

„Hässlich", sagte der Größte, mit lang gezogenem Ä.

„Scheußlich."

„Fett."

„Frau", sagte der Kleinste. Er war knapp zwei Meter groß.

Die anderen drei zuckten mit den Schultern, das allgemein verständliche Zeichen für „wird schon gehen". Anscheinend sahen Odette und Laila sich sehr ähnlich, aber Sex war Sex. Die Riesen fanden sie vielleicht abstoßend, aber sie würden es trotzdem mit ihr tun. Ihre Blicke richteten sich starr auf ihre Brustwarzen, und Sabber tropfte ihnen aus den Mundwinkeln.

Vegetarier, die zu Fleischfressern konvertiert waren.

Jane schauderte. Das Beste an ihrem Gewand, beschloss sie, war, wie einfach man es anziehen konnte. Sie schnappte sich den Stoff, der immer noch an dem Ast hing, auf dem sie ihn drapiert hatte, und zog ihn ruckartig über den Kopf. Im Handumdrehen war sie angezogen und bereit, sich der neuesten Bedrohung zu stellen.

Sie hatte schon damit gerechnet, irgendwann gegen Lailas Wachen kämpfen zu müssen, aber als sie sich zwei ihrer hölzernen Dolche schnappte, wurde ihr klar, dass die Riesen nicht so menschenähnlich waren wie die Wachen. Ihre Augen leuchteten scharlachrot wie zwei Fenster zur Hölle. Scharfe Zähne, wie Fangzähne, waren entblößt, und sie troffen, gespaltene Zungen schossen hervor und leckten über reptiliendünne Lippen. Über breite Schultern streckten sich schwarze Flügel. Statt Nägeln hatten die Riesen Krallen.

Irgendwie erkannte sie diese Kreaturen, wie sie auch den Wald erkannt hatte. Sie kamen direkt aus ihren finstersten Albträumen, und tief in sich wusste sie, dass diese Kreaturen wild waren und keinen Verstand besaßen. Und Nicolai würde gegen sie kämpfen? *Er hat von dir getrunken. Er ist stark genug.*
Bitte sei stark genug.
Er fauchte drohend. Seine erschreckende, animalische Seite kam rasend schnell wieder zum Vorschein. „Mein." Er blieb direkt vor ihnen stehen und forderte sie heraus, ihn anzugreifen.

Er hatte keine Waffe, und sein Oberkörper war nackt. Sein armer Rücken war genauso vernarbt wie ihre Vorderseite. Aber nicht von einer Peitsche oder einem Unfall, wie es schien. In der Mitte seines Rückens befand sich ein breiter Kreis aus Narbengewebe, aufgeworfen und faltig, als hätte ihm jemand ein Stück Haut herausgeschnitten.

Er hatte schon so manches durchgemacht und überlebt. Genau wie sie selbst. Er *konnte* es mit diesen Ungeheuern aufnehmen – und gewinnen.

„Wir wollen Frau", sagte der Größte von ihnen. Er war eindeutig der Anführer. Außerdem war er offenbar dumm wie Brot, denn er fügte hinzu: „Gib uns. Jetzt", und erwartete, dass Nicolai ihm gehorchte.

„Nein", sagte sie gemeinsam mit Nicolai.

„Du, geh", sagte ein anderer mit gerunzelter Stirn. Er begriff anscheinend nicht, warum Jane ihnen nicht überreicht wurde. „Wir nehmen sie. Du lebst."

„Nein." Jane schüttelte den Kopf. „*Ihr* verschwindet." Einfache Worte verstanden sie vielleicht. „Und *ihr* lebt."

Die Riesen ignorierten sie.

„Geh", sagte einer von ihnen zu Nicolai. „Letzte Chance."

Ein anderer sagte: „Du siehst aus wie jemand. Wer?" Er schüttelte den Kopf und hatte schon das Interesse an der Frage verloren. „Egal. Gib die Frau. Wir behalten sie."

So war das also. Ihre Meinung zählte nicht. Vergewaltigung stand auf dem Plan. „Reiß sie in Stücke", sagte sie zu Nicolai.

Er antwortete nicht. Er sprang einfach vor und fuhr mit seinen Klauen – Klauen, länger und schärfer als die der Riesen! – über das

Gesicht des Stärksten von ihnen, der die größte Bedrohung darstellte, sodass er rückwärts stolperte.

Das schmerzerfüllte Grunzen des Riesen war wie die Glocke vor einem Wrestling-Match. Keine Regeln, nur Schmerz.

Die fünf Männer verschmolzen zu einem Bündel aus Gliedmaßen, Fangzähnen, Blut und Adrenalin. Und das Blut machte Nicolai nur noch wilder. Er fauchte wie ein Panther, biss zu wie ein Hai und ließ nicht los, wenn er einmal seine Zähne versenkt hatte.

Jane wusste, dass es besser war, sich nicht einzumischen. Nachdem sie ihren Forschungsschwerpunkt auf den menschlichen Körper verlagert hatte, um vielleicht ein Heilmittel für ihre Mutter zu finden, hatte sie eine ganze Menge über körperliche Reaktionen gelernt. Ein Mann, der sich in seine Tobsucht hineingesteigert hatte, nahm von seiner Umgebung überhaupt nichts mehr wahr. Die Chemikalien, die durch seine Adern flossen, machten Nicolai blind für alles außer den Riesen. Nichts anderes zählte, nur noch zu töten.

Also stand sie einfach da, sah zu und feuerte ihren Mann im Stillen an.

Er ist nicht *dein* Mann, zwang sie sich hinzuzufügen. *Nicht vollkommen, und noch nicht jetzt.* Sie durfte ihren Körper mit ihm teilen und ihren Verstand, aber ihr Herz und ihre Seele? Nein. Nicht, solange die Möglichkeit bestand, dass die Magie nachließ und sie nach Hause zurückkehrte. Schlimmer noch, wenn er sich in sie verliebte, würde er verkümmern und sterben, wenn sie ihn verließ.

Oh ... verdammt. Das hatte sie ganz vergessen. Dieses schreckliche Schicksal hatte einige der Vampire ereilt, die man in ihr Labor gebracht hatte. Sie konnte nicht zulassen, dass auch Nicolai so etwas geschah.

Sie wischte den deprimierenden Gedanken beiseite. Jetzt konnte sie keine Ablenkungen gebrauchen. Der Kampf war kurz davor, zu eskalieren. So viel Gewalt hatte sie noch nie erlebt. Ein Arm flog an ihrem Kopf vorbei – und er hing nicht mehr an einem Körper fest.

Im Augenblick war Nicolai nichts weiter als der wandelnde Tod. Die wenigen Blicke, die sie trotz seiner schnellen Bewegungen auf seine Miene erhaschen konnte, zeigten, dass sie kalt und unnachgiebig war. Er zeigte keine Gnade, nahm sich nicht zurück. Er zielte auf die Kehle, lebenswichtige Organe und die empfindlichsten Teile. Wären die Riesen Menschen gewesen, seine überlegene Kraft hätte sie in Sekunden niedergestreckt. Doch jedes Mal, wenn er einen zu Boden warf oder Gliedmaßen abriss, stand der Bastard auf und kämpfte weiter.

Das feuerte Nicolai nur noch mehr an. Seine tödliche Eleganz ... Jane war gebannt, sogar schockiert. Oh, sie hatte gewusst, wozu er in der Lage war. Im Palast hatte er nichts als Hass und Entschlossenheit ausgestrahlt. Und es waren Eingeweide über den Boden geflossen. Hätte er sie nicht retten wollen, wäre er geblieben, bis jedes lebendige Wesen dort durch seine Hände gestorben wäre. Oder seine Zähne. Dessen war sie sich ganz sicher.

Aber dieser Mann, dieser Krieger, hatte ihr auch prickelnde Lust bereitet. Er hatte zwischen ihren Beinen ein Festgelage abgehalten, und er hatte es geliebt. Es schien ihm sogar ebenso gut gefallen zu haben wie ihr. Und, oh, wie er ihr Blut zum Kochen gebracht hatte, er hatte sie bis auf den Grund ihrer Seele erregt und dafür gesorgt, dass sie beide nur noch für die Leidenschaft existierten. Das war erst wenige Minuten her. Jetzt konnte er plötzlich nur noch Schmerzen austeilen.

Schon lernten die Riesen, seine Bewegungen vorauszusehen. Sie bissen ihn mit ihren viel zu scharfen Säbelzähnen, hieben mit ihren Klauen nach ihm und fügten ihm tiefe Wunden zu. Sie wirbelten um ihn herum, flatterten über ihm, benutzten ihre Flügel auch, um nach ihm zu schlagen. Nicolai war gezwungen, zwischen ihnen hin und her zu springen und die Kraft seiner Bewegung zu nutzen, um nach ihnen zu treten. Sie stolperten, aber auch jetzt standen sie immer wieder auf.

Sie musste eingreifen. Nicolai würde sicher bald müde werden. Er verlor Blut, seine Brust war mit roten Striemen überzogen, wo sie ihn verletzt hatten. Wie konnte sie ...

Im Bruchteil einer Sekunde hatten sich Arme, stark wie Baumstämme, um ihre Taille geschlossen und sie gegen einen schweren Körper gezogen. Angst brandete in ihr auf, bis sie fast gelähmt war. Dann setzte der Urinstinkt ein, es galt, zu fliehen oder zu kämpfen – und sie erinnerte sich, dass sie zwei Dolche in den Händen hielt. Kämpfen also.

Sie hieb ihrem Angreifer den Ellenbogen in die Rippen und wollte sich dann nach ihm umdrehen und zustechen. Er grunzte, aber er hielt sie so fest, dass sie sich nicht bewegen konnte. Sie öffnete den Mund, um zu schreien. Doch noch ehe das leiseste Geräusch aus ihrem Mund gekommen war, rief ihr Verstand: *Du darfst Nicolai nicht ablenken.*

Dieser Riese, der sie festhielt, schleifte sie rückwärts hinter sich her, aber sie wagte noch nicht, sich gegen ihn zu wehren.

Vielleicht waren die nicht so dumm, wie sie am Anfang gedacht hatte. Dieser hier hatte gewusst, dass es sich lohnen würde, sich zurückzuhalten, zu warten, zuzusehen und sie dann zu packen, während alle anderen abgelenkt waren. Warteten in den Schatten noch Weitere?

Wie sollte sie gegen alle ankämpfen?

Kalte Wut packte Jane. Zum Glück war niemand sonst zu sehen, und sobald sie hinter Blättern und Zweigen verborgen und Nicolai und seine Gegner nicht mehr in Sichtweite waren, explodierte sie. *Kämpfen.* Sie winkelte ihre Arme an, hob dieses Mal beide Ellenbogen und rammte sie ihm in den Bauch. Er grunzte noch einmal, und endlich lockerte sich sein Griff.

Noch einmal änderte sie den Winkel ihrer Arme und rammte die improvisierten Dolche abwärts. Die Spitzen schnitten ihm tief in die Oberschenkel.

Aufheulend stieß er sie von sich. Einer der Dolche steckte fest, aber der andere löste sich, als sie vorwärtsstolperte. Jane richtete sich auf, wirbelte herum und stellte sich ihm. Der Riese starrte sie wütend an, und von seinen Fangzähnen tropfte Speichel. Seine roten Augen glühten bedrohlich.

„Dich bestrafen", fauchte er, als er den anderen Dolch mit einem Ruck herauszog. Eine kurze Handbewegung, und das angespitzte Holz fiel nutzlos zu Boden.

Kämpfen. „Falsch. *Ich* werde *dich* bestrafen."

Das verwirrte ihn einen Augenblick. Er blinzelte und zog die Augenbrauen zusammen. Dann schüttelte er den Kopf. „Nein. Ich dich."

Okay. Ihre erste Einschätzung war doch richtig gewesen. Diese Viecher dumm wie Brot zu nennen war eine Beleidigung für das Brot. „Komm schon, mein Großer." Sechs Monate Selbstverteidigungstraining würden sich bezahlt machen.

Oder auch nicht. Sie hatte ihre „Fähigkeiten" noch nie in einer Situation anwenden müssen, in der es wirklich um Leben und Tod ging.

Er trampelte auf sie zu, und seine schweren Stiefel warfen bei jedem Schritt Erde auf und brachten den Boden zum Beben. Blut floss unten aus seinen Hosenbeinen heraus, aber er humpelte nicht, er schien seine Verletzungen nicht einmal zu bemerken.

Sobald er nah genug war, versuchte er sie zu packen. Sie duckte sich, und als seine Klauen nur auf Luft trafen, drehte sie sich um und stach zu. Dieses Mal versank der Dolch tief in seinem Bauch. Sein Heulen durchriss die Luft. Ehe sie dieses Mal aus dem Weg springen konnte, krallte er seine Finger in ihr Haar und drückte sie mit dem Gesicht voran in den Dreck.

Sollte es wirklich so schnell vorbei sein? Oh nein, verdammt noch mal! Sie rollte sich zu einem Ball zusammen, ehe er sie mit seinem massiven Gewicht erdrücken konnte, drehte sich auf den Rücken und schob ihre Beine unter seine Brust. Dann drückte sie zu. Er bewegte sich kein Stück. Verdammt!

Denk nach, Parker. Sie hatte immer noch den Dolch in der Hand. Sie stach wieder zu, dieses Mal nach seinem Hals. Er wich zurück. Zu spät. Sie traf ihn, aber nicht dort, wo sie gehofft hatte. Seine Wange klaffte offen, und Blut quoll aus der Wunde hervor.

Er ließ seine Säbelzähne aufblitzen und fauchte.

„Strafe." Dann beugte er sich vor, und seine Säbelzähne sanken in ihren Hals. Sein Biss brachte ihr weder die Lust noch die Hitze, die sie bei Nicolai empfunden hatte. Er bereitete ihr nur Schmerz. So viel Schmerz.

Er wollte sie aussaugen und damit schwächen. Sein Fehler, dachte sie düster und stählte sich in Gedanken gegen das schmerzhafte Pochen. Er hatte damit jede Deckung aufgegeben. Ehe der Blutverlust ihr den Verstand vernebelte, ließ sie sich in den Boden sinken. Entweder nahm er an, dass er sie übermannt hatte oder dass sie bewusstlos geworden war. Er zog seine Finger aus ihren Haaren und packte eine ihrer Brüste.

Sie schlug zu, und endlich gelang es ihr, den Dolch in seine Halsschlagader zu rammen, bis er auf der anderen Seite wieder herauskam. Sein ganzer Körper bäumte sich auf, und seine Zähne vergruben sich noch tiefer in ihr.

Okay. Noch mal von vorn. *Das hier* war echter Schmerz. Sie schrie fast auf, so sehr tat es weh.

Sie konnte sich nicht von ihm befreien, auch nicht, nachdem er auf ihr zusammengesackt war. Sein Gewicht presste ihr die Luft aus den Lungen. Sie lag einfach da, versuchte nach Atem zu schnappen, und sein Blut ergoss sich auf sie.

Einen Augenblick lang befand sie sich wieder im Auto. Ihre Mutter lag im Sterben, ihr Blut tropfte auf Jane. Beide weinten, weil sie wussten, dass die anderen bereits tot waren. Man konnte sie nicht mehr retten.

Ich liebe dich, Janie.

Ich dich auch, Mom.

Etwas Scharfes grub sich in ihre Kopfhaut und riss ihr einige Haare aus. Ihr Körper wurde unter dem Riesen hervorgezerrt. Seine Zähne waren immer noch tief in ihr vergaben gewesen, und die Bewegung sorgte dafür, dass sie sich durch Haut und Schlagader rissen und eine Spur über Hals, Brust und Bauch hinab zogen.

Sie unterdrückte einen weiteren Schrei. *Darf Nicolai immer noch nicht ablenken.* Seine Schlacht war noch nicht vorüber. Sonst wäre er hier bei ihr. Und sie wusste, dass es nicht Nicolai war, der sie gepackt hatte, noch bevor sie die leuchtend roten Augen sah, die auf sie hinabblickten. Nicolai wäre sanft gewesen und hätte versucht, sie zu beruhigen.

„Frau. Hässlich. Will trotzdem."

Prächtig. Ihre Sicht verschwamm. War dieser Kerl Nicolai entkommen, oder war er neu? Selbst wenn sie ihn deutlich hätte erkennen können, sie bezweifelte, dass sie die Antwort wüsste. Ein furchterregendes Monster sah aus wie das andere.

„Ich bin eine ... Prinzessin", sagte sie in dem Versuch, ihn einzuschüchtern. „Prinzessin ... Odette. Von Delfina. Du musst ... mich loslassen."

Höhlenmensch, der er war, schleifte er sie wieder durch den Dreck. Zweige und Steine zerkratzten ihr den verschorften Rücken, und sie zuckte vor Schmerzen zusammen. Schon bald war ihr Gewand nur noch Fetzen, und in ihren Augen brannten Tränen.

Sie versuchte es noch einmal, selbst, als ihre Gedanken sich zu vernebeln begannen. „Meine Mutter ... Königin ... bringt euch um ..."

„Hexenkönigin nicht meine Königin. Keine Königin. Nur König." Er bog um die Ecke, und der neue Winkel tat noch mehr weh. „Er dich nehmen."

Ganz prächtig. „Du bringst mich zu ... eurem König?"

„Danach."

Danach. Das gleiche Wort hatte sie einst Nicolai an den Kopf geworfen, als er angekettet und hilflos gewesen war. Nie wieder. „Danach" war ab sofort aus ihrem Wortschatz gestrichen. „Mach so weiter ... und ich bin tot ... ehe wir ankommen."

Ein verwirrtes Schweigen. Dann ein triumphierendes „Nicht tot. Du lebst."

Dumm. Wie. Brot. „Heb mich hoch ... Vollidiot. Trag mich."

Der einfache Befehl funktionierte. Er blieb stehen, bückte sich und hievte sie hoch – über die Schulter wie einen Sack, und er quetschte ihren Magen in ihre Nieren, aber hey, alles war besser, als eine Spur aus Schorf und Blut hinter sich herzuziehen. Eine Spur, die Nicolai nicht brauchte. Wo auch immer dieser Wüstling sie hinschleppte, Nicolai würde sie finden. Er hatte sie gezeichnet. Und dafür war sie dankbar.

Sie und ihr Entführer trafen auf dem Weg einen weiteren Riesen und blieben stehen. Ein wütendes Gespräch folgte. Sie verstand ein paar Worte wie „König" und „sofort" und Flüche, so düster, dass ihre Ohren davon wahrscheinlich anfingen zu bluten. Schließlich blutete sie bereits überall sonst.

Man musste kein Genie sein, um zu merken, was das Problem war. Die Nachricht von der Gefangennahme einer Frau war bereits bis zum König vorgedrungen. Ugga-Ugga hier sollte sie nicht zuerst bekommen. Er sollte sie zum König bringen, der über ihr Schicksal entscheiden würde und der Erste sein durfte, der sie vergewaltigte.

Komm schon, Nicolai. Wo bleibst du?

Ugga-Ugga setzte sich wieder in Bewegung, und der andere blieb dicht an seiner Seite. Anscheinend vertraute er nicht auf dessen Gehorsam. Oder vielleicht war es etwas anderes. Vielleicht folgte er ihnen auch, um in ihrer Nähe zu bleiben. Ein paarmal streckte der Bastard seine Hand aus und tätschelte ihr den Hintern. Das machte Ugga-Ugga immer so wahnsinnig wütend, dass er nach dem anderen schlug und sie dabei durchschüttelte.

Tatsächlich waren seine Schritte so schwer, dass es sie auf und ab warf und ihr immer wieder der Atem nahm. Als sie endlich ein verschlungenes Labyrinth aus Höhlen erreichten, war sie überzeugt, ihre Lungen müssten flach wie Pfannkuchen sein und ihre Eingeweide sich um ihre Wirbelsäule gewickelt haben.

Ihre Augen wurden langsam immer schwächer, dennoch hielt sie nach Nicolai Ausschau und hoffte, einen Blick auf ihn zu erhaschen, wie er den Monstern nachstellte und sich zum Angriff bereit machte. Sie entdeckte andere Dinge, die ihrem Entführer folgten – kleine Dinge mit Flügeln, die durch die Luft schwirrten, und wolfsartige Wesen, die sich im Schatten der Bäume herumtrieben. Nichts davon glich einem Vampir.

Und als sie ein Brüllen aus allen Richtungen widerhallen hörte, gebrochen und voller Schmerz, wollte sie sich übergeben. Das war Nicolais Stimme gewesen. Was in aller Welt taten die Riesen ihm an?

Dann verstummte der Laut plötzlich, und sie fand das Schweigen noch verstörender als das Brüllen. Hatten die Riesen ihn einfach ... umgebracht? *Nein!* Nein, nein, nein. Aber was, wenn ...

Oh Gott. Ein Schluchzen fing sich in ihrer Kehle. Wenn er noch lebte, wäre er ihr zu Hilfe gekommen.

Sie war sein, das hatte er gesagt. Oft. Und irgendwie gehörte er auch ihr. Sie kannte den Mann kaum, aber sie empfand etwas Tiefes und Unauslöschliches für ihn.

Nur Minuten zuvor hatte sie geglaubt, ihr Herz und ihre Seele seien vor seinen Verlockungen sicher und ihr Verstand zu sehr mit der Gefahr, in der er sich befand, beschäftigt. Doch jetzt, da sie ins Unbekannte verschleppt wurde, sich in Todesgefahr befand und glauben musste, *er* wäre tot, wurde ihr mit einem Schlag die Wahrheit klar.

Ihr Herz und ihre Seele waren nie in Sicherheit gewesen.

Nicolai faszinierte sie. Er war herrisch und arrogant, aber er beschützte sie, wenn es darauf ankam. Er war ein Killer mit den Händen eines Liebhabers. In seinen Armen war sie zum Leben erwacht und in Stücke gesprungen. Er war bereits ein Teil von ihr. In ihrem Blut, ihrem Herzen, in allem. Darum, nein. Nein, nein, nein. Er konnte nicht tot sein. Das ging einfach nicht.

Was auch immer man ihm angetan hatte, er würde heilen. Er musste heilen. Wahrscheinlich war sein Brüllen verstummt, weil er ohnmächtig geworden war oder so etwas. Ja, das musste es sein. Und weil er heilte, während er schlief, war das eine gute Sache.
Richtig?
Das Monster musste sich ducken, um eine der Höhlen zu betreten, und sie zwang sich dazu, sich zu konzentrieren. Die Gänge waren eng und stickig. Seine Schritte hallten von den Wänden wider, und in ihren Ohren klangen sie wie eine Symphonie des Terrors. Sie versuchte sich den Weg zu merken, den er einschlug, aber es war schwierig. So viele Abzweigungen, ihr wurde schwindelig davon. Alices Kaninchenbau, dachte sie mit einem freudlosen Lachen.
Endlich erreichten sie eine große Kammer, die vor geflügelten Riesen überquoll. Anerkennendes Gemurmel erhob sich, sobald man sie entdeckte, und steigerte sich schnell zu lustvollem Gejaule. Knurrend und starr vor Wut warf Ugga-Ugga sie auf eine Pritsche in der Mitte der Höhle.
Jane stand auf, so schnell sie konnte. Davon wurde ihr noch schwindeliger, und sie begann zu schwanken. Als ihr Blick sich wieder klärte, drehte sie sich einmal um sich selbst und sah sich ihre neue Umgebung an. Ein Thron aus glitzerndem Kristall wuchs aus einer Wand. Er wäre ein majestätischer Anblick gewesen, hätte nicht ein Irrer mit nackter Brust darauf gesessen.
Seine Nase war so schief, dass die linke Seite auf seiner Wange auflag. Ihm fehlte ein Auge, und in seiner Unterlippe war ein Loch, als hätte er sie mit einem seiner Säbelzähne glatt durchgebissen. Seine Brust war ein Haufen Narben, als hätte man sie aus Roastbeefscheiben zusammengeklebt – und der Kleber hatte nicht gehalten.
Mindestens zwanzig weitere Riesen standen neben ihm und schienen ihn zu bewachen. Alle Blicke waren auf sie gerichtet, wie leuchtend rote Laser, denen sie nicht entkommen konnte. Zwischen ihren Brüsten tropfte der Schweiß, obwohl ihr kalt war. Keine dieser Kreaturen würde ihr helfen. Sie alle wollten, erwarteten sogar, eine Runde mit ihr.
Tatsächlich gab es im ganzen Raum nur zwei Personen, die sich nicht für Janes Anwesenheit interessierten: die zwei anderen Frauen. Beide waren nackt, alt und faltig, ungewaschen, mit strähnigen Haa-

ren und toten Augen. Man hatte sie benutzt, viele Male, und sie waren mit Bissspuren und Quetschungen übersät. Kein Wunder, dass diese Kerle so heiß auf die abstoßende „Odette" waren.

Schritte hinter ihr ließen sie herumwirbeln. Noch mehr Schwindel, hartnäckiger diesmal. Erst als er endlich verging, merkte sie, dass dies die Männer waren, die Nicolai angegriffen hatten. Sie waren blutbeschmiert, humpelten, einigen fehlten Körperteile, und sie atmeten kaum, aber sie waren hier.

„Wo ist mein Vampir?", schrie sie.

Die Monster ignorierten sie und fielen vor ihrem König auf die Knie. „Vampir ist verschwunden."

Er war verschwunden. Das bedeutete, er war am Leben. Gott sei Dank. Oh, Gott sei Dank.

„Kein frisches Fleisch?" Zum ersten Mal erhob der König die Stimme.

„Kein frisches Fleisch."

Ein wütendes Grollen entfuhr dem Herrscher, und er winkte mit den Fingern in Richtung der Männer. Vier weitere Riesen traten vor, griffen nach ihren Schwertern und hatten sie geschwungen, ehe Jane begriff, was vor sich ging. Köpfe rollten und blieben vor ihren Füßen liegen.

Sie krümmte sich zusammen und übergab sich endlich. Nein, nicht übergeben. Sie würgte nur trocken. Ihr Magen war leer. Gelächter und Applaus erhoben sich, während man die Leichen einsammelte.

„Jetzt frisches Fleisch. Kochen", sagte der König mit einem anerkennenden Nicken. „Wir essen."

Sie wollten die eigene Art essen. Oh Gott, oh Gott, oh Gott. Sie richtete sich auf und machte sich bereit zu rennen.

Ugga-Ugga legte ihr eine schwere Hand auf die Schulter und verhinderte ihre Flucht, ehe sie auch nur einen Schritt getan hatte. „Ich gefunden. Ich nehme."

Dem König verging die gute Laune, und er legte die Stirn in Falten. „Du bekommst meine Alte." Er deutete auf eine der alten Frauen. Die Frau trat automatisch vor und verbeugte sich. „Jetzt gib mir deins."

„Nein. Will die Fette."

Zischen wurde laut.

Sie nahm an, dem König zu widersprechen war ein schlimmes Vergehen. „Kämpft", schlug sie vor, und ihre Stimme zitterte so stark wie ihr Körper. „Kämpft um mich. Der Gewinner bekommt mich." Wenn sie Glück hatte, brachten sie sich gegenseitig um.

Mit finsterem Stirnrunzeln wandte er sich ihr zu. „Kämpfen, ja. Danach." Er krümmte seinen Finger in ihre Richtung und erwartete, dass sie zu ihm kam.

Danach. Wieder dieses Wort. Mit einem Schlucken schüttelte sie den Kopf. Ugga-Ugga quetschte ihre Schulter fester und noch fester, und sie zuckte zusammen.

„Komm", verlangte der König, dieses Mal schärfer. Er winkte sie zu sich, und wenn sie sich nicht irrte, winkte er danach zwischen seine Beine. Als erwartete er, dass sie ihn hier und jetzt besprang.

Wahrscheinlich tat er das wirklich. Sie hatte das unausgesprochene „Sonst setzt es was" gehört, und sie zerbrach sich den Kopf, wie sie aus dieser Situation wieder herauskommen sollte. *Komm schon. Ich kann das.* „Bring mich in dein Schlafzimmer." Noch nie im Leben hatte Jane versucht, jemanden zu verführen, den sie abstoßend fand, und sie krümmte sich, als sie hörte, wie rauchig ihre Stimme klang. Besser, gegen den Mann allein zu kämpfen, als sich von all diesen Leuten zusehen zu lassen – die danach mitmachen wollten. „Ich mache mit dir Dinge, von denen du bisher nur geträumt hast." *Wenn deine Träume je damit zu tun hatten, dass du mit deinen eigenen Eingeweiden erwürgt wirst.*

„Will deinen Mund an meinem Schwanz."

Lieber sterbe ich. „Und ich will dich in meinen Mund nehmen." *Bitte, lass mich vom Blitz erschlagen werden. Jetzt sofort.* „Also, gehen wir in dein Schlafzimmer. Denn, und jetzt kommt's, ich leiste meine beste Arbeit, wenn wir unter vier Augen sind."

Er stand sofort auf und makste auf sie zu.

10. Kapitel

In Nicolais Kopf brodelten die Gedanken, und sein Körper vibrierte vor Sinnesreizen. In einem Augenblick hatte er gegen die Riesen gekämpft, um Jane zu beschützen, und im nächsten brüllte er vor Schmerzen, und in seinem Verstand war unkontrollierbares Chaos ausgebrochen. Gesichter, so viele Gesichter. Stimmen, so viele Stimmen.

Er legte die Hände über seine Ohren und fiel auf die Knie. Die Erschütterung half. Die Gesichter verblassten, und die Stimmen verstummten, bis er wieder klare Gedanken fassen konnte. Muss ... Jane ... beschützen ... immer noch – aber als er seine Augenlider endlich aufriss, sah er, dass die Riesen verschwunden waren.

Und Jane mit ihnen.

Er war nicht länger am Fluss, nicht mehr im Wald. Ihn umgab nur karge Steppe. Die wenigen Bäume, die er sehen konnte, waren verdorrt und ihre Blätter welk. Asche wurde von einem sauren Wind herangeweht wie schwarzer Schnee, der nach Tod und Zerstörung roch. Und er roch ... Verwesung.

Nichts kam ihm bekannt vor.

Er drehte sich um und sah eine schlangengleiche Liane aus einem der Bäume kriechen, dann noch eine, und beide kamen auf ihn zu. Sie sprangen ihn an, bissen nach ihm, und als sie sein Blut geschmeckt hatten, schienen sie vor Freude zu kichern. Als sie ein zweites Mal zuschlagen wollten, sprang er aus dem Weg – und landete auf einem Haufen Knochen.

Der Drang, den Blutmagier, den neuen König von Elden, zu töten, erfüllte und verschlang ihn vollkommen. War dieser Bastard in der Nähe? Wenn ja, dann war dieses Ödland Elden. Es musste so sein.

Elden. *Elden.* Das Wort hallte in seinem Kopf wider. Und auf einmal kehrten die Gesichter in seine Gedanken zurück, drängten sich in sein Bewusstsein, das nicht auf sie vorbereitet war. Die Gesichter verschwammen ineinander, wurden zu einem. Eine Szene entstand vor seinen Augen.

Eine blonde Frau hockte vor ihm und betrachtete sein aufgeschürftes Knie mit milder Sorge in ihren grünen Augen. Er war noch ein Junge, ein kleiner Junge, und als sie einen Zauber sang und ihren warmen Atem über die Wunde blies, wurde er von Frieden und Liebe erfüllt. Das aufgeschürfte Fleisch fügte sich wieder zusammen, und das Blut versiegte.

Als die Heilung vollzogen war, lächelte sie ihn an. „Siehst du? Schon besser, nicht?" Eine solch süße Stimme, zärtlich und sorgenfrei. Sie wischte ihm die wütenden, frustrierten Tränen von der Wange. Die Tränen waren nicht gefallen, weil er Schmerzen empfand, sondern weil er seinem Gegner weiteren Schaden zufügen wollte, nein, musste. „Du musst aufhören, dich zu schlagen, Liebling. Besonders mit Jungen, die doppelt so alt sind wie du und viel größer."

„Warum? Ich habe gewonnen." Und er hätte ihnen noch viel mehr wehtun können!

„Ich weiß, aber je mehr du ihren Stolz verletzt, desto mehr werden sie dich hassen."

„Sie können nicht hassen, wenn sie nicht überleben."

„Außerdem", fuhr seine Mutter streng fort, „bist du der Mächtigere. Du musst vernünftig sein, nicht gewalttätig."

Er verschränkte die Arme. „Sie haben verdient, was ich ihnen angetan habe."

„Und was genau haben sie getan, um deine Klauen in ihrem Hals zu verdienen?"

„Sie haben einem Mädchen wehgetan. Sie im Kreis herumgeschubst und versucht, ihr unter den Rock zu sehen. Sie haben ihr so viel Angst gemacht, dass sie geweint hat. Und dann haben sie sie angefasst. Hier." Er legte eine flache Hand auf seine Brust. „Und sie hat geschrien."

Die Frau seufzte. „Na gut. Sie haben deinen Zorn verdient. Aber Nicolai, mein Liebling, es gibt andere Möglichkeiten, jemanden zu bestrafen. Erlaubte Wege."

„Zum Beispiel?" Er konnte sich nicht vorstellen, etwas anderes zu tun. Gleiches mit Gleichem, Schmerz mit Schmerz.

„Sag deinem Vater, was sie getan haben, und er lässt sie einsperren, oder er verbannt sie aus dem Königreich."

„Damit sie woanders noch mehr Schaden anrichten können? Oder eines Tages Rache nehmen?", schnaubte er. „Nein."

„Und was, wenn du verletzt wirst, während du sie bestrafst?", verlangte sie zu wissen.

„Ich komme zu dir. Du bist die mächtigste Hexe auf der ganzen Welt."

Noch ein Seufzen, und ein Teil ihres Ärgers verflog. „Du bist unverbesserlich. Und es ist sehr lieb, dass du so an mich glaubst, auch wenn du nicht ganz recht hast. Ja, ich bin mächtig, aber nicht so mächtig, wie du es eines Tages sein wirst. Deshalb möchte ich, dass du aufpasst. Eines Tages könnten deine Launen dafür sorgen, dass du aus Versehen mehr als nur ein paar Leben zerstörst."

„In Ordnung, Mutter. Ich versuche aufzupassen, aber ich kann es nicht versprechen."

„Oh, deine Ehrlichkeit …" Sie ließ ein sanftes Lächeln aufblitzen. „Geh schon. Nachdem du mir die Gebühr für meinen Zauber bezahlt hast."

Er schürzte die Lippen, beugte sich vor und küsste ihre weiche Wange. „Ich bin ein Prinz. Ich sollte nichts zahlen müssen."

„Und ich bin eine Königin, deshalb musst du *immer* bezahlen. Geh jetzt. Such deinen Bruder und *lern* mit ihm, mein Schatz. Ich will nicht, dass du deinen Lehrern wieder davonläufst, um die Welt zu rächen."

Winkend rannte er davon – aber nicht in sein Studierzimmer. Er hatte zu viel Energie und musste schwimmen. Schwimmen beruhigte ihn immer.

Im Hier und Jetzt senkte sich Dunkelheit hinab und schaltete Nicolais Verstand aus. Noch eine Gnadenfrist. Er fiel vollends zu Boden. Eine der Lianen riss ihm die Wange auf, aber er bemerkte es kaum. Er erinnerte sich an seine Vergangenheit.

Warum erinnerte er sich? Warum kamen die Erinnerungen so plötzlich auf ihn eingeflutet?

Die Heilerin, die seine Kräfte gefesselt hatte, konnte sie nicht befreit haben. Vielleicht hatten sich weitere von Nicolais Fähigkeiten selbst befreit. Das würde auch erklären, warum er von einer Sekunde zur nächsten den Ort gewechselt hatte. Vielleicht hatten diese Fähigkeiten seinen Glaskäfig zerstört.

Allerdings bewies eine schnelle Überprüfung, dass der Käfig noch da war und seine Fähigkeiten und Erinnerungen darin immer noch waberten, schneller und immer schneller. Doch jetzt tropften rote Striemen aus seinem Deckel und zerfraßen das Glas.

Rotes ... Blut?

Die Wachen aus Delfina? Nein. Seitdem waren Tage vergangen, und er hatte auf nichts, was er im Palast getrunken hatte, reagiert. Und auch wenn er die Oger gebissen hatte, ihr Blut hatte er nicht getrunken, denn instinktiv war er sicher gewesen, es würde ihn vergiften.

Der letzte Mensch, von dem er getrunken hatte, war Jane gewesen. Er hatte an ihrem Hals gesaugt, und ihr Geschmack war so köstlich gewesen, dass er immer dort bleiben wollte. Und vielleicht wäre er das. Vielleicht hätte er sie leer getrunken, wenn der Gedanke, sie zu verlieren, ihn nicht aufgehalten hätte. Das, gefolgt von dem Gedanken, den Himmel zwischen ihren Beinen zu kosten, hatte ihn dazu getrieben, von ihrem Hals abzulassen und tiefer hinabzutauchen. Und er war noch nie so froh gewesen, eine Mahlzeit zu beenden. Zwischen ihren Beinen war sie süßer als der Nektar der Honigblume.

Er wollte sie noch einmal dort kosten. Wollte endlich in ihr versinken, sie vollkommen besitzen, ein Teil von ihr werden. Wollte hören, wie sie vor Leidenschaft aufschrie, wollte von ihr vollkommen umschlungen werden. Wollte ihre Nägel in seinem Fleisch spüren, wie sie ihn zeichneten.

Wo war sie? Hatte sie ...

Noch eine Erinnerung überkam ihn, dieses Mal mit so viel Macht, dass er vor Schmerz nur noch aufstöhnen konnte. Bilder und Stimmen liefen ineinander und formten sich vor seinen Augen wieder zu einer Szene.

„Halt fester, Junge. Du verlierst dein Schwert innerhalb von Sekunden mit einem so kümmerlichen Griff."

Er war immer noch ein Junge, nur wenig älter, und stand vor einem großen muskulösen Mann, sein Haar schwarz wie die Nacht, die Augen aus poliertem Silber. Er trug ein Hemd aus feinster Seide und dazu Lederhosen, seine Stiefel waren makellos und unter den Knien geschnürt. Ein reicher Mann, keine Frage. Ein Mann, der weise war und gewohnt, zu befehlen.

Ein Krieger.

Sie befanden sich in der Mitte eines Hofes, und um sie herum standen Pflanzen und Blumen in voller Blüte. Die Luft war lieblich und der Boden unter ihren Füßen weiches smaragdgrünes Gras. Glatte Marmorwände schlossen den Bereich ein, aber es gab kein Dach, sodass das Licht der Morgensonne zu ihnen hereinschien und sich an den goldenen Adern der Steine brach. Und direkt über ihnen erstreckten sich die Balkone der königlichen Schlafgemächer, wie gemacht für Zuschauer.

Ein dunkelhaariger Junge hockte auf der Brüstung des Balkons rechts von Nicolai, drehte einen Dolch in seiner Hand und sah ihnen zu. Nicolai wollte seine Brust vorstrecken und darauf trommeln. Er würde seinen jüngeren Bruder gleich auf alle möglichen Arten beeindrucken. Er würde mit tödlicher Sicherheit zustechen, mit mörderischer Kraft und, wenn er sich gut konzentrierte, mit zwei Schwertern auf einmal.

„Nicolai", sagte der Mann vor ihm ungeduldig. „Hörst du mir zu?"

„Natürlich nicht. Sonst hätte ich gehört, was du gesagt hast, und du würdest es nicht gleich wiederholen."

Dayn lachte leise.

Vater war nicht amüsiert, und er belohnte Nicolai nicht für seine Ehrlichkeit. „Ich habe Verhandlungen, an denen ich teilnehmen muss, mein Sohn. Verhandlungen in einem anderen Königreich, was bedeutet, *du* hast die Verantwortung, während ich fort bin. Ich muss wissen, dass du dich und die, für die du verantwortlich bist, verteidigen kannst. Pass auf. Sofort."

„Ja, Sir." Er konzentrierte sich auf das, was vor ihm geschah, und wog das Metall in seinen Händen. „Warum müssen wir immer wieder üben? Ich bin gut."

„Du bist gut, aber du musst ausgezeichnet werden. Letztes Mal habe ich dich so schlimm verletzen können, dass du eine Narbe bekommen hast!" In den Worten seines Vaters lag ein scharfer Vorwurf. „Du musst lernen, mit all deinen Waffen zu arbeiten, zu jeder Zeit, Tag und Nacht. Du musst mit einer Hand arbeiten, mit beiden, im Stehen, im Sitzen oder verletzt. *Ohne* dich ablenken zu lassen."

Nicolai hob sein Kinn. „Warum kann ich meinen Gegner nicht einfach mit meinen Fangzähnen umbringen?" Das hatte er schon getan. Viele Male. Bis die Vorhersage seiner Mutter eingetreten war und er ein ganzes Dorf hingerichtet hatte, weil ein einziger Mann dort seine Frau schlug.

Da hatte er endlich seine Gefühle zu kontrollieren gelernt und seitdem nicht mehr die Beherrschung verloren. Das bedeutete allerdings nicht, dass seine Fangzähne nutzlos waren.

„Und wenn man dir die Fangzähne aus dem Mund reißt?", wollte sein Vater wissen.

„Niemand wäre je so dumm, meinen Zähnen zu nahe zu kommen. Mutter sagt, ich bin der mächtigste Vampir auf der Welt. Ich kann im Licht stehen, und ich kann jedem die Macht stehlen, wenn ich will."

„Nein, sie sagt, du *wirst einmal der Mächtigste sein.*" Die Miene seines Vaters verhärtete sich. „Du bist ein Prinz, Nicolai. Der *Kronprinz*. Viele Bewohner dieser Welt und der anderen begehren dein direktes Anrecht auf meinen Thron. Viele werden versuchen, dich zu verletzen, nur um mich dadurch zu verletzen. Du musst wissen, wie du dich verteidigen kannst, jederzeit und in jeder Situation."

Nicolai sah sich sein Schwert noch einmal genau an. Lang, schmal und auf Hochglanz poliert. Er war noch nicht an das Gewicht gewöhnt, und auch nicht an die Breite des Griffes. „Na gut. Ich übe noch weiter, aber warum bringst du nicht auch Dayn etwas bei?"

„So viele Fragen." Sein Vater seufzte.

„Warum muss er zusehen? Er ist auch ein Prinz, weißt du." Und er war so begierig darauf, zu lernen. Jeden Tag, nachdem Nicolai seine Lektion erhalten hatte, bettelte Dayn darum, dass er ihm auch etwas beibrachte. Nicolai konnte ihm nie widerstehen.

Er liebte seinen Bruder und würde für ihn sterben. Für einen Jungen, der von den meisten Palastbewohnern gefürchtet wurde. Dayn verstand sich gut mit den Tieren, die über das Gelände streiften, und lieber rannte er mit ihnen, statt sich mit der eigenen Art abzugeben.

Nicolai verstand die Bedürfnisse seines Bruders. Manchmal fühlte auch er seine animalische Seite, besonders wenn sein Temperament mit ihm durchging, er die Kontrolle verlor und nur noch den Drang spürte, zu zerstören und anderen zu schaden.

„Seine Zeit wird kommen", sagte der König. „Schon bald."

„Aber für die neue Prinzessin nicht, richtig? Sie wird immer zu zart sein." Er verzog das Gesicht.

„Breena ist gerade erst geboren worden, und sie ist keine Bluttrinkerin wie du und Dayn. Sie ist eine Hexe, wie eure Mutter. Du und Dayn müsst sie immer beschützen. Und im Gegenzug wird sie eure Männer nach der Schlacht heilen, wie eure Mutter es einst getan hat."

Nicolai sah beschämt auf seine schmutzigen Stiefel hinab. Er war der Grund dafür, dass seine Mutter die Wunden anderer nicht mehr heilen konnte. Er hatte es nicht gewollt, aber er hatte ihr die Gabe gestohlen. Sie machte ihm keine Vorwürfe deswegen, hatte ihn nicht einmal angeschrien.

Er würde alles tun, um ihr die Gabe zurückzugeben. Aber er konnte es nicht. Was er einmal genommen hatte, konnte er nie wieder zurückgeben. Nie. Er hatte es versucht, wieder und wieder. Das Einzige, was er tun konnte, hatte seine Mutter gesagt, war, zu lernen, wie man dieses neu entdeckte Talent, anderen ihre Magie zu rauben, kontrollierte. Und das hatte er. Er war wochenlang in seinem Zimmer geblieben, hatte gelesen, gelernt und geübt.

„Glaubst du, ich werde ein großer Anführer werden, wie du?", fragte er.

„Ich glaube, du und deine Fragen bringen mich eines Tages ins Grab, Junge." Der König streckte sein Schwert aus und berührte damit das Metall in Nicolais Händen. „Fangen wir an."

Dunkelheit.

Nicolai atmete schwer und schwitzte unaufhörlich. Zitterte. Seine Hände schmerzten. Er sah sie an. Er musste sich die Schläfen aufgekratzt haben, um den Schmerz aufzuhalten, der in ihm explodierte, denn seine Nagelbetten waren blutig und seine Klauen nur noch Stümpfe.

Sein Vater hatte ihn gewarnt.

Sein Vater. Der König.

Sein Name war wirklich Nicolai. Was das anging, hatte Odette nicht gelogen. Sie hatte gewusst, wer und was er war. Sie alle hatten es gewusst. „Von so edler Geburt", hatte Laila gern gesagt, und jetzt wusste er, warum. Er war ein Prinz, ein Kronprinz, und eines Tages würde er König sein.

Bruder von Breena. Seine Schwester. Seine wunderschöne kleine Schwester mit ihren goldenen Locken. Sie war zu einer bezaubernden jungen Frau mit einem brennenden Herzen herangewachsen, obwohl man sie immer behütet, immer beschützt hatte. Nicolai hatte sie ein paarmal aus dem Palast geschmuggelt, damit sie erfuhr, wie sich die Freiheit anfühlte, die für ihn selbstverständlich war. Wo war sie jetzt?

Dayn, der Bruder, der ihm am nächsten war, so dunkel und gefährlich wie die Nacht und genauso geliebt. Wo war er?

Sein Vater, stolz und stark. Ehrenhaft, entschlossen. Niemals bereit, einer Herausforderung auszuweichen. Wo war er?

Seine Mutter, sanft und zärtlich, so fürsorglich, selbst im Angesicht seiner schlimmsten Launen. Wo war sie?

Micah, der jüngste Sohn, so voller Leben. Wo war er?

Nicolai zog sich hoch in die Hocke. Irgendwie hatte er es geschafft, den Wald zu verlassen. Er befand sich jetzt an einem See. Nicht an dem See, an dem er mit Jane gewesen war. Dieses Wasser war zäh und rot. Alle paar Sekunden kam ein zischender schnappender fleischfarbener Fisch an die Oberfläche, beschrieb in der Luft einen Bogen und fiel wieder zurück.

Die Steine um ihn herum waren rasiermesserscharf. Hundert Meter entfernt, in der Mitte des dunkelroten Wassers, stand eine Burg. Die Pflanzen, die in der Einöde in alle Richtungen krochen, klebten wie dunkler Schimmel an den Mauern. Es gab eine Brücke, und auf ihr liefen Monster Patrouille.

Sie hatten ihn noch nicht bemerkt, aber das würden sie bald. Er war ungeschützt, er musste ein Versteck finden. Vielleicht trinken, um sich zu stärken. Dann musste er Jane finden. Sie war da draußen, irgendwo. Wenn sie verletzt war ...

Sie durfte einfach nicht verletzt sein. Er musste sie um jeden Preis beschützen. Doch so entschlossen er auch war, es gelang ihm nur, wenige Schritte zu kriechen, ehe die nächste Erinnerung ihn überkam und ihn festnagelte.

In dieser neuen Szene war er bereits ein erwachsener Mann, und sein dunkles Haar hing ihm unordentlich bis auf die Schultern. Sein Oberkörper war nackt, und er saß an einem steinigen Ufer, fast wie das, an dem er sich gerade befand. Nur waren die Steine hier glatt und das Wasser klar. Er hatte seine Stiefel ausgezogen, ehe er sich hingesetzt hatte, und sie warteten trocken am Strand auf ihn, aber seine Hosen waren durchweicht und mit Salz verklebt.

Der Mond stand hoch und golden am Himmel, und am Himmel verstreute Sterne leuchteten auf ihn herab. Sie zwinkerten ihm zu und verspotteten ihn mit ihrer Gelassenheit. In seinen Gedanken war mehr Chaos, als er ertragen konnte.

Sein Vater, König Aelfric, war krank.

Die Heiler wussten nicht, ob er sich wieder erholen würde. Nicolais Mutter, Königin Alvina, war außer sich vor Sorge. Sie hatte unzählige Zauber und Beschwörungen versucht, aber nichts hatte geholfen. *Nicolai* selbst hatte unzählige Zauber versucht und die Gabe der Heilung eingesetzt, die er ihr geraubt hatte. Nicht einmal das war erfolgreich gewesen. Alvina hatte dunkle Mächte im Verdacht, aber solange sie nicht wusste, welche Magie da am Werk war, waren ihr praktisch die Hände gebunden.

Nicolai liebte seinen Vater, egal wie raubeinig der König sein konnte. Außerdem war er noch nicht bereit, auf den Thron zu steigen. Er war sich nicht sicher, ob er jemals bereit sein würde. Wenn er König wurde, bedeutete das, sein Vater war tot, und er wollte, dass sein Vater ewig lebte.

Und um ehrlich zu sein, obwohl Nicolai sich wirklich Mühe gab und obwohl mehrere Jahre ohne einen Anfall vergangen waren, ging manchmal immer noch sein Temperament mit ihm durch. Wenn das geschah, mussten darunter ganze Dörfer leiden. Er war einfach zu aufbrausend, um ein ganzes Königreich zu regieren.

Sein Vater mochte rau sein, aber er war fair. Fair, außer wenn es um Nicolais Hochzeit ging. Obwohl sein Vater gefordert, geflucht, geschrien hatte, Nicolai weigerte sich, sesshaft zu werden. Er war noch nicht bereit, sich eine Königin zu nehmen.

Für immer an dieselbe Frau gefesselt sein? Das konnte eine Hölle, so düster wie der Abgrund, bedeuten. Er verbrachte jede Nacht mit einer neuen Frau. Manchmal zwei neuen Frauen. Und einmal dreien.

Gut, in Ordnung. Vielleicht war er dieses Lebensstils müde geworden. Vielleicht war die Beute nie die Jagd wert gewesen. Aber einige seiner Freunde hatten geheiratet, und auch wenn ein paar von ihnen glücklich waren, anderen ging es elend – und es gab nichts, was ihr Schicksal ändern konnte. Eine Heirat war für immer.

Sein Vater wollte, dass Nicolai eine Prinzessin aus einem der benachbarten Königreiche heiratete, aber er hatte noch keine gefunden, die ihm gefiel. Einer solchen Kreatur seinen Namen zu geben, sein Königreich mit ihr zu teilen, würde ihm jede Stunde seines Lebens verleiden.

„Nicki!", rief eine junge Stimme. „Nicki!"

Nicolai sprang auf und balancierte auf den Steinen seinem jüngsten Bruder entgegen. Der jüngste der Prinzen stand am Strand, neben Nicolais Stiefeln, und es ging ihm gut. Erleichterung machte sich in ihm breit.

„Micah, verdammt. Was machst du hier draußen? Bis du älter bist, sollst du nicht allein ans Wasser gehen."

Der kleine Junge schürzte die Lippen, ganz Entschlossenheit und Mut. „Ich bin nicht allein. Du bist ja hier!" In seinen Augen stand ein neckisches Funkeln.

„Verdammt." Einfach so war Nicolais Ärger wieder verflogen. Wie immer konnte er diesem Schlingel einfach nicht böse sein. Micah sah zu ihm auf, wollte Zeit mit ihm verbringen, und Nicolai liebte das. Liebte ihn. Auch wenn der Junge seinen Namen verstümmelt hatte, als er zu sprechen lernte, und seine Familie ihn manchmal immer noch mit dem Spitznamen aufzog. „O-lai."

Wenigstens hatte er sich später zu „Nicki" entschlossen.

Die Frauen, die ihren Weg in Nicolais Bett fanden, nannten ihn oft bei diesem Kosenamen, aber das war eine Vertraulichkeit, die er ihnen nicht gestattete, und sie taten es nie ein zweites Mal.

Fast fürchtete er, dass etwas mit ihm nicht stimmte. Er liebte seine Familie von ganzem Herzen, aber niemand sonst konnte die Barriere durchdringen, die er, ohne es zu wollen, um sich errichtet hatte.

„Bist du zum Schwimmen hergekommen?", fragte Micah, als Nicolai neben ihm stand.

„Nein, um nachzudenken."

„Kann ich helfen?", fragte der Junge eifrig. Goldenes Haar leuchtete im Mondlicht. Er lächelte. Zwei seiner Zähne fehlten. Er war kein Vampir wie Nicolai und Dayn, aber er war dennoch mächtig. Auch wenn er das Herz eines Kriegers hatte, war er doch auf viele Arten seiner Mutter und seiner Schwester ähnlich.

„Natürlich kannst du." Nicolai setzte sich hin und klopfte auf den Sand an seiner Seite.

Micah ließ sich neben ihn fallen. Einige Sekunden lang atmeten sie die feuchte salzhaltige Luft ein und schwiegen. Natürlich saß Micah dabei nicht still. Er rutschte hin und her, trat mit seinen Beinen aus, versuchte es sich bequem zu machen, schaffte es aber nicht richtig.

„Nachdenken ist anstrengend", sagte Micah schließlich. „Nicht wie spielen."

Nicolai verkniff sich ein Lächeln. „Was willst du spielen?"

Die Szene veränderte sich innerhalb eines Herzschlags, ohne einen einzigen Augenblick der Dunkelheit. Nicolai lag plötzlich im Bett neben seinem Vater. Irgendwie wusste er, dass seit jener Nacht am Strand einige Tage vergangen waren.

Der König erholte sich. Die Heiler hatten ihn zur Ader gelassen, und Nicolai hatte ihm Blut direkt aus seinem Körper gegeben. Jeden Tropfen, den er geben konnte, hatte Nicolai geopfert ... und noch mehr. Endlich Erfolg. Das Gift war besiegt, und jetzt genasen die zwei Männer gemeinsam.

„Wähle dir eine Frau und heirate sie", sagte sein Vater. „Wenn nicht eine der Prinzessinnen, dann irgendeine andere. Bitte, Nicolai. Ich wäre fast gestorben. Das könnte immer noch geschehen, auch wenn ich mich mit jeder Stunde kräftiger fühle. Bitte. Du brauchst einen Anker, wie deine Mutter es für mich ist. Jemanden, der dich vor dem Wahnsinn zurückhält. *Bitte.*"

Sein Vater hatte ihn noch nie um irgendetwas gebeten. Dass er es jetzt tat, und aus diesem Grund ... Nicolai hatte nicht mehr die Kraft, sich ihm zu widersetzen. Er war ohnehin längst selbst zu dem Schluss gekommen, dass dies die beste Lösung war.

„Wie du willst, Vater. Es wird geschehen. Eine Prinzessin aus einem der Nachbarreiche, wie du es bereits gebilligt hast."

Die Erleichterung war im Raum spürbar. „Danke. Ich danke dir, mein Sohn."

Dunkelheit, schon wieder. Undurchdringlich.

Nicolai hörte eine Frau schreien und erschrak.

Als er dieses Mal wieder zu sich kam, hockte er auf einem flachen Stein inmitten des roten Sees. Näher an den moosbewachsenen Mauern des Schlosses. Die Monster hatten ihn gewittert und spähten mit ihren glänzenden Augen zu ihm herüber. Ihre Schwänze peitschten hinter ihnen, zum Angriff bereit, sollte er es wagen, noch näher zu kommen.

Der Mond stand noch hoch am Himmel, die Spitzen seiner Sichel verschwammen hinter einer Aschewolke, die alle Sterne verbarg.

Die heimtückischen Fische sprangen um ihn herum, und ihre Zähne schnappten nach ihm, näher, immer näher. Er war schweißgebadet, sein Herz hämmerte gegen seine Rippen, und seine Muskeln zitterten. Sein Verstand war immer noch verwirrt. Aelfric. Alvina. Namen.

Jedes Mitglied seiner Familie hatte jetzt einen Namen.

Verdammt, wo waren sie? Lebten sie noch? Wie lange war er von ihnen getrennt gewesen?

Eine ganze Weile, wenn man die Landschaft um ihn herum betrachtete.

Er musste nach ihnen suchen, aber dieser Schrei ... eine Frau ... Ihm wurde klar, dass es seine Frau gewesen war. Jane war es, die schrie.

Jane!

Sein Blut brannte in seinen Adern, versengte ihn, warf Blasen auf. Diese Blasen fingen Feuer, wurden kleine Feuerstürme, die sich rasend schnell ausbreiteten. Mit einem Knurren richtete er sich auf. Er rutschte auf den schleimigen Felsen aus, aber es gelang ihm, sein Gleichgewicht zu halten.

Die Monster erstarrten. Er würde sie herausfordern. Die Burgmauern mit ihren Eingeweiden bedecken. Ja ... Sein Herzschlag verlangsamte sich, bis er nur noch eine bleiern hämmernde Faust in seiner Brust war. Nein, beschloss er als Nächstes. Er würde Rache nehmen, würde seine Familie finden – danach. Jetzt brauchte ihn Jane.

Sein Blick wanderte über das besudelte Wasser zu den zerklüfteten Klippen am anderen Ufer. Zu dem schrecklichen Schloss, das direkt aus einem Albtraum zu stammen schien. Er war kraft seiner Erinnerungen hierhergereist. Deshalb schien es nur logisch, dass er auch Jane durch seine Erinnerungen erreichen konnte.

Er schloss die Augen und stellte sie sich vor, so wie er sie zuletzt gesehen hatte. Unter ihm. Ihr nackter Körper zu seinem Vergnügen vor ihm ausgebreitet.

Ihr Gesichtsausdruck war weich und erhitzt, ihre Zähne knabberten an ihrer prallen Unterlippe. Ihre Augen waren halb geschlossen, und ihre langen Wimpern warfen Schatten auf ihre geröteten Wangen. Ihre prächtige Mähne aus honigblondem Haar war um ihre Schultern ausgebreitet, die Spitzen lockten sich.

Ihre Brüste waren klein, aber fest, ihre Brustwarzen rosig und hart. Er hatte sie geküsst, an ihnen gelutscht. Ihr Bauch war flach, ihr Nabel ein Kunstwerk. Er leckte hinab, weiter hinab ... Zwischen ihren Beinen ein flaumiges Kissen aus honigfarbenen Locken, das seinen neuen Lieblingsort auf dieser Welt und der anderen unter sich verbarg.

Ihre Beine waren lang und schlank, und sie legten sich auf genau die richtige Art um ihn.

Nicolai, glaubte er sie flüstern zu hören.

Von ihr wollte er sich gern Nicki nennen lassen. Alles, was sie einander näher brachte. Er wollte sie an sich gebunden wissen, auf jede nur denkbare Art, für immer. Eine Ewigkeit, die Jane ihm vielleicht verweigerte. Wenn er einer Prinzessin aus dem Nachbarreich einen Antrag gemacht hatte – und er versuchte gar nicht erst, sich einzureden, dass es sich bei dieser Prinzessin vielleicht um Odette handelte, um sein Leben zu vereinfachen –, dann wartete tatsächlich jemand auf ihn.

Sie hatten aber nicht geheiratet. Heirat bedeutete bei seinem Volk für immer, und sein Körper würde auf niemanden reagieren, der nicht seine Frau war. Aber. Ja, aber. Er könnte seinen Namen und sein Leben bereits verschworen haben. Es war einfach, so etwas nicht ernst zu nehmen, wenn man sich nicht daran erinnern konnte. Jetzt war es nicht mehr so einfach, aber das würde ihn auch nicht abhalten.

Nicolai wollte nicht ohne Jane sein. Er *würde* nicht ohne sie sein. Er würde sie finden und nach Elden bringen. *Sie* sollte seine Königin sein.

Elden. Dieses vernichtete Land sollte wirklich Elden sein?

Der blutige See war so sehr Teil seines Königreiches wie das Ödland, in dem er zunächst aufgetaucht war. Sein Königreich. Nicht das des Blutmagiers. Ein Mann, von dessen Zerstörung Nicolai geträumt hatte. Den er zerstören würde.

Ihm wurde schlecht, als ihm klar wurde, was das bedeutete. Der

Blutmagier hatte seine Eltern hingerichtet. Aelfric und Alvina hätten nie zugelassen, dass ihr Land so verödete.

In Nicolai erwachte das schmerzliche Verlangen, es ihm heimzuzahlen.

Denk jetzt nicht daran. Finde Jane.

Er öffnete die Augen und merkte, dass er sich selbst zurück in die Einöde transportiert hatte. Die schlängelnden Lianen kamen auf ihn zu ... er schloss fest die Augen, stellte sich Jane vor, spürte, wie sein Körper sich auflöste und wie der Boden unter seinen Füßen verschwand. Als er das nächste Mal die Augen öffnete, umgab ihn der fruchtbare Wald von Delfina. Er sah allerdings weder ihr Lager noch Jane.

Er atmete tief ein und nahm ihren Duft wahr. Dann setzte er sich in Bewegung, rannte schneller und immer schneller, um die Entfernung zwischen ihnen so schnell es ging zu verringern. Die ganze Zeit stellte er sie sich weiter vor, ebenso wie die Bäume, unter denen sie gelegen hatten, bis er sich endlich in dem Lager wiederfand, das sie ihnen gebaut hatte.

Weil er nicht schnell genug anhalten konnte, prallte er gegen einen Baumstamm und stolperte rückwärts ins Wasser.

Noch ein Schrei hallte in seinen Gedanken wider, während er zurück ans Ufer ging, dieses Mal lauter und viel verzweifelter. Seine Fangzähne verlängerten sich und schnitten ihm in die Unterlippe. Seine Hände ballten sich zu Fäusten, doch seine Klauen, die noch nicht nachgewachsen waren, kitzelten nur an seiner Haut. Die Dolche, die Jane gemacht hatte, lagen ihm zu Füßen. Er schnallte sich so viele er konnte an Arme und Beine.

Dann setzte er sich mit entschlossenen Schritten in Bewegung. Ihr Duft war jetzt stärker ... mit Angst vermischt ... Jeder Schritt näher brachte sein Blut vor Wut zum Kochen. Sie war gezeichnet, sein, und der Pfad, den sie genommen hatte, wurde für ihn zu einem Leuchtfeuer in der Nacht.

Jeder, der sie anfasste, musste leiden. Es war Zeit, dass das ganze Königreich Delfina – und alle Königreiche in seinem Land – die Wahrheit erfuhren. Selbst wenn das bedeutete, die tödliche Kraft seiner Launen zu entfesseln.

Ich komme, meine kleine Jane.

11. Kapitel

Die Feier in die Schlafgemächer des Königs zu verlegen, hatte Jane für eine kluge Idee gehalten. Theoretisch. Aber sie hatte nicht alle Variablen gekannt oder alle Fallstricke, wie sie im Labor gesagt hatten, was sich während ihrer Experimente oft als fatal erwiesen hatte. Und der größte Fallstrick dieses Mal? Im Thronsaal hätte sie dem König der Monster zu Willen sein müssen, und ihm allein, während alle anderen zusahen und ihn vielleicht anfeuerten. In seinen „privaten" Gemächern dagegen erwartete er von ihr, nicht nur ihm, sondern auch seinen Freunden zu dienen. Gleichzeitig.

Das erklärte man ihr, während man sie zwang, den Korridor entlangzumarschieren.

Obwohl sie also den Ort gewechselt hatten und obwohl seine Leibwache bei den alten Frauen geblieben war, um ihnen Gesellschaft zu leisten, warteten jetzt vier Männer darauf, von Jane in Fahrt gebracht zu werden.

Nicht dass sie geplant hätte, die vereinbarte Leistung zu erbringen. Lieber starb sie. Und vielleicht musste sie das.

Sobald die neuesten Riesen sie entdeckten, erglühten ihre Augen in diesem eigenartig dunklen, furchterregenden Rot. Ihre Körper spannten sich an in Erwartung der Lust, die sie ihnen bereiten sollte. Wie Nicolai trugen auch sie Lendenschurze. Diese standen ab wie Zelte.

Der König schob sie vor sich her, und sie wirbelte herum, um ihn im Auge zu behalten. Er zog sich bereits aus. Die Dolche an seinen Hüften behielt er allerdings an. Angst und Panik verschmolzen miteinander und füllten Jane vollkommen aus.

Okay. Denk nach, Parker. Denk nach.

Er deutete auf die Stelle vor seinen Füßen. „Auf Knie. Lutsch mich. Mach's Männern mit Händen. Orlof nimmt dich."

Die Freunde des Königs leckten sich die Lippen, jeder einzelne von ihnen. Okay. Okay. Sie zog verschiedene Möglichkeiten in Betracht und verwarf sie sofort wieder – alle waren gleichermaßen zum Scheitern verurteilt. Sie konnte tun, was ihr befohlen wurde, und den König so fest beißen, dass er seinen Penis lange Zeit nicht mehr benutzen konnte. Wenn überhaupt. Er würde ihr dann sicher die Zähne ausschlagen. Mindestens so fest, dass ihr Kiefer gebrochen wäre. Und danach konnte er ihr in den Mund schieben, was er wollte, und sie konnte ihn nicht mehr davon abhalten.

Sie könnte davonrennen. Es gab keine Türen, die sie aufhielten. Tatsächlich waren die Eingänge und Ausgänge hier alle offen und luftig. Aber so gut das für sie war, es war auch gut für die Männer. Die vier in diesem Raum, dazu noch zwanzig oder so im Thronsaal. Man würde sie jagen. Nichts stünde ihnen im Weg, und sie würde vermutlich schnell wieder eingefangen. Die Monster kannten diese Höhlen besser als Jane. Wahrscheinlich vergewaltigten sie dann alle.

Sie könnte gegen den König und seine Wachen kämpfen, hier und jetzt. Die würden gewinnen, keine Frage, aber sie hätte es wenigstens versucht. Und sie starb vielleicht, bevor jemand in sie eindrang, das war ein Vorteil. Wenn Nicolai da draußen war, gab ihm das vielleicht Zeit, sie zu finden.

Er war da draußen.

Na gut. Sie hatte einen Plan. Jetzt brauchte sie noch eine Waffe.

Die Höhle war recht karg eingerichtet. In einer Ecke stand eine Pritsche. In einer anderen Ecke lag ein riesiger Haufen Knochen. Knochen. Okay. Nicht die beste Waffe aller Zeiten, aber man konnte es sich nicht immer aussuchen. Sie könnte einen davon als Keule verwenden.

„Frau. Knie. Mund. Jetzt."

Jane versuchte es auf die einfachste Weise: Sie ging direkt auf den Haufen zu. Nach wenigen Schritten verstellte der König ihr den Weg. Na schön. Die einfache Lösung war damit gestrichen. Sie tat so, als würde sie nach links springen. Er folgte. Sie wechselte schnell die Richtung und rannte rechts an ihm vorbei. Die vier Riesen, die zugesehen und abgewartet hatten, stellten sich direkt vor den Haufen und verschränkten die Arme vor der Brust. Na gut. Dann also auch nicht auf Umwegen.

Es gab nur noch eine Möglichkeit. Sie stellte sich breitbeinig hin und machte sich für einen Angriff bereit. „Meine Antwort lautet Nein."

Der König runzelte die Stirn und sah sich mit ausgebreiteten Armen zu seinen Männern um, als wollte er sagen: „Frauen. Dämlich, aber was soll man machen?", ehe er wieder auf seine Füße zeigte. „Du. Knie. Jetzt."

„Ich verstehe schon, was du sagst." *Idiot.* Manche Leute hatten die Weisheit mit Löffeln gefressen. Er hatte anscheinend nur einen winzigen Teelöffel abbekommen. Vermutlich nicht einmal das. „Deshalb sage ich Nein."

Er zeigte ihr seine Säbelzähne. „Aber du versprochen …"

„Ich habe gelogen. Du bist hässlich und gemein, und ich würde mich selbst dann nicht mit dir einlassen, wenn die Welt von fleischfressenden Bakterien verzehrt würde und dein Schwanz die einzige Heilung enthielte."

Die Verwirrung auf seinen monströsen Gesichtszügen wurde von Erleichterung abgelöst. „Schwanz. Du. Ja."

Natürlich war das das einzige Wort, das er verstand. „*Nein.*"

Er kniff die Augen zu engen Schlitzen zusammen, und es hätte sie nicht erstaunt, einen kleinen roten Lichtpunkt mitten auf ihrer Stirn zu finden. „Ich zwing dich."

„Ich hatte schon erwartet, dass du so etwas sagst." Sie hob ihr Kinn. „Du bist ziemlich vorhersehbar. Also, Schluss mit dem Geplauder, fangen wir an."

Mit einem Knurren tief in seiner Kehle trat er auf sie zu. Er streckte die Hand aus, um nach ihr zu greifen. Sie duckte sich, wirbelte herum und stieß ihm den Ellenbogen in den Magen. Er grunzte und beugte sich vor, um nach Luft zu schnappen. Die anderen lachten und feixten. Ihre Ausgelassenheit überraschte Jane. Sie hatte mit Wut gerechnet.

Der König richtete sich auf, ehe sie einen weiteren Schlag austeilen konnte, fixierte sie mit seinem Blick und näherte sich. Wieder duckte sie sich und wirbelte herum, wieder stieß sie ihn mit ihrem Ellenbogen. Wieder beugte er sich nach Atem ringend vor.

Dieses Mal applaudierten die anderen Riesen. Sie mussten es für das Vorspiel halten.

Sie rannte hinter den König, bevor er sich wieder fangen konnte, und trat zu. Er stolperte vorwärts. Sie sprang, und auf dem Weg nach unten rammte sie ihm den Ellenbogen an den Kopf. Er fiel mit dem

Gesicht voran zu Boden. Der Erfolg ihrer Angriffe gab ihr Kraft und pumpte Adrenalin durch ihre Adern. Noch ein Schlag gegen den König, nur um sicherzugehen, dann wollte sie sich seinen Freunden zuwenden.

Doch als sie ihr rechtes Bein anhob, um ihm in den Magen zu treten, rollte er sich auf den Rücken und packte ihren linken Knöchel. Ein kurzer Ruck, und sie landete auf ihrem Hintern. Die Luft explodierte aus ihren Lungen. Schwarz und weiß blitzte es vor ihren Augen auf, kleine Spinnweben aus Explosionen.

Ehe sie Zeit hatte, zu reagieren, schwang der König seine fleischige Faust. *Treffer.* Ihr Wangenknochen brach. Haut platzte auf. Ihr Gehirn rasselte in ihrem Schädel, und das Schwarz in ihrem Blickfeld verdrängte das Weiß.

Einfach so war ihr Vorteil dahin. Nicht dass sie je wirklich einen gehabt hätte.

Kriech davon. Roll dich zu einem Ball zusammen. Irgendwas!

Zu spät. Noch ein Schlag traf sie, dieses Mal an ihrem Kiefer. Für eine endlose Zeitspanne leisteten ihr nur Schmerz, Schwindel und Übelkeit Gesellschaft. Dann breitete sich das schwarze Spinnennetz aus und hüllte sie ein. *Wage es nicht, ohnmächtig zu werden!*

Noch ein Schlag.

So. Viel. Schmerz. *Okay, jetzt kannst du ohnmächtig werden.*

Natürlich wurde in dem Augenblick die Schwärze von einem weiteren Adrenalinschub unterbrochen, der ihre Sinne wieder schärfte. Jane wollte um Hilfe schreien, aber sie glaubte nicht, dass einer der Anwesenden ihr helfen würde. Die würden ihr höchstens noch mehr wehtun. Außerdem *konnte* sie einfach nicht schreien. Wie sie befürchtet hatte, war ihr Kiefer gebrochen.

Noch ein Schlag.

Noch mehr Schmerz. Nein, Schmerz war nicht das richtige Wort für das, was sie durchlitt. „Qualen" vielleicht, aber selbst das schien noch zu harmlos ausgedrückt.

Harte Finger legten sich um ihren Oberarm und schüttelten sie, wodurch die Qualen sich in ihrem ganzen Körper ausbreiteten. „Sieh mich an."

Sie öffnete blinzelnd ihre Augen. Oder ein Auge. Eines war bereits zugeschwollen, das untere und obere Lid verklebt über etwas, das sich wie ein Golfball anfühlte. Sie lag auf dem Rücken, und der König beugte sich bedrohlich über sie. Sobald er merkte, dass sie am Leben war, begann er an ihrem Kleid zu reißen.

Dann gefiel es ihm also, mit seinen Eroberungen zu kämpfen. Na ja, sie würde ihm immerhin in Erinnerung bleiben. Sie biss die Zähne gegen die erneuten Qualen zusammen und trat ihm mitten ins Gesicht. Der Tritt kam unerwartet, und ihr Gegner stolperte rückwärts, ehe er endlich zu Boden fiel. Irgendwie gelang es ihr, sich aufrecht hinzusetzen. Die Schwärze kam zurück und entlockte ihr ein Stöhnen.

„Haltet sie", sagte der König mit einem bösen Grinsen. Er rieb sein bestes Stück. Den Lendenschurz hatte er bereits abgelegt.

Eifrig, ihm zu gefallen – und wohl auch, sie anfassen zu können –, gehorchten die Männer. Innerhalb von Sekunden lag sie flach auf dem Rücken, die Hände über ihrem Kopf verankert, die Beine festgehalten und weit gespreizt.

Einfach so.

Noch eine Sekunde, und ihre Brüste wurden gequetscht und ihre Brustwarzen gezwickt. Und alle vier Riesen starrten ihr zwischen die Beine und warteten darauf, sie ganz entblößt zu sehen.

„Nein", fuhr sie sie an, aber das Wort war nicht zu verstehen. „Nein!" Hatte Nicolai auch so gelitten?

Sie lachten. Der König umfasste den zerfetzten Saum ihres Kleides. Der Rest des Stoffes riss entzwei.

Vor der Höhle hallte ein Schrei wider. Ihre Angreifer hielten inne, runzelten die Stirn und sahen einander an. Noch ein Schrei folgte, dann ein weiterer. Und noch einer. Jeder war schmerzerfüllt und panisch. Kämpften die Monster miteinander, vielleicht um die Alten? Oder war Nicolai gekommen?

Neue Hoffnung keimte in ihr auf.

Der König zuckte mit den Schultern und widmete seine Aufmerksamkeit wieder ihrem Körper. Sie trug nur noch ihren Slip, und der war schon im Schritt gerissen und deshalb als Barriere nutzlos. Er leckte sich die Lippen und rieb sich einmal, zweimal, bereitete sich darauf vor, in sie einzudringen.

„Groß", sagte er, wie um sich selbst zu loben. Damit hatte er recht. Er war groß, zu groß, und lang wie ein Rammbock. Er würde sie in zwei Teile reißen.

Ihre Hoffnung schwand. Tränen verschleierten den Blick aus ihrem guten Auge, und sie schluchzte, das Geräusch so gebrochen wie ihr Kiefer. Jede Sekunde war es so weit, und dann ...

Ein tiefes, bedrohliches Fauchen hallte durch den Raum. Näher, so nah.

Weder die Wachen noch der König wendeten sich von ihr ab, um zu sehen, wer diese empörte Warnung ausgestoßen hatte. Aber auf einmal wusste Jane es, sie spürte es. Nicolai war wirklich hier.

„Ihr seid so was von tot", sagte sie flach. Wieder machten ihre Verletzungen ihre Worte unverständlich, aber es war ihr egal. Sie auszusprechen verschaffte ihr ein geringes Maß an Befriedigung.

„Nicht tot." Immer noch grinsend ging der König in die Knie. Die Wachen beugten sich vor, und ihre Hände glitten Janes Arme und Beine hinauf. Und dann, als der König seinen Schwanz auf sie richtete, schlug irgendetwas schneller zu, als ihr Auge es sehen konnte. Blut spritzte in alle Richtungen. Der König schrie auf vor Schreck und Schmerz.

Der Gegenstand – ein richtiger Dolch, den Nicolai einem der Riesen gestohlen haben musste – richtete sich gegen die Wachen und traf zwei auf einmal. Mehr Blut, mehr Gebrüll. Die Männer ließen von ihr ab, und endlich war sie frei. Sie lag einfach da, atmete schwer und zitterte. Dann schoben sich sanfte Arme unter sie und hoben sie hoch. Sie wurde zu der Pritsche getragen und abgelegt. Fingerspitzen fuhren behutsam über ihre geschwollene Wange. Nicolais Gesicht wurde erkennbar. Er war blutbespritzt, jeder Teil von ihm dunkelrot getränkt.

Flammen loderten in seinen Augen. „Vergewaltigt?"

Sie schüttelte kaum merklich den Kopf.

Die Flammen verloschen und machten Raum für etwas viel Schrecklicheres: kalte, gnadenlose Wut. Dann war er verschwunden.

Er griff zuerst die Wachen an, die ihre Füße festgehalten hatten, riss ihnen die Luftröhre mit den Zähnen heraus und spuckte sie auf den Boden. Aber das war ihm nicht genug, und er trennte ihnen noch mit dem Dolch die Köpfe vom Leib. Ein Berg aus Leichen versperrte den Eingang und schloss den König mit ihm im Raum ein.

Die zwei Männer umkreisten einander.

„Leide", sagte Nicolai, und durch die langen scharfen Fangzähne klang das Wort undeutlich.

„Ja. Leide du."

„Sie ist mein. Mein! Du wirst sterben, weil du angefasst hast, was mein ist."

Der König blinzelte und legte den Kopf zur Seite. „Kenne dich. Vampir ... Prinz?" Er keuchte auf, als ihm die Wahrheit klar wurde. „Ja. Prinz. Dunkler Prinz. Majestät, verzeiht. Tot, dachte ich. Wir alle."

Nicolai, der Sklave, war ein Prinz?

Der König fiel auf ein Knie, um seine Ergebenheit zu beweisen. „Bitte Gnade. So viel Reue. Majestät. Wollte nichts Böses. Nehmt Frau. Sie ist Euer."

Nichts, was Jane getan hatte, hatte den König erniedrigt. Nichts hatte ihm Angst gemacht. Jetzt, bei dem Gedanken, gegen seinen Prinzen zu kämpfen, war er auf den Knien und flehte um Gnade.

„Du stirbst", sagte Nicolai einfach. Der König hatte keine Chance. Ihr Mann riss ihm sämtliche Gliedmaßen aus, eine nach der anderen. Und auch wenn der König brüllte und brüllte und brüllte, er wehrte sich kein einziges Mal. Als wüsste er, dass ihn dann nur ein noch schrecklicheres Schicksal ereilen würde.

Als Nächstes waren seine Augen dran. Dann sein Schwanz. Danach wurden seine Schreie zu einem Flehen um Gnade. Doch Nicolai zeigte keine Gnade. Schon hatte er die Zunge des Königs herausgerissen. Kein Flehen mehr, kein Schreien. Nur noch Wimmern.

„Nicolai", presste Jane endlich hervor, ihre Stimme so schwach, dass sie selbst kaum hörte, was sie sagte. Müdigkeit bemächtigte sich ihrer, und sie wusste, sie konnte nicht mehr lange wach bleiben.

Nicolai sah sich zu ihr um, mühsam nach Luft ringend. Das Bedürfnis, Schmerz zu bereiten, umgab ihn wie eine zweite Haut, für alle sichtbar. Noch nie hatte sie einen primitiveren Mann gesehen, wild und unkontrollierbar, ein Krieger mitten in der Schlacht. Ein Anblick, den die meisten Menschen nur aus ihren Albträumen kannten.

„Brauche dich", sagte sie.

„Ja." Er wirbelte wieder zu dem sterbenden König herum. Mit einer schnellen Handbewegung trennte er den Kopf des Mannes ab, wie er es bei den anderen getan hatte. Dann beugte er sich über Jane und streichelte sie zärtlich. „Es tut mir leid, mein Liebes. So leid."

„Komme ... zurecht. Schon ... Schlimmeres erlebt. Brauche dich ... einfach."

Die Worte hatten ihn trösten sollen. Es funktionierte nicht. Vollkommene Verzweiflung legte sich auf seine Miene. Er wischte sich den Arm an einem Stück Stoff ab, biss sich ins Handgelenk und hielt ihr die blutende Wunde an den Mund. „Trink."

Während Nicolai Worte sang, die sie nicht verstand, strömte eine warme Flüssigkeit ihre Kehle hinunter. Zuerst erlebte sie ein köstliches Kribbeln, das in ihrem Magen begann und sich durch ihre Adern fortsetzte bis zu ihrem Kiefer, ihren Armen, ihren Beinen. Das Kribbeln verstärkte sich, bis sie sich fühlte, als würden geschmolzene Dolche auf sie einstechen.

Was zur Hölle machte sein Blut mit ihr?

„Nicolai", rief sie. „Das tut weh."

„Du heilst, mein Liebes. Es tut mir leid. Es tut mir so leid. Es sind gute Schmerzen."

Noch während er sprach, richtete sich ihr Kiefer. Sie schrie auf, und das schrille Geräusch hallte an den Höhlenwänden wider. Die Lider ihres geschwollenen Auges rissen auseinander, und sie stöhnte. Zunächst sah sie alles verschwommen, als hätte man ihr Vaseline auf die Hornhaut geschmiert, aber als die Dolche und die Hitze sich ihren Weg durch sie bahnten, war es, als wären Scheibenwischer am Werk, und sie konnte wieder sehen. Klar und deutlich.

Als der Heilungsprozess abgeschlossen war, lag sie einfach da, atmete noch schwer, schwitzte und zitterte, aber sie war wie neugeboren. Sie streckte ihren Kiefer, und obwohl sie noch einen dumpfen Schmerz verspürte, konnte sie ihn uneingeschränkt bewegen.

„Danke", sagte sie, und Tränen der Erleichterung stiegen ihr in die Augen.

Nicolai streckte sich neben ihr aus und nahm sie in seine Arme. Er hielt sie eine lange Zeit einfach fest, ehe die Barriere in ihr aufbrach und sie gegen seine Brust schluchzte und ihn fest an sich zog. Trotz ihres ganzen Wissens war sie hilflos gewesen.

„Ich habe sie umgebracht, Liebes. Ich habe sie alle umgebracht. Sie werden dir nie wieder etwas tun. Das schwöre ich dir."

Die Bosheit des Königs machte sie sprachlos. Die vollkommene Missachtung ihres Willens, die Gewaltbereitschaft ... Oh, sie hatte gewusst, dass es Leute gab, die zu so bösen Taten fähig waren, aber sie hatte es noch nie zuvor am eigenen Leib erfahren. Es war Angst einflößend, und es brach ihr das Herz.

„So ist es gut. Lass alles raus. Ich bin bei dir", sagte Nicolai tröstend.

„Ich hatte solche Angst."

„Nie wieder. *Nie wieder*", schwor er ihr. „Außer ... hattest du Angst vor mir?"

Sie schüttelte den Kopf.

„Gut, das ist gut. Ich würde dir nie wehtun. Selbst wenn ich in einer meiner Launen gefangen bin, könnte ich dir nie wehtun."

Bald schon versiegten ihre Tränen. Die Verletzungen und die Schmerzen der Heilung hatten sie geschwächt, und sie ließ sich mit einem Seufzen und einem Schaudern gegen ihn fallen. „Was hast du gesungen, als du mir dein Blut gegeben hast?"

„Meine Vampirmagie. Ich habe einen Heilzauber auf dich gelegt, um die Macht meines Blutes zu unterstützen."

Sie schniefte, ihre Nase war geschwollen. „Besser als Morphium."

„Morphium?"

„Ein Schmerzstiller aus meiner Welt."

„Ein Stiller der Schmerzen. Hast du ihn geliebt?" Er knurrte fast.

Die plötzliche Belustigung gab ihr Kraft. „Nein. Ehrlich gesagt war es schwer, ihn wieder loszuwerden. Er, äh, hat mich verfolgt, so was in der Art. Ich musste so tun, als gäbe es ihn nicht."

Nicolai küsste sie auf die Schläfe und entspannte sich neben ihr. „Soll ich ihn jagen und für dich zerstören, Liebste? Es wäre mir ein Vergnügen, glaube mir."

„Du hast schon genug Feinde. Außerdem bin ich ihn schon vor einer Weile losgeworden."

Er küsste sie nochmals. „Weil du stark bist."

Ein schönes Kompliment, aber sie hatte es nicht verdient, und sie konnte auch nicht so tun. „Heute war ich nicht stark genug, mich selbst zu retten." Die Tränen kehrten zurück. Sie wischte sie mit zitternder Hand beiseite. „Ich habe eine Weile lang Unterricht in Selbstverteidigung genommen, aber das hat nicht geholfen. Nicht wirklich. Er hätte ... Er wollte ..."

„Nie wieder", wiederholte Nicolai und zog sie fester an sich. „Ich werde dich weiter ausbilden. Wenn ich damit fertig bin, kann nicht einmal ich dich mehr besiegen."

„Wirklich?"

„Oh ja. Deine Sicherheit liegt mir am Herzen. Bei dieser Mission werde ich nicht versagen."

Vielleicht hatten die Aufregungen des Tages sie emotional werden lassen, aber ihr stiegen schon wieder Tränen in die Augen. Das war das Liebste, was je ein Mann zu ihr gesagt hatte. „Genug von mir. Ich hatte Angst, die Riesen hätten *dich* umgebracht."

„Ich bezweifle, dass der Tod mich von dir fernhalten könnte."

Okay. Sie hatte falschgelegen. *Das* war das Liebste. Sie küsste seinen Halsansatz. „Was ... was waren diese Dinger?"

„Oger."

Müdigkeit übermannte sie, und ihre Lider senkten sich schwer herab. „Der König schien dich zu kennen."

Er erstarrte. „Ja."

Und er wollte nicht darüber reden. Zu müde, um einen Vorwand zu finden, ihn zu Antworten zu drängen, wechselte sie das Thema. „Du hast mich gefunden, weil du mich gezeichnet hast, richtig?"

„Ja", sagte er wieder und fuhr mit den Fingerspitzen ihre Wirbelsäule entlang. „Und noch nie hat mich etwas mehr gefreut."

„Hast du schon andere Frauen gezeichnet?" Oh Gott. Das hätte sie nicht fragen sollen. Sie war nicht bereit für die Antwort. Nicht hier, nicht so. Nicht nach allem, was geschehen war. Er musste nicht verheiratet oder verlobt sein, um eine Frau zu zeichnen, also könnte es da draußen *Tausende* geben. Sie hätte ...

„Nicht dass ich wüsste", sagte er zögernd.

Sie seufzte erleichtert. Sie könnte wetten, dass „Zeichnen" mehr als eine Erinnerung war, ein Instinkt, reinste Biologie, ein angeborenes Wissen. Schließlich taten es auch Hunde. Natürlich pinkelten die nur auf alles, was sie markieren wollten, und hinterließen ihren Duft. Aber sie mussten sich nicht daran erinnern, es getan zu haben, sie mussten einfach nur schnuppern, um den Duft wiederzufinden.

Nicolai hatte sich auf keine andere Frau eingeschworen. So einfach, wie er Jane gefunden hätte, hätte er auch ohne Schwierigkeit jede andere gefunden. *Falls* es da draußen jemanden gab. Also musste sie logischerweise glauben, sie war die einzige.

Ja, logischerweise. Er war frei.

Oder vielleicht bist du diejenige, die dumm wie Brot ist. Eine gute Wissenschaftlerin prüft immer beide Seiten einer Theorie. Na gut. Dann also Argumente für die andere Seite. Nicolai konnte sehr gut verlobt sein, wie er befürchtet hatte und wie sie zu leugnen versuchte. Und vielleicht hatte er die Frau noch nicht gezeichnet, weil er auf die Zeremonie warten wollte, um ihre Verbindung zu untermauern.

Oder er hatte, wie die Oger, einen ganzen Harem an Frauen. Vielleicht konnte ihn eine einzige Frau nicht lange befriedigen, also hatte er sie benutzt wie Taschentücher bei einer Erkältung. Vielleicht waren es zu viele gewesen, um sie alle zu zeichnen. Oder vielleicht waren sie ihm nie wichtig genug gewesen.

Das würde jedenfalls zum Bild des verwöhnten Prinzen passen. *War* er wirklich ein Prinz? *War* er verwöhnt? Ein Mann, dem man alles gegeben hatte, was er wollte, und der trotzdem nie zufrieden war?

Manchmal hasste sie ihr Gehirn. Und Theorien auch.

Der Nicolai, den sie kannte, war launisch und besitzergreifend. Er vertrug sich nicht mit anderen, und er wusste nicht, wie man teilte. Und doch war er so wenig verwöhnt, wie ein Mann nur sein konnte. Und er gehört mir, dachte sie und vergrub ihr Gesicht tiefer in den harten Konturen seines Körpers. Seines starken, warmen Körpers.

Er kannte sie, und ihn störten ihre Plapperei und ihre Abschweifungen nicht. Er machte sich genug aus ihr, um zurückzukommen – zwei Mal – und ihr das Leben zu retten. Das musste etwas bedeuten.

„Hör auf nachzudenken und schlaf, Jane", sagte er.

„In Ordnung." Während sie zusammen waren, konnte ihr nichts geschehen. Sie wusste es einfach. Er würde sie mit seinem Leben beschützen. „Halt mich und lass mich nicht los."

„Immer", schwor er ihr.

Oh ja. Er machte sich etwas aus ihr. Sie schlief mit einem Lächeln auf den Lippen ein.

12. Kapitel

Als Jane aufwachte, lag sie immer noch in der Höhle. Sie war sich nicht sicher, wie viel Zeit vergangen war. Sie wusste nur, dass sie sich noch nie so ausgeruht gefühlt hatte. Sie streckte sich wie eine zufriedene Katze, ihr war warm, obwohl sie nackt war, ihre Muskeln waren so entspannt, dass sie fast flüssig waren, und sie sah sich um.

Erstaunt von dem, was sie erblickte, setzte sie sich auf. Sie hatte so lange geschlafen, dass Nicolai Zeit gehabt hatte, jede Blutspur von Boden und Wänden zu entfernen. Er hatte auch die Leichen und die Leichenteile fortgeschafft. Wäre da nicht dieser Rest Bosheit, der in der Luft lag, sie hätte sich in einem unterirdischen Hotel befinden können.

Es hatte keinen Grund für Nicolai gegeben, sich solche Mühe zu machen. Sie würden hier nicht leben. Nicht einmal den Tag hier verbringen. Höchstens vielleicht, dass er vermeiden wollte, dass sie sich aufregte. Sie riss die Augen auf. Genau deswegen, wurde ihr klar, hatte er es getan. Was für ein lieber Mann.

Und da war sie wieder, die Gefühlsachterbahn. Sie schniefte, und ihr Kinn zitterte.

„Weine nicht, Liebes. Bitte, nicht weinen." Er hockte neben ihr, ohne sie anzusehen, und hielt ein Bündel aus zerknittertem Stoff in den Händen. Und Gott, sein Profil war atemberaubend. Immer noch blutbeschmiert, auch wenn er sich notdürftig gewaschen hatte. Seine Wangen waren kantig, seine Lippen sinnlich und seine Miene entspannt. Der Kampf hatte ihm nichts anhaben können. „Es bringt mich um, dich weinen zu sehen."

Nach allem, was er für sie getan hatte, würde sie tun, was immer er verlangte. Außerdem sah sie, trotz seiner entspannten Miene, Sorgenfalten, die von seinen Augen ausgingen, als wären sie dort eingebrannt. Da war noch etwas anderes, das ihm Sorgen bereitete, und sie wollte ihn nicht zusätzlich belasten.

„Ich weine nicht." Sie benutzte den Rand des Stofffetzens, den er ihr reichte, um ihr Gesicht abzuwischen.

Seine Sorgen schienen für den Augenblick vergessen, und seine Mundwinkel zuckten. Was war so lustig?

„Hast du gut geschlafen?", fragte er.

„Ja, danke."

„Gut. Und jetzt. Wirst du dir für mich etwas anziehen?" Eine Frage voller Befürchtungen.

Sie glaubte zu wissen, warum. Ihre Nacktheit erregte ihn – zumindest hoffte sie das –, aber er wollte nichts deswegen unternehmen. Nicht nach dem, was hier geschehen war. Dafür war sie dankbar.

Sie kannte den Ratschlag, Schlechtes mit Gutem auszugleichen. Sie wusste auch, dass es nichts Besseres geben konnte als Nicolais Berührung. Er spielte auf ihr wie auf einem Klavier, schlug genau die richtigen Tasten an, um eine Symphonie zu erschaffen. Aber sie wollte, dass ihr erstes Mal einzig aus dem Bedürfnis heraus geschah, zusammen zu sein.

„Jane?", fragte Nicolai vorsichtig.

Sie sollte sich anziehen. Richtig. „Was denn?" Ihr Kleid war nicht mehr zu retten.

„Dein ‚Taschentuch'."

„Oh." Sie biss sich auf die Unterlippe, als sie ihr „Taschentuch" genauer betrachtete. Ein verblichenes gelbes Baumwollkleid, sauber und ohne Risse. Perfekt. „Wo hast du das her?"

Er deutete hinter sich und neigte den Kopf. „Die beiden anderen Frauen waren so dankbar, von ihren Oger-Herren befreit zu werden, dass sie noch geblieben sind, um mir beim Aufräumen zu helfen, und dir alle ihre Besitztümer geschenkt haben."

„Das war sehr nett von ihnen."

„Sie haben mir auch ihre Körper angeboten."

„Ich wisch den Boden mit ihrem Blut!" Sie zog sich das Kleid mit ruckartigen Bewegungen über den Kopf.

Als sie Nicolai wieder sehen konnte, merkte sie, dass er grinste. Sein Grinsen war ... dekadent und schamlos. Ihr Blut brodelte. Blut, das ihm gehörte, das einst Teil von ihm gewesen war.

„Ich habe sie fortgeschickt", sagte er. „*Ohne* ihr Angebot anzunehmen."

„Als würde es mich interessieren, was du tust", schmollte sie. Dieses Gespräch, kurz nachdem sie sich gefragt hatte, ob er wohl einen Harem besaß, brachte *ihre* Laune zum Überkochen.

Seine Belustigung erlosch auf der Stelle. „Es sollte dich aber interessieren."

Sie seufzte. Ehrlichkeit war wichtig, wenn sie irgendeine Art von Beziehung miteinander eingehen wollten. Und sie wollte eine Beziehung mit ihm, egal wie lange sie noch zusammen sein konnten. Einen Tag, eine Woche, einen Monat? Oder würde sie für immer hierbleiben?

Darüber wollte sie sich jetzt keine Gedanken machen.

„Schon gut", sagte sie mit einem Seufzen. „Es interessiert mich."

Ihr Magen knurrte vor Hunger, und in der Ruhe der Höhle hallte das Geräusch laut von den Wänden wider. Sie wurde rot. „Und was ist mit dir?"

„Mehr als ich sagen kann."

„Ich will nur nicht ... dass du verletzt wirst, wenn ich verschwinde."

„Du wirst nicht verschwinden. Komm jetzt." Er stand auf und bot ihr seinen Arm. „Ich besorge dir was zu essen."

Sie interessierte ihn! Aber wie konnte er sich so sicher sein, dass sie bleiben würde? „Wie spät ist es?", fragte sie und nahm seine Hilfe mit einem zärtlichen Lächeln an. Ein Lächeln, das schnell wieder verblasste. Beim Aufstehen knirschten und schmerzten ihre Knochen.

„Kurz vor Mitternacht."

Zu Hause würde sie jetzt im Bett liegen, sich von einer Seite auf die andere wälzen und sich vor dem nächsten Morgen fürchten.

Sie bahnten sich ihren Weg zurück zum Fluss. Zuerst humpelte sie, aber ihre Muskeln entspannten sich mit der Bewegung. Sie sammelte Pfefferminzblätter und Zweige, mit denen sie sich im Gehen die Zähne putzten. Danach sammelte Nicolai Früchte und Nüsse, um ihren ersten Hunger zu stillen. Während sie daran knabberte, erwartete sie fast, dass Kreaturen aus ihren Märchenbüchern hervorgesprungen kamen, um sie zu packen, oder dass Laila erschien und sie kreischend verfluchte, aber die halbstündige Wanderung verlief ohne Zwischenfälle.

Nicolai trat ins Wasser, tauchte unter, kam nass und prustend wieder hoch und bedeutete ihr, das Gleiche zu tun. „Bade, und ich sammle die Fische, die du dabei aufschreckst."

„Ha, ha. Da sieht man, wie wenig du weißt. Fische lieben mich. Sei nicht überrascht, wenn sie zu meinen Füßen tanzen."

„Willst du etwa, dass ich die Fische vor Eifersucht ermorde, damit du mehr zu essen hast?", neckte er sie.

„Vielleicht." Er sah mehr als nur gut aus, er war sexy. Belustigt, verspielt, und sein nasses dunkles Haar lag eng an seinem Kopf an und tropfte auf sein Gesicht. Die Tropfen liefen in kristallklaren Bächen seine verlockenden Brustmuskeln hinab, seinen festen Bauch – lieber Himmel, das war wirklich ein Waschbrettbauch –, und sammelten sich schließlich am Saum seines Lendenschurzes.

Ohne den faden Beigeschmack der Höhle gab es nichts, das ihr Verlangen beeinträchtigen konnte. Jane begehrte ihren Mann mehr als alles andere.

Du musst sauber werden, wenn du mit ihm schmutzige Dinge anstellen willst.

„Mach dich bereit, zu staunen", sagte er und drehte ihr den Rücken zu.

Tue ich schon. Sie zog ihr neues Kleid aus und sprang ins Wasser – kaltes, erfrischendes Wasser –, ehe er sich umdrehen und ihre aufgestellten Brustwarzen sehen konnte. Sie schrubbte sich ab, bis ihre Haut kribbelte; nun, vor etwas anderem als Begehren kribbelte.

Die ganze Zeit sah sie sich heimlich nach Nicolai um. Er fing einige Fische und warf sie ans Ufer. Mit der Zeit wurde er immer angespannter, seine Bewegungen ruckartiger. Und er achtete gar nicht darauf, dass sie ihn beobachtete. Nicht ein einziges Mal sah er sich zu ihr um.

Der Mond beschien ihn wie ein Scheinwerfer, silbern und magisch. Er war so stark, so fähig. Sie biss sich auf die Unterlippe und trat im Wasser auf der Stelle. Das Wasser war vielleicht kühl, aber zwischen ihren Beinen wurde es warm.

Vielleicht hätte sie verängstigt sein sollen oder Symptome von posttraumatischem Stress zeigen. Wenigstens Flashbacks. Immerhin war sie fast vergewaltigt worden, und man hatte sie verprügelt. Aber da war Nicolai. Ihr Beschützer. Nicht einmal schlechte Erinnerungen wagten es, sie zu überfallen, während er in der Nähe war.

„Nicolai." Ihre Stimme klang belegt. Sie hatte ihn nicht rufen wollen, aber sein Name war ihr einfach so über die Lippen gekommen.

Endlich drehte er sich zu ihr um. Ihr stockte der Atem. Seine Augen waren heller, als sie es je gesehen hatte, die goldenen Flecken darin glitzerten und verschmolzen verführerisch mit dem Silber. Seine Wangen waren gerötet, seine Fangzähne lang und scharf.

„Staunst du schon?", wollte er wissen.

„Ja." Oh ja. War er deshalb so unruhig und abweisend? Hatte sie seine Fähigkeiten nicht genug gelobt? „Du bist der beste Fischer, dem ich je begegnet bin. Zugegeben, du bist auch der einzige ..."

Kein Anzeichen eines Lächelns. „Du bekommst etwas zu essen", sagte er und fügte düster hinzu: „Danach."

„Danach?"

„Ich kann dein Begehren riechen, kleine Jane, und ich habe dir Zeit gelassen, dich an den Gedanken zu gewöhnen, bei mir zu liegen. Die Zeit ist vorbei. Komm her." Er lockte sie mit dem Finger. „Ich will dich."

Auf einmal war „danach" kein so schlimmes Wort mehr. „Wird auch Zeit." Ohne zu zögern, schwamm sie zu ihm, und das Wasser streichelte ihre Haut. Als sie nur noch eine Haaresbreite von ihm entfernt war, stemmte sie die Füße auf den Grund des Flusses und richtete sich auf. Das Wasser reichte ihr gerade bis unter die Brüste.

„Ich werde dich nehmen", sagte er eindringlich.

„Ja."

„Ganz und gar."

„Ja." *Bitte.*

Er trat näher. Jedes Mal, wenn sie einatmeten, berührten ihre Brüste seinen Körper und rieben sich auf atemberaubende Weise daran.

„Nichts kann mich aufhalten", sagte er.

„Nicht einmal der Gedanke an eine andere Frau, die vielleicht auf dich wartet?" Sie hasste sich in dem Augenblick, als die Worte ihre Lippen verlassen hatten, aber sie war dennoch froh darum. Wegen einer anderen Frau hatte er beim letzten Mal widerstanden.

Schatten legten sich über seine Züge und verwandelten ihn wieder in den Krieger, der er in der Nacht zuvor gewesen war. „Da ... ist jemand. Eine Frau. Wahrscheinlich."

Oh Gott. „Wer?" Es war, als hätte jemand den Stöpsel gezogen, und ihr Begehren schwand, bis sie kalt und leer war. „Bist du ... Hast du sie geliebt?"

„Nein. Mein Vater hat die Ehe arrangiert. Ich erinnere mich nicht an das Gesicht meiner Zukünftigen oder an ihren Namen, nicht einmal an meinen Antrag. Ich erinnere mich nur, dass ich meinem Vater versprochen habe, sie zu heiraten."

Nicht weinen. Wage es nicht, zu weinen. Wenigstens gehörte sein Herz keiner anderen. Das sollte helfen.

Es half nicht. Sie wollte ihn ganz. Nur für sich.

„Du erinnerst dich?", krächzte sie.

„Nicht an alles, nur an Bruchstücke. Ich sage dir das nicht, um dich aufzuregen, Jane, sondern um dich zu warnen. Egal was passiert, ich behalte dich. Du gehörst mir. Daran wird sich nichts ändern."

Egal, was passiert – selbst wenn er eine andere Frau heiratete? „Nein."

Die Möglichkeit, dass er vielleicht eine andere hatte, hatte sie bisher einfach abstreiten können, und sie konnte auch jetzt noch leicht die Augen davor verschließen, obwohl sie wusste, dass es die Wahrheit war. Vielleicht hatte er sich entschieden, die Verlobung zu lösen.

Sie würde nicht diejenige sein, die einer anderen Frau den Mann wegnahm. Das würde sie nicht! Dazu war sie zu stolz. Oder nicht? Liebe Güte, dass sie überhaupt zweifelte, bedeutete, dass sie es schon in Betracht zog.

Nein. Nein, nein, nein. Ihre Eltern hatten sich geliebt, einander respektiert, und das wollte sie auch für sich selbst. Eine tiefe, fortwährende Liebe, bei der sie selbst an erster Stelle stand. Sie wollte nicht Nächte damit zubringen, sich zu fragen, ob ihr Mann im Bett mit seiner Frau war. Sie zur Ekstase brachte und Kinder mit ihr zeugte. Sie wollte nicht an den Rand seines Lebens gedrängt werden. Sie wollte nicht diejenige sein, die für alle Schwierigkeiten verantwortlich gemacht wurde.

Sie hatte etwas Besseres verdient.

Wenn sie nach Hause zurückkehrte und sich an ihre Zeit hier erinnerte – sie wusste jetzt, dass sie nicht bleiben konnte, denn irgendwie, auf irgendeine Art, würde sie den Weg nach Hause finden –, war dies die Nacht, die sie heimsuchen würde. Nicht die schmerzerfüllten Stunden bei den Ogern. Nicht einmal die Scham, ausgepeitscht zu werden. *Das* hier tat am meisten weh.

Sie wollte vor ihm zurückweichen. Er ließ es nicht zu und griff nach ihren Schultern, um sie an sich zu ziehen. Noch näher dieses Mal, bis nicht einmal ein Flüstern sie noch trennte. Sie waren eng aneinandergeschmiegt, und seine Erektion drückte sich gegen ihren Bauch.

„Ich weiß, was du denkst, Jane."

„Was, jetzt bist du nicht nur verlobt, sondern auch ein Gedankenleser?" Sie warf ihre Worte wie Waffen nach ihm, musste ihn irgendwie verletzen.

„Nein, aber ich kenne dich. Du wirst mich nicht verlassen." Der Befehl kam nicht von dem zärtlichen Retter, der sie gehalten hatte, während sie schlief, sondern von dem gefährlichen Raubtier, das einem Mann den Arm abgerissen hatte, nur um ihn schreien zu hören. „Ich habe dir das nicht gesagt, um dich zu beunruhigen, sondern um dich zu beruhigen. Verlobungen kann man lösen. Und genau das werde ich tun. Ich werde dich nehmen, keine andere."

„Ich ... ich ..." War das eine Liebeserklärung? Ein Antrag? Die widersprüchlichsten Gefühle stürmten auf sie ein. Sie wusste nicht, ob sie die Verzweiflung loslassen und sich den plötzlichen Glücksgefühlen ergeben oder beides festhalten sollte. „Ich weiß, du glaubst nicht, dass das passiert, aber was, wenn ich deine Welt doch verlasse? Du würdest ..." Sterben. Das durfte sie nicht wissen, und sie durfte nicht zugeben, dass sie es wusste. Andererseits hatte er sie auch nicht gebeten, sich für immer an ihn zu binden, oder?

Wenn er das tat, könnte die Bindung sie sehr wohl für immer in dieser Welt festhalten. Wusste er deshalb, dass sie bleiben würde?

„Du wirst nicht gehen", sagte er. „Dafür werde ich sorgen, egal was ich tun muss. Und jetzt Schluss damit, Jane. Hier. Jetzt." Er wartete nicht auf ihre Antwort, sondern beugte sich über sie und stieß seine Zunge tief in ihren Mund.

Die Glücksgefühle überwogen.

Sie konnte nicht anders. Sie zog ihn an sich. Er schmeckte noch nach Minze, warmer feuchter Minze, und sie konnte nicht genug bekommen. Als er ihren Kopf neigte, mehr von ihr nahm, tiefer von ihr kostete, erreichten ihre Empfindungen eine nie gekannte Intensität. So sollte ein Kuss sein, man sollte davon übermannt und in Besitz genommen werden. Er sollte jeden Sinn zum Leben erwecken.

Sie legte ihm die Hände in den Nacken und schob die Finger in sein Haar. Später. Später würde sie ihn fragen, was „egal was ich tun muss" bedeutete. Im Augenblick war nur eines wichtig: Er gehörte keiner anderen. Hier und jetzt konnte sie ihn genießen.

Sie standen einfach da, küssten sich, rieben sich aneinander, eine ewig lange Zeit. Und jeder Augenblick dieser Ewigkeit steigerte ihr Verlangen, bis sie bebte, ihn brauchte, in ihr ein Fieber loderte, das nur er lindern konnte.

„Schling deine Beine um mich", befahl er heiser.

„Ja." Schon bei der Vorstellung wurde ihr schwindelig. Sie sprang hoch und tat, was er befohlen hatte. Im nächsten Augenblick erwartete sie, von ihm in Besitz genommen zu werden. Aber er drang nicht in sie ein. Nein, er trug sie ans Ufer, und seine Erektion rieb dabei an ihr. Sie stöhnte, als er sie herunterließ und sich auf sie legte. Immer noch drang er nicht in sie ein.

„Hör nicht auf", hauchte sie.

„Niemals." Er legte seine Hände neben ihre Schläfen, zog sich den Lendenschurz aus und stützte sich ab. „Du bist so hinreißend, mein Weib."

„Beweis es. Beweis, dass ich dir gehöre."

Er entblößte die Fangzähne. „Wenn ich mit dir fertig bin, bereust du deine Bitte vielleicht."

„Leere Versprechungen."

Wieder einmal übertraf er ihre Erwartungen. Er setzte nicht sofort zum Stoß an, brachte ihr nicht die sofortige Erleichterung ihrer quälenden Sehnsucht. Stattdessen verbrachte er die nächsten Minuten damit, ihre Brüste zu massieren und die Brustwarzen abwechselnd mit der Zunge zu umspielen. Er malte mit seinen Fingern erotische Muster auf ihren Bauch, aber er berührte dabei nie die Stelle, an der sie ihn am meisten brauchte.

Als er begann, der Spur, die er mit den Fingerspitzen gezogen hatte, mit Küssen zu folgen, spreizte sie die Beine im stummen Flehen, sie endlich zu berühren.

Er gab nicht nach.

Er leckte die Innenseiten ihrer Oberschenkel entlang bis zwischen ihre feuchten Lippen, drang sogar mit der Zunge ein, verharrte für einen viel zu kurzen Moment, neckte sie, deutete an, was er tun könnte, achtete aber immer darauf, ihre Klitoris nicht zu berühren.

Sie wollte kommen, verdammt.

„Nicolai. Hör auf, mich zu ärgern."

Warmer Atem strich über sie. „Wem gehörst du, Jane?"

Ach so. Jetzt wusste sie, was er vorhatte. Mit ihr zu spielen, ihr zu zeigen, was er ihr geben könnte, bis sie ihm gab, was er wollte – und was sie von ihm verlangt hatte. Besitz.

„Sieh mich an", sagte sie.

Er stützte das Kinn auf ihren Bauch. Seine Wimpern hoben sich, und sein Blick begegnete ihrem. Seine Gesichtszüge waren angespannt. Er wollte ebenso dringend kommen wie sie. „Ja?", sagte er.

Wer würde zuerst nachgeben? „Ich bin dran."

Sie stemmte die Fußsohlen gegen seine Schultern. In der nächsten Sekunde lag er flach auf dem Rücken, und sie kauerte über ihm.

„Was hast du vor, Jane?"

„Dieses Spiel genießen." Sie fuhr mit der Zunge um seine Brustwarzen und genoss es, die harten Spitzen zu fühlen. „Wenn ich irgendetwas tue, was dir nicht gefällt, sag einfach Stopp."

„Es wird mir gefallen." Er schob ihr die Hände ins Haar. Seine Klauen mussten nachgewachsen sein, denn sie spürte, wie sie über ihre Kopfhaut kratzten, und sie liebte es. „Alles, was du tust, wird mir gefallen."

„Na gut, dann finden wir heraus, was dir am besten gefällt." Sie leckte den ganzen Weg bis zu seinem Bauchnabel und stippte ihre Zunge hinein. Seine Muskeln bebten. Sie nahm seinen Schwanz zwischen die Brüste, rieb auf und ab, auf und ab und brachte seine Leidenschaft zum Auflodern. Bald schon wurde seine Spitze feucht.

Sie wollte, dass er die Kontrolle verlor. Den Verstand. Wollte, dass er verzweifelt war. Genau wie sie es war, wenn sie bei ihm lag. Sie hatte vielleicht nicht viel Erfahrung, aber davon würde sie sich nicht aufhalten oder einschüchtern lassen. Sie hatte vor, seinen Körper und jede geheime Leidenschaft kennenzulernen.

„Jane", presste er hervor.

„Ja, Nicolai?"

„Ich brauche ... Ich will ..."

„Dass ich dich schmecke?"

„Oh, bei allen Göttern, Jane." Seine Stimme war nur noch ein Krächzen. „Ja. Bitte."

Sie hockte sich zwischen seine Beine und blickte zu ihm hinab. Er war so lang, so groß und so hart. Sie beugte sich immer weiter vor ... aber sie nahm ihn nicht in den Mund. Noch nicht. Sie richtete ihre ganze Aufmerksamkeit auf seine Hoden, reizte ihn, wie er sie gereizt hatte, bis er die Hüften hob, um ihr zu zeigen, was er brauchte.

„Bitte", sagte er noch einmal.

„Wem gehörst du?", fragte sie ihn, wie er sie gefragt hatte.

Er versuchte nicht einmal, es hinauszuzögern. „Dir, Jane."

Sein Geständnis hatte auf sie die gleiche Wirkung wie eine Liebkosung, und sie erschauerte. „Du wirst dich gleich so freuen, das gesagt zu haben." Sie nahm seine Spitze zwischen die Lippen. Sein Geschmack traf ihre Zunge, und Jane stöhnte begierig auf. Mehr, sie wollte noch mehr. Bis zum Ansatz nahm sie ihn in den Mund.

Rau stöhnte er auf. Sie glitt wieder aufwärts und reizte ihn ein wenig mit ihren Zähnen. Noch einmal stöhnte er. Sie hielt inne, bewegte sich nicht, quälte ihn. Wartete.

„Jane, das gefällt mir am besten."

Sie glitt wieder herab, dann hinauf, wiederholte das viele Male, erst langsam, dann immer schneller. Bald schon konnte er nicht mehr sprechen, nur noch stöhnen und seufzen, genau wie sie es vor wenigen Momenten getan hatte. Ihn so vor sich zu sehen, wie er ihr ausgeliefert war, wie die Leidenschaft für sie ihn verzehrte, bis all seine Gedanken und Handlungen nur noch davon bestimmt waren, wirkte auf sie wie ein starker Liebestrank.

Gerade als er kurz vor dem Höhepunkt war, hielt sie inne und presste die Lippen zusammen. Sie hatte von diesem kleinen Trick gelesen, ihn aber noch nie ausprobiert. Sein dringliches Flehen hallte durch den Wald.

„Jane", keuchte er. „Jane, bitte."

Er zitterte, war schweißgebadet, aber er kam nicht. Und als der Moment vorüber war, kroch sie an seinem Körper hinauf und bebte ebenso stark. Seine Fangzähne waren so weit ausgefahren, dass sie in seine Lippe geschnitten hatten und Blut sein Kinn hinablief.

„Warum hast du nicht ..."

„Ich will dich in mir spüren." Ihr Blut war wie flüssige Lava und trieb ihr Schweißperlen auf die Stirn.

„Ich *muss* in dir sein, aber noch nicht, noch nicht." Er vergrub noch einmal die Hände in ihrem Haar und spielte mit einigen Strähnen. „Muss erst den Drang zu beißen kontrollieren."

„Brauchst du nicht." Sie beugte sich vor und leckte mit der Zunge über einen seiner Fangzähne, schnitt ihr weiches Fleisch auf. „Gib nach. Ich fühle mich gut dabei."

Er stöhnte, als müsste er Schmerzen erleiden. „Köstlich."

„Mehr?"

Die Welt drehte sich plötzlich. Er hatte Jane auf den Rücken geworfen und kauerte über ihr. „Mehr", sagte er undeutlich und richtete den Blick auf die Stelle, wo er ihren Pulsschlag deutlich erkennen musste. „Nein, kann nicht. Noch nicht, noch nicht", wiederholte er. „Baby."

„Doch!" Warum *noch nicht*? Vielleicht war sie zu gierig. Vielleicht war sie selbstsüchtig. Sie wollte *sofort, sofort, sofort.*

Er lachte ein unsicheres Lachen. „Nein. Baby. Wir könnten eines zusammen haben. Willst du?"

Jetzt verstand sie. Traurigkeit und Angst stürmten auf sie ein und betäubten einen Teil ihrer Lust. „Ich kann keine Kinder bekommen." Würde er jetzt weniger von ihr halten? Sie nicht mehr wollen?

Die Frau, die sein Vater ausgesucht hatte, konnte wahrscheinlich Kinder bekommen.

Oh, autsch.

Jane hatte gedacht, dass sie sich mit ihrem Mangel abgefunden hatte. Aber jetzt ... Der Gedanke daran, mit Nicolai eine Familie zu gründen ... Ihr wurde klar, dass sie das wollte. Nicht jetzt, aber später. Wenn sie in Sicherheit waren. Bei ihm sein, sein Kind in sich wachsen zu spüren – dieses Glück würde sie nie erfahren.

Dieser Mangel war ein weiterer Grund, aus dem sie Spencer abgeschossen hatte. Sie hatten früher davon geredet, zu heiraten und eine Familie zu gründen, und sie wusste, wie sehr er sich das gewünscht hatte. Mit ihr konnte er das nie erleben. Also hatte sie ihn gehen lassen in dem Wissen, dass er ihr eines Tages dankbar sein würde, wenn er eine andere Frau geheiratet hatte und ihre gemeinsamen Kinder in ihrem Haus herumliefen und lachten.

„Durch den Unfall ist mein Körper ruiniert", sagte sie und musste die Worte förmlich an dem Kloß in ihrer Kehle vorbeipressen. „Du musst dir also keine Sorgen machen, dass ich schwanger werde. Niemals. Und wenn du jetzt lieber aufhören willst und diese Sache zwischen uns nicht weiter vertiefen, verstehe ich das."

Er spähte zu ihr herab, der dunkle Krieger, dessen Unwillen man erregt hatte. „Jane?"

„Ja?"

„Ich will dich, egal was ist. *Brauche* dich. Glaub nie etwas anderes." Damit packte er ihre Oberschenkel, spreizte sie und drang mit einem kraftvollen Stoß tief in sie ein.

Sie vergaß ihre Traurigkeit, als sofortige, dringliche, alles verschlingende Erregung sie durchflutete. Er war so groß, dass er sie ganz ausfüllte, sie war so feucht, dass ihr einst so vernachlässigter Körper ihm kaum Widerstand bot.

„Nicolai!" Sein Name, oh, wie sie seinen Namen liebte.

„Das gefällt mir auch", sagte er. Er bewegte sich vor und zurück. „Habe meine Meinung geändert. Das gefällt mir am besten."

Sie konnte keinen klaren Gedanken fassen, ihre Haut schien so stark zu kribbeln, dass es fast schmerzhaft war, und sie schrie. Sie war so erregt gewesen, dass schon die kleinste Berührung sie zu den Sternen geschossen hätte, aber das hier ... lieber Himmel, das hier.

Oh Gott, es war so gut, und sie war so verloren, sie wollte nie gefunden werden, wollte für immer nur das hier ... *Nicolai, Nicolai, ihr Nicolai, für immer.* Sie plapperte in Gedanken, das wusste sie genau, konnte es aber nicht kontrollieren. Wollte es auch nicht kontrollieren. Sie wollte nur mehr. Mehr von ihm, mehr von dem hier.

„Sollte nicht beißen, muss beißen."

„Beiß mich. *Bitte.* Ich bin dein, Nicolai. Ich bin dein."

Er knurrte, und dann schlug er seine Fangzähne in ihren Hals. Sie kam, drückte sich an ihn, klammerte sich an ihn. Nahm alles, war er ihr geben konnte, und verlangte noch mehr. Und er gab ihr mehr.

Er ritt auf den Wellen ihrer Lust und nahm sie mit einer Wildheit, die ihr den Atem raubte. Er war schier überall, um sie, ein Teil von ihr, das einzige Licht in ihrer Welt. Er trank, trank, oh ja, trank. Bald wurde ihr schwindelig, und von weit her kamen kleine Zweifel, als hätten sie sich die ganze Zeit verborgen gehalten und nur auf einen Augenblick der Schwäche gewartet.

Vielleicht waren seine Worte – ich will dich, egal was ist, ich brauche dich – nur Bettgeflüster gewesen, mit dem er sie hatte anlocken wollen, dafür sorgen, dass sie nicht wieder davonlief. Vielleicht hatte er sich die ganze Zeit nur von seiner Lust leiten lassen. Vielleicht würde er es sich später noch anders überlegen, sie nicht mehr wollen.

Vielleicht würde er sie, wenn es vorbei war, gehen lassen.

Nein. Sie kämpfte dagegen an. *Nein.* Das hier war nicht nur für den Augenblick. Er würde sie nicht zurücklassen. Selbst wenn er die Wahrheit erfuhr – wenn er erfuhr, was sie einigen Angehörigen seiner Art angetan hatte?

Die kalte, harte Realität. Wieder kämpfte sie dagegen an. Nichts würde diesen Augenblick zerstören, nicht einmal das. Jetzt zählte die Lust. Nur die Lust.

Er legte einen Arm unter ihr Knie und hob es an, um sie weiter zu öffnen und tiefer in sie eindringen zu können. Sofort bereitete ihr Körper sich auf einen weiteren Höhepunkt vor, brauchte ihn genauso sehr wie die anderen, als wäre der Sex mit ihm für sie überlebenswichtig geworden. *Davor* sollte sie sich wirklich fürchten. Sie brauchte ihn zu dringlich, war ohne ihn nicht mehr vollkommen.

Verdammt, wenn sie verschwand, wäre sie es dann, die verwelkte? Hatte *sie* sich an ihn gebunden und wusste es einfach nicht? Was wusste sie schon von Bindungen? Eigentlich nichts.

Nicolai hob ihr anderes Bein ebenfalls an, drang dabei, obwohl es unmöglich schien, noch tiefer in sie ein, und sie vergaß auch diese Sorge. Es gab keinen Teil von ihr, den er nicht berührt hatte. Sie war Nicolais Frau, so einfach war das, war von ihm gezeichnet, war ein Teil von ihm. Hinterher würde nichts mehr sein wie früher, und das wollte sie auch nicht.

Sie trieb die Fingernägel in seine Kopfhaut und zwang ihn, den Kopf zu heben. Seine Zähne glitten aus ihrer Ader. „Nicolai …"

„Tut mir leid." Während er sie betrachtete, troff ihm Blut aus einem Mundwinkel. „Ich wollte nicht … Habe ich zu viel genommen?" Er sah sie besorgt an.

„Nein." Er konnte alles von ihr haben, jeden letzten Tropfen. „Küss mich", verlangte sie.

Er kam ihrem Wunsch nach. Ihre Lippen schmiegten sich aneinander, und ihre Zungen umschlangen einander. Sein Geschmack erfüllte sie, dieses Mal mit ihrem eigenen vermischt. Zusammen, jeder Teil von ihnen war vereint ... berauschend.

„Mein", sagte sie.

„Dein."

Für immer. Sie wagte nicht, es auszusprechen, aber oh, wie sehr sie es wollte. Später würden sie sich unterhalten. Ja, die gefürchtete Unterhaltung über ihre Gefühle und Pläne. Die Zukunft.

Sie küssten sich weiter, verloren die Kontrolle, ihre Zähne stießen aneinander, und er glitt immer wieder in sie hinein. Er ließ eines ihrer Beine los, tauchte mit der Hand zwischen ihre Körper und berührte sie mit dem Daumen. Einfach so kam sie noch einmal und bäumte sich auf.

Er atmete zischend aus, drang noch einmal tief in sie ein und kam. Jeder Muskel, den er besaß, zog sich zusammen und entspannte sich wieder. Sie hatte noch nie ohne ein Kondom mit einem Mann geschlafen, und sie liebte es, zu spüren, wie er sich in sie ergoss.

Als er ruhiger wurde, schlang sie Arme und Beine um ihn und hielt ihn so fest sie konnte. Er sank auf sie, drehte sich aber schnell zur Seite, um sie von seinem Gewicht zu erleichtern. Sie waren beide schweißgebadet, fiebrig und zitterten.

„Meine Jane", sagte er mit so viel Befriedigung, dass sie vor dem kommenden Gespräch keine Angst haben konnte.

Sie gab ihm einen Kuss auf die Schulter. „Mein Nicolai."

Für immer.

Das hoffte sie.

„Geh nicht ... müssen reden", hauchte sie, ehe sie einschlief.

13. Kapitel

Keuchend, schwitzend und auf die wunderbarste Weise befriedigt, legte Nicolai seine Arme um Jane und drückte sie fest an sich. Ihr Blut floss wie Champagner durch seine Adern, prickelte und schäumte, beanspruchte jeden seiner Gedanken und legte sich über die schmerzhafte Klarheit, der er sich noch nicht stellen wollte. Er wollte die Augen schließen und genießen, aber er musste erst über einige Dinge nachdenken.

Sie wollte reden. Worüber? Wenn sie glaubte, sie könnte ihn nach dem, was sie gerade miteinander geteilt hatten, wegstoßen – nun, dazu würde es nicht kommen.

Was sie gerade getan hatten, konnte man nicht einfach Sex nennen. Sex war ein Trieb, Sex war etwas, das man mit jedem tun konnte. Sex konnte freiwillig oder gezwungen sein, wie er nur zu gut wusste. Was sie getan hatten, war, sich zu paaren. Ursprünglich, wild, notwendig und so überlebenswichtig wie ein schlagendes Herz.

Er wäre gestorben, wenn sie sich ihm verweigert hätte. Er *musste* einfach in ihr sein. Nichts konnte ihn aufhalten. Kein Angriff, nicht der Tod, die Hölle, nicht einmal ihr Verschwinden. Wäre sie in ihre Welt zurückgekehrt, er hätte einen Weg gefunden, ihr zu folgen.

Vor dieser Frau gab es kein Zurück, nicht für ihn, und er würde auch nicht mehr versuchen, ihr zu widerstehen. Auf keine Weise. Irgendwo wartete vielleicht eine Verlobte auf ihn, aber das war ihm egal. Wie er Jane bereits gesagt hatte, er wollte sie und keine andere.

Sie hatte ihn verändert.

Als er sie zum ersten Mal gesehen hatte, sie gerochen hatte, war ein Hunger in ihm entfacht worden. Vielleicht hatte er Besitz von ihm ergriffen. Denn als er zugesehen hatte, wie man sie auspeitschte, hatte er nicht mehr daran gedacht, sich selbst zu retten, seine Pläne verworfen und stattdessen sie gerettet. Und dann, als er ihre Schreie gehört hatte, weil die Oger sie quälten, war seine Wut ins Unermessliche gestiegen. Ihr geschundenes Gesicht und ihren Körper dann vor sich zu sehen, hatte diese Wut in den Schatten gestellt. Er war vollkommen zu einem Monstrum geworden und hatte seiner dunklen Seite die Kontrolle überlassen.

Es war, als hätte er bisher nicht wirklich gewusst, was es bedeutete, Launen zu haben.

Der Kampf war zu früh zu Ende gewesen. Er hatte den König foltern wollen, ihn jahrhundertelang am Rand von Tod und Qualen verweilen lassen, doch um Janes willen hatte er den Bastard einfach nur umgebracht und seine Frau an sich gezogen.

Danach war sie eingeschlafen, aber das hatte ihn auch nicht beruhigen können. Er musste sie zeichnen, musste die Welt wissen lassen, zu wem sie gehörte, und dieses Bedürfnis hatte ihn ebenso stark angetrieben wie zuvor seine Wut. Aber er hatte ihr auch nicht wehtun wollen, wenn er sie nahm – und er hatte gewusst, dass er sie nehmen würde.

Also hatte er sie hierhergebracht, wo er schwimmen und sich beruhigen konnte. Er wollte ihr auch frischen Fisch zu essen geben, aber sie hatte ihm zugesehen, wie er die Tiere fing, und er hatte gespürt, wie ihr Verlangen gewachsen war.

Seine guten Vorsätze waren vergessen gewesen und mit ihnen seine Hoffnung, behutsam zu sein.

Jetzt hatte er sie gehabt, sie gezeichnet, genau wie er gewollt, wie er gemusst hatte, aber er merkte, dass es ihm nicht genug war. Nichts war bei ihr je genug. Er würde sie immer wollen. Immer noch mehr wollen.

Wären seine Eltern noch am Leben, sie würden es verstehen. Das wusste er.

Er hatte die beiden geliebt und sie ihn. Sie würden wollen, dass er glücklich war, und ohne Jane konnte er nicht glücklich sein. Sein Vater hatte nur deswegen eine Prinzessin aus dem Nachbarreich ausgewählt, weil es Nicolai egal gewesen war, wen er heiratete.

Jetzt war es ihm nicht mehr egal.

Jane konnte keine Kinder bekommen, und das störte sie, aber ihn störte es nicht. Er hatte nicht gelogen. Er mochte sie so, wie sie war. Wenn Nicolai anstelle seines Vaters König wurde – das Bedürfnis danach brannte lodernd in ihm auf –, würde man von ihm einen Erben erwarten. Aber er hatte drei Geschwister, die sich darum kümmern konnten.

Gut. Dann also sein neuer Plan: sicherstellen, dass Jane an seiner Seite blieb, nach Elden zurückkehren, den Blutmagier umbringen, der seine Eltern ermordet hatte, und den Thron für sich beanspruchen. Er wollte sofort darüber sprechen, konnte nicht länger warten. Eine Dringlichkeit ergriff von ihm Besitz. Ein Instinkt, der ihn dazu trieb, die Dinge sofort erledigen zu wollen.
„Jane ..."
Ein Augenblick verstrich.
„Jane. Liebes." Er schüttelte sie sanft.
„Ja", murmelte sie benommen.
„Wir werden jetzt reden."
Als er sah, wie ihr kurz der Atem stockte, fasste er neuen Mut. „Wirklich?"
„Ja, wirklich. Als du zum ersten Mal zu mir gekommen bist, hast du ein Buch erwähnt. Wo ist dieses Buch jetzt?"
„Oh. *Darüber* willst du reden." Sie schien enttäuscht. „Das habe ich im Palast in Delfina gelassen. Ich glaube nicht, dass das einen Unterschied macht. Es war das Buch, aber es war neu. Und leer."
Er legte die Stirn in Falten. „Und als du es gelesen hast, handelte die Geschichte von mir?"
„Ja. Von deiner Versklavung. Und es hat ein rosa Lesezeichen in der Mitte gelegen, auf der Seite, die von deiner Gefangenschaft berichtete. Und dann, in der gleichen Schrift, eine Nachricht von dir, die mir befohlen hat, zu dir zu kommen und dir zu helfen. Die restlichen Seiten waren leer gewesen."
Er fragte sich, ob er das Ding geschrieben und es vergessen hatte. Soviel er wusste, konnten die Hexen ihn verflucht haben, alles zu vergessen außer dem, was sie ihm angetan hatten. Warum war die Schrift verschwunden gewesen, als Jane in Delfina aufgetaucht war? Weil sie gekommen war, bevor er das Buch tatsächlich geschrieben hatte? Aber wenn er ihr befohlen hatte, zu kommen – es *ihr* persönlich befohlen hatte –, dann mussten sie sich schon begegnet sein. Und sie hatte ihn verlassen.
Er erstarrte. Der Gedanke gefiel ihm überhaupt nicht, und er verwarf ihn schnell. Er hatte nicht gesagt: „Komm zurück zu mir." Er hatte gesagt: „Komm zu mir." Also ... hatte die Magie ihm Jane vielleicht gezeigt, und wie das Buch hatte er auch sie vergessen.

Dennoch ließ die Angst, dass er sie verlieren könnte, ihn nicht wieder los. „Willst du hier bei mir bleiben, Jane?" Er bereitete sich auf einen Streit vor. Einen Streit, den er um jeden Preis gewinnen wollte. Sie hatte ein Leben, über das er nichts wusste, und wäre die Situation umgekehrt, wäre er in ihrer Welt gefangen, müsste er einen Weg finden, sie zu verlassen, um seine Familie und seine Heimat zu rächen. Und er hätte sie mitgenommen.

Jetzt war sie es, die erstarrte. „Ich könnte deine Frage mit einer Gegenfrage beantworten: ,Willst du, dass ich bleibe?' Tue ich aber nicht. Weil ich meine Meinung nicht nach dir richten werde. Das wäre feige." Sie leckte sich die Lippen, wie sie es jedes Mal tat, wenn sie ihn begehrte, und er spürte, wie ihre Zunge heiß seine Brust hinabfuhr. „Also, so sieht es aus: Ja, ich will bei dir bleiben. Darüber wollte ich mit dir reden."

Den Göttern sei Dank. Er hatte sich unnötig Sorgen gemacht. „Das freut mich." Unzulängliche Worte. „Ich will auch, dass du bei mir bleibst."

„Wirklich? Das sagst du nicht nur so?"

„Jane, habe ich je etwas nur so gesagt?"

„Na ja, Männer erzählen Frauen doch andauernd Dinge, die sie nicht ernst meinen, um sie ins Bett zu bekommen. Andauernd."

Manche vielleicht, aber er nicht. Er war immer ehrlich gewesen, hatte eine Nacht seine Zuwendung angeboten, seinen Körper, nichts weiter und nicht länger. Das war alles. Obwohl, um Jane wieder in sein Bett zu bekommen, würde er wirklich alles tun und sagen.

„Ich werde immer ehrlich zu dir sein. Immer. Solange du mich begehrst. Hör damit auf, und ich werde ganz anders mit dir umgehen."

Sie lachte, und er hatte noch nie ein so erotisches Geräusch gehört. „Danke für die Warnung."

Sie so nah bei sich zu haben war sehr erregend. Zu spüren, wie sie über seine Haut leckte, noch mehr. Aber dieses Lachen – er wurde in Sekundenschnelle steinhart. „Ich will, dass du bei mir bist, Jane. Im Bett und überall."

Ein Beben durchfuhr sie, das auch in ihm vibrierte, und ihre Belustigung wich Erleichterung. „Ich weiß nicht, was ich getan hätte, wenn du mir die magische Aufenthaltserlaubnis entzogen hättest. Und ehe du fragst: Das bedeutet, mich zurückzuschicken."

„Dich zurückschicken? Liebes, ich tue alles, was in meiner Macht steht, um dich zu behalten."

„Wirklich?", fragte sie noch einmal leise.

Er hätte ungeduldig die Augen verdreht, wäre er nicht so glücklich mit ihr gewesen. „Wirklich."

„Danke. Das meine ich ernst. Danke."

„Und jetzt bedankst du dich auch noch. Ich sollte dir danken. Und das tue ich. Ergebenst. Du bist mein Lebenszweck geworden, Jane."

Er glaubte, sie schniefen zu hören. Sie vergrub ihr Gesicht an seinem Hals und rieb ihre Wange an seiner Haut. „Also, was machen wir als Nächstes?"

„Ich muss ins Königreich Elden zurückkehren. Ich glaube, meine Geschwister sind noch dort. Vielleicht gefangen. Ich weiß es nicht. Ich weiß nur, dass tief in mir drin ein solches Verlangen danach ist, den neuen König umzubringen, dass ich bebe. Ich muss es tun, so dringend, wie ich atmen muss. Ich kann nicht anders."

Sie zögerte keine Sekunde. „Ich helfe dir."

Er wollte nicht, dass sie in eine so gewalttätige gefährliche Mission verwickelt wurde, aber er wollte sie auch nicht aus den Augen lassen. „Ich muss zuerst einen Weg finden, dich an mich und dieses Land zu binden. Soll ich dir noch ein Buch schreiben?" Seine Magie war jetzt stärker.

„Wenn du es tust, dann gehen wir doch davon aus, dass ich in meine Welt zurückkehre, egal was wir tun oder versuchen."

„Und vielleicht schickt genau diese Annahme dich zurück dorthin." Verdammt noch mal! Es musste einen Weg geben. „Ich frage mich, welchen Zauber ich benutzt habe, um dich herzubringen. Wenn ich das wüsste, dann könnte ich auch sagen, ob du nach einer bestimmten Zeitspanne verschwindest oder erst, wenn ich wirklich frei bin. Oder ob ich dich für immer an dieses Land gebunden habe. Ich erinnere mich an so viele Dinge, aber daran nicht, noch nicht. Und ich kann keinen weiteren Zauber riskieren. Er stört vielleicht den ersten."

Sie hob den Kopf, ihr Haar fiel ihr über die nackten Schultern, und das silberne Mondlicht hüllte sie ein. „Als ich das Buch zum ersten Mal gelesen habe und mir klar wurde, dass es kein Scherz ist, habe ich mich gefragt, wie du mich kennen kannst, obwohl wir uns doch nie begegnet sind."

„Und du hast dir eine Antwort überlegt." Es war keine Frage. Er wusste bereits, dass seine Frau klug war. Sie war die perfekte Mischung aus Schönheit und Intelligenz.

„Ja. Ich habe schon von dir geträumt, bevor ich das Buch gelesen habe. Ich habe dich in Ketten gesehen, aber nie mit dir gesprochen. Jetzt glaube ich, dass es Visionen waren, keine Träume."

„Aber warum hast du mich in Visionen gesehen, ehe ich meine Magie benutzt habe?"

„Vielleicht ist ein Teil von mir schon vor langer Zeit in diese Welt übergetreten. Manche Dinge kamen mir bekannt vor, die Gespensterbäume zum Beispiel und die Oger. Vielleicht hast du mich auch gesehen und wusstest deshalb, dass du deine Magie auf mich konzentrieren musst."

„Das wäre eine Erklärung, aber dann frage ich mich, wie du damals übergetreten bist."

Sie schluckte. „Ich … ich …"

Er streckte die Hand aus und streichelte ihre Wange. „Keine Angst, Jane. Wir finden es heraus. Du wirst nicht wieder verschwinden. Das lasse ich nicht zu."

„Es gibt da etwas, das ich dir sagen muss. Über mich. Meinen Job. Vielleicht überlegst du es dir dann doch noch anders mit mir." Sie fuhr mit der Fingerspitze sein Brustbein entlang. „Ich habe gesagt, ich bin kein Feigling, und das bedeutet, dass ich offen zu dir bin, in allen Belangen. Ich habe einige Dinge getan, schreckliche Dinge, um mehr herauszufinden über deine …"

„Ich habe schon gesagt, Jane, deine Arbeit …" Ein stechender Schmerz explodierte in seinem Kopf, brachte ihn zum Schweigen und erinnerte ihn daran, was geschehen war, nachdem er an genau dieser Stelle gegen die Oger gekämpft hatte. An der gleichen Stelle, an der er zum ersten Mal von Jane getrunken hatte. Er hatte unerträgliche Schmerzen verspürt, und dann hatte er seine Augen an einem neuen Ort geöffnet.

Er stöhnte auf. Was zum … Noch ein Stechen, dieses Mal so stark, dass es sein Gehirn in seinem Schädel brummen ließ.

Der Käfig, der seine Erinnerungen und Fähigkeiten gefangen hielt, brach Stück für Stück zusammen.

„Was ist los?" Jane stützte sich auf einen Arm und strich ihm das Haar aus der Stirn. Ihre Miene war voller Sorge. „Bist du krank?"

Ihre Gefühle wirbelten durcheinander, aber sie schob die eigenen Sorgen zur Seite, um sich um ihn zu kümmern. Kein Wunder, dass er ihr so schnell und leicht verfallen war. „Dein Blut zu trinken hat mir mehr Kraft geschenkt als je etwas zuvor", gestand er, „aber immer, wenn mehr meiner Erinnerungen und Fähigkeiten zurückkehren, empfinde ich einen ... kleinen Stich."

Noch als er sprach, fuhr einer dieser „kleinen Stiche" von seinem Kopf in seine Brust, und er stieß zischend die Luft aus. Der war stärker gewesen als die anderen davor.

„Oh Nicolai. Jetzt weiß ich, warum du gezögert hast, von mir zu trinken. Tut mir leid, dass ich dich überredet habe."

„Mir nicht. Und du hast mich nicht überredet, Jane. Ich wollte es. Sehr. Außerdem war das nicht der Grund. Ich will, dass du stark und gesund bist."

Sie machte ein frustriertes Geräusch. „Jetzt tust du es ja doch, obwohl du versprochen hast, dass du es nie tun würdest. Du denkst dir hübsche Worte aus, um mich zu beruhigen."

Noch ein schmerzhafter Stich, noch ein Zischen.

„Was kann ich tun? Außer, dich nie wieder von mir trinken zu lassen?"

„Bleib bei mir. Und ich *werde* wieder von dir trinken." *Jeden Tag, bis in alle Ewigkeit.* „Das hier geht vorbei."

„Ich bleibe", flüsterte sie. „Keine Sorge. Und, Nicolai, wir haben uns noch nie über meine Arbeit unterhalten."

„Haben wir nicht? Du hast erforscht ... experimentiert ..." Was und an wem war in seinem Kopf verborgen, aber er konnte die Informationen nicht erreichen.

Die Farbe wich ihr aus dem Gesicht. „Das stimmt. Und du magst mich trotzdem noch?"

„Jane ..."

„Ja, natürlich. Wir besprechen das, wenn es dir besser geht." Eine Pause. Dann flüsterte sie: „Könnten wir uns in meinen Visionen unterhalten haben? Habe *ich* die Gespräche vielleicht vergessen? Könnte die Magie, die du benutzt hast, auf mich übergegangen sein?" Sie führte Selbstgespräche, um zu versuchen, sich die Dinge zu erklären.

„Ja", antwortete er dennoch. „Die Möglichkeit besteht."
„Tut mir leid, tut mir leid. Ich bin schon still. Ruh dich aus."
Er vertraute ihr, schloss die Augen, atmete tief und gleichmäßig und ließ die Erinnerungen einfach kommen. Die erste, die ihn traf, war von einem hübschen Dienstmädchen, das sein Schlafzimmer betrat. Die Tür quietschte, als sein Blick sich auf sie richtete. Er kannte ihren Namen nicht, wusste nur, dass er sie früher am Tag angelächelt hatte und dass sie dieses Lächeln als die Einladung verstanden hatte, als die es gemeint war. Er lag auf seiner Matratze aus weichen Gänsedaunen, nackt, und wartete. Sie zog sich aus, während sie auf ihn zuging.

Kurz bevor sie ihn erreichte, öffnete und schloss die Tür sich noch einmal. Er sah auf. Noch ein Dienstmädchen. Sie würden sich zu dritt miteinander vergnügen. Gut. Er hätte an einer Nacht mit nur einer Frau keinen Spaß gehabt, eine einzige Eroberung war zu einfach. Zu ... langweilig. Er musste etwas Neues ausprobieren.

Sein Verstand wendete sich von dieser besonderen Erinnerung ab.

Früher hatte er vielleicht mehr als eine Geliebte auf einmal gewollt. Damals hatte er vielleicht alles ausprobieren wollen. Probieren wollte er immer noch. Mit Jane. Er wollte alles mit ihr tun, aber nur noch mit ihr. Alles, was sie taten, war eine neue Erfahrung. Aufregend, und vor allem zerriss es ihm die Seele.

Das würde sich nie ändern. Sie traf ihn zu tief und zu intensiv. Und sie hatte in ihrem bisherigen Leben, so glaubte er, nicht viel Lust erfahren. Jede neue Berührung brachte sie zum Keuchen, zum Winden, und in ihrem Gesicht standen Staunen und Verlangen.

Er wollte, dass sie immer diesen Ausdruck im Gesicht trug. Dafür würde er sorgen, es zu seiner persönlichen Mission machen.

Und was sie mit ihrem Mund anstellen konnte – *das* war wahre Magie.

Plötzlich legte sich Dunkelheit über seinen Verstand, und die Realität wurde wieder klar. Er spürte Janes sanfte Finger, die ihm immer noch über die Stirn strichen. Ihr warmer süßer Atem fuhr über seine Wangen. Sie hatte ihr Versprechen gehalten. Sie war bei ihm geblieben.

Ich darf sie nicht verlieren, dachte er. Es musste einen Weg geben, sie zu behalten. Für immer.

Das Buch, Jane, ihre Träume von dieser Welt. Sein Zauber, um sie herzubringen. Er konzentrierte sich auf all diese Dinge und hoffte, seine Erinnerungen damit in die richtige Richtung zu lenken. Ein Zauber, der das Aussehen einer anderen über ihres legte, so viel wusste er. Auch ein Zauber in den Worten, die er geschrieben hatte? Ja ... ja ... Er hatte den Zauber gemurmelt, während er das Buch geschrieben hatte. Er hatte gewollt, dass Jane neben ihm stand – und dann hatte sie dagestanden.

Eine Erinnerung spielte sich in seinem Kopf ab.

Tu mir das nicht an. Er hörte ihre Stimme deutlich. *Ich werde einen Weg finden, dir zu helfen.*

Sie hatte wirklich mit ihm gesprochen, ehe sie sich zum ersten Mal begegnet waren. Vor der ersten Begegnung, an die sie sich erinnerten.

Ich muss. Ich brauche dich. Bis dein Körper und dein Geist vereint sind, bist du nutzlos für mich. Das war seine Antwort gewesen. Kalt, grob.

Aber mir die Erinnerungen nehmen, hatte sie gesagt.

Er hatte ihr die Erinnerung an ihre Gespräche genommen?

Ihre Stimmen verklangen, und das Bild seines Vaters erschien vor seinem geistigen Auge. Eine wichtige Erinnerung, aber im Augenblick musste er wissen, was mit Jane geschehen war. Sie war am wichtigsten. Das Buch. Jane. Der Zauber – die Zauber –, die er benutzt hatte.

Sein Vater sprach zu ihm, aber Nicolai konnte die Worte nicht verstehen. Das Buch. Jane. Die Zauber, die er benutzt hatte. *Komm schon. Das Buch. Jane. Die Zauber.* Langsam veränderte sich das Bild. Die hoch aufragende Gestalt seines Vaters schrumpfte. Sein schwarzes Haar wuchs, lockte sich, wurde heller. Seine harten Züge wurden weich, zerbrechlich. Jane stand wieder vor ihm.

Das war seine Vergangenheit mit Jane, die da in seiner Erinnerung auftauchte. Mehr als ein geflüstertes Gespräch dieses Mal, mehr als nur ein kurzer Blick.

Da war sie, seine schöne Jane, ging vor ihm auf und ab. Sie waren in seiner Zelle. Er trug seinen Lendenschurz und seine Quetschungen. Er lag auf der Palette und sah ihr zu. Schon als sie zum ersten Mal vor ihm aufgetaucht war, unberührbar, wie ein Phantom, doch mit einem ursprünglichen, wilden Duft, hatte er sie begehrt.

Honigfarbenes Haar floss ihren Rücken herab und hüpfte bei jedem ihrer aufgebrachten Schritte. Sie trug ein langes Hemd, das ihr zu weit war, und er wünschte, er könnte sie in Samt und Seide kleiden.

„Wie ziehst du mich hierher?", fragte sie. „Und warum kannst du mich nicht ganz herziehen?"

„Ich habe dir doch gesagt: Magie. Und vergiss nicht, *du* bist *mir* zuerst auf diese Weise erschienen."

„Als könnte ich das vergessen. Ich habe die Augen geschlossen und bin einfach ... erschienen. Als wäre ich teleportiert worden, obwohl ich meine Forschungen über Teleportation nie abgeschlossen und nie Tests an Menschen durchgeführt habe. Und das Plastik, das ich geschickt habe, war fest und ist fest geblieben. Ich bin nicht fest!"

„Aber du wachst zu Hause auf, du kehrst immer wieder in deinen Körper zurück."

„Ja."

Es gefiel ihm nicht, dass er sie nicht anfassen oder von ihr trinken konnte, aber egal wie oft sie erschien – und sie hatte es unzählige Male getan –, ihr Zustand blieb der Gleiche. Ohne Substanz. Also redeten sie, und sie lenkte ihn von seiner Situation ab.

Sie war etwas, worauf er sich freuen konnte, seine einzige Zerstreuung. Und er wusste, dass auch sie ihre gemeinsame Zeit genoss. Wusste, dass sie ihn mochte. Sie hatte ihm von ihrer Arbeit erzählt, und er hatte ihr gestanden, wie frustriert und wütend er war, weil seine Erinnerungen zerstört worden waren.

Aber so konnten sie nicht weitermachen. Er konnte nicht hierbleiben. Er konnte nicht für immer ein Gefangener sein. Es musste einen Weg geben, sie herzubringen – ganz. Es musste einen Weg geben, wie sie ihm zur Flucht verhelfen konnte. Einen Weg, auf dem sie körperlich zusammen sein konnten.

„Erzähl mir, woran du dich als Letztes erinnerst, bevor du hergekommen bist", verlangte er.

„Nichts. Ich habe geschlafen! Ich bin einfach aufgewacht, und *puff!* war ich im Palast von Delfina und auf dem Weg zu dir."

„Und davor? Denk nach. Vielleicht hast du irgendetwas, das mit meiner Welt zu tun hat, gehört oder getan. Es könnten seitdem Jahre vergangen sein, aber du würdest dich erinnern."

Eine angespannte Pause. „Da ist etwas." Auch wenn sie nur eine Illusion war, schienen ihre Schritte schwer auf dem Boden widerzuhallen. „Ich habe einmal einen Vampir in meinem Labor befragt. Ich habe ihm Frage um Frage gestellt, aber er hat die Antwort verweigert. Ich bin aufgestanden, wollte gehen. Auf einmal hat er etwas gesagt. Er hat mich gebeten, ihn gehen zu lassen, damit er seine Frau finden kann, ehe es zu spät ist. Ich konnte nicht. Es lag nicht in meiner Macht. Am nächsten Tag bin ich zurückgekommen."

Er wurde plötzlich angespannt. „Und?"

„Mein Boss hat mir erzählt, der Vampir hätte die ganze Nacht geschrien. Ich bin in sein Zimmer gegangen – er war ganz ruhig, aber dieses Mal sprach er sofort mit mir. Er hat gesagt, eines Tages würde ich einem Mann begegnen, mich in ihn verlieben und ihn verlieren. Genau wie mein Nichtstun dazu geführt hat, dass er seine Frau verloren hat. Dann hat er sich aus seinen Fesseln befreit. Ich dachte, er würde sich auf mich stürzen, aber er hat nur seine Hand gehoben und sich mit seinen Klauen die Kehle durchgeschnitten. Er ist direkt vor meinen Augen gestorben."

Nicolai zog sich der Magen zusammen. „Dann hat er dich verflucht. Ein Blutfluch." Nicht zu brechen – jedenfalls kaum.

„Das war vor zwei Jahren, und ich dachte, er hat nur so dahingeredet. Um mir Schuldgefühle einzureden, weil er gefangen war."

„Nein. Er hat die Worte mit seiner Lebenskraft getränkt und ihnen damit Leben eingehaucht, ihnen seinen Herzschlag geschenkt. Der Fluch hat auf den perfekten Augenblick gewartet, um zuzuschlagen."

„Dann ist es mein Schicksal, dich nur zu sehen, wenn ich in Geistergestalt bin? Egal was wir tun?" Sie lachte bitter. „Kein Wunder, dass du mich am Ende verlässt. Ich meine, wir können uns nicht einmal berühren!"

Er rieb sich mit der Hand über das Gesicht, und seine Ketten rasselten. Das konnte er ihr nicht beantworten. Nicht ohne sie beide zu verdammen. „Was machst du in deiner Freizeit, Jane? Was macht dir Spaß?"

„Darüber willst du jetzt reden? Im Ernst?"

„Erzähl es mir."

Sie blieb stehen und warf die Arme in die Luft. „Ich mache Sport, und ich lese. Das ist alles."

„Dann werde ich dir ein Buch schreiben. Ich werde die Worte verzaubern. Du kommst dann auch körperlich zu mir, nicht nur mit deinem Geist."

„Nur damit ich dich dann verliere?"

Er schürzte die Lippen.

„Das nehme ich als Ja. Was bedeutet, meine Antwort lautet Nein. Ich will nicht herkommen, bei dir sein, nur um dich dann für immer zu verlieren."

„Du kannst mich retten."

„Ich will dich ja auch retten, aber ich möchte nicht zusehen müssen, wie du stirbst." Sie sah ihn mit zusammengekniffenen Augen an. „Ich weiß, wie diese Dinge funktionieren, Nicolai. Du hast mir schon gesagt, dass du mich gernhast. Vielleicht hast du das nur gesagt, weil du hier angekettet bist, aber vielleicht auch nicht. Wenn wir diese Sache weitertreiben und du mich verlierst, dann vergehst du daran."

Er würde lieber vergehen, als weiter versklavt zu bleiben. „Das Risiko bin ich bereit, einzugehen."

„Ich nicht."

„Dann nehme ich dir deine Erinnerungen, Jane."

Sie sperrte den Mund auf. „Das kannst du? Das würdest du tun?"

„Ja und ja. Ich würde das tun und noch sehr viel mehr."

„Du weißt, wie schmerzhaft es ist, wenn einem die Erinnerungen genommen werden. Wie kannst du auch nur darüber nachdenken, mir so etwas anzutun?"

Ein vernünftiges Argument, das er ignorierte. „Ich werde dir nur die Erinnerungen an mich nehmen."

„Dann werde ich dich sehen, aber nicht erkennen?" Plötzlich bekam sie kaum noch Luft. Tränen liefen ihr die Wangen hinab und hinterließen nasse Spuren. „Wirst du mich erkennen?"

„Ich weiß es nicht. Vielleicht."

„Tu das nicht, Nicolai."

„Ich muss. Ich brauche dich. Bis dein Körper und dein Geist vereint sind, bist du nutzlos für mich." Nutzlos, aber auch so notwendig.

„Aber mir die Erinnerung nehmen …"

„Du zwingst mich dazu." Flach, kein Raum für Widersprüche.

„Und wenn wir einander nach dem Neuanfang hassen, wie wir es anfangs getan haben?"

Zuerst hatte sie ihn mit ihren gequälten bernsteinfarbenen Augen angesehen, und ihr Duft war so süß gewesen, dass er ihn fast schmecken konnte. Er hatte sie gewollt, sich nach ihr gesehnt, aber sie war auf Distanz geblieben.

Als sie sich endlich dazu herabgelassen hatte, mit ihm zu sprechen, war er so wild auf sie gewesen, dass er sich auf sie gestürzt und versuchte hatte, sie zu beißen, nur um direkt durch sie durchzudringen – und sie zu Tode zu erschrecken. Sie war verschwunden. War tagelang nicht zurückgekehrt. Frustration und Wut hatten an ihm genagt.

Beim nächsten Mal zwang er sich, sanft mit ihr zu sprechen, selbst Abstand zu halten, sie zu beschwichtigen, obwohl es jeder Faser seines Daseins widerstrebte. Danach war sie wiedergekommen, und wieder, und ihre Gesellschaft war zu Zuneigung geworden.

Was er mit ihr vorhatte, war Verrat. Das wusste er.

Er tat es trotzdem. Er benutzte seine Magie, um das Buch zu erschaffen, selbst den Stift. Benutzte seine Magie, um Jane zu schreiben. Benutzte seine Magie, um sie fortzuschicken, zurück in ihre Welt, in ihren Körper. Benutzte seine Magie, um ihre Erinnerungen zu löschen. Benutzte seine Magie, um sie zurückzubringen.

Und während dieses Prozesses verlor auch er die Erinnerungen an sie. Nicht durch die Hexen, durch sich selbst. Er hatte sie sich absichtlich genommen. Er wusste, seine Erinnerung an ihre früheren Begegnungen würde ihn beeinflussen. Sie könnten ihn davon abhalten, sie zu benutzen.

Etwas in ihm begann zu beben, und die Erinnerung löste sich auf. Er versuchte sie festzuhalten, musste wissen, was als Nächstes geschehen war, aber das Beben ging weiter, und er knurrte.

„Nicolai, Nicolai, du musst dich zusammenreißen." Janes Stimme, ganz nah bei ihm, in der Gegenwart, aufgeregt und voller Angst. „Jemand kommt. Nicolai, bitte. Wach auf."

Bitte.

Er ließ die Vergangenheit vollkommen los und zwang seinen Verstand, sich wieder auf die Gegenwart zu konzentrieren. Er musste Jane beschützen; er hatte ihr bereits genug angetan. Und wie sie befürchtet hatte, würde er sie wieder verlieren. Der Zauber, den er benutzt hatte, konnte den Blutfluch, den man auf sie gelegt hatte, nicht brechen. Den, der sie zwingen würde, ihren Geliebten zu verlieren.

Nichts konnte diesen Zauber brechen, und nichts, was Nicolai versucht hatte, hatte sie zu ihm gebracht. Bis er angefangen hatte, *mit* dem ersten Zauber zu arbeiten.

Er hatte Jane hergebracht und ihren Körper unter der Voraussetzung an seinen gebunden, dass sie ihn verließ, wenn – falls – sie sich in ihn verliebte.

Er konnte sie also behalten, solange er sie davon abhielt, ihn zu lieben.

„Nicolai."

Die Gegenwart, ja. Er hörte Schritte. Viele Schritte. Stiefel. Speere, die über den Boden schleiften. Die Luft war von Macht erfüllt. Eindeutig Laila. Mit ihrer Armee? Wahrscheinlich.

Verschiedene Gefühle kämpften in ihm. Wut, Stolz, Erwartung, Hass, Sorge. Nicolai wollte angreifen, töten, aber damit brächte er Jane in Gefahr, und das würde er nie tun. Niemals.

Er setzte sich mit einem Ruck auf, so schnell, dass seine Bewegungen verschwammen. Jane hatte sich bereits ihr Kleid angezogen und war zum Aufbruch bereit.

„Komm." Er griff nach ihrem Arm und zog sie aus dem Lager.

14. Kapitel

Nicolai zerrte Jane durch den Wald. Zweige peitschten gegen sein Gesicht. Sie humpelte wieder, und er wollte sie tragen, aber Lailas Wachen mussten seine Spur aufgenommen haben, denn das Echo ihrer Schritte wurde lauter, und die Magie in der Nachtluft war immer stärker zu spüren.

Sie kamen näher.

Er hätte sich nur kraft eines einzigen Gedankens von einem Ort zum nächsten bewegen können. Von hier zurück in das verfallene, widernatürliche Königreich Elden. Sein Herz zog sich in seiner Brust zusammen, und er knirschte mit den Zähnen. Jetzt war nicht der richtige Moment, an seine Heimat zu denken. Oder an den Zustand seiner Heimat. Oder an seine Eltern und den Magier, den er bald vernichten würde.

Was, wenn er verschwand, Jane aber nicht mit ihm kam? Dann wäre sie allein in dieser unfreundlichen Umgebung, vom Feind umzingelt.

Verdammt noch mal. Er musste etwas unternehmen. Es war ihm gelungen, die Flut seiner Erinnerungen aufzuhalten, aber sie lauerten immer noch in seinem Verstand und verlangten, freigelassen zu werden. Wenn sie ihn wieder übermannten ...

Er konzentrierte sich auf das Wesentliche. Jane und er hatten eine gemeinsame Vergangenheit, von der er immer noch so gut wie nichts wusste. Und sie erinnerte sich überhaupt nicht daran. Er wusste nur, dass er seine Fehler aus der Vergangenheit nicht wiederholen wollte.

Er brauchte das Buch, das sich immer noch in Delfina befand. Musste noch mehr hineinschreiben. Für den Fall, dass sie ihn verließ. Bei den Göttern. Ja, er setzte voraus, dass sie ihn lieben und damit verlassen würde. Er *musste* vom Schlimmsten ausgehen. Vielleicht, nur vielleicht, konnte er sie mit einem neuen Zauber zurückbringen.

Elden war nicht vom Schlimmsten ausgegangen, hatte sich nicht auf eine Niederlage eingestellt, und man sah ja, was geschehen war.

„Nicolai", keuchte Jane. „Ich jogge zwar viel, aber das hier ist Extrem-Jogging in der Dschungel-Ausgabe, und ich weiß nicht, wie lange ich noch durchhalte. Können wir eine Pause machen?"

Er hörte sie. Aus der Ferne. Versuchte sich auf sie zu konzentrieren, aber die Dunkelheit brach wieder über ihn herein, und noch eine Erinnerung erfüllte seine Gedanken.

Sein ganzes Leben lang hatte er die Kräfte und die Magie anderer in sich aufgenommen. Was sie tun konnten, konnte danach auch er tun. So war es ihm gelungen, im Palast eine Schutzmauer zu errichten. Die Königin der Herzen hatte es getan, deswegen hatte auch er es tun können. Und deshalb hatte Laila jedem verboten, in seiner Gegenwart Magie auszuüben.

Manche Fähigkeiten hielten Tage oder Wochen an, andere ein ganzes Leben.

Das wusste er bereits, also versuchte er, diese Erinnerungen zur Seite zu schieben. Er hoffte auf andere hilfreiche Erinnerungen. Etwas Neues.

„Nicolai. Bitte."

Er konnte sich nicht auf Jane konzentrieren. Weitere Details breiteten sich vor ihm aus. Seine Fähigkeit, Illusionen zu erschaffen und mit nur einem Gedanken von einem Ort zum anderen zu wechseln, hatte er von einer Hexe. Einer Geliebten, die versucht hatte, ihn im Schlaf umzubringen. Sie hatte seine Braut werden wollen, er hatte nur den Sex gewollt. Sie hatte es mit verschiedenen Verkleidungen bei ihm versucht und ihn damit amüsiert.

Er hatte ihr nie gesagt, dass er jedes Mal gewusst hatte, wer sie war, und sie immer, wenn sie in seine Nähe kam, an ihrem Duft erkannt hatte. Er hatte sie weiter zu sich kommen lassen und ihr jedes Mal genau gesagt, was er von ihr wollte. Trotzdem hatte sie es weiter versucht, hatte geglaubt, seine Meinung ändern zu können. Als ihr schließlich klar geworden war, dass ihr das nicht gelingen konnte, egal wie sie sich präsentierte, hatte sie angegriffen.

Gerade hatte Nicolai seine Jane noch durch den Wald geführt, da fand er sich plötzlich in einem Schlafzimmer wieder. Seinem Schlafzimmer, wie er annahm. Das Schlafzimmer aus seiner Erinnerung, in dem er der mordlüsternen Hexe begegnet war. Er bemerkte die Veränderung nicht schnell genug und prallte gegen eine Wand, stolperte zurück. Mit einem Fluch auf den Lippen fiel er zu Boden.

Jane war nirgends zu sehen.

Nicolai richtete sich auf, und sein Blut begann zu kochen. Er würde in den Wald zurückkehren, jetzt, jetzt, verdammt, auf der Stelle, und wenn irgendwer Jane anfasste ...

Er blieb im Schlafzimmer.

Mit gebleckten Fangzähnen wirbelte er herum und suchte nach einem Ausweg. Die Wände waren mit Blut befleckt, an allen vier sah er dunkelrote Spritzer. Den Boden verunstalteten tiefe Furchen, immer vier nebeneinander, als hätte man vier Schwerter gleichzeitig über den Boden geschleift.

Die riesigen, behaarten Kreaturen, ihre Beine – vier auf jeder Seite –, scharf und tödlich. Sie waren hier gewesen. Sie hatten nach ihm gesucht.

Nicolai hatte bei einer Frau gelegen, einem Dienstmädchen. Seine Tür war aufgestoßen worden, und er hatte Schreie gehört, die aus der großen Halle unter ihnen gekommen waren. Er hätte sie schon früher hören müssen, aber auch seine Geliebte hatte geschrien und ihn damit abgelenkt.

Nicolai hatte nach den Dolchen auf seinem Nachttisch gegriffen, um gegen die Monster zu kämpfen, hatte sich um seine Familie kümmern wollen, aber er war ... verschwunden, war in ein wirbelndes schwarzes Loch gefallen.

Waren seine Geschwister mit seinen Eltern gestorben? Oder in das gleiche Loch gefallen? Er erinnerte sich, dass um ihn herum Flüche ertönt waren.

Sein Atem stockte. Er hatte sich daran nicht erinnern wollen, noch nicht, aber ... war er sicher, dass seine Eltern tot waren? Gab es daran nicht den geringsten Zweifel mehr?

Er musste nicht einmal darüber nachdenken. Ja. Er war sicher. Sie waren tot. Das Wissen schien geradezu aus dem Schimmel zu quellen, der die Wände um ihn herum bedeckte. Er hatte sie nicht sterben sehen, aber er hatte gespürt, wie ihre Lebenskraft versiegt war. Sie waren nicht mehr.

Bei den Göttern. Und seine Geschwister?

Nein, nicht tot. Jetzt, wo er wusste, wonach er suchen musste, konnte er ihre Energie in sich spüren, aber diese Energie war ... verändert. Waren auch sie irgendwo gefangen und konnten sich nicht befreien? Wahrscheinlich. Sonst hätte Dayn längst den Blutmagier vernichtet und den Palast zurückerobert.

Dayn und seine Fähigkeit, alles und jeden zu jagen. Micah mit dem niedlichen Kindergesicht wäre lachend die Korridore entlanggerannt. Breena hätte mit Magie experimentiert und ihre Zauber durcheinandergebracht.

Bei diesen Gedanken wollte er sich auf die Knie fallen lassen, in den Himmel brüllen, fluchen, toben, gegen alles und jeden kämpfen. Wie sollte er sie finden? Sie befreien?

Jetzt wurde ihm auch klar, dass es Dayns Stimme gewesen war, die er in seinen Träumen gehört hatte. Sein Bruder hatte ihn gerufen und ihm befohlen, gesund zu werden. Sie waren durch ihr Blut miteinander verbunden, eine Bindung, die nie zerstört werden konnte. Sie konnten wieder miteinander reden.

Wo bist du, mein Bruder?

Ein Augenblick verging. Keine Antwort. Nun gut. Er würde es später noch einmal versuchen.

Das Gefühl der Dringlichkeit war wieder in ihm entfacht, und Nicolai sah nach seinen Dolchen. Sie waren verschwunden, genau wie seine Kleider und die restlichen Waffen. Das ganze Zimmer war leer.

Er knirschte mit den Zähnen und stellte sich den Rest des Schlosses vor, was ihm überraschend leichtfiel. Es war ein sehr hohes Gebäude, mit mehr Zimmern, als er zählen konnte, gewundenen Korridoren und Geheimgängen. Er transportierte sich in jedes Schlafzimmer und jede Zelle im Kerker. Er sah Menschen dort, die er nicht erkannte, mehr Blutflecken und mehr Monster, die an den Toren Wache standen. Ihn übermannte die Wut. Der Drang, den neuen König, den Blutzauberer, zu vernichten, verstärkte sich. Aber seine Familie war nicht hier und der Zauberer auch nicht.

Er würde zurückkehren. Bald. Im Augenblick musste er Jane beschützen. Eine Aufgabe, die seine ganze Zeit in Anspruch nahm, wie ihm langsam klar wurde. Eine Aufgabe, die er gerne erledigte und nie eintauschen wollte.

Nach einem letzten Blick auf das Schloss, das er einst geliebt hatte, schloss er die Augen und stellte sich den Wald vor, die Stelle, an der er Jane zuletzt gesehen hatte. Eine Sekunde später war er dort – mit jedem Mal fiel es ihm leichter –, fand aber keine Spur mehr von seiner Frau. Auch kein Anzeichen von Laila und ihrer Armee.

Er atmete tief ein ... schnüffelte ... Dort! Er witterte Janes süßen Duft, der mit dem ekelhaften Aroma von Laila und ihren Männern vermischt war. Sie folgten ihr.

Er jagte ihnen nach.

Jane hörte Stimmen, noch ehe sie die Stadt entdeckte, und stolperte fast vor Erleichterung. Sie lief noch schneller, und endlich, endlich erreichte sie die Zivilisation. Die Sonne ging gerade auf und warf violettes Licht auf die Leute, die eben ihren Tag begannen. Sie wärmte Jane, brannte sogar. Ihre Haut juckte, kribbelte, als krabbelten Käfer durch ihre Adern.

Sie wollte jetzt nicht darüber nachdenken, was das zu bedeuten hatte.

Irgendwer – Menschen? – ging die gepflasterten Straßen entlang. Einige von ihnen trugen geflochtene Körbe, in denen sich Kleidung stapelte, andere hatten Taschen voller – sie nahm den Duft wahr, stöhnte – Brot und Fleisch. Ihr Magen knurrte, und ihr lief das Wasser im Mund zusammen. Sie fühlte sich schwindelig, hatte etwas zu wenig Blut in den Adern. Sie *musste* sich einfach stärken.

Jane blieb neben einem Baum stehen, beobachtete und dachte nach. Sie hatte zwei Möglichkeiten. Sie konnte weitergehen, sich alleine durchschlagen und riskieren, von Laila gefunden zu werden. Oder sie betrat die Stadt, aß etwas und riskierte es, von Laila gefunden zu werden. Wenigstens gab es bei der zweiten Möglichkeit etwas zu essen. Na dann. Keine Frage.

Das Problem war nur, dass sie immer noch wie Odette aussah. Wenn diese Leute sie erkannten, würde die Nachricht sich verbreiten, und man würde sie viel schneller finden. Andererseits, Laila würde ihr wohl kaum wehtun, und Nicolai war nicht mehr bei ihr. Er war außer Gefahr – glaubte sie zumindest –, und das war gut.

Er war innerhalb eines Herzschlags verschwunden und hatte sie damit furchtbar erschreckt. Sie hatte sich in der Nähe versteckt und gewartet, eine Ewigkeit, wie es schien, aber er war nicht wieder aufgetaucht, und schließlich war ihr nichts anderes übrig geblieben, als weiterzugehen. Er würde sie finden, egal wo sie war. Das musste sie einfach glauben.

Lailas Armee hatte sie fast entdeckt, als sie ganz dicht an ihrem Versteck vorbeimarschiert war. Aber sie hatten Nicolais Spur verloren und zurückgehen müssen, um sie wiederzufinden. Den Augenblick hatte Jane genutzt, um zu flüchten. Sie hatte ihren protestierenden Körper gezwungen, zu handeln, ehe sie vollkommen zusammenbrach und Laila zurückkehrte und sie hilflos vorfand.

Falls – wenn – man Jane entdeckte, wollte sie gut gestärkt und ausgeruht sein. Also wieder keine Frage. Sie humpelte vorwärts und betrat die Stadt. Sobald die Menschen sie erblickten, ließen sie alles stehen und liegen, starrten sie entsetzt an und knieten nieder.

Jepp. Man erkannte sie. Was zur Hölle hatte Odette ihnen angetan?

Sie näherte sich einer Gruppe, die Essen bei sich trug. „Bitte. Ich habe solchen Hunger. Darf ich …"

„Nehmt, was immer Ihr wollt, Prinzessin." Der Mann, der ihr am nächsten stand, streckte ihr seinen Korb entgegen.

„Ich habe kein Geld bei mir, aber ich werde es euch zurückzahlen, das schwöre ich." Der Duft von gebratenem Hähnchen stieg ihr in die Nase und versetzte sie direkt in den Himmel. Sie streckte eine zitternde Hand aus, griff in den Korb und bekam eine Schale mit cremigem Inhalt zu fassen. Tropfte ihr Speichel aus dem Mund? *Du kannst dich nicht wie ein Tier darüber hermachen.* „Wie heißt du?"

„Hammond, Prinzessin." Eine Spur Wut lag in seiner rauchigen Stimme.

„Danke für das Essen, Hammond."

„Alles für Euch, Prinzessin." Die Wut wurde zu Hass.

Jane seufzte und sah sich um. „Bitte, steht auf. Ihr alle. Es gibt keinen Grund, sich zu verneigen."

Mehrere Sekunden verstrichen, ehe man ihr gehorchte, als befürchteten alle, man würde sie angreifen, wenn sie aufgestanden waren, obwohl Jane es ihnen gestattet hatte. Jane wollte einfach davonhumpeln, eine einsame, schattige Ecke finden und sich mit dem Essen den Bauch vollschlagen, aber das konnte sie nicht tun. Man könnte sonst Verdacht schöpfen, dass sie nicht die war, als die sie sich ausgab.

„Ich brauche ein Zimmer", verkündete sie. „Und Wasser. Und saubere Kleidung. Bitte. Wenn einer von euch mir die richtige Richtung zeigen könnte, wäre ich sehr dankbar."

Zuerst trat niemand vor. Dann knickste, zurückhaltend, eine Frau mittleren Alters. „Wenn Ihr mir bitte folgen wollt, Prinzessin, kümmere ich mich um Euch."

„Danke."

Zehn Minuten später, die ihr wie eine Ewigkeit vorgekommen waren, war Jane in einem Schlafzimmer, endlich allein. Sie verschlang den Inhalt der Schüssel – eine Art Hähnchensalat –, ehe sie sich in die dampfende Wanne sinken ließ, die die Frau mit einem gemurmelten Zauberspruch gefüllt hatte. Also doch kein Mensch, sondern eine Hexe. Das Wasser beruhigte Janes gereizte Haut und linderte den Juckreiz. Nach dem Bad zog sie das saubere blaue Kleid an, das die Hexe ihr hingelegt hatte.

Jetzt fehlte nur noch Nicolai, dann wäre der Tag perfekt.

Wo war er?

Mit einem müden Seufzen streckte sie sich auf dem Bett aus. Es war hart und durchgelegen, aber trotzdem himmlisch für ihre immer noch schmerzenden Muskeln und Knochen. Wie sollte es jetzt weitergehen? Nicolai war tief im Herzen ein Beschützer. Wild und unerschütterlich. Er hätte sie niemals freiwillig verlassen.

Das bedeutete, dass entweder seine Fähigkeiten – wie auch immer die aussehen mochten – verantwortlich waren oder jemand anderes Magie benutzt hatte, um ihn von ihr zu trennen. Ersteres hielt sie für wahrscheinlicher. So stark, wie Nicolai mittlerweile geworden war, bezweifelte sie, dass man ihn einfach irgendwohin zaubern konnte. Denn wenn das möglich wäre, hätte Laila es schon vor Tagen getan.

Laila. Diese Schlampe war ein Problem. Ein großes. Solange sie da draußen war, würde Nicolai gejagt werden und sich in Gefahr befinden. Jane könnte sich vielleicht stellen und versuchen, die Prinzessin davon zu überzeugen, den „Sklaven" in Ruhe zu lassen. Aber würde ihr das gelingen? Seit sie selbst eine Kostprobe von diesem Mann bekommen hatte, wusste sie, wie unmöglich es war, ihn zu vergessen.

Laila brauchte ihn wahrscheinlich wie die Luft zum Atmen. Allein der Gedanke ließ rasende Eifersucht in Jane aufsteigen. Sie ignorierte es; das würde ihr jetzt auch nicht helfen. Einige Gründe sprachen dagegen, sich selbst zu stellen. Erstens, Laila konnte zaubern, Jane nicht. Zweitens, Janes wahre Identität wurde vielleicht entdeckt. Und wenn die Königin schon die eigene Tochter auspeitschen ließ, was machte sie dann mit einem Feind, der sich als ihre Tochter ausgegeben hatte? Drittens, was, wenn Nicolai ihr nach Delfina folgte? Er würde vielleicht wieder gefangen genommen und seine Erinnerungen wieder gelöscht werden. Sein Körper missbraucht.

Sein Körper gehörte Jane. Niemandem sonst.

Sie drehte sich auf die Seite, presste das Kissen auf ihren Bauch und erinnerte sich plötzlich an den Tag, an dem sie Nicolais Buch erhalten hatte. Sie hatte einige Abschnitte gelesen und noch Stunden später an ihn gedacht. Sie war im Grunde besessen von ihm. Nachdem sie weitergelesen hatte, hatte sie sogar von einer Liebesnacht mit ihm fantasiert. Dann war sie auf einmal bei ihm gewesen.

Vielleicht konnte sie ihn wieder erreichen.

Sie schloss die Augen und stellte ihn sich in ihrer Hütte vor, wie er herumschlenderte, Dinge reparierte und sie dann ins Bett lockte. Dort würde er sie sinnlich berühren und ausziehen. Sie küssen, sie kosten. Sie verschlingen. Sie bekam am ganzen Körper eine Gänsehaut. Sie konnte fast seinen warmen Atem spüren, seine glatte Haut.

„Nicolai", hauchte sie.

Jane.

Seine Stimme, so tief, so vertraut. Für einen Augenblick wurde ihr schwindelig, und sie hatte das Gefühl, zu schweben. Dann war wieder die Matratze unter ihr, nur … kalt. Kalt? In weniger als einer Sekunde war die Matratze, die sie mit ihrem Körper angewärmt hatte, so sehr abgekühlt? Unmöglich. Es sei denn … Hoffnung keimte in ihr auf, und sie öffnete die Augen.

Die Hoffnung erstarb. Sie hatte sich nicht zu Nicolai gebracht. Sie war in ihrer Hütte. Im eigenen Bett.

Jane setzte sich mit einem Ruck auf und rang verzweifelt nach Atem. Ihr schnürte sich die Kehle zu. Nein. Sie konnte nicht hier sein. Nein, nein, nein. Sie stand auf und fiel fast hin, so sehr zitterten ihr die Knie. Sie eilte umher, stolperte ein paarmal, nahm einige Gegenstände in die Hand, um zu sehen, ob alles echt war oder ob sie es sich nur einbildete.

Bitte mach, dass ich mir das alles nur einbilde.

Die Gegenstände waren fest und so staubig, als wären sie seit Wochen nicht sauber gemacht worden. Aber echt. Sie schluckte ein Schluchzen herunter.

Nein! Tränen verschleierten ihr die Sicht. Sie wischte mit einem Arm über die Kommode und warf alles auf den Boden. Eine Vase zerbrach. Eine Haarbürste schepperte. Wie zur Hölle war sie hergekommen? Sie hatte zu Nicolai gewollt. Sie musste wieder bei ihm sein, musste zurückkehren. Sie *würde* zurückkehren.

Sie musste nur noch herausfinden, wie.

15. Kapitel

Eine halbe Stunde lang tobte Jane vor Wut. Danach hatte sie eine Stunde lang einen Panikanfall. Dann tat sie, was sie am besten konnte, und dachte nach. Es gab eine logische Erklärung für das, was geschehen war. Die gab es immer. Also putzte sie sich die Zähne, duschte und zog das Kleid wieder an. Auf keinen Fall würde sie Jeans und T-Shirt tragen. Sie gehörte nicht mehr hierher, und sie würde sich auch nicht so anziehen.

Sie gehörte in die andere Welt. Zu Nicolai.

Sie streckte sich auf ihrem Bett aus und wickelte sich in die Decke. Okay. Sie konnte das hinkriegen. Was hatte sie getan, ehe sie hergekommen war? Sie hatte im Bett gelegen, genau wie jetzt, und an Nicolai gedacht. Sich sogar vorgestellt, wie sie einander liebten. Gut, das war gut. Das würde sie einfach noch einmal tun.

Mit einem kurzen Kopfschütteln machte sie ihren Kopf frei, atmete tief ein, atmete wieder aus ... ganz langsam ... und zwang ihre Muskeln, sich zu entspannen. Ein Bild von Nicolai entstand vor ihrem geistigen Auge. Die dunklen Haare standen ihm unordentlich vom Kopf ab, in den silbernen Augen loderte die Lust. Lust auf sie. Er atmete flach durch leicht geöffnete Lippen, weil sein Verlangen ihm fast den Atem nahm. Seine Fangzähne lugten hervor.

Ihr Bauch kribbelte, aber sonst geschah nichts. Kein Schwindelgefühl, keinerlei Bewegung. *Mach weiter.* In ihren Gedanken sah sie, wie er sein Hemd auszog und dabei langsam den Stoff über den Kopf zog. Seine Haut, seine wunderbar gebräunte Haut, glänzte köstlich. Seine Brustwarzen, klein und braun, wollten einfach geleckt werden. Sie betrachtete diese herrliche Spur aus Haaren, die von seinem Nabel hinab an die Stelle führte, die sie einst mit ihrem Mund verwöhnt hatte.

Sie spürte, wie sie zwischen den Beinen wieder feucht wurde. Aber immer noch kein Schweben, kein Ortswechsel.

Verdammt. So wenig Erfolg hatte sie das letzte Mal mit acht Jahren gehabt, als sie gelesen hatte, wie man synthetische Diamanten in der

Mikrowelle herstellte. Die Diamanten wollte sie ihrer Mutter zum Geburtstag schenken. Die Kohle und die Erdnussbutter, die man dafür brauchte, hatten die lange Kochzeit überlebt. Die Schüssel, in die sie beides gegeben hatte, nicht. Genauso wenig wie die Mikrowelle.

Sie musste kurz auflachen, als sie sich an die Reaktion ihrer Mutter erinnerte. Sie standen in der Küche, und ihre Mutter hatte Jane durch den dichten schwarzen Rauch angesehen, in der Hand das Buch mit der Anleitung. Ihr ungläubiger Gesichtsausdruck war mehr als komisch gewesen.

„Diamanten?", fragte ihre Mutter.

„Ich habe jeden Schritt genau befolgt und keinen ausgelassen."

Ihre Mutter hustete, als sie das Buch an sich nahm. Einige Minuten vergingen, ehe sie wieder zu der schwarzen Masse in der Mikrowelle sah. „Du hast jeden Schritt befolgt, sagst du?"

„Ja!"

„Und du hast eine feuerfeste Schüssel benutzt?"

Jane blinzelte. „F... feuerfest?"

Ein Schwindelanfall ließ das Bild verschwimmen, verblassen, und das Herz hämmerte vor Aufregung wild in ihrer Brust. Es war so weit. Sie kehrte zurück ...

Der Schwindel legte sich, sie öffnete die Augen und setzte sich auf. Einen Augenblick lang war sie in der unbekannten Umgebung orientierungslos. Sie hockte auf einem Linoleumboden mitten in einer Küche. Es gab dort einen Herd aus rostfreiem Stahl, eine Spüle, abgegriffene Schränke. Das kam ihr alles bekannt vor – sie hatte das alles gerade in ihrer Vorstellung gesehen –, aber die Farben waren falsch.

Damals waren die Wände gelb gewesen. Jetzt hatte man sie blau gestrichen. Früher war der Kühlschrank silbern. Jetzt war er schwarz. Sie wusste es trotzdem. Das hier war die Küche in ihrem Elternhaus. Hier war sie aufgewachsen. Ihre Mutter hatte vor genau dieser Spüle gestanden und gehustet, als der Rauch aus der Mikrowelle gewabert war. Ein schriller Schrei gellte plötzlich durch das Haus, gefolgt von einem aufgeregten Wortschwall. „Einbrecher! Dieb! Mörder! Was zur Hölle tun Sie hier?", kreischte eine Frau hinter ihr. „Wer sind Sie? Raus hier! Sofort raus! Billy, ruf die Polizei!"

Jane wirbelte herum und hielt instinktiv die Hände hoch, um zu zeigen, dass sie harmlos war. „Ich tue Ihnen nichts."

Panik spiegelte sich in den Gesichtszügen der Frau. Sie griff sich ein Messer von der Anrichte und fuchtelte damit in Janes Richtung. „Das sagt ihr Psychos alle."

Jane wich zurück.

„Billy!"

„Was?", knurrte eine verschlafene männliche Stimme hinter einer Ecke.

Oh Mist. Verstärkung. Sie versuchte sich an den Grundriss des Hauses zu erinnern und floh in Richtung der Eingangstür. Sie rannte hinaus ins Licht der Morgensonne, und der Saum ihres Kleides schlug ihr dabei um die Knöchel. Tatsächlich, sie war in ihrer alten Nachbarschaft. Es hatte sich nicht viel verändert. Die Häuser waren klein und alt und standen zu dicht beieinander.

Aus Angst, die Frau und Billy würden ihr nachjagen – und sich unterwegs ein Gewehr schnappen –, sprintete sie etwa eine halbe Meile den Kiesweg entlang, bog dann scharf ab und duckte sich hinter Mrs. Ruckers riesige Eiche. Dort hatte sie sich oft versteckt, als sie noch ein Kind war.

Sie setzte sich schwer atmend und schwitzend hin. Verdammt. Ihre Füße pochten vor Schmerz. Die kleinen Kiesel hatten ihr die Haut aufgerissen.

Na toll. Genau das hatte sie jetzt gebraucht. Was zum Teufel war gerade passiert?

Sie zog verschiedene Möglichkeiten in Betracht, dachte darüber nach, wie wahrscheinlich sie waren, und verwarf dann alle bis auf eine: sein Blut. Sie hatte Nicolais Blut getrunken, er hatte es ihr eingeflößt, um sie zu heilen. Seine Fähigkeiten mussten dabei auf sie übergegangen sein. So wie er konnte auch sie sich von einem Ort zum anderen bewegen, einfach hier verschwinden und dort wieder auftauchen. Im Grunde Teleportation.

Sie brauchte sich nur vorzustellen, wohin sie gehen wollte und *schwups* war sie da. Es war erstaunlich. Sie hatte die Manipulation von Mikropartikeln jahrelang erforscht, ehe es ihr gelungen war, Plastik zu teleportieren, indem sie ein kleines Teil von einer Station zur anderen sozusagen gefaxt hatte. Aber ein lebendes Wesen zwischen zwei Ebenen nur kraft der Gedanken zu bewegen – alles, wofür sie so hart gearbeitet hatte, wurde ihr hier auf dem Silbertablett serviert.

Als sie sich ihre alte Küche vorgestellt hatte, war sie also in ihre alte Küche versetzt worden. Davor, in der Stadt, hatte sie sich Nicolai in ihrem Bett vorgestellt und war deshalb in ihrem Bett gelandet. So leicht, so simpel, eine logische Antwort. Endlich.

Sie konnte zu ihrem Mann zurückkehren.

Sie grinste, als sie die Augen schloss und sich das altmodische kleine Schlafzimmer vorstellte, in dem sie gelegen hatte. Die Holzbadewanne, das Federbett. Ja, das Bett. Auf dem sie ausgebreitet lag und hoffte, Nicolai würde sie finden.

Schwindel brach über sie herein, und sie konnte sich ein aufgeregtes Seufzen nicht verkneifen. Wenn sie das nächste Mal ihre Augen öffnete, würde sie wieder zurück sein. Zurück in Delfina. Und wenn sie diese Fähigkeit behielt, musste sie sich nie wieder Sorgen darum machen, Nicolai an die Magie zu verlieren. Sie konnte immer bei ihm bleiben. Wenn die Gabe irgendwann nachließ, würde sie einfach jeden Tag von ihm trinken, um sie zu behalten.

„So, so", hörte sie eine weibliche Stimme. „Du benutzt also wieder einmal deine Magie, um unsichtbar zu werden. Wen hast du dieses Mal ausspioniert, liebste Schwester?"

Janes Aufregung wurde von Furcht abgelöst, als sie die Augen öffnete. Sie war in dem kleinen Schlafzimmer, wie erhofft, aber dort warteten Laila und ihre Soldaten auf sie. Zwei von ihnen hielten eine weinende Frau fest. Es war die Frau, die Jane hergebracht, die ihr ein Bad bereitet und sie eingekleidet hatte.

Laila stand am Rand des Bettes und spähte auf sie herab. Keine Spur von Nicolai.

Jane setzte sich langsam auf. Sei *vorsichtig.* „Ja, ich habe mich wieder unsichtbar gemacht." Das war jedenfalls eine gute Lüge. Niemand konnte das Gegenteil beweisen. „Wie hast du mich gefunden?"

„Begrüßt du so deine geliebte Schwester? Die Schwester, die dich gesucht und gesucht hat, verzweifelt, um dich aus den Klauen eines Wahnsinnigen zu befreien."

Obwohl sie zwischen den Welten gewandelt war, sah sie also immer noch aus wie Odette. Na prima! Aber tatsächlich wusste Jane: Falls Laila wirklich nach ihr „gesucht und gesucht" hatte, dann, um sie zu ermorden und Nicolai für sich zu beanspruchen. Nun, dieses Spiel konnte sie auch spielen.

„Danke, dass du mich gerettet hast, meine Liebe. Ich habe dich die vergangenen Tage ständig vermisst."

Smaragdgrüne Augen verengten sich zu Schlitzen.

„Und jetzt", fügte Jane hinzu, ehe Laila antworten konnte. „Was hast du mit dieser Frau vor?"

„Oh." Laila winkte ab. „Ich wusste, dass du hier bist, ich konnte deine Magie spüren, aber ich konnte dich nicht finden und fürchtete, sie hat dich umgebracht." War das Hohn in ihrer Stimme?

„Wie du sehen kannst, hat sie es nicht getan." Während sie sprach, schickte sie ein stummes Gebet zum Himmel, dass Nicolai nicht hereinkam, nicht jetzt. Sie wollte nicht, dass er hier hereinplatzte. Wollte nicht, dass Laila ihn sah.

„Stimmt." Laila drehte sich um und betrachtete die Wachen, die die Frau festhielten. „Sie nutzt uns nichts mehr. Werdet sie los."

„Loswerden" hieß doch hoffentlich nicht … Ein dritter Wachmann trat hinter die Frau, die jetzt panisch zappelte, packte ihren Kopf und drehte ihn mit einem Ruck zur Seite. Ihr Genick brach in Sekundenbruchteilen. Der Körper fiel schlaff nach vorn. Leblos.

Jane konnte nur schockiert zusehen, starr vor Angst. „W… warum hast du das gemacht?"

Die Wachen schleiften die Leiche fort, und Laila zuckte mit den Schultern. „Sie hat mich genervt."

„Du …" *Schlampe.* Der Wunsch, die Prinzessin zu ermorden, fuhr glühend heiß durch ihre Adern. Und sie hatte geglaubt, dafür noch nicht bereit zu sein.

Dass sie stehen blieb und sich nichts anmerken ließ, rettete ihr das Leben. Da war diese kleine vernünftige Stimme in ihrem Hinterkopf, die sie daran erinnerte, dass sie in der Unterzahl und unbewaffnet war.

Jane war noch nie ein gewalttätiger Mensch gewesen. Vielleicht färbte Nicolais dunkle Seite ebenfalls auf sie ab, denn ihr *gefiel* der Gedanke, Laila wehzutun. Sie genoss das Gefühl. *Eines Tages werde ich dich vernichten.*

Laila ließ sich auf die Matratze sinken und schmiegte sich an sie. Jane konnte sich gerade noch davon abhalten, angeekelt zurückzuweichen. „Und jetzt, meine liebe Schwester, haben wir viel zu besprechen."

Nicolai hielt sich in den Schatten, hielt sich fern von Hütten und fahrenden Händlern, die ihre Waren anpriesen. Janes Duft, so süß ... jetzt stärker ... so nah ... vermischt mit hundert anderen. Etwas Verwesendes, Stechendes. Etwas Schweißgetränktes, voller Magie.

Laila und ihre Armee waren hier.

Sobald ihm das bewusst wurde, hörte er auf zu schleichen. Er rannte los, seine Füße trommelten auf den Boden. Die Stadtbewohner blieben stehen, als sie ihn entdeckten, und manche wichen zurück. Bald erhob sich ein Murmeln.

Kannte man ihn hier?

Er vernahm Wörter wie „Prinz" und „tot", jeweils mit Fragezeichen dahinter. Dann erkannte man ihn also tatsächlich. Sie wussten, dass er der Prinz von Elden war, aber sie hatten ihn für tot gehalten. Glaubten sie das Gleiche von seiner Familie?

Beinahe blieb er stehen, um sie zu fragen. Aber nur beinahe. Jane war in Gefahr. Das hatte Vorrang vor *allem* anderen. Er beschleunigte seine Schritte. Sein feiner Geruchssinn brachte ihn zu einer kleinen Hütte am Rand der Stadt. Wachen traten zur Tür heraus und verteilten sich auf der Straße. Sogar vor den benachbarten Häusern waren Wachen postiert.

Nicolai wich in die Schatten zurück. Zum Glück hatte ihn in diesem Viertel noch niemand erkannt. Die Leute hockten hinter ihren Fenstern und beobachteten die Wachen nervös. Mögliche Verbündete?

Manche von ihnen waren Hexen, die meisten aber Menschen. Menschen, die über die Jahrhunderte in dieses Reich übergetreten waren, aus den verschiedensten Gründen. Sie hatten sich hier versammelt, hatten sich niedergelassen und Wurzeln geschlagen. Das war ein Fehler gewesen, denn diese Stadt gehörte zu Delfina und wurde von der Herzkönigin regiert. Sie konnten ihm nicht helfen.

Er atmete hitzig ein und wieder aus. Er brauchte auch keine Hilfe. Er war ein Prinz. Ein Vampir. Unvorstellbar mächtig. Er hatte eine eigene Armee geführt, und er hatte Königreiche und Frauenherzen erobert. Er konnte die Fähigkeiten von anderen in sich aufnehmen, und es war Zeit, das zu seinem Vorteil zu nutzen – und nicht nur aus Versehen.

Er kniff die Augen zusammen und konzentrierte sich ganz auf die Hütte. Jane befand sich darin. Er spürte ihre Energie, so süß wie ihr

Duft, und ... jetzt vermischt mit seiner. Er gab ein zufriedenes primitives Brummen von sich. *Mein.* Er hatte mehr getan, als sie nur zu zeichnen, er hatte sie gebrandmarkt. *Ich komme, mein Liebes.*

Er konzentrierte sich auf Laila. Sie war verdorben bis ins Mark, und ihr Duft passte dazu. Magie wirbelte in ihr, dunkel und machtvoll. Gabe um Gabe. Geschult während der Jahrhunderte, die sie durch ihre zu langsam tickende Uhr bereits gelebt hatte. Er untersuchte diese Gaben genauer.

Sie konnte andere hypnotisieren, das konnte ihm hilfreich sein, ja, aber sie konnte immer nur eine Person auf einmal in ihren Bann ziehen. Sie konnte die eigenen Wunden heilen. Das konnte er selbst bereits. Sie konnte Wunden verursachen. Auch das konnte vielleicht nützlich sein. Sie konnte falsches Begehren wecken, diese Gabe brauchte er nicht. Aber ein Muskel in seinem Kiefer fing an zu zucken. Wie oft hatte sie diese Fähigkeit bei ihm angewendet?

Egal. Er suchte weiter, verwarf ... verwarf ... Da! Die Fähigkeit, andere aus der Ferne zu beobachten, so wie er es im Palast mit Jane getan hatte. Perfekt, und jetzt wusste er auch, woher er diese Gabe gehabt hatte. Er fragte sich, wie oft Laila diese Fähigkeit auf ihn angewendet hatte. Wie oft hatte sie ihm ohne sein Wissen zugesehen?

Die Antwort war egal, sie würde nie wieder dazu in der Lage sein.

Er griff nach der Gabe und zog in Gedanken daran, zog sie näher und näher zu sich heran. Noch ein wenig ... nur noch ein wenig mehr ... Er stieß den Atem aus, als plötzlich jede Zelle seines Körpers die Magie in sich aufnahm, die notwendig war, um Orte zu sehen, die er körperlich nicht erreichen konnte. Er zog weiter und zog und zog. Zog die Magie aus ihr heraus und in sich hinein.

Laila würde es nicht bemerken. Die Opfer merkten es nie, bis es zu spät war. Im Augenblick würde sie nur eine leichte Müdigkeit spüren. Wenn er aber versuchte, ihr *alle* Gaben zu nehmen, all ihre Macht, würde sie es merken und mentale Blockaden errichten.

Plötzlich öffnete sich sein Bewusstsein. Im Handumdrehen sah er Jane, als säße sie neben ihm. Nur dass er sie durch Lailas Augen sah. Und Laila sah die Maske. Sah Odette. Odettes dunkles Haar, Odettes grüne Augen. Ihre zu lange Nase und ihre fetten Wangen.

Zu wissen, dass sich Jane unter dieser Maske verbarg, war genug, um das Verlangen in seinem Körper zu entfachen und um seine Angst um ihre Sicherheit etwas zu besänftigen. Sie war am Leben und unverletzt. Er würde sie bald wiederhaben.

„Was hat der Sklave dir angetan? Sag es mir, ehe ich vor Sorge vergehe." Laila ruinierte die Wirkung dieser Worte mit einem Gähnen.

Jane fuhr sich mit der Hand durchs Haar, ganz Prinzessin. „Wie du schon gesagt hast, er hat mich begehrt. Ich habe ihn begehrt, eines führte zum anderen, und dann wurde es im Wald etwas heißer, wenn du verstehst."

„Hast du ihn verzaubert, dich zu begehren?" Mit jedem Wort wurde ihre Stimme angespannter. „Musst du wohl. Sonst wäre er ja jetzt bei dir. Ich habe aber keine Spur von ihm gefunden. Wo ist er also?"

„Nein, ich habe ihn nicht verzaubert." Mehr sagte Jane dazu nicht.

„Wie ist es dir dann gelungen, sein Begehren zu entfachen? Er hat dich gehasst, hat versucht, dich umzubringen. Du hast irgendetwas getan. Ich weiß es einfach. Gib es zu."

Jane sah hochmütig zu ihr hinüber, und es war ein atemberaubender Anblick. „Halt dich fest, Laila, Liebes, denn das wird dich schockieren. Ich habe ihn – Achtung – mit Respekt behandelt. Das solltest du auch mal versuchen. Das Ergebnis könnte dir gefallen."

Hass brandete so unaufhaltsam durch Laila, dass Nicolai die Hitze im eigenen Körper spürte. „Du lügst. Du hast noch nie irgendwen mit Respekt behandelt. Du weißt doch nicht mal, was das Wort bedeutet."

„Zeigen wir jetzt unsere Krallen, *Liebes*? Denn ich verspreche dir, meine sind schärfer."

Nicolai war so stolz auf sie. Niemand konnte bezweifeln, dass sie Odette war. Nicht einmal die Königin selbst. Sie hüllte sich in Selbstbewusstsein wie in einen Mantel.

„Ich frage dich noch ein letztes Mal", presste Laila durch zusammengebissene Zähne heraus.

„Sonst was?"

„Wo. Ist. Er?"

„Tot." Ein nachlässiges Schulterzucken. „Er ist tot."

Laila sperrte den Mund auf, und ein erstickter Laut kam aus ihrer Kehle. „Du hast ihn umgebracht?"

„Ja. Ja, habe ich." Jane warf ihre Beine über den Bettrand und zuckte zusammen. Sie taten ihr weh, dachte Nicolai und wünschte, er wäre bei ihr, um ihren Schmerz zu lindern. Sie richtete sich auf. „Jetzt lass uns nach Hause gehen. Ich freue mich darauf, im eigenen Bett zu schlafen."

Laila blieb, wo sie war, und verschränkte ihre Hände vor der Brust. „Wo ist seine Leiche?"

„Die habe ich natürlich an die Oger verfüttert", antwortete Jane unbekümmert. „Was sollen überhaupt diese ganzen Fragen? Nicolai hat nicht dir gehört."

Nicolai begriff, dass sie ihm verschaffte, was er brauchte. Eine Chance, Laila unbemerkt umzubringen, und die Zeit, Elden zu erreichen und den neuen König zu vernichten. Und ja, der Drang war immer noch da, köchelte in ihm, wurde mit jeder Minute, die verstrich, stärker, aber er konnte, er würde sie nicht verlassen.

Erleichterung durchflutete Laila, auch er verspürte sie, aber er brachte das Gefühl ebenso schnell unter Kontrolle wie den Hass. „Ich habe die Höhle der Oger gefunden. Nicolais Leiche war nicht dort, dafür jede Menge toter Oger. Das bedeutet, er muss sie umgebracht haben und geflohen sein."

Jane zögerte nicht eine Sekunde. „Falsch. *Ich* habe die Oger vernichtet. Nachdem sie mit ihm fertig waren."

Laila war schockiert. „Wie?"

Jane polierte sich die Nägel an ihrem Kleid. „Eine Frau sollte niemals all ihre Geheimnisse verraten. Vielleicht brauche ich sie später noch."

Ein Herzschlag lang herrschte Schweigen. Ein leises Knurren war zu hören.

„Wie kannst du es wagen!", brüllte Laila, die ihre Emotionen nicht mehr unter Kontrolle halten konnte. Sie sprang auf und stampfte mit dem Fuß auf. „Er hat mir gehört."

Jane stellte sich ihr gegenüber, bis ihre Nasen sich fast berührten. „Eigentlich, du verwöhntes Balg, gehört er mir. Er hat mir gehört."

Die Spannung ließ die Luft zwischen ihnen fast vibrieren. Lange Augenblicke verstrichen, in denen lediglich ihr Atmen zu hören war. Endlich gab Laila nach und wich zurück.

„Natürlich. Du hast recht", gab sie widerwillig zu. „Also, sag mir. *Warum* hast du ihn umgebracht?"

„Ich wollte ihn nicht mehr."

Obwohl Nicolai wusste, warum sie es sagte, hörte das Monster in ihm diese Worte nicht gern. Später würde er es beruhigen müssen. Später würde er ihr ihre gemeinsame Vergangenheit beichten und sich für das, was er getan hatte, entschuldigen.

Würde sie ihn dann wirklich nicht mehr wollen?

„Na gut. Kehren wir also in den Palast zurück", sagte Jane. „Wachen. Raus."

Die Männer zögerten.

„Sofort!", schrie sie, eindeutig mit ihrer Geduld am Ende.

Dieses Mal gehorchten sie sofort. Jane folgte ihnen und zwang Laila, das Schlusslicht zu bilden. Nicolai konnte spüren, wie sehr es die Prinzessin danach verlangte, ihrer Schwester in den Rücken zu fallen. Aber sie tat es nicht, und als sie aus der Stadt marschierten, ging sie schmollend hinter ihnen her.

Bald …

16. Kapitel

Obwohl man sie, einer Prinzessin von Delfina gebührend, auf einer gepolsterten Samtliege trug und die Sonne durch einen Baldachin aus dunklem Netzstoff abgehalten wurde, reiste Jane lieber mit Nicolai. Wo war er? Sie glaubte, ganz in der Nähe. Fast konnte sie ihn riechen, einen Hauch seiner Magie, eine Prise des verführerisch würzigen Dufts. Sie betete, dass er sich entschlossen hatte, ihr nicht zu folgen.

Laila glaubte, er wäre tot. Also war er in gewisser Weise endlich frei von dieser Schlampe. Er konnte nach Elden reisen und tun, was getan werden musste. Und Jane konnte in seinem Namen Rache üben.

Die Prinzessin hatte eine unschuldige Frau ohne jeden gottverdammten Grund umgebracht. Kein Wunder, dass die Stadtbewohner Angst vor Odette gehabt hatten. Die königliche Familie missbrauchte ihre Macht, und Jane würde das nicht länger zulassen.

Danach konnten sie und Nicolai wieder zusammen sein.

Als Laila endlich beschloss, für den Abend Rast zu machen, waren Janes Beine vom Herumliegen ganz steif, aber wenigstens nicht so steif, wie sie sein könnten. Im Grunde nicht einmal nahe dran an dem, was sie normalerweise zu erleiden hatte. Kein pochender Schmerz, keine Krämpfe bis auf die Knochen. Trotzdem wäre ein Spaziergang schön.

Leider stand ein Spaziergang noch für einige Zeit nicht auf dem Plan. Sie musste weiter liegen bleiben, während die Wachen ihr Zelt aufbauten. Und das Innere dekorierten. Und ihre Kisten hineintrugen. Kisten, die Laila mitgebracht hatte, vielleicht in der Hoffnung, sie damit zu einer Nacht mit Nicolai zu bestechen.

Als sie fertig waren, sich vor ihr verbeugten und darauf warteten, entlassen zu werden, kletterte Laila von ihrer Liege und benutzte dabei die Rücken ihrer Wachen als Trittleiter.

„Wir werden deine Rückkehr feiern", verkündigte die Prinzessin mit einem Händeklatschen. „Wir essen in meinem Zelt. Meine Sklaven sollen für uns tanzen, und du darfst dir aussuchen, wer von ihnen dir danach den Pelz wärmt."

Na danke. „Tut mir leid, aber ich bin müde." Jane kletterte ebenfalls hinab und fühlte sich dabei die ganze Zeit schuldig. Auch wenn die Wachen überrascht blinzelten, als sie spürten, wie leicht sie war, und sie es ein wenig mit der Angst zu tun bekam. „Ich möchte nur noch baden und schlafen. Und etwas essen. Ich habe seit Tagen nichts Richtiges gegessen."

„Baden, ja. Und dann komm zu mir. Ich werde dir etwas zu essen bringen lassen. Seit du von den Toten zurückgekehrt bist, hat es zu viele Spannungen zwischen uns gegeben. Das gefällt mir nicht, ich möchte unsere frühere Freundschaft wieder aufleben lassen."

Eine Lüge, das wusste Jane genau. Laila hasste Odette mit der gleichen Leidenschaft, mit der es sie nach Nicolai in ihrem Bett verlangte. Aber die echte Odette hätte vermutlich nicht widersprochen, also tat Jane es auch nicht. „Nun gut", sagte sie mit einem Seufzen. „Ich bin in einer Stunde bei dir." Eine kurze Atempause, aber immerhin eine Atempause. Sie ging auf ihr Zelt zu.

Ein langes Bad in der tragbaren Wanne war genau das Richtige, um ihre Schmerzen und Krämpfe zu lindern. Eine Wanne, die Rhoslyn für sie gefüllt hatte. Es tat erstaunlich gut, das Mädchen wiederzusehen.

Jane schrubbte sich von Kopf bis Fuß mit der duftenden Seife, die auf dem Rand lag. „Hat Laila dir befohlen, auf diese Reise mitzukommen, oder hast du dich freiwillig gemeldet?"

Krauses rotes Haar hüpfte auf und ab. „Ich bin freiwillig hier, Prinzessin." Sie nahm eine leuchtend grüne Robe aus einer Kiste. „Nur für den Fall, dass wir Euch finden und Ihr mich braucht."

Ich hätte netter zu diesem Mädchen sein sollen. „Ich habe dich erst gesehen, als ich mein Zelt betreten habe. Warst du Teil unseres Gefolges?"

„Hinter der dritten Verteidigungslinie, mit dem Rest der Diener und Sklaven."

„Ich wünschte, das hätte ich gewusst. Du hättest bei mir in der Sänfte sitzen können." Jane stieg aus dem Wasser und griff nach dem Handtuch, das auf einer Bank neben ihr lag.

„Lass mich Euch helfen." Rhoslyn eilte zu ihr. Die Robe baumelte über ihrem Arm.

„Nein, danke." Einige Dinge hatte sie lange Zeit nicht selbst erledigen können, während sie an ihr Krankenbett gefesselt gewesen war. Jetzt war sie endlich wieder selbst dazu in der Lage, und sie würde nie wieder jemand anderem gestatten, diese Dinge für sie zu erledigen.

Nachdem sie sich abgetrocknet hatte, nahm sie eine Ecke der Robe in die Hand. Ihre Lippen verzogen sich angewidert. Auch wenn sie edel gearbeitet war, war sie ihr viel zu weit und der Stoff zu dick. Sie würde in der Hitze dahinschmelzen. Und dort, wo der Stoff sich teilte, würde sie von der Sonne krebsrot werden.

„Es tut mir leid, wenn der Stoff Euch nicht gefällt."

Sie nahm Rhoslyn die Robe ab und zog sie an, und das Mädchen neigte den Kopf. „Ihr dürft mich schlagen, wenn Ihr es wünscht."

Jane nahm die Angst in ihrer Stimme wahr. „Dich schlagen? Rhoslyn, ich werde dich nicht schlagen. Niemals."

Das Mädchen fuhr fort, sich zu entschuldigen, als hätte sie ihre Worte nicht gehört. „Ich dachte nur, Euch wäre etwas Reisetaugliches lieber als etwas Verführerisches. Und Eure Schwester war sehr darauf bedacht, Euch schnell zu finden, also hatte ich nicht viel Zeit, Eure Sachen zu packen. Nicht dass ich mich beschwere", beeilte sie sich hinzuzufügen. „Ich wollte nur erklären, warum die Auswahl an Kleidern nicht sehr groß ist und warum ich nicht Eure besten Stücke mitgebracht habe."

„Das hast du gut gemacht, ganz ehrlich. Diese Robe ist perfekt. Genau richtig. Siehst du?" Sie drehte sich auf der Stelle. „Ich habe mich noch nie bezaubernder gefühlt."

Rhoslyn schenkte ihr ein aufrichtiges Lächeln. „Das freut mich, Prinzessin. Oh. Und Ihr werdet Euch freuen, zu hören, dass ich Euer Buch mitgebracht habe."

Jane hielt inne, und ihr Herz fing an zu hämmern. „Wirklich? Wo ist es?"

Das Mädchen trat an die andere Seite des Zeltes. Langsam, bemerkte Jane, und vorsichtig. „Ist alles in Ordnung? Hast du dir beim Eimerschleppen wehgetan?" Toll. Noch etwas, das ihr Schuldgefühle bereitete.

Rhoslyn erstarrte und stolperte über die eigenen Füße, ehe sie weiterging. „Es geht mir gut, Prinzessin." Sie beugte sich über eine weitere Kiste, kramte darin und zog schließlich das ledergebundene Buch hervor.

Jane keuchte vor Schreck auf. Als das Mädchen sich vorgebeugt hatte, war ihr Haar nach vorn gefallen, und Jane hatte die Quetschungen an ihrem Nacken entdeckt. Schwarz und blau, und sie setzten sich eindeutig nach unten fort. „Was ist mit deinem Rücken passiert?" Dieses Mal war ihr Tonfall streng, unnachgiebig und verlangte nach einer Antwort.

Rhoslyns dünner Arm zitterte, als sie ihr das Buch reichte. „Ich habe zugelassen, dass der Sklave Euch entführt hat. Ich wurde bestraft, wie ich es verdient habe."

Ausgepeitscht also. Laila hatte dem Mädchen keine Zeit gegeben, vernünftig zu packen, aber sie hatte die verdammte Zeit gehabt, ihre neunschwänzige Peitsche zu schwingen. Jane nahm das dargebotene Buch an sich und hasste Laila noch ein wenig mehr. „Das war nicht deine Schuld. Du hättest ihn nicht aufhalten können. Zum Teufel, du warst doch nicht einmal dabei."

Es kam keine Antwort.

Jane seufzte. „Ich bin auf dem Weg ins Zelt meiner Schwester. Während ich fort bin, kannst du in der Wanne liegen. Wenn du willst. Wenn nicht, dann nicht. Und dann sollst du dich ausruhen. Warte nicht auf mich. Und das ist ein Befehl."

Mit vor Überraschung weit aufgerissenen Augen nickte Rhoslyn noch einmal.

Jane trat aus dem Zelt. Die untergehende Sonne tauchte den Himmel in sanfte tiefe Lilatöne. Und doch brannten die schwachen Strahlen auf ihrer neuerdings so empfindlichen Haut, bis es überall juckte. Jetzt war aber nicht der richtige Zeitpunkt, darüber nachzudenken, was das bedeuten konnte.

Lailas Zelt war keine zehn Schritte entfernt. Am Eingang blieb Jane stehen und straffte ihre Schultern. *Du schaffst das.* Lachen und Musik umhüllten sie, als sie die Zeltklappe zur Seite schob. Sie betrachtete die neue Umgebung und versuchte, alles auf einmal in sich aufzunehmen. Rechts entdeckte sie Laila auf einem hastig zusammengebauten Podium. Sie lag natürlich, und sie aß süßes Gebäck. Der Platz neben ihr war leer.

In der Mitte wiegten sich sechs nackte Männer in einem langsamen

Tanz. Sie waren groß, athletisch gebaut und glänzend eingeölt. Zwei blonde, zwei rothaarige und zwei mit dunklen Haaren. Für jeden Geschmack etwas, sozusagen. Hände strichen über Leiber, und Körper stießen zusammen und rieben sich aneinander. Jeder der Männer hatte eine Erektion, aber Jane bezweifelte, dass ihnen gefiel, was sie taten. Ihre leblosen Augen starrten ins Leere. Waren sie verzaubert?

Links von ihr stand eine Band. Na ja, die Delfina-Version einer Band. Ein nackter Harfenspieler, ein nackter Geiger und ein nackter Sänger. Jane wurde das Gefühl nicht los, dass dieser Abend auf etwas ganz Bestimmtes hinauslief. Mist. Das sah alles nach einer Orgie aus. Hoffentlich zwang sie niemand, daran teilzunehmen. Ihr Körper gehörte Nicolai, niemandem sonst.

„Odette", rief Laila, als sie sie erblickte. „Schön, dass du gekommen bist."

Was hast du vor, fragte sich Jane, als sie zu ihr ging. Die Prinzessin hatte dieses Gelage auf keinen Fall nur aus reiner Herzensgüte veranstaltet. Schließlich hätte sie dafür erst einmal ein Herz haben müssen.

Jane ließ sich auf ihre Liege sinken und streckte sich aus. „Ist mir ein ... Vergnügen." Ihr fiel sofort auf, dass etwas mit der Prinzessin nicht stimmte. Nein, an ihr hatte sich etwas verändert. Ja, das traf es eher. In ihr pulsierte Macht, stärker als zuvor. Hatte sie einen Zauber auf sich selbst gelegt? Konnten Hexen das?

Jane würde sie wohl kaum fragen können. Sie sollte schließlich selbst eine Hexe sein.

Laila deutete mit einer Hand auf den Teller voller Gebäck. „Greif zu."

Hmm, Zucker. Ihr Magen zog sich vor Hunger zusammen. Wie viele Stunden waren vergangen, seit sie diesen köstlichen Hähnchensalat gegessen hatte? Den Hähnchensalat, den sie im Haus der unschuldigen Frau zu sich genommen hatte, kurz bevor diese von Laila umgebracht worden war. Das verdarb ihr den Appetit wieder. „Ich habe keinen Hunger."

„Du musst zumindest etwas trinken." Laila klatschte in die Hände. „Einen Kelch Wein für meine Schwester."

Der Diener hinter den Stühlen sprang auf und drückte Jane einen juwelenbesetzten goldenen Kelch in die Hand. Statt ihn abzulehnen, hielt sie sich daran fest. Den Wein zu trinken kam allerdings nicht infrage. Sie brauchte einen klaren Kopf.

Wenn sich eine Gelegenheit ergab, würde sie heute ihre wohlverdiente Rache nehmen. Vergiften? Erdolchen? Egal welche Methode sie wählte, sie würde vorsichtig sein müssen. Gegen die magischen Fähigkeiten der Prinzessin kam sie nicht an. Besonders weil sie keine Ahnung hatte, wozu diese Frau in der Lage war.

„Und jetzt", schnurrte Laila, „genieß es."

Über eine Stunde lang sah Laila den Männern beim Tanzen zu, aß und trank. Jane sah *ihr* zu, wie man eine Ratte im Labor beobachtete. Bald schon kicherte die Prinzessin und bewarf die Männer mit Trauben. Als das Kichern verklungen war, wurde sie erregt. Schamlos schob sie ihre Hand unter ihr Kleid und fing an, sich zwischen den Beinen zu reiben.

„Berühr seine Brust", befahl die Prinzessin den Tänzern heiser. „Ja, genau so. Jetzt leck seine Nippel. Oh, guter Junge. Genau so." Mit der freien Hand spielte sie an einer ihrer Brüste.

Jane wurde rot. Sie hatte also mit ihrer Vermutung, was diese Nacht anging, richtiggelegen. All diese Sklaven waren nur zu Lailas persönlichem Vergnügen gedacht. Jede Minute konnte es so weit sein, und sie alle würden anfangen zu orgieren.

Wie eklig. Sie hatte aus dem Wort „Orgie" ein Verb gemacht.

Gerade wollte sie sich entschuldigen, als die Zeltklappe sich hob. Ein weiterer Mann, noch ein Sklave, betrat das Zelt, genauso nackt wie die anderen. Auch er war groß und eingeölt, aber er war schlank und schlaksig. Jane erkannte ihn nicht, und doch konnte sie den Blick nicht von ihm abwenden. Ihr Herzschlag beschleunigte sich, ihr Blut erhitzte sich. Ihre Haut begann, köstlich zu kribbeln.

Er hatte Haar, so blass wie frisch gefallener Schnee. Seine Augen waren schwarz wie die Nacht und dick mit Khol umrandet. Er war vielleicht eins achtzig groß, seine Schultern waren etwas zu schmal, sein Bauch so flach, dass er sich fast nach innen wölbte. Seine Haut war zu einem dunklen Kaffeeton gebräunt.

Er strahlte eine fast weibliche Sanftheit aus. Eine Sanftheit, die nicht zu dem harten Leuchten in seinen Augen passte, als wäre sie ein Wintermantel, der jemand anderem gehörte.

Genau wie Jane blieb auch er im Eingang kurz stehen, um sich umzusehen. Wut und Hass standen ihm ins Gesicht geschrieben, doch dann schlugen sie um in Lust. Wahre Lust, die alles andere überschattete. Er atmete tief ein und sah sich um, bis sein Blick sich fest auf sie richtete. Eine Sekunde später trat er vor. Dann fing er sich und blieb stehen.

Jane stockte der Atem in der Kehle. Gesicht und Körper waren ihr vielleicht unbekannt, aber sie kannte diese kräftigen, zielgerichteten Schritte. Nicolai. Er hatte das Aussehen eines anderen über sein eigenes gelegt, das wusste sie genau.

Er war hier. Er war lebendig, gesund und unverletzt, und bei dem Gedanken wurde ihr schwindelig vor Glück. Sie hätte sich ärgern sollen. Ihr Plan war ruiniert, und er hatte sich in Gefahr begeben. Und doch reagierte sie auf seine Nähe ... brauchte ihn. Seinen Körper, sein Blut.

Sie riss die Augen weit auf, als ihr klar wurde, was sie gerade gedacht hatte. Sie wollte wirklich ... sein Blut trinken?

Oh ja, dachte sie, und ihr Blick richtete sich auf seine Halsschlagader. Sie konnte sehen, wo sie flatterte, und wollte ihre Zähne darin versenken. Zähne. Was zum ... Sie fuhr mit der Zunge an ihren Zahnreihen entlang. Sie fühlten sich wie immer an, ihr waren nicht spontan Fangzähne gewachsen. Eine Welle der Enttäuschung schlug über ihr zusammen.

Sie hatte es sich nicht gestattet, darüber nachzudenken, weil sie sich genau dieser Enttäuschung nicht stellen wollte.

Vampire waren nicht dazu in der Lage, Menschen in Bluttrinker zu verwandeln. Sie wusste es, weil sie es getestet hatte. Vampirblut mit menschlichem Blut zu vermischen war eines ihrer Experimente gewesen. Nichts war geschehen, nichts hatte sich verändert.

Doch die Hoffnung verließ sie noch nicht ganz. Nicolai war ein bisschen mehr ... von allem als jeder andere Vampir, den sie je getroffen hatte. Wenn also irgendjemand sie verwandeln konnte, dann er. Und sie wollte sich verwandeln. Sie wollte so lange leben wie er.

„Oh, da ist er ja", sagte Laila. „Mein besonderer Sklave. Komm her, mein kleiner Schatz. Zeig dich meiner Schwester."

Zuerst gehorchte Nicolai nicht. Jane war froh darüber. Sie wollte nicht, dass er auch nur in die Nähe der Prinzessin und ihrer liederlichen Hände kam. Und wenn die Prinzessin es auch nur *wagte*, ihn anzufassen, konnte Jane für nichts mehr garantieren. Dann würde sie der Prinzessin diese schmierigen Hände abhacken.

Nicolai setzte sich in Bewegung und stand viel zu bald zwischen ihren Liegen. Ergeben neigte er den Kopf.

„So hübsch", gurrte Laila. „Ist er nicht hübsch, Odette?"

„Ja", presste sie heraus.

Laila setzte sich auf und streichelte ihm über die Brust.

Dafür musst du sterben, Schlampe. Jane ballte ihre Hände auf ihren Beinen zu Fäusten, bis die Nägel sich in die Handflächen gruben und sie zu bluten anfing.

„Ich habe ihn vor ein paar Tagen gefunden, als ich ganz Delfina auf den Kopf gestellt habe, um dich zu retten. Er wollte nicht mit mir reisen. Zuerst. Er hatte einen Liebhaber, weißt du, und wollte bei ihm bleiben. Aber ich habe deine Meinung schnell geändert, nicht, mein Goldstück?"

Er kniff die Augen zusammen, antwortete aber nicht. Wohl doch nicht so ergeben.

Streichel, streichel, die Schlampe streichelte ihn immer noch. Jane streckte die Hand aus, ehe sie sich zurückhalten konnte, legte ihre Finger um Lailas Handgelenk und drückte zu. „Ich will ihn."

Triumph trat in Lailas grüne Augen. „Du kannst ihn aber nicht haben. Er gehört mir."

„Laila ..."

„Nein. Erinnerst du dich, wie ich *deinen* Sklaven wollte und du nicht geteilt hast?"

Aha. Darum ging es also in dieser Nacht. Jane erst in Versuchung zu führen und ihr dann etwas zu verweigern. „Lass mich dir etwas erklären, Laila. Ich bin älter als du. Das bedeutet, ich bin die zukünftige Königin. *Deine* zukünftige Königin. Was ich will, bekomme ich auch. Selbst wenn es dir gehört." Sie kannte vielleicht nicht die Gesetze von Delfina, aber sie wusste, wie eine matriarchalische Kultur funktionierte, und kannte das soziale Gefüge.

Am Ende gewann immer die Stärkere. Im Augenblick war Jane die Stärkere.

„Du ... du ..."

„Ich kann tun, was ich will. So sieht es nun mal aus." Jane warf die Hand der Prinzessin zurück in ihren Schoß. „Wage es also nicht, ihn anzufassen. Ich habe mein Recht gefordert. Verstanden?"

Leuchtend rote Flecken erblühten auf Lailas Wangen. „Mutter wird dazu etwas zu sagen haben."

„Ja, und zwar: ,Gut gemacht!'" Jane stand auf und stellte sich neben Nicolai. Sie kämpfte gegen den Drang an, seine Hand zu nehmen, ihren Kopf an seinen Hals zu lehnen und einfach seinen Duft einzuatmen. „Außerdem ist sie nicht hier. Oder?"

„Nein." Die Farbe breitete sich bis zu Lailas Nacken aus.

„Und das bedeutet ..."

„Dein Wort ist Gesetz", presste Laila heraus. „Na gut. Ich werde ihn dir kampflos überlassen. *Wenn* er dir gehören will. Mein Schatz", sagte sie, stand auf und sah ihm tief in die Augen.

Zwischen ihnen prasselte Magie.

Jane wurde einen Augenblick nervös. Konnte Nicolai hypnotisiert werden, oder was versuchte Laila da gerade? „Das reicht", bellte sie.

Laila ignorierte sie. „Sag meiner Schwester, wie sehr du mich begehrst, mein Schatz. Sag ihr, nach wessen Körper du dich sehnst."

Er presste seine Lippen zu einem schmalen Strich zusammen.

„Sag es ihr! Sofort."

Harfe und Geige verklangen, wurden übertönt von Janes Herzklopfen. Dann schüttelte Nicolai seinen Kopf und sagte: „Ich begehre Prinzessin Odette", und sie nahm die Welt um sie herum wieder wahr.

Laila keuchte schockiert und knurrte dann wütend: „Nein. Nein, du lügst."

„Warum sollte er lügen?", wollte Jane wissen.

Lailas Blick aus zusammengekniffenen Augen richtete sich auf sie. „Was hast du mit ihm gemacht? Wie hast du mir seine Zuneigung geraubt? *Was hast du gemacht?*", kreischte sie.

„Sie hat nichts getan. Ich will sie einfach." In Nicolais Stimme lag genug Wahrheit, um seine Behauptung zu untermauern.

„Ich werde ..." Laila hob eine Hand, entweder um Nicolai zu schlagen oder um einen Zauber zu wirken.

Jane war egal, was sie genau vorhatte. Sie packte das Handgelenk der Schlampe ein zweites Mal. „Du verstehst wohl immer noch nicht, was ‚mein Besitz' bedeutet. Fass ihn an, und du wirst es bereuen."

Mehrere Sekunden verstrichen, ehe Laila ihre Gesichtszüge unter Kontrolle brachte und den Arm sinken ließ. Bebend vor Wut stand sie da, ihr Atem kam stoßweise. „Du hast dich verändert, Odette. Du hast mich noch nie so schlecht behandelt."

Jane zuckte mit den Schultern, als kümmerten sie die Worte nicht, aber innerlich zitterte sie. „Nahtoderlebnisse hinterlassen eben ihre Spuren. Gute Nacht, liebste Schwester." Endlich nahm sie Nicolais Hand und führte ihn eilig aus dem Zelt in ihr eigenes.

Rhoslyn hatte sie beim Wort genommen und war nicht wach geblieben, um sich um sie zu kümmern. Jane und Nicolai waren allein.

Sie wirbelte zu ihm herum. Er ließ die Maske fallen, und sie sah sein dunkles unordentliches Haar, seine silbernen Augen. Seine riesenhafte Größe, breite Schultern und felsenharte Kraft. Ihr Begehren wuchs und brandete durch ihren Körper.

„Wir haben viel zu besprechen", sagte er. Er legte eine Hand an ihre Wange, und sein Griff war stark und sicher. „Aber zuerst brauche ich dich. Ich habe dich mehr vermisst, als ich sagen kann." Und dann sagte er überhaupt nichts mehr. Er küsste sie hungrig, und sie erwiderte seinen Kuss.

17. Kapitel

Nicolai nahm Jane fest in seine Arme, nahm ihre Leidenschaft in sich auf und gab sie in gleicher Stärke zurück. Er wäre fast auf die Knie gesunken, als er sie entdeckt hatte, wie sie neben seiner Feindin gesessen hatte, in höchster Gefahr, aber am Leben. Erleichterung, ja, die hatte er empfunden. Und Wut. Laila war in seiner Reichweite gewesen, bereit, von ihm getötet zu werden.

In der Wut hatte allerdings auch Angst gelegen. Er hatte den Zauber gespürt, der die Schlampe vor körperlichen Angriffen bewahrte und der jede Gewalt, die jemand ihr antat, auf den Angreifer zurückfallen ließ.

Wenn er sich auf ihre Kehle gestürzt hätte ... oder Jane ...

Sie wären beide tot.

Aber es ist ja nicht passiert. Jane ist jetzt in Sicherheit.

Laila wusste, dass Nicolai auf der Jagd nach ihr war, sonst hätte sie diesen Zauber nicht gesprochen. Die wenigsten Hexen gingen dieses Risiko ein. Niemand konnte ihr schaden, das stimmte, aber es konnte ihr auch niemand helfen. Wenn sie sich aus Versehen selbst verletzte, würde der Zauber sich gegen sie wenden und sie selbst als Bedrohung ansehen. Sie würde nicht nur die eine Verletzung erleiden, sondern hundertfach von der Magie verletzt werden.

„Nicolai", krächzte Jane.

Er hatte gefürchtet, sie könnte ihn nicht erkennen, dass er Lailas Gabe zur Hypnose stehlen müsste, um sie zu zwingen, mit ihm zu kommen. Und er hatte nicht gewusst, ob er damit Erfolg haben würde, solange Laila durch ihren Zauber geschützt war. Er hätte mehr Vertrauen in seine Frau haben sollen. Jane war sich seiner so bewusst, wie er sich ihr bewusst war. Das Gesicht, das er trug, war dabei egal.

„Ja, mein Liebes?" Die Süße ihres Dufts erfüllte ihn. Ihr köstlicher Geschmack füllte seinen Mund. Sein Blut kochte förmlich, und jeder Muskel in seinem Körper spannte sich an, sehnte sich nach ihrer Berührung.

„Was hast du ... mit dem ... echten Sklaven ... gemacht?" Ihre Zunge leckte bei jeder Atempause über seine Haut.

„Ihn freigelassen." Auf mehr als eine Weise. Laila hatte den Verstand des armen Mannes verwirrt, bis er nicht mehr gewusst hatte, wo oben, wo unten, wo links oder rechts war, sie hatte sich selbst zum absoluten Zentrum seiner Welt gemacht und ihn gezwungen, sich an sie zu klammern.

Nicolai hätte den armen Mann einfach für die Nacht anketten und ihn verstecken können, aber er hatte sich selbst in dem Jungen gesehen. Deshalb hatte er seine Fähigkeiten benutzt, um den Zauber zu durchbrechen und den Mann daran zu erinnern, wer er war, wen er liebte und um Laila von der Rechnung zu streichen.

„Das ist gut." Jane hielt ihn so fest, dass er sich kaum bewegen konnte. Er fand, das war es wert. „Sollten wir nicht ... fliehen ... solange wir ... können?"

„Nein. Während die Prinzessin schläft, kann ich in ihre Träume eindringen und sie zwingen, sich selbst zu verletzen." Noch eine Fähigkeit, die er besaß. „Dann verschwinden wir. Kehren nach Elden zurück." Jeder Satz wurde von einem tiefen feuchten Kuss unterstrichen, der ihn tief berührte.

„Dann müssen wir uns bis dahin wohl irgendwie die Zeit vertreiben, was?" Jane wandte ihre volle Aufmerksamkeit seiner Zunge zu, saugte daran und umschlang sie mit der eigenen. Mit den Händen fuhr sie ihm durchs Haar, mit den Fingernägeln kratzte sie über seine Kopfhaut und hinterließ Spuren.

Er liebte es, dass sie seinen Durst nach Rache einfach so hinnahm. Er liebte es, dass sie sich an ihn klammerte, sich genauso verzweifelt nach Berührung sehnte wie er. Sie konnten sich gar nicht nahe genug sein. Er liebte es, dass sie klüger war als er und sich manchmal in den eigenen Gedanken verlor.

Er liebte einfach ... sie. Ja. Das tat er. Er liebte sie. Er hatte sich schon in sie verliebt, als sie zum ersten Mal in seiner Welt aufgetaucht war. Sie waren Fremde gewesen, aber sie hatten sich schon bald verbündet. Aus diesem Bund war Zuneigung geworden. Aus dieser Zuneigung Liebe. Aber das Begehren ... oh, das Begehren war immer da gewesen.

Er verspürte eine gewisse Abneigung. Nicht ihr gegenüber, sondern gegen den Vampir, der sie verflucht hatte. Nicolai durfte ihr nie sagen, was er empfand. Sonst erwiderte sie seine Empfindungen vielleicht und verschwand für immer.

„Ich habe dich vermisst. So sehr vermisst." Wenigstens das konnte er ihr gestehen, wenn er schon nicht weitergehen durfte. „Die Trennung war, als würde man mich erdolchen." Wieder und wieder, und die Wunde würde nie verheilen, nie, und der Schmerz niemals aufhören.

„Ich habe dich auch vermisst." Sie zog eine Spur aus Küssen an seinem Kiefer und seinem Hals entlang. „Wo warst du?"

„Elden."

„Zu Hause?"

„Ja."

„Ich auch."

„Was?" Er löste ihre erotische Umarmung und blickte zu ihr hinab. „Dein Zuhause?"

Sie weigerte sich, aufzuhören. Mit einem Satz war sie wieder in seinen Armen und saugte an seinem Hals. „Ja, zu Hause. In meiner Welt."

Nicolai legte die Finger an ihr Kinn, zwang sie, stillzuhalten und ihn anzusehen. Ihr Blick war von Leidenschaft verschleiert, ihre Lider halb gesenkt. Sein Herz zog sich bei diesem atemberaubenden Anblick zusammen. Er schüttelte den Kopf, um nicht den Faden zu verlieren. „Damit ich das richtig verstehe: Du hast meine Welt verlassen und bist in deine zurückgekehrt."

„Ja."

Er hätte sie beinahe wieder verloren. Und er hatte es nicht einmal gewusst! „Wie bist du zurückgekommen?", krächzte er.

Ein geheimnisvolles Lächeln umspielte ihre Mundwinkel, brannte sich in ihn hinein und verstärkte sein Begehren. „Anscheinend hast du mir, als du mir von deinem Blut zu trinken gegeben hast, auch deine Fähigkeit zur Teleportation gegeben."

Beim dunklen Abgrund. Diese Möglichkeit war ihm nie in den Sinn gekommen. Vielleicht weil er sein Blut bisher nur mit seinem Vater geteilt hatte, der bereits einige von Nicolais Fähigkeiten besaß.

„Und du bist zu mir zurückgekommen." Er hatte nie an so etwas wie Schicksal geglaubt, aber jetzt ... Wäre Jane nicht von den Ogern verletzt worden, hätte er ihr nicht von seinem Blut gegeben. Hätte er ihr nicht sein Blut gegeben, hätte er auch keinen Weg gefunden, sie für den Rest ihrer beider Leben an sich zu binden.

„Ich werde immer zu dir zurückkommen."

Eine schwere Last hob sich von seinen Schultern. Der Fluch hatte irgendwie seine Macht über sie verloren. Sonst wäre sie in ihrer Welt geblieben.

Er fuhr mit dem Daumen ihre Wangenknochen nach. „Ich habe es dir schon einmal gesagt, aber ich will, dass du trotzdem genau zuhörst. Es ist mir egal, ob tausend Verlobte auf mich warten. Du bist die, die zählt." Er würde nur eine Frau haben. Diese Frau. Für immer.

Er beugte sich schwungvoll vor und drang mit der Zunge tief in die süßen Abgründe ihres Mundes hinab. Sie hieß ihn mit einem Stöhnen willkommen.

Den größten Teil seines Lebens war er Frauen gegenüber kalt und distanziert gewesen. Oh, er hatte seine Mutter und seine Schwester wie die Kostbarkeiten behandelt, die sie waren, aber auf alle anderen hatte er keinen zweiten Gedanken verschwendet. Er war ein Prinz, und sie standen ihm zu. Das hatte er sich jedenfalls eingeredet.

Schicksal, dachte er wieder. Wäre er kein Sklave gewesen, verzweifelt auf der Suche nach einer Fluchtmöglichkeit, hätte er Jane vielleicht auf dieselbe Art behandelt. Und es wäre ein großer Verlust gewesen, wenn er sie und die vielen Facetten ihrer Persönlichkeit nie kennengelernt hätte. Selbstlos, mutig, stärker als jeder andere, den er kannte, fähig und ehrenhaft.

Ehrenhaft. Ja. Er musste sich bei ihr nie fragen, wo er stand. Sie würde es ihm immer sagen, egal ob er ein Prinz war oder ein Bettelknabe. Sie würde sich von ihm nie einschüchtern lassen und ihn immer herausfordern.

„Ich will dich nackt sehen." Er zog an den Schulterträgern ihres Kleides und schob den Stoff nach unten. Innerhalb von Sekunden lag das smaragdgrüne Kleid auf dem Boden. Er hob sie hoch und zog sie dichter an sich heran. Haut an Haut. Endlich.

Jedes Mal, wenn sie ausatmete, berührten sich ihre Oberkörper, und der Kontakt erregte ihn noch mehr. Ihre Haut fühlte sich warm und seidig an. Ihre Brustspitzen waren hart und rieben über sein feines Brusthaar. Sein Schaft presste sich gegen ihren Bauch, und an der Spitze glänzte es schon feucht. Er schob die Hüften vor und genoss dieses köstliche Gefühl.

Sie kam ihm entgegen, und die Reibung ließ Funken sprühen. „Ich bekomme nie genug von dir."

„Gut." Er fuhr mit den Händen ihre Wirbelsäule entlang und fühlte, wie sie eine Gänsehaut bekam. Dann legte er beide Hände an ihren Po. „Keine Unterwäsche?"

„Man hat mir keine gegeben."

„Das freut mich." Wenn es nach ihm ginge, würde sie nie wieder welche tragen.

„Ich ... ich will dich, Nicolai. Jetzt."

„Du hast mich. Nichts wird uns je wieder trennen, Jane. Verstehst du?"

Ihr stockte der Atem. Sie spielte mit seinen Haarspitzen. „Ich glaube schon, ja."

„Du sollst es wissen. Ich will dich nicht verlieren. Ich *darf* dich nicht verlieren. Ich will dich heiraten. Immer bei dir sein. Ich wähle dich, Jane. Vor meiner Krone, meinem Volk und meiner Rache."

Tränen stiegen ihr in die Augen wie bernsteinfarbene Seen. Nicolai wartete angespannt, war auf eine Weise unsicher, die er noch nie gekannt hatte.

„Genau wie ich dich wähle", sagte sie mit brechender Stimme.

Den Göttern sei Dank. Er wäre auch auf die Knie gefallen und hätte gebettelt, wenn es nötig gewesen wäre. „Ich will deine Familie sein."

„Das bist du."

Eine sanfte Berührung auf seiner Wange. Janes Miene war so zärtlich, dass *ihm* Tränen in die Augen stiegen.

„Jane. Ich liebe dich." Es gab keinen Grund mehr, das zu leugnen. „Ich will es dir zeigen. Lass mich es dir zeigen."

Erstaunt schnappte sie nach Luft. „Du ... du liebst mich? Ich meine, ich weiß, du hast vom Heiraten geredet, aber das ist das erste Mal, dass du von Liebe gesprochen hast, und ich ... ich ..."

„Ich liebe dich. Von ganzem Herzen."

„Oh Nicolai." Sie umarmte ihn noch fester und lachte und weinte gleichzeitig. „Ich liebe dich auch. So sehr."

Ihr Geständnis zu hören war, als träte er in einen warmen Sonnenstrahl, nachdem er eine Ewigkeit in der kalten Dunkelheit des Winters verbracht hatte. Als hätte er etwas erhalten, von dem er nicht gewusst hatte, dass er es brauchte, aber jetzt, da er es hatte, konnte er ohne nicht mehr leben.

Er zog sie mit sich herab auf den Boden. Ihre Brüste waren gerötet und rosig, und er konnte nicht widerstehen. Er umkreiste eine Spitze mit seiner Zunge und leckte daran, bis sie vor Verlangen stöhnte, dann wandte er sich der anderen zu. Seine Fangzähne sprangen hervor und schmerzten vor Verlangen. Jetzt war allerdings nicht die Zeit, sich an ihrem köstlichen Blut zu laben. Er hatte getrunken, ehe er zu ihr gekommen war, in der Hoffnung, den quälenden Hunger zu lindern.

Kein anderes Blut hatte je so eine Wirkung auf ihn gehabt wie Janes. So mächtig, so verschlingend. Und auch wenn er all seine Erinnerungen wiederhaben wollte, jetzt sofort, wollte er lieber nicht riskieren, noch einmal ohne Warnung zu verschwinden und seine Frau allein den Gefahren auszusetzen.

Gefahren, mit denen sie umgehen konnte, wie sie immer wieder aufs Neue bewiesen hatte.

Er hob den Kopf, um sie zu betrachten. Ihr honigfarbenes Haar fiel auf ihre Schultern hinab, ihr Blick leidenschaftlich, ja gierig. Sie biss sich auf die Unterlippe, als sie mit den Händen über seinen festen Bauch strich. Sie bot einen erhabenen Anblick, eine Göttin, hinabgestiegen aus den Himmeln.

Er erhob sich auf die Knie und spreizte ihre Beine. So nass, so rosig. Er wollte in sie eintauchen. Ihm stand schon Schweiß auf der Stirn, und jede Zelle in seinem Körper verlangte, dass er sie nahm, sie für sich beanspruchte. Seine Frau. Jetzt, für immer.

Noch nicht, noch nicht.

Er musste sie erst vorbereiten. Beim ersten Mal hatte er ihr wehgetan. Nicht dass sie etwas dagegen gehabt hatte. Sie war zu eng gewesen und er zu hastig. Dieses Mal nicht. Dieses Mal sollte sie jede Sekunde genießen.

Er fuhr mit den Fingern bis zu ihrer heißen Mitte, und sie zuckte zusammen, als hätte sie der Blitz getroffen.

„Ja!" Sie griff in den Teppich unter sich und hob die Hüften.

Durch die Bewegung glitten seine Finger wie von selbst in sie hinein. Sie schloss sich fest um ihn. Er hätte auf der Stelle kommen können. *Atme, verdammt.* Er liebte sie mit seinem Finger, vor und zurück, bis sie sich wie von Sinnen unter ihm wand und seinen Namen keuchte. Dann nahm er einen zweiten Finger dazu. Vor und zurück, vor und zurück.

Bald stöhnte sie alle paar Sekunden, ließ die Hüften kreisen, verlangte nach seinem Daumen auf ihrer Klitoris. Er gab ihn ihr. Einen Augenblick lang. Sie schrie vor Erleichterung auf – und stöhnte vor Verzweiflung, als er den Druck wieder löste.

Ein dritter Finger schloss sich den ersten beiden an, vor und zurück, vor und zurück. Er weitete sie und verteilte ihren süßen, süßen Nektar. Als ihre Muskeln sich anspannten und sie kurz vor dem Höhepunkt stand, zog er die Hand zurück.

„Bitte!", rief sie aus.

So ein verlockendes Flehen. Mit der Hand, die feucht von ihr war, machte er sich für sie geschmeidiger. Er schloss vor Wonne die Augen, genoss die Stimulierung ebenso, wie Jane es getan hatte. Brauchte sie. Er rieb hinauf … hinab …

„Oh nein, wage es nicht." Sie schlang die Beine um ihn, kreuzte die Knöchel über seinem Hintern und zog ihn zu sich herab. Er konnte sein Gleichgewicht nicht mehr halten und fiel auf sie. Sie keuchte, als sie sein Gewicht spürte. „Bitte, Nicolai. Tu es."

„Ja", krächzte er. Er konnte selbst keine Sekunde mehr warten.

Mit einem selbstsicheren Stoß drang er tief in sie ein. Sie schrien beide auf. Dann kam sie, klammerte sich an ihn, trieb ihn in ungeahnte Höhen … immer höher. Mehr, er musste mehr haben. Wollte sie beißen, durfte sie nicht beißen.

Stattdessen vergrub er seine Fangzähne in seinem Handgelenk. Blut troff auf seine Zunge, Blut, das noch nach Jane schmeckte. Er wollte saugen, aber er zwang sich, loszulassen und die Wunde an Janes Lippen zu halten.

„Trink", befahl er ihr. Sie würden das jeden Tag tun. Würden niemals riskieren, dass sie die Fähigkeit verlor, zwischen den Welten zu wandeln.

Sie schloss gehorsam die Augen und begann zu saugen. Es sah aus, als würde sie es … genießen? Bei allen Göttern, das tat sie. Allein der

Gedanke steigerte seine Lust noch weiter. Jeden Augenblick würde er kommen. Er wollte aber mit ihr gemeinsam den Höhepunkt erleben.

„Noch mehr, Jane", sagte er, während seine Stöße härter wurden, so hart, dass sie aufkeuchte, aber sie hörte nicht auf zu trinken, und schon bald hoben sich ihre Hüften wieder seinen entgegen. Sie trank gierig und stöhnte bei jedem Schluck.

Meine Frau. Mein.

Vielleicht hatte er die Worte geschrien. „Ja", antwortete Jane, und sie umschloss ihn enger und enger, als ein zweiter Orgasmus sie überkam. „Dein."

Dieses Mal gab es kein Zurückhalten. Er ergoss sich in ihr, gab ihr noch den letzten Tropfen.

Sie hielten einander danach mehrere Minuten, Stunden, Jahre fest, zitterten und bebten, bis sie schließlich auf dem Boden zusammensanken. Er rang nach Atem, konnte keinen klaren Gedanken fassen, aber er wusste noch, dass er ihr nicht wehtun wollte, und drehte sich auf die Seite.

„Zuerst dachte ich, ich würde mich in einen Vampir verwandeln, dann habe ich mich selbst davon überzeugt, dass das nicht geht", murmelte sie schläfrig. „Aber ich glaube, ich bin doch einer. Dein Blut – es schmeckt so verdammt gut. Ich habe mich danach gesehnt wie nach einer Droge. Und jetzt, wo ich mehr davon hatte ..." Sie erschauerte. „Ich fühle mich so *gut.*"

Er runzelte die Stirn. Dass so etwas möglich war, hatte er nicht gewusst. Im Gegensatz zu den Nachtwandlern war er ein lebendiges Wesen, geboren, nicht geschaffen. Andere zu erschaffen war einfach – bisher – nicht möglich gewesen.

Außerdem, selbst wenn er sein Blut mit anderen hätte teilen wollen, wonach er bisher noch nie den Wunsch verspürt hatte – keine seiner menschlichen Geliebten hätte von ihm trinken wollen. Sie hätten schon die Vorstellung geradezu widerlich gefunden. Das Gleiche galt für die Hexen und die Gestaltwandler, auch wenn diese eher eine Verunreinigung ihrer Art befürchteten.

„Verlangt es dich nach allem Blut oder nur nach meinem?", fragte er.

„Nur deines. Aber der Gedanke, von anderen zu trinken, ist nicht so abstoßend, wie er sein sollte."

„Gibt es noch andere Symptome?" Ihm gefiel der Gedanke, so etwas mit ihr zu teilen, aber die Schwierigkeiten, die es mit sich bringen würde, erschreckten ihn bis auf den Grund seiner Seele.

„Meine Haut ist etwas empfindlicher als früher. Empfindlicher als deine, glaube ich. Aber wenn ich zu einem Vampir werde, würde diese gesteigerte Empfindlichkeit einen Sinn ergeben, weil ich noch keine Zeit hatte, mich anzupassen."

Wie viele andere Menschen würden ihm erzählen, dass die Verwandlung zum Vampir „einen Sinn ergab"? Fast musste er lächeln. Fast.

Er musste ihr beibringen, wie man trank, nur für den Fall, dass sie für eine längere Zeit getrennt wurden. Er erstarrte bei dem Gedanken daran, dass ihr Mund den Körper eines anderen berührte. *Es muss sein.* Eine Ader zu durchbeißen war kein Talent, das man einfach entwickelte, man musste es lernen.

„Wie fühlst du dich bei dem Gedanken, dich zu verwandeln?", fragte er.

„Ich bin etwas ängstlich. Aber auch aufgeregt."

„Sag mir, wenn du noch weitere Anzeichen bemerkst."

„Das werde ich."

Er küsste sie auf die Schläfe. „Jetzt ruh dich aus, mein Liebes. Ich wecke dich in ein paar Stunden."

„Und dann bringen wir Laila um?"

Hatte er es nicht gewusst? Jane kannte ihn besser als jeder andere, dem er je begegnet war. „Ja. Dann bringen wir Laila um." Er fragte sich, ob er Jane in einen Traum ziehen konnte, um sie zu beschützen, damit Laila sie nicht angreifen konnte, während sie schutzlos dalag.

„Gut." Ihr warmer Atem streichelte seine Haut, als sie sich enger an ihn schmiegte. „Ich liebe dich."

„Ich liebe dich auch."

Sie schlief ein, und er begann, ihre gemeinsame Zukunft zu planen. Dabei ignorierte er die intensive dunkle Vorahnung, die plötzlich in ihm aufstieg.

18. Kapitel

Sie zogen sich rasch und leise an, und Jane packte eine kleine Tasche mit dem Notwendigsten zusammen. Zum Beispiel das Buch – Nicolai war hocherfreut gewesen, es zu sehen –, einige Kleider, Proviant und einen Schlauch Wasser. Laila hatte keine Waffen für Odette mitgebracht, was Jane enttäuschte, aber nicht überraschte.

„Wie willst du in ihre Träume eindringen?", fragte sie Nicolai.

„Ich werde dir alles darüber erzählen." Er stellte sich vor sie und griff ihre Schultern. Er trug wieder die Maske des Sklaven. „Wenn ich fertig bin."

Sie wusste, was das bedeutete – er begab sich in Gefahr –, und sie war, verdammt noch mal, nicht einverstanden. „Ich komme mit dir."

Er seufzte, als hätte er mit dieser Antwort schon gerechnet und sich damit abgefunden. „Ich möchte dich auch in den Traum mitnehmen, und ich werde es versuchen. Aber weil ich so etwas noch nie gemacht habe, weiß ich nicht, ob es funktioniert. Bis dahin will ich, dass du hierbleibst."

„Warum?"

Er fuhr mit der Zunge über einen Schneidezahn. „Wenn ich sie nicht zwingen kann, sich selbst zu verletzen, muss ich all ihre Macht in mich aufnehmen. Alle Macht und alle Zauber, die sie auf sich selbst gelegt hat."

Jane riss die Augen auf. „So was kannst du?"

Er nickte steif. „Wahrscheinlich werde ich diesen Weg gehen müssen. Ich habe schon versucht, in ihre Träume einzudringen, während du geschlafen hast, und bin auf unerwarteten Widerstand gestoßen. Wenn ich diesen Widerstand auch aus nächster Nähe nicht überwinden kann, muss ich etwas tun, um ihre Mauern zu durchbrechen und ihre Magie zu stehlen. Etwas ... ohne Gewalt."

Sie verstand, was er meinte, und wollte sich übergeben. Oder vielleicht jemanden schlagen. „Zum Beispiel ... sie küssen?" Oder mehr.

Noch ein Nicken, kaum merklich dieses Mal.

„Du kannst sie nicht einfach abstechen?", fragte sie hoffnungsvoll.

„Nicht ohne selbst zu sterben. Sie hat einen Zauber auf sich gelegt, der jede Verletzung, die ich ihr zuzufügen versuche, auf mich selbst zurückfallen lässt."

„Okay, dann kommt das nicht infrage." Jane kaute auf ihrer Unterlippe, spürte die Schnitte dort und merkte, dass sie in letzter Zeit sehr oft nervös daran gekaut hatte. „Das erklärt wahrscheinlich die Ausstrahlung von Macht, die ich bei ihr wahrgenommen habe."

„Das hast du gespürt?"

„Jepp." Sie drückte ihre Schultern durch. „Und okay. Gut. Wenn du sie küssen musst, musst du sie eben küssen. Und glaub mir, ich beneide dich nicht darum. Das geht ein bisschen zu weit für das Wohl der Allgemeinheit. Ich meine, ich würde mich lieber selbst erdolchen, als sie zu küssen."

Fast musste er lachen. „Das ist nicht lustig, Jane."

„Ich weiß." Aber ihr war es lieber, dass er lachte, statt sich um ihre Reaktion zu sorgen. „Wenn du überlebst, bin ich mit dem Plan einverstanden. Bitte sag mir, dass du sie verletzen kannst, sobald du ihre Macht aufgenommen hast."

„Ja." Er strahlte reine Entschlossenheit aus. „Das kann ich."

„Dann hast du wenigstens was davon, dem Teufel deine Zunge in den Hals zu stecken." Sie boxte ihn spielerisch in die Seite. „Viel Glück, Tiger."

Dieses Mal lachte er wirklich. „Danke. Bleibst du jetzt bitte hier?"

„Nein, tut mir leid. Ich kann vielleicht selbst keine Magie wirken, aber Laila glaubt immer noch, ich wäre Odette. Du könntest mich brauchen. Deswegen werde ich nicht von deiner Seite weichen."

Ein Augenblick verging, ohne dass er etwas sagte, dann ein weiterer. Schließlich kniff er sich in die Nasenwurzel. „Also gut. Du kannst mit mir kommen. Falls etwas schiefgeht, machst du dich, so schnell es geht, auf den Weg nach Elden und suchst nach Prinz Dayn. Vertrau niemandem sonst. Sag ihm, du gehörst zu mir. Sag ihm, du bist meine Angetraute."

Wie traurig er auf einmal klang. Beim Gedanken daran, sie zu verlieren? „Wird er mir glauben?" Nicht dass sie vorhätte, wirklich zu gehen. Das bestimmt nicht, aus keinem Grund. Sie *würden* zusammen sein.

„Ich habe dich gezeichnet, also ja. Ja, das wird er. Er ist ein Bluttrinker, so wie ich."

Als er sich abwenden wollte, griff sie nach seinem Arm. Eine winzige Geste, aber sie zeigte Wirkung. „Du hast deinen Bruder gefunden?"

„Noch nicht. Aber ich habe das Gefühl, dir kann gelingen, worin ich versagt habe."

Wieder drehte er sich um. Wieder hielt sie ihn fest. „Dann bist du wirklich ein Prinz?"

„Ja", antwortete er wieder. „Der Kronprinz, dessen Schicksal es ist, ganz Elden zu regieren."

Dieses Mal blieb er stehen und wartete auf eine Antwort. Sie ließ ihn los und zuckte mit den Schultern. „Das erklärt *einiges.*"

Er blinzelte zu ihr hinab. „Mehr hast du dazu nicht zu sagen?"

„Nein." Er war königlich. Na und? Jeder hatte Fehler.

Sie beugte sich vor, griff nach dem Riemen ihres Beutels und hob sich das schwere Ding auf die Schulter. Der Riemen schnitt in ihr Fleisch, aber sie gestattete es sich nicht, zusammenzuzucken. Nicolai würde ihr die Last dann abnehmen, und er musste beide Hände frei haben.

„Erwarte aber nicht von mir, dass ich brav danebenstehe und tue, was du sagst. Das läuft nicht. Also, gehen wir oder was?"

Seine Augen lagen hinter seinen Wimpern verborgen, als er sich vorbeugte, sie in seine Arme schloss und sie sanft und liebevoll küsste, ganz wie ein zärtlicher Liebhaber, der seine Dankbarkeit ausdrückte. Wofür, fragte sie sich, vergaß die Frage aber gleich wieder. Ihre Lippen kribbelten. Ihre Zungen berührten sich kurz, und sie konnte ihn schmecken. Wollte mehr. Immer, immer wollte sie mehr.

Er richtete sich auf und seufzte. „Ich will nicht, dass ihre Magie dich trifft, Jane. Wenn ich versage und sie sich gegen dich wendet ..."

„Stock und Stein brechen mir das Bein, aber ich bin wahrscheinlich ein Vampir, also ist es mir egal. Ich heile gleich wieder."

Er runzelte verwirrt und wütend die Stirn. „Niemand wird dir ein Bein brechen."

Sie tätschelte ihm die Wange. „Ich habe dir bereits gesagt, dass ich mit dir komme, und das ist mein letztes Wort. Hör auf, mir das ausreden zu wollen."

Vielleicht konnte er ihre Entschlossenheit spüren. Vielleicht hasste er den Gedanken, von ihr getrennt zu sein, genauso sehr wie sie selbst. Wie dem auch war, er ließ sie los und nickte. „Stures Stück."

„Ich nehme an, damit meinst du eigentlich ‚anbetungswürdige Frau'."

„Stimmt." Er nahm ihre Hand und führte sie hinaus in die Nacht. Der Mond war hinter schweren dunklen Wolken verborgen, die Luft kühl und feucht. Ein Sturm schien aufzukommen.

Einige Schritte entfernt prasselte ein Lagerfeuer und beleuchtete sie mit goldener Wärme, aber es waren keine Wachen in der Nähe. Tatsächlich gab es nirgends ein Anzeichen von Leben. Nicht einmal vor Lailas Zelt. Jane wusste, dass die Männer in der Umgebung patrouillierten. Sie konnte ihre Herzen schlagen hören. *Klopf-klopf. Klopf-klopf.*

„Irgendetwas stimmt nicht", sagte Jane.

„Ich weiß", antwortete er mit tonloser Stimme.

„Vor ihrem Zelt sollten Wachen stehen. Warum hat sie die fortgeschickt?"

„Sie muss mich erwarten."

Konnte denn nie etwas glattlaufen? „Wir sollten verschwinden. In ein paar Tagen wiederkommen. Wenn sie weiß, wer du bist, greift sie dich direkt an."

„Oh ja, das wird sie." Seine Stimme war immer noch tonlos, aber die Entschlossenheit verlieh ihr einen gefährlichen Klang. „Vielleicht trauen wir ihr aber auch zu viel zu. Möglicherweise weiß sie es nicht, sondern vermutet es nur. Wie auch immer, heute Nacht wird sie sterben."

Er sprach wie jemand, dem nicht mehr viel Zeit blieb. Jane erinnerte sich an seinen Drang, nach Elden zurückzukehren. Ein körperliches Bedürfnis, das ihn langsam umbrachte, hatte er gesagt. Vielleicht war das gerade der Fall.

Als er also auf das Zelt zuging und ohne zu zögern eintrat, versuchte Jane nicht, ihn aufzuhalten. Die Laternen brannten noch, und ihre Augen passten sich sofort an. Im Gegensatz zu vorher tanzten keine Sklaven mehr in der Mitte.

Sie stellte bestürzt fest, dass Laila nicht in ihrem Bett schlief. Stattdessen lag sie auf ihrer Liege und nippte an einem Kelch. Sie wartete.

„Endlich", sagte sie gelassen. Sie streichelte den Zeitmesser, der um ihren Hals hing. Einen Zeitmesser, den sie eben noch nicht getragen hatte. „Und jetzt habe ich meine Antworten."

„Worauf?" Nicolai schob Jane hinter sich.

Sie legte ihre Hände auf seinen Rücken und spürte, wie die Muskeln sich dort anspannten.

Wut verzerrte Lailas Miene für den Bruchteil einer Sekunde, ehe sie ihre Züge wieder glättete. „Du bleibst, wo du bist, Sklave. Und glaube mir, du wirst nicht in der Lage sein, dich nur kraft eines Gedankens von einem Ort zum anderen zu bewegen, versuch es also gar nicht erst."

Hatte sie ihre Magie benutzt, um ihn an diesen Ort zu fesseln? Jane stellte sich neben ihn – und stellte fest, dass Laila genau das getan hatte. Sie merkte es daran, dass ihre Füße so schwer wie Mühlsteine wurden. Laila hatte sich nicht bewegt, sie hatte nicht einmal geblinzelt, und doch war es ihr irgendwie gelungen, Magie zu benutzen.

Angst machte sich in ihr breit wie kleine Pfeile, die ihr Gift schnell verteilten. „Mutter wird sehr enttäuscht von dir sein", sagte sie.

„Wird sie?" Laila lächelte und wendete ihre Aufmerksamkeit Jane zu. „Oder wird sie stolz auf mich sein, weil ich eine Hochstaplerin vernichtet habe?"

Atmen, einfach atmen.

„Vorhin, als ich die Menschenfrau habe umbringen lassen, konnte ich deine Verstörung und deinen Ekel spüren. Ich habe mich gefragt, warum. Das hat meine Schwester beides nie empfunden. Dann habe ich gespürt, wie jemand durch meine Gaben wühlt. Ich habe mich gefragt, wer, aber keinen Zauber gesprochen, um diese Person aufzuhalten oder zu verletzen, weil ich herausfinden wollte, was sie will. Stell dir vor, wie überrascht ich war, als sie – er – sich für meinen magischen Spiegel entschieden hat."

Sie würde nicht nachfragen. Konnte nicht. Noch nicht.

„Und stellt euch vor, wie überrascht ich war, als mein mehr als treuer Sklave aufgehört hat, mich zu begehren. Auf die gleiche Weise, wie ein anderer Sklave aufgehört hat, mich zu begehren."

„Nicolai hat dich nie begehrt", spie Jane aus.

Laila zuckte ungerührt mit den Schultern. „Er hat auch dich nie begehrt. Im Grunde war er, glaube ich, erleichtert, als ich angefangen habe, mich um ihn zu kümmern. Dann tauchst du plötzlich von den Toten auf, und er kann die Augen nicht mehr von dir lassen. Er sehnt sich nach dir, entführt dich sogar. Nicht um dich als Schild zu benutzen, sondern weil er es nicht ertragen kann, von dir getrennt zu sein. Irgendetwas stimmte da nicht, das wusste ich genau. Jetzt weiß ich auch, was nicht stimmt."

„Und was genau weißt du?", fragte Nicolai so gelassen, als würden sie sonntags beim Brunch sitzen und sich über das Wetter unterhalten.

Jane sah zu ihm auf. Er hatte die Maske fallen lassen. Dort waren sein dunkles Haar, seine silbernen Augen. Seine breiten Schultern, seine Muskeln, die den Stoff seiner dunkelblauen Robe spannten. Ein schöner Mann, den sie mit ihrem Leben beschützen würde.

„Die Frau neben dir ist nicht meine Schwester", sagte Laila. „Ihr Name ist Jane, richtig?"

Atme. „Ich bin Odette. Du kannst mir nicht das Gegenteil beweisen."

„Wirklich? Nun, vielleicht hast du recht." Wut schwang im Tonfall der Prinzessin mit, und ihre Worte waren so scharf wie Klingen. „Früher konnte ich durch die Augen von anderen sehen. Diese Fähigkeit hat man mir geraubt. Ist aber auch nicht wichtig. Ich weiß noch, dass Nicolai in seiner Zelle mit jemandem gesprochen hat. Einer Frau. Jane. Niemand sonst konnte sie sehen. Wir dachten, er ist verrückt geworden." Sie lachte selbstgefällig, und selbst ihre Belustigung war verletzend. „Aber dein Name ist Jane, darauf möchte ich wetten, und du bist ein Mensch."

Jane konnte spüren, wie die Wut in Nicolai pulsierte. „Vielleicht bist du die Wahnsinnige."

Laila richtete sich aus ihrem Sessel auf. Sie heftete ihren Blick auf Nicolai. „Oh nein, das wirst du lassen, Sklave. Wie du gemerkt haben dürftest, habe ich einen Zauber gesprochen, der dich daran hindert, weitere Gaben von mir zu stehlen. Während ihr zwei euch … vergnügt habt, habe ich meine Magie gestärkt." Hatte er es versucht?

„Bis auf die Tatsache", sagte Nicolai mit einem Lächeln, das ganz sein eigenes war, weiß und tödlich, „dass ich alle Gaben, die du benutzt, auch gegen dich anwenden kann. Das kannst du nicht verhindern."

„Nein, du kannst nicht ...", kreischte Laila. Sie hatte versucht, auf sie zuzutreten, aber ihr Fuß blieb mitten in der Luft hängen.

„Doch, das kann ich. Dich auf der Stelle festzuhalten fügt dir körperlich keinen Schaden zu, im Grunde rettet es dich sogar vor meinen Klauen. Du solltest dich also freuen. Dein Schutzzauber wirkt."

„Lass mich frei, oder ich rufe die Wachen."

Er hob spöttisch eine Augenbraue. „Und du meinst, sie werden dir glauben, was Odette betrifft? Werden sie nicht, das wissen wir beide. Deine einzige Chance ist, sie freizulassen. Tu es, und wir werden reden. Du und ich. Allein."

„Klar. Denkst du, ich bin so dumm?"

„Na ja ...", sagte Jane.

Laila warf ihr einen wütenden Blick zu, fuhr aber fort: „Schwöre, dass du nicht versuchen wirst, mich zu töten, und keine Gaben stiehlst, die ich benutze, und ich werde darüber nachdenken."

Nicolai öffnete den Mund, wahrscheinlich um zuzustimmen, aber Jane ließ ihn nicht zu Wort kommen. „Ich gehe nirgendwohin. Egal, was ihr beiden ausmacht." Und sobald sie konnte, würde sie einen Schnellkurs in Magie belegen. Sie wollte die Regeln kennen. Was eine Hexe konnte und was sie nicht konnte. Sie wollte wissen, wie man sie aufhielt. Wie man sie vernichtete.

„Wie wäre es damit, Nicolai", sagte Laila und lächelte wieder. „Wir finden heraus, welchen Schaden ich deiner Jane zufügen kann, ohne auch nur einen Schritt zu gehen."

Einen Augenblick später hatte Jane das Gefühl, ihr Kopf explodierte. Sie schrie auf, legte ihre Hände an die Ohren und spürte, wie warmes Blut auf ihre Handflächen tropfte. Ihre ganze Welt bestand nur noch aus dem pochenden Schmerz, und sie nahm um sich herum nichts mehr wahr.

Ihre Knie gaben unter ihr nach, aber ihre Füße waren immer noch an den Boden gebunden. Sie konnte sich also nur krümmen, schreien und um ihren Tod beten. Eine Ewigkeit schien zu verstreichen. Doch dann verging der Schmerz genauso schnell, wie er gekommen war.

Langsam wurde sie sich ihrer Umgebung wieder bewusst, und ihr wurde klar, dass es jetzt Laila war, die schrie.

Nicolai, dachte Jane benommen. Nicolai musste sich ihre Fähigkeit angeeignet haben, anderen den Verstand zu zerquetschen – oder was auch immer sie da getan hatte –, und benutzte sie jetzt gegen die Prinzessin. Aber auch er stöhnte, als würde der Schmerz in ihm explodieren.

Lailas Schreie verstummten plötzlich. Nicolai war eine Sekunde später ebenfalls ruhig.

Es waren nur noch keuchende schwere Atemzüge zu hören. Jane versuchte sich aufzurichten, aber ihr fehlte die Kraft. Sie sah, dass ihre Tasche hingefallen war und ein wenig entfernt von ihr lag. Sie war so schweißgebadet, dass ihr Kleid hundert Pfund schwer zu sein schien.

Es gelang ihr, den Kopf zu wenden und zu Nicolai hinaufzusehen. Er sah nicht sie an, sondern Laila, mit zusammengekniffenen Augen. Er strahlte puren Hass aus.

„Du hast gesehen, was ich gesehen habe", presste Laila hervor. „Dein kostbarer Mensch hat deine Art erforscht. Sie aufgeschnitten, sie gequält. Sag mir, waren sie deine Freunde?"

Oh nein, dachte Jane. *Nein, nein, nein.* Irgendwie hatte er zwar gewusst, dass sie Forschungen und Experimente an seiner Art durchgeführt hatte, aber er hatte nichts von ihren Opfern gewusst. *Hatte sie einen seiner Freunde gefangen?*

„Willst du sie immer noch beschützen?", wollte Laila wissen. „Willst du immer noch ihr Geliebter sein?"

Stille.

Eine so bedrückende Stille.

Bitte sag mir, dass du keinen von ihnen kanntest. Wenn doch, würde er sie hassen.

„Was willst du, Prinzessin?", fragte Nicolai, seine Stimme ohne jede Emotion.

In Janes Kehle entstand ein Kloß, der ihr fast die Luft abschnitt. Er tat es. Er hasste sie. Sie musste sich entschuldigen, sich erklären, aber hier und jetzt war das nicht möglich.

Er kann dich nicht hassen. Er liebt dich. Er wird dir vergeben. Irgendwann. Sie hoffte es.

Laila hob ihr Kinn, und ihre Augen leuchteten siegessicher. Diese grausamen grünen Augen. „Ich will, dass du dich an mich bindest. Für immer."

Er schnaubte. „Nein. Was hätte ich davon?"

„Ich würde dir gestatten, das Mädchen umzubringen." Sie winkte in Janes Richtung.

Säure brannte ein Loch in Janes Bauch.

„Ich werde sie umbringen", sagte er gefühllos, „aber ich muss mich nicht versklaven, um das zu tun."

Oh Gott, Jane war zu einem seiner Feinde geworden, sie war ihm verhasst, er musste sie um jeden Preis vernichten. „Nicolai. Bitte. Es tut mir so, so leid."

Er ließ sich nicht dazu herab, sie anzusehen. Er hob nur seine Hand, um sie zum Schweigen zu bringen. „*Ich* habe deine Erinnerungen genommen. Ich. Ich wollte, dass du mich rettest. Du siehst also, ich war nie wirklich an dir interessiert. Nur daran, was du für mich tun konntest. Spar dir deine Entschuldigungen."

Er hatte … was? Warum sollte er …

Plötzlich brach alles wieder auf sie ein, als wäre in ihrem Kopf ein Glaskäfig zerplatzt. Sie hatten sich unterhalten, sie hatten Wissen ausgetauscht. Herausgefunden, dass sie verflucht war. Er hatte gewusst, dass es ihn in Gefahr bringen würde, wenn sie die Grenze übertrat, um ihn zu retten. Aus genau dem Grund hatte sie sich geweigert. Er hatte ihr die Erinnerung genommen und sie gezwungen.

Damals hatte sie gedacht, sie würde ihn dafür verachten. Stattdessen war sie froh, dass er es getan hatte. Froh, ihm geholfen zu haben, ihn befreit zu haben, ihn geliebt zu haben. Sie verstand sogar, was ihn dazu gebracht hatte. Als sie ans Krankenbett gefesselt gewesen war, hatte sie versucht, mit Gott einen Handel um ihre Freiheit zu schließen. In diesem Gemütszustand tat man Dinge. Dinge, auf die man nicht immer stolz war.

Warum war sie dann aber nicht für immer nach Hause zurückgekehrt, wie der Fluch es verlangte? Sie liebte ihn. Sie hätte ihn bereits verlieren sollen.

Oder war es sein Hass, der sie für immer trennen würde, nicht ihre Abwesenheit? Ihr Magen überschlug sich.

„Dann bringe *ich* sie eben um", sagte Laila.

„Mit Magie?" Nicolai lachte. „Bitte tu das. Dann habe ich die Macht, *dich* umzubringen."

„Nicht wenn ich erst dich umbringe und dann das Mädchen."

„Du willst mich nicht tot, Prinzessin. Du willst mich fügsam." Er legte den Kopf schief. „Warum hast du *meine* Erinnerungen vergraben? Nicht die über das Mädchen, sondern alle. Ich weiß, warum du meine Gaben blockiert hast, aber die Erinnerungen …"

Ein selbstzufriedenes Glitzern trat in ihre Augen. „Du willst es wissen? Na gut, dann sage ich es dir. Ich bin nicht das Monster, für das du mich hältst."

Er verschränkte die Arme vor der Brust.

„Du bist auf dem Sklavenmarkt in Delfina aufgetaucht, und alle nahmen an, du wärst der Doppelgänger von Prinz Nicolai. Alle wollten dich kaufen. Ich, Odette. Die Reichen, die Armen. Nur Odette und ich wussten, dass du wirklich Prinz Nicolai von Elden bist, Kronprinz, Vampir und mächtiger, als man es sich vorstellen kann." Wieder streichelte sie den Zeitmesser. „Du hast wild gekämpft und mehrere Personen umgebracht, die sich dir einfach nur genähert hatten, um dich genauer zu betrachten. Dann bist du geflohen."

Er riss seine Augen ein wenig auf, ungewollt, da war Jane sich sicher. Sie nahm an, er hatte sich an diesen Teil seines Lebens noch nicht wieder erinnert. Sie wollte die Hand nach ihm ausstrecken, fürchtete aber, von ihm zurückgewiesen zu werden.

„Odette hat dich freigelassen, nachdem sie deine Macht blockiert hatte. Sie wollte, dass du vom Markt fortkommst, fort von den neugierigen Augen anderer. Gerade war die Nachricht aus Elden eingetroffen, dass man den König und die Königin hingerichtet hatte."

Ein scharfes Einatmen war Nicolais einzige Antwort. Wie tat Jane das Herz um ihn weh.

„Wie du dir denken kannst, hätte Odette dich nicht freigelassen ohne eine Möglichkeit, dich hinterher wieder einzufangen. Doch du bist uns immer wieder entwischt. Sie hatte fast ein Dutzend Male Erfolg – immer wieder hast du versucht, nach Elden zurückzukehren –, doch dir sind jedes Mal neue Methoden eingefallen, ihr zu entwischen. Schließlich ist sie, als sie dich endlich gefangen hatte, tief in deinen Verstand eingedrungen. Du hast die Ereignisse damals vielleicht nicht selbst gesehen, aber du wusstest davon. Du hattest die Nachricht gehört, wie wir alle, und die Magie hat dir den Rest eingeflüstert."

„Erzähl es mir", krächzte er.

„Um das Land in seine Gewalt zu bringen, hat der Blutmagier angegriffen. Als deine Mutter und dein Vater im Sterben lagen, haben beide einen Zauber gesprochen. Deine Mutter, um dich in die Sicherheit zu schicken. Dein Vater, um dich mit dem Durst nach Rache zu erfüllen."

Jane konnte spüren, wie Nicolais Wut anstieg ... schärfer wurde ...

„Odette konnte nicht zulassen, dass du immer wieder versucht hast, zurückzukehren", fuhr Laila fort. „Und sie konnte dir auch nicht erlauben, nach deinen Geschwistern zu suchen. Wenn sie gewusst hätten, dass du noch am Leben bist, wären sie gekommen, um dich zu finden. Sie mussten also denken, dass du gestorben bist, zusammen mit deinen Eltern ermordet. So ist nie jemand gekommen, um dich zu retten."

Seine Hände ballten sich zu Fäusten.

„Und jetzt", fügte Laila hinzu, „jetzt ist es zu spät."

„Was soll das heißen?", presste er hervor.

„Zwanzig Jahre sind vergangen, seit der Blutmagier den Palast angegriffen hat."

„Nein." Er schüttelte den Kopf. „Nein."

„Oh doch." Ein flüchtiges Lächeln. „Du warst dir des Verstreichens der Zeit genauso wenig bewusst, wie du es deiner Vergangenheit warst. Dafür hat Odette gesorgt." Laila hob ihr Kinn. „Also. Was hältst du von diesem Handel? Ich helfe dir, den Blutmagier zu besiegen, *wenn* du das Menschenweib umbringst. Hier und jetzt."

„Und ich soll die Verbrechen, die du an mir begangen hast, einfach vergessen?", wütete er.

Wenigstens hatte er nicht sofort eingeschlagen, dachte Jane düster und trocken. Wenn er sich derart wütend gegen sie wendete – das könnte sie nicht vergeben. Es sei denn, es wäre ein Trick. Es sei denn, er versuchte nur, Lailas Vertrauen zu erlangen.

Die Hoffnung starb zuletzt.

„Entweder das, oder ich lasse deine Erinnerung noch einmal von der Heilerin löschen. Das mussten wir schon ein paarmal tun, weißt du?"

Fester und fester ballten sich seine Hände zu Fäusten. „Du würdest mir vertrauen, dass ich dir nichts antue?"

„Nein. Du wirst einen Bluteid schwören, es nicht zu tun. *Bevor* ich dich freilasse und *nachdem* du das Mädchen umgebracht hast."

Jane schluckte, und ihr Mund wurde trocken.

Dieses Mal zögerte Nicolai nicht. „Na gut. Erlöse uns aus deinen magischen Fesseln, und ich schwöre, dich nie zu töten oder dir zu schaden. Hilf mir, meinen Feind umzubringen, und ich … ich werde das Mädchen umbringen."

19. Kapitel

Plötzlich waren Janes Füße frei. Nicolai streckte einen Arm aus und fing sie, ehe sie versuchen konnte zu fliehen. Nicht dass sie das getan hätte. Oder – doch. Hätte sie. Im Grunde konnte sie das trotz seines festen Griffes immer noch. Sie brauchte nur zu verschwinden. Und um zu verschwinden, musste sie nur an zu Hause denken.

Während der Mann, den sie liebte, sie an sich zog – immer näher –, überkam sie Panik. Ihre Gedanken wirbelten zu sehr durcheinander, um sie zu ordnen. Dann bemächtigte sich ihrer eine unerwartete Ruhe. Er *war* der Mann, den sie liebte. Der Mann, der behauptete, sie zu lieben. Der Mann, der sie liebte. Er war wütend auf sie – wirklich wütend –, aber er würde sie nicht umbringen.

Es war alles ein Trick, um Laila eine Falle zu stellen.

Er würde ihr nie wehtun. Das wusste sie tief in ihrem Herzen. Er war schön und unersättlich, gerissen, und doch hatte er Prinzipien. Sie hatte sich ihm mit Leib und Seele hingegeben, jetzt und für immer, genau wie er sich ihr hingegeben hatte. Nichts würde etwas daran ändern, nicht einmal ihre Vergangenheit. Sie vertraute ihm.

Blindes Vertrauen war ihr noch nie leichtgefallen. Sie hatte immer an Beweise geglaubt, Theorien überprüft, Variablen ausgetauscht und Reaktionen beobachtet. Aber ihrem Mann schenkte sie blindes Vertrauen. Er war immer und immer wieder für sie da gewesen, und er würde es wieder sein.

Ja, sie wusste, dass er auch eine dunkle Seite hatte. Zum Teufel, sie hatte sie schon mehrere Male in Aktion gesehen. Aber egal, was gewesen war, er würde diese dunkle Seite nie gegen sie richten. Also hatte er einen Plan. So zu tun, als wollte er sie umbringen, war Teil dieses Plans.

„Lasst mich auch los, Prinzessin", sagte Nicolai.

„Nein. Nur das Mädchen."

Er knurrte, aber sonst zeigte er keine Reaktion auf ihre Worte.

Jane konnte keinen weiteren Augenblick verstreichen lassen, ohne ihm zu sagen, was sie empfand. „Es tut mir so leid, Nicolai. Ich wollte nicht …"

„Schweig." Ein Hieb, und doch schien er ihr kaum merklich zuzunicken, als wollte er, dass sie weitersprach.

Er zerrte sie enger an sich, bis ihr Körper sich dicht an seinen schmiegte. Seine Hitze hüllte sie ein und war ihr so vertraut, dass sie sich entspannte.

„Ich habe für die Regierung gearbeitet, und es stimmt, ich habe deine Art erforscht, aber ich habe nie gequält und nie getötet. Ich kannte dich damals nicht, und ich wusste nicht, dass meine Taten dir oder jemandem, der dir etwas bedeutet, schaden würden. Ich wollte nur, dass mein Volk besser versteht …"

„*Sei. Still.*" Seine Fangzähne blitzten zu ihr herab, aber er schien ihr wieder so gut wie unsichtbar zuzunicken.

„Ich liebe dich. Egal was passiert oder was du tun musst, ich werde dich immer lieben."

„Worauf wartest du noch?", fuhr Laila ihn an. „Tu es."

Jane konnte hören, wie Nicolais Blut rauschte. Während seine Miene ruhig und streng war, schlug sein Herz unregelmäßig und schnell. Er war nicht so ungerührt, wie es schien.

Er nahm seinen Blick nicht von ihr, als er sagte: „Ich werde von ihrem Hals trinken, Prinzessin. Ich werde auch ihren Mund bedecken, damit sie nicht schreit."

„Lass sie schreien", sagte Laila beruhigt. „Es wird mir gefallen."

„Ich will nicht, dass irgendwer in dieses Zelt gerannt kommt und zusieht. Und ich will auch nicht, dass du uns zu nahe kommst, bis sie … tot ist."

Wir tun nur so. Das ist alles Scharade, rief sie sich selbst in Erinnerung. Sonst wäre er sofort über sie hergefallen, hätte sie blutrünstig gebissen und ihr das Leben einfach ausgesaugt. Doch hier stand er, diskutierte mit der Frau, die ihn gefoltert hatte, und verlangte Eingeständnisse.

„Sag mir nicht, was ich zu tun habe, Sklave. Ich …"

„Du wirst meine Bedingungen akzeptieren, oder wir stehen wieder am Anfang."

Eine Pause entstand. Jane atmete tief ein und legte beim Ausatmen ihren Kopf auf die Seite, damit er ihre Ader besser erreichen konnte. Er riss die Augen auf, seine Pupillen weiteten sich. Seine Fangzähne wurden noch länger und schärfer.

„Ich will sie auf dem Boden", krächzte er. „Befrei meine Füße, Laila. Du kannst mich wieder aufhalten, falls ich mich auf dich stürze."

Noch eine Pause.

„Na gut", sagte Laila mit einem Seufzen.

Nicolai drängte Jane eine Sekunde später zu Boden.

Er bäumte sich über ihr auf, wie er es schon unzählige Male getan hatte. Ihre Haare fielen ihr über die Schultern, und ihr Kleid hing schlaff herunter.

„Nicolai", hauchte sie.

„Kein Wort mehr, Jane." Die goldenen Flecken in seinen Augen schienen zu wirbeln. Herab, immer weiter herab beugte er sich. Der Atem wich ihr aus Mund und Lunge. Gerade als seine Zähne in sie drangen, legte er ihr eine Hand auf den Mund.

Sie riss die Augen auf. Warme, elektrische Lust drang mit seinen Zähnen in sie ein und fuhr in jeden Winkel ihres Körpers. Er saugte langsam, so langsam, in kleinen Schlucken. Und seine Hand ... An seiner Hand war ein Schnitt, und sein Blut lief langsam in ihren Mund, ihre Kehle herab, und wärmte ihren Bauch.

Er gab ihr zu trinken, noch während er von ihr trank. Seine Finger klopften an ihre Wange, eine Aufforderung, nur wozu?

Sie musste es herausfinden.

Er hatte Laila gesagt, er würde sie umbringen. Also tat er so, als würde er sie umbringen. Und jedes Mal wenn Jane gesprochen hatte, um ihn zu besänftigen, hatte er ihr gesagt, sie solle den Mund halten, in Wahrheit aber gewollt, dass sie weitersprach. Also ... wollte er, dass sie so tat, als wäre sie panisch und erschrocken, während er so tat, als wäre ihm alles egal.

Sie überprüfte ihre Theorie, indem sie sich gegen ihn wehrte und Laila eine Show bot. Als Nicolai anerkennend knurrte, wusste sie, dass sie recht hatte. Sie schlug mit den Fäusten gegen seine Schultern, als versuchte sie, ihn von sich zu schieben. Sie bäumte sich auf, als wollte sie ihn aus dem Gleichgewicht bringen.

Als die Wunde in seiner Hand sich schloss, rieb er seine Handfläche an ihren Zähnen, um das Fleisch erneut aufzureißen. Wieder floss sein Blut ihr die Kehle herab.

Dann stöhnte er auf, saugte etwas fester an ihrer Ader, entnahm ihr etwas mehr Blut.

Genug, glaubte sie ihn sagen zu hören, aber das war unmöglich. Seine Lippen waren immer noch fest um ihre Ader geschlossen. *Genug. Du musst aufhören.* Er hob seinen Kopf, atmete schwer, leckte sich die Lippen, senkte dann seinen Kopf wieder und biss an einer neuen Stelle zu. Auch hier pumpte er Lust direkt in ihre Adern.

Vorsichtig, vorsichtig, vorsichtig. Nimm nicht zu viel. Langsam.

Jane runzelte die Stirn. Nicolai sprach, aber er tat es direkt in ihrem Kopf.

Muss den Zeitpunkt genau abpassen. Wieder erklang seine Stimme in ihrem Kopf. Der Druck an ihrer Ader ließ nach.

Nicolai?

Sein Körper zuckte gegen ihren. *Jane?*

Ja. Ich kann dich hören, und ich nehme an, du hörst mich auch. Wie ist das möglich?

Er leckte ihren Hals, bedacht darauf, von Laila nicht gesehen zu werden. *Einige Bluttrinker sind mental miteinander verbunden.*

„Beeil dich", fuhr die Prinzessin ihn an.

Du musst die Prinzessin für mich umbringen.

Auch wenn er gern selbst die Freude gehabt hätte, die Prinzessin zu töten, konnte er es nicht. Er hatte einen Eid abgelegt. Das bedeutete, jemand anderes musste es für ihn tun. Das war also sein Plan. Jane sollte den tödlichen Schlag austeilen.

So gut wie erledigt.

Danke. Eine Pause. *Es tut mir leid, was ich dir angetan habe. Früher. Und jetzt.*

Es tut mir auch leid. Ihr Herz setzte einen Schlag aus.

Die Prinzessin hat ihre Schutzwälle gesenkt, genau wie wir gehofft hatten, und ich habe etwas von ihrer Macht in mich aufgenommen. Der Zauber, der jeden davon abgehalten hat, ihr zu schaden, gehört jetzt mir. Sie ist immer noch stark, vergiss das nicht, aber nicht mehr so stark wie vorher.

Nicolai trank kaum noch etwas. Er ließ sogar einige Mundvoll Blut an Janes Hals hinab auf den Boden tropfen. Er wollte, dass es wüst aussah, das wusste sie. Die Illusion des Todes. Sie ließ ihre Abwehrbewegungen langsamer werden ... langsamer ... bis sie erschlaffte und ihre Arme nutzlos herabfielen. Sie lag da und atmete so flach wie möglich. So flach, dass sie wusste, nicht einmal Nicolai sah noch, wie ihre Brust sich hob und senkte.

Durch winzige Schlitze in ihren Augenlidern sah sie zu, wie er den Kopf hob. Blut tropfte immer noch von seinem Kinn, troff auf ihren Kragen und befleckte ihr Kleid. Er presste zwei Finger an ihren Hals und suchte nach einem Puls. Sie wusste, was er fühlte. Einen wilden, starken Schlag.

„Es ist erledigt." Nicolai nahm seine Hand von ihr und stand auf. „Ich habe meinen Teil getan. Jetzt bist du dran."

„Tritt zurück von ihr", sagte Laila. „Ich will es selbst sehen."

Er zögerte nicht und stellte sich an die andere Seite des Zeltes, fort von Jane, fort von der Prinzessin.

Aber ... wie genau sollte sie die Frau umbringen? Sie hatte keine Waffen, und Laila war immer noch mächtig. Sie konnte im Handumdrehen einen Zauber sprechen.

Komm schon, Parker. Denk nach. Schritte wurden laut. Sie spürte Körperwärme. *Denk schneller.* Dann das Knirschen von Knochen, als Laila sich hinkniete. Die Körperwärme kam näher ... näher ... als die Prinzessin ihre Hand ausstreckte.

Der Funken eines Einfalls entzündete sich in ihr. Gefährlich, ungeprüft, aber der einzige Weg. *Nicolai, kann sie mit nur einem Gedanken reisen, so wie du,* fragte Jane hastig.

Nein.

Perfekt. Lailas Finger pressten sich gegen Janes Hals. Jane öffnete die Augen, streckte die Hand aus und packte das Handgelenk der Prinzessin. Die keuchte erschreckt auf. Zur gleichen Zeit stürzte Nicolai sich auf sie und griff nach dem Zeitmesser um Lailas Hals.

„Meins", fuhr er sie an. „Jane. Jetzt."

„Was habt ihr ...", setzte Laila an.

Ehe die Prinzessin auch nur damit beginnen konnte, einen Zauber zu sprechen, schloss Jane die Augen und stellte sich ihr Zuhause vor – mit Laila darin. Ihre Gedanken waren jetzt ruhig, kühl, konzentriert. Es war nicht schwer. Sie sah ihre Küche und spürte sofort das Schwindelgefühl. Laila wehrte sich, aber als das Schwindelgefühl sich verstärkte, wurden auch ihre Bewegungen langsamer. Einen Augenblick lang fühlte sich Jane, als würde sie schweben, und klammerte sich fester an die Prinzessin.

„Was hast du ... was ..." Lailas Stimme war schwach, und Jane konnte den Schmerz darin hören.

„Jane", rief Nicolai. „Jane! Was hast du vor?"

Als das Schwindelgefühl verging und sie etwas Hartes und Kühles an ihrem Rücken spürte, sah sie sich um. Sie und Laila waren in ihrer Küche. Sonnenlicht kam durch das Fenster hineingeströmt und verbrannte sie so sehr, dass sie tatsächlich brutzelte. Sie rollte sich mit einem schmerzerfüllten Zischen aus dem Licht und suchte im Schatten Schutz.

Nicolai hatte sich in jener Nacht im Wald nicht mit Jane teleportiert, aber er war auch nicht im vollen Besitz seiner Kraft gewesen. Die meisten seiner Fähigkeiten waren ihm damals noch verschlossen gewesen. Heute Nacht war er wie ein Pulverfass – und Jane ebenfalls.

Sie blieb flach auf dem Rücken liegen, und Laila hockte immer noch. Die Prinzessin war bleich, schwitzte und ... fiel. Sie fiel mit dem Gesicht nach unten zu Boden.

Jane wollte aufspringen und nach einem Messer greifen. Aus diesem Grund hatte sie die Hexe hergebracht. Da konnte sie plötzlich Lailas Blut riechen. Es war kein sonderlich angenehmer Duft, und doch zog sich ihr Magen vor Hunger zusammen. Ein roher, verschlingender Hunger.

Ehe sie überhaupt merkte, dass sie sich bewegte, hatte sie sich schon auf die Prinzessin geworfen und versenkte ihre Zähne in ihrer Halsschlagader. Nur ein dünnes Rinnsal Blut traf ihre Zunge. Frustration nagte an ihr. Sie neigte ihren Kopf in einem anderen Winkel und biss erneut zu. Wieder nur ein Rinnsal. Sie hob den Kopf, fand den Puls der Prinzessin mit ihrem Blick und neigte sich wieder. Dieses Mal floss das Blut wie eine lustig sprudelnde Quelle.

Sie hätte fest zubeißen müssen, um zu bekommen, was sie wollte, ein Gedanke, der sie anekelte, aber ihr Zahnfleisch tat furchtbar weh, und ihre Zähne – Fangzähne? – waren direkt in das Fleisch der Prinzessin geglitten.

Warmes, flüssiges Leben füllte ihren Mund. Sie stöhnte, grub ihre Zähne tiefer, saugte fester, ersetzte das Blut, das sie verloren hatte.

Sie musste einen Nerv getroffen haben, denn Laila erwachte mit einem Ruck aus ihrer Ohnmacht und versuchte, Jane von sich zu stoßen. Jane hielt sie nur noch fester und schluckte und schluckte und schluckte. Bald schon hörte Laila auf, sich zu wehren. Wurde schlaff wie ein Stück Stoff. Jane trank weiter, konnte sich nicht von der Droge trennen, die das Blut dieser Frau für sie darstellte. Droge, ja. Denn mit dem Blut drang noch etwas anderes, etwas Wärmeres, fast … Prickelndes in sie ein.

Ihre Zellen explodierten fast vor neuer Kraft.

Aufhören, du musst aufhören. Wenn sie noch mehr nahm, würde sie die Prinzessin umbringen. Sie konnte das ferne Klopfen ihres Herzschlags hören und wusste, dass er immer langsamer wurde, fast schon unumkehrbar. Der Blutfluss versickerte, wurde immer dünner.

Ich will nicht aufhören. Ich habe sie hergebracht, um sie umzubringen. Aufhören wäre das Gegenteil von dem, was ich will.

Aber im hintersten Winkel ihres Verstandes wusste sie – irgendwie, als wäre diese Erinnerung nicht ihre –, dass sie, wenn sie jemanden durch Aussaugen tötete, immer weiter auf diese Weise leben musste. Ein Tod wäre ihr dann nicht genug. Sie würde jeden leer saugen, von dem sie trank. Immer. Niemand wäre vor ihr sicher. Nicht einmal Nicolai.

Nicolai.

Schwer atmend riss sie ihre Zähne von Laila los. Sie fuhr mit der Zunge darüber, und wirklich, sie hatte Fangzähne.

Nicolai hatte sie zu einem Vampir gemacht.

Mit einer zitternden Hand strich sie sich die Haare aus dem Gesicht. Als sie diese Hand im Licht erblickte, keuchte sie erstaunt auf.

Sie … glühte. Gleißendes goldweißes Licht explodierte aus ihrer Haut. Und das Prickeln in ihren Adern – sie fühlte sich, als könnte sie *alles*. Bis sie ihre Hand ins Sonnenlicht streckte und anfing, zu brutzeln. Sie stöhnte vor Schmerz auf und ließ ihren Arm an ihre Seite fallen.

Notiz an mich selbst: *Sonne vermeiden.*

Noch eine Notiz: *Du bist aus einem bestimmten Grund hier. Vergiss das nicht.*

Als könnte sie das je vergessen.

Sie sprang auf und griff nach einem Messer. Sie wusste genau, wo die Messer waren, und achtete darauf, in den Schatten verborgen zu bleiben. Doch als sie zu der Frau hinabblickte, die Nicolai versklavt hatte, ihm alle Rechte genommen, ihn körperlich und sexuell missbraucht – mehr als zwanzig Jahre lang! –, stellte sie fest, dass sie Laila nicht erstechen konnte. Sie konnte die Schlampe auch auf keine andere Art umbringen.

Der Tod wäre zu gut für sie. *Du musst irgendwas tun. Wenn sie aufwacht, benutzt sie ihre Magie gegen dich.*

Konnte sie das überhaupt? Diese Welt war anders als Lailas, es galten andere metaphysische Gesetze, die Atmosphäre war anders. Würde ihre Magie hier funktionieren? Nicolais Fähigkeit, sich von einer Welt in die andere zu teleportieren, funktionierte an beiden Orten, aber während Nicolai das Licht seiner Sonne aushielt, hatte er der Sonne in Janes Welt nichts entgegenzusetzen. Sie selbst war der Beweis: Sie konnte seine Sonne aushalten, aber nicht die eigene. Und sie hatte ihr ganzes Leben unter dieser Sonne verbracht.

Sie wünschte sich, sie hätte einmal eine Hexe befragt oder auseinandergenommen – und es war ihr egal, wenn man sie deswegen für ein Monster hielt. Aber man hatte ihr nie eine ins Labor gebracht. Vielleicht weil niemand wusste, dass es sie gab? Weil sie ihre Kräfte in dieser Welt nicht benutzen konnten und zu gewöhnlichen Menschen wurden?

Es gab nur einen Weg, das herauszufinden.

Jane schleifte die Prinzessin in ihr Schlafzimmer, was ihr schwerfiel, da die Fenster und Vorhänge alle offen standen. Sie fand ein Seil und fesselte die Schlampe an die Bettpfosten. Nicht ein einziges Mal wachte Laila dabei auf. Jane duschte sich schnell, wusch das Blut ab und zog ihre vertrauten Jeans und ein T-Shirt an. Es war seltsam, ihre „normalen" Kleider anzuziehen. Es fühlte sich … falsch an.

Zitternd warf sie das Kleid in die Waschmaschine. *Nicolai*, fragte sie in Gedanken und hoffte auf eine Antwort. *Bist du da draußen? Geht es dir gut?* Sobald sie sich um Laila gekümmert hatte, würde sie zu ihm zurückkehren.

Sie hatten sich noch nicht vollkommen verbunden. Sonst wäre keiner von ihnen in der Lage gewesen, von anderen zu trinken. Sie wollte sich vollkommen an ihn binden.

Jane kehrte in ihr Schlafzimmer zurück, schob einen Stuhl vor die Prinzessin und wartete. Sie gestattete es sich nicht, an Nicolai zu denken.

Stunden verstrichen, quälend langsam. Doch endlich öffnete Laila ihre Augen. Sie stöhnte, zerrte an ihren Fesseln, runzelte die Stirn. Als sie verstand, was geschehen war, bäumte sie sich auf – so weit es ging.

„Entspann dich", sagte Jane zu ihr. „Ich habe dir nur das angetan, was du auch anderen angetan hast."

„Dafür wirst du bezahlen", fauchte Laila.

„Und du steckst hier fest."

Ein Augenblick verging, dann noch einer. Dann, plötzlich, konnte Jane die Stimme der Frau in ihrem Kopf hören, so deutlich, wie sie Nicolai gehört hatte. *Was hat sie mir angetan? Warum kann ich meine Magie nicht benutzen?*

Jane lächelte. Interessant. Das war doch mal was. „Du kannst deine Magie nicht benutzen, weil du jetzt in meiner Welt bist."

Laila keuchte auf. „Woher weißt du das?" *Oh, große Göttin. Sie hat meine Gaben. Sie hat meine Gaben!*

„Nein, habe ich nicht. Ich bin allerdings ein Vampir."

„Hör auf!" *Sie liest meine Gedanken, die Schlampe. Ich hasse sie! Jetzt leere deine Gedanken. Wie konnte sie so wie Nicolai werden?*

„Ich habe sein Blut getrunken."

„Hör auf damit, habe ich gesagt!"

Jane biss sich auf die Unterlippe. Wenn sie Gedanken lesen konnte, dann musste es doch auch möglich sein, tiefer ins Bewusstsein einzudringen, oder?

Sie konzentrierte sich eindringlicher auf Lailas Gedanken ... *Muss entkommen ... Wie kann ich ohne meine Gaben entkommen? Ich muss mir meine Gaben zurückstehlen.*

Sie drang noch tiefer ein. Plötzlich durchlebte sie noch einmal die Geschehnisse in ihrer Küche. Nur dieses Mal sah und hörte sie alles aus Lailas Perspektive, spürte, wie es war, mit den Fangzähnen eines ungeübten Vampirs im Hals aufzuwachen, geschwächt, unfähig, die eigene Kraft zu nutzen. Kraft, auf die sie sich ihr ganzes Leben lang verlassen hatte.

Jane wurde klar, dass sie der Prinzessin wirklich ihre Macht genommen hatte. Das war es, was in ihren Adern kribbelte.

Nicolai konnte die Gaben anderer in sich aufnehmen, und als Jane sein Blut getrunken hatte, musste sie diese Fähigkeit auch entwickelt haben, genau wie die Teleportation.

Sie drang noch tiefer ins Bewusstsein der Prinzessin ein. Es schien tausend verschiedene Stimmen zu geben, tausend Momentaufnahmen, die das Leben des Mädchens ausmachten. Sie horchte und suchte nach Dingen, die mit Nicolai zu tun hatten ... Da!

Sie sah zu, lauschte. Hasste die Prinzessin noch mehr.

„*Du* hast Nicolai das Gedächtnis gelöscht", knurrte sie, als sie in die Realität zurückkehrte. Sie bebte. „Du hast ihm gesagt, eine Heilerin hätte es getan, und er hat dir geglaubt."

Laila wurde blass. „Dir erzähle ich überhaupt nichts."

„Brauchst du auch nicht." Laila hatte sein Gedächtnis gelöscht und die Magie in ihm gefesselt. Dann hatte sie ihm eine neue Erinnerung eingepflanzt, dass die Heilerin es tat. Sie hatte nicht gewollt, dass er ihr die Schuld gab. Sie hatte auch versucht, ihm Liebe und Anbetung einzuflüstern, aber während sie seine Erinnerungen manipulieren konnte, blieben ihr seine Gefühle verschlossen.

Und jetzt kann ich ihr dasselbe antun, dachte Jane. Sie war sich nicht sicher, wie man diese Fähigkeit benutzte, also hängte sie sich an jede Erinnerung, die sie finden konnte, stellte sich eine schwarze Kiste vor und stopfte sie hinein, verbarg eine nach der anderen darin.

„Was machst du da?", wollte Laila wissen. „Hör auf ... Was ... Warum ..."

Jane blieb stumm. Sie arbeitete stundenlang, packte und stopfte, packte und stopfte. Als sie fertig war, war es in ihrer Hütte dunkel und stickig, und ihr Körper war so schwach, dass sie schon vom Stuhl gerutscht war.

Sie sah Laila in die Augen. Leere Augen. „Wer ... wer bist du?" In ihrem Blick lag jetzt Panik. „Wer bin ich?"

„Auge um Auge", sagte Jane mit einem gezwungenen Lächeln. Sobald die Sonne untergegangen war, schaffte sie Laila in ihren Wagen, fuhr sie in die nächstgelegene Stadt und setzte sie aus. Die Prinzessin hatte keine Macht mehr, keine Erinnerungen und kein Geld. Sie würde auf die Hilfsbereitschaft von Fremden angewiesen sein.

Falls sie überhaupt hilfsbereite Menschen fand.

Jane kehrte nach Hause zurück, zog ihr Kleid an und warf sich aufs Bett. Sie stellte sich das Zelt vor, wo sie Nicolai das letzte Mal gesehen hatte – und nichts geschah. Sie versuchte es noch einmal … mit dem gleichen Ergebnis.

Sie versuchte es stundenlang, die ganze Nacht. Am Morgen war sie ein heulendes Häufchen Elend, ganz schwach, und ihr war schlecht. Sie konnte es nicht. Sie konnte nicht zurückkehren.

Der Fluch war schließlich doch eingetreten.

20. Kapitel

Drei Tage. Es dauerte drei Tage, bis Nicolai sein Gedächtnis vollkommen zurückerlangt hatte.

Und jetzt, da er seinen Zeitmesser in der Hand hielt, wusste er, was genau mit seinen Eltern geschehen war. Der Blutmagier hatte überraschend angegriffen. Zuerst hatte er sich auf König und Königin gestürzt und seinen Monstern gestattet, sie zu zerfleischen. Den schrecklichen Monstern aus Nicolais Albträumen, die er auf der Brücke zur Burg gesehen hatte und in seinem Schlafzimmer.

Laila hatte die Wahrheit gesagt. Als das Paar im Sterben lag, hatten sie beide einen Zauber gesprochen. Die Königin hatte ihre Kinder fortgeschickt. Der König hatte in ihnen den Durst nach Rache geweckt. Beide Zauber hatten sich in ihm vereint – und in seinem Zeitmesser. Ein Geschenk seiner Eltern. All ihre Kinder besaßen einen. Selbst Micah, der Jüngste.

Micah, der noch ein Baby war.

Jetzt waren zwanzig Jahre verstrichen. Micah war ein Mann. Außer er wäre auch in einer Zeitblase gefangen gewesen, so wie Nicolai. Oder er lebte nicht mehr.

Nicolai wusste, dass Dayn noch am Leben war. Jetzt, da seine Erinnerungen und seine Gaben zurückgekehrt waren, war er auch in Gedanken wieder mit dem anderen Bluttrinker in seiner Familie verbunden. Er konnte die Unruhe in den Gedanken seines Bruders spüren. Fühlte die Verzweiflung.

Breena war ebenfalls da draußen. Gerüchte besagten, dass sie bei den Berserkern lebte. Doch das konnte nicht sein. Die Berserker hatte man vor langer Zeit ausgerottet. Wo war sie also wirklich?

Und Jane ... seine Jane. Manchmal konnte er sie hören, wie er Dayn gehört hatte. Weit entfernt, die Worte und Gefühle gedämpft. *Denk jetzt nicht an sie. Du brichst sonst zusammen.*

Er hatte sich nie von seinen geliebten Geschwistern verabschieden können. Auch nicht von seinen Eltern. Sein Vater hatte sich so sehr gewünscht, dass Nicolai heiratete, sich wenigstens verlobte, und Nicolai war einverstanden gewesen, sich an jemanden zu binden. Nur hatte er das nie getan. Nicht richtig. Er hatte sich endlich für die Prinzessin von Brokk entschieden, aber er hatte ihr nie ein förmliches Angebot unterbreitet. Wie verzweifelt sein Vater gewesen war!

Er konnte seinem Vater vielleicht keine Braut bieten – wenn er Jane nicht haben konnte, wollte er auch keine andere –, aber er konnte die Rache üben, die sein Vater ihm mit seinem letzten Atemzug auferlegt hatte.

Nicolai wusste, dass es noch nicht zu spät war, denn der Zeitmesser tickte weiter. Erst wenn die Zeiger sich nicht mehr bewegen sollten, und nur dann, war es zu spät. Aber die Zeiger bewegten sich schneller, als sie sollten, und das bedeutete, die Zeit wurde knapp.

Er würde nach Elden zurückkehren, den Blutmagier umbringen und seinen rechtmäßigen Platz auf dem Thron für sich beanspruchen. Nichts konnte ihn aufhalten. Morgen, fügte er in Gedanken hinzu. *Morgen* würde ihn nichts mehr aufhalten. Er konnte sich noch nicht dazu bringen, Lailas Zelt zu verlassen. Jetzt noch nicht. Es war der letzte Ort, an dem er Jane gesehen hatte.

Jane.

Du sollst doch nicht an sie denken.

Er hörte, wie vor dem Zelt der Rest des Lagers erwachte. Schritte kamen näher, und es war nur noch eine Frage von Minuten, ehe jemand hereinkam. Er stellte sich Prinzessin Laila vor, wie er es schon vorher getan hatte, und hüllte sich in ihr Abbild ein.

Tatsächlich, die Zeltklappen hoben sich, und zwei Wachen traten ein und erwarteten ihre Befehle.

„Verlasst diesen Ort", hörte er sich selbst sagen. „Sammelt alle und jeden zusammen und kehrt nach Hause zurück."

„Was ist mit Euch, Prinzessin?"

„Ich bleibe. Geht jetzt."

An knappe Befehle gewöhnt, verneigten sie sich und verließen das Zelt. Er benutzte schon jahrelang Illusionen, hatte einst seine Brüder und Schwestern geneckt, indem er so tat, als wäre er sie – vor ihren Augen. Sie hatten gelacht und nach mehr gerufen.

In der Erinnerung daran zog sich sein Herz zusammen. Er hätte auch Jane gern auf diese Weise geneckt.

Jane, dachte er wieder. Ihr Blut floss durch seine Adern, erhitzte ihn, erweckte in ihm eine schmerzliche Sehnsucht und ein Prickeln der Lust. Wie sollte er ohne sie leben?

Es war ihm egal, was sie in ihrer Vergangenheit getan hatte. Warum sollte es ihm etwas ausmachen? Sie hatte ihm ihre Vergangenheit bereits gestanden, als er noch gefangen gewesen und sie als Phantom vor ihm aufgetaucht war.

Sie glaubte, er mache ihr deswegen Vorwürfe, befürchtete sogar, dass er sie hasste. Kam sie deshalb nicht zurück? Hatte er sie nicht vom Gegenteil überzeugt, als sie sich in Gedanken unterhalten hatten?

Er hatte keine andere Möglichkeit gehabt. Er hatte Laila davon überzeugen müssen, dass er Jane wirklich umbringen wollte. Statt sie also zu umarmen und zu küssen und ihr zu sagen, wie sehr er sie liebte und dass nichts, was sie tat, ihn je dazu bringen könnte, sie zu hassen, hatte er sie nur wütend angestarrt und sie angefahren.

Sie war in ihre Welt zurückgekehrt. Um ihn zu retten. Und jetzt war bereits so viel Zeit vergangen, dass er befürchtete, dass sie die Fähigkeit, zu ihm zurückzureisen, nicht mehr besaß. Oder hielt der Fluch sie zurück? Der Fluch, von dem er geglaubt hatte, er wäre gebrochen. Oh ja. Das war die Antwort.

Mit steifen Schritten ging er zu Janes Tasche, wühlte darin und zog schließlich das Buch heraus. Tausende Male hatte er die leeren Seiten bereits durchblättert. Jedes dieser tausend Male hatte er sich vorgestellt, einen neuen Zauber zu wirken, einen, der sie zurück zu ihm brachte.

Doch was musste er tun, damit ein solcher Zauber wirkte? Wie konnte er den Fluch umgehen, der sie voneinander trennte? Bisher hatte er noch keinen …

Weg gefunden.

Mit wild klopfendem Herzen fand Nicolai einen Stift, setzte sich auf Lailas Liege und begann zu schreiben …

Als Jane zwei Wochen später von ihrem Mitternachtslauf zurückkam, entdeckte sie eine Schachtel auf ihrer Veranda. Die gleiche Schachtel, die sie schon einmal gefunden hatte. Sie wusste, was sich darin befand, und schluckte.

Kein Tag war vergangen, an dem sie nicht an Nicolai gedacht hatte, um ihn geweint, darum gebetet, ihn wiederzusehen. Sie raste die Verandastufen hinauf, packte das Paket und rannte in ihre Hütte.

Jeden Tag hatte sie sich ein wenig mehr verändert. Sie brauchte immer noch Nahrung, aber sie brauchte auch Blut. Ihre Mitternachtsläufe, die sie nicht mehr brauchte, um die Steifheit aus ihren Muskeln zu vertreiben, weil ihre Muskeln nicht mehr steif wurden, waren für sie jetzt Mahlzeiten. Das Rotwild rannte vor ihr davon, aber es gelang ihr jedes Mal, eines zu fangen, wie ein Löwe eine Gazelle fing.

Und die größte Veränderung von allen? Sie war schwanger. Sie wusste es erst seit ein paar Stunden, und seitdem war sie benommen vor Schreck. Sie hätte es sich schon vorher denken sollen, weil sie sich die letzten Tage jeden Morgen übergeben hatte. Außerdem, Nicolais Blut hatte ihre Wirbelsäule und ihre Beine geheilt, warum also nicht auch ihre Fortpflanzungsorgane?

Sie wollte Nicolai sehen, musste es ihm sagen. Musste bei ihm liegen, mit ihm lachen, sich an ihm festhalten und ihn nie wieder gehen lassen.

Der Buchrücken knarrte, als sie den Deckel aufschlug. Da war das zerrissene rosa Band – von einem ihrer Kleider, wurde ihr jetzt klar, und ihre Augen füllten sich mit Tränen. Ihr Herz schlug gegen ihre Rippen, und sie las still, ihre Stimme zu unsicher, um zu sprechen.

„Mein Name ist Nicolai, und ich bin der Kronprinz von Elden. Ich werde König sein an dem Tag, an dem ich den Blutmagier vernichte. Und ich werde ihn vernichten. Nachdem ich meiner Frau gesagt habe, dass ich sie liebe."

Sie wischte sich über die brennenden Augen.

„Ich werde meine Jane immer lieben, und es geht mir elend ohne sie. Sie denkt, ich verachte sie, aber zum ersten Mal in ihrem Leben liegt meine viel zu kluge Frau falsch. Ich habe getan und gesagt, was ich musste, um ihr Leben zu retten."

„Ich weiß", gelang es ihr, durch den Kloß in ihrer Kehle zu pressen.

„Ihr Leben ist mir wichtiger als mein eigenes."

Die Worte verschwammen. Wieder wischte sie sich über die Augen.

„Aber sie ist verflucht. Verflucht, den Mann, den sie liebt, zu verlieren. Und das ist passiert. Sie hat ihn verloren. Vollkommen. Doch jetzt ... jetzt kann sie ihn wiederfinden. Wenn nicht durch Magie oder Fähigkeiten, dann durch ihren Verstand."

Jane wischte sich mit dem Handrücken die Tränen aus den Augen, zitternd vor Hoffnung und Freude, aufgeregt und verängstigt. Sie hatte Angst, weil Nicolai ihr die Welt zu Füßen legte und sie keine Möglichkeit hatte, es ihm zu sagen.

„Komm zurück zu mir, Jane. Bitte. Komm zurück zu mir. Ich warte auf Dich. Ich werde immer auf Dich warten."

Die restlichen Seiten waren leer.

Oh Nicolai. Das will ich doch. Ich will es so sehr. Sie stand mit zitternden Beinen auf und ging wie in Trance unter die Dusche. Sie setzte sich hin und ließ das Wasser über sich laufen, voll bekleidet, wie sie war. Nicolai wollte sie sehen, aber sie konnte nicht zurückkehren. Jedes Mal, wenn sie es versuchte, zerstörte sie ein kleines Stück ihrer Seele.

Und doch versuchte sie es noch einmal.

Sie schloss die Augen und stellte sich das Zelt vor. Wie bei all den Malen zuvor geschah auch dieses Mal nichts. Genau wie sie es befürchtet hatte. Sie versuchte es wieder. Und wieder. Und wieder. Erst als das Wasser eiskalt geworden war, trat sie aus der Duschkabine. *Gib die Hoffnung nicht auf. Es gibt noch einen anderen Weg.*

Ja. *Ja.* Mit ihrem Verstand, hatte er gesagt.

Ihrem Verstand.

Am nächsten Abend hatte sie alle benötigten Werkzeuge für ihren Übertritt zusammengesucht. Grob und hastig konstruiert, aber hoffentlich ausreichend. Sie hatte ihr Kleid angezogen und die Sensoren der Maschine an ihren Bettpfosten angebracht. Zitternd streckte sie sich auf der Matratze aus, legte den Schalter um und schloss die Augen. Wenn sie dabei sterben sollte, dann war es eben so. Wenn sie sich verletzte, auch egal. Sie würde sich weder von Angst noch von irgendetwas sonst davon abhalten lassen, zu tun, was nötig war, um zu ihrem Mann zu kommen. Würde ihrem Kind nicht die Chance verweigern, die Liebe seines Vaters zu erfahren.

Ein leises Summen in ihren Ohren. Übelkeit in ihrem Bauch. Ihre Maschine würde funktionieren, rief sie sich in Erinnerung, sie hatte mit Plastik bereits funktioniert.

Ich bin nicht aus Plastik. Oh Gott. Jane versuchte Nicolais Gabe gemeinsam mit ihrer Erfindung zu benutzen und stellte sich ihr Ziel vor. Mehrere Sekunden verstrichen. Jede einzelne fühlte sich wie eine Ewigkeit an. Endlich spürte sie, wie ihr Körper sich erhitzte ... hörte, wie das Summen lauter wurde ... spürte, wie das Bett unter ihr verschwand ... Hitze ... noch mehr Hitze ...

Das Summen verstummte. Nichts. Sie war nichts.

„Jane. Mein Liebes."

Nicolai. Da war seine Stimme, so nah. Schwer atmend öffnete sie ihre Augenlider und sah, dass sie auf dem Boden des Zeltes lag. Nicolai stand über sie gebeugt, hielt ihre Arme fest und schüttelte sie.

Sie hatte es geschafft. Sie war übergetreten. War nur durch ihre Gedanken geleitet zu ihm gereist.

„Jane." Er seufzte erleichtert. Es brauchte keine weiteren Worte. Nicht jetzt.

Einen Augenblick später küssten sie sich und rissen einander die Kleider vom Leib. Innerhalb von Sekunden fielen sie nackt zu Boden. Keine Umschweife. Nicolai drängte ihre Beine auseinander und drang tief in sie ein. Kam nach Hause.

Jane schrie auf, war schon bereit für ihn, brauchte ihn, wie sie die Luft zum Atmen brauchte. Er drang immer wieder in sie ein und trieb sie zu neuen Höhen auf, von denen sie in den letzten zwei Wochen nur geträumt hatte.

Ihre Brustspitzen rieben über seinen Oberkörper und entzündeten ein Feuer. Ein Inferno. Die Flammen breiteten sich in ihr aus, verschlangen sie, und sie kam, schrie, schrie, klammerte sich an ihn, zerkratzte ihm den Rücken. Und dann waren seine Fangzähne in ihrem Hals, und er trank von ihr, und sie kam wieder, senkte den Kopf und biss in *seinen* Hals.

Er brüllte, als sie von ihm trank, bäumte sich auf, drang noch tiefer in sie ein und ergoss sich in sie. Herrlich, notwendig, lebensbejahend.

Als er sich auf sie fallen ließ, hielt sie ihn fest. Sie konnte sich nicht erinnern, jemals so glücklich gewesen zu sein. Sie war bei ihrem Mann, ihrer Liebe, und die Zukunft war rosig.

„Du hast das Buch bekommen", sagte er und verteilte kleine Küsse auf ihrem Gesicht.

„Oh ja. Danke, dass du es geschickt hast. Ich konnte nicht herkommen. Ich wollte so sehr zu dir zurückkommen, aber ich konnte nicht mehr einfach so von einem Ort an den anderen reisen."

Er stützte sich auf die Ellenbogen und blickte zu ihr herab. „Danke. Danke, dass du zurückgekommen bist."

„War mir ein Vergnügen." Sie legte eine Hand an seine Wange. „Es wird dich freuen zu erfahren, dass Laila jetzt in der gleichen Situation ist, in die sie dich gebracht hat." Sie hatte die Nachrichten gesehen. Man hatte Laila gefunden, ihr Bild gezeigt und alle, die sie erkannten, aufgerufen, sich zu melden. Und bis jemand sie für sich beanspruchte, hatte man sie in eine Anstalt für gewalttätige Geisteskranke gesteckt.

„Sie ist mir egal. Wie geht es *dir*?"

„Gut." Jetzt. „Ich muss dir etwas sagen."

Ein Teil seiner guten Laune verflog. „Du siehst besorgt aus. Jane, du kannst mir alles sagen. Ich werde dich nie hassen. Mich nie von dir abwenden."

„Ich … Weißt du noch, wie ich dir erzählt habe, ich kann keine Kinder bekommen?"

Er nickte und runzelte die Stirn.

„Na ja, jetzt kann ich es doch." Ein Lächeln breitete sich aus. „Und ich werde. Ich habe es vor ein paar Tagen herausgefunden. Wir werden Eltern."

Er sperrte den Mund auf und schloss ihn mit einem Schnappen. Sperrte ihn wieder auf. „Jane … Ich … Jane!" Mit einem Jubelschrei beugte er sich vor und küsste sie wieder. „Bist du sicher?"

„Ja."

Noch ein Kuss. „Freust du dich?"

„Ja."

„Ich mich auch." Sein Lächeln war strahlend. „Oh Jane." Er küsste sie wieder und wieder, und seine Hand rieb dabei über ihren immer noch flachen Bauch. „Ich liebe dich, und ich will, dass du bei mir bist. Sag, dass du bleibst. Sag, dass du bei mir leben willst. Heirate mich."

„Ja, ja, ja!" Sie lachte und drückte ihn fest an sich. „Falls du das nicht begreifen solltest, ja bedeutet ja."

Er lachte an ihren Lippen. „Ich muss immer noch nach Elden zurückkehren."

„Und das wirst du auch. Mit mir. Ich liebe dich über alles, Prinz oder König oder was auch immer du bist!"

„So wie ich dich liebe, Jane. Mein Herz und meine Königin."

„Gut." Sie legte ihre Hände an seine Wangen und liebte ihn mit jeder Minute, die verstrich, noch mehr. „Dann lass uns nach Elden ziehen und denen in den Hintern treten."

– ENDE –

Jill Monroe

Die Traumprinzessin

Roman

Aus dem Amerikanischen von
Justine Kapeller

Prolog

Es war einmal in einem Land, das für das menschliche Auge unsichtbar ist, eine wunderschöne Prinzessin ... deren Schicksal es war, zu heiraten, um die politischen Ziele ihres Vaters voranzutreiben.

Sie war nicht die Art von Märchenprinzessin, von der Breena von Elden im warmen Sonnenzimmer ihrer Mutter gelesen hatte, als sie noch ein Kind gewesen war. In diesen Geschichten ritten die Prinzessinnen auf strahlenden Einhörnern, schliefen auf riesigen Bergen von Matratzen, unter denen nur eine kleine Erbse ihren Schlaf störte, oder sie lebten in hoch aufragenden verzauberten Schlössern mit magischen Kreaturen darin.

Allerdings konnte keine dieser Prinzessinnen im Schlaf mit sich selbst reden.

Breenas magische Gabe hatte kaum einen Wert. Als sie noch ein Kind gewesen war, hatte sie sich aus ihren Albträumen herausreden können, was sie als Siebenjährige ziemlich gut gefunden hatte, aber jetzt, als Erwachsene, nutzte ihr das nicht mehr besonders viel. Ihre Mutter konnte in die Träume von anderen sehen. Und sie konnte schreckliche Angst in die Herzen der Feinde ihres Vaters pflanzen. Sie konnte sogar sehen, was die Zukunft brachte.

Auch Königin Alvina hatte Breenas Vater vor langer Zeit geheiratet, um die politischen Ziele ihres Vaters voranzutreiben und um ihre Magie mit der Macht des Bluttrinkers zu verbinden. Breenas ältester Bruder, Nicolai, konnte die Gaben anderer in sich aufnehmen, und ihre anderen Brüder, Dayn und Micah, konnten in Gedanken mit allen Bluttrinkern ihres Reiches sprechen.

Doch auch wenn Breenas Gabe, in Träumen zu sprechen, ihr nicht viel nutzte ... mit einem bestimmten Krieger konnte sie immer in Verbindung treten.

So nannte sie ihn, wenn sie wach war. Krieger. Während sie schlief, war er ihr Liebhaber. Seine dunklen Augen passten zu seinem unordentlichen Haar, durch das sie so gern mit den Fingern fuhr. Seine breiten Schultern schienen sich nach ihrer Berührung, nach ihren Lippen zu sehnen. Manchmal, in ihren Träumen, nahm er sie in die Arme, zog sie an seinen großen starken Körper und trug sie zum nächstgelegenen Bett. Oder er legte sie direkt auf den harten Boden. Manchmal stemmte er sie auch gegen die Wand. Ihr Liebhaber riss ihr die Kleider vom Leib und bedeckte ihre Haut dann mit Küssen seiner weichen Lippen oder seinen rauen Handflächen.

Breena wachte danach mit klopfendem Herzen auf, und ihre Brüste pochten vor Verlangen. Ihr ganzer Körper schmerzte vor Sehnsucht. Sie zog die Knie an und versuchte, tief einzuatmen und das Verlangen und die Leidenschaft aus ihren Gedanken zu verdrängen.

Wenn sie danach wieder zu Atem gekommen war und ihr Herzschlag sich beruhigt hatte, fühlte sie sich nur frustriert. Nach dem Aufwachen versuchte sie sich zu erinnern oder einen Weg zurück in den Traum zu finden. Sie war im Schlaf Hunderte Male bei ihrem Krieger gewesen, aber was kam, nachdem er ihr die Kleider zerrissen hatte und sie sich berührt hatten, verrieten die Träume ihr nicht. Auch sein Gesicht konnte sie nie erkennen. Sie wusste, wie er roch, wie er schmeckte und sich unter ihren Fingerspitzen anfühlte, aber er blieb verborgen. Geheimnisvoll. Ein Traum.

Nur eines war sicher: Wenn der Mann aus ihren Träumen entkäme, durch ihre Tür stürmte und durch ihr Zimmer schritte, hätte sie Angst. Er war kaum mehr als ein Wilder, ursprünglich und ungezähmt. Er hob sein Schwert mit der gleichen Leichtigkeit, mit der sie ihre Haarbürste benutzte.

Haare bürsten. Das war wichtig im Leben einer Prinzessin. Besonders einer, deren einzige Aufgabe darin bestand, zu heiraten. Breena seufzte und ging zwischen den engen Wänden ihres Zimmers auf und ab. Ihre Füße waren so rastlos wie ihre Gedanken.

Und sie wusste, dass diese Art von Überlegungen sie nur in Gefahr bringen konnte.

In all den Märchen, die ihre Mutter ihr vorgelesen hatte, als sie noch ein Kind gewesen war, bekam die Prinzessin immer genau dann Schwierigkeiten, wenn sie sich nach mehr sehnte. Sie führte das Schicksal in Versuchung – nein, sie forderte es heraus. Sie trat ans Fenster und sah hinab, hinaus, am Schlosstor vorbei, bis zu den Bäumen des Waldes, und sie fragte sich ... was wäre, wenn? Was ist da draußen? Ist dort mehr als hier?

Genauso gut könnte sie die Türen weit aufreißen und die Katastrophe auf eine Tasse Tee einladen.

Außerdem, war sie überhaupt auf ein Abenteuer vorbereitet? Mit ihren mageren magischen Gaben wäre sie hinter den Toren genauso verloren wie der kleine Junge und das Mädchen, deren Spur aus Brotkrumen von Vögeln verspeist worden war. Könnte sie einen schrecklichen Oger mit einem fantastischen Menüplan außer Gefecht setzen, wäre das, was draußen vor den Toren auf sie wartete, vielleicht nicht so furchterregend. Aber Riesen und Oger ließen sich nicht davon beeindrucken, dass sie mehr als zwanzig Tänze aus dem ganzen Reich beherrschte. Oder dass sie einen Ball bis ins kleinste Detail organisieren konnte, von den Musikern bis zu den Kerzen, die man im großen Saal brauchte.

Sie betrachtete die Handarbeit, die sie zur Seite gelegt hatte. Über so etwas sollten Prinzessinnen sich Gedanken machen. Perfekte Stiche.

Morgen wollte ihr Vater mit der Suche nach einem Ehemann für sie beginnen. Breena wusste, dass König Aelfric die Suche hinausgezögert hatte. Er wollte nicht, dass seine Tochter ihn verließ. Sein Leben mit Alvina hatte als Zweckehe begonnen, doch es war Liebe daraus gewachsen, und sie hatten eine Familie gegründet, die sich sehr nahestand. Diese Familie allerdings wurde erwachsen und veränderte sich. Ihr ältester Bruder, Nicolai, stand, sobald das Abendessen vorüber war, schnell vom Tisch auf und verschwand, wahrscheinlich ins Bett einer Frau. Als behütet aufgewachsene Prinzessin von Elden sollte Breena über solche Details nichts wissen – aber das tat sie. Mit Mitte zwanzig war Breena bereits einige Jahre älter, als ihre Mutter es damals gewesen war, als diese nach Elden gekommen war, um ihren Ehevertrag zu erfüllen.

Deswegen war sie so rastlos. Ihre Familie konnte die Zeit und die Veränderungen, die sie mit sich brachte, nicht länger aufhalten. Sie würde das Zuhause ihrer Kindheit bald verlassen, heiraten und in ein anderes Königreich ziehen. Dort würde sie dann in den Armen eines Mannes liegen, dessen Gesicht sie deutlich erkennen konnte, dessen Züge kein verschwommenes Traumbild waren. Eines Mannes, der ihr zeigte, was geschah, wenn die Kleider ausgezogen waren. Die Zeit ihres Traumliebhabers war vorüber. Es wäre falsch, ihn noch in ihre Träume zu zwingen, wenn sie einem anderen gehörte.

Doch noch war sie nicht verheiratet. Ihre Finger legten sich um den Zeitmesser, den ihre Mutter ihr zum fünften Geburtstag geschenkt hatte. Sie trug ihn an einer Kette um den Hals, und der Deckel war mit einem Schwert und einem Schild verziert.

„Warum ein Schwert?", hatte sie gefragt. Auch wenn sie eher dazu neigte, durch das Schloss zu rennen, statt elegant zu schreiten, hatte sie selbst mit fünf Jahren gewusst, dass die Waffen eines Kriegers nichts für eine Prinzessin waren.

Ihre Mutter hatte mit den Schultern gezuckt, und ihre grünen Augen hatten sich geheimnisvoll verdunkelt. „Ich weiß es nicht. Meine Magie schmiedet die Zeitmesser." Die Königin hatte sich hinabgebeugt und Breena auf die Wange geküsst. „Aber ich weiß, dass er dir auf deiner Reise zur Seite stehen wird. Bei deinem Schicksal. Gib dein Bestes dabei."

Breena durchzuckte das Verlangen, ihren Krieger zu sehen. Sie hätte sich wahrscheinlich darüber Sorgen machen sollen, dass sie diese Gelüste immer öfter überkamen.

Aber wenn es schon nicht ihr Schicksal war, bei ihrem Krieger zu sein, dann wollte sie den Rat ihrer Mutter beherzigen und auf ihrem Lebensweg ihr Bestes geben. Breena zog die fein gearbeiteten Schuhe aus und legte sich auf die weiche Matratze. Sie machte sich nicht die Mühe, das Kleid abzulegen oder sich die Decke bis ans Kinn zu ziehen. Sie schloss die Augen und stellte sich eine Tür vor. Als ihre Mutter versucht hatte, ihr beizubringen, wie man die Traumwelt kontrollierte, hatte sie ihr gesagt, dass sie nur den Knauf drehen und hindurchgehen musste. Die Tür würde sie überall hinbringen, wohin sie wollte.

Doch die Tür brachte sie immer nur in die Gedankenwelt ihres wilden Liebhabers, und im Augenblick wollte sie auch an keinen anderen Ort.

Er war gerade dabei, den Stahl seiner Klinge zu schärfen. Breena traf ihn oft dabei an, wie er seine Waffen pflegte. In ihren Träumen war sie nie nervös wegen seiner Äxte oder Schwerter oder Messer. Sie genoss seine Wildheit und seine Fähigkeit, andere zu beschützen. Anzugreifen. Sie lehnte sich gegen einen Baum und sah einfach dem

Spiel der Muskeln auf seinem nackten Rücken zu, während er das Tuch um den Griff schlang.

Breena hatte selten Gelegenheit, ihn ausgiebig zu beobachten. Der Krieger in ihm war immer wachsam, und weil sie sich in einem Traum befand, waren seine Züge nie klar erkennbar. Waren an seinen Augen Falten, die zeigten, dass er gerne lachte? Waren Falten auf seiner Stirn, die ihn als ernsthaften Mann auszeichneten, der viel nachdachte? Alles, was sie sehen konnte, waren grobe Pinselstriche. Nichts, was ihr sagte, wer er wirklich war.

Ein Lächeln umspielte ihre Lippen, als sie sah, wie seine Schultern sich anspannten. Ihr Liebhaber hatte ihre Anwesenheit bemerkt. Er drehte sich um und ließ Schwert und Tuch neben sich ins Gras fallen. Ihre Brüste reckten sich ihm entgegen, als er den Blick über ihren Köper wandern ließ und sein Atem dabei kaum mehr als ein Zischen war. Breena kniff die Augen zusammen und versuchte wieder einmal durch den Traumnebel zu sehen, der seine wahren Gesichtszüge vor ihr verbarg. Nur seine Augen konnte sie erkennen. Diese eindringlichen braunen Augen.

Mit lautlosen Schritten trat er über die Blätter und Zweige, die den Boden bedeckten. Sie löste sich vom Baumstamm und ging auf ihn zu, wollte so schnell wie möglich bei ihrem Liebhaber sein, jetzt, da er wusste, dass sie angekommen war.

Sie würden sich zum letzten Mal begegnen.

So sollte es jedenfalls sein. Ihre Pflicht war es, sich auf ihr Königreich zu konzentrieren und ihrem Vater dabei zu helfen, einen Ehemann für sie auszuwählen.

Breena schlang ihrem Liebhaber die Arme um den Hals, um ihn zu ihren Lippen hinabzuziehen. Der Mann ihrer Träume küsste sie nie zärtlich, wie ein Höfling es vermutlich tun würde, der dazu erzogen war, über ein Schloss zu herrschen. Nein, die Lippen dieses Mannes waren fordernd. Sein Kuss war leidenschaftlich und voll rohem Verlangen.

„Ich will dich nackt", sagte er mit belegter Stimme zu ihr.

Sie blinzelte ihn einen Augenblick lang erstaunt an. Er hatte in ihren Träumen noch nie mit ihr gesprochen. Seine Stimme gefiel Breena, ursprünglich und voller Begehren auf sie. Er griff nach dem Stoff an ihrer Schulter, um ihn zu zerreißen, doch sie hielt seine

Hand auf. Sie wollte heute nicht, dass er der Verführer war, auch wenn man sein Liebesspiel nie als geschickte Verführung bezeichnen konnte. Nein, sie wollte, dass sie bei diesem letzten Mal ebenbürtige Partner waren. Breena wollte sich für ihn ausziehen.

Mit einer einzigen Handbewegung löste sie die Bänder und spürte, wie der Stoff ihres Oberteils nachgab. Durch eine sanfte Bewegung ihrer Schultern fiel das Kleid bis zur Taille hinunter. Er kniff die Augen zusammen, als ihre Brüste zum Vorschein kamen und die Spitzen sich vor seinen Augen noch weiter zusammenzogen. Er streckte die Hand nach ihr aus. Breena wusste, was er tun würde, sobald er sie in den Armen hielt, und lachte.

„Noch nicht", neckte sie ihn. Dann hob sie die Röcke und rannte auf den Baum zu. Dieses Spiel hatte sie noch nie mit ihm gespielt … es war ihr nicht in den Sinn gekommen. Sie wusste, dass ihr Krieger die Jagd genoss. Er würde gewinnen, aber sie hatte sowieso vor, sich von ihm fangen zu lassen.

Auch wenn ihr Liebhaber sich geräuschlos bewegte, wusste Breena, dass er ihr nahe war. Sie lachte wieder, als er ihr eine Hand um die Taille legte. Er zog sie an seine feste Brust. Sein harter Körper presste sich gegen sie, und ihr Magen zog sich zusammen vor Sehnsucht und Schmerz. Der Drang, ihn zu necken und davonzurennen, verschwand augenblicklich. Breena wollte – nein, sie *brauchte* – seine Hände auf ihrem Körper und seine Lippen auf ihren Brüsten.

Etwas Hartes presste sich auf ihren Mund. In seinen dunklen Augen stand Verwirrung, und sein scharfer Umriss begann zu verschwimmen. Zu vergehen. Seine Hände schlossen sich fester um ihre Arme, aber es war zu spät.

„Bleib bei mir", verlangte er. „Was geschieht mit dir?"

Sie wehrte sich, konzentrierte all ihren Willen darauf, hinter der Tür zu bleiben, bei ihm. Aber es war zu spät.

Breena kämpfte gegen die Kraft an, die ihren Kopf festhielt.

„Still", befahl eine Stimme.

Sie schüttelte den Kopf und streckte die Hand nach ihrem Liebhaber aus. Aber sie griff nur in die Luft. Etwas, irgendeine Kraft, riss sie fort von ihm. „Hilf mir", versuchte sie zu rufen, aber durch die Hand über ihrem Mund konnte sie nicht sprechen.

Und dann war er fort.

Breena war wieder in ihrer Schlafkammer. Rolfe, ein Mitglied der Leibwache ihrer Eltern, stand über sie gebeugt. „Seid still, Prinzessin. Die Burg wird angegriffen. Sie haben bereits König und Königin in ihrer Gewalt."

Breena setzte sich auf, und die letzten Reste ihres Traumes verflogen. Als ihr bewusst wurde, was der Wächter gerade zu ihr gesagt hatte, wurden ihre Finger eiskalt, und ihr Herz begann zu rasen. „Wir müssen ihnen helfen", flüsterte sie.

Rolfe schüttelte den Kopf. „Dafür ist es zu spät. Eure Eltern würden wollen, dass ich Euch und Eure Brüder durch den Geheimgang aus der Burg bringe."

„Aber ...", wandte sie ein. Tränen stiegen ihr in die Augen, und ihre Kehle zog sich zusammen. Der Geheimgang war von längst verstorbenen Vorfahren gebaut worden, als letzter Ausweg, wenn den Bewohnern der Burg nur noch die Flucht übrig blieb.

„Kommt, Prinzessin, und beeilt Euch. Zieht Eure Schuhe an. Wir müssen Micah und Dayn holen."

„Was ist mit Nicolai?"

Der Wächter schüttelte den Kopf.

Breena wurde von Angst gepackt. Endlich drang durch den Nebel ihres Traumes, in welcher Gefahr sie sich wirklich befand. Das war nicht einfach ein Angriff auf die Burg, von denen sie in der Vergangenheit schon so viele abgewehrt hatten, es war ein richtiger Ansturm. „Haben sie ihn auch in ihrer Gewalt?"

„Ich kann ihn nicht finden. Kommt, wir müssen retten, so viele wir können."

Breena begann zu zittern und atmete tief ein. Sie musste stark sein und sich der Gefahr stellen. Ihre Brüder verließen sich auf sie.

Nachdem sie ihre Füße in die Slipper am Fuß des Bettes gesteckt hatte, folgte sie Rolfe den Flur hinab, der zu den Schlafkammern von Micah und Dayn führte. Unter sich hörte sie Scheppern und Hämmern von Schwert gegen Schild. Kriegsgebrüll. Und Tod.

Sie beschleunigte ihre Schritte und stahl sich zuerst in Micahs Zimmer, während Rolfe zu Dayn ging. Eben noch hatten sie Micahs fünften Geburtstag gefeiert. Jetzt lag es an ihr, dafür zu sorgen, dass er noch einen weiteren erlebte. Wenn sie die Fähigkeiten ihrer Mutter hätte, könnte sie einfach Gedanken ans Aufwachen in die Träume ihres Bruders setzen. Stattdessen würde sie ihn sanft an der Schulter rütteln müssen.

Sie betrat Micahs Kammer. „Wo ist mein Bruder?", fragte sie eine Magd.

„Seine Kinderfrau hat ihn mitgenommen. In eines der höchstgelegenen Zimmer der Burg."

Breena sackte vor Erleichterung zusammen.

„Aber was ist mit Eurem kleinen Vetter?"

Entsetzt schlug sie die Hand auf den Mund, um ein Keuchen zu unterdrücken. Ihr Vetter Gavin, kaum mehr als vier Jahre alt, hatte sie zur Feier in der Burg besucht. Dass einer der Wächter daran denken würde, nach ihm zu sehen, bezweifelte Breena. Sie rannte den Korridor hinab bis zu seinem Schlafzimmer.

„Gavin, mein Schatz", flüsterte sie. „Zieh dich an. Du musst mit mir und Rolfe kommen."

Ihr kleiner Vetter rieb sich die Augen. „Warum?", fragte er noch ganz verschlafen.

„Wir spielen Verstecken", sagte sie mit einem Lächeln.

Er setzte sich im Bett auf, verwirrt über die späte Stunde, aber immer für ein Spiel bereit. Gavin war so klein, dass sie ihn tragen konnte. Sie hob ihn einfach aus den Laken und legte ihn sich über die Schulter. Dann sang sie ihm ein leises Schlaflied ins Ohr, damit er nicht unruhig und laut wurde.

Rolfe schloss sich ihr auf dem Korridor an. „Dayn ist nicht in seiner Kammer."

Angst um ihren älteren Bruder ließ sie wieder am ganzen Körper zittern. „Vielleicht ist er schon entkommen."

In Rolfes Augen glommen für einen Augenblick Zweifel, ehe der Wachmann seine Miene rasch verschloss. Dayn war dafür zuständig, die äußeren Mauern der Burg zu verteidigen. Natürlich war er bei der Verteidigung dabei. Aber man hatte ihre Verteidigung bereits durchbrochen. Das bedeutete, ihr Bruder …

Nein, sie gestattete sich diesen Gedanken nicht. Im Augenblick musste sie sich um Gavin kümmern. Rolfe eilte bereits auf den geheimen Fluchtweg zu, den seit mehreren Generationen niemand in Elden mehr benutzt hatte. Wer griff sie an? Und warum? Ihr Königreich lag in Frieden mit den meisten anderen.

Rolfe schob einen schweren Wandteppich zur Seite, hinter dem die Tür zum Fluchtweg lag. Kampfgeräusche drangen immer noch zu ihnen herauf, und sie kamen immer näher. Die verborgene Tür ächzte, als Rolfe sich gegen das uralte Holz stemmte. Die Scharniere wehrten sich lautstark, nachdem sie jahrelang nicht benutzt worden waren.

„Halt!"

Breena drehte sich um und sah eine furchterregende Gestalt, aus Bosheit geschaffen. Auf acht Beinen, besetzt mit glänzenden Rasiermessern, an denen noch das Blut ihrer Untertanen klebte, raste sie auf sie zu. Das Monster würde sie alle erwischen, wenn sie es nicht ablenkte.

„Du musst jetzt selbst laufen, Gavin."

„Aber ich will auf den Arm", protestierte er.

„Prinzessin", brüllte das Monster mit gefletschten Zähnen. Ihr wurde klar, dass dieses abstoßende Monster nur sie selbst wollte. Es würde alles tun, um zu ihr zu gelangen, auch ihren kleinen Vetter umbringen.

„Lauft!", rief sie und drückte Gavin Rolfe in die Arme, ehe sie die Tür hinter den beiden zuwarf.

„Breena", hörte sie ihren kleinen Vetter weinen. Aber dann vernahm sie das tröstliche Klicken, als Rolfe die Tür aus dem Inneren des Ganges verriegelte. Ihre Beine zitterten vor Erleichterung. Sie atmete tief durch und drehte sich um. Das Monster stand jetzt dicht vor ihr. Wie ihre Mutter konnte auch dieses Wesen Magie wirken, doch anders als sie bediente es sich dabei der dunklen Mächte, die aus verdorbenem Blut kamen.

Das Monster schob Breena gegen die Wand zurück, und eines der rasiermesserbesetzten Beine hielt sie dort fest. Die Kreatur rüttelte an der Türklinke, aber die Tür rührte sich nicht. „Egal. Sie können sich da drinnen nicht auf ewig versteckt halten." Dann sah das Monster zu ihr herüber. Seine Augen waren kalt. Sie hatte noch nie Augen so voller … Leere gesehen. Ein kalter Schauer überlief sie.

Ein Lächeln, wenn man es so nennen konnte, verzerrte seine Oberlippe. „Kommt. Der Meister wird Euch sehen wollen."

Es packte sie am Arm, und sie atmete scharf ein, als eines der Rasiermesser ihre Haut durchschnitt. Ihr Häscher zerrte sie zur Treppe, auf der immer noch gekämpft wurde. Das Klirren von

Schwert gegen Schwert verhallte bereits, als das Monster sie hinab in die große Halle brachte. Das leidende Stöhnen der Verwundeten und Sterbenden mischte sich mit dem angsterfüllten Weinen der Gefangenen. Dann entdeckte sie ihre Eltern auf der Empore, von der aus sie sonst Hof hielten – an ihre Thronsessel gekettet. Eine spottende Demütigung.

In ihrer Brust machte sich Wut breit und verdrängte die Angst. Ihr Vater lag dort, wo er einst stolz regiert hatte. Zusammengesackt. Blut lief ihm die Wange hinab und sammelte sich zu seinen Füßen. So viel Blut. Zu viel Blut. Ein Schluchzen löste sich aus ihrer Kehle, und sie entriss dem Monster ihren Arm. Sie konnte ihn nicht so sterben lassen. Nicht ihren Vater, der gerecht regiert, der sein Volk geliebt hatte.

Der Schlag kam von hinten. Er warf sie zu Boden, und die kalten Steine der Feuerstelle schnitten ihr in die Stirn. Ihr wurde schwarz vor Augen, und sie blinzelte, um wieder klar sehen zu können und den Schmerz zu verdrängen. Sie sah ihrem Vater in die Augen. Er hatte nicht mehr lange zu leben. Breena zwang sich, auch ihre Mutter anzusehen. Ihre wunderschöne Mutter mit den außergewöhnlichen silberfarbenen Haaren, die jetzt rot von ihrem Blut gefärbt waren.

Ihre Eltern streckten die Hände nacheinander aus. Die Geste gab Breena Trost. Sie würden gemeinsam sterben. Dunkelbraune Augen tauchten in ihren Gedanken auf. Der Krieger aus ihren Träumen würde diese Kreaturen, die Blutmagie benutzten, bekämpfen. Er würde sterben bei dem Versuch, zu retten und zu rächen. Sie wünschte, er wäre bei ihr.

„Nein!", rief ein Mann mit kalter Stimme. Er klang wie der Tod.

Breena wusste sofort, dass dieser Mann – oder etwas, was einst ein Mann gewesen war –, der auf ihre Eltern zulief, der Blutmagier war. Eine Legende. Ein Gerücht. Vor ihm mit seiner großen und knochigen Gestalt warnten Mütter ihre Kinder. Er nahm sich jene, die dumm genug waren, die sicheren Grenzen von Elden zu verlassen, und machte sie zu etwas Bösem.

Etwas Mächtiges begann zwischen den Händen ihrer Eltern zu entstehen. Sie streckten nicht die Hände nacheinander aus, wie Breena erst geglaubt hatte, sie vereinten ihre Kräfte. Breena griff nach dem Zeitmesser. Ihre Finger gruben sich in das Schwert und das Schild, mit denen der Deckel verziert war. Wie ironisch, wo doch ein Schwert und ein Schild genau das waren, was sie jetzt am meisten brauchte.

Und einen Mann, der dieses Schwert schwang.

Ihr Zeitmesser erwärmte sich und fing an zu glühen. Eine Welle der Magie durchfuhr ihren ganzen Körper. Breena konnte den Schmerz an ihrer aufgeplatzten Schläfe nicht mehr spüren – und auch nicht die kalten Steine unter ihrem Körper.

Ihr letzter Gedanke galt ihrem Krieger.

1. Kapitel

A furore libera nos, Domine!
Erlöse uns von unserem Zorn, oh Herr!

Zehn Jahre zuvor

Osborn schloss die Finger fest um den glatten Griff seines Speers. Er hatte unzählige Stunden damit verbracht, die Rinde abzuschälen und das grobe Holz abzuschmirgeln, bis es gut in seiner Hand lag. Seine Beine bebten vor Vorfreude, während er am Lagerfeuer saß und dabei zusah, wie die Holzscheite sich orange färbten und der Rauch zu den Sternen hinaufstieg.

Es sollte seine letzte Nacht als Kind werden.

Morgen würde er dem Pfad folgen, den sein Vater und dessen Vater und Generationen seiner Vorväter beschritten hatten, seit dem Anfang aller Anfänge. Morgen wollte er sich der letzten Herausforderung stellen. Morgen wurde er zum Mann, oder er starb.

„Du musst schlafen", sagte sein Vater.

Osborn blickte zu ihm auf. Selbst im trüben Licht des Feuers konnte er die Falten um die Augen seines Vaters erkennen. Morgen würde er sich ihm entweder als Krieger anschließen, oder sein Vater musste einen weiteren Sohn begraben.

„Ich bin nicht müde", gestand Osborn.

Sein Vater nickte und setzte sich zu ihm auf den Boden. Das Feuer wärmte die kühle Nachtluft. „Das war ich in jener Nacht auch nicht."

Osborn kniff die Augen zusammen. Auch wenn er schon ein Dutzend Mal nach der Bärenjagd seines Vaters gefragt hatte, er hatte darauf nur knappe Antworten bekommen. Die Aufgabe eines Vaters war es, seinen Sohn auf den Kampf vorzubereiten, aber was einen erwartete, was man fühlen würde ... diesen Kampf musste jeder Junge alleine austragen. Nach seinen eigenen Regeln. Er prägte den Krieger, der er einmal werden würde.

Wenn er es überlebte.

Am Morgen erwachte Osborn dadurch, dass jemand an seiner Schulter rüttelte. Irgendwie war er doch in tiefen Schlaf gefallen. „Es wird Zeit."

Das Feuer war erloschen, und er unterdrückte den Impuls, das Fell fester um seine Schultern zu ziehen. Dann erinnerte er sich.

Es war so weit. Jetzt.

Ein Lächeln legte sich auf das Gesicht seines Vaters, als er sah, wie hastig Osborn sich bewegte. Wie der Blitz hatte er sich angezogen, seine Bettrolle zusammengebunden und seinen Speer in der Hand.

„Die Zeit ist gekommen", verkündete sein Vater und wiederholte damit die Worte, die man auch zu ihm gesagt hatte.

Sie standen sich jetzt auf Augenhöhe gegenüber, und Osborn würde noch weiter wachsen. Später, am Abend, würde er als Mann zurückkehren und seinen Platz bei den Kriegern einnehmen.

Sein Vater nickte. „Ich werde dir jetzt sagen, was mein Vater mir gesagt hat und wohl auch sein Vater zu ihm und die Väter vor ihm. Was du jetzt tun musst, tust du allein. Lass deinen Bierschlauch hier, nimm keinen Proviant mit. Trag nichts bei dir als deine Waffe. Sei mutig, aber vor allem sei ehrenhaft."

„Woher weißt du, wann es vorbei ist?", fragte Osborn.

„Ich werde es einfach wissen. Jetzt geh."

Osborn drehte sich um und suchte schweigend seinen Weg durch das Unterholz, wie sein Vater es ihn vor vielen Jahren gelehrt hatte. Eine seiner vielen Lektionen. Letzte Nacht hatten sie an der Grenze zum heiligen Bärenland geschlafen. Jetzt war es an der Zeit, die Grenze zu übertreten.

Mit einem tiefen Atemzug betrat er das heilige Land und genoss den unerwarteten Schwall der Macht, die sich in seinem Körper ausbreitete. Sie schwoll in seiner Brust an und wuchs dann bis in seine Gliedmaßen und seine Finger. Mit dieser neuen Kraft packte Osborn seinen Speer und fing an zu rennen. Schneller als je zuvor folgte er diesem Sog der Macht und vertraute seinen Instinkten.

Zeit verlor alle Bedeutung. Er wurde nicht müde, nicht einmal, als die Sonne am Himmel höher stieg. Sein Blickfeld verengte sich, und der schwere Duft nach Moschus hing in der Luft. Bärenmoschus.

Die Zeit war gekommen.

Jeder Muskel, jeder seiner Sinne spannte sich an. Instinktiv wendete er den Kopf, und er sah ihn.

Der Bär war ein Riese. Er ragte mehr als zwei Fußspannen höher auf als Osborn, seine wilden Klauen waren geschwungen, sein dunkelbraunes Fell spannte sich straff über festen Muskeln. Osborn sah der schrecklichen Kreatur in die Augen. Wieder durchfuhr ihn etwas Mächtiges, und seine Muskeln verkrampften sich. Sein Körper erstarrte.

Der Bär knurrte, ein donnerndes Geräusch, das die Erde unter seinen Füßen zum Beben brachte. Osborn fühlte, wie er die Augen aufriss, aber er konnte sich immer noch nicht bewegen.

Die Zeit war gekommen.

Osborn zwang sich, die Finger zu bewegen und entspannte seinen Arm. Und dann, in einem schwungvollen Bogen, den er Hunderte Male mit seinem Vater geübt hatte, warf er den Speer. Die scharfe Spitze voran, sauste die Waffe durch die Luft. Das Tier brüllte, als sie in seiner Brust versank. Blut verdunkelte seinen Pelz.

Mit einem kehligen Schrei sprintete Osborn dorthin, wo der Bär zu Boden gefallen war, und griff nach dem Holz, das in seinem Körper steckte. Das Tier wurde wild, als Osborn sich ihm näherte, und hieb mit seinen tödlichen Klauen nach ihm. Eine Welle der Angst lief ihm über den Rücken. Der rostige salzige Geruch nach Blut drang ihm in die Nase. Osborn schüttelte den Kopf, um das heisere wütende Grollen des Bären an sich abprallen zu lassen. Der Bär rollte sich auf die Füße, ragte wieder über ihm auf, ganz nah diesmal. So nah.

Osborn nahm all seine Entschlossenheit zusammen. Er sollte ein Krieger werden. Ein tapferer. Er griff nach dem Speer. Eine Waffe war alles, was ein Junge mit sich bringen durfte. Der Bär schlug nach ihm, seine Klauen zerfetzten den Stoff seines Hemdes und rissen die Haut über seinem Bizeps auf. Mit einem mächtigen Hieb warf das Tier Osborn so hart zu Boden, dass ihm die Luft aus den Lungen wich.

Vergiss den Schmerz. Vergiss das Blut. Vergiss die Angst.

Wieder konzentrierte sich Osborn nur auf den Augenblick. Er griff noch einmal nach dem Speer, und dieses Mal gelang es ihm, ihn aus dem Körper des Bären zu ziehen. Doch dafür zahlte er einen

Preis. Das mächtige Tier schlug noch einmal nach ihm, und die Pranke riss ihm das Fleisch von der Schulter bis hinab zur Hüfte auf. Der Schmerz war die reine Qual, und die Welt verschwamm vor seinen Augen, doch er hielt die Hand ruhig und zielte auf die Kehle des Bären.

Das Tier fiel erneut zu Boden, und Osborn wusste, dass es dieses Mal nicht wieder aufstehen würde. Er sah in die dunkelbraunen Augen des Bären. Quälendes Mitleid überkam ihn plötzlich. *Deswegen* erzählten die Krieger nie von ihren Erfahrungen.

Der Bär atmete mühsam. Blut tropfte ihm aus der Nase. Osborn kniff die Augen fest zusammen und kämpfte gegen die Übelkeit an, die ihn zu überwältigen drohte. Sein Blick fiel auf die schmerzgetrübten Augen des Bären. Er entehrte die Seele dieses mächtigen Tieres, indem er es leiden ließ. Die Seele des Bären brüllte darum, entlassen zu werden. Auf die nächste Reise zu gehen.

Die Zeit war gekommen.

Osborn fasste den Speer fester, trieb ihn direkt ins Herz des Bären und beendete so dessen Leben. Die Welle der Macht, die über ihn hereinbrach, ließ ihn fast rückwärts stolpern. Er kämpfte dagegen an, aber sie riss seine Seele einfach mit sich. Die Energie des *Ber* verschmolz mit seiner eigenen Natur und machte ihn zu einem der Krieger, die im ganzen Reich als *Berserker* bekannt waren.

Er spürte, wie seine Muskeln zu zittern begannen, fühlte, wie ihn der Blutverlust schwächte. Aber die Wunden würden heilen. Und dann wäre er stärker als je zuvor. Osborn rang nach Luft und stolperte zurück an die Stelle, an der er sich von seinem Vater getrennt hatte.

Sichtbare Erleichterung glitt über die Miene seines Vaters, und seine braunen Augen wurden warm, als er seinen Sohn kommen sah. Osborn richtete sich trotz des Schmerzes sofort auf. Er war ein Krieger, er würde seinen Vater auch begrüßen wie ein Krieger. Aber sein Vater umarmte ihn, packte ihn und drückte ihn fest an seine Brust. Einige Augenblicke lang sonnte Osborn sich im Stolz und in der Liebe seines Vaters, ehe er sich von ihm löste und begann, das Lager zusammenzupacken.

„Es war schwerer, als ich dachte. Ich hatte nicht erwartet, mich so zu fühlen", platzte es ohne erkennbaren Grund aus Osborn heraus.

Er bereute seine übereilten Worte sofort. Das waren die Gefühle eines Jungen. Nicht die eines Mannes. Nicht die eines Kriegers.

Doch sein Vater nickte nur. „Es soll auch nicht einfach sein. Ein Leben, egal wessen Leben, darf man nie ohne einen Sinn und ohne Mitleid nehmen." Er stand auf und legte sein Bündel über die Schulter. „Führe mich zu dem Bären. Wir müssen ihn vorbereiten."

Sie gingen schweigend nebeneinander her in das heilige Land, wo der Bär seinen letzten Atemzug getan hatte. Sein Vater brachte ihm bei, nach altem Brauch dem Bären Ehre zu zollen, und dann machten sie sich an die Arbeit.

„Jetzt hast du das Herz eines Bären. Als ein Krieger von Ursa wirst du den Geist des Bären in dir tragen. Dein *Ber*-Geist wird immer bei dir sein, wird schweigend in dir warten, bereit sein für deinen Ruf. Die Stärke des Bären kommt zu dir, wenn du deine Bärenhaut trägst", sagte sein Vater und hob den Pelz des Bären hoch. „Überlege es dir gut, bevor du den Pelz anlegst. Du wirst in der Lage sein zu töten, Osborn, und das mit Leichtigkeit. Doch niemals ohne Ehre."

„Das werde ich, Vater", schwor er mit einem bescheidenen Gefühl des Stolzes. „Was machen wir jetzt?"

„Wir nehmen das Fleisch, damit unser Volk etwas zu essen hat. Die Klauen benutzen wir als Waffen. Wir verschwenden nicht, was der Bär uns gegeben hat. Wir ehren sein Opfer." Sein Vater fuhr mit einem Finger den Pelz des Bären entlang. „Aber der Pelz gehört dir allein. Du trägst ihn nur, wenn du in die Schlacht ziehst und den Geist des Bären zu dir rufen musst."

So wie er es schon bei seinem Vater gesehen hatte und bei Dutzenden Kriegern von Ursa, die ihr Heimatland beschützten. Jetzt schloss er sich ihren auserlesenen Rängen an.

Sie kamen in der Nacht. Doch Vampire waren in der Nacht am stärksten. Sie griffen an, als alle schliefen, während die Krieger und ihre Söhne auf Bärenjagd waren. So verhielten sich Feiglinge.

Die Schreie der Frauen erfüllten die Luft. Das Lodern der brennenden Häuser und Scheunen und Kornschober erleuchtete den Himmel. Vater und Sohn betrachteten die Szene, die sich ihnen darbot. Osborns Mutter war dort unten. Seine Schwester.

Sein Vater streifte die Kleider ab und griff nach seiner Bärenhaut und seinem Schwert, die er stets in Reichweite behielt. Osborns eigenes Fell war noch nicht fertig, noch nicht in der Sonne gegerbt, aber er griff dennoch danach und legte es sich um die nackten Schultern. Blut und Sehnen klebten noch an dem Pelz und drangen durch die Wunden an seinen Armen in seinen Körper ein und tropften an ihm hinab. Mächtige Wut erfasste ihn. Er spürte nichts anderes mehr. Keine Trauer um den Bären, keine Sorge um seine Brüder oder seine Schwester oder Mutter, kein Bedauern über den Verlust der Vorräte, die sein Volk durch den harten Winter bringen sollten. Osborn fühlte nichts mehr außer todbringender Wut.

Mit einem Kriegsgebrüll stürmte er den Hügel hinab zu seinem Dorf, seinem Volk. In die Schlacht. Er achtete nicht auf die Warnung seines Vaters. Ein Vampir drehte sich nach seinem Schrei um. Blut tropfte ihm vom Kinn, und ein eiskaltes Lächeln lag auf seinen grausamen Lippen.

Die Kraft seines Zornes überwältigte Osborn. Er griff den Vampir an, packte ihn an der Kehle, zerrte an seinem Fleisch, riss den Körper der Kreatur mit bloßen Händen in Stücke. Er brauchte keinen Pflock, nur seine Faust. Er trieb sie durch Haut, Knochen, bis ins Herz. Der Vampir brach vor seinen Füßen zusammen.

Osborn drehte sich noch einmal um, bereit, einen weiteren umzubringen. Und er tat es. Wieder und wieder. Doch die Krieger von Ursa waren in der Unterzahl. Die Vampire warteten, mit Keulen bewaffnet, auf die Väter und Söhne, die langsam ins Dorf zurückkehrten. Sie waren leichte Beute. Die Kreaturen wussten, was sie taten, indem sie weder mit Klingen noch mit Flammen gegen sein Volk antraten.

Die Leichen seiner Nachbarn lagen zwischen den Bluttrinkern, die er getötet hatte. In der Ferne sah er, wie sein Vater immer noch kämpfte. Er trat mit Leichtigkeit gegen zwei Vampire an, sein Berserkergang ein treuer Verbündeter. Doch dann sah er seinen Vater fallen. Die Vampire machten sich bereit, ihm die letzte Lebenskraft auszusaugen. Seine Seele.

„Nein", brüllte er, und seine Wut stieg immer weiter an. Er griff sich noch im Rennen ein Schwert von einem der gefallenen Männer. Die Klinge mochte seinem Fleisch nichts anhaben können, doch sie würde bald eine Heimat im bitteren düsteren Herzen eines Vampirs finden.

Der Bluttrinker am Hals seines Vaters verlor seinen Kopf, noch ehe er merkte, dass Gefahr drohte. Der zweite Vampir hatte noch Zeit, sich zu wehren, und steigerte damit nur Osborns Wut. Der Krieger lachte in den Sonnenaufgang, als der Vampir ihm zu Füßen fiel. Er drehte sich um, bereit, weiter zu töten. Seine Wut wurde nur durch den Tod seines Feindes gelindert. Aber er war umzingelt.

Die Vampire bewegten sich in unfassbarer Geschwindigkeit, um sich denen anzuschließen, die ihn langsam einkreisten. Selbst unter seinem Berserkergang, angefüllt mit dem Geist des Bären, wusste er, dass er so viele Vampire nicht besiegen konnte. Die Vampire hatten dafür gesorgt, dass niemand ihm mehr helfen konnte.

Er konnte nur noch dafür sorgen, dass er so viele von ihnen wie möglich mit sich nahm, wenn er starb. Er hob sein Schwert und machte sich für die Schlacht bereit.

Ebenso schnell, wie die Vampire ihn umzingelt hatten, ließen sie von ihm ab. Licht drang durch das Laub der Bäume. Einer nach dem anderen verschwanden die Vampire, schneller als seine Augen ihnen folgen konnten.

„Kommt zurück und kämpft!", rief er ihnen nach.

Das Rascheln des Windes im Gras war seine einzige Antwort.

„Kämpft, ihr Feiglinge."

Aber seine Wut verflog, und stattdessen blieb ihm nur Verzweiflung. Sein Pelz rutschte ihm von der Schulter.

Die Vampire, die auf dem Boden im Sterben lagen, fingen an zu zischen. Rauch stieg von ihren Körpern auf, und bald waren sie nur noch Asche. Der Geruch war schrecklich, und Osborn wandte sich ab und sank neben dem reglosen Körper seines Vaters zu Boden.

Er nahm die Hand seines Vaters in seine eigene. Sie war kalt und leblos. Tränen stachen in seinen Augen, aber er blinzelte sie fort, um den Geist des Mannes zu ehren, der gestorben war, um sein Volk zu retten.

Der Vampir, den Osborn von seinem Kopf befreit hatte, hatte nichts als seinen Umhang zurückgelassen. Im Schutz der Nacht hatte er nicht erkannt, dass die Angreifer alle ähnlich gekleidet waren. Sein eigenes Volk uniformierte sich nicht, wenn es in die Schlacht zog.

Aber ein Königreich seiner Welt tat es. Die magischen Vampire von Elden. Er erkannte das Marineblau und Purpurrot von Eldens königlicher Wache.

Das ergab keinen Sinn. Nichts ergab einen Sinn. Zwischen seinem Volk und Elden herrschte seit Generationen Frieden. Der König musste nur darum bitten, und schon standen ihm die Krieger von Ursa zur Seite.

Nur noch eines ergab für Osborn einen Sinn: Jeder einzelne Bewohner von Elden musste durch seine Hand sterben.

Der nächste Tag brachte harte und grauenvolle Arbeit. Er trug die Leichen seines Volkes behutsam zusammen und versuchte, sich dabei daran zu erinnern, wer sie gewesen waren – seine Nachbarn, seine Schulkameraden, nicht diese leblosen Körper, in Blut getränkt und von blutrünstigen Vampiren entweiht. Er fand seine Mutter, die den kleinen leblosen Körper seiner Schwester in den Armen hielt und ihn noch im Tod beschützte. Die Lieblingspuppe seiner Schwester in ihrem rosa Rüschenkleid lag neben ihnen. Zertrampelt.

Als die Sonne schon hoch am Himmel stand, war er endlich fast mit seiner schrecklichen Aufgabe fertig. Die Tradition verlangte es, dass bei Sonnenuntergang ein Scheiterhaufen errichtet wurde und bis in die Nacht brannte. Aber er nahm an, seine Familie würde ihm vergeben, wenn er sich nicht zu einem leichten Ziel für die Vampire machte, die darauf warteten, ihm die Kehle durchzubeißen. Doch zwei Mitglieder seiner Familie fehlten noch. Seine zwei jüngeren Brüder, Bernt und Torben.

Zum ersten Mal, seit der Berserkergang ihn verlassen hatte und er die Freiheit besaß, sich das Gemetzel anzusehen, das Elden angerichtet hatte, verspürte Osborn einen kleinen Hoffnungsschimmer. Seine jüngeren Brüder konnten stundenlang Verstecken spielen, und dieses Mal hatte ihr Talent dafür, sich nicht finden zu lassen, ihnen vielleicht das Leben gerettet. Als ihr älterer Bruder kannte er ihr Lieblingsversteck. Klinge und Pelz geschultert, fing Osborn an zu rennen.

Der irdene Geruch der Höhle war eine willkommene Abwechslung von dem Gestank nach rauchiger Asche und Blut und Tod, der auf dem Schlachtfeld geherrscht hatte. Er pfiff in die Höhle. Es kam keine Antwort, aber er spürte, dass die beiden dort waren. Er wollte es. Brauchte es. Osborn hatte nie verstanden, was seine jüngeren Geschwister an diesem Ort so sehr faszinierte. Er hasste die enge dunkle Höhle, aber nach ihren täglichen Aufgaben verbrachten seine Brüder Stunden im Schutz der Steine. Er hoffte, sie hatten es auch dieses Mal getan. Osborn trat einen Schritt hinein. „Bernt, bist du hier drin? Torben? Kommt raus, Brüder", drängte er sie leise.

Er hörte jemanden schnell atmen, und eine Erleichterung, wie er sie noch nie erlebt hatte, schnürte ihm die Kehle zu.

„Ich bin es, Osborn. Nehmt meine Hand", forderte er sie auf und streckte seine Finger voller Angst und Hoffnung tiefer in die Höhle hinein.

Seine Belohnung waren kleine Finger, die sich um seine Hände schlossen. Zwei Paar Hände. Den Göttern sei Dank.

Er führte sie vorsichtig aus der Höhle. Ihre schmutzigen Gesichter, die im hellen Sonnenlicht blinzelten, waren ein so willkommener Anblick.

„Mutter hat gesagt, wir sollen uns verstecken", sagte Bernt, dem Schuldgefühle bereits die junge Miene verhärteten.

„Wir wollten kämpfen", verteidigte sich Torben. „Aber wir mussten es ihr versprechen."

Er drückte beiden kurz die Schulter. So wie sein Vater es getan hätte. „Ihr habt das Richtige getan. Jetzt lebt ihr, um an einem anderen Tag zu kämpfen." Wie er gelebt hatte. Wie er kämpfen würde.

Nachdem sie zusammengesammelt hatten, was sie an Vorräten finden und tragen konnten, halfen seine Brüder Osborn dabei, den Scheiterhaufen anzuzünden, und sprachen ein Gebet für die Seelen ihres Volkes.

Zu dritt reisten sie weit fort von Ursa, durch mehrere Königreiche ihrer Welt. Osborn verbrachte die Tage damit, Nahrung aufzutreiben, seine Brüder zu beschützen und an ihrer Ausbildung zu arbeiten. Aber er lernte bald, dass die einzige ertragreiche Fähigkeit eines Kriegers von Ursa das Töten war. Er verdingte sich als Söldner. Als Mörder.

Der Junge, der einst um den Tod eines furchtlosen Tieres getrauert hatte, genoss es jetzt, zu töten. Den Duft des Todes. Das Flehen seiner Opfer.

Die Gefahr seines eigenen drohenden Todes ließ Osborn erst aufblühen. Selbst das Vergnügen, das er zwischen den Beinen einer Frau fand, konnte seine Wut kaum zähmen. Nur wenn er sich dem Stahl einer anderen Klinge stellte, erwachten seine Sinne. Nur wenn ein scharfer Schmerz ihn durchdrang, konnte er ... fühlen.

Nur wenn er dabei zusah, wie das Blut aus seinen Adern pumpte und das Leben ihn mit jedem Herzschlag verließ, hörte er den hallenden Puls seiner Vorfahren. Die jetzt nicht mehr bei ihm waren. Alle tot. Bis auf ihn. Er überlebte immer.

Doch dann fingen die Adligen der verschiedenen Königreiche an, sich vor dem Mann zu fürchten, den sie einst angeheuert hatten. Einem Mann, der ihre Befehle, ohne nachzufragen, ausführte, konnte man nicht vertrauen.

Jetzt wurde auf ihn Jagd gemacht.

Und acht Jahre nachdem er aus seinem Heimatland geflohen war, nahm Osborn seine jüngeren Brüder noch einmal mit sich und floh, dieses Mal tief in die bewaldeten Ebenen des heiligen Bären, an einen Ort, an den niemand außer eines Kriegers von Ursa sich je gewagt hätte. Und diese Krieger waren alle fort.

2. Kapitel

Breena stolperte durch hohes Gras und Brombeersträucher. Lange Dornen zerkratzten die zarte Haut an ihren nackten Beinen, aber sie schrie nicht mehr bei jedem neuen Schmerz auf. Wenn sie zu Hause in Elden wäre, könnte sie den Schmerz mit ihrer Magie lindern, indem sie ihn durch eine Tür in ihren Gedanken zwang und sie zuschlug. Aber diese Gabe stand ihr hier an diesem unbekannten Ort nicht zur Verfügung. Hier, wo auch immer sie sein mochte, musste sie den Schmerz ertragen. Musste das Pochen ihrer müden Muskeln und das Stechen in den Schnitten und Schürfwunden an ihren Armen und Beinen überwinden.

Ihr reich verzierter Rock, dessen weite Falten ihr einziger Schutz vor dem wilden Unterholz gewesen waren, war auf ihrem beschwerlichen Weg in Fetzen gegangen. Blut lief aus langen Kratzern ihre Beine hinab und schloss sich der getrockneten Schicht an, die bereits an ihren Waden klebte. Ihre Knie waren abgeschürft, und dennoch zwang sie sich, einen Fuß vor den anderen zu setzen. Sie strebte vorwärts, wie sie es getan hatte, seit sie aus ihrem Reich gerissen und hierhergebracht worden war ... wo auch immer das sein mochte.

Sie trat auf einen Stein. Die scharfe Kante grub sich in den empfindlichen Spann ihres Fußes. Die feinen Slipper, die sie nach dem Aufwachen angezogen hatte, waren längst verloren. Sie stolperte wieder, und dieses Mal fiel sie hin. Als sie am Boden saß, verließ sie der letzte Rest ihrer Kraft. Selbst zum Weinen fehlte ihr die Energie. Sie hatte seit Tagen nichts gegessen, und das einzige Wasser hatte sie von den Blättern der Pflanzen gesammelt. Niemand, der sie jetzt sah, würde glauben, dass sie einst eine Prinzessin gewesen war. Noch dazu eine, die magische Kräfte besaß.

Sie legte die Hände zusammen, schloss die Augen und konzentrierte sich darauf, Magie zu beschwören. Nur für einen kleinen Strahl Wasser oder eine Beere. Aber nichts geschah. So war es, seit sie in dieser Wildnis aufgetaucht war, mit nur zwei Gedanken, die sich nicht mehr aus ihrem Kopf vertreiben ließen. Zwei scheinbar widersprüchlichen Zielen.

Überleben. Töten.

Breena rieb sich die Stirn und versuchte, den scharfen Schmerz zu lindern, der hinter ihren Augen pochte. Diese Ziele schienen von einem Ort außerhalb ihres Bewusstseins zu kommen. „Überleben" kam von jemandem, der gütig war und liebevoll ... ihrer Mutter? Sie schlang die Arme um sich – ja, ihre Mutter würde wollen, dass sie überlebte.

Rächen. Töten. Der Gedanke war männlich. Mächtig. Autoritär. Ihr Vater.

Und doch würde sie beides nicht tun. Sie würde weder leben noch töten. Es sei denn, es zählte, dass sie sich selbst umbrachte, indem sie sich weiter vorwärtskämpfte.

Sie bezweifelte, dass ihr Vater daran gedacht hatte. Ihre Finger legten sich um den Zeitmesser, der irgendwie die höllische Kraft überstanden hatte, die sie an diesen wilden Ort gebracht hatte. Woher auch immer diese Kraft gekommen war. Eine nie gekannte Vergeltungssucht war tief in sie eingebrannt, und sie wusste, vielleicht schon seit sie benommen und allein in diesem fremden Land erwacht war, dass ihre Eltern etwas mit ihr angestellt hatten. Warum hier? Waren sie to... Schmerz brüllte hinter ihren Augen und brachte sie zum Keuchen. Ihre Eltern ... das Pochen kam immer dann, wenn sie zu lange an die beiden dachte. Sie wusste nicht einmal, ob sie tot oder noch am Leben waren. Doch jedes Mal, wenn sie ihre Gedanken in diese Richtung lenkte, konnte Breena ein wenig mehr sehen. Bis der Schmerz über sie kam.

Sie würde ohnehin sterben, also konnte sie genauso gut weitergehen.

Breena machte sich auf den Schmerz gefasst, drückte sich vom Boden hoch und stand auf. Sie tat einen unsicheren Schritt, dann noch einen.

Ein Vogel flog über sie hinweg. Sie hatte einmal eine Geschichte gehört, von einem Jungen, der einem Vogel gefolgt war – zu einer wunderschönen Wiese mit Früchten und einem Teich voll kühlem, köstlichem Wasser. Natürlich hatte der Junge sich dort verlaufen und nie wieder nach Hause zurückgefunden. Breena war sicher, die

Geschichte enthielt eine Moral, eine Warnung an neugierige Kinder, sich nicht allein auf den Weg zu machen. Aber im Augenblick war ihr nur der Teil wichtig, der von Wasser und Nahrung handelte.

Sie legte eine Hand über ihre Augen, um sie vor der Sonne zu schützen, und beschloss, dass dem Vogel zu folgen bisher ihr bester Plan war. Sie entdeckte noch einen Schädel, der an einem Baum hing. Das war der dritte, den sie auf ihrem Weg gefunden hatte.

Ein Bärenschädel.

Sie musste in Ursa sein, im Land des Stammes, der den großen Bären verehrte. Die Männer kämpften auch wie die Bären, hatte sie ihren Vater sagen hören, und er hatte beeindruckt geklungen. Das Königreich Ursa war seit der Zeit ihres Urgroßvaters mit ihrem verbunden. Er selbst hatte die Konditionen ausgehandelt. Wenn sie nur das Volk finden konnte, ein Dorf vielleicht, dann könnte man ihr möglicherweise helfen, nach Elden zurückzukehren. Aber nein, das Volk von Ursa war verschwunden. Wenn diese Krieger ihr bloß bei ihren beiden Zielen helfen könnten, beim Überleben und beim Töten. Die Gedanken, mit denen sie vor zwei Tagen aufgewacht war.

Waren es zwei? Es fühlte sich nach mehr an. Als wäre ihre Jugend in Elden in einem früheren Leben gewesen. Die Zeit war so verschwommen. Sie ergab keinen Sinn. Wie so vieles, seit Breena aufgewacht war. Sie erinnerte sich, dass in ihrer Heimat etwas geschehen war, und fürchtete um ihre Brüder. Wenn sie die Augen schloss, tauchten Bilder von ihrer Mutter und ihrem Vater auf. Sie sah dann, wie die beiden ihren letzten Zauber wirkten.

Aber warum hatten sie sie hiergeschickt?

Schmerz zerriss ihr die Brust, und Breena schüttelte den Kopf. Sie wollte diese Bilder nicht in ihren Gedanken sehen. Doch irgendetwas war mit ihr geschehen. Spuren von Magie umgaben sie noch immer. Die Magie eines anderen, ganz gewiss nicht ihre eigene.

Stattdessen versuchte sie, die Bilder ihrer Eltern mit denen ihres Kriegers zu verdrängen. Während sie im Schutz der Bäume schlief, versuchte Breena, in seine Träume einzutreten. In seine Gedanken. Aber genau wie ihre Magie war auch ihr Krieger jetzt verloren. Sie fand keine Tür mehr.

Also folgte sie dem Vogel, einem Falken, während er am Himmel seine trägen Kurven zog.

„Bitte sei durstig", flüsterte sie. *Und hungrig.*

Der Vogel gab ein Kreischen von sich und tauchte hinab. Breena zwang all ihre Kraft in ihre Füße. Ihre Beine. Nicht ihre verschwundene Magie, sondern die gute alte Willenskraft. Sie sprintete dem Vogel hinterher, sprang über einen umgefallenen Baumstamm, wich einem Dornenbusch aus.

Sie gelangte auf eine kleine Lichtung, nur um zu sehen, wie der Vogel dort herumsaß, statt nach Nahrung zu jagen. Enttäuschung grub sich in ihre Seite wie ein Stechen, und sie stützte die Hände auf den Oberschenkeln auf und atmete tief durch. Keine Wiese, kein Teich ... Der Vogel saß einfach nur da. Sie blickte auf, um ihn wütend anzufunkeln, und merkte dann, dass er auf dem Giebel einer Hütte saß. Einer gut instand gehaltenen Hütte.

Die Lichtung um die Holzhütte herum sah aufgeräumt aus, kein Unkraut wuchs dort, keine Steine lagen herum. Ein kleines umgegrabenes Feld – vielleicht ein Garten – lag auf einer Seite. Das bedeutete, drinnen musste es Wasser und Nahrung geben.

Mit einem Jubelschrei rannte sie auf die Tür zu und befürchtete schon, sie wäre verschlossen. Aber sie würde auch eine Scheibe einschlagen, wenn es notwendig war. Sie klopfte an die Tür, doch niemand bat sie hinein. Nachdem sie die Regeln der Etikette eingehalten hatte, drehte sie den Knauf, der sich Gott sei Dank leicht bewegen ließ. Sie öffnete die Tür.

Der Duft von Getreide und Zimt erfüllte die Luft. Dort auf dem Herd stand ein großer Topf Haferbrei. Ihr ganzer Körper verkrampfte sich. Essen. Essen. Sie griff nach der Kelle und begann, direkt daraus zu schlürfen. Genervt davon, wie ungeschickt sie sich damit anstellte, warf sie die Kelle auf die Anrichte und schaufelte mit den Händen aus dem großen Topf, wie ein Tier. Ihre Mutter wäre entsetzt.

Aber andererseits hatte ihre Mutter gewollt, dass sie überlebte. Dass sie lebte.

Ihr leerer Magen protestierte gegen die plötzliche Mahlzeit, und sie zwang sich, langsamer zu essen. Breena wollte sich nicht übergeben müssen. Auf dem Tisch stand ein Krug. Es war ihr egal, was darin war, selbst Brombeersaft würde sie trinken. Sie setzte den Ausgießer an ihre Lippen und ließ den süßen Geschmack von Limonade in ihren Mund und ihre Kehle hinablaufen.

Trotz ihrer Bemühungen, langsam zu essen und zu trinken, wurde ihr schlecht, und sie fing an zu zittern. Sie machte einen Schritt nach links, ohne hinzusehen, und stolperte ungelenk auf einen Stuhl. Mit einem lauten Knacken gaben die Beine nach, und der Stuhl zerbrach. Sie landete auf dem Boden.

Breena fing an zu lachen. Tränen traten ihr in die Augenwinkel und liefen die Wangen hinab. Sie hatte eine Hütte gefunden, und trotzdem stolperte sie immer noch auf dem Boden herum. Niemand würde glauben, dass sie eine Prinzessin war, wenn ihr Haferschleim an den Händen klebte, der langsam trocknete, und Limonade vom Kinn tropfte.

Die Übelkeit verging, und stattdessen empfand sie eine entsetzliche Müdigkeit. Breena hatte dieser Familie bereits eine Mahlzeit weggegessen und ihre Möbel zerstört, aber sie fühlte sich jetzt nur noch dazu in der Lage, sich hinzulegen und die Augen zu schließen. Sie entdeckte eine offene Tür, die in ein weiteres Zimmer der Hütte führte. Sie schöpfte neue Hoffnung, vielleicht wartete dort ein Bett auf sie. Mit einer letzten Kraftanstrengung kroch sie über den Holzboden und war begeistert, nicht nur eines, sondern drei Betten vorzufinden. Keines war so prächtig und reich verziert wie das massive Holzbett in ihrem Turmzimmer in Elden. Keine schweren Vorhänge hingen über das Kopfende hinab, und keines der Betten war von Bergen flauschiger Kissen in leuchtenden Farben bedeckt, aber sie waren flach, sauber, und sie sahen bequem aus. Natürlich würde jedes Bett bequem aussehen, nachdem sie tage- oder gar wochenlang auf dem harten kalten Boden geschlafen hatte. Ihre Wahrnehmung war verzerrt. Sie konnte nicht mehr beurteilen, was wirklich war.

Was sie brauchte, war Schlaf. Sie sollte den Bewohnern der Hütte irgendeine Nachricht hinterlassen, aber die Augen fielen ihr bereits zu. Die Mischung aus Angst, Hunger, Schwäche und Orientierungslosigkeit verzehrte schließlich, was von ihrer Kraft noch geblieben war. Breena ließ sich auf das größte der Betten fallen und war sogar zu müde, um sich zuzudecken.

Zu müde, um zu versuchen, im Traum ihren Krieger zu treffen.

Es war gut, dass sie nicht auf der Jagd waren, denn die lauten Stimmen seiner Brüder hätten jedes Wild vertrieben. Osborn sah sich nach Bernt um. In einem Jahr würden sie sich auf Augenhöhe begegnen. Torben war nicht viel kleiner.

Wären sie noch in ihrer Heimat und wäre er ein guter großer Bruder, hätte Bernt bereits seine Kräfte als Krieger bei der Bärenjagd getestet. Osborn wurde von einer Welle von Schuldgefühlen erfasst. Er hätte seinen Bruder besser vorbereiten müssen, hätte ihn bei den Riten anleiten müssen, die ihn vor seinem Volk zum Mann machten. Vor dem ganzen Reich von Ursa.

Aber es gab kein Reich von Ursa mehr.

Was nützte die Bärenjagd, was der Berserkergang, wenn Osborn sein Volk nicht hatte retten können? Wenn er gejagt wurde wie ein Tier, nichts Besseres war als der Söldner eines anderen Mannes?

Und doch bemerkte er bei seinem Bruder eine gewisse Rastlosigkeit. Eine unerfüllte Sehnsucht. Bernt hatte sich angewöhnt, allein in die Wälder zu gehen, voll düsterer Gedanken und einer Wut, die nichts mit der Raserei der Berserker zu tun hatten.

Unerfülltes Schicksal.

Osborn musste etwas tun. Und zwar bald. Die Atmosphäre war angespannt. Zweifel um Zweifel brach über ihn herein. Hatte er Bernt genug über das Speerwerfen beigebracht? Über die Balance im Kampf? Darüber, die Nerven zu behalten?

Osborn rieb sich mit einer Hand übers Gesicht. Wahrscheinlich hatte er die gleichen Bedenken und Sorgen wie sein eigener Vater. Gedanken, die sein Vater verborgen haben musste, als er ins Feuer gestarrt hatte, während sein junger Sohn Osborn neben ihm geschlafen hatte.

Nur dass Osborn nicht Bernts Vater war. Er besaß nicht dessen Weisheit. Was konnte er ihm über Ehre beibringen? Seine eigene hatte er schon vor Jahren verloren.

Seine Brüder rasten im Wettlauf bis an die Tür an ihm vorbei. Bernt war heute guter Laune. Eine Seltenheit. Stundenlang in der gleißenden Sonne Holz zu hacken hatte ihm geholfen, Aggressionen abzubauen, wenigstens für den Rest des Tages. Die zwei polterten durch die Eingangstür, schlugen sich gegenseitig die Mützen vom Kopf und machten einfach eine Menge Lärm. Aber wann machten sie keinen Lärm? Wenigstens hatte er ihnen eine Kindheit voll unbeschwerter Tage verschafft. Wenigstens das.

Der Topf voll Haferbrei, den er auf dem Herd gelassen hatte, lag auf dem Küchentisch. Die Kelle lag hingeworfen auf der Anrichte aus vernarbtem Holz. Brei tropfte davon hinab und musste weggewischt werden.

„Wer war das?", brüllte Osborn.

Der Krug mit Limonade war verschmiert. Getrockneter Haferbrei hing am Griff, und es schien, als hätte jemand direkt aus dem Ausgießer getrunken.

„Daraus will doch jetzt niemand mehr trinken. Wie schwer ist es, einen Becher zu benutzen?"

Seit wann hörte er sich an wie eine alte Frau?

„Ich war es nicht", sagte Torben.

„Ich auch nicht", sagte Bernt. Seine Schultern versteiften sich bereits, und seine helle Laune verdüsterte sich.

„Es ist mir egal, wer es war." Wie oft hatte er diesen Satz schon gesagt, seit er die Verantwortung für seine Brüder übernommen hatte? „Ihr könnt beide beim Saubermachen helfen." Und den Satz?

Osborn setzte sich in Bewegung, und das Geräusch von zersplitterndem Holz durchdrang die angespannte Stille. „Seht euch den Stuhl an." Er deutete auf die Überreste des Stuhls, den Bernt versuchsweise zusammengezimmert hatte.

„Schon wieder einer kaputt", grollte Bernt.

„Du wirst irgendwann besser im Schreinern." Osborn versuchte so überzeugend zu klingen, wie er nur konnte.

Bernt sah ihn trotzig an. „Ich sollte ein Krieger sein."

Das stimmte, und genau da lag das Problem.

„Und jetzt bist du ein Möchtegernkrieger, der mit Holz arbeitet", sagte Osborn schlicht, als würde das alles erklären. Aber wie lange konnten sie diese Maskerade noch aufrechterhalten?

Torben bückte sich und hob eines der kaputten Stuhlbeine auf. Er warf es von einer Hand in die andere, wie Osborn es früher mit seinem Speer getan hatte. Osborn hatte nicht wahrhaben wollen, dass sein jüngster Bruder ebenfalls alle Anlagen eines Kriegers zeigte.

„Der Stuhl ist nicht von alleine auseinandergefallen. Er ist zerbrochen worden." Torben sah ihm in die Augen. „Jemand ist hier gewesen."

„Ich sag doch, ich war es nicht." Bernts Tonfall war eine Mischung aus Trotz und Triumph. „Jemand hat unseren Brei gegessen."

„Und jemand hat auf unserem Stuhl gesessen", sagte sein Bruder. Aber Osborn hörte ihn kaum. All seine Sinne konzentrierten sich. Schärften sich. Die Kälte kroch ihm in die Glieder, seine Muskeln spannten sich an. Jetzt bemerkte er auch die Spur aus kleinen Grashalmen, die zu ihrer Schlafkammer führte.

Er griff nach der Klinge in seinem Stiefel. Sein Bruder reichte ihm bereits den Beutel, in dem er seinen Berserker-Pelz aufbewahrte. Einer von ihnen hielt den Beutel immer in Reichweite.

Lautlos schlich er über den Holzfußboden. Seinen Brüdern zu sagen, sie sollten zurückbleiben, wäre nutzlos. Jemand war in ihr Zuhause eingedrungen. Sie trugen die Instinkte eines Kriegers von Ursa in sich und würden Osborns Ermahnungen keine Beachtung schenken.

Ein leises Geräusch, wie ein Stöhnen, drang aus der Schlafkammer. Die Kälte begann von ihm abzufallen. Sein Berserkergang spürte, dass von diesem Geräusch keine Bedrohung ausging, und zog sich zurück. Aber das Stöhnen … es drang durch seinen ganzen Körper und weckte seine Sinne auf eine andere Weise. Es erweckte den Mann in ihm.

Alle drei spähten in den Raum.

„Jemand hat in unserem Bett geschlafen. Und sie liegt immer noch drin."

Osborn ging langsam ins Zimmer. Die Frau lag auf dem Bauch auf seinem Bett. Ihr langes blondes Haar war auf seinem Kissen ausgebreitet. Etwas Ursprüngliches erwachte in ihm.

„Ist sie tot?", flüsterte Torben.

Sein Blick wanderte hinunter zu dem gleichmäßigen Heben und Senken ihres Rückens. Er schüttelte den Kopf, und Erleichterung verdrängte die letzten Reste seiner Berserkernatur. „Sie schläft."

Warum flüsterten sie? Diese Frau war in ihr Haus eingedrungen, hatte seine Küche verwüstet und seinen Besitz zerstört. Aber er konnte sich darüber einfach nicht aufregen.

Die Frau sah aus, als wäre sie in sein Bett gefallen und sofort eingeschlafen. Davon konnten die meisten Männer nur träumen.

Sie seufzte leise, fast zerbrechlich, und bewegte ein Bein. Keine

Laken verbargen sie vor seinen Blicken. Ihre Beine waren nackt, und er ließ seinen Blick an ihnen hinaufwandern.

Bei allen Teufeln. Was von ihrem Rock übrig war, war zerrissen, und er konnte die sanften Rundungen ihres Pos sehen. Verlangen brach heiß und schwer über ihn herein. Er wurde hart. Schweiß trat ihm auf die Stirn.

Er zwang sich, seinen Blick zu senken, und bemerkte jetzt erst die tiefen Schnitte und Abschürfungen, die ihre Beine übersäten und ihre zarte Haut verunstalteten.

Wie war ...? Wer würde ...?

Etwas, das tief in ihm vergraben war, erwachte von Neuem. Eine Kraft, die ebenso stark war wie die seines Bärengeistes. Sie kämpften nicht gegeneinander, sie vermischten sich, schlossen sich zusammen und wurden mächtiger. *Sein.*

„Verschwindet", befahl er seinen Brüdern.

Keiner der beiden brauchte einen weiteren Befehl von Osborn. Sie kannten diesen kalten Tonfall und wussten, welche Kräfte in ihm walteten. Sie stolperten fast übereinander, so eilig hatten sie es, aus dem Raum zu gelangen.

Die Fremde runzelte im Schlaf die Stirn, als seine Brüder mit ihrem Gepolter ihren Schlaf störten. Sie rollte sich auf die Seite, und wieder ließ er seinen Blick über sie wandern. Er hatte noch nie ein so zierliches Gesicht gesehen, so feine Knochen oder eine Haut, die so zart aussah, dass es fast schien, als dürfe man sie nicht berühren. Ihr Kinn war die Ausnahme ... nicht sanft gerundet wie der Rest von ihr, sondern stur. Dieser Makel machte sie nur noch anziehender. Ein rosa Schimmer lag auf ihren Wangen und ihrer Nase, wie bei jemandem, der zu lange in der Sonne gewesen war. Der Stoff ihres Mieders war schmutzig und zerrissen und an vielen Stellen löchrig, aber Osborn konnte sehen, dass es früher sehr fein gewesen war. Und kostbar.

Wer war sie?

Die Frau atmete tief ein, sodass ihre Brüste sich hoben und ihn ablenkten. Osborn konnte den Blick nicht von ihr lassen. Nackte Haut blitzte zwischen den Rissen in ihrer Kleidung hervor. Wenn er die Augen zusammenkniff, konnte er erkennen, wo die Haut sich an ihren Brustspitzen verdunkelte.

Sein.

Dieser ursprüngliche Gedanke erfüllte ihn plötzlich mit Hitze und Verlangen. Osborn trat näher an die schlafende Gestalt in seinem Bett heran. Er konnte jede Linie ihres Gesichts erkennen. Den dunklen Fächer ihrer Wimpern. Die weiche Kurve ihrer Unterlippe. Er musste sich zwingen, seine Hände bei sich zu behalten. Ballte sie zu Fäusten, um der Versuchung zu widerstehen, sie zu berühren und mit den Fingern über die Haut an ihrem Arm zu streichen. Über ihre Wange. Herauszufinden, ob sie wirklich so zart war, wie sie aussah.

Was, verdammt noch mal, dachte er da gerade? Sie gehörte ihm nicht. Eine Person konnte eine andere nicht besitzen. Er zwang seinen Körper, sich zu beruhigen.

In dem Augenblick öffnete sie die Augen, grün und verschlafen. Sein Blick wanderte zu ihren Lippen, die sich zu einem Lächeln öffneten. Einem Lächeln für ihn.

„Krieger", sagte sie und drückte, immer noch im Halbschlaf, sein Kissen gegen ihre Brust.

Seine gesamte Selbstbeherrschung und Zurückhaltung waren mit einem Schlag dahin. Osborn musste sie in seinen Armen spüren, musste ihren Mund küssen. Er ergriff sie bei den Schultern und zog ihren wehrlosen Körper an sich. Sie riss die Augen weit auf, als er den Kopf neigte.

Er schmeckte die süße Säure der Limonade auf ihren Lippen. Aber nichts, was er je auf der Welt gekostet hatte, war so köstlich gewesen wie sie. Osborn fuhr mit den Händen in ihr verwuscheltes blondes Haar und zog sie noch näher an sich. Presste ihre weichen Brüste gegen seinen Oberkörper.

Sein Herz schlug heftig, und da sie ihre Lippen noch immer geöffnet hatte, tauchte er mit seiner Zunge in ihren Mund ein. Er genoss sie und schlang seine Zunge um ihre. Nein, nichts hatte ihm je so gut geschmeckt. Sich so gut angefühlt. Ihn dazu gebracht, sich so gut zu fühlen. Bis auf ...

Bis auf eine. Die Frau, die in seine Träume eingedrungen war. Die seine Nächte zur Folter machte. Es quälte ihn, wenn sie ihn allein ließ, er kämpfte gegen sein Verlangen an und hungerte nach mehr.

Er löste den Mund von ihren Lippen. Schob sie von sich.

Nur das Geräusch ihres schweren Atmens war in dem kleinen Schlafzimmer zu hören. Die Frau blinzelte zu ihm auf und runzelte verwirrt die Stirn. Sie errötete bis hinab zu ihrem zarten Hals. Sie war von diesem Kuss ebenso aufgewühlt wie er. Zufriedenheit machte sich in ihr breit.

Sie fuhr sich mit den Fingern über die Unterlippe, und es verlangte ihn danach, ihnen mit seiner Zunge zu folgen. Die Finger in seinen Mund zu saugen. Die Qualen, das Verlangen und der Hunger, die ihn folterten, wenn er aus seinen Träumen von ihr erwachte, waren nun zehnfach, hundertfach verstärkt, weil er sie wirklich in den Armen hielt. Das war kein Traum … oder doch?

„Du bist echt?", fragte er mit heiserer Stimme.

Ihr Nicken kam nur langsam.

Da wusste er es. Die Frau vor ihm war keine Traumgestalt, die sein Unterbewusstsein erschaffen hatte, um ihn in der Nacht zu quälen. Der Nebel, der sie in seinen Träumen stets zu umgeben schien, war verschwunden. Sie lag vollkommen klar vor ihm. Osborn erinnerte sich an die Hilflosigkeit, die er empfunden hatte, und wie wütend sie ihn gemacht hatte, als er das letzte Mal vergeblich versucht hatte, sie an sich zu ziehen. Wie er dabei versagt hatte.

Irgendwie hatte sie zu ihm gefunden. Sie war verantwortlich für das verzweifelte Verlangen, das er empfand. All seine Begierde. Seine Sehnsucht nach etwas, das er nicht haben konnte.

Von dem er geglaubt hatte, dass er es nicht haben konnte.

Sein.

Ja, sie war sein.

Sein Berserkergang hatte ihn getäuscht, als er zurückgewichen war und die Frau auf seinem Bett als harmlos eingestuft hatte. Alles an ihr konnte ihm gefährlich werden. Und dennoch überkam ihn immer noch nicht die Kälte, die eine Rückkehr seines Berserkerganges ankündigte.

Etwas musste in seinen Augen gewesen sein oder in der Anspannung seiner Lippen, das in ihr den Selbsterhaltungstrieb weckte. Er streckte wieder die Hand nach ihr aus.

Und in dem Augenblick fing sie an zu schreien.

3. Kapitel

Breena hatte noch nie in ihrem Leben so viel Angst gehabt. Sie hatte immer geglaubt, dass sie Angst haben würde, wenn sie ihren Krieger in Fleisch und Blut vor sich sah ... und sie hatte recht gehabt. Der Mann, der sie geweckte hatte – das Gesicht vor Verlangen angespannt, vor Empörung und Unglauben verzerrt –, war riesig. Ebenso seine breiten Schultern mit muskulösen Armen, die bewiesen, wie leicht es ihm fiel, ein Schwert zu schwingen. Er war furchterregend. Ein Kämpfer.

Auch wenn er nicht kämpfte, war etwas an ihm, das ihn in ihre Nähe trieb. Er kam rasch auf sie zu, beugte sich über sie, und in seinen Augen glommen Entschlossenheit und Dringlichkeit.

Was er vorhatte, wusste sie nicht genau, weil ihre Träume nie sehr viel weiter gingen als die Küsse, aber was auch immer es war ... es musste gefährlich sein.

Es gab einen Grund, warum Prinzessinnen in Türme gesperrt und an weit entfernten Orten versteckt wurden, wo magische Kreaturen sie bewachten. Man wollte die Prinzessinnen vor Männern wie ihm beschützen. Denn obwohl sie Angst hatte, genoss ein kleiner Teil von ihr die Gefahr, die von ihm ausging. Sie schrie noch lauter.

Er legte ihr die Hand auf den Mund, um sie zum Schweigen zu bringen.

Das war das zweite Mal in ihrem Leben, dass jemand ihr den Mund zuhielt, und es würde das letzte Mal sein. Vielleicht lag es am Essen oder an dem bisschen Schlaf, den sie endlich bekommen hatte, oder einfach an ihrer Angst, aber Breena, Prinzessin von Elden, hatte genug.

Mit dem letzten Rest Kraft, der ihr verblieb, drückte sie fest gegen seine Schultern, ihr Schrei wurde zu einem Stöhnen und verstummte schließlich ganz.

Er rührte sich nicht von der Stelle, aber er nahm die Hand von ihrem Mund. Nur ihr angestrengter Atem war in der winzigen Schlafkammer zu hören. Aus dunklen Augen schaute er ihr forschend ins Gesicht, dann wanderte sein Blick hinunter zu ihren Brüsten und die Beine hinab. Bis ihre Blicke sich plötzlich begegneten und er wieder nach ihr griff.

„Es reicht", sagte sie und kletterte aus dem Bett, wobei sie darauf achtete, es zwischen ihn und sich zu bringen.

Er hob eine Augenbraue beim Anblick des Schutzwalls, den sie gewählt hatte. Ein Bett – nicht die sicherste aller Barrieren.

„Wer bist du?", fragte sie.

„Ich stelle die Fragen." Seine Stimme klang rau und grollend.

Breena schürzte die Lippen und nickte. Der Krieger hatte nicht unrecht, schließlich war sie in sein Zuhause eingedrungen.

„Ich habe von dir geträumt", sagte er mit Ärger und Verwunderung in der Stimme.

Sie hatte Fragen erwartet oder Forderungen, stattdessen bestätigten seine Worte ihre Vermutung. Ihr Traumliebhaber. *Ihr* Krieger.

Sie befeuchtete sich die Unterlippe. „Du bist auch in meinen Träumen gewesen", gestand sie. *Weil ich dich dorthin gebracht habe.* Dieses kleine Detail würde sie bei ihren Erklärungen lieber auslassen. Jeder Instinkt befahl ihr, sich vorzusehen und nicht zu viel preiszugeben.

„Aber in deinen Augen ist dabei nie Angst gewesen."

Nein, sie konnte sich vorstellen, was ihr Blick in seinen Träumen gesagt hatte. Eine Frau, die begehrte. *Ihn* begehrte.

Schneller, als sie es bei seiner Körpergröße erwartet hätte, lief er um das Bett herum und stand jetzt neben ihr. Zu dicht neben ihr. Breena wich einen Schritt zurück. Dann noch einen. Die Stützbalken der Hüttenwand gruben sich in ihre Schulterblätter.

Er hatte sie gegen die Wand getrieben, und es gab kein Entkommen mehr.

„Ich habe mich tausendmal gefragt, wie deine Haut sich anfühlen würde." Er strich mit dem Handrücken über ihre Wange. Seine Nähe war fatal für ihre Sinne. Sie sehnte sich danach, seinen Duft nach Wäldern und frischer Luft tief einzuatmen. Hitze strahlte von seinem Körper aus und vertrieb die Kälte, die durch ihre zerfetzte Kleidung an ihre Haut gedrungen war.

Blut pochte durch ihren Körper und rauschte in ihren Ohren. Ihre Lider flatterten, als sie seine Haut an ihrer spürte. Sie war in den letzten Tagen so allein gewesen und so verängstigt, und in seiner Berührung fühlte sie sich zum ersten Mal wieder sicher.

Er hatte sich gefragt, wie sie sich außerhalb seiner Träume anfühlte.

„Das habe ich mich auch", gestand sie ihm, streckte die Hand nach seinem Gesicht aus und berührte ihn am Kinn.

Er fing ihre forschenden Finger mit seiner riesigen Hand ein und zog sie an seine Lippen. „Sag mir deinen Namen." Es war ein sanfter Befehl. „Ich wollte ihn immer wissen."

„Breena."

„Ein schöner Name." Er senkte den Blick für einen Moment auf ihre Lippen, ehe er ihr wieder in die Augen sah. „Du siehst genau so aus, wie du in meinen Träumen erschienen bist." Er ließ ihre Hand fallen, um ihr einen Zweig aus dem Haar zu zupfen, und rieb ihr etwas Schmutz von der Wange. „Wer hat dir das angetan?"

Die Vorsicht, die sie vorhin verspürt hatte, kehrte zurück. „Die Details sind verschwommen."

Das war nicht ganz gelogen. Die Feinheiten über ihre Ankunft in diesem fremden Königreich, wie lange sie in der Wildnis herumgewandert war oder wann sie zuletzt etwas gegessen hatte, wusste sie wirklich nur noch verschwommen. Sie versuchte, sich zu konzentrieren, irgendeine Information zu entdecken, die seine Neugierde beschwichtigen konnte … aber das einzige Bild, das ihr in den Sinn kam, war das einer finsteren knochigen Gestalt. Die Angst einflößende Kreatur mit den acht Beinen, die ihr einen kalten Schauer über den Rücken gejagt hatte. Das Blut ihrer Eltern auf dem Boden der großen Halle, wo sie einst getanzt und über ein Königreich regiert hatten. Das konnte sie deutlich sehen.

Sie unterdrückte ein leises Schluchzen, und ihr Körper bebte, als sie sich an die Schrecken jener Nacht erinnerte.

„In meinen Träumen stand keine Angst in deinen Augen. Hab keine Angst vor mir." Er fasste wieder nach ihrer Hand und zog ihre Fingerspitzen an seine Lippen. Die Wärme seiner Zunge rief tief in ihr eine ursprüngliche Reaktion hervor. Breena fiel das Atmen schwer, und sie konnte sich auf nichts als diesen Mann konzentrieren. Seine Wärme. Seine dunklen Augen. Was er mit seinen Lippen auf ihrer Haut anstellte.

Breena nahm an, er wollte sie mit seiner Zuneigung beruhigen und von ihrer Angst ablenken. Stattdessen hatte sie mehr Angst vor ihm als je zuvor.

Der Krieger löste ihre Hand von seinem Mund und legte sie sich auf die Schulter. Sie schob die Finger in seine dunklen Haarsträhnen. Als er mit den Lippen ihren Hals entlangfuhr und mit der Zunge die empfindliche Stelle unter ihrem Ohr neckte, seufzte sie leise.

„Sag mir, warum du hier bist", drängte er sie.

Um zu überleben. Um zu töten.

Sie zuckte mit den Schultern und wünschte sich, die Stimmen in ihrem Kopf würden schweigen. Sie lehnte sich gegen die Wand, damit er ihren Körper besser erreichen konnte. Ihre Haut. Sie. „Ich weiß es nicht. Ich dachte, es wäre ein Zufall gewesen, dass ich deine Hütte gefunden habe, aber jetzt ... jetzt frage ich mich, ob ich vielleicht absichtlich hergebracht wurde."

Ihre Antwort schien ihm zu gefallen. Er knabberte an ihrem Ohrläppchen.

Vor Erleichterung wurde ihr die Kehle eng. Der Mann, dessen Träume sie besucht hatte, war perfekt. Sie hatte ihre Magie immer als schwach und unzureichend abgetan, aber ihre Gaben hatten sie an die Tür geführt, die ihr Zutritt zu den Träumen dieses Mannes gewährt hatte. Eines Kriegers, der ihr helfen konnte, nach Elden zurückzukehren und die Eroberer zu schlagen – genau wie die heldenhaften Prinzen in ihren Geschichten.

„Du kannst mir helfen", sagte sie, und ihr Körper begann zu beben, als er ihre Ohrmuschel mit seiner Zunge nachzeichnete. Selbst sein Atem, warm und schwer auf ihrer Haut, rief seltsame körperliche Reaktionen bei ihr hervor.

„Keine Sorge, ich helfe dir, so viel du willst." Seine Stimme war ein Versprechen.

„Kannst du eine Armee zusammenstellen?" Sie fuhr mit den Händen seine breiten Schultern entlang und genoss es, seine Muskeln unter den Fingern zu spüren.

Er löste die Lippen von ihrem Hals. „Eine Armee?" Er wandte sich von ihr ab, seine Augenlider schwer, sein Blick voll Begehren und Verwirrung. „Was für Hilfe brauchst du genau?"

„Ich muss nur ..."

Aber ihr Krieger schnitt ihr bereits mit einer ausladenden Geste das Wort ab. „Mein Schwert steht nicht zum Verkauf." Sein Blick wanderte zu ihren Brüsten hinab. „Für keinen Preis."

„Meine Familie ist in Gefahr."

„Das geht mich nichts an", sagte er mit gleichgültiger Stimme und gelassener Haltung.

„Aber ... Du solltest doch ...", stammelte sie. Er war ihr Krieger. Er sollte ihr helfen. War das nicht im Märchen immer so?

Sein Blick fiel dorthin, wo ihre Brüste das zerrissene Mieder anhoben. „Ich muss Bernt sagen, dass er dir neue Kleidung besorgen soll. Aber *du* verschwindest."

Zum ersten Mal, seit Rolfe sie in ihrem Schlafgemach geweckt hatte, um sie in Sicherheit zu bringen, fühlte Breena sich vollkommen erschöpft. Geschlagen.

Überlebe.

Der Befehl hallte in ihrem Kopf wider. Das versuchte sie ja gerade.

„Ich brauche deine Hilfe."

Er fasste Breena zwischen die Beine, und der Atem blieb ihr mit einem Zischen in der Kehle stecken. „Wenn das die Hilfe ist, die du brauchst, bin ich gern zu Diensten." Seine Finger liebkosten ihre empfindliche Haut. Ihre zerfetzte Kleidung war ihm dabei kaum im Weg. „Und es würde dir gefallen, Breena."

Ihre Brüste reckten sich dem sinnlichen Versprechen in seinen Worten entgegen. Ihr wurde warm, und sie spürte Feuchtigkeit zwischen den Beinen.

Dann ließ er die Hand fallen. Seine Miene verhärtete sich. „Das ist alle Hilfe, die ich dir anbiete."

Sie musste zusehen, wie der Mann ihrer Träume sich abwandte, von ihr fortging und die Tür hinter sich zuschlug.

Monatelang war Osborn unter Qualen des Begehrens und der Frustration aufgewacht. Hunger und Verlangen nach dieser einen Frau hatten ihn den Schlaf gekostet. Und jetzt, da er den Quell seiner Begierde in den Armen gehalten hatte, ihre zarte Haut liebkost, ihre süßen Lippen gekostet, wusste er, dass nichts ihn je würde befriedigen können.

Nichts außer umzukehren, Breena auf den Rücken zu werfen und zwischen ihre süßen Beine zu dringen.

Er konnte sich nicht erinnern, wann die Träume angefangen hatten, und jetzt erkannte er, was diese Träume, diese Fantasien, wirklich gewesen waren: Albträume.

Seine Brüder standen am Küchentisch. Das Holz des zerbrochenen Stuhls hatten sie bereits zusammengefegt und den getrockneten Haferbrei vom Tisch gewischt. Alle Spuren von Breenas Besuch waren beseitigt ... Doch er konnte sie jetzt in seinem Zuhause spüren. Er fühlte ihre Anwesenheit in sich.

Seine Haut kühlte sich ab. Der Berserkergang erwachte in ihm. Die Wände der Hütte, die er mit seinen Brüdern gebaut hatte, sein Zufluchtsort, wurden ihm jetzt zu eng und sperrten ihn ein. „Ich muss hier raus", sagte er zu Bernt und Torben, griff nach der Tasche mit seinem Pelz und ignorierte die neugierigen Blicke seiner Brüder.

„Was ist mit ihr?", wagte Bernt zu fragen.

Mit einem wütenden Brüllen auf den Lippen drehte Osborn sich zu seinem Bruder um. „Werdet sie los, ehe ich wiederkomme."

„Aber sie ist ..." Sein jüngerer Bruder Torben schluckte.

„Was?", bellte er seine Frage.

„Sie ist ein Mädchen."

Als wäre ihm das nicht aufgefallen.

Bernt räusperte sich. „Wir dachten, sie könnte vielleicht bleiben. Und für uns kochen."

„Und sauber machen und waschen. Mädchen mögen so was doch."

Offensichtlich hatte er seine Brüder zu lange von der Zivilisation ferngehalten. Das konnte er zu der langen Liste der Fehler und Mängel hinzufügen, die er bei ihrer Erziehung gemacht hatte. „Wir sind kein Haus voller Zwerge, und sie bleibt ganz bestimmt nicht."

„Aber ..."

Osborn warf seinem Bruder einen wütenden Blick zu, und Bernt war klug genug, zu wissen, wann er den Mund halten musste.

„Besorgt ihr etwas zum Anziehen, und schafft sie hier raus." Osborn knallte die Tür so fest hinter sich zu, dass jeder Balken und jede Glasscheibe bebten.

„Was machen wir jetzt?", fragte Torben.

Bernt zuckte mit den Schultern. „Besorg ihr eine Hose, aus der du rausgewachsen bist. Ich sehe nach, ob ich ein altes Hemd finden kann und Schuhe, die klein genug für sie sind."

„Ich verstehe nicht, wieso sie nicht bleiben kann." Jetzt, da sein ältester Bruder nicht da war, wurde Torben aufmüpfig.

Bernt schüttelte nur den Kopf. Am heutigen Tag ergab nichts einen Sinn.

Die Tür zur Schlafkammer öffnete sich, und die Frau spähte um die Ecke.

Breena hatte die Stimmen aus dem anderen Zimmer gehört. Sie hätte es gar nicht vermeiden können. Sie war ziemlich sicher, dass ihr Krieger gegangen war, und sie war auch sicher, dass er dabei die Scharniere der Tür ganz schön in Mitleidenschaft gezogen hatte.

Warum war er so wütend? Das ergab einfach keinen Sinn. Ihre Magie hatte sie zu ihm gebracht, so musste es gewesen sein. Warum sollte sie in der Lage sein, sich in die Träume eines so mächtigen, so wilden Mannes zu stehlen, eines Mannes, der ihr und ihrer Familie mit Sicherheit helfen konnte, und diese Gabe dann nicht benutzen?

In dem Raum hinter der Tür standen zwei Jungen und starrten sie an. Sie mussten seine Brüder sein. Sie hatten das gleiche dunkle Haar, die gleichen dunklen Augen. Groß und schlank waren die beiden, schlaksige Jungen, aber sie würden sich bald auswachsen und so muskulös wie ihr älterer Bruder werden. Der jüngste könnte sogar noch größer werden als ihr Krie...

Nun, sie hatte es satt, ihn *ihren Krieger* zu nennen. „Wie heißt er?", fragte sie.

Der jüngere Bruder sah den älteren an, als ob es ein Verrat wäre, das Monster beim Namen zu nennen.

„Osborn", sagte der ältere. „Und ich bin Bernt, und das ist Torben. Wir finden etwas zum Anziehen für dich, ehe du wieder gehst."

Osborn. Sie wiederholte den Namen in Gedanken. In all den Nächten, in denen sie diesen Mann im Schlaf besucht hatte, war er für sie nie etwas anderes als ihr Liebhaber gewesen. Der Krieger aus ihren Träumen. Sie hatte ihn sich nie im wahren Leben vorgestellt – als einen Mann mit einer Familie, Pflichten und einem Namen.

Es gab noch etwas, das viele der Prinzessinnen in den Geschichten gemeinsam hatten: Selbstsucht. Sie hatte in Osborn immer nur jemanden gesehen, der ihr helfen konnte.

Aber war es selbstsüchtig, zu hoffen, dass er ihre Familie beschützen konnte? Ihr Königreich und ihr Volk lagen im Sterben. In Wahrheit waren sie vielleicht schon tot oder versklavt.

Breena straffte die Schultern. Osborn wollte sie vielleicht so schnell wie möglich loswerden, aber sie hatte nicht vor zu gehen. Ihre Magie hatte sie zusammengeführt, und auch wenn ihr Krieger sich noch sträubte, er *würde* ihr helfen. Sie betrachtete die Eingangstür. Anscheinend sollten seine Brüder sie loswerden, während er weg war.

Keine Chance.

Könige und Prinzen waren in der Lage, durch Willenskraft und Stärke zu regieren, aber ihre Mutter hatte immer gesagt, dass eine Königin nur mit einem Lächeln und ihrem Verstand bekommen konnte, was sie wollte. Und sie hatte ihrer Tochter diese Tricks beigebracht.

Jetzt schenkte Breena den beiden Jungen ein solches Lächeln. „Danke für eure Gastfreundschaft. Es tut mir so leid, dass ich den Stuhl kaputt gemacht habe. Er war so ausgezeichnet gearbeitet."

Bernts Wangen röteten sich. Schmeichelei funktionierte bei Männern immer.

Torben lachte. „Du meinst wirklich, der Stuhl war gu..."

Ein Stoß an die Schulter brachte den jüngeren Bruder zum Schweigen.

„Ich war so viele Tage unterwegs und habe so viele interessante Dinge gesehen, aber diese Hütte ist ..."

Der Ärger über seinen Bruder, der auf Bernts Stirn gestanden hatte, verflog. „Wir haben unser Land nicht verlassen, seit ..." Er zögerte, und seine braunen Augen verdüsterten sich. „Na ja, schon sehr lange. Was ist da draußen?"

Das war wirklich merkwürdig. Sie wusste nicht, wie lange sie unterwegs gewesen war, aber es mussten schon einige Tage gewesen sein, und sie war nie einem anderen Menschen begegnet. Osborn hielt sich und seine Familie anscheinend schon einige Zeit vor der Zivilisation versteckt. Warum?

Bernt sah jetzt mehr wie ein Junge aus als wie ein junger Mann. Sie hatte ihn. Jeder Junge hatte einen Sinn für Abenteuer.

„Die Welt da draußen ist magisch."

Torben sah sie scharf an. „Du hast Magie gesehen?"

Sie senkte ihre Stimme und beugte sich vor, als wollte sie ihm ein großes Geheimnis anvertrauen. „Ich habe selbst Magie in mir", verriet sie ihm.

„Zeig es mir", verlangte er.

Jetzt hatte sie auch ihn. Sie musste seine Neugierde nur lange genug aufrechterhalten, bis ihre Magie wiederkehrte.

Sie streckte die Arme über den Kopf aus. „Oh, das würde ich nur zu gern." War da zu viel Zögern in ihrer Stimme? „Aber es scheint, als müsste ich mich auf den Weg machen." Sie ging einige Schritte auf die Tür zu.

„Oh, aber …"

„Vielleicht kannst du noch ein wenig länger bleiben."

Sie ließ ein Lächeln aufblitzen. „Ihr habt etwas von Kleidung gesagt."

„Und wir haben auch was gegen die Schmerzen von deinen Schnittwunden und den Sonnenbrand." Die Jungen rannten davon. Bernt wühlte in einer alten Holztruhe am Fenster, und Torben verschwand in der Schlafkammer. Sie kehrten beide mit abgetragenen, aber sauberen Hosen und Hemden zurück – die etwa drei Nummern zu groß waren. Aber wenn sie aus irgendeinem Grund wieder in den Wäldern umherwandern musste, würde der grobe Stoff sie vor der Sonne und den Zweigen schützen.

„Erzähl uns, was du gesehen hast", drängte Torben sie.

Was könnte ihn noch interessieren außer ihrer Magie? Sie selbst konnte man immer mit Essen ködern. „Mein Lieblingstag ist der Markttag. Alle Händler und Bauern bringen ihre Waren und stellen Stände auf. Natürlich gibt einem jeder kleine Kostproben, damit man dort kauft. Einmal den Gang entlanggegangen, und man ist satt." So hatte es ihr jedenfalls eines der Dienstmädchen erzählt, das ihr beim Ankleiden half. Ihre Eltern hätten es ihr nie gestattet, auf den Markt zu gehen. Also hatte sie etwas gemeinsam mit diesen zwei Brüdern, die sich danach sehnten, etwas Neues und Aufregendes zu erleben.

„Was für Essen?" Torben leckte sich die Lippen. „Hier gibt es immer nur Haferbrei und Fleisch. Verbranntes Fleisch."

„Verkohlt", fügte Bernt hinzu. „Osborn ist kein sehr guter Koch."

„Und wenn wir uns beschweren, müssen wir es selbst machen. Kannst du kochen?"

Sie hatte noch nie gekocht, sie wusste nur, wie man die Küchenhilfen beaufsichtigte. „Am liebsten mag ich Eintopf." Das war keine Lüge. Sie hatte ja nicht gesagt, dass sie ihn selber zubereitete. „Sämig, mit viel Gemüse und frisch gebackenem Brot."

Beide Jungen schlossen die Augen und stöhnten vor Wonne.

„Aber auf dem Markt gibt es nicht nur die Stände. Es wird gesungen, und es gibt fahrende Akrobaten und Minnesänger und tanzende Bären."

Bernts Gesicht verzog sich wütend. „Bären sollten nicht tanzen."

Sie hatte vergessen, dass sie im Land von Ursa war. „Das war nur ein Mal. Ich würde euch gern mehr erzählen, aber ich muss mich jetzt umziehen und mich auf den Weg machen, ehe es dunkel wird."

Torben sackte enttäuscht zusammen. „Ich würde gern von dem Brot probieren."

Breena fuhr den ausgefransten Saum der Hose, die sie ihr gegeben hatten, mit dem Finger entlang. „Ich möchte ungern diese frischen Sachen anziehen, während ich noch so schmutzig bin. Kann ich hier irgendwo baden?"

Das hatte sie nur vorgeschlagen, um Zeit zu schinden, aber jetzt, da sie ihren Wunsch laut ausgesprochen hatte, sehnte Breena sich tatsächlich danach, sauber zu sein, sich das Gras aus dem Haar zu waschen und das getrocknete Blut von den Knien.

„Wir springen normalerweise einfach in den See."

„Es gibt keine Badewanne?"

Die zwei sahen sie ausdruckslos an.

„Dann habt ihr wohl auch kein Shampoo?"

Torben schüttelte nur den Kopf.

„Gut, dann zeigt mir bitte, wo der See ist."

Bernt runzelte die Stirn. „Ich glaube, das ist keine gute Idee."

„Genau genommen bin ich dann nicht mehr im Haus, also kann er nicht wütend werden", versicherte sie ihm.

„Oh, er kann trotzdem wütend werden."
Davon war sie überzeugt.

Osborn stapfte durch die Wälder, trampelte durch hohes Gras und vermied dabei die Orte, an denen Bären schliefen. Schweiß rann seinen Rücken hinab, während er sich selbst zwang weiterzugehen. Weit fort von seinem Haus und fort von ihr.

Er schlug nach einem tief hängenden Zweig. Offensichtlich verlor er den Verstand. Die Isolation seines einsamen Lebens ließ ihn sich nach Dingen sehnen, nach denen er sich nicht sehnen durfte. Was für ein Trottel er doch gewesen war. Seine Gedanken hatten nur noch um die Frau gekreist, die ihn im Traum besuchte. Ihm war nicht klar gewesen, wie sehr er an ihr hing, bis das, was er mit aller Macht behalten wollte, ihm brutal entrissen worden war. Zunächst hatte er versucht, sich tagsüber mit anderen Tätigkeiten abzulenken: das Grundstück um die Hütte aufräumen, sicherstellen, dass es genug Nahrung und sauberes Wasser gab, sich um seine Brüder kümmern. Aber schließlich hatte er das aufgegeben und versuchte seitdem, sich während des Tages die Traummomente mit ihr in Erinnerung zu rufen. Wenn er ehrlich war, fiel ihm das nicht schwer. Diese Erinnerungen zogen ihn jede Nacht in sein Bett, damit er endlich träumen konnte.

Aber sie war nichts Besonderes, wie er geglaubt hatte. Nie hätte er vermutet, dass sie echt war, sonst wäre er bis ans Ende der Welt gegangen, um sie zu finden. Die elementare Freude, die er verspürt hatte, als die Frau aus seinen Träumen in seinem Bett schlief, in seinen Armen lag, für ihn lebendig geworden war, war nur zu vergleichen mit der tiefen Befriedigung, sich den Kriegern von Ursa anzuschließen.

Doch die Frau seiner Träume wollte nur, dass er für sie tötete. Wie all die anderen, die dachten, mit barer Münze könnten sie ihn die Drecksarbeit für sie erledigen lassen. Etwas Besonderes? Was, zur Hölle, war nur aus ihm geworden?

Hitze und Müdigkeit überwältigten ihn schließlich. Osborn zog sein Hemd aus, um sich abzukühlen, und verlangsamte seine Schritte. Aber die Sonne brannte auf ihn herab. Er wandte sich dem See zu. Wie oft hatte er in seinem kühlen Wasser Zuflucht gefunden vor seinen Gedanken, seiner Verantwortung und der Schwere des Lebens, das er gewählt hatte?

Als er Wasser spritzen hörte, wurde er aufmerksam. Er sank auf die Knie und griff nach dem Messer, das er immer in seinem Stiefel verborgen hielt. Leise folgte er den Spuren, die der Eindringling hinterlassen hatte. Er hatte sich keine Mühe gegeben, sie zu verwischen. Oder leise zu sein. Es klang wie ...

Er schüttelte den Kopf, aber doch ... es klang eindeutig so, als ob ...

Osborn vernahm den schönen Klang einer singenden Frauenstimme. Seine Muskeln spannten sich an, und er wurde hart. Die Waffe in seiner Hand war vergessen, als er die Blätter zur Seite schob, die ihm noch die Sicht versperrten. Dort, im blauen Wasser seines Sees, schwamm Breena. Nackt.

Ihre zerrissenen und abgetragenen Kleider lagen auf einem Haufen am Ufer. Er entdeckte die Hose und das Hemd, die seine Brüder ihr geliehen haben mussten, ordentlich gefaltet auf einem Stein. Die langen blonden Haarsträhnen umflossen ihre Schultern und bauschten sich im Wasser wie etwas Überirdisches und Schönes. Er trat einen Schritt vor, um es anzufassen, sie anzufassen, doch dann konnte er sich noch zurückhalten.

Er stand schon zu lange unter ihrem Zauber.

Breena stellte sich auf den Grund des Sees. Das Wasser reichte ihr bis zur Taille. Mit einem Lächeln streckte sie die Hand nach dem Licht aus, das zwischen den Bäumen hindurchdrang. Einst hatte er den baumumstandenen See für idyllisch gehalten. Jetzt war sie dort eingedrungen, hatte an dem Ort, der einst nur ihm allein gehört hatte, ihre Spuren hinterlassen. Sonnenlicht glänzte auf den Wassertropfen, die ihre Haut hinabperlten, und nasses Haar klebte an ihrem Rücken, fast lang genug, um den schönsten Hintern zu berühren, den er je gesehen hatte.

So sah sie aus, wenn er in seinen Träumen allein mit ihr war. Sie drehte sich im Sonnenlicht, wunderschön und einfach verführerisch. Ihre Brüste standen zwischen nassen Haarsträhnen hervor, verlockten ihn, zogen ihn an. Er musste nur zugreifen.

Warum sollte er vor ihr davonlaufen?

Sie war *sein*.

Osborn öffnete seine Hose und legte sie zu dem Haufen Kleider, den sie hinterlassen hatte.

Seine überhitzte Haut kühlte sich rasch ab, als er durch das Wasser auf sie zukam. Breena drehte sich mit einem überraschten Aufschrei zu ihm um. Ihre Wangen waren vor Anstrengung rosig, und ihre grünen Augen funkelten vor Freude über das Schwimmen. Er kannte diese Freude. Jetzt wollte er eine andere kennenlernen. In ihren Armen.

Sie hatte sein Gebiet nicht verlassen. Dabei wäre es sicher einfach für sie gewesen, einen anderen Söldner zu finden, der für sie tötete. Es gab viele, die hinter ihm her waren. Aber sie war geblieben. Sie wollte ihn. Jetzt musste er wissen, warum. Musste es fast so dringend wissen, wie er die Freuden ihres köstlichen Körpers kennenlernen wollte. Er griff nach ihrem Kinn und zwang sie, zu ihm aufzusehen.

„Du hast dich in meine Träume geschlichen. Sag mir die Wahrheit. Du hast es getan. Du hast dafür gesorgt, dass ich nur noch an dich denke. Nur noch dich will."

Ihr Kopf senkte sich nur langsam zu einem Nicken.

Er kniff die Augen fest zusammen. Selbst jetzt klammerte er sich noch an die winzige Hoffnung, den Wunsch, dass sie mehr von ihm wollte als nur sein Schwert. Trottel. Er atmete langsam und tief ein. Dann sah er ihr in die Augen. Sie löste ihr Kinn aus seinem Griff und ließ sich tiefer in den See sinken, bis das Wasser über ihren Mund reichte. Sie sah aus, als hätte sie mehr Angst vor ihm als je zuvor.

Gut.

Er jagte immer dann am besten, wenn seine Beute in Panik verfiel.

4. Kapitel

Breena zwang sich, nicht zu schreien. Was sollte das schon bringen? So wie er aussah, würde er darüber nur lachen. Osborn schien es zu gefallen, wie sie immer unsicherer wurde, als würde ihre Angst ihn stärker machen.
Dann würde sie eben einfach keine Angst mehr vor ihm haben. *Ha!* Unmöglich.
Ihr erster und einziger Instinkt war gewesen, vor ihm zurückzuweichen und sich im Wasser vor ihm zu verstecken. Doch das rief nicht die Reaktion bei ihm hervor, die sie erhofft hatte – dass er ebenfalls zurücktrat. Dennoch würde sie ihm ihre Angst nicht zeigen. Sie war eine Prinzessin, und eine ihrer herausragenden Fähigkeiten war die Schauspielerei. „Warum bist du so wütend auf mich?", fragte sie mit bewusst leiser Stimme und mit aller Verwirrung, die sie tatsächlich empfand.
„Das fragst du noch?"
Der Mann brüllte sie quasi an. Blätter raschelten, als ein paar Vögel in die Bäume flüchteten. Niemand hatte es je gewagt, die Stimme gegen sie zu erheben. Nicht ein einziges Mal in ihrem Leben. Breena merkte, dass sie gut darauf verzichten konnte.
„Dein Geschrei verschreckt die Tiere."
Er presste die Lippen zusammen, als zwinge er sich dazu, ruhig zu bleiben. „Ich schreie nicht."
Fast hätte sie ihren zerbrechlichen Waffenstillstand zerstört, indem sie eine Augenbraue hob und ihm eine sarkastische Antwort gab, über die ihre Mutter entsetzt gewesen wäre. Sie hatte den Sarkasmus von ihrem Bruder Nicolai gelernt. Ihre Eltern wären schockiert darüber, was ihre Brüder ihr beigebracht hatten, einem Mädchen, das einmal eine wohlerzogene Braut sein sollte. Wieder stieg das Heimweh in ihr hoch. Breenas Kehle zog sich zusammen, aber sie schluckte den Kloß zusammen mit ihrer Traurigkeit herunter.
Sie brauchte die Hilfe dieses Mannes. Dringend. Alles, was sie bisher versucht hatte, um seine Aufmerksamkeit zu erregen, hatte

versagt. Na ja, nicht alles. Ihrem Körper galt seine Aufmerksamkeit. Breena spürte, wie ihr trotz des kalten Wassers warm wurde. Aber er hatte bereits bewiesen, dass sie seine Meinung nicht mit Küssen ändern konnte. Auch ihn einfach um Hilfe zu bitten, hatte nichts geholfen.

Aber er war ihr Krieger. Es war nicht zu leugnen. Warum hätte sie sonst von ihm geträumt? Warum sollte er von ihr träumen, wenn er nicht für sie bestimmt war?

Breena lächelte bezaubernd. Sie würde ihn dazu bringen, ihr zu helfen. Irgendwie. „Natürlich hast du nicht geschrien. Verzeih mir." Selbst wenn sie deswegen lügen musste.

Er kniff wieder die Augen zusammen. Sein Blick suchte ihren, offensichtlich wollte er sehen, ob sie ihn täuschte. Breena hielt den Atem an und bemühte sich, keinen Muskel in ihrem Gesicht zu regen. *Ich bin vollkommen ehrlich.* Seine breiten harten Schultern fingen an, sich zu entspannen.

Entweder war er nicht sehr gut darin, Täuschungen zu entdecken, oder er jagte allen um sich herum so viel Angst ein, dass niemand es je wagte, ihn zu belügen.

Oder vielleicht wusste er auch, dass sie log, und es machte ihm Spaß, sie in dem Glauben zu lassen, dass er ihr jedes Wort abnahm. Sie könnte darüber ewig Vermutungen anstellen; was sie brauchte, waren Taten.

„Ich wollte dich nicht aufregen", versuchte sie es erneut.

Der Krieger schnaubte herablassend. „Du hast mich nicht aufgeregt."

Ja, um sich über etwas aufzuregen, musste man es erst einmal wichtig nehmen. Dieser harte Mann vor ihr schien nicht so, als würde er allzu viel wichtig nehmen.

„Verletzt?", schlug sie vor und hatte Spaß daran, „aufregen" noch zu übertreffen, obwohl er zweifellos damit rechnete, dass sie ein schwächeres Wort wählen würde.

Er verschränkte die Arme.

„Traurig?"

Sein Gesichtsausdruck verriet ihr, dass sie langsam zu weit ging.

„Wütend?"

„Schon näher dran."

„Zornig?"

„Noch näher."

Aber in seinen dunkelbraunen Augen war kein Zorn mehr zu sehen. Seine breiten Schultern spannten sich nicht wieder an, und die Hände ballten sich nicht zu Fäusten. Sieh einer an, ihr Krieger hatte Sinn für Humor.

„Ärgerlich?", fragte sie schließlich.

„Ärgerlich", bestätigte er mit einem Nicken.

Ja, darauf würde sie wetten. Wenn man ihr je gestattet hätte zu wetten.

„Es tut mir leid, dass ich dich verärgert habe", sagte sie förmlich.

Er sah sie kurz überrascht an, ehe er seine Miene wieder hinter einer Maske verbarg.

Ihre Mutter hätte an der formvollendeten Entschuldigung nichts auszusetzen gehabt. Außer dass sie nackt dabei war. Nass. Und dass sie vor einem ebenfalls nackten Mann stand und nur ihr Haar sie vor seinen Blicken schützte.

Eine Prinzessin am Hof von Elden verhielt sich so nicht.

„Deine Macht erhältst du durch deine Heirat", hatte ihre Mutter ihr immer wieder eingeschärft, „und die besten Ehen sind die, bei denen der Mann nichts von dir weiß. Nichts von dir wissen kann, weil du dein ganzes Leben lang geschwiegen hast. Verhalte dich richtig, und es gibt nichts, wogegen der potenzielle Bräutigam etwas einwenden könnte. Nichts, was seine Vertreter bei der Verhandlung des Ehevertrags gegen dich vorbringen können."

Selbst im Alter von acht Jahren waren Breena die Unterweisungen ihrer Mutter trostlos und einsam vorgekommen. Breena war damals noch nicht sehr gut darin gewesen, ihre Gefühle zu verbergen. Ihr Mund formte sich bereits zu einem Schmollen, und eine trotzige Erwiderung lag ihr auf den Lippen.

Die Erinnerung ging noch weiter. Königin Alvina drückte sanft ihre Hand. „Sobald du über deinen eigenen Palast regierst, über dein eigenes Königreich, kannst du so sein, wie du wirklich bist. Bis dahin beobachte. Sieh den Dienern zu, den Köchen und den Näherinnen. Hör dir ihre Gespräche an und finde heraus, was sie beschäftigt. Lerne die Gesichter der Jäger und Soldaten zu lesen, schon bevor sie dem König Bericht erstatten. Wissen und Verstand ... damit sollst du regieren." Ein Mädchen konnte fast unsichtbar werden, wenn es sich in den Schatten aufhielt. Instinktiv merkte Breena, wenn die Worte einer Person nicht zu deren Miene passten, wie es oft bei den Besuchern und Würdenträgern aus fremden Ländern der Fall war, die mit der Königin und dem König in ihren Gemächern sprachen.

Mit der Zeit hatte sie auch gelernt, die Gefühle und Emotionen der Leute aus nur einem Blick oder einem raschen Flüstern zu lesen. Zum Beispiel wenn das Küchenmädchen traurig war oder einer der jungen Jäger verliebt. Ihre Familienmitglieder waren vielleicht Vampire oder konnten mächtige Magie wirken, aber sie konnte aufdecken, was die meisten lieber geheim halten wollten. Zum Beispiel dieser stolze Mann, der vor ihr stand. Breena nahm an, er hatte viele Geheimnisse. Und sie wollte alle kennen.

Und hatte sie sich nicht vor Kurzem erst beschwert, wie langweilig ihr Leben war? Seitdem war sie aus dem Bett gescheucht worden, war auf der Suche nach ihren Brüdern durch ihr Zuhause gerannt, war gefangen genommen worden, und man hatte sie ...

Etwas Brennendes und Schmerzhaftes fuhr durch ihre Gedanken. Breena blinzelte die Tränen fort, die entweder vom Schmerz kamen oder von der Erinnerung, sie wusste es nicht genau.

Rächen.

Überleben.

Die zwei widersprüchlichen Befehle kämpften in ihrem Kopf, bis sie sich zusammenkrümmte und nach Atem rang.

„Ist alles in Ordnung?" Er erfasste sie am Arm, etwas zu fest mit seiner riesigen Hand. Vielleicht war ihr Krieger es nicht gewohnt, Frauen anzufassen. Ein kleiner Schauer der Erregung durchfuhr sie. Die Wärme seiner Finger beruhigte sie und ließ die Befehle, die durch ihren Verstand hallten, tatsächlich verstummen.

Sie sah zu ihm hoch. Eine Dringlichkeit nahm von ihr Besitz, und plötzlich wollte sie verzweifelt, dass er sie verstand. Dass er ihr helfen *wollte.* Seine Berührung stillte den Schmerz ihrer Erinnerungen und brachte die Worte, die in ihrem Kopf widerhallten, zum Verstummen.

„Worüber wir uns vorhin unterhalten haben ... das ist alles wahr. Meine Magie hat mich zu dir geführt."

Er machte ein herablassendes Geräusch. Seine Hand fiel von ihr ab, und er verzog voller Ekel den Mund. Er traute ihr nicht. Sie spürte, dass dieser Mann nur wenigen vertraute. Was hatte ihn so hart werden lassen?

Aber sie hatte ihn schon ohne seine Schutzwälle gesehen.

In ihren Träumen.

Darin hatte er gelächelt. Und gelacht. Und begehrt. Und sich ihr anvertraut. Der harte Mann, der jetzt vor ihr stand, würde sich eher einen Arm abhacken, als seine intimsten Gedanken, seine Seele, irgendwem zu offenbaren. Schon gar nicht ihr. Wahrscheinlich glaubte er, dass sie sich einen Weg in seine Träume erzwungen hatte, wo er am verletzlichsten war. Kein Wunder, dass er ihr nicht vertraute und so wütend auf sie war. Aber sie musste ihn einfach dazu bringen, ihr zu glauben.

Es schien, als würde ihr Verstand davon abhängen.

Breena griff noch einmal nach seiner Hand. Sie brauchte die Wärme seiner Berührung, selbst wenn er sie nicht freiwillig gab. „Bitte, du musst mir glauben. Mir war nicht einmal klar, dass es dich wirklich gibt, bis ich aufgewacht bin …"

„Fast nackt, in meinem Bett." Wieder knurrte er die Worte förmlich, aber es lag nicht die gleiche Wut darin wie zuvor, auch wenn irgendetwas in ihm sich angestaut hatte. Das ähnelte schon eher dem Mann, vor dem sie früher am Tag aufgewacht war. Dem Krieger ihrer Träume. Aus irgendeinem Grund machte ihr das nur noch mehr Angst.

Sie trat einen Schritt zurück.

„Kluge Entscheidung."

Sie hielt den Atem an.

„Aber zu spät." Er riss sie an sich, bis ihre Körper sich aneinanderrieben.

Osborn senkte seinen Kopf. Die harte Linie seiner Lippen war nur eine Fingerbreite von ihrem Mund entfernt. Sein Blick traf auf ihren. Wilde Wut und heißes Begehren brannten in seinen braunen Augen. Eine Wut und ein Begehren, die vermutlich stets dicht unter seiner Oberfläche brodelten.

„Benutz deine Magie gegen mich, Breena. Halt mich auf."

„Ich … ich kann nicht." Sie wollte nicht, dass er aufhörte.

Sein Mund senkte sich fest auf ihren, und ihre Lippen öffneten sich für ihn. Seine Zunge glitt zwischen ihre Lippen und fand ihre.

Osborns kräftige Arme schlangen sich um sie, und er zog sie gegen seinen heißen, festen Körper. Ihre Brüste rieben sich an seinem rau behaarten Oberkörper, und Breenas Herz schlug so schnell, als wäre sie gerannt.

Er roch nach Kastanien und dem erdigen Duft des tiefen Waldes. Ihre Träume hatten ihr nie verraten, wie herrlich er roch. Oder dass er wie süße Äpfel schmeckte und nach etwas, das sie nicht kannte, vielleicht nach Mann. *Nach ihm.*

Gerade als sie in den Himmel aufschweben wollte, riss Osborn sie auf den Boden der Tatsachen zurück. Er nahm die Lippen von ihrem Mund und legte seine Stirn gegen ihre. Atmete schwer. „Warum kannst du mich nicht aufhalten?" Er löste sich von ihr, um in ihr Gesicht zu sehen. Mit den Fingern fuhr er über ihren Nacken, und ein süßes Gefühl prickelte auf ihrer feuchten Haut.

„Meine Magie ... sie ist verschwunden", sagte sie mit einem Schulterzucken.

Enttäuschung blitzte in seinen Augen auf, verblasste aber schnell wieder. Oder er verbarg sie. *Komm schon, Breena, du bist doch sonst so gut darin, andere zu lesen.*

Er hauchte einen kaum spürbaren Kuss auf ihre Lippen, der ihre Unterlippe zum Beben brachte. „Dann *sag* mir, ich soll aufhören, und ich höre auf."

Wie konnte sie das tun, wenn sie sich danach verzehrte, in seinen Armen zu liegen? Seine Lippen auf ihren zu spüren? Endlich jedes Gefühl, jede Empfindung zu *leben*, die der Osborn ihrer Träume ihr im wahren Leben bereiten konnte?

Sie schüttelte den Kopf. „Ich kann nicht."

Er begann die Haut unter ihren Ohren zu streicheln, ohne dass er wissen konnte, wie empfindlich sie dort war. Sie beobachtete, wie die Muskeln an seinem Hals arbeiteten. Etwas Dunkles und Besitzergreifendes blitzte in seinen Gesichtszügen auf und ließ seine Miene zu Stein werden. Aber es war nicht angsteinflößend. Oh, es war gefährlich und sollte ihr eine Warnung sein, aber es war auch so, so verlockend.

Er neigte seinen Kopf, und dieses Mal begegnete sie seinem Kuss ohne Angst, als Ebenbürtige, wie sie es in ihren Träumen getan hatte. Die Angst und der Hunger und die Schmerzen der letzten Tage verblassten. Osborn übernahm ihr ganzes Bewusstsein. Sein köstlicher Duft füllte ihre Sinne. Das raue Geräusch seines Atems drang an ihre Ohren. Sein Geschmack lag auf ihren Lippen …

Breena wollte mehr.

Auf Zehenspitzen stehend, schlang sie ihre Arme um Osborns Hals und zog ihn so eng an sich, wie sie konnte. Sie fuhr mit den Fingern in seine langen feuchten Haare und presste ihren Mund auf seinen.

Osborns Stöhnen ließ seine Brust erzittern. Sein Begehren für sie brachte Breenas Magen zum Flattern, so wie es in ihren Träumen war. Er fuhr mit den Händen ihren Rücken hinab, und als er ihre Zunge mit seiner umspielte, hielten seine Hände endlich inne und packten ihren Hintern, um sie hochzuheben und gegen den hart geschwollenen Beweis seiner Erregung zu pressen.

Breena erschauerte, als eine mächtige Welle des Begehrens sie durchfuhr. Dieses unglaubliche Gefühl war es, worüber die Dienstmädchen in der Nacht kicherten, wenn ihnen nicht klar war, dass die Prinzessin sie belauschte. Das war es, worum die jungen Männer von Elden auf den Übungsfeldern vor den Burgmauern kämpften. Das war es, was sie zurück in ihre Träume trieb, um bei ihm zu sein, wann immer sie konnte. Zum ersten Mal fühlte Breena sich lebendig. Lebendig, so wie *sie* es wollte. Mit jedem Sinn, jeder Pore, jedem Teil ihres Körpers. Und sie durstete nach mehr und mehr.

Eine scharfe Brise wehte durch die Bäume, ließ die Blätter rascheln und erschreckte die Vögel. Eine dunkle Wolke warf ihren Schatten über den See. Auf Breenas nacktem Körper breitete sich eine Gänsehaut aus, obwohl sie in Osborns Armen lag.

Er hob den Kopf, und auch sie blickte zum Himmel.

Etwas Schwarzes wand sich wie eine Schlange durch die Baumwipfel. Breena hatte so etwas noch nie gesehen, aber ihr Magen zog sich zusammen, und ihr wurde bei dem Anblick der Kreatur übel. „Was ist …?", setzte sie an, konnte aber nicht weitersprechen. Eine weitere Kreatur formte sich am Himmel und hielt auf sie zu. Sie begann zu zittern. Jeder Teil von ihr war von dem grauenhaften Wesen abgestoßen, das auf sie zuraste. Dieses schreckliche Ding strahlte Böses aus. Es zerstörte die Heiligkeit dieses tröstlichen Ortes und füllte ihn stattdessen mit Angst und Schmerz und dem Versprechen von Elend.

Osborn fluchte und sah an ihr vorbei nach dem Bündel, das er am Ufer zurückgelassen hatte. „Meine Waffe", flüsterte er. „Auf mein Kommando rennst du darauf zu. Aber bleib hinter mir."

Sie würden es nicht schaffen, kam es ihr wie aus dem Nichts in den Sinn. Sie schüttelte den Kopf, um die Hoffnungslosigkeit loszuwerden, die von ihrer Seele Besitz ergriff. Es mussten die Monster am Himmel sein, die ihr diese düsteren Gedanken einpflanzten.

„Jetzt", drängte er sie mit leiser Stimme, damit die Kreaturen nicht auf sie aufmerksam wurden. Er sprang vor sie, wirbelte sie herum und lief mit ihr aufs Ufer zu. Dieses Wasser hatte sie einst willkommen geheißen, hatte ihr für einige Augenblicke allen Schmerz genommen, den sie empfand, seit sie in diesem fremden Land aufgewacht war. Jetzt schien der See ihr feindselig. Schweres Wasser wirbelte um ihre Taille, zog an ihren Füßen und zerrte sie tiefer hinab.

„Leiste Widerstand", befahl Osborn ihr über das scharfe Rauschen des wirbelnden Wassers hinweg. „Es spürt deine Angst, aber dieses Ding hat keine Macht über dich."

Breena mühte sich Schritt für Schritt vorwärts. Sie wusste, sie war Osborn im Weg und hielt ihn davon ab, zu seinem Bündel zu gelangen. „Geh einfach", forderte sie ihn auf.

Er schüttelte den Kopf, packte ihren Arm stattdessen noch fester und zog sie hinter sich. Aber es war zu spät. Die Spitze des Wesens begann, sich um Osborns freien Arm zu wickeln. Er stieß den Atem in einem schmerzerfüllten Zischen aus, und sie spürte, wie sein Köper sich anspannte.

Er ließ ihren Arm los und schob sie von sich. „Lauf, Breena. Mach, dass du hier wegkommst, und warne meine Brüder."

Dann drehte er sich um und stellte sich der Kreatur. Mit einer Wucht, die einen großen Mann umgeworfen hätte, traf sein Hieb. Breena gelang es mit letzter Kraft, sich ans Ufer zu ziehen. Die Geräusche des Kampfes hinter ihr waren schrecklich. Die Kreatur kreischte, als Osborn Schlag um Schlag auf ihre schlangengleiche Haut niederregnen ließ, doch das Biest ließ ihn dennoch nicht vollkommen los. Sein Gesicht wurde rot, während er mit nichts als roher Gewalt kämpfte. Aus den Flanken der schlangengleichen Kreatur wuchsen Tentakel. Osborn hackte mit bloßen Händen nach ihnen.

Mit einem schrecklichen Schrei biss die Kreatur Osborn mitten ins Gesicht. Blut tropfte aus der Wunde an seiner Wange und begann, von dem Gift Blasen zu werfen.

Wie konnte er kämpfen? Wie könnte er gegen etwas so Schreckliches gewinnen? Brandwunden zeichneten die Stellen, an denen die Kreatur seine Haut berührt hatte. Osborn fiel auf die Knie. Bemühte sich aufzustehen.

Düstere Bilder blitzten in ihren Gedanken auf. Eine Kreatur mit Rasiermessern statt Fingern. Die Schreie der Sterbenden in ihren Ohren. Der Geruch nach Blut und Tod. Ihr Kopf füllte sich mit Schmerzen. *Nein.*

All ihre Muskeln spannten sich an, bis sie zitterte. Eine wütende Kraft begann in ihr zu brodeln. *Nein.* Das Wort schien ihre Ohren zu füllen und alle anderen Geräusche zu übertönen.

Breena hob ihre Arme und richtete sie auf das schlangengleiche Monster, das Osborn angriff. „Nein!", brüllte sie das schreckliche Biest an, und ein heißer Blitz fuhr aus ihren Fingerspitzen. Die Kreatur kreischte, als hätte sie sich verbrannt. Osborn fiel zu Boden, während das Biest sich umdrehte und direkt auf sie zuhielt. Sie erstarrte fast vor Angst. Beinahe hätte sie sich umgedreht, um davonzurennen.

Aber sie hatte es satt davonzurennen.

Breena richtete sich gerade auf, stellte sich dem Bösen, das auf sie zukam, und hob wieder ihre Hände.

Dieses Ding hat keine Macht über dich.

Wenn sie das Monster davon abhalten konnte, Osborn zu verletzen, konnte sie auch mehr. Das Ding raste auf sie zu. Noch ein Blitz flog in die Flanke der Kreatur, die sich mit einem schrillen Heulen krümmte. Sie sandte einen weiteren Blitz und noch einen, bis ihr der Schweiß auf der Stirn stand und sie schwer atmete. Dann sandte sie einen letzten.

Mit einem Kreischen zerplatzte die Kreatur in einer Blutwolke. Rotes Blut fiel auf das Wasser, das aufgewühlt war, als wollte die Reinheit des Sees das Gemetzel abstoßen, statt es in sich aufzunehmen. Sie erwartete, dass jetzt die andere Kreatur angriff. Doch die beschrieb nur zwei Kreise über den Himmel, ehe sie am Horizont verschwand. Endlich beruhigte sich das Wasser des Sees. Der Wind legte sich, und der Himmel klarte auf.

Breena sank zu Boden. Ihre Muskeln zitterten, und sie rang nach Atem. Welche Kraft sie auch benutzt haben mochte, um die Kreatur umzubringen, sie hatte ihr alle Energie geraubt. Sie sah sich nach Osborn um und entdeckte ihn dort, wo die Kreatur ihn hatte fallen lassen. Geschlagen. Vergiftet. Verbrannt. Und er hatte dennoch weitergekämpft, um ihr die Flucht zu ermöglichen.

Jetzt bewegte er sich nicht mehr.

Sie unterdrückte ein Schluchzen. Ihr Magen zog sich zusammen, und eine flatternde Panik breitete sich in ihrer Brust aus. „Osborn!", rief sie und rannte durch die flachen Pfützen aus Wasser und Sand, in denen er mit dem Gesicht nach unten lag. „Bitte, sei noch am Leben. Bitte." Breena glaubte, nicht noch einen Tod ertragen zu können. Sicher nicht den ihres Kriegers.

Mit einer letzten Kraftreserve, die sie von irgendwoher nahm, rollte sie ihn auf den Rücken. Sie keuchte entsetzt auf, als sie sah, dass sein Gesicht von Kratzern und tiefen Wunden übersät war. Sie strich das Blut mit nassen Händen fort, und vor Angst zitterten ihr dabei die Finger.

„Osborn."

Nichts.

Breena beugte sich vor, bis ihre Nase seine fast berührte. „Osborn!", brüllte sie.

Seine Augen öffneten sich weit. „Wenn das deine Vorstellung vom Heilen ist, musst du noch einiges lernen." Er stöhnte.

Ihre Schultern sackten erleichtert zusammen. Ihr feuchtes Haar fiel darüber und schützte sie vor der Sonne.

„Danke", sagte sie.

„Wofür?", fragte er, und sein Atem strich dabei über ihre Wange.

„Du hast mich nicht zurückgelassen." *Und das hätte dich fast umgebracht.*

„Ich hätte es sowieso nicht geschafft."

Ein Realist. Das gefiel ihr irgendwie. Sie musste sich nur noch daran gewöhnen. Breena war das Leben in der Burg gewohnt, wo sie nie mitbekam, wie sich jemand abmühte, weil man sie davor beschützte. Osborn würde sie nie belügen. *Das* war es, was sie brauchte.

„Diese Dinger waren zu schnell." Seine Worte waren ernst, er kniff die Augen zusammen, und seine Miene war wieder wie Stein. Als sie ihn auf den Rücken gedreht hatte, war er noch etwas benebelt gewesen, doch jetzt klarte sich sein Blick auf. Ihr wütender Krieger war zurück.

Er richtete sich auf.

„Du solltest noch nicht versuchen zu sitzen. Ich denke, du musst dich noch ausruhen."

Er warf ihr nur einen wütenden Blick zu, beugte seine Arme, dann seine Beine und untersuchte sie auf Verletzungen. Er atmete zischend ein. Offensichtlich hatte er eine gefunden.

Sie streckte die Hand nach ihm aus. Breena wollte nur seine Schulter berühren und ihm damit ihr Mitgefühl ausdrücken. Aber das tröstliche Klopfen, das sie beabsichtigt hatte, wurde eher zu einer Liebkosung. Sie war einem Mann noch nie so nah gewesen, erst recht keinem, der nackt und so außerordentlich faszinierend war. Zumindest nicht, solange sie wach war. Sie konnte ihn immer noch auf ihren Lippen schmecken.

Jede Sehne und jede Faser seines Körpers war fest und definiert. Kräftige Muskeln erstreckten sich über seine Brust und liefen an seinen Armen zusammen. Narben – einige alt, andere frisch – überzogen seinen Körper. Und er hatte heute neue dazubekommen. „Es tut mir leid", sagte sie wieder und beugte sich bereits vor, bis ihre Lippen nur noch wenige Zentimeter von seiner Haut entfernt waren.

Seine Finger schlossen sich um ihre Hand und zogen sie von seiner warmen Haut weg. „Was hast du getan?"

Die Wut, die in seinen Worten mitschwang, holte sie aus ihrer Benommenheit.

„Getan?" Breena schüttelte den Kopf. „Ich habe nichts getan."

Ja, ihr wütender Krieger war zurück, dieses Mal mit einem Hauch Misstrauen.

Mit einer schnellen Bewegung lagen seine Hände an ihren Hüften. Er drehte sie um, bis ihr Rücken sich in das sandige Ufer drückte, und setzte sich rittlings auf sie, damit sie nicht entkommen konnte.

„Was hast du da hergebracht? In mein Zuhause?", brüllte er sie an und grub seine Finger schmerzhaft in ihre Schultern.

„Ich weiß es nicht."

Er beugte sich vor, bis ihre Nasen sich fast berührten. „Diese Kreaturen ... diese *Dinger*, das war Magie. Blutmagie."

Ihr Herz begann wild zu klopfen, und ihre Kehle wurde trocken. *Blutmagie.*

Sie fand schon die Vorstellung abstoßend. Jeder Teil von ihr fand die Worte widerlich und Übelkeit erregend.

Blutmagie funktionierte, indem man das Blut von Unwilligen nahm. Mit Gewalt. Sie ausblutete, bis sie starben.

„Du kennst das?" Sie fürchtete sich vor seiner Antwort, und doch hoffte sie, dass er hier in Ursa regelmäßig damit zu kämpfen hatte und nicht nur davon wusste, weil sie die Monster über sie hereingebracht hatte. Aber eine Erinnerung, ein kurz aufblitzendes Wiedererkennen der Magie, nagte an ihr. Dann kam der Schmerz zurück.

„Ich hatte schon einmal damit zu tun, aber nicht hier. *Niemals* hier."

Seine Bestätigung brachte sie zum Zittern. Sie hatte die Magie des Todes an diesen friedlichen Ort gebracht. Einen Augenblick lang galten ihre Gedanken der armen Seele, deren Blut diese Kreaturen geschaffen hatte. Sie musste schrecklichen Schmerz empfunden haben und dann um den Tod erst gebeten, schließlich regelrecht darum gebettelt haben. Einen Tod, den man ihr verweigerte.

„Diese Dinger treten immer paarweise auf, eines kann also immer weitere herführen. In mein Zuhause."

Osborn benutzte sein ganzes Gewicht, um sie auf dem Boden festzuhalten, und nahm seine Hände von ihren Schultern. Sie begann zu beben, als seine Finger über ihre nackte Haut wanderten und ihr Schlüsselbein entlangfuhren, bis sie sich am Hals trafen.

„Als ich hergekommen bin, habe ich einen Eid geleistet, alles und jeden umzubringen, der Ursa je wieder bedrohen sollte. Jeden, der bedroht, was von meiner Familie übrig ist."

Seine Daumen strichen über die zarte Haut an ihrem Hals. Nur ein Druck, mehr brauchte es nicht, nur ein wenig Kraft aus seinen Daumen, und er würde ihr den Atem nehmen. Er richtete seinen Blick fest auf ihren. „Sag es mir, Breena. Sag mir, warum ich dich nicht umbringen sollte."

5. Kapitel

Er hatte noch nie eine Frau getötet.

Das war seine Regel gewesen, als er sein Schwert an diejenigen vermietet hatte, die es sich leisten konnten. Seine einzige Regel. Ein Krieger von Ursa kämpfte nur, wenn er gezwungen war, seine Familie und sein Heimatland zu verteidigen. Was er getan hatte, um zu überleben und auch das Überleben seiner Brüder zu sichern, hätte sein Volk beschämt. In jenen frühen Tagen, nachdem er Ursa verlassen hatte, war er in die tiefsten Tiefen gesunken. Er hatte mit anderen Söldnern gelebt, mit Männern, die ihn im Schlaf umgebracht hätten, nur um seinen Auftrag für sich zu bekommen oder um sich daran zu erfreuen, ihn bluten zu sehen.

Er hatte für die gierigen geifernden Herrscher gearbeitet, denen ihre Macht wichtiger war als das Wohl ihres hungernden Volkes. Sein eigenes Volk, dessen Anführer gerecht und gütig gewesen war, hatte hingegen sterben müssen. Doch solche Gedanken führten nur in den Wahnsinn. Zur Hölle, er war wirklich ein wenig wahnsinnig gewesen, als er mit seinen Brüdern aus ihrer Heimat geflohen war. Die scharfen, schmerzerfüllten Schreie seines sterbenden Volkes hallten noch in seinen Ohren. Ihre Echos hatten nur geschwiegen, wenn sie vom Weinen seiner jungen Brüder übertönt worden waren. Sie hatten nach einer Mutter gerufen, die nicht kommen konnte, um sie zu trösten. Die nie wieder kommen würde.

Nur billiges Bier und einige Augenblicke der Lust im Bett einer bezahlten Frau hatten die Geräusche verstummen lassen. Zumindest für gewisse Zeit.

Dann hatte er seine eigene Regel gebrochen. Er war angeheuert worden, um ein junges Mädchen umzubringen, nicht älter als zehn Jahre. Alles für mehr Macht. Mehr Geld. Das einzige Verbrechen des Mädchens war ihre Verlobung gewesen. Sie war einem Jungen versprochen worden, der eines Tages König seines Landes sein sollte. Eine rivalisierende Familie wollte ihre eigene Tochter auf dem Thron sehen.

Er hatte die Kleine schlafend in ihrem Bett vorgefunden, ihre winzige Hand um eine Puppe gelegt. Auch seine eigene Schwester hatte er oft so daliegen sehen.

Was war bloß aus ihm geworden? Das Blut eines ehrenhaften Kriegers floss durch seine Adern. Er war eins mit dem Bären ... und er war kurz davor gewesen, feige die Kehle eines kleinen Mädchens durchzuschneiden. Um der Familie eine Warnung zu hinterlassen, hatte er seinen Dolch in die Holztruhe neben ihrem Bett gesteckt. Dann hatte er seine Brüder genommen und war in die Nacht geflohen.

Er hatte zu den Geistern der Bären gebetet, dass sie seine Familie den heiligen Grund betreten ließen, und einen Eid geschworen, dieses Land mit seinem Leben zu verteidigen. Selbst wenn er dafür jeden Eindringling umbringen musste, der es wagte, das Reich des Bären zu betreten.

Und hier war sie. Die Person, die es wagte, sich den Warnzeichen zu widersetzen, die an den Grenzen des einsamen Landes aufgestellt waren. Die eindrang, wo sie kein Recht hatte zu sein.

Osborn sah zu der Frau hinab, die nackt unter ihm ausgestreckt lag. Ihre Anwesenheit stand in krassem Widerspruch zu seinem Eid und seiner Regel – nie eine Frau umzubringen –, und doch musste er sie töten. Sie brachte Bedrohung hierher, Blutmagie der schlimmsten Sorte.

Mit jedem ihrer mühsamen Atemzüge hoben und senkten sich ihre Brüste. Ihre festen rosigen Brustwarzen schienen seine Hände und seine Zunge einzuladen, und einen Augenblick lang war er abgelenkt. Ihr Haar lag auf dem Boden ausgefächert, genau, wie es in seinen Träumen ausgesehen hatte. Sie trug nur einen seltsamen Zeitmesser um den Hals. Ihre weichen Lippen waren geöffnet, und am Ansatz ihres Halses hämmerte ihr Puls.

Er war länger als nur einen Augenblick abgelenkt, denn es gelang ihr, ihr Knie in seine Seite zu rammen. Er schnaufte, rührte sich aber nicht. Es war mehr nötig als das Aufbegehren einer so zierlichen Frau, um ihn zu überwältigen. Er packte ihre Handgelenke und zog sie weit über ihren Kopf, um es ihr zu beweisen.

„Forderst du mich heraus, dich umzubringen, Breena?"

„Lass mich los!" Sie bäumte ihre Hüften auf und versuchte ihn abzuwerfen, aber dadurch öffneten sich nur ihre Beine, bis er dazwischenlag. Er spürte die feuchte Hitze und wurde hart. Wie lange war es her, seit er eine Frau berührt hatte? Seit er seine Brüder hergebracht hatte, war jeder seiner Gedanken, jedes Begehren, jeder Wunsch darauf gerichtet gewesen, etwas aus diesem Land zu erschaffen und seine Brüder großzuziehen. Er wollte sie am Leben erhalten und sicherstellen, dass sie selbstständig wurden. Sie sollten für sich selbst sorgen können, wenn er sie verließ, um sich an jenen zu rächen, die seine Familie zerstört hatten.

Bei ihrem nächsten Versuch, ihn abzuschütteln, streifte Breena seine Erektion, und er atmete zischend aus. Jahre. Es war Jahre her, seit er in der willkommenen Wärme einer Frau versunken war. Und die Frau unter ihm war nicht irgendeine, sie war die Frau seiner Träume.

Nein. Sie war die Frau, die in seine Träume eingedrungen war.

„Du kommst gegen mich nicht an."

„Ich kann es aber versuchen." Sie sah ihm fest in die Augen. Trotz und etwas, das wie Verzweiflung aussah, standen in ihrem Blick.

Er kannte diese Gefühle.

Empfand sie selbst.

Lebte sie.

Sie sollte sich nicht so fühlen müssen.

Warum er sich darüber Gedanken machte, war ihm ein Rätsel. Aber aus irgendeinem Grund tat er es. Es war lange her, seit ihm irgendetwas wichtig gewesen war.

Ihre Unterlippe begann zu beben, und er konnte den Blick nicht von ihrem verlockend weich aussehenden Mund lösen. Dann spürte er, wie sie sich anspannte. „Wenn du mich umbringen willst, tu es gleich, sonst …"

Ihr „Sonst" unterstrich sie, indem sie ihren Kopf gegen sein Kinn rammte. Seine Zähne schlugen aufeinander, und sein Kopf prallte zurück, aber der Schock ihres Angriffs brachte ihn nicht dazu, seinen Griff zu lockern. Stattdessen nahm er ihre beiden Handgelenke in eine Hand und fasste sie mit der anderen unters Kinn, damit sie ihm in die Augen sah. Nur um zu beweisen, dass er es konnte.

„Vor einem Augenblick dachte ich noch, dass ich dich nicht umbringen müsste. Langsam ändere ich meine Meinung wieder."

„Ich …" Aber sie sprach den Satz nicht zu Ende. Hatte er erwartet, dass sie sich entschuldigte, weil sie leben wollte?

Dieses eine Wort lenkte seinen Blick wieder auf ihre Lippen. Die verlockende Verführerin seiner Träume. Die schlafende Zauberin, die zum Leben erwacht war. Jetzt war Breena nur eine Frau. Nackt. Und unter ihm.

Osborn senkte seinen Kopf und nahm sich, was er von ihr wollte. Und sie gab es ihm. Ihre Lippen begegneten seinen, und ihr Mund öffnete sich, um seine Zunge willkommen zu heißen.

Sie schmeckte nach Versprechen und besser als in seinen Träumen. Er wollte alles von ihr.

„Bitte", sagte sie, ihre Stimme gebrochen und flehend.

Bitte was? Bitte bring mich nicht um? Bitte lass mich einen Augenblick etwas anderes als Angst spüren? Angst, an der er selbst schuld war?

Er ließ sich auf sie sinken und vergrub sein Gesicht in ihrem Haar, das schon fast wieder trocken war. Das Verlangen, ihren Körper zu erforschen, erlosch und wurde durch etwas weniger Ursprüngliches ersetzt. Schuld? Reue?

Davon brauchte er nicht noch mehr. Er hatte genug für ein Dutzend Leben.

„Ich werde dich nicht umbringen."

Er spürte, wie sie unter ihm zusammensank und alle Kampfbereitschaft aus ihren Gliedern wich. Er ließ ihre Hände los und stützte sich über ihr auf, immer noch in ihre süßen weichen Kurven gebettet. „Aber ich brauche Antworten." Prüfend betrachtete Osborn den Himmel und bestimmte die Position der Sonne. „Es wird bald dunkel werden. Heute Nacht kannst du bleiben, aber morgen verschwindest du. Sobald ich alles von dir erfahren habe, was ich über diese Bedrohung wissen muss. Und, Breena ..."

„Ja?"

„Komm nicht zurück."

Sie nickte, und fast spielte ein Lächeln um seine Lippen, weil sie so rasch eingewilligt hatte. „Keine Sorge."

Nach einem letzten strengen Blick drückte er sich vorsichtig hoch und entfernte sich von ihr.

Sieh nicht hin.

Mit neuer Entschlossenheit begann er, die Wunden an seinen Armen zu untersuchen. Es bildete sich bereits eine dunkle Quetschung,

die die gleichen Umrisse wie die schlangenartige Kreatur hatte. Immerhin hatte er aufgehört zu bluten. Der Schmerz durch das Gift war nur noch ein dumpfes Pochen, und die Brandwunden würden verblassen. Er hatte schon Schlimmeres erlebt. Osborn hörte, wie sie sich auf die Knie rollte.
Sieh nicht hin.
Er befühlte die Wunde an seiner Stirn, und es überraschte ihn nicht, als er die Hand zurückzog und sie vor Blut rot gefärbt war. Sein Bruder würde die Wunde vielleicht nähen müssen.
Blätter raschelten unter Breenas Füßen, als sie zu ihren Kleidern eilte.
Sieh nicht hin.
Er sah hin. Und stöhnte. Breenas schlanker Körper war einfach perfekt. Wie geschaffen für die Berührung eines Mannes. *Seine* Berührung. Ihre Kehrseite lud ein, sie in beide Hände zu nehmen und von hinten in sie einzudringen. Seine Lieblingsstellung. Wieder wurde er hart.
„Eins noch."
Sie drehte sich um und verbarg ihren Körper mit den Kleidungsstücken vor seinen Blicken. Aber das Bild ihrer vollen Kurven konnte sie nicht aus seiner Erinnerung löschen.
„Bis du morgen früh aufbrichst ... Hüte dich davor, mit mir allein zu sein."

Breena zog sich an, so schnell es ihre zitternden Finger zuließen. Alles an ihr zitterte. Selbst ihre Knie waren weich. Ihre Brüste schmerzten empfindlich, als sie das Hemd über den Kopf zog, das Osborns Brüder ihr geliehen hatten. Der Stoff fühlte sich grob und kratzig an auf ihrer gereizten Haut. Gereizt von seinen Händen.
Hüte dich davor, mit mir allein zu sein.
Sie schloss die Augen und wappnete sich gegen die heiße Welle des Verlangens, die sie durchflutete. Die Lust und der Durst nach seiner Berührung richteten ihre ganze Aufmerksamkeit allein auf ihn. Ihren Krieger. Osborn.
Sie leckte sich die Lippen und merkte, dass sie geschwollen waren. Breena hob die Finger, um sie zu berühren, wo er sie berührt hatte. Um die Stelle an ihrer Unterlippe entlangzufahren, die er gebissen hatte.

Hüte dich davor, mit mir allein zu sein.

Eine mächtige Warnung. Ein Befehl. Und Breena war zu einem gehorsamen Mädchen erzogen worden. Sie hatte noch nie gegen eine Regel verstoßen oder jemandem widersprochen. Über ihre Schulter warf sie einen heimlichen Blick auf den Mann, der diese Warnung, fast schon eine Drohung, ausgesprochen hatte – eine an ihren Körper gerichtete Warnung. Sie bebte.

Osborn stand da und sah sie an. Er stand regelrecht Wache über sie. Seine Arme waren vor der Brust verschränkt, die Muskeln angespannt und zum Kampf bereit. Sein breitbeiniger Stand weckte in jedem Beobachter sofort Respekt.

Ich jage dich.
Ich kriege dich.
Du bist mir wehrlos ausgeliefert.

Es war ihm egal, dass er noch nackt war. In ihrem Bauch kribbelte es. Sie hatte noch nie gesehen, was einen Mann zum Mann machte, und konnte jetzt nicht anders, als hinzusehen. Dieser Teil von ihm ragte empor und schien sich unter ihrem aufmerksamen Blick noch mehr aufzurichten.

Sie stellte sich vor, wie es wäre davonzurennen. Er würde sie jagen. Sie fangen. Sie wäre hilflos gegen seine Kraft. Und auch wenn er noch vor einem Augenblick gedroht hatte, sie zu töten, wusste sie, dass es das Letzte war, was er ihr antun wollte. Er wollte andere Dinge mit ihr machen. Verbotene Dinge. Sie erschauerte wieder. Vielleicht hatte sie nicht viele besondere Fähigkeiten, aber neben Haarebürsten war sie nun mal in der Lage, andere zu lesen.

Und diesen Mann konnte sie lesen wie ein Buch.

Wahrscheinlich war es die einzige Waffe, die sie gegen ihn besaß.

Er war wütend. Er fühlte sich von ihr hintergangen. Und das in seinen Träumen, wo er am verletzlichsten war. Für einen Mann wie ihren Krieger war das wahrscheinlich unverzeihlich.

Sie musste ihn dazu bringen, ihr zu vergeben. Nur so konnte sie seine Hilfe bekommen. Breena brauchte verzweifelt seine Hilfe, aber mehr noch als das wollte sie, dass er von sich aus entschied, ihr zu helfen. Besonders jetzt, nachdem er sie geküsst und in den Armen gehalten hatte. Danach sehnte sie sich fast so sehr, wie sie seine Fähigkeiten als Kämpfer brauchte.

Breena hatte sich nach diesem Mann verzehrt. Schmerzlich. Und jetzt stand er nur einige Fuß entfernt ... und verachtete sie. Und gleichzeitig begehrte er sie mit einer Leidenschaft, die ihr den Atem raubte.

Osborns Miene wurde noch wilder. Sein Gesicht war hart wie der Stein, aus dem ihre Schlafkammer in der Burg gemauert war.

Ihre Finger hörten auf zu zittern. Ein neues Bild ... eine Erinnerung an ihre Heimat. Und sie kam ohne Schmerz. Der Schwall von Bildern und Gefühlen überwältigte sie fast. Eine Art friedliche Hoffnung senkte sich auf ihre Brust, und sie lächelte und merkte dabei kaum, dass sie Osborn immer noch anstarrte.

Er hatte die Hände zu Fäusten geballt, und die Muskeln in seinen Beinen waren angespannt, als wäre er kurz davor, zu ihr zu stapfen und ihr beim Anziehen zu helfen. Oder ihr wieder auszuziehen, was sie bereits angezogen hatte. Ihr Mund wurde trocken. Sie wandte sich schnell von ihm ab und wieder ihrer Aufgabe zu.

Der Gedanke an ihre Heimat brachte ihr Frieden, aber in dieser Ruhe und der Sehnsucht lauerte eine Bedrohung. Sie versuchte, sich zu konzentrieren und die Erinnerungen zu fassen, die kurz außerhalb ihrer Reichweite zu flattern schienen. Dieses Mal traf sie wieder der Schmerz hinter den Augen, und sie gab den Versuch auf, sich an ihre Heimat zu erinnern. Aber sie würde es später noch einmal probieren. Sie hatte es geschafft, einen weiteren Tag zu überleben. Sie hatte ihren Krieger gefunden, und bald würde sie verstehen, warum sie so weit fort von ihrer Familie war.

Breena zog den Rest der Kleider an, die Bernt und Torben ihr gegeben hatten, auch wenn *ziehen* nicht das richtige Wort war. Die Ärmel hingen bis weit über ihre Fingerspitzen hinab, und auch die Hosenbeine musste sie mehrmals hochkrempeln. Osborn war doppelt so schnell angezogen wie sie, und dafür war sie dankbar. Wie sollte ein Mädchen, das so lange vor Männern beschützt worden war, reagieren, wenn sie auf einmal einem nackten Mann gegenüberstand? Und noch dazu einem so gut aussehenden? Sie musste es immer noch ertragen, seinen breiten Rücken zu sehen und wie seine Hosen sich an seine Kehrseite schmiegten. Durfte eine Frau den Po eines Mannes attraktiv finden? Sie hatte gehört, wie die Dienstmädchen in der Burg über den muskulösen Bauch eines Mannes geredet hatten oder über die Größe seiner Füße spekuliert oder die Kraft seiner Arme, aber nie besonders über seinen ...

„Beeil dich."

Erschrocken sah Breena Osborn in die Augen. *Erwischt.*

„Wir brauchen gut zehn Minuten bis zur Hütte, und die Sonne geht bald unter. Ich will vorbereitet sein, falls diese Dinger wiederkommen."

Sie nickte und beeilte sich. Vielleicht hatte er nicht bemerkt, wie sie seinen Körper angestarrt hatte.

„Und, Breena ...?"

„Ja?"

„Du kannst ihn dir später ansehen. Solange du willst."

Warum klang das weniger wie eine Drohung und mehr wie etwas, das sie unbedingt tun wollte?

Als sie sich der Hütte näherten, standen Bernt und Torben im bereits schwächer werdenden Tageslicht davor. Osborn hatte die Führung übernommen, und Breena folgte dicht hinter ihm. Die Jungen sahen etwas erschrocken aus, sie neben Osborn vorzufinden. Neugierde stand in ihren jungen Gesichtern, als sie die Stufen hinabsprangen, um ihnen auf der Lichtung entgegenzugehen.

„Habt ihr das Ding am Himmel gesehen?"

„Auf einmal war es ganz dunkel."

„Was ist mit deinem Arm passiert?"

Breena musste darüber lächeln, wie die beiden Jungen durcheinanderplapperten. Als ihre Brüder noch jünger waren, waren sie einander auch ständig ins Wort gefallen.

Sie stieß ein Keuchen aus, aber die drei schienen es nicht zu bemerken. Noch eine Erinnerung ohne Schmerz. Waren ihre Brüder in Sicherheit? Wo waren sie? Dayn war draußen gewesen, und Micah ... Sie versuchte, sein liebes Gesicht vor sich zu sehen und sich zu erinnern. Irgendwas mit seinem Kindermädchen. Ein scharfer Schmerz zwang sie, nicht mehr an jene Nacht zu denken. Es schien, als könnte sie sich an alles viel einfacher erinnern, wenn sie es gerade nicht versuchte. Vielleicht konnte sie es nicht erzwingen. Möglicherweise konnte sie in ihre Vergangenheit gelangen wie in ihren Traumnebel: sich entspannen, eine Tür in Gedanken vorstellen und statt in einen Traum in die Vergangenheit eintreten.

„*Wir* wurden angegriffen."

Torben und Bernt merkten, wie Osborn das Wort *wir* betonte. Subtilität zählte anscheinend nicht zu seinen Stärken. Die Brüder sahen einander an, und sie vermutete, dass die beiden die Augen verdreht hätten, wenn Osborn nicht direkt neben ihnen gestanden hätte.

„Wir haben sie fortgeschickt."

„Genau wie du gesagt hast", verteidigte Bernt sich.

Osborn sah ihn finster an. „Ich habe Breena beim Planschen im See gefunden. Dort wurden wir angegriffen."

„Was waren das für Dinger?", fragte Torben.

„Kundschafter. Kreaturen, geschaffen aus Blutmagie. Ich habe sie schon gesehen, aber nur ein einziges Mal."

„Ich habe noch nie Blutmagie gesehen", sagte Torben aufgeregt.

Etwas zu aufgeregt. Osborn starrte zu seinem jüngeren Bruder hinab. „Bete darum, dass du es auch nie tun wirst."

„Man sagt, dass man die Schreie derjenigen hören kann, die ihr Blut lassen mussten", fügte Bernt hinzu, der sich offensichtlich ebenfalls an dem Gespräch beteiligen wollte.

Osborns Miene blieb ernst. „Ein Geräusch, das ich nie wieder hören will."

„Die Schreie waren furchtbar", fügte Breena hinzu und konnte ein Schaudern nicht unterdrücken. Sie wusste nicht, ob das Heulen von den gequälten Seelen gekommen war oder nicht, aber sie hatte das Elend und den unerträglichen Schmerz erkannt. So böse …

„Das ist, weil du ein Mädchen bist", antwortete Torben und richtete sich wieder an Osborn. „Sie haben bestimmt nicht mehr lange geschrien, nachdem du mit ihnen fertig warst."

Breena verkniff sich ein Lächeln darüber, wie stolz der jüngste Bruder auf Osborns Fähigkeiten und Kraft war. Micah war genauso gewesen, wenn er von Dayn und Nicolai gesprochen hatte.

Noch ein Gedanke an ihr Zuhause ohne Schmerz. Ja, der Trick war, alles natürlich fließen zu lassen und es nicht zu sehr zu versuchen.

Osborn warf einen schnellen Blick in ihre Richtung und konzentrierte sich dann wieder auf seine Brüder. „Ich, äh, hatte mein Bündel nicht."

„Aber Osborn, du lässt dein Bündel nie aus den Augen!" Torben klang fassungslos. „Du hast es immer in Reichweite."

Sah sie einen Anflug von Röte auf Osborns Wangenknochen? Er räusperte sich und verschränkte die Arme vor der Brust. Was war das für eine Geste? Es sah aus, als wollte er sich schützen. Endlich hatte der Mann nicht mehr die Oberhand.

„Ja, Osborn, wieso war dein Bündel so weit weg?", fragte sie freundlich.

Er kniff die braunen Augen zusammen. „Am Ende habe ich es nicht gebraucht", sagte er mit zusammengebissenen Zähnen.

Sie erwiderte seinen Blick. „Oh?"

Osborn zuckte mit den Schultern. „Breena hat das Monster umgebracht."

Breena richtete sich gerade auf. Sie, ja, sie hatte dieses Ding umgebracht. Natürlich hatte ihr die Magie dabei ein wenig geholfen.

Die zwei Jungen starrten sie einen Augenblick an. Dann fing Bernt an zu lachen. Sein jüngerer Bruder fiel ein. Breena trug zwar geliehene Kleidung und erinnerte sich an nicht viel, aber eines wusste sie ... sie hatte es nicht gern, ausgelacht zu werden.

Die Energie, die sie am See gespürt hatte, stieg in ihr auf.

„Autsch", sagte Torben und wich einen Schritt zurück.

Bernt hörte auf zu lachen und sah seinen Bruder an. „Was ist?"

„Es ist, als hätte mir jemand in den A... äh, in den Hintern gekniffen", sagte Torben.

Osborn warf Breena einen raschen Blick zu, aber er sah nicht wütend darüber aus, dass sie ihre Magie benutzt hatte.

„Was war das?", fragte Bernt und rieb sich das Hinterteil.

„Sieht aus, als hättet ihr eine Kostprobe von dem bekommen, was die Blutmagie-Kreaturen ereilt hat."

Beide Jungen sahen Breena an, und ihr Gesichtsausdruck wandelte sich von ungläubig zu beleidigt. Dann richteten die Jungen ihre Aufmerksamkeit wieder auf ihren älteren Bruder.

„Aber du hast gesagt, Mädchen sind nur für eines gut. Und das war nicht Magie oder Kämpfen."

Jetzt sah Breena den großen Mann neben sich ebenfalls an. „Und was wäre das?", fragte sie, obwohl sie es eigentlich nicht so genau wissen wollte.

Osborn sah sie ausdruckslos an. „Kochen."

„Putzen", sagten die Jungen zur gleichen Zeit.

Osborn zuckte mit den Schultern. „Dann sind es wohl doch zwei Dinge."

Sie warf ihm einen Blick voller Verachtung zu. Noch nie in ihrem Leben hatte sie eine andere Person auch nur wütend angesehen. Ein halber Tag bei dieser Familie, und sie warf mit magischen Blitzen um sich. Wenigstens hatte er den beiden Jungen nicht beigebracht, dass Mädchen nur fürs Schlafzimmer gut wären. Besonders weil ihr Körper das Einzige war, an dem Osborn bisher Interesse gezeigt hatte.

„Du kannst keine Hilfe von einem Mädchen annehmen", sagte Bernt. „Ein Krieger siegt allein."

Osborn ließ sein Bündel zu seinen Füßen fallen und legte einen Arm um die Schultern seiner Brüder. Er beugte die Knie, um ihnen in die Augen zu sehen.

„Kein Mann muss sich schämen, Hilfe von einem anderen Krieger anzunehmen, selbst wenn dieser Krieger ein Mädchen ist."

Dieses Gerede fing an, ihr auf die Nerven zu gehen. Ihr Vater wäre ohne seine Frau verloren. Die Königin und ihr Mann standen immer Seite an Seite. Er hörte auf ihre Ratschläge, und sie übernahmen die Regierungsverantwortung gemeinsam. Immerhin schien Osborn selbst eine Ahnung davon zu haben, wie es funktionieren sollte. Leider hatte er sie nicht an seine Brüdern weitergegeben, für die er verantwortlich war. Jedenfalls bisher noch nicht. Die Magie wirbelte wieder in ihr hoch, aber Breena unterdrückte sie schnell.

„Gehen wir rein. Ich habe Hunger, und Breena hat jede Menge Fragen zu beantworten. Danach geht ihr gleich zu Bett. Ich bringe sie bei Tagesanbruch ins Dorf."

„Ins Dorf? Kann ich mit?", fragte Bernt.

„Es ist so lange her, seit du uns mit in eine Stadt genommen hast."

Osborn schüttelte den Kopf. „Nicht bis ich weiß, ob Gefahr droht."

Die zwei Jungen sackten zusammen und gingen dann schlurfend die Stufen zur Hütte hinauf. Breena war ebenfalls hungrig. Seltsam, wie der Körper seinen ganz eigenen Zeitplan hatte. Ihre Familie war verloren, sie war in der Wildnis umhergeirrt, war angegriffen worden, und doch konnte sie essen wie an einem ganz normalen Tag.

„Warum halten deine Brüder so wenig von Mädchen?", fragte sie, als sie wieder allein waren.

Sein Blick senkte sich auf ihre Lippen. Dann auf ihre Brüste, und sie streckten sich ihm gleich durch den dünnen Stoff ihres Hemdes entgegen. „Wenn man sich selbst einredet, eine Frau sei nur für eine Sache gut, dann fehlen einem die ganzen anderen Dinge, die man sich von ihr ersehnt, nicht so sehr."

In seiner Stimme lag so viel Sehnsucht, so viel Einsamkeit, dass sie die Hand ausstreckte und an seine Wange legte.

Seine Finger schlossen sich um ihre. Seine Handfläche war schwielig, sein Griff fest, und sie dachte noch einmal, dass er nicht viel Zeit mit Frauen verbracht haben konnte.

„Weißt du noch, was ich gesagt habe? Über das Alleinsein mit mir?", frage er mit wilder Miene.

Sie nickte und konnte den Blick dabei nicht von seinen Lippen wenden.

Osborn senkte seinen Kopf, bis sein Mund nur noch ein kurzes Stück von ihrem Ohr entfernt war. „Du bist mit mir allein."

Eine Warnung, eine Drohung, ein Versprechen ... seine Worte waren all das zusammen. Ihr lief ein Schauer über den Rücken. Sie kniff die Augen fest zusammen, als er mit der Zunge behutsam die Kurve ihres Halses nachfuhr.

„Breena?"

Sie nickte und sehnte sich nach noch einer Berührung wie dieser. Wünschte sich, er würde sie nicht am Morgen fortschicken. Wünschte sich so viele hoffnungslose Dinge.

„Geh ins Haus."

Breena löste sich aus seiner Umarmung, ohne dass er Widerstand leistete, und schloss die Tür fest hinter sich. Dann ließ sie sich von innen gegen die grobe Holztür fallen, rang nach Luft und versuchte, ihr wild klopfendes Herz zu beruhigen.

Überleben.

Rächen.

Mit Osborns Hilfe konnte sie beides schaffen. Ihre Traummagie hatte den Richtigen ausgewählt. Sie musste nur noch dafür sorgen, dass er es ebenfalls so sah.

„Hast du das gesehen?", flüsterte Torben. „Sie hat ihn angefasst, und er hat nicht gebrüllt. Oder sie weggestoßen."

Bernt nickte. „Ich glaube, es wird nie wieder so sein wie früher."

6. Kapitel

Das Abendessen war eine einfache Mahlzeit aus hartem Brot, getrocknetem Fleisch und Beeren, die vermutlich neben der Hütte gepflückt worden waren. Niemand sprach ein Wort, während sie aßen. In Elden war das Abendessen immer ein großes Dinner gewesen, mit mehreren Gängen, Unterhaltung und jeder Menge Gelächter. Hier betrachteten die drei Brüder ihr Essen ernsthaft, die Köpfe über die Teller gesenkt, die Augen fest auf die Mahlzeit gerichtet.

„Weiß jemand eine lustige Geschichte?"

Bernt sah sie an, als hätte sie plötzlich angefangen, in einer anderen Sprache zu sprechen. Ihr Vater hatte immer so lustige Geschichten von den Reisen seiner Jugend erzählt. Ihre Mutter konnte jeden mit Erzählungen von Legenden und Mythen bezaubern. Nicolai kannte einen sehr guten Witz über einen König auf Reisen, einen Keuschheitsgürtel und einen treuen Ritter, der sich über den falschen Schlüssel beschwerte.

Sie richtete den Blick auf Osborn und spürte, wie ihre Wangen glühten. Breena hatte immer geglaubt, der Witz bestände darin, dass der König den falschen Schlüssel dagelassen hatte. Jetzt wurde ihr klar: Der Ritter, der versuchte, den Keuschheitsgürtel zu entfernen, und dass der König ihm absichtlich den falschen Schlüssel gegeben hatte – das war der Witz an der Geschichte.

Breena würde ihren Bruder ohrfeigen, wenn sie ihn je wiedersah. Sie hatte diesen Witz mindestens drei Mal weitererzählt. Eine Woge aus Heimweh verdrängte ihre Wut. Nein, wenn sie Nicolai je wiedersehen sollte, würde sie ihn nur umarmen.

„Weißt du denn eine lustige Geschichte?", fragte Bernt.

Sie war am Leben, sie war für den Augenblick in Sicherheit, und sie bekam endlich wieder etwas in den Magen. Breena konnte eine Mahlzeit genießen, ohne sich um ihre Brüder zu sorgen, ihre Heimat oder wie sie den nächsten Tag überleben sollte. Sie schob ihren Teller zur Seite und senkte ihre Stimme zu dem gleichen verschwörerischen

Tonfall, den ihre Mutter benutzt hatte, wenn sie etwas Interessantes zu berichten hatte.

„Na ja, habt ihr schon vom König von Alasia gehört, der mit seinem Wahrsager unzufrieden war?"

Beide Jungen beugten sich vor. „Nein."

„Er hat dem König gesagt, sein Lieblingspferd würde sterben. Und wirklich, zwei Tage später ist das Tier tot umgefallen."

„Wahrsager gibt es nicht", sagte Torben mit skeptischer Stimme. Breena konnte sich gut vorstellen, woher der Junge seine Einstellung hatte.

Aber Breena schüttelte nur den Kopf, geheimnisvoll, wie sie hoffte. „Der König hat ihm auch nicht vertraut. Tatsächlich hatte er den Verdacht, dass der Wahrsager das Pferd vergiftet hatte, damit seine Vorhersage eintrat. Dadurch würde das ganze Königreich von seinen Gaben erfahren, und er bekäme von allen Seiten Geld für seine Vorhersagen."

„Was ist als Nächstes passiert?", fragte Bernt.

„Der König hat den Wahrsager zu sich bestellt und ihn aufgefordert, das Datum seines eigenen Todes vorherzusagen."

Bernt rutschte aufgeregt auf seinem Stuhl hin und her. Hatten diese beiden Jungen noch nie zuvor eine Geschichte erzählt bekommen? „Warum?"

„Weil der König ihn umbringen wollte", sagte Osborn.

Breena lächelte ihren klugen Krieger an. „Euer Bruder hat recht. Der König hatte vor, den Wahrsager umzubringen, sodass jede Antwort, die er gab, falsch wäre und sich niemand mehr an ihn erinnern würde."

Torben stand von seinem Stuhl auf und hob ein imaginäres Schwert. „Was hat er getan? Ist er davongerannt, oder hat er den König zum Kampf gefordert?"

Sie biss sich auf die Unterlippe. Kein Wunder, dass es ihrer Mutter so viel Spaß gemacht hatte, am Tisch Geschichten zu erzählen. „Keins von beidem."

„Was dann?", fragten die Jungen gleichzeitig.

„Er hat dem König in die Augen gesehen und gesagt: ‚Das genaue Datum meines Todes weiß ich nicht, aber ich weiß, dass der König mir nur zwei Tage später ins Grab folgen wird.'"

Osborn fing an zu lachen, und es klang, als hätte er das lange nicht mehr getan. Sie sah ihn an, und ihre Blicke begegneten sich. Das Verlangen in seinem Blick ließ ihr Lächeln verblassen. Oh, sie wusste, dass er ihren Körper begehrte, aber in seinen braunen Augen stand noch ein anderes Begehren. Ihre Lippen öffneten sich, und ein elementarer Teil von ihr wünschte sich, ihm zu geben, was er verlangte.

„Zeit fürs Bett", sagte er zu seinen Brüdern, ohne den Blick von ihr zu nehmen.

„Was?"

„Es ist noch früh!"

Osborn seufzte tief. „Ihr braucht Schlaf, falls ich euch morgen mit ins Dorf nehme. *Falls.*"

Die Brüder beeilten sich, den Tisch abzuräumen und im Nebenzimmer zu verschwinden, in dem die drei Betten standen. Innerhalb von wenigen Augenblicken war sie mit Osborn allein. Schon wieder.

„Komm mit ans Feuer", sagte er. Es war bestimmt keine Bitte, und als er ihr seine Hand reichte, konnte man es nicht als höfisches Benehmen auslegen. Sie *hatte* neben ihm am Feuer zu sitzen, und sie *hatte* ihm alles zu erzählen, was er wissen wollte.

In jeder großen Halle gab es eine große Feuerstelle, und auch wenn die Hütte klein war, schien Osborns Kamin eine ganze Wand einzunehmen. Ein einladender Teppich lag vor den großen flachen Steinen, die die Feuerstelle umgaben. Sie ließ sich erschöpft auf den weichen Vorleger sinken. Er war dick genug, um als zusätzliche Schlafstelle zu dienen. Osborns Brüder hatten einige Decken dazugelegt. In ihrer Heimat schliefen die meisten Leute vor dem Feuer, wärmten ihre Hände an den Flammen, tanzten bei Feiern davor und wärmten ihr Bier darüber. Osborn schien es zu bevorzugen, in die Flammen zu starren. Wütend.

„Du verschwindest bei Sonnenaufgang von hier."

Sprach er zu ihr oder zu sich selbst? Er hatte doch bereits verkündet, dass er sie am Morgen ins Dorf bringen wollte. Es war also schon fest beschlossen. Oder nicht?

„Es verändert sich bereits alles, und du bist erst wenige Stunden hier. Meine Brüder sind nicht an die Sanftheit gewohnt, die eine Frau mit ins Haus bringt. Sie wollen Dinge. Unmögliche Dinge." Seine

Miene wurde immer grimmiger, während er weiter in die Flammen starrte. „Du musst gehen."
Ja, ja. Das hatte er bereits gesagt.
„Egal, wie oft du darum bittest zu bleiben."
Breena hatte nicht darum gebeten. Ihr Herzschlag beschleunigte sich, und sie spürte ein Kribbeln bis hinab zu ihren Zehen. Es gelang ihr einfach nicht, den Mann vor ihr zu lesen. Sie konnte seine Gedanken nicht nachvollziehen. Nein, sie hatte es wieder nicht geschafft, seine Gedankengänge zu verstehen.
Breena stand von dem warmen Vorleger auf und stellte sich zu ihm. Neben seiner großen Gestalt fühlte sie sich wie ein Zwerg. Seine breiten Schultern waren alles, was sie sah. Sie legte eine Hand mitten auf seinen Rücken und spürte, wie die Muskeln sich unter ihren Fingerspitzen zusammenzogen.
„Möchtest du, dass ich darum bitte, Osborn?"
Da drehte er sich um und überraschte sie, indem er ihre Hand zwischen seinen festhielt. „Ich muss wissen, welche Gefahren du hergebracht hast. Sag mir, wie du hergekommen bist."
Seine starke Hand war genau das, wonach sie sich gesehnt hatte, als sie hungrig, müde und voller Angst herumgeirrt war. „Ich weiß es nicht. Das ist die Wahrheit." Die halbe Wahrheit. Warum hatte sie immer noch das Gefühl, sie müsste so viel wie möglich für sich behalten? *Überleben.* Irgendein Instinkt riet ihr, Osborn nur zu sagen, was er wissen musste, um ihr zu helfen.
„Dann sag mir, was du weißt."
„Mein Zuhause ist angegriffen worden. An Details kann ich mich nicht erinnern. Ich bin hier in der Fremde aufgewacht."
„Dann hast du die Warnzeichen, die Eindringlinge fernhalten sollen, gar nicht gesehen?", fragte er feindselig und misstrauisch. Er suchte in ihrem Gesicht nach der Wahrheit.
„Ich habe die Bärenschädel gesehen, deshalb dachte ich mir, dass ich auf Ursa-Land bin, aber das Volk ist ausgestorben. Schon vor Jahren. Deswegen dachte ich, ich wäre allein."
„Nicht ganz." Er löste seinen Blick von ihrem Gesicht und starrte wieder ins Feuer.
Jetzt verstand sie, warum Osborn so misstrauisch war und so sehr auf seine Brüder achtgab. Sie waren die letzten ihrer Art. Die letzten

Krieger von Ursa. Würde sie auch die Letzte ihres Volkes sein? War sie das vielleicht schon? Eine tragische Gemeinsamkeit.

Aber wenigstens hatte sie noch Hoffnung. Hoffnung, dass ihren Brüdern irgendwie die Flucht aus Elden gelungen war. Osborn hatte keine Hoffnung mehr. „Es tut mir leid." Dieser Satz schien wertlos im Angesicht seines Verlusts, aber sie sagte es trotzdem.

Seine Kehle zog sich zusammen. „Das hat bisher noch niemand zu mir gesagt."

Sie spürte, dass Osborn nicht mehr über die Tragödie erzählen würde, die ihm die Familie genommen hatte, und fuhr mit ihrem Bericht fort. „Mein Volk ist magisch. Keine Blutmagie. Das niemals. Aber meine Mutter ist sehr mächtig. Ich glaube, sie hat mich aus unserem Königreich gezaubert."

„Warum hierher?"

„Vielleicht hat etwas in mir diesen Ort gewählt. Wir waren in unseren Träumen verbunden ..."

Sein Blick brannte so heiß auf ihr wie das Feuer auf ihrer Wange. Dann kniff er die Augen zusammen. „Du hast gesagt, du hättest deine Macht verloren, aber den blutmagischen Kundschafter hast du damit besiegt."

„Daran erinnerst du dich also." Da er es nicht mehr erwähnt hatte, war sie davon ausgegangen, dass er vergessen hatte, dass ihre Magie nicht mehr funktionierte.

„Noch eine deiner Lügen?"

Sie schüttelte den Kopf. „Als ich hier aufgewacht bin, hatte ich nur zwei Gedanken. Überleben und töten. Rächen. Meine Magie war fort, und immer, wenn ich versucht habe, mich daran zu erinnern, was zu Hause wirklich passiert ist ... ist da nur Schmerz. Als würde jemand hinter meinen Augen ein Messer drehen, so weh tut es. Glaub mir, als ich ohne Schuhe und ohne etwas zu essen im Wald herumgeirrt bin, hätte ich meine Gaben benutzt, wenn ich es gekonnt hätte."

Osborns Mundwinkel verzogen sich zu einem angedeuteten Lächeln.

„Als deine Heimat angegriffen wurde, hast du die Schreie gehört, die wir heute vernommen haben? Von Kreaturen der Blutmagie?"

Breena schloss die Augen und versuchte, sich an so viel wie möglich zu erinnern, ehe der Schmerz sie überwältigte. Überall um sie herum war Durcheinander gewesen. Die Geräusche der Schlacht, das Heulen der Verwundeten und Sterbenden. Ein Blitz von etwas Finsterem. Eine Kreatur mit Rasiermessern statt Händen. Ein Ding, eher Skelett als Mann. Sie sackte auf dem Boden zusammen und zog ihre Knie eng an ihre Brust.

„Ja, es war Blutmagie."

Osborns Atem entwich als tiefes Grollen.

Sie blickte rasch zu ihm auf. Sein Gesicht war so hart, wie es am See gewesen war. „Es tut mir so leid. Ich wollte dich und deine Brüder nie in Gefahr bringen."

Er schluckte, öffnete und schloss seine Fäuste einige Male und nickte dann. „Das weiß ich. Morgen bringe ich dich ins Dorf. Die Kundschafter werden dir wieder nachkommen. Ich will nicht, dass du sie hierherführst."

„Du wirst mir wirklich nicht helfen?", fragte sie mehr für sich selbst, als um die Bestätigung von ihm zu bekommen. Sie musste die Worte aussprechen, damit sie wusste, dass sie wirklich auf sich alleine gestellt war. Damit ihr Herz die Wahrheit akzeptierte und selbst der kleine Hoffnungsschimmer, den sie immer noch hegte, erlosch.

Sein Schweigen war Antwort genug.

„Es tut mir leid, dass ich dich in die Sache hineingezogen habe. Du bist wohl doch nicht der Mann, mit dem ich meine Träume teilen sollte. Meine Magie hat sich geirrt", sagte sie mit einem Schulterzucken. „Ich dachte wirklich, du bist der Richtige für mich."

Osborn stieß sich mit einem festen Ruck von der Feuerstelle ab. Sie war überrascht, dass die Wand der Hütte nicht darunter nachgab. „Ich bringe dir ein Kissen", sagte er und ging mit steifen Schritten auf die Truhe in der Ecke zu, wo die drei Brüder anscheinend ihre Wintersachen aufbewahrten.

Seine Brüder rückten ihm auf die Pelle, sobald er die Schlafkammer betrat. „Sie sollte hier drinnen schlafen", sagte Bernt, den Blick auf die Tür gerichtet. „So ist es nicht richtig. Sie ist ein Mädchen. Sie sollte nicht auf dem kalten Boden schlafen."

Osborn seufzte über die fehlgeleitete Galanterie seiner Brüder. „Ihr habt genug Decken zusammengelegt, dass es bequemer als jede

Matratze ist. Sie hat es gemütlich vor dem Feuer. Außerdem, würdet ihr euer Bett aufgeben wollen?"

Bernt drückte seine Schultern durch. „Ja."

„*Ich* nicht."

„Ich habe doch gerade gesagt, ich schlafe draußen."

Osborn schüttelte den Kopf. „Und sie hier drinnen mit zwei Männern? Das ist noch schlimmer." Er warf sein Hemd ans Fußende seines Bettes und streckte sich demonstrativ auf seiner Matratze aus. „Entweder wir schlafen alle drei draußen, oder wir schlafen gemütlich in unseren eigenen Betten. Und meine Entscheidung steht."

Bernt schnaufte. Er wusste, wann er sich geschlagen geben musste. Und es gefiel ihm nicht. Er zog sich langsam das Hemd über den Kopf und schlüpfte dann zwischen die Pelze auf seinem Bett. Osborn blies die Kerze aus, und Dunkelheit hüllte sie ein. Er fühlte die Unruhe seines Bruders. Der Junge würde die ganze Nacht wach liegen.

„Du machst dir Sorgen, weil sie ein Mädchen ist, also überlege dir, wie es ihr dabei gehen würde, alleine in einer Kammer mit uns zu schlafen. Viel schlimmer als auf einem Haufen Decken vor dem warmen Feuer. Je eher sie hier verschwindet, desto besser."

Bald erfüllte das gleichmäßige Atmen seiner schlafenden Brüder den Raum, aber Osborn konnte seine Muskeln einfach nicht entspannen. Wenn überhaupt, wurde er noch angespannter.

Ich dachte wirklich, du bist der Richtige für mich.

Ihre Worte trafen ihn tief.

Wenn er mit Breena träumte, war er ein anderer. Seit sie zugegeben hatte, dass sie sich in seine Träume eingeschlichen hatte, kämpfte er mit der Versuchung. Er wollte für sie dieser Traummann sein.

Aber in seinen Träumen klebte nie Blut an seinen Händen. Sie hatte diese eine Gefahr mit sich gebracht, aber er selbst brachte viel mehr. Seine Traumfrau gehörte nicht zu ihm. Und doch wünschte Osborn sich zum ersten Mal, er könnte jemandem etwas bedeuten.

Was er seinen Brüdern gesagt hatte, war die Wahrheit. Je eher Breena verschwunden war, desto besser war es. Für sie alle.

Breena wachte vor dem verloschenen Feuer auf. Das Morgengrauen kroch über die Baumwipfel, und sie hörte, wie ein paar Vögel ihr Morgenlied begannen. So normal. So idyllisch.

Sie sah auf ihre Hände hinab. Sie sahen genauso aus wie immer. Dieselben Nägel. Derselbe kleine Leberfleck auf ihrem Handrücken. Ihre kleinen Finger, die sich an der Spitze ein wenig krümmten.

Und doch konnte sie mit diesen Händen mächtige Magie schaffen. Sie deutete in eine Ecke und versuchte es. Nichts passierte. Sie konnte mit diesen Händen *manchmal* mächtige Magie schaffen.

Warum war ihre magische Kraft plötzlich aufgetaucht – warum jetzt? Warum nicht vor Tagen, als sie die Macht dazu hätte benutzen können, ihrer Familie zu helfen? Was hatte sich verändert?

Osborn. Er hatte sich verändert. Hatte seine Anwesenheit etwas mit dem Erwachen ihrer Magie zu tun? Würde sie mächtiger werden, je länger sie blieb? Oder war alles nur ein Zufall? Wäre ihre Gabe sowieso irgendwann aufgetaucht?

Breena streckte ihre Arme hoch über ihren Kopf aus. Ihr Hals war steif, und ihr Rücken tat weh, aber es war gut, am Leben zu sein. Sie sah sich in der kleinen Hütte um.

Am lauten Flüstern im Schlafzimmer erkannte sie, dass die drei Brüder aus Ursa wach waren. Es war ihr alles so perfekt vorgekommen, als sie gestern auf die drei getroffen war. Sie warf die Decke von sich und begann, sie zusammenzufalten. Dass sie trödelte, wollte Breena sich nicht vorwerfen lassen. Die Tür öffnete sich, und Osborn trat aus dem Schlafzimmer. „Du bist wach."

Sie wandte sich ab und strich geschäftig die Decke glatt. Sie wollte es vermeiden, sein attraktives Gesicht zu sehen. Jetzt, da sie wusste, dass er nicht ihr Krieger war, wollte sie nicht …

Sie wollte ihn nicht mehr begehren.

Bernt und Torben schoben sich an ihrem Bruder vorbei, fertig angezogen und zum Aufbruch bereit. „Ich hätte nicht gedacht, dass ihr mitkommt", sagte sie, erfreut, eine Schutzmauer zwischen sich und Osborn zu haben.

„Ich will nicht, dass die Jungen allein sind, falls noch mehr von diesen Kreaturen herkommen."

Kalt. Logisch. „Ich bin fertig", sagte sie, immer noch nicht willens, ihm in die Augen zu sehen.

Nachdem sie ein einfaches Frühstück eingenommen hatten, brachen sie auf. Trotz der Versuche der Jungen, ihr weitere Geschichten zu entlocken, war die Kameradschaft des vergangenen Abends eindeutig vorbei.

„Wie lange dauert es, bis wir das Dorf erreicht haben?", fragte sie Bernt, nachdem sie schon eine ganze Zeit unterwegs gewesen waren.

„Normalerweise können wir es bis Mittag schaffen", antwortete Osborn an Bernts Stelle.

Einige Zeit später stolperte Breena über einen toten Ast, der im Unterholz verborgen lag. Drei verschiedene männliche Hände wurden ausgestreckt, um ihr zu helfen. Sie griff nach Torbens und Bernts. Osborn kniff die Augen zusammen und starrte seine Brüder unverwandt an.

Am späten Vormittag blieben sie stehen, um an einer alten Feuerstelle Rast zu machen, die offensichtlich von früheren Reisenden genutzt worden war. Die Jungen rannten davon, um für sich zu sein, und sie setzte sich auf einen Holzstumpf, so weit von Osborn weg, wie sie konnte.

Eine große Gestalt verstellte ihr die Sonne. Ein Schatten fiel auf ihren Schoß, als sie sich die Füße rieb. Ein Schatten mit Osborns Silhouette. Aber sie sah nicht zu ihm auf. „Du gehst mir schon den ganzen Morgen aus dem Weg. Warum?"

Sie sackte in sich zusammen, und statt erleichtert zu sein, dass Osborn bald für immer aus ihrem Leben verschwunden sein würde, wog das Wissen schwer auf ihren Schultern. Sie verstand seine Gründe dafür, ihr nicht zu helfen, aber sie würde es ihm nicht auch noch einfach machen.

Für ihren Ausflug in die Stadt hatte er seine langen Haare zusammengenommen. Schwarz schien seine Lieblingsfarbe zu sein, denn er trug heute wieder schwarze Kleidung. Sein Aussehen war schlicht, nur an dem riesigen Schwert an seiner Seite war nichts Bescheidenes. Insgesamt wirkte Osborn einfach fatal auf ihre Sinne. Kein Mann hatte je so stark, so mächtig und so fähig ausgesehen wie ihr Krieger. Und im Augenblick brauchte sie all diese Dinge. Verzweifelt. Wie könnte sie nicht körperlich auf ihn reagieren? Emotional? Und jetzt wollte er auch noch eine Erklärung, warum sie ihm aus dem Weg ging.

Nachdem sie sich gegen die Verlockung seiner dunkelbraunen Augen zusammengenommen hatte, erwiderte sie seinen Blick. „Was willst du von mir? Ich bin hergekommen, um dich um Hilfe zu bitten. Um meine Familie zu finden, um ihren Tod zu rächen. Du willst mir nicht helfen – das kann ich akzeptieren –, aber ich habe nicht vor, herumzusitzen und mit dir über das Wetter oder sonst was zu plaudern."

Er blickte finster zu ihr hinab. „Du wolltest mich mit deiner Magie einfangen."

„Wenn du es so sehen willst", sagte sie müde. Wenn er das immer noch von ihr dachte, würde sie ihn niemals vom Gegenteil überzeugen können.

„Ich lasse mich nicht benutzen. Nie mehr. Von niemandem."

„Schön, Osborn. Warum gehst du nicht einfach zurück in deine Hütte und versteckst dich vor dem Rest der Welt? Vergiss, wie man lebt, und stirb allein, weil deine Brüder letzten Endes auch weglaufen werden. Zeig mir einfach den Weg ins Dorf, und ich schaffe den Rest schon allein."

„Ich bringe dich hin", sagte er durch zusammengebissene Zähne.

Sie zog sich die unbequemen Schuhe wieder an. „Dann lass uns keine Zeit mehr verschwenden. Je eher du mich im Dorf ablieferst, desto eher bist du mich los."

Breena ging weiter in die Richtung, die sie ursprünglich eingeschlagen hatten, und als Osborns Brüder sie einholten, atmete sie erleichtert auf. Nach ihrer Ansprache vor ihrem großen Bruder wäre es extrem peinlich gewesen, umdrehen zu müssen, weil sie in die falsche Richtung gelaufen war.

Die Sonne stand fast direkt über ihnen, als sie die Spitze eines kleinen Hügels erreichten. Unter ihnen erstreckte sich ein grünes Tal bis an den Horizont, und an den Grund des Tals schmiegte sich ein Dorf. Nachdem sie ihr Leben lang hinter Burgmauern eingesperrt gewesen war, verdrängte die Aussicht, für einige flüchtige Augenblicke neues Gebiet erforschen zu können, sogar den trüben Gedanken, dass Osborn sie bald verlassen würde. Und den Gedanken an das, was ihr zweifellos in den nächsten Tagen bevorstand.

„Gehen wir", sagte sie und hielt den Jungen ihre Arme hin. Sie hakten sich ein und rannten lachend den Hügel hinab. Osborn folgte ihnen, eine Hand immer an seinem Bündel, den Blick ständig wachsam auf die Umgebung gerichtet.

Das Dorf war bezaubernd. Die Häuser waren ähnlich gebaut wie Osborns Hütte, aber abgeschliffen und in leuchtenden Farben gestrichen. Eine Hauptstraße verlief mitten durchs Dorf, und Stände und Buden an beiden Seiten luden mit verlockenden Düften und schönen Stoffen. Sie erinnerte sich an eine Geschichte, die ihre Mutter einmal erzählt hatte, von einem Jungen, der aus Holz gemacht war und von allem verlockt wurde, was er im Dorf sah. Was er in der Stadt sah und roch, verzauberte den Jungen, aber er war unvorsichtig und verlor all sein Geld an einen gewitzten Fuchs und eine Katze. Die Moral der Geschichte schien jetzt angebrachter denn je, aber sie empfand auch die Verlockung von all dem, was es zu sehen und zu erkunden gab.

„Was wollt ihr zuerst machen?", fragte sie.

„Essen", antworteten beide Jungen gleichzeitig.

Sie lachte, bis Osborns dröhnende Stimme sie unterbrach. „Bernt, Torben, ihr geht vor. Breena bleibt bei mir."

Torben sah aus, als wollte er seinem älteren Bruder widersprechen, aber die Verlockung, sich umzusehen, war einfach zu groß.

„Wir treffen uns in zwei Stunden."

Mit einem kurzen Winken ließen die beiden Jungen sie stehen. Wie der Blitz waren die beiden verschwunden, und sie spürte die bedrückende Anwesenheit ihres Bruders an ihrer Seite.

„Ich habe etwas Geld. Es ist nicht viel, aber es dürfte dich davon abhalten, noch jemandem das Frühstück zu stehlen", sagte er mit fast sanfter Stimme.

Breena lächelte gegen ihren Willen. Warum war er auf einmal so nett? Sie wollte ihn überhaupt nicht mögen. Das würde es so viel einfacher machen, wenn er sie verließ.

„Danke", murmelte sie gezwungen. Sie sahen sich gerade zum letzten Mal. Danach wollte sie auch nie wieder von ihm träumen. Würde es sich einfach nicht gestatten. Sie starrte die Stände an und hoffte, er würde wortlos verschwinden.

„Breena ...", sagte er und verstummte.

Seine Stimme war so rau, so voller Sehnsucht, dass sie nicht anders konnte, als ihn anzusehen.

„Breena, ich ..."
Sie stellte sich auf die Zehenspitzen und küsste ihn auf die Wange.
„Ich auch", flüsterte sie ihm ins Ohr, ehe sie sich umdrehte und in der Menge verschwand.

Er sah ihr nach. Zwang sich, die Rückseite ihres blonden Schopfes im Blick zu behalten, bis sie zwischen den Bewohnern des Dorfes verschwunden war, die an den verschiedenen Ständen am Rand der staubigen Straße handelten und feilschten.
Auch dann noch stand Osborn da und versuchte, sie in der Menge zu entdecken, aber schließlich kehrte er ihr den Rücken zu. Breena war fort.
Er konnte genauso gut ein wenig Spaß haben, während er hier war. Etwas essen, das weder er noch seine Brüder gekocht hatten. Vielleicht eine Frau finden, die die Erinnerung an Breena aus seinen Gedanken vertrieb.
Die Vorstellung brachte ihn zum Schaudern, und er wusste, dass die Erinnerung an sie ihn nie verlassen würde. Er ballte die Hände zu Fäusten. Er hatte etwas beinahe Perfektes gekostet, hatte sie in seinen Armen gehalten, hatte gespürt, wie ihr weicher Körper auf seine Berührungen und seine Küsse reagierte. Ihre Brustspitzen waren hart geworden, obwohl er sie kaum berührt hatte. Und jetzt ging sie fort? Der Berserkergang in ihm tobte und wollte sie beschützen. Ging sie, um sich einen anderen Krieger zu suchen?
Kommt ... nicht ... in ... Frage.
„Breena!", rief er, aber er bekam keine Antwort. Er war größer als die meisten Dorfbewohner, deshalb fiel es ihm leicht, die Menge zu überblicken, aber viele der Frauen, die er sah, hatten blonde Haare. Er ging schnell an den einzelnen Ständen vorbei, stieß gegen Schultern, trieb die Leute aus seinem Weg. Nichts auf der rechten Seite. Er überquerte die Straße und setzte seine Suche auf der linken Seite fort. Fast übersah er die schmale Gasse zwischen den Gebäuden, aber etwas zog seinen Blick dorthin.
Vielleicht suchte sein Blick schon automatisch alles Blonde.
Vielleicht spiegelte sich das Sonnenlicht in einer Messerklinge.
Was es auch war, er bog in die Gasse ein und entdeckte Breena, die von drei kräftig aussehenden Männern umzingelt war.

„Breena!", rief er besorgt.

Da sah er das Messer an ihrem Hals.

Ein kalter Schauer durchfuhr seine Arme und Beine, und sein Blick verengte sich zu einem Tunnel. Jedes Gefühl – das Verlangen nach Breena, die schmerzliche Sehnsucht nach ihr, die sich in seiner Brust niedergelassen hatte – wandelte sich in Wut. Sein Berserkergang erwachte, und schneller, als der Mann mit dem Messer an Breenas Hals Luft holen konnte, lag Osborns Bärenhaut um seine Schultern, hatte er das Messer aus seinem Stiefel gezogen und es dem Mann an den Hals gelegt.

Der Möchtegernentführer lebte nicht mehr lange genug für einen zweiten Atemzug. Zu Breenas Füßen sank er zu Boden. Sie schrie auf und wich vor der Leiche zurück, und seine zwei Komplizen drehten sich zu Osborn um. Sie rissen die Augen vor Angst weit auf, und ihre Hände fingen an zu zittern.

Osborns Berserkergang hatte die Angst immer gemocht. War unter ihr aufgeblüht. Sein Knurren ließ die Mauern um sie herum erbeben, und er stürzte sich auf den Mann, der Breena am nächsten war. „Du wagst es, einer Frau Leid anzutun?"

„Wir wollten nur ein bisschen Spaß. Wir haben kein Geld, um für eine Frau zu bezahlen. Du kannst sie zuerst haben."

Dieses Angebot waren seine letzten Worte, denn Osborn brach ihm mit nur einer Hand das Genick. Er wandte sich dem Dritten zu, das Messer noch in der Hand. Aber der Berserker in ihm sehnte sich nach einem Kampf mit bloßen Händen.

„Ich wollte das nicht. Mein Bruder hat mich gezwungen mitzukommen."

Die gewimmerten Worte des Mannes hielten Osborn nicht davon ab, auf ihn loszugehen. Sein Opfer fiel auf die Knie. Er war nicht viel älter als seine eigenen Brüder, und Osborn zögerte.

„N... nicht umbringen. Bitte."

Sein Berserkergang ließ Bilder seiner toten Mutter und seiner Schwester vor seinem inneren Auge erscheinen. Osborn legte die Finger um den Hals des jungen Mannes. „Fass nie wieder eine Frau so an", befahl er, seine Stimme eher ein Fauchen.

Der junge Mann schüttelte den Kopf. „Nein. Mach ich nicht."

Osborn schloss seinen Griff fester und sah, wie das Gesicht des

Mannes blau anlief und seine Augen immer ängstlicher dreinblickten. „Tu niemals einer Frau weh."

Der Mann konnte nur nicken, und Osborn ließ ihn los. Die tiefen Atemzüge des Mannes erfüllten die Gasse.

Osborn ließ den Blick nicht von ihm. „Du lebst. Als Warnung. Verschwinde."

„Danke", sagte der Mann und rannte, so schnell er konnte, die Gasse hinab und außer Sichtweite.

Osborn drehte sich zu Breena um, die auf den schmutzigen Pflastersteinen der Gasse lag. In ihren Augen stand Verwirrung, und ihr sanftes Gesicht war angstverzerrt. Sein Berserkergang wurde wieder stärker und bestimmender. Er nährte sich noch an ihrer Angst. Osborn stakste auf sie zu. Breena kroch rückwärts und wich, so weit sie konnte, vor ihm zurück. In Todesangst.

Der Berserker in ihm zog sich zurück, als er ihre Flucht bemerkte. Sein Rausch verflog augenblicklich, obwohl er normalerweise nur langsam von ihm abfiel. Am Tag zuvor, als er sie in seinem See erwischt hatte, hatte er gewollt, dass sie sich vor ihm fürchtete. Jetzt stieß die Vorstellung ihn ab. Er widerte sich selbst an. Schämte sich.

Breena kauerte sich gegen die Wand, ihr Blick wanderte wild umher und suchte verzweifelt nach einem Fluchtweg. Er ließ den Pelz fallen, warf das Messer zur Seite und hockte sich neben sie.

„Breena." Seine Stimme bebte noch von den Resten seiner Berserkerwut. Er schloss die Augen, konzentrierte sich und zwang den *Ber*, sich zu beruhigen. Er hatte noch nie gegen seinen eigenen Berserkergang gekämpft. Das war nie nötig gewesen. Er sah zu Breena hinab. Das hatte er nie gewollt.

Vorsichtig berührte er ihren Arm, und die Wärme ihrer Haut vertrieb die Kälte, die der Berserkergang immer in ihm zurückließ. Osborn sah, wie sie tief einatmete und sich zwang, aufrecht zu sitzen. Er verbarg ein Lächeln, weil er wusste, dass Breena sich auf einen Kampf vorbereitete. Mit ihm.

Nach einem Augenblick sah sie ihn endlich an. Er las einen Vorwurf in ihren grünen Augen, und jeder Anflug eines Lächelns, der über ihn gekommen sein mochte, verging.

Breena sah ihn an wie etwas Unnatürliches. Etwas Verachtenswertes. Er war an diesen Blick gewöhnt. Nur war ihm nicht klar gewesen, dass er von *ihr* nicht so angesehen werden wollte.

Nur wenige, die nicht dem Volk von Ursa angehörten, verstanden seine Natur. Es war einer der Gründe, warum die Berserker unter sich geblieben waren. Die meisten Bewohner der anderen Reiche hatten Angst vor ihnen oder behandelten sie nicht besser als Tiere. Tiere, vor denen man sich fürchtete, ja, aber die man auch verachtete.

Osborn hörte nicht auf, sie anzustarren. Seine Miene wurde wütend. Misstrauisch. Er war nicht geübt darin, seinen Gesichtsausdruck zu verbergen, und jetzt war es zu spät, um damit anzufangen. Doch in Breenas schönen Augen stand nur noch Neugierde. Ihre volle Unterlippe verzog sich erstaunt.

„Was bist du?"

7. Kapitel

Das also war ihr Krieger.

Breena hatte noch nie etwas so Wildes gesehen. Osborn kämpfte mit einer Gewalt, die sie so noch nie erlebt hatte. Die Ritter, die ihrem Vater vereidet waren, bildeten sich etwas auf ihren Umgang mit dem Schwert ein. Sie kämpften auf Turnieren gegeneinander und bewältigten die Wettkämpfe mit Präzision und Eleganz. Aber Osborns rohe Kraft und die Macht seines Angriffs waren brutal und gnadenlos.

Fast wie bei einem Tier.

Der perfekte Gegner für jemanden, der sich der Blutmagie bediente.

Eine Welle aus Ablehnung und Schrecken schlug plötzlich über ihr zusammen. Ihre Knie wurden schwach, und sie krümmte sich. Osborn war augenblicklich an ihrer Seite. Seine starken Finger fuhren durch ihr Haar und beruhigten sie, und auch ihr Magen kam wieder zur Ruhe.

„Die wollten mich umbringen."

Der Mann neben ihr nickte nur. Worte brauchte es nicht.

„Sag mir, was du bist, Osborn", drängte sie ihn.

Er blickte in die Ferne. „Ich bin ein Mann."

„Du bist mehr als nur ein Mann, du bist etwas anderes. Sag es mir."

„Ich bin ein Berserker. Ich kämpfe mit dem Geist des *Ber*."

„Aber wie ist das möglich? Berserker sind seit Jahren von niemandem mehr gesichtet worden. Sie sind verschwunden. Ich habe sie schon fast für Legenden gehalten."

„Verschwunden. Vergessen, als hätten sie nie gelebt", sagte er bitter und beißend. „Ich habe eine eigene Rache, um die ich mich kümmern muss."

Wieder wich sie vor ihm zurück.

Sein Seufzen war schwer, und die Art, wie er sich den Nacken rieb, verriet seine Frustration. „Geht es dir gut?", fragte er nach einigen Augenblicken angespannter Stille.

Der Mann wollte sich keine Sorgen machen.

Aber er tat es.

Als hätte die Sonne ihre hellen Strahlen ausgeschickt, um die Wahrheit zu erleuchten, erkannte Breena, dass sie damit eine Waffe gegen Osborn hatte … wenn sie sich entschloss, sie zu benutzen. Sie atmete tief ein und schloss vor Erleichterung die Augen. Breena hatte einen Angriffspunkt, aber sein Bedürfnis, sie zu beschützen, brachte auch ihr Herz zum Klopfen.

Sie schluckte den Knoten herunter, der sich in ihrer Kehle gebildet hatte. „Ja. Dank dir", beantwortete sie seine Frage und schenkte ihm ein dankbares Lächeln. Er blinzelte und kniete sich aufrechter hin. War er überrascht? Was für eine Reaktion hatte er von ihr erwartet? Verängstigung? Er sah zur Seite auf die leblosen Körper der Männer, um sicherzustellen, dass sie wirklich tot waren. Dabei wich er ihrem Blick aus. Osborn hatte tatsächlich Angst, dass sie ihn zurückweisen oder vor ihm Angst haben würde.

Sie griff seinen Arm und drückte ihn. Ihre Magie hatte sich nicht geirrt, als sie ihr diesen Mann geschickt hatte. Er *musste* derjenige sein, der ihr helfen würde, Elden zurückzuerobern.

Aber da war noch seine Abneigung, nur seines Schwertes wegen gebraucht zu werden. Irgendetwas hatte ihn hart und misstrauisch werden lassen, und sie würde herausfinden, was. Ihre Mutter hatte sich oft darüber beschwert, dass Männer ihre Gefühle unterdrückten und oft erst eine Frau kommen musste, die sie zur Explosion brachte und den Druck von ihnen nahm. Osborn war verschlossener als ein Buch mit sieben Siegeln. Vielleicht benötigte er ja nur eine sinnbildliche Ohrfeige.

Vielleicht brauchte er sie so sehr, wie sie ihn brauchte.

Jetzt musste sie ihn nur dazu bringen, ihr zu helfen, ohne dass er es merkte. Sie überlegte, verwarf die meisten Einfälle gleich wieder und legte sich einen Plan zurecht, bis sie eine Idee hatte, mit der Osborn vielleicht einverstanden war.

Sie strich über den Griff seines Schwertes. „Bring es mir bei."

Er sah auf ihre Finger hinab, die um den Schwertgriff lagen, und dann zu ihr auf. „Was?"

„Bring mir bei, was du tust."

Osborn schüttelte seinen Kopf. „Das kann man einer Frau nicht beibringen. Wenigstens glaube ich das nicht. Es hat noch nie eine Frau mit Berserkergang gegeben."

„Dann bring mir bei, wie man kämpft. So etwas wie das, was du gerade getan hast, habe ich noch nie gesehen. Du warst stark, als du gegen die Kreatur am See gekämpft hast. Ich bezweifle, dass irgendein anderer Mann lebend aus diesem Kampf hervorgegangen wäre, aber hier, in dieser Gasse, warst du unbesiegbar." Was hatte ihre Mutter immer gesagt? *Es ist nichts falsch daran, ein bisschen zu schmeicheln, wenn man etwas von einem Mann will.*

Wenigstens schien er jetzt nicht mehr so ... unnachgiebig.

„Es werden noch mehr Männer kommen, die mich angreifen wollen, wenn ich allein unterwegs bin. Ich muss in der Lage sein, mich selbst zu verteidigen."

Ihre Fingerspitzen stießen gegen seine, und er zuckte zusammen. *Gut.*

„Du willst nicht mein Krieger sein, das kann ich akzeptieren, aber gib mir wenigstens eine Chance. Es gibt sicher Dinge, die ich von dir lernen kann ... wie man ein Messer benutzt ... irgendwas. Egal was, Osborn. Ich muss mein Volk finden. Um es zu rächen." *Überleben.*

Er ließ die Schultern sinken. Ja, sie hatte ihn fast so weit.

Schließlich stand er auf, beugte sich über sie und streckte dann eine Hand aus, um Breena auf die Füße zu helfen. „Ich möchte nicht an diesem Ort des Todes reden."

Sie sah zu den zwei toten Männern hinüber und gleich wieder fort. „Was wird mit den beiden? Lassen wir sie einfach liegen?"

„Abschaum wie die? Jeder, der sich an Hilflosen vergreift, an Frauen und Kindern, hat es nicht anders verdient. Hier gehören sie hin."

Nachdem er die Klinge abgewischt hatte, steckte er das Messer zurück in die Scheide in seinem Stiefel. Er griff nach ihrer Hand und führte sie zum Ausgang. Während er die Menschenmenge vor der Gasse überblickte, schob er sie schützend hinter seinen Rücken. Sie erlaubte sich wegen dieser Geste einen kleinen Hoffnungsschimmer.

Anscheinend überzeugt, dass niemand sie beobachtete, zog Osborn sie mit sich in die geschäftige Menge. Er lenkte sie in die Richtung, die aus dem Dorf hinausführte, schlängelte sich mit ihr durch die überfüllten Straßen und vermied es, mit Fremden in Kontakt zu kommen. Sie versuchte, die Freude wiederzufinden, die sie beim Betreten des Dorfes empfunden hatte, vor dem Angriff. Sie wollte, *brauchte* ein Stück Normalität. Vielleicht wenn sie sich auf die Waren an den verschiedenen Ständen und Buden konzentrierte? Aber Osborn führte sie an jeder Auslage vorbei und weigerte sich, stehen zu bleiben, nicht einmal dort, wo man köstliche Pasteten und Kuchen verkaufte, trotz der verlockenden Düfte.

„Hübsches Fräulein, hier drüben!"

„Eine Schleife für das Mädchen, der Herr?"

Aber Osborn ignorierte sie alle und ging weiter. Als sie außer Hörweite der Dorfbewohner waren, konnte sie ihre Fragen nicht länger für sich behalten.

„Ich habe gehört, die Berserker wären wahnsinnig. Sie können sich nicht kontrollieren, wenn sie ..." Sie kannte das Wort nicht. Kaum jemand kannte es noch.

„... unter dem Berserkergang stehen", half er ihr. „Und wenn wir es nicht unter Kontrolle hätten, wären wir lausige Krieger."

„Ich konnte ihn spüren, diesen Berserkergang. Du bist der mächtigste Kämpfer, den ich je gesehen habe, aber du wusstest, wer ich bin, und du hast mir nicht wehgetan."

„Nein, ich würde dir nie wehtun", sagte er leise.

Irrte sie sich, oder fügte er im Flüsterton noch etwas hinzu? *Nicht mit Absicht.* „Was geschieht mit dir, wenn die Wut verflogen ist? Ich habe gehört, Berserker sind dann am schwächsten, aber du warst nach der Schlacht unbesiegbar."

„Nichts ist unbesiegbar. Die Wölfe haben ihr Silber, die Vampire die Sonne. Ich bin nur ein Mann, aber wenn ich meine Bärenhaut, meinen Pelz, trage, können nur die natürlichen Materialien der Erde mich verletzen. Und wenn die Schlacht lang ist, brauche auch ich Ruhe."

„Und wenn die Schlacht kurz ist?", fürchtete sie sich fast zu fragen.

„Dann sehne ich mich nach der Erleichterung, die nur eine Frau schenken kann." Sie spürte, wie ihre Wangen vor Scham glühten. Genau wie er es beabsichtigt hatte. Das war die letzte Frage, die sie für heute stellen wollte, und doch hatte sie so viele weitere Fragen über diesen Mann. Sie nahm an, auf die meisten würde sie nie eine Antwort erhalten. Fand sie ihn deshalb so faszinierend? Weil sie nie die ganze Geschichte dieses Berserkers erfahren würde?

„Was hast du noch von meiner Art gehört?", fragte er.

Dann wollte er also doch reden. „Dass Frauen nicht …"

Sie brach gerade noch rechtzeitig ab. Wollte sie das Gespräch wirklich darauf lenken?

„Breena?", fragte er in einem Tonfall, der keinen Widerspruch duldete.

In seinen Augen flackerte etwas. Hitze.

„Dass Frauen bei Berserkern nicht sicher sind. Dass sie sich nehmen, was sie wollen. Wen sie wollen. Sich einen Spaß daraus machen, Männer mit Töchtern herauszufordern."

Er blieb stehen und packte sie bei den Schultern, damit sie ihn ansah.

„Dieses Gerücht stimmt", sagte er, den Blick auf ihre weichen Lippen gerichtet. Er nahm ihr Kinn zwischen seine Finger und rieb ihre zarte Haut dort mit seinem schwieligen Daumen.

„Fühlst du dich sicher bei mir, Breena?"

Sie beschloss, ihm nicht zu antworten, löste ihr Kinn aus seinem Griff, und sie gingen weiter den Pfad hinab.

Kurz hinter den Grenzen des Dorfes erstreckte sich neben dem ruhigen Fluss eine friedliche Lichtung mit grünem Gras, auf der Osborn endlich stehen blieb. Der Waldrand war nur einige Schritte entfernt und verströmte den frischen Duft der Pinien.

„Hier ist es wunderschön", sagte sie und erinnerte sich dabei an die Geschichte von dem Mädchen, das zu lange auf einer Lichtung Blumen gepflückt hatte. Sie hatte die Sonne auf ihrem Gesicht so sehr genossen, dass sie sich verlaufen hatte, und dann hatte sie einem Wolf vertrauen müssen, sie nach Hause zu führen.

„Sie ist gut zu verteidigen."

„Was soll das heißen?"

„Mit dem Fluss im Rücken muss ich mich nur nach drei Seiten verteidigen. Der Wald kann Schutz vor einem eventuellen Feind bieten oder Zeit, sich zu sammeln."

So vieles, was sie lernen musste. Wo sie nur einen Ort sah, an dem sie ihre Schuhe ausziehen und rennen wollte, sah Osborn einen guten Schlachtplatz. „Siehst du? Ich lerne schon etwas."

Der Blick, mit dem ihr Krieger sie ansah, ließ ihr Lächeln verblassen. Sie schluckte, als sie die wilde Leidenschaft in seinen Augen glänzen sah. „Ich bringe es dir bei, Breena. Aber was bekomme ich im Gegenzug?"

„W… was meinst du?"

„Man muss sich seinen Unterhalt verdienen. Was hast du zu bieten?"

„Na ja, ich kann …" Sie versuchte, sich an die wichtigen Pflichten zu erinnern, die sie im Schloss erfüllt hatte, und wie sie sich auf Osborns Haus anwenden ließen. „Ich könnte einen schönen Wandbehang für die Hütte nähen. Vielleicht einen, der deinen größten Sieg zeigt", bot sie ihm an, und ihr selbst gefiel der Vorschlag sehr.

Er hob eine Augenbraue. „Was soll ich mit einem Wandbehang?"

„Der Stoff hält Zugluft ab. Die Hütte bleibt nachts dadurch wärmer."

Das Braun seiner Augen verdunkelte sich. „Ich will etwas anderes, was mich in der Nacht warm hält."

Bilder von ihnen beiden, Haut an Haut, wie sie am See gewesen waren, wie sie sich wärmten nur mit der Hitze ihrer …

„Ich kann Kerzen fertigen, die in der Nacht Licht spenden", sagte sie hastig und hoffte, damit die Gedanken an ihre verschlungenen Leiber aus ihrem Kopf zu vertreiben. „Die Kerzen sind hell genug, um dabei zu arbeiten."

„Meine Brüder und ich arbeiten von Sonnenaufgang bis Sonnenuntergang. Wir brauchen keine Kerzen, wir sind bereits im Bett, wenn der Mond aufgeht."

Osborn schien ihr auf einmal so viel näher zu sein, als er es noch vor ein oder zwei Augenblicken gewesen war. Der saubere kühle Duft der Wälder, die seine Hütte umgaben, füllte ihre Nase. Und ihr Arm fühlte sich von der Nähe seiner großen Gestalt warm an. Zu warm.

„Gib mir deine Hand", sagte er.

Mit einem Zögern, das sie sich nicht anmerken lassen wollte, streckte sie ihm die Hand entgegen. Seine langen Finger umschlossen ihre, und er drehte sie um, um die Handinnenfläche zu betrachten. Mit dem Daumen rieb er sanft über einen Kratzer an ihrem Handgelenk. Die Berührung ließ ihr Schauer über den Arm laufen.

„Wo ist der her?", fragte er.

„Als ich in den Wäldern umherirrte, bin ich gefallen und auf einem Zweig gelandet."

Seine Finger glitten über ihre Handfläche, und es fiel ihr auf einmal schwer zu atmen. „Und diese Schürfwunde an deinem Handballen, woher kommt die?"

„Ich habe versucht, auf einen Baum zu klettern, um an die Früchte zu kommen. Die Rinde hatte etwas gegen mich."

Er hob ihre Hand an seine Lippen und küsste ihre Verletzung. Nur tat sie ihr überhaupt nicht mehr weh. Sie hatte sich noch nie so ... gut gefühlt.

„Deine Hände sind weich. Wenn du sie an meine Wangen legst, fühlt es sich wie die Blätter einer Blüte an."

Die gleichen Schauer, die er mit seinem Daumen erzeugt hatte, rief er jetzt nur noch durch seine Worte hervor. Seine Präsenz, seine Kraft, sein Duft, seine männliche Schönheit, alles brachte sie zum Beben. Er legte ihre Hand an seinen Hals, und sie begann, ihn mit kleinen Kreisen ihres Daumens zu erforschen. So hatte er sie in ihren Träumen eingeladen, ihn zu berühren. In ihren gemeinsamen Träumen.

„Du hast nicht die Hände einer Frau, die sich ihren Unterhalt selbst verdient. Du bereitest zu Hause keine Mahlzeiten zu, oder?"

Breena schüttelte den Kopf.

„Du wäschst auch nicht und fegst nicht einmal den Boden."

Die Härte in seiner Stimme riss sie aus dem weichen Nebel, in den seine Worte sie gehüllt hatten. Osborn versuchte, irgendetwas zu beweisen. Sie wusste nur nicht, was.

„Du kannst nicht kochen. Du weißt nicht, wie man Wäsche wäscht oder flickt oder wie man sich um ein Haus kümmert. Wie willst du mich für deine Ausbildung bezahlen?"

„Du könntest mir diese Dinge beibringen, und dann mache ich sie für dich."

„Das würde noch mehr Zeit verschwenden, und ich verschwende nicht."

„Es muss irgendetwas geben, das ich tun kann, damit du mich ausbildest", sagte sie und hasste es, wie flehend ihre Stimme dabei klang.

Osborn hob eine Augenbraue. „Ich frage mich, was das sein könnte."

Dann richtete er seinen Blick direkt auf ihre Brüste.

Ihr stockte der Atem. Ihre Brustspitzen streckten sich ihm entgegen und zeichneten sich unter dem groben Stoff ihres geborgten Hemdes ab. Eine innere Stimme warnte sie, dass Osborns Verhalten weit berechnender war als reine Lust. Er forderte sie heraus. Er versuchte, sie einzuschüchtern und misstrauisch zu machen, damit sie ihr Vorhaben aufgab und nicht nach den Mördern ihrer Familie suchte. Aber Breena hatte nicht vor, sich einschüchtern zu lassen. Sie zuckte mit den Schultern und merkte erst hinterher, dass durch diese Bewegung ihre Brüste noch deutlicher durch den Stoff hervortraten.

Er kniff die Augen zusammen, als er die Veränderungen in ihrem Körper bemerkte. Er schien, wenn das überhaupt möglich war, noch mehr zu wachsen und sich anzuspannen, direkt vor ihren Augen. Eine Welle des Begehrens durchfuhr sie. Breena sehnte sich danach, ihn zu spüren. Seine Berührung vertrieb jeden Gedanken außer dem, wie er sich anfühlte. Sie vergaß ihre Angst, ihre Sorgen und die Trauer über den Verlust von etwas, an das sie sich nicht vollkommen erinnern konnte.

Er streckte eine Hand aus und umfasste ihre Brust, drückte sie so, wie es ihm gefiel. Sie keuchte auf, als er den Daumen langsam über ihre Spitze gleiten ließ.

„Warum bist du zu mir zurückgekommen?", fragte sie. Sie musste die Antwort fast ebenso dringend hören, wie sie seine Hände spüren musste.

„Deswegen", sagte er und zog an ihrem langen Hemd, bis es eine Brust freigab. Er beugte sich vor und nahm ihre Brustwarze in den Mund. Breena klammerte sich an seine Schultern und genoss das köstliche Gefühl von seinen Lippen auf ihrer Haut, der Wärme seines Mundes und das sanfte Kratzen seiner Zähne. Ihre Knie wurden wieder weich, und sie klammerte sich fester an ihn, griff ihm ins Haar und neigte den Kopf zurück, um ihm mehr von sich anzubieten.

„Du schmeckst so gut", sagte er an ihrer Haut und zog an der anderen Seite des Hemdes, um auch die zweite Brust freizulegen.

„Du fühlst dich so gut an", erwiderte sie.

Osborn gab ein leises Knurren von sich und umkreiste die Spitze ihrer Brust mit seiner Zunge. Wärme und Feuchtigkeit sammelten sich zwischen ihren Beinen. *Das ist besser ...*

„Was ist besser?", fragte er.

Breena hatte nicht gemerkt, dass sie laut gesprochen hatte. „Es ist besser als in unseren Träumen."

Er legte eine Hand an ihren Po. „Weil es echt ist."

Ja. Ihre Vorstellungskraft hätte niemals so etwas Wildes und Aufregendes heraufbeschwören können. Aber was bedeutete es für ihn? Sie wusste nicht viel darüber, wie Männer und Frauen miteinander umgingen, aber sie hatte genug beobachtet, um zu wissen, dass manche Männer in der Burg sich jede Nacht ein anderes Dienstmädchen suchten.

„Ich bedeute ihm nichts", hatte sie ein Mädchen einst schluchzen gehört. „Er will nur meinen Körper."

Das war es, was Breena für Osborn sein würde. Ein benutzter Körper. Jemand, der einem einen Augenblick der Lust bereiten konnte, um ihn vergessen zu lassen, was auch immer ihn so hart und misstrauisch gemacht hatte. Und dann würde er sie vergessen.

Aber sie wollte nicht, dass dieser Mann sie vergaß.

Breena schob Osborn von sich, obwohl ihre launischen Sinne dagegen protestierten. Nachdem sie ihr Hemd zurechtgezogen hatte, strich sie sich mit einer Hand durchs Haar. Seine wilde Mähne hatte sich aus dem Lederband gelöst, wahrscheinlich war sie das gewesen.

Er hörte nicht auf, ihr ins Gesicht zu starren.

„Einverstanden, Osborn. Für die Ausbildung von dir tue ich es."

Sein Gesicht verlor an Farbe und bestätigte damit ihren Verdacht, dass er die Intimität zwischen ihnen nur begonnen hatte, damit sie vor Schreck die Meinung über das Kämpfen änderte. Dann senkte er seinen Blick wieder dorthin, wo ihre Brustwarzen sich immer noch unter dem Hemd abzeichneten. Er atmete tief ein und streckte die Hand nach ihr aus.

Sie wich ihm aus und bauschte das Hemd über ihrer Brust. „Ich werde eure Kleidung für euch flicken. Ich hatte doch erwähnt, dass ich nähen kann."

Vor Jahren hatte Rolfe dem König von Elden einen Eid geschworen, die königliche Familie mit dem eigenen Leben zu beschützen, wenn es notwendig war. Und er hätte sich jeder Schlacht gestellt und das Schwert erhoben gegen alle, die das Königshaus bedrohten, aber das hier ...

Das war keine Schlacht, und er stand nicht vor einer Niederlage. Es war schlimmer als jeder Tod. Jeder Schmerz. Jedes Leid.

Es war der Tod bei lebendigem Leib. Unendliche Qualen. Ein seelenloses Leben. Andere waren schon beim Gedanken daran wahnsinnig geworden. Rolfes eigene Angst war es, die ihn in den Schatten der Burg kauern ließ. Als Wächter kannte er die besten Wege, auf denen man sich unerkannt durch Elden schleichen und Nahrung sammeln konnte wie ein Nagetier. Er erkannte sich selbst nicht wieder, war zu jemandem geworden, dem es wichtiger war, unerkannt zu bleiben, als seine Ehre zu wahren. Aber was bedeuteten Ehre und Prinzipien noch? Sie waren mit König und Königin gestorben.

Vielleicht wäre der verdorbene Tod, den der Blutmagier bot, einfacher als dieses klägliche Dasein. Es wäre so leicht, sich gefangen nehmen zu lassen. Die Aufmerksamkeit eines der Untergebenen des Magiers auf sich zu ziehen, vielleicht vor den Augen aller etwas zu stehlen. Er wusste, was mit jenen geschah, die sich weigerten, dem Blutmagier ihre Treue zu schwören. Ausgeblutet dienten sie als Zielscheiben für den Blutsport oder wurden an etwas so Schreckliches verfüttert, dass die Schreie noch vor der Fütterung begannen. Aber irgendwann verstummten auch diese Schreie.

Das war es, was Rolfe wollte. Brauchte. Was nach der Stille kam.

Er hatte versagt. König und Königin waren tot. Die drei Prinzen waren verschwunden, selbst die süße Prinzessin, die er versucht hatte zu retten, war jetzt verloren. Sein Herz zog sich vor Schmerz zusammen. Seine Niederlage.

Was war sein Leben für Elden jetzt noch wert? Lieber stellte er sich dem Ende jetzt, als weiter mit dem Versagen zu leben. Er hörte Stimmen in der Halle.

Der Blutmagier saß auf dem Thron des Königs von Elden. Des ehemaligen Königs. Die Leiche hatte man entfernt, aber sein Blut befleckte immer noch den Boden. Einer der Diener hatte versucht, die Überreste des Herrschers zu beseitigen, aber der Blutmagier hatte ihn sofort davon abgehalten. Er genoss es, in das vergossene Blut von König Aelfric zu treten. Die Schmerzen des toten Königs, seine gepeinigten Schreie füllten mit ihrer Energie die große Halle. Der Magier spürte noch den Nachhall von Aelfrics Angst um seine Kinder und seinen wachsenden Durst nach Rache, selbst als sein Leben aus ihm gesickert und in den kalten Steinboden eingedrungen war, über den der Magier jetzt stampfte.

Ein Rachedurst, der ihm verweigert wurde. Gerade in diesem Augenblick suchten die Untergebenen des Blutmagiers nach Bestätigung, dass die Erben von Elden vernichtet waren.

Leyek betrat die große Halle und verbeugte sich tief. Der Magier verlangte den gleichen Respekt, wie man ihn einem König erweisen würde. Er *war* König. Besser als jedes gekrönte Haupt, das in sein Amt hineingeboren worden war. Der Magier hatte sich sein Recht *verdient*, über alle anderen erhaben zu sein. Hatte getötet, bis er regierte. Hatte das Blut von vielen vergossen, um auf diesem vergoldeten juwelenbesetzten Thron zu sitzen.

„Einer der Kundschafter ist zurück, mein Lord", unterrichtete Leyek ihn.

Er streckte seinen langen Zeigefinger aus. „Nur einer?"

Sein Untergebener nickte. „Ja. Eure Kreatur ist schwach. Sie muss sich stärken, ehe Ihr sie befragen könnt."

Als der Blutmagier aufstand, war er von Wut eingehüllt wie von einem Nebel. „Dann sorg für Stärkung. In den Vorratslagern sind genug von Eldens Bürgern."

„Es ist bereits erledigt, mein Lord."

Der Nebel begann sich zu lichten. Leyek hatte sich vor Jahren seinen Rang als Stellvertreter verdient und war blutrünstig genug, um seine Position nicht zu schwächen. „Gut. Welcher Erbe?"

„Der Kundschafter war zu schwach, um es mir mitzuteilen, aber dieses Paar war hinter Dayn her. Oder der Schwester, glaube ich."

Der Blutmagier begann, über die dunkelroten Rubine zu streichen, die in seinen Thron eingelassen waren. „Hoffen wir, dass es das Mädchen ist und dass es lebt. Es auszubluten wird mir ein Vergnügen sein." Er schloss die Augen und bebte vor Vorfreude.

Draußen erklangen qualvolle Schreie. „Gut. Die Fütterung hat begonnen. Lass mich wissen, wenn sie fertig ist. Ich will mich für die Befragung mit meinem Haustier vereinen."

Leyek nickte. „Sehr wohl, mein Lord."

Der Blutmagier winkte gelangweilt ab. „Sorg dafür, dass sie langsam und vollständig ausbluten. Mein Haustier verdient eine Belohnung."

Etwas in Rolfe regte sich. Ein Funken ... eine Rückkehr ins Leben. Der Wille zu überleben.

Einer der Erben lebte noch.

Lebte, nur um gejagt und geschlachtet zu werden. Aber Rolfe konnte das vielleicht verhindern. Eine kleine, eine winzige Chance, aber er ergriff sie. Er würde sich unbezahlbar machen. Alles von den Blutkundschaftern lernen, was er konnte, und sie von dem Erben ablenken, auf den sie Jagd machten.

Osborn schwieg, während sie zurück ins Dorf gingen, um sich dort mit Vorräten einzudecken. Er schwieg, aber deswegen konnte sie ihn noch lange nicht vergessen. Breena hatte es versucht, indem sie sich zwang, sich auf die Freiheiten zu freuen, die vor ihr lagen. Sie wollte sich nur auf die guten Erfahrungen konzentrieren, die man in der Stadt machen konnte, die Stände, das Essen und wie neu alles für sie war. Sie wollte die Männer vergessen, die sie in die Gasse geschleift hatten. Und wie sie gestorben waren. Sie musste diese Gedanken verdrängen und mit ihnen jede schmerzhafte Erfahrung, die sie gemacht hatte, seit sie von Rolfe geweckt worden war. All das schien in einem anderen Leben geschehen zu sein. Jemand anderem zugestoßen. *Gut.* Nur so konnte sie sich dem stellen, was vor ihr lag, um ihre Familie und ihr Volk zu retten.

Mehr Dorfbewohner strömten auf die Straßen, und kleine Gruppen bildeten sich vor den beliebtesten Ständen. Sie gingen vor Aufregung schneller, und schon bald waren sie und Osborn Teil der Menge. Selbst ohne den Berserker, den sie jetzt hinter Osborns stacheliger Fassade wusste, war er ein einschüchternder Mann. Groß und breit gebaut, konnte er seine rohe Kraft nicht verbergen. Die Händler, die ihre Waren an den Mann bringen wollten, traten einen

Schritt zurück, wenn er sich ihnen näherte, und sie sah, wie mehrere Leute auf die andere Seite der schmalen Straße wechselten, um ihm nicht aus Versehen im Weg zu sein. Wäre er einer ihrer Brüder, würde sie ihm sagen, er solle aufhören, so finster zu starren, weil er den Dorfbewohnern damit Angst einjagte. Oder vielleicht waren es seine dunkelbraunen Augen selbst, die in den Menschen um sie herum Vorsicht weckten. Er sah sich ständig in der Menge um und wägte ab, ob von irgendwoher Gefahr drohte.

Sie mochte als behütete Prinzessin aufgewachsen sein, aber Breena wusste, dass seine Aufmerksamkeit kein reiner Instinkt war. Ihre Brüder waren immerhin Krieger. Nein, ein Mann, der so wachsam und misstrauisch war, hatte sich selbst in Gefahr gebracht. Durch eigenes Verschulden.

Die Geschichten, die sie als Kind gelesen hatte, versprachen in jedem Monster einen weichen Kern, aber Breena vermutete, dass Osborn jede Weichheit, die er einst in sich gehabt haben mochte, in den Boden gestampft und dann auf ihren Überbleibseln getanzt hatte.

Breenas Mundwinkel zuckten bei dieser albernen Vorstellung.

Osborn warf ihr einen scharfen Blick zu, und sie lachte laut auf. Sie schrieb ihr albernes Verhalten dem Schlafmangel zu und der Tatsache, dass ihr vor Müdigkeit jeder Knochen im Leib schmerzte. Aber es fühlte sich gut an zu lachen. Er blieb an einem Stand stehen, und sie ging weiter, weil sie wusste, dass er sie nicht aus den Augen lassen würde.

„Brauchst du Hilfe?", fragte eine Frau sie leise und warf dabei einen schnellen Blick auf Osborn. Seine Aufmerksamkeit galt dem Seil, das er betrachtete, aber das würde ihn höchstens einen Augenblick ablenken. Sein wachsamer Blick würde bald wieder auf ihr ruhen.

„Hilfe?"

„Um fortzukommen", erklärte die Händlerin, ihre Stimme nicht lauter als ein Zischen.

Breena stiegen Tränen in die Augen, als ihr klar wurde, worauf die Frau hinauswollte. Sie wollte ihr dabei helfen, dem Furcht einflößenden Mann zu entkommen, der sie nicht aus den Augen ließ. Sie blinzelte die Tränen rasch fort. Weinen würde die Frau nur noch weiter beunruhigen und außerdem Osborns Aufmerksamkeit auf sich ziehen. Breena gelang es nur, den Kopf zu schütteln, so sehr überwältigte sie die Freundlichkeit dieser Fremden. Sie hatte sich einem Krieger gestellt und gegen eine Kreatur der Blutmagie gekämpft, aber es war die Hilfsbereitschaft dieser einen Frau, die sie fast zu einem zitternden Häuflein Elend zusammensinken ließ.

Die Frau kniff die Augen zusammen. „Man erzählt sich viel über den da. Er ist ein Killer. Gnadenlos."

Genau darauf hoffte Breena.

„Wir haben eine Vereinbarung", erklärte sie der Frau, die ihr trotz ihrer offensichtlichen Angst vor dem Mann geholfen hätte, wo sie konnte.

Osborn hatte seinen Handel abgeschlossen und sah sie wieder mit wilder Miene an.

Die Frau neben ihr hielt vor Angst fast den Atem an. „Bist du sicher?"

Ihre Magie hatte sie zu diesem Mann geführt. Breena war so sicher, wie sie sein konnte.

„Ich bin jeden zweiten Tag hier", fuhr die Händlerin trotzdem fort. „Ich habe schon früher Frauen geholfen. Schick mir eine Nachricht, und ich tue, was ich kann, um dich von ihm wegzuholen."

Breena schüttelte wieder den Kopf. Der grobe Stoff des Hemdes rieb an ihren Brüsten.

„Das wird nicht nötig sein. Aber ehrlich gesagt, es gibt etwas, das ich brauche."

Wenn Bernt und Torben es merkwürdig fanden, Breena weiterhin an der Seite ihres Bruders zu sehen, ließen sie es sich nicht anmerken. Sie setzten ihren Weg gemeinsam fort, schweigend, während Osborn noch weitere Waren von den Händlern erwarb. Niemand fragte sie, was in ihrem Paket war, und sie würde es ihnen nicht freiwillig erzählen. Diese Männer mussten nichts über ihre Unterwäsche erfahren.

Manchmal schnappte sie einige Gesprächsfetzen aus der aufgeregten Menge auf.

„Hast du gehört? Sie haben Unwin und Dudley gefunden, beide tot. In einer der Gassen."

„Diebe, alle beide. Überrascht mich nur, dass es sie nicht früher erwischt hat."

Niemand schien um die beiden zu trauern. Noch vor ein paar Tagen wäre der Gedanke an den Tod, daran, jemanden vor ihren eigenen Augen sterben zu sehen, furchterregend gewesen. Jetzt sah sie die Gnadenlosigkeit anderer in einem ganz anderen Licht, und der Tod von jenen, die ohne Gewissensbisse mordeten, kümmerte sie nicht mehr.

An einem anderen Stand spekulierten die Verkäufer über den Täter. „Wer könnte es gewesen sein?"

„So viele Fremde, wie an Markttagen ins Dorf kommen, wer weiß?"

Beide Händler verstummten, als sie mit Osborn und seinen Brüdern an den Stand trat. Sie konnte nicht anders, als dem unglaublichen Duft nachzugehen, den dieser Stand verströmte, und der Krieger hatte es ihr gestattet. Die Kaufleute sahen Osborn zurückhaltend, aber nicht misstrauisch an. Erleichtert lächelte sie den Bäcker an, der ihr eine Kostprobe seines Brotes reichte. „Es riecht köstlich."

Einige Zeit später, die Sonne würde bald untergehen, verkündete Osborn, dass es Zeit wäre, zur Hütte zurückzukehren. Während sie den Hügel hinaufstiegen, konnte Breena nicht anders, als immer wieder heimlich zum Dorf zurückzusehen. So viele Dinge gab es dort zu sehen, zu kosten und zu riechen. Vor einigen Tagen hätte sie sich nach genau diesem Erlebnis gesehnt.

Es war fast dunkel, als sie das Dach von Osborns Zuhause in der Ferne entdeckte. Die Jungen machten sich rasch an die Arbeit. Einer richtete das Feuer, während der andere ihr wieder Kissen und Decken zurechtlegte. Letzte Nacht hatte man ihr ein Lager auf dem Boden gebaut, und anscheinend sollte sie in dieser Nacht auch wieder dort schlafen. Wahrscheinlich noch einer von Osborns Versuchen, sie umzustimmen. Es war ihr egal, der Holzboden der Hütte war nicht weich, aber sie schlief vor dem warmen Feuer, und sie hatte genug zu essen.

Osborn kam mit einem großen Stoffsack zu ihr, in dem man normalerweise Kartoffeln trug. Er öffnete ihn, und ein Haufen Socken, Hemden und Hosen kam zum Vorschein. Ihre Flickarbeit.

„Das alles?", platzte es aus ihr heraus.

Osborn hob eine Augenbraue. „Wir können immer noch einen anderen Handel schließen." Sein Blick senkte sich auf ihre Brüste und dann noch tiefer. Zwischen ihre Beine.

Breenas Mund wurde trocken. Noch nie hatte ein Mann sie so lüstern angesehen oder ihre Weiblichkeit mit so einer Besitzgier betrachtet. Ihre Hände begannen zu zittern, also vergrub sie sie in der Wäsche.

„Ich nähe für mein Leben gern. Flicken mache ich sogar noch lieber. Ich brauche nur eine Nadel."

Osborns Lippen verzogen sich, als versuche er, ein Lächeln zu verbergen. „Unten im Sack. Gute Nacht."

Sie wühlte durch die vielen Schichten Stoff, bis sie auf eine harte Holzschatulle stieß. Breena zog sie heraus und öffnete sie. Darin befanden sich mehrere silberne Nadeln und eine kleine Schere. Sie griff nach einer Socke, die an der Hacke gerissen war.

„Und, Breena?"

„Ja?"

„Die will ich morgen anziehen."

Er drehte sich um und schloss die Tür fest hinter sich. Anscheinend glaubte er ihr nicht, dass sie nähen konnte. Sie würde es ihm schon zeigen, ihre Stiche waren immer sauber und ordentlich gewesen. Osborn, der Krieger, war vielleicht atemberaubend, wenn er kämpfte, aber er hatte trotzdem nur zwei Füße und brauchte am Morgen nur zwei Socken. Nicht die Dutzend, die in den Sack gestopft waren.

Sie war es auch langsam leid, dass er immer ihren Namen rief, wenn das Gespräch schon vorüber war – nur um noch einen Befehl hinterherzuschieben.

Überleben. Ja, genau das tat sie hier gerade.

Breena schloss die Augen und atmete den hölzernen Duft ein, der in der Hütte hing. Den Rauch des Feuers. Wieder hatte sie eine weitere Nacht überstanden. Und morgen früh wollte sie mit dem zweiten Befehl anfangen, der in ihren Gedanken widerhallte. Rache.

Aber zunächst … nahm sie eine Socke und fädelte den Faden in die Nadel.

Eine Hand auf der Schulter weckte sie am nächsten Morgen.

„Wach auf."

Sie hielt ihre Augen fest geschlossen und kuschelte sich tiefer in ihr Kissen, von der Stimme fort.

Aber die war unerbittlich. „Zeit für deine Ausbildung."

Breena öffnete langsam die Augen und erblickte Osborns vertrauten kräftigen Kiefer und seine strengen Lippen. Zum Küssen. Ihre Gedanken gingen im Dämmerzustand zwischen Schlaf und Wachen immer mit ihr durch. Sein Haar war feucht, seine Wange glatt rasiert. Sie streckte die Hand aus und strich mit einem Finger über sein Gesicht.

Er zuckte vor ihrer Berührung zurück. Heute war er also wieder abweisend.

Osborn stand über ihr, wie immer in Schwarz gekleidet, seine Schwertscheide um die Hüften gebunden. „Dein Essen steht auf dem Tisch. Ich warte draußen, damit du dich anziehen kannst. Bernt und Torben holen Holz und Wasser. Fünf Minuten."

Ein Brocken Käse und getrocknete Beeren erwarteten sie, und sie verschlang alles mit Genuss. Sie hatte letzte Nacht ein kleineres Paar Hosen mit Tunnelzug zwischen dem Flickzeug entdeckt und mit der Schere und einigen Nadelstichen so gekürzt, dass die Beine nicht mehr auf dem Boden schleiften. Mit den Fingern fuhr Breena sich durchs Haar und musste fast lachen bei dem Gedanken an ihre Kammerzofen, die Kleider aus Seide für sie ausgesucht und ihr Haar in komplizierte Frisuren gelegt und mit Schleifen und Edelsteinen verziert hatten.

Wer würde sie jetzt noch erkennen?

Und das war gut so. Sie hatte den Verdacht, schon zu viel Zeit verplempert zu haben. Der ungeduldige Blick auf Osborns Gesicht, als sie aus der Hütte trat, sagte ihr, dass er kurz davor gewesen war, in die Hütte zu stürmen und sie zu holen. „Hier entlang", befahl er und führte sie auf eine Lichtung nicht weit von der Hütte entfernt. Breena hatte diesen Ort nicht entdeckt, als sie am ersten Tag um sein Zuhause herumgeschlichen war. Zielscheiben und mit Stroh gefüllte Jutesäcke lagen auf der ganzen Fläche verstreut, und Breena wurde klar, dass Osborn hier seine Übungen absolvierte.

Er warf ihr einen Stock zu.

„Ich dachte, du bringst mir bei, wie man ein Schwert benutzt", sagte sie und betrachtete dabei das Schwert an seiner Hüfte. Ihr Blick wanderte wie von selbst immer weiter, bis sie ihn dorthin zurückzwang, wo er hingehörte.

Er verschränkte die Arme vor seiner Brust. „Hast du je ein Schwert in der Hand gehabt?"

Breena schüttelte den Kopf. Als hätte ihre Mutter das je erlaubt. Ihre Brüder hätten ihr niemals eine Waffe in die Hand gegeben. Selbst die geliebten Söhne hätten es nicht gewagt, mit einem solchen Vergehen den Zorn der Königin auf sich zu ziehen. „Nein. Noch nie."

„Deswegen benutzt du einen Stock. Du hast schon Schwertkämpfe gesehen?"

Sie nickte rasch. „Mein Vater hat nichts lieber getan, als Turniere abzuhalten. Die Ritter hoch zu Ross, die ihre Schwerter im großen Bogen geschwungen haben, waren sehr schön anzusehen."

„Die Ritter, die am weitesten ausholen, sterben zuerst."

Breena biss sich auf die Lippe, um nicht zu lächeln. War das etwa Eifersucht? Sie stellte sich stattdessen noch gerader hin. „Okay, nichts Ausgefallenes."

„Halte dein Schwert, als würdest du mir in der Schlacht gegenüberstehen."

Sie hob ihren Stock. Osborn stellte sich hinter sie, bis er ihr so nah war, dass seine warme Brust ihren Rücken berührte. Sie wollte den Duft nach Kastanien, den er verströmte, tief einatmen. Er musste von der Seife kommen, mit der er seine Haare gewaschen hatte.

Er hob seinen Arm und rahmte damit ihren Körper ein. „Beug deine Ellenbogen", erklärte er, „und halte die Arme dicht am Körper. Deine Klinge wird sonst nur noch schwerer, und du willst, dass das Schwert die Arbeit leistet, nicht deine Arme."

Die neue Stellung fühlte sich wirklich bequemer an.

Osborn positionierte ihre Arme vor ihrer Brust. „Siehst du, wie du diesen ganzen Bereich offen gelassen hast?", fragte er und fuhr mit den Fingern ihr Schlüsselbein hinab bis zwischen ihre Brüste.

Breena konnte nur nicken. Sie bekam eine Gänsehaut.

„Das ist dein verletzlichster Bereich. Du musst ihn immer schützen."

Verletzlich fühlte sie sich auf jeden Fall. Und der Unterricht machte ihr *wirklich* Spaß. Die Hand zwischen ihren Brüsten war einen ganzen Berg gestopfter Socken wert.

Osborn ließ seine Arme von ihr ab, nicht ohne ihre Brüste, ihre Taille und ihre Hüften zu streifen. Breena konnte nicht verhindern, dass sie bebte. „Jetzt dreh dich um, und stell dich mir. Denk immer daran, der erste Schlag ist der wichtigste."

„*Mein* erster Schlag?"

„Egal", sagte er mit einem Schulterzucken. „Entweder du schlägst zu und triffst, oder ein Gegner schlägt zu, und du wehrst ihn ab – so entscheidet sich, wer als Sieger hervorgeht. Wenn du zuerst zuschlägst, sorg dafür, dass du triffst. Sonst kommst du aus dem Gleichgewicht und bist ein leichtes Ziel für seinen Angriff ... der dich umbringen wird."

Breena setzte zu einem Einwand an.

„Du bist kleiner als jeder Mann, dem du dich stellst, und nicht so stark. Das sind nun einmal Tatsachen, Breena. Ich sage nicht, dass du deinen Gegner nicht schlagen kannst, aber du musst doppelt so gut sein wie er. Doppelt so vorbereitet. Du musst jede seiner Schwächen finden und sie zu deinem Vorteil nutzen. Was ist meine Schwäche?"

Breena betrachtete Osborns bereite Schultern, seine starken Arme und muskulösen Beine. Hitze stieg ihr in die Wangen, als sie sich vorstellte, wie ihre Hände den Weg nachfuhren, den ihre Augen genommen hatten – über seinen festen Mund mit der vollen Unterlippe, seine kräftige Brust mit den festen Muskeln hinab, über seinen flachen gespannten Bauch und noch weiter hinunter.

„Was ist meine Schwäche, Breena?", fragte er, seine Stimme weniger lehrerhaft als vielmehr leise und rauchig.

Ihre Blicke trafen sich.

„Ich sehe keine."

„Dann irrst du dich. Ich bin groß, deswegen sind meine Beine ungeschützt. Ich bin schwer, wenn ich also einmal das Gleichgewicht verliere ... ist es eine Katastrophe. Und ich bin ein Mann."

Und was für einer.

„Und alle Männer sind an der gleichen Stelle verwundbar. Weißt du, wo?"

Sie schüttelte den Kopf.

„Zwischen den Beinen."

Sie wusste, was sich zwischen seinen Beinen befand. Das harte männliche Fleisch war kaum zu übersehen gewesen, als er vor zwei Tagen am See gestanden und ihr dabei zugesehen hatte, wie sie sich anzog. Wache gestanden hatte vielmehr. Immer wieder blitzte in ihren Gedanken auf, was sie dort gesehen hatte, zu den unmöglichsten Zeiten, und es ließ sich nicht mehr vertreiben.

„Mit dem Knie oder einem kräftigen Tritt dorthin bringst du die meisten Männer zu Fall und hast eine Chance zu fliehen. Und, Breena?"

„Ja?"

„Vertrau mir, warte nicht ab, ob er wirklich fällt. Mach einfach, dass du wegkommst."

Diese mysteriöse Stelle der Männer wurde immer interessanter.

„Aber die meisten Männer schützen diesen Bereich gut. Du bekommst wahrscheinlich nur eine einzige Chance, nutze sie also. Lande einen Treffer."

Ein Zweig brach, und Breena wandte den Kopf. Bernt und Torben hockten hinter einem Findling und sahen ihnen zu.

„Sieht aus, als hätten wir Gesellschaft", bemerkte sie mit einem Lächeln.

Osborn rieb sich den Nacken. „Nach dem Stand der Sonne sind sie schon eine ganze Zeit dort."

Breena sah ihn überrascht an.

„Du musst immer wissen, was in deiner Umgebung vor sich geht. Was sich in der Ferne verbirgt. Wer sich versteckt. Wo der Boden locker und steinig ist. Deine Position gegen die Sonne. Ein Gegner, der in die Sonne blicken muss, ist im Nachteil. Auf unebenem Untergrund kann man leicht aus dem Tritt kommen. Ort und Zeit des Kampfes sind fast so wichtig wie deine Waffe und deine Fähigkeiten."

Sie würde nie wieder an ihrer Magie zweifeln. Ihre Gabe hatte ihr einen wahren Krieger beschert.

„Was ist mit unseren zwei Zuschauern?", fragte sie und neigte den Kopf in Richtung der Jungen.

Sein Gesicht wurde ernst, und er ließ seine Schultern herunterhängen, als laste ein schweres Gewicht auf ihnen.

„Wie alt warst du, als du, ähm, die Verantwortung für sie übernehmen musstest?", fragte sie.

„Fünfzehn, vielleicht auch vierzehn. Es scheint mir wie ein anderes Leben …" Seine Stimme war ein müdes Seufzen. „Meine Kindheit liegt in weiter Ferne. Als wäre sie nie geschehen, nur eine Geschichte, so wie die, die du so gern erzählst."

Als ihre Brüder fünfzehn Jahre alt geworden waren, hatte der König täglich Ausritte mit ihnen unternommen und ihre Studien im

Klassenzimmer und auf dem Übungsplatz beaufsichtigt. Was für Männer wären ihre Brüder ohne die Aufsicht ihrer Eltern geworden? Ihr Herz zog sich beim Gedanken an den kleinen Micah zusammen. Er war noch so jung, und er hatte niemanden mehr. Sie schluckte den Kloß in ihrer Kehle hinunter.

Sie musste zu ihm, musste ihn bald finden.

Breena fiel ein weiterer Grund ein, warum ihre Magie sie mit Osborn zusammengebracht hatte. Er brauchte sie – und seine Brüder ebenfalls.

„Vielleicht möchten sie sich uns ja anschließen", schlug sie vor. Ihre Stimme war dabei so sanft wie ein leichter Wind, damit ihr Vorschlag nicht ganz so verwegen wirkte.

Osborn starrte sie einige Augenblicke an, aber seine Gedanken galten nicht ihr. Er seufzte noch einmal schwer, dann pfiff er. Die zwei Jungen standen auf. Sie sahen schuldbewusst aus und ein wenig besorgt.

„Wollt ihr lernen, wie man kämpft?", fragte er.

Zwei Köpfe nickten begeistert.

„Nehmt euch einen Stock."

Bernt lächelte sie zögerlich an, als er sich mit dem Stock in der Hand neben sie stellte. „Danke", flüsterte er.

„Er wusste, dass die Zeit gekommen war. Er brauchte nur einen Schubs."

„Wenn die Lektion in höfischer Etikette vorbei ist, machen wir mit dem Schwertkampf weiter", rief Osborn laut.

Da. Genau so hatten ihre Brüder einander geneckt und miteinander gescherzt. Es war schön zu hören, und zum ersten Mal wurde ihr etwas leichter ums Herz.

Am Abend führte Osborn drei völlig erschöpfte Möchtegernkrieger zurück in die Hütte. Die Nachtluft hatte sich inzwischen empfindlich abgekühlt, und sobald sie drinnen waren, zog Breena den metallenen Schirm von der Feuerstelle, stocherte in der Glut und legte ein Holzscheit auf. Dann ließ sie sich auf den Teppich vor dem Kamin sinken und schloss die Augen.

Selbst Bernt und Torben stolperten nur ins Schlafzimmer und waren sogar zu müde, um noch etwas zu essen – was noch nie vorgekommen war, seit seine Brüder zehn Jahre alt gewesen waren. Die beiden konnten allein mit sich fertig werden, aber Breena ... das war etwas anderes. Sie war diese Art körperlicher Aktivität nicht gewöhnt, und auch wenn ihm klar war, dass er sie antreiben musste, sollte sie doch nicht darunter leiden.

Mit leisen Schritten ging Osborn in die Küche und schnitt einen Apfel auf. Er nahm ein Stück von dem dunklen Roggenbrot, das er an einem Stand im Dorf gekauft hatte, von dem Breena fand, dass es dort besonders köstlich roch.

Breena lag zu einem Ball zusammengerollt auf dem Teppich. Eine Haarsträhne war ihr über die Wange gefallen. Schmutz klebte ihr an der Stirn, und die weiche Haut war von den Anstrengungen der letzten Stunden rosig gefärbt.

Er hatte noch nie etwas so Begehrenswertes gesehen.

Die mystische Frau, die in seine Träume gekommen war, war himmlisch und perfekt gewesen.

Die echte Breena war alles andere als perfekt. Ihre Nägel waren vom Herumirren in der Wildnis eingerissen. An ihren Handflächen bildeten sich Schwielen von ihrer Arbeit mit dem Stock und schließlich auch dem Schwert. Und auch wenn er wusste, dass sie zu einer Adligen erzogen worden war, vermutete er unter ihrer Oberfläche ein Temperament, das nur darauf wartete, entfacht zu werden ...

Osborn wollte derjenige sein, der es entfachte. Damit sie sein konnte, wozu sie bestimmt war. Und damit sie sich frei an seinem Körper bedienen konnte, ihn erforschen, bis ihre Neugierde befriedigt war, und er damit anfangen konnte, seine eigene zu stillen.

Er hatte jeden Tag ganze Stunden damit zugebracht, über die Frau nachzudenken, die seine Nächte heimsuchte. Jetzt, nachdem er ihr begegnet war und ihre geschmeidige Haut berührt, ihre verlockenden Lippen geküsst und ihre einladenden Kurven an sich gedrückt hatte, wusste er, dass sie ihn für immer heimsuchen würde.

Sie brannte darauf, ihre Familie zu rächen. In vieler Hinsicht war sie ihm sehr ähnlich. Nur der Gedanke daran, dass er eines Tages die Mörder seiner Familie hinstrecken würde, erhielt ihn bei Verstand. Das und die Gewissheit, dass er seine Brüder beschützen musste.

Tat er das Richtige, wenn er Breena ausbildete?

Er musste nicht einmal lange nach der Antwort suchen. Sie war ein eindeutiges Nein. Er dachte an seine Mutter und seine kleine Schwester. Wären sie es gewesen, die entkommen waren, auf sich allein gestellt, und tun mussten, was sie konnten, um den nächsten Tag zu erleben, würde er hoffen, dass jemand ihnen half. Breena brauchte seine Hilfe, und Osborn wusste, wie man kämpfte. Also musste er sie ausbilden.

Er ließ sich neben Breena auf dem Boden nieder. Der Teppich war bequemer, als er gedacht hatte, und das Feuer wärmte ihm die Wangen. Sie rührte sich neben ihm und rutschte im Schlaf näher an ihn heran. Osborn schüttelte sie sanft an der Schulter, und ihre Lider hoben sich flatternd.

„Ich habe dir etwas zu essen gebracht."

„Zu müde." Sie schloss die Augen wieder und legte ihren Kopf auf seinen Schenkel. Der Berserkergang regte sich, aber er kämpfte ihn nieder.

Er strich ihr das Haar aus dem Gesicht. Er wollte am liebsten in dieser Stellung verharren, aber er wusste, dass sie auf sich achtgeben musste. „Iss nur einige Bissen. Morgen wird es noch schwerer, und du musst bei Kräften bleiben. Komm, ich füttere dich."

Mit einem Stöhnen setzte Breena sich auf und streckte sich neben ihm aus, bis sie Hüfte an Hüfte, Schulter an Schulter, Schenkel an Schenkel saßen. Er spürte, wie sein Körper sich unter ihren Berührungen regte. Sie roch nach einer warmen Brise und harter Arbeit. Der Duft war betörend.

Osborn nahm ein Stück Apfel. „Mund auf."

Breena öffnete brav den Mund. Zum ersten Mal widersprach sie ihm nicht. Oder hatte irgendeinen Einwand. Oder machte einen komplizierten Vorschlag.

Sie fordert dich nicht heraus, wenn sie in deinen Armen liegt.

Oh doch, das tat sie. Nur auf eine andere Art – eine, die er genoss.

Es gelang ihm, Breena noch mit drei weiteren Bissen zu füttern, dann fielen ihr wieder die Augen zu, und er sah ein, dass ihr Körper Schlaf gerade dringender benötigte als Nahrung. Ihr Kopf sank gegen seine Schulter. Er bewegte die Arme, um sie in eine bequemere Position zu legen, und sie schmiegte sich noch enger an ihn.

Warum, zur Hölle, habe ich das getan?

Ihre weichen Brüste an seinem Körper zu spüren war eine Qual. Er wurde hart, und es wurde noch schlimmer, als er ihren Arm streichelte und seine Finger in ihrem langen Haar vergrub.

„Das ist schön", murmelte sie an seiner Brust. „Fühlt sich gut an."

Er sollte gehen.

Sofort.

Er sollte aufstehen, sie auf ihrem Kissen ablegen und nie wieder daran denken, so etwas Dummes zu tun, wie ihr so nahe zu kommen. Breena war eine zu große Verlockung. Besonders seit sie ihm klargemacht hatte, dass sie lieber einen Haufen Socken stopfte, als mit ihm zwischen die Laken zu kriechen. Oh, Breena begehrte ihn, aber sie *wollte* ihn nicht. Und aus irgendeinem Grund war Begehren ihm nicht genug.

Er sollte gehen.

Sofort.

Breena schlang ihre Arme um seine Taille, angelockt von seiner Wärme. Von ihm.

Vielleicht konnte er ja doch noch ein paar Minuten bei ihr liegen bleiben.

8. Kapitel

Als Breena aufwachte, war ihr warm und herrlich behaglich. Bis zu dem Moment, in dem sie Osborns vorwurfsvoll grollendem Blick begegnete. Da keine Verwandlung in einen Berserker in Sicht war, musste die Wut, die seine Miene verzog, wohl aus ihm selbst heraus kommen.

„Was ist los?", fragte sie.

„Du bist letzte Nacht wieder in meinen Traum eingedrungen."

Sie krabbelte von ihm fort und schüttelte den Kopf. „Nein, du hast doch gesagt, ich soll mich fernhalten."

„Du warst da. Hast mich geküsst. Angefasst. Fühl mich, Breena. Fühl, was dein Traum mit meinem Körper gemacht hat. Gib mir deine Hand."

Es klang wie ein Befehl, aber sie hatte immer noch die Wahl. Was sollte sie ihm angetan haben? Neugierde ... hatte schon manch eine Prinzessin ins Verderben gestürzt. Wahrscheinlich würde es auch ihr so gehen. Sie legte ihre Hand in Osborns ausgestreckte Handfläche.

Als er die Hand nach unten zog, erwiderte sie seinen Blick. „Fühl mich. Fühl, was du mir antust."

Sie tat doch ni... doch.

Er legte ihre Hand zwischen seine Beine. „Fühl mal, wie hart mein Schwanz deinetwegen ist."

Die Worte klangen lüstern. Sinnlich. Wollüstig, und sie wollte mehr und mehr. Er legte ihre Finger um seinen harten Schaft. In ihrem Körper erwachte wieder dieses schmerzhafte Sehnen. Sie brauchte etwas, und sie wusste, Osborn konnte es ihr geben.

„Berühr mich, wie du es letzte Nacht getan hast", drängte er sie, seine Stimme kaum mehr als ein schmerzliches Stöhnen.

„Zeig es mir", bat sie. Sie wollte lernen, wie sie ihm Lust bereiten konnte. Wie sie dafür sorgen konnte, dass in seiner Stimme diese Sehnsucht nach ihr lag.

„Steck die Hand in meine Hose. Ja, genau so."

Sie strich mit den Fingern über die harten Bauchmuskeln, über das Haar, das von dort aus nach unten führte. Mit einem aufgeregten Kribbeln nahm sie ihn ganz in die Hand. Er war lang und sehr hart, aber seine Haut fühlte sich glatt und seidig an. Seine Muskeln spannten sich an, als sie seine Länge nachfuhr.

„Ja. So. Mehr. Wie letzte Nacht. Auf und ab."

Breena fuhr mit den Fingern seine ganze Länge auf und ab.

„In meinem Traum warst du perfekt. Als wüsstest du genau, wie ich es mag, ohne dass ich es dir sagen musste."

Mit einem weiteren Stöhnen hielt Osborn ihre Hand fest.

„Habe ich dir wehgetan?", fragte sie erschrocken.

Er rang sich ein knappes Lachen ab. Der Raum war erfüllt von seinem schweren Atmen. Dann öffnete er die Augen. „Es war wirklich mein eigener Traum. Deshalb wusstest du genau, wie ich von dir berührt werden will."

Sie nickte und schwenkte ihre freie Hand. „Ich habe meine Gabe nicht benutzt. Siehst du? Keine Spur von Magie."

„Was für eine Spur?", fragte er und nahm langsam ihre Hand von seinem Körper.

„Es würde eine Art Rückstand bleiben, eine Energie um uns herum." Sie spürte, wie ihr Gesicht alle Farbe verlor, als ihr ein schrecklicher Gedanke kam. „Oh nein! Ich habe meine Magie am See benutzt, als wir gegen diese blutmagischen Kundschafter gekämpft haben. Ich muss dorthin zurück."

Hastig zog Breena ihre Schuhe an und eilte zur Tür. Osborn war nur einen Schritt hinter ihr. Draußen übernahm er die Führung. Sie rannten den Pfad entlang, bis sie den See erreicht hatten. Sie wedelte mit den Armen und erstarrte vor Schreck. „Es ist noch da. Nicht viel, aber ich kann es spüren. Diese Monster können die Energie fühlen und ihr bis zur Hütte folgen. Sogar bis zum Dorf. Wahrscheinlich haben sie mich so überhaupt erst aufgespürt."

„Kannst du die Magie verbergen? Sie verschwinden lassen?"

„Ich habe es nie gelernt. Meine Gabe war in El... äh, zu Hause nicht so stark. Meine Energie entsprang aus Angst und Wut. Wir müssen etwas Gutes darüberlegen. Glück."

Sie sah zu Osborn, dessen Miene trüb wirkte.

„Das wird schwierig." Glück war hier selten. „Komm her, Breena."

Warum rief er sie immer zu sich? Sie war es leid, immer diejenige zu sein, die gehorsam angelaufen kam. Sie schüttelte den Kopf. „Wenn du etwas von mir willst, komm her." Jetzt musste sie erst mal eine Lösung für dieses Problem finden.

Zu spät merkte Breena, was für ein Fehler es gewesen war, ihren Krieger so herauszufordern. Osborns Augen verdunkelten sich. Seine Unterlippe wurde voller und verzog sich zu etwas, das bei jedem anderen ein Lächeln gewesen wäre, doch bei ihm konnte man es nur raubtierhaft nennen.

„Das werde ich", sagte er entschlossen. Seine Schritte auf sie zu waren sicher und zielstrebig. Er ließ sie dabei nie aus dem Blick.

Weich nicht zurück. Weich nicht zurück.

Erst als ihre weichen Brüste gegen seinen harten Oberkörper stießen, blieb er stehen.

„Willst du wissen, was du noch mit mir angestellt hast in dem Traum letzte Nacht?"

„Das war ich nicht."

„Du wirst es sein." Osborn fuhr mit dem Daumen ihre Unterlippe nach. Sie überkam das überwältigende Verlangen, seine Haut zu lecken, ihn zu schmecken. Ihr Körper fühlte sich leer an. Schmerzlich.

„Deine Brustwarzen haben genau das getan, was sie jetzt tun. Sind hart geworden. Haben sich nach meiner Berührung gesehnt. Meinem Mund."

Sie schüttelte den Kopf. „Das war ich nicht."

„Du wirst es sein", versprach er wieder, seine Lippen nur eine Haaresbreite von ihren entfernt. Sein Kuss überwältigte sie, seine Zunge drang in sie ein. Sie kam ihm mit der eigenen entgegen. Ihre Zungen schlangen sich wieder und wieder umeinander. Breena stockte der Atem. Ihr Herz raste. Sie griff nach seinen Schultern, um an seiner soliden Kraft ihr Gleichgewicht wiederzufinden.

So hatte sie noch nie empfunden. Nie hatte sie auf etwas so intensiv reagiert, so stark und hungrig. Bei Osborn fühlte sie sich lebendig und heiß, und sie wollte mehr.

„Was machst du da?", fragte sie.

„Du hast gesagt, wir müssen die Energie an diesem Ort ändern. Dann lass uns das tun."

Sie wollte unbedingt, dass das funktionierte. Wollte damit weitermachen.

„Zieh dein Hemd für mich aus, Breena. Ich finde es furchtbar, dich in etwas so Hässlichem zu sehen."

Osborn war so groß und stark. Als Berserker konnte er sich alles nehmen, was er wollte. Sogar sie.

Deshalb hatte er immer gefragt. Hatte sie gebeten, zu ihm zu kommen. Ihr Krieger wollte sich nicht einfach nehmen, er wollte, was man ihm freiwillig gab.

Und im Augenblick wollte er ihr Hemd. Auf dem Boden.

Noch nie hatte ein Mann sie ausgezogen und auf diese Weise nackt gesehen. Osborn hatte vor zwei Tagen, an genau diesem Ort, ausreichend Gelegenheit gehabt, als sie beide nackt gegen die Kreatur des Blutmagiers gekämpft hatten.

Aber dieses Mal war es anders.

Freiwillig. Breena nahm ihr Hemd am Saum und zögerte. Was, wenn ihm nicht gefiel, was er sah? Wenn er sie nicht begehrenswert fand? Sie zupfte an einem losen Faden ihrer geborgten Tunika. In der Burg hatte sie beobachtet, dass die Ritter sich nie über den nackten Leib einer Frau beschwerten und immer nach mehr gierten. Und Osborn hatte in der Lichtung beim Dorf nicht weggesehen.

Er wollte mehr.

Nachdem sie noch einmal tief durchgeatmet hatte, griff sie ihr Hemd am Saum und zog es sich über den Kopf. Sie warf das Kleidungsstück neben sich ans Ufer und richtete sich gerade auf. Fast als erwarte sie, dass ihm nicht gefiel, was er sah.

Er senkte den Blick, und sein Gesicht war vor Verlangen ganz angespannt. „Du bist so schön." In seiner Stimme lag etwas Qualvolles. Er umfasste ihre Brüste und schmiegte sie in seine Hände. Mit den Daumen rieb er über die Spitzen, bis sie hart waren. Dann legte er ihr einen Arm um die Hüften, hob sie hoch und drückte sie an seinen Körper. Seine harten Muskeln, heiß und fest, wurden gegen die nackte Haut ihres Bauches gepresst. Er neigte den Kopf und nahm eine ihrer Brustwarzen in den Mund.

Sie stöhnte aus tiefster Kehle, als seine Zähne sanft ihre Haut reizten.

„Mehr?", fragte er, den Mund noch an ihrer Brust.

Breena konnte nur nicken.

Zögerlich ließ Osborn sie an seinem Körper hinabgleiten, bis ihre Füße wieder den Boden berührten. Er legte den Mantel ab und breitete ihn auf dem grünen Gras aus. „In meinem Traum hast du deinen ganzen Körper mit mir geteilt."

Sie saugte an ihrer Unterlippe, kaute darauf. „Ich war das wirklich nicht."

„Ich will, dass du es bist."

Sie wollte es auch. *Wollte ihn.*

Er beugte sich zu ihr herunter. „Lass es wahr werden."

Sein warmer Atem sandte ihr einen wohligen Schauer über den Rücken. Ihre Finger zitterten, als sie nach dem Band griff, das ihre zu weiten Hosen hielt. Es sollte ihr eigentlich unangenehm sein, ihre Kleidung vor einem Mann auszuziehen, der noch vor Kurzem gedroht hatte, sie umzubringen. Doch es schien ihr die natürlichste Sache der Welt.

Mit einem Ruck löste sie die Hose von ihrer Taille, und mit einem Hüftschwung glitt der Stoff ihre Schenkel hinab.

Osborn folgte dem Vorgang aufmerksam.

Breena beförderte die Hose mit einem Tritt zur Seite. Sie stand jetzt vollkommen nackt vor seinen Augen. Und seinen Fingern. Seinen Lippen. Seiner Zunge.

Er griff nach ihrer Hand und zog sie mit sich hinab auf den Mantel, den er als Schutz vor Zweigen und Kieseln auf dem Boden ausgebreitet hatte. Er griff noch einmal nach ihren Brüsten, erforschte dann ihren ganzen Körper mit den Händen. Seine Finger glitten die Kurve ihres Bauches hinab und ihre Oberschenkel entlang.

„So zart. Deine Haut wird warm, wenn ich sie berühre."

Ja, sie wollte seine Hände überall auf sich spüren.

Osborn streckte sich neben ihr aus, sein Mund fand ihr Schlüsselbein und beschrieb einen Pfad bis zu der Stelle unter ihrem Ohr, wo ein Kuss ihren ganzen Körper zum Beben brachte. Er stöhnte über ihre Reaktion.

„Gefällt dir das?"

So sehr, dass sie auch ihn so berühren wollte. „Ja", gestand sie. Ihre Stimme klang in ihren eigenen Ohren rau und erregt.

Osborn begann sie dort zu lecken.

Zwischen ihren Beinen sammelte sich Feuchtigkeit. Ihr ganzer Körper schien sich ihm entgegenzuheben und sehnte sich nach mehr von dem, was nur er ihr geben konnte. Sie beugte ihr linkes Knie und fuhr mit den Zehenspitzen die Muskeln an seiner Wade entlang. Als seine Finger zwischen ihren Beinen versanken, keuchte sie auf. Sein sanftes Eindringen fühlte sich herrlich an.

„Du bist so feucht für mich." Seine Stimme war kaum mehr als ein Knurren. Nach einem letzten Lecken an ihrer Ohrmuschel bewegte Osborn sich an ihrem Leib hinab. Er hielt inne, um zärtlich nach ihren Brüsten zu schnappen, und wanderte dann tiefer.

Er schmeckte die Haut unter ihren Brüsten, beschrieb mit der Zunge Kreise um ihren Bauchnabel, glitt noch tiefer.

„Was machst du da?", fragte sie.

„Ich ändere die Energie."

Sie spürte seinen warmen Atem durch die weichen Löckchen hindurch und begann zu zittern. Er drückte ihre Knie weiter auseinander, bis sie in ihrer ganzen Nacktheit vor ihm lag.

„So feucht für mich."

Mit einem winzigen Kuss sorgte er dafür, dass sich all ihre Muskeln zusammenzogen. Er senkte den Kopf und leckte. Ihr Stöhnen erfüllte die Lichtung um den See und hallte von den Bäumen wider.

„Ich liebe es, deine Lust zu hören." Er gab ihr mehr, benetzte jeden Teil von ihr und drang mit der Zunge tief in sie ein. Jeder Muskel, jeder Nerv zog sich eng zusammen und verlangte nach weiteren Berührungen.

Er begann, sie mit den Fingern zu erforschen, und tauchte die Fingerspitzen dort ein, wo sie sich danach sehnte, von ihm ganz ausgefüllt zu werden.

„So eng."

„Das fühlt sich so gut an."

„Es wird gleich noch viel besser." Er senkte den Kopf erneut, saugte dort, wo ihre Empfindungen zusammenliefen. Und ihre Welt zersprang schier in Stücke.

Breena krallte sich in Osborns Schultern, als Welle um Welle der Lust ihre Sinne berauschte. Ihr Schrei hallte von den Bäumen wider, und sie hob sich ihm entgegen, bis die unglaublichen Gefühle langsam abebbten.

Mit einem letzten Kuss drehte er sich auf den Rücken neben sie und starrte in den Himmel hinauf.

Sie drehte sich zu ihm, legte einen Arm über seine Brust und kuschelte sich so eng an ihn, wie sie konnte. Diesen Augenblick wollte sie für immer in ihrem Gedächtnis festhalten.

Osborn erstarrte, als sie mit den feinen Haaren spielte, die seine Brust bedeckten. „Du hast so etwas noch nie gemacht, richtig?"

Breena schüttelte den Kopf. „Das war unglaublich. Du hast mich … Es fühlte sich an … Mir fehlen die Worte."

Sie hatte erwartet, Osborn würde ihr Lob genießen. Mehr davon hören wollen. Wenn überhaupt, wurde seine Miene nur noch finsterer.

„Ehe deine Heimat überfallen wurde, wozu wurdest du ausgebildet? Was war deine Bestimmung?"

„Bestimmung? Ich verstehe nicht, was du meinst."

Er schob ihre Hand von sich und stützte sich auf seinen Ellenbogen, damit er auf sie hinabsehen konnte statt zu ihr hinauf. „Du bist keine Dienerin, und du arbeitest auch nicht auf dem Feld. Das weiß ich ja schon. Du bist mehr. Du bist für etwas bestimmt. Für *jemanden*. Du bist noch unberührt, oder?" Er klang vorwurfsvoll, als hätte er sie im Verdacht, kleine Tiere zu ihrem Vergnügen zu quälen.

Unsicher nickte sie. Ihr gefiel nicht, in welche Richtung sich das Gespräch entwickelte. Sie wusste nicht, worauf sie nach einem derart intensiven und persönlichen Erlebnis gehofft hatte – vielleicht eine Umarmung, aber sicher kein Verhör.

Osborn rieb das Gesicht. „Ich hätte es wissen müssen. Du sahst gleich so unverdorben aus."

Unverdorben?

Männer unterrichteten keine Frauen im Kampf, die sie … unverdorben fanden. Was für ein verabscheuungswürdiges Wort.

„Du bist für einen anderen bestimmt." Seine Worte waren leise und Richtung Boden ausgesprochen.

„Was?" Sie war sich nicht sicher, ihn richtig gehört zu haben.

Er richtete seinen Blick auf einen Punkt einige Zentimeter neben ihrem Gesicht. „Zieh dich an. Du gehörst einem anderen. Nicht mir. Niemals mir."

Breena schob die Beine zusammen. Eine Welle aus Scham und Verwirrung erfasste sie. „Willst du, dass ich dich verlasse?"

Er seufzte schwer. „Nein, du kannst von mir lernen, was du wissen musst, und dann gehst du."

Die Verwirrung wich Erleichterung, aber die Scham blieb. Sie griff nach ihren hastig abgelegten Hosen und zog sie rasch an.

„Und, Breena?"

Ging das schon wieder los. „Ja?"

„Erinnerst du dich an meine erste Warnung?"

Vielleicht. Welche? Es waren so viele gewesen.

Sie nickte stattdessen. Das schien die sichere Antwort, jetzt, da er wieder so stachelig zu ihr war.

„Hüte dich davor, mit mir allein zu sein. Ich will nicht, dass meine Berührung dich schändet."

Tränen stiegen ihr in die Augen, aber sie blinzelte sie schnell fort. „Wie kann das, was wir gerade getan haben, Schändung sein?" Seine Berührungen hatten etwas in ihr geweckt. Sie fühlte sich mit ihm verbunden. Intim.

Offensichtlich ging es ihm da anders.

Endlich sah Osborn sie an. Ihre Lippen. Ihre Brüste. Zwischen ihre Beine. Schließlich traf sein Blick auf ihren. Hunger und Verlangen und eine ursprüngliche, rohe Leidenschaft brannten in den braunen Tiefen seiner Augen. „Was ich mit dir tun will, doch, das wäre auf jeden Fall Schändung."

Und sie wollte wetten, dass sie danach ein Lächeln auf den Lippen trüge. Sie drehte ihm den Rücken zu und zog sich das Hemd, das er so hasste, wieder an. Was sollte sie sonst anziehen? Es waren Hemden aus *seinem* Haushalt.

„Und, Breena?"

Und schon wieder. Damit wollte er sie nur nervös machen. Jetzt war es an ihr zu seufzen. „Ja?", erwiderte sie süß.

„Halt dich aus meinen Träumen fern."

„Ich war nicht in deinen Träumen", sagte sie, während Osborn bereits fortging.

Nachdem sie ihre morgendlichen Pflichten erledigt hatten, schlossen Bernt und Torben sich ihnen wieder auf dem Übungsfeld an. Osborn ging auf dem Gras auf und ab, wieder ganz der strenge und Angst einflößende Mann, in dessen Bett sie vor Tagen aufgewacht war.

„Gleichgewicht ist im Kampf am wichtigsten. Wenn ihr das Gleichgewicht verliert, verliert ihr die Möglichkeit, euch zu schützen, zu verteidigen ... und anzugreifen. Und dann seid ihr tot."
Er zeigte auf drei große runde Steine, neben denen je eine Holzplanke lag. „Legt das Holz auf den Stein, und stellt euch darauf. Balanciert, bis die Sonne ihren höchsten Punkt erreicht hat."

Osborn stapfte davon, und Bernt und Torben sahen Breena vorwurfsvoll an. Sie zuckte mit den Schultern. Die beiden wussten genau, dass ihr Bruder keinen Grund brauchte, um schlechte Laune zu haben.

Die drei taten, was er ihnen aufgetragen hatte. Balancieren konnte doch nicht so schwer sein. Sie hatte im Palast schon viele Tänzer gesehen, und einer war sogar auf einem Seil spaziert, das man zwischen zwei Stühle gespannt hatte. Nach fünfzehn Minuten hasste sie diese Tänzer, und sie war überzeugt, dass der Seiltänzer ein Betrüger gewesen sein musste. Sie fiel wieder und wieder von der Planke. Wenigstens hatte sie mehr Glück als die zwei Jungen. Die beiden brachten mehr Zeit auf dem Rücken liegend zu als auf ihrer Planke. Als Osborn zurückkehrte, war ihr heiß, alles tat ihr weh, und sie wollte einfach nur den Stock in die Finger bekommen, damit sie während ihres Übungskampfes auf ihn eindreschen konnte.

Er warf jedem von ihnen einen grünen Apfel und einen Schlauch Wasser zu. „Zuerst das Wasser."

Obwohl ihre Kehrseiten einen bleibenden Eindruck vom Boden davongetragen haben dürften, neckten Torben und Bernt einander beim Essen und lachten. Osborn sah Breena nicht an, und auch wenn sie von drei Menschen umgeben war, hatte sie sich noch nie im Leben so einsam gefühlt.

Ihr Zuchtmeister gönnte ihnen kaum mehr als zehn Minuten Pause. Sie hatte noch nicht einmal das Kerngehäuse ihres Apfels frei geknabbert, als er sie schon wieder aufstehen und nach einem Schwert greifen ließ. Ein echtes dieses Mal, kein Stock. Vielleicht wusste er, was sie mit dem Stock vorgehabt hatte.

„Nimm es aus der Scheide", wies er sie an.

Sie zog die Klinge. Die Sonne spiegelte sich auf der silbernen Schneide. Diese Waffe trug keinerlei Verzierungen. Keine Juwelen am Griff, keine kunstvollen Gravuren auf der Klinge. Eine schlichte Waffe. Ganz anders als die ihres Vaters und ihrer Brüder.

„Das war mein erstes Schwert", erklärte er ihr. „Pass gut darauf auf."

Auch jetzt, als sie zu ihm hochsah, ihm in die Augen sehen wollte, wich Osborn ihrem Blick weiter aus.

„Danke", sagte sie. Der Stahl in ihren Händen bedeutete ihm etwas, und doch hatte er ihn ihr gegeben. Sie würde immer gut auf dieses Schwert aufpassen.

Er wandte sich wieder an alle drei. „Bei einem Überraschungsangriff landet der Angreifer den tödlichen Treffer meistens noch, ehe das Opfer sein Schwert ziehen konnte. Den Nachmittag werdet ihr damit verbringen, zu üben, wie man das Schwert aus der Scheide zieht. Schnell. Leise. Immer und immer wieder, bis es euch in Leib und Seele übergegangen ist. Ihr solltet es im Schlaf können. Eines Tages müsst ihr das vielleicht."

Stundenlang arbeiteten sie an dieser einen Fähigkeit. Breena stand still und zog das Schwert. Sie rannte, die Scheide an ihrer Hüfte, und zog das Schwert. Die Scheide neben sich auf dem Boden, zog sie das Schwert. Sie führte das Manöver durch, bis es perfekt war. Dann forderte Osborn sie auf, die Seiten zu wechseln und die linke Hand zu benutzen.

„Wenn dein rechter Arm verletzt ist, kannst du damit vielleicht immer noch einen Angriff abwehren."

Jeder Muskel in ihrem Körper schmerzte, als Osborn das Training endlich beendete. Es wurde Zeit, die Aufgaben zu erledigen, die nachmittags im Haus anfielen. Nach den quälenden Balanceübungen hatte sie schon geglaubt, verschwitzt und schmutzig zu sein. In ihrem jetzigen Zustand würde sie nicht einmal mehr einen Schlafplatz in einem Stall bekommen. Auf dem Weg zurück in die Hütte konnte sie das Schwert und die Scheide kaum noch halten, aber sie würde Osborn auf keinen Fall um Hilfe bitten.

Doch sie brauchte seine Hilfe – um Seife zu finden. Er presste die Lippen zusammen, und der hungrige Blick trat wieder in seine Augen, als sie sagte, sie wolle ein Bad nehmen.

„Nackt?", fragte er.

„So macht man es normalerweise. Wie wascht ihr euch hier?"

Sie sah zu, wie er langsam schluckte. „Ich springe gewöhnlich einfach in den See."

Breena schüttelte den Kopf. „Den Ort sollten wir meiden, jetzt, wo die Energie dort weniger ... magisch ist. Schade, dass ihr keine Wanne habt. In warmem Seifenwasser zu sitzen, vor dem Feuer, ist eine der wahren Freuden des Lebens."

Osborn sah aus, als wolle er überall sein, nur nicht in dieses Gespräch verwickelt. Pech.

„Ich nehme einfach eine Schüssel und wasche mich hinter dem Haus. Seife?"

„Im Schrank unter dem Fenster."

„Danke", sagte sie mit einem Lächeln. „Niemand kommt nach draußen!", rief sie laut, damit die Jungen wussten, dass sie in der Hütte zu bleiben hatten. Wann hatte sie angefangen, so zu brüllen? Seit sie mit einer Berserkerfamilie zusammenlebte, musste deren Temperament auf sie abfärben.

Das Wasser, das sie sich in die Schüssel gepumpt hatte, war kalt, aber sie wusste, es würde sich auf ihrer heißen verschwitzten Haut fantastisch anfühlen. Die Seife allerdings ... Sie roch nach Osborn, wie warme Kastanien. Sie atmete tief ein, rieb die Seife zwischen den Händen, bis sich genug Schaum gebildet hatte, und begann, seinen Duft auf ihrem ganzen Körper zu verteilen.

Osborn verbrachte den Rest des Tages damit, sie sich beim Waschen vorzustellen. Wie sie ihre Schuhe auszog. Ihr Hemd. Ihre Hose. Wie die untergehende Sonne auf ihrer nackten Haut glänzte. Auf ihrem Haar. Er stellte sich vor, wie sie mit einem nassen Lappen ihre Haut befeuchtete, seine Seife nahm und an ihren Armen entlangstrich. Über ihre Brüste. Ihren Bauch hinab. Zwischen ihre Beine.

Er malte sich aus, wie er hinter sie trat, seine Kleider auszog und nackt bei ihr stand. Er *spürte* die schlüpfrige Seife und ihre weichen Hände auf seiner Brust, auf seinem Rücken und an seinem Schwanz. Er war in Rekordzeit einsatzbereit. Sie würde ihre Hände an seinem Schaft auf und ab gleiten lassen und ihm dabei die Zunge in den Mund schieben. Die Bewegungen von Händen und Zunge passten sich einander an. Sie spülte die Seife ab und sank auf die Knie, küsste seine Spitze, leckte den Schaft entlang und nahm ihn dann vollkommen in den Mund.

Er stöhnte. Seine erotische Fantasie brachte ihn fast zum Höhepunkt. Er wurde noch wahnsinnig. Sie musste aus seiner Hütte verschwinden. Aus seinem Leben.

Aber wie konnte er sie vertreiben, wenn er sie mehr wollte als fast alles andere im Leben?

Später am Abend hatte sie sich wieder vor der Feuerstelle zu einem Ball zusammengerollt. Die Decke lag zu ihren Füßen, und er hockte sich hin, um Breenas schlanke Gestalt zuzudecken. Ihr Haar war noch feucht, aber vor dem Feuer würde es bald trocknen. Sie zitterte. *Bestimmt friert sie.* Er legte sich neben sie und zog sie eng an seine Brust. Wie ihre weichen Kurven sich seinem Körper anpassten, war süße, süße Folter. Eine, die er gern wieder und wieder durchleiden wollte.

Breena roch frisch und sauber und … ein wenig nach ihm. Nach seiner Seife. Er legte ihr besitzergreifend einen Arm um die Taille. Sie kuschelte sich im Schlaf an ihn, als wäre es ganz selbstverständlich. Als wäre sie da, wo sie sein sollte.

Er legte das Gesicht an ihr Haar, und die feinen Strähnen fielen auf seine Wange. Breena sollte nicht wie ein Mann riechen. Und er sollte sie nicht in den Armen halten. Mehr wollen. Mehr brauchen. Nur einige Augenblicke wollte er sich noch gestatten. Dann würde er aufstehen, in sein Schlafzimmer gehen und die Tür hinter sich schließen. Fest.

9. Kapitel

Breena sah in Gedanken eine Tür vor sich. Zwei Türen. Die zweite war neu. Bedrohlich. Die erste stand da wie immer, doch sie zu öffnen und hindurchzuschreiten war verboten. Trotzdem ging sie darauf zu und lehnte sich gegen den verschlossenen Eingang. Sie sehnte sich danach, einzutreten. Tage waren vergangen, seit sie das letzte Mal die Schwelle übertreten und dort Lust erfahren hatte. Und Leidenschaft.
Aber sie durfte nicht eintreten.
Sie wandte sich der zweiten Tür zu. Anders als das erste Portal war dieser Eingang reich verziert. Abgegriffene Schnitzereien in der alten Sprache von Elden zierten die Mahagonitür. Edelsteine, Rubine, Saphire und Diamanten waren in den Knauf eingelassen. Für viele wäre es der begehrenswerteste Eingang der Welt gewesen. Nicht für sie. Sie sah sich noch einmal nach der schlichten Tür um, aber dort lag ihr Weg nicht. Er war ihr versperrt.
Sie nahm sich zusammen und sah noch einmal auf die Tür, die eigentlich einladend wirken sollte. Ein scharlachroter Nebel schien sie von allen Seiten zu umgeben. Die Farbe des Blutes. Breena wollte nicht hineingehen. Wollte nicht wissen, was sie dahinter finden würde, sobald sie den juwelenbesetzten Knauf drehte.
Und doch war es ihr Schicksal.
Ihre Finger zitterten, als sie nach dem Knauf griff und ihn drehte. Erstickender Hass schlug ihr entgegen. Ihre Beine gaben nach, und sie wollte umkehren, aber sie wusste, das war nicht möglich. Also nahm sie sich zusammen und trat ein.
Sie war in der großen Halle ihres Zuhauses in Elden. Wunderschöne Wandteppiche hingen an den Wänden, und dicke Wachskerzen erleuchteten wie immer den Raum. Aber statt des freundlichen Geplauders der Menschen, des geschäftigen Umhereilens der Diener und des Lachens von König und Königin vernahm sie nur Leid. Das Wimmern der Verwundeten. Die ängstlichen Schreie von jenen, die

man zurückgelassen hatte und die von unaussprechlich schrecklichen Kreaturen zusammengetrieben wurden. Der Gestank nach Blut hing schwer in der Luft. Ihr wurde schlecht davon, aber noch übler wurde ihr vom Anblick ihres Volkes, tot oder auf dem kalten Steinboden der Burg im Sterben liegend.

Breena wollte ihre Röcke heben, um ihnen zu Hilfe zu eilen, aber sie trug Hosen. Die Kleidung eines Jungen. An ihrer Hüfte hing ein Schwert in einer Scheide. Ihre Finger griffen nach dem Zeitmesser, den sie um den Hals trug. Breena betrachtete das Geschenk, das ihre Mutter ihr zum fünften Geburtstag gemacht hatte. Ein Schwert war darauf geprägt, ein seltsames Symbol für ein kleines Mädchen. Sie zog ihr Schwert. Es sah genau aus wie das auf dem Zeitmesser.

Sie befand sich wirklich auf dem Pfad, den das Schicksal ihr zugedacht hatte.

Die Königin. Breena schob das Schwert zurück in die Scheide und rannte durch den Raum, vorbei an den Blutlachen und den Toten, denen sie nicht mehr helfen konnte. Sie rannte, bis sie das Podest erreicht hatte, auf dem ihre Eltern immer gesessen und über Elden Hof gehalten hatten. Sie fand die beiden an ihre Thronsessel gefesselt, wie um sie zu verspotten. Zu ihren Füßen sammelte sich noch mehr Blut. Es gerann bereits.

Sie waren tot. Beide Kehlen durchtrennt. Trauer überwältigte Breena, und sie schluchzte.

Plötzlich spürte sie etwas Warmes und Tröstliches auf ihrer Schulter. Instinktiv zog Breena ihr Schwert und fuhr herum. Aber hinter ihr stand niemand. Sie steckte das Schwert zurück und nahm sich zusammen, um ihre Eltern noch einmal anzusehen. Ein letztes Mal. Beiden war es gelungen, eine Hand aus den Fesseln zu lösen. Sie hatten einander im Sterben die Hand gehalten.

Tränen liefen Breena die Wangen hinab. So viele. Zu viele, um sie wegzuwischen. Doch dann tupfte sie jemand behutsam fort und beruhigte sie mit einem sanften Flüstern. „Schlaf, Breena. Träume nicht mehr."

Sie folgte der Stimme aus ihrem Traum hinaus. Wärme hüllte sie ein, und sie überließ sich ganz ihrer tröstlichen Kraft. Sie folgte dem Befehl der Stimme und schlief weiter, ohne noch einmal zu träumen.

Als Breena aufwachte, hatte sie ihre Erinnerungen zurück.

Osborn sah Breena beim Schlafen zu, bis die Vögel ihren morgendlichen Gesang begannen. Ihr Schluchzen hatte ihn schlagartig geweckt. Sie lag noch in seinen Armen, aber sie wand sich und weinte. Er hatte noch nie eine Frau weinen sehen. Von Breena hatte er es nicht erwartet. Sie hatte bewiesen, dass sie ebenso hartes Training ertragen konnte wie ein junger Mann, der auf dem Weg des Kriegers ausgebildet wurde.

Ihre Tränen machten etwas mit ihm. Ließen ihn schwach werden. Brachten ihn dazu, töten oder vernichten zu wollen, was auch immer sie zum Weinen gebracht hatte. Stattdessen konnte er sie nur an seiner Brust wiegen, ihre Tränen wegwischen und mit beruhigender Stimme auf sie einreden. Sie hatte sich schließlich beruhigt und sich an ihn geschmiegt. Ihr Atem war regelmäßig geworden, und er konnte sich entspannen, aber nicht schlafen.

Als die Sonne über dem Horizont aufging, wusste Osborn, dass es ihren Schmerz nur verstärken würde, wenn er sie weiter im Kampf ausbildete. Nach dieser Nacht konnte er es nicht mehr ertragen, sie leiden zu sehen. Heute war der letzte Markttag der Woche im Dorf. Breena konnte nicht weiter mit drei Männern leben. Sicherlich gab es irgendeine Anstellung, etwas vollkommen Ungefährliches, womit sie sich ihren Lebensunterhalt verdienen konnte.

Der Blutkundschafter war nicht zurückgekehrt, hatte keine Verstärkung mitgebracht, und Osborn bezweifelte, dass die Kreatur zurückkommen würde, jetzt, da die Energie am See verändert war. Blutkundschafter waren seelenlose Drohnen, die nur Befehlen gehorchten. Osborn wurde unangenehm hart, als er daran dachte, wie er und Breena die Spuren der Magie verwischt hatten. Er bewegte seine Beine, um den Druck von sich zu nehmen, und sah hinab auf die wunderschöne Frau in seinen Armen. Sie war zu einer Adeligen erzogen worden. Vielleicht konnte sie ein Kindermädchen werden oder Gesellschafterin für eine der Dorfältesten, bis er alles geklärt hatte. Bis er herausgefunden hatte, wohin sie gehörte.

Warum suchte ihre Familie nicht nach ihr?

Er fürchtete, die Antwort bereits zu kennen.

Osborn zog langsam seinen Arm von ihrer Taille und ließ Breena nach einem letzten Blick weiterschlafen. Leise schlüpfte er aus der Tür, um niemanden zu wecken. Seine Brüder würden sich keine Sorgen machen, er verließ die Hütte oft frühmorgens, um mit dem Schwert zu üben oder zu laufen oder das geheiligte Land in ihrer Umgebung zu durchstreifen.

Ohne die drei anderen gelangte Osborn im Handumdrehen zum Dorf. Die Markthändler waren gerade erst dabei, ihre Stände zu öffnen, als er den Gipfel des Hügels erreichte. Er lief schnell den Abhang hinab. Am ersten Stand, den er aufsuchte, wurden Seifen, Parfüms und edle Mischungen zum Haarewaschen verkauft.

„Für Euch oder Eure Frau?", fragte die Verkäuferin.

„Meine Frau. Ich meine, eine Frau."

Die Frau lachte und schenkte ihm ein anzügliches Lächeln. „Wenn Ihr ihr etwas schenkt, was ich gemacht habe, ist sie bald Eure Frau. Ich mache die besten Seifen in drei Königreichen." Sie zog den Korken aus einem Fläschchen und hielt es ihm unter die Nase.

Er atmete zarte Vanille mit einem Hauch erotischer Gewürze ein. *So* sollte Breena riechen. Nicht nach männlicher Kastanie. „Die nehme ich. Und das Shampoo dazu", teilte er der Verkäuferin mit.

Er ging weiter an den Ständen entlang und versuchte dabei, Gesprächsfetzen aufzuschnappen, um so viele Informationen wie möglich zu sammeln, ohne danach fragen zu müssen. Er blieb stehen, als er einen wunderschönen grünen Mantel entdeckte. Breenas Augen hatten genau das Grün, wenn er sie küsste. Osborn unterdrückte ein Stöhnen. Den musste er einfach kaufen. Er sprach den Händler an.

„Ausgezeichnete Wahl. Den hat meine Frau erst gestern fertiggestellt."

Eine kleine Frau mit einem Säugling in einem Tragetuch trat hinter einem Vorhang hervor. Sie strich den Stoff glatt und grinste zu Osborn hoch. „Ich wollte ihn fast nicht hergeben, so schön ist er. Eure Frau hat Glück. Aber habt Ihr auch das passende Kleid gesehen?"

Osborn schüttelte den Kopf, und ihm wurde schnell klar, dass er der Sache nicht gewachsen war. Schwerter – ja. Pfeil und Bogen – kein Problem. Kleider …

„Ihre Arme bleiben nackt darin, aber mit diesen goldenen Bändern kann sie den Mantel am Kleid befestigen und ihn sich über die Schultern ziehen, wenn ihr kühl wird."

Und als die Frau das Kleid vor ihm ausbreitete, wusste er, dass Breena es ebenfalls haben musste. Die alten Hosen und das Hemd wurden ihrer Schönheit nicht gerecht. Und auch wenn es ihm gefiel, wie sich der Stoff über ihrem runden Hintern spannte, passte dieses Kleid viel besser zu ihr. In wenigen Augenblicken waren die Kleidungsstücke eingepackt, und Osborn machte sich wieder auf den Weg.

Ein paar Stände weiter erregte ein goldenes Armband seine Aufmerksamkeit. Er wusste nicht, ob Breena in ihrem früheren Leben solchen Schmuck getragen hatte. Der seltsame Zeitmesser um ihren Hals war der einzige Schmuck, den er je an ihr gesehen hatte. Aber der Armreif passte zu dem, was er von ihr kennengelernt hatte, und er kaufte ihn ebenfalls.

Drei Pakete im Arm, und doch hatte Osborn noch nicht getan, weswegen er hergekommen war. Informationen sammeln. Er ging an den ersten Stand zurück, wo er die Düfte gekauft hatte. „Habt Ihr von irgendwelchen Kämpfen gehört?", fragte er.

Osborn knirschte mit den Zähnen. Er hatte nach freien Stellungen für eine junge Frau fragen wollen. Nicht nach Krieg.

Die Frau sah ihn erschreckt an. „Hier?"

Osborn zuckte mit den Schultern. „Überall in der Gegend."

„Ihr wollt bestimmt Euer Schwert verdingen, so wie Ihr ausseht. Kräftiger Kerl", sagte sie und musterte ihn dabei von oben bis unten.

Osborn schüttelte den Kopf. „Ich suche nur nach ... einem Freund."

„Ich habe nichts gehört, aber geht zu Hagan, zum vorletzten Stand auf der linken Seite. Er verkauft Gewürze aus allen Reichen. Wenn sich eine Schlacht zusammenbraut, weiß er davon."

Ein Ziel vor Augen, schlängelte Osborn sich durch die dichter werdende Menge auf den Gewürzstand zu. Nachdem er Hagan befragt hatte, wollte er sich um eine sichere Anstellung für Breena kümmern, und dieses Mal würde er sich nicht ablenken lassen.

„Wie ist das Basilikum?", fragte er den Händler, nachdem der Kunde vor ihm gegangen war.

„Das aromatischste, das Ihr hier finden werdet. Bitte." Er öffnete einen Gewürzsack.

„Ist der Preis gestiegen?" Osborn atmete den erdigen scharfen Duft des Krauts ein. „Ich habe gehört, in den Reichen gibt es Kämpfe und die Handelswege sind blockiert."

Der Kräuterhändler schüttelte den Kopf. „Nicht bei Basilikum. Sorgen um steigende Kosten solltet Ihr Euch bei Olivenöl machen. Elden ist belagert, und die ältesten Bäume stehen nur auf diesem Gebiet. Ihr solltet im Augenblick so viel Öl kaufen, wie Ihr könnt, später findet Ihr vielleicht keines mehr."

Ein eiskalter Schauer durchfuhr ihn. Sein Berserkergang regte sich. „Elden?"

„Niemand kommt hinein, und die wenigen Neuigkeiten, die herausdringen, sind schlecht. Königin und König sind tot. Die Erben sind verschwunden."

Tiefe Befriedigung entbrannte in seinem Innersten. Elden bekam endlich, was es verdiente. Es ärgerte ihn nur, dass nicht er derjenige war, der den Angriff gegen Elden ausgeführt hatte. Er würde immer den bitteren Geschmack unerfüllter Rache schmecken.

Der Berserker in ihm rief nach seinem Pelz. Vielleicht konnte ihm noch der letzte Schlag gelingen, der diese eiskalten Vampire endgültig in den Tod schickte.

Osborn konnte sich nicht erinnern, sich je so leicht gefühlt zu haben. Zumindest nicht, seit Elden sein Leben fast vollständig zerstört hatte. Jetzt hatte er nur noch eine letzte Aufgabe zu erfüllen.

Breena tat alles weh. Selbst die Ohren schienen zu schmerzen, und sie wusste nicht, wie das möglich sein sollte. Ihre Schultern hingen schlaff hinab, und sie brauchte länger als gewöhnlich, um sich auf die Knie zu erheben, ihr Lager aufzurollen und aus dem Weg zu räumen.

Die Sonne schien hell durchs Fenster hinein. Um diese Zeit hatten sie sonst längst mit den Übungen begonnen. Osborn musste klar gewesen sein, dass sie heute mit einem Schwert nicht viel ausrichten konnte. Nicht zuletzt, weil er selbst an ihrem Zustand schuld war.

Die Schlafzimmertür öffnete sich, und Bernt und Torben schleppten sich ins Hauptzimmer. Sie sahen kaum besser aus, als Breena sich fühlte.

„Ich will kein Krieger von Ursa mehr sein", sagte Torben.

„Doch, willst du", erwiderte sie mit einem Lächeln. „Nehmt euch Äpfel und Brot. Wir können draußen frühstücken. Die Sonne wird uns guttun."

Als sie draußen waren, reckte Breena ihr Gesicht in die Sonne und ließ sich von den warmen Strahlen die Wangen wärmen. Sie streckte sich und entspannte ihre schmerzenden Muskeln. Ein Vogel flatterte über sie hinweg, und Breena lächelte.

„Du siehst heute anders aus", bemerkte Bernt. Eine kleine Falte bildete sich zwischen seinen Augenbrauen. „Du willst uns doch nicht verlassen, oder?"

Es war ihr nie in den Sinn gekommen, dass die Jungen sie vielleicht gern in ihrem Leben hatten. Sie fühlte sich eher wie ein Eindringling, einer, der ihre Möbel zerschlagen und ihr Essen gestohlen hatte. Aber jetzt wurde ihr klar, dass die beiden sie vermissen würden, wenn sie ging, und Breena würde die Jungen auch vermissen.

Und den älteren Bruder?

„Irgendwann muss ich gehen. Ich bin hier nicht zu Hause."

„Könntest du aber sein", sagte Torben. „Ich habe gesehen, wie Osborn ein paar alte Möbel und Kisten aus dem Lagerraum geholt hat. Ich glaube, er will ein Schlafzimmer für dich daraus machen."

„Er mag nicht, dass du auf dem Boden schläfst."

Die Vorstellung, dass Osborn sich Gedanken um ihren Komfort machte und versuchte, einen besseren Schlafplatz für sie zu finden, brachte ihr Herz zum Klopfen.

„Ich schlafe gern vor dem Feuer", versicherte sie ihnen. „Zu Hause hatte ich einen Kamin in meinem Zimmer. Und außerdem bin ich abends immer zu müde, um noch etwas anderes zu tun, als auf den Boden zu fallen und zu schlafen."

Die Jungen lachten.

„Ich mag es, wenn du hier bist", teilte Bernt ihr mit.

„Osborn auch", fügte Torben hinzu. „Das merke ich."

„Er ist viel netter. Er brüllt nicht mehr so viel rum."

Wirklich? Breena fand, er brüllte sehr viel. Eigentlich die ganze Zeit.

„Und er hat endlich angefangen, uns auszubilden."

„Er war in unserem Alter schon Krieger, glaube ich." Torben biss sich auf die Lippe. „Er redet nicht oft davon, was mit unseren Eltern und dem Rest des Volkes geschehen ist."

Sie legte dem Jungen eine Hand auf die Schulter. „Ich kann mir vorstellen, was er durchgemacht hat, was er immer noch durchmacht.

Vergiss nicht, er war kaum älter, als du jetzt bist, da hat er die Verantwortung für zwei kleine Jungen übernommen. Es verändert einen, die zu verlieren, die man liebt. Aber jeder Tag ist ein bisschen besser als der davor."

Das war gelogen. Ein tröstlicher Spruch, den sie selbst gern glauben wollte und den sie auch die Jungen glauben machen wollte, aber sie vermutete, es würde nie stimmen. Jeder Tag, der verging, brachte den gleichen Schmerz mit sich, nur machten Zeit und Entfernung es leichter zu vergessen.

Rache.

Breena konnte nicht vergessen. Etwas in ihr ließ das nicht zu.

Der Mann, von dem sie gerade noch gesprochen hatten, betrat die Lichtung. Osborn brachte ihren Atem immer noch jedes Mal zum Stocken. Er sah irgendwie anders aus. Weniger grimmig und mit einer neuen Entschlossenheit. Das bedeutete hoffentlich, dass heute keine weiteren Balanceübungen anstanden. Er hatte seine Haare zusammengebunden und trug die Kleider, die er vor ein paar Tagen auf dem Weg ins Dorf angehabt hatte. Tatsächlich hielt er ein paar große Pakete in seinen kräftigen Armen.

„Ich wusste nicht, ob ihr es heute Morgen schafft", sagte er, und so etwas wie ein Lächeln legte sich auf seine Lippen.

Bernt und Torben standen hastig auf.

„Bereit für mehr?", fragte Osborn, aber sein Blick blieb direkt auf Breena gerichtet. „Holt eure Schwerter, und geht vor auf den Übungsplatz. Ich muss mit Breena reden."

Die Jungen rannten zu ihren Waffen und flogen dann geradezu um die Hütte herum und ließen sie mit Osborn allein. Er legte die Pakete vorsichtig auf eine Kiste neben der Eingangstür, und die Erinnerung an den Traum von letzter Nacht kam mit voller Kraft zurück. Die Schmerzen. Das Leid. Jedes lebhafte Detail. Aber am meisten der Trost, als sie geweint hatte.

Osborn hatte sie getröstet. Ihr die Tränen fortgewischt. Das wurde Breena jetzt klar. Er hatte den Schmerz in ihrem Herzen gelindert. Wenn auch nur für einige Augenblicke.

Rache.

Nur dass man sie nicht trösten konnte. Nicht, solange dieser Zwang ihr Bewusstsein beherrschte.

Zum ersten Mal fühlte sich Breena in Osborns Gegenwart unsicher. Wusste nicht, wie sie sich verhalten oder wohin sie schauen sollte. Etwas in ihrer instabilen Beziehung hatte sich während der Nacht verändert. Sie rang die Hände und versteckte sie dann schnell hinter dem Rücken.

„Ich bin im Dorf gewesen", erklärte er.

„Das sehe ich", antwortete sie mit einem Blick auf die Pakete.

Er kniff die Augen zusammen und betrachtete ihr Gesicht, jeden einzelnen Zug. Er rieb sich mit einer Hand den Nacken, eine Geste, die sie oft genug gesehen hatte, um zu wissen, dass ihn etwas belastete.

„Ich glaube, ich habe eine Stelle für dich gefunden", sagte er schließlich und senkte den Blick.

„Stelle?"

„Da ist eine Frau im Dorf. Sie ist letzten Winter gefallen und hat jetzt Schwierigkeiten, sich um ihr Haus zu kümmern. Du hättest das ganze obere Stockwerk für dich und ein bisschen Taschengeld dazu."

„Wovon redest du?"

„Du kannst nicht hierbleiben, Breena", antwortete er mit einem Schulterzucken. „Es ist nicht recht. Eine Frau bei drei Männern."

Breena schnaubte verächtlich. „Willst du mir wirklich etwas von Anstand erzählen? Von Sittenverstößen?"

Er zog das Band heraus, das sein Haar zusammenhielt, und die Locken fielen ihm auf die Schultern. Da war ihr Osborn wieder, wild und ungezähmt. „Ich versuche zu tun, was für dich das Richtige ist."

Breena marschierte auf ihn zu. Sie würde ihm auf keinen Fall durchgehen lassen, dass er solche Entscheidungen für sie traf. „Indem du mich fortschickst? Wir hatten eine Abmachung."

Sie sah, wie er schluckte. Dann sah er sie an. „Du hast letzte Nacht geweint, Breena. Du hast in meinen Armen geweint." Seine Stimme klang belegt und angespannt.

In ihrer Kehle bildete sich ein Klumpen. Der Krieger, der versuchte, sich nicht um sie zu kümmern, machte sich Sorgen um sie. Große Sorgen.

„Das ist nicht gut für dich. Du bist nicht für dieses Leben bestimmt."

Und nicht für ihn, wollte er damit sagen.

„Ich will nicht zusehen müssen, wie du zynisch und so von Rachedurst verzehrt wirst, dass nichts für dich je wieder wie vorher sein wird."

„Ich werde schon jetzt von Rachedurst verzehrt."

„Und er wird dich verzehren, bis nur noch Hass übrig ist. Ich will nicht, dass du endest wie … ich."

Breena schüttelte den Kopf. „Ich kann es nicht abschalten. Meine Eltern sind tot. Ich habe sie sterben sehen. Da war so viel Blut." Sie bedeckte ihr Gesicht mit den Händen. „Ich konnte sie nicht einmal begraben. Etwas ruft nach mir. Ich kann mich ihm nicht widersetzen."

„Woher weißt du das? Deine Erinnerungen …"

„Meine Erinnerungen sind wieder da", unterbrach sie ihn.

Sie sah ihm in die Augen, und was er in den grünen Tiefen entdeckte, ließ ihn zögern. Ließ seinen Atem stocken und seine Brust sich zusammenziehen.

„Letzte Nacht habe ich mich in einen Traumnebel versetzt. Ich bin zurück in jene Nacht gegangen, in der meine Eltern …" Sie schluckte. „Ich bin in die Nacht zurückgekehrt, in der meine Eltern gestorben sind. Ich habe das Blut gesehen. Ihr Blut. Die Wunden an ihrem Körper."

Ihre Unterlippe bebte, und ihre Augen füllten sich mit Tränen, gegen die sie verzweifelt ankämpfte. „Du siehst, ich kenne den Schmerz, etwas zu verlieren. Jemanden."

Er begriff diesen Schmerz. *Lebte* ihn.

„Ich weiß, dass ich kein normales Leben führen kann, solange ich das nicht irgendwie in Ordnung gebracht habe. Ich muss der Erinnerung an meine Familie Gerechtigkeit verschaffen. Hilf mir weiter dabei, Osborn. Bitte", drängte sie ihn.

Als Osborn das Dorf verlassen hatte, war er voller Pläne und Erwartungen gewesen. Er wollte, dass Breena einem anderen Pfad folgte als dem, den er sein ganzes Leben lang beschritten hatte. Er war müde. Müde von seinen eigenen Schmerzen und der Reue und dem Durst nach Rache, den er verdrängen musste, bis er seine Brüder großgezogen hatte. Die Müdigkeit drang ihm bis auf die Knochen, und die wenigen Gefühle, die er noch empfinden konnte, waren schmerzhaft.

Er wollte nicht, dass es Breena genauso erging, wollte nicht, dass sie auch die Last trug, die Toten rächen zu müssen, und das Leben leben musste, das er lebte.

Er rieb sich die verspannten Muskeln an seinem Halsansatz. Bis zu diesem Augenblick hatte er nicht begriffen, wie ähnlich sie sich wirklich waren. Auch in ihr würde immer der Wunsch brennen, zu rächen, was ihrer Familie geschehen war, so wie der Wunsch in ihm selbst ewig brannte. „Ich helfe dir."

Breena schloss fest die Augen und ließ vor Erleichterung die Schultern hängen. „Danke."

Er bezweifelte, dass ihre Dankbarkeit lange anhalten würde.

Der Rest des Nachmittags galt der Ausbildung, und Breena beschwerte sich nicht ein einziges Mal über Schmerzen oder steife Muskeln. Sie hatte es geschafft. Sie hatte Osborn überzeugt, ihr weiterhin zu helfen, und dafür war sie dankbar. Ihre Magie hatte sie zu dem Mann gebracht, der ihr beibrachte, wie sie den Mörder ihrer Eltern besiegen konnte.

Sie würde sich noch einmal in ihre Vergangenheit träumen müssen. Ihr Körper zitterte bei dem Gedanken, die Todesnacht noch einmal aufzusuchen, aber nur so konnte sie die Wahrheit herausfinden. Würde Osborn sie wieder festhalten?

Am Abend zeigten die Jungen ihr, wie man das Abendessen zubereitete, während Osborn sich in den Lagerraum neben der winzigen Küche zurückzog.

„Ich fasse es nicht, dass wir einem Mädchen zeigen müssen, wie man Abendessen macht", knurrte Bernt, aber es war nur im Spaß gemeint.

„Ja, ich dachte, du willst für uns kochen", fügte Torben hinzu, und sie alle lachten.

„Ich zeige euch beiden zum Dank, wie man tanzt."

Beide Gesichter zeigten den gleichen entsetzten Ausdruck.

Die Tür zum Lagerraum öffnete sich, und Osborn steckte den Kopf hinaus. Ein leises Lächeln legte sich auf sein Gesicht, als er sie sah. „Breena, komm her."

Da war er wieder. Der Befehl, zu ihm zu kommen. Fast hatte sie diese Befehle schon vermisst. Fast. Aber sie war zu neugierig, was

Osborn tatsächlich in diesem winzigen Raum angestellt hatte. Sie wischte sich die Hände an einem Geschirrtuch ab und ging zu ihm hinüber.

„Ich, ähm ...", fing er an und verstummte.

Osborn war nervös? Breena verbarg ein Lächeln und drehte den Kopf, um in den Raum sehen zu können, in dem Osborn so beschäftigt gewesen war. Der Vorratsraum war tatsächlich winzig. In ihre Schlafkammer in Elden hätte er viermal hineingepasst. Die Wände waren kahl, und auf dem Boden lag lediglich ein kleiner Teppich in der gleichen Farbe wie die blauen Blumen, die vor der Hütte wuchsen. Nicht die Art, die ein Mann für sich selbst aussuchte, aber genau die Art, die ein Mann für eine Frau kaufte. Jetzt wusste sie, was in einem der geheimnisvollen Pakete gewesen war.

„Es wird außer dem Bett nicht viel reinpassen, aber es ist ein Zimmer für dich allein, Breena. Wenn du willst."

Osborns Stimme klang ernst, und sie wusste, er bot ihr mehr an als einen winzigen Raum in seiner Hütte. Er bot ihr Raum in seinem Leben. Sie nickte. „Ich will."

„Ich habe noch etwas für dich." Da war wieder dieses Lächeln. Wer hätte gedacht, dass ihr Berserkerkrieger so großzügig war? Er kam mit einem kleinen Paket zurück, das ihr heute Morgen gar nicht aufgefallen war. Breena löste die Schnur, und der grobe Stoff öffnete sich und gab zwei Glasflaschen mit mysteriösem Inhalt frei.

„Shampoo und Seife", erklärte er.

Breena hätte Reinigungsöl für ihr Schwert erwartet oder ein neues Messer, nicht etwas so ausgesprochen Weibliches. Rasch löste sie den Korken und atmete den köstlichen Duft nach Vanille und verlockenden Gewürzen ein.

„Ich dachte, du hast es vielleicht satt, wie ein Mann zu riechen."

Sie verkorkte die Flasche wieder und drückte seine Geschenke an ihre Brust. „Ich kann es kaum abwarten, sie zu benutzen. Heute noch."

In seinem Gesicht las sie Erregung und Verlangen nach ihr. Sie stellte sich auf die Zehenspitzen und küsste ihn auf die Wange. „Danke."

„Gern geschehen." In seiner Stimme lag ein Versprechen, das ihren Bauch zum Flattern brachte.

Nach dem Abendessen rannte sie zu der kleinen klaren Quelle nicht weit von der Hütte. Es war nicht der See, aber sie war dort immerhin ungestört. Das hatte sie den Berserkern früher am Abend eingeschärft. Die Quelle gehörte ihr allein.

Sie nahm die Waschschüssel, füllte sie mit dem sauberen Quellwasser, das die Sonne gewärmt hatte, und tauchte ihre Haare hinein. Zu Hause hatte sie immer die blumigen Seifen und Düfte benutzt, die ihre Mutter bevorzugte, aber was Osborn ausgesucht hatte, passte unendlich viel besser zu ihr. Sie öffnete die Flasche und atmete tief den Duft ein, den er ihr gekauft hatte. Der zarte Duft der Vanille verwob sich mit der Verlockung ferner Länder. Das gefiel Osborn also, und sie goss sich eine kleine Menge in die Hand und wusch sich die Haare. Fand er auch sie süß mit einem Hauch Würze?

Sie fuhr mit der Seife über ihre Brüste, und die Spitzen zogen sich zusammen. Das taten sie auch, wenn Osborn sie küsste und leckte. Breena fuhr mit der Seife auf die gleiche Weise über ihre Haut, wie er ihre Brüste liebkoste. Sie ließ einen seifigen Finger zwischen ihre Beine gleiten und berührte sich dort, wo Osborn sie geküsst hatte. Sie geleckt hatte. Sie keuchte auf, als sie sich vorstellte, wie er es noch einmal tat. Und wie sie ihn zurückleckte und küsste.

Breena wollte es wieder tun. Und mehr. Er hatte sie aus seinen Träumen ausgesperrt. Würde er das auch weiterhin tun?

Osborn hatte sie nicht beim Baden beobachten wollen. Er hatte nur Feuerholz sammeln wollen, aber dann hatte er Breenas Keuchen gehört. Sofort war der Berserker in ihm erwacht, und er war zu ihr geeilt, um sie zu beschützen. Aber Breenas Ruf war nicht der einer verängstigen Frau gewesen, sondern stammte aus heftiger Erregung.

Wie viele Qualen konnte ein Mann ertragen? Er lehnte sich gegen einen Baumstamm und zwang seinen Körper dazu, sich zu entspannen. Minuten verstrichen. Sie blieb stehen, als sie um die Ecke bog und ihn entdeckte. Ihre Wangen waren gerötet, ihre Unterlippe geschwollen. Ein feiner Film aus Wasser glänzte auf ihrer Haut, und sie trug nur ein Handtuch, das locker über ihren Brüsten zusammengeknotet war.

Ihr Gesicht rötete sich noch tiefer, und er wusste es. Wusste, dass sie, als sie gekeucht hatte, sich gestreichelt und an ihn gedacht hatte.

Da war die Antwort auf seine Frage. Anscheinend musste ein Mann sehr viele Qualen ertragen.

„Osborn, die Seife, die du mir gekauft hast, ist ... wunderbar."

Ihre Stimme war rauchig wie die einer Frau, die noch Erfüllung finden musste. Er stellte sich vor, wie sie in diesen tiefen Tönen seufzte, während er in sie eindrang.

Sie gehört dir nicht.

Breena wurde für einen anderen behütet und beschützt, sicherlich nicht für einen Mann wie ihn. Er war einst dazu bestimmt gewesen, etwas Besseres zu sein, als er jetzt war, ein Krieger von Ursa. Mit aller Ehre und allem Ruhm, die zu diesem Rang gehörten. Alles, was er ihr jetzt noch bieten konnte, waren Scham und ein Leben, das nur von Rache erfüllt war.

Breenas eigene Schritte würden sie geradewegs den gleichen Weg hinabführen. Er hatte schon versucht, sie davon abzubringen.

Versuch es noch stärker.

Aber wie konnte er, wenn sie die Hand nach ihm ausstreckte? Ihre Schulter direkt unter seine Nase hielt? „Sie riecht auf meiner Haut anders als in der Flasche."

Die Seife, die er gekauft hatte, roch gut, aber Breena, die Frau, roch viel besser. Er war ihr so nah. Zu nah. Er konnte an ihrer Schulter knabbern. Mit der Zunge über die verlockenden Kurven ihres Rückens fahren.

„Ich muss dich um einen Gefallen bitten."

Bei den Göttern, alles ... wenn er nur weiter ihren Duft einatmen durfte. Seine Folter verlängern, indem er sich vorstellte, wie seine Hand an ihrer Hüfte lag und sie rückwärts gegen sich zog, bis ihr Po gegen seinen Schaft drückte ...

Sie atmete tief ein. „Ich muss zurück, um von meiner Vergangenheit zu träumen. Von der Nacht der Belagerung."

Er schüttelte den Kopf, und sie packte seinen Bizeps. Fest.

„Ich muss noch mehr erfahren über diese Nacht. Ich konnte nicht weitermachen, nachdem ... Na ja, du weißt, wie du mich vorgefunden hast."

Im Schlaf weinend.

„Wenn ich mich in einen Traum versetze, stelle ich mir immer eine Tür vor und gehe dann durch sie hindurch in mein Unterbewusstsein. Bisher hat es in meinen Gedanken immer nur deine Tür gegeben."

Eine besitzergreifende Befriedigung breitete sich in seiner Brust aus.

„Aber letzte Nacht waren da zwei Türen. Meine Vergangenheit und daneben deine Tür."

Osborn erstarrte.

„Sie müssen aus einem bestimmten Grund Seite an Seite sein. Ich glaube, es liegt daran ... wenn ich durch deine Tür gehe, um bei dir zu sein, habe ich vor nichts Angst."

„Solltest du aber. Vor *mir* solltest du Angst haben." Was er mit ihrem Körper anstellen wollte, was er von ihr wollte, das alles sollte ihr Angst einjagen.

„Habe ich aber nicht." Sie fuhr mit den Fingern seinen Kiefer entlang. „Du würdest mir nie wehtun. Das weiß ich schon lange."

Er war sich da nicht so sicher. Tatsächlich konnte sie sich fast darauf verlassen, dass er ihr wehtun würde. Es war unvermeidlich. Seine Vergangenheit, seine Entscheidungen, das alles würde sie verletzen. Wenn seine Brüder alt genug waren, wollte er die Hütte verlassen und sich auf die Suche nach den Mördern seiner Familie machen. Seine Pläne waren nicht die eines Mannes, der einer Frau ein unbeschwertes Leben bieten konnte. Er ergriff ihre Finger, um sie von weiteren Berührungen abzuhalten.

„Erinnerst du dich, wie wir in unseren Träumen zusammen waren?" Sie ließ sich nicht fortstoßen. „Wie perfekt?"

Er konnte sie lieben in dieser Fantasiewelt, die sie im Schlaf geschaffen hatte. Er wurde hart beim Gedanken daran. Ja. Er konnte dort jeden Teil ihres Körpers liebkosen. Sie mit seiner Berührung brandmarken. In sie eindringen, wie sein Körper es verlangte. Und er konnte sie festhalten.

Doch egal, wie unglaublich ihre Vereinigung im Traum sein mochte, Osborn wusste, dass er sich immer nach der Wirklichkeit sehnen würde, bis er wahnsinnig wurde.

„Diese Träume waren Lügen", sagte er durch zusammengebissene Zähne.

„Bist du nicht einmal neugierig?"

Verdammt, natürlich war er das. Neugierig, ob sie ihm in die

Augen sehen würde, wenn sein Körper sich mit ihrem vereinte. Er verzehrte sich nach ihrer Sanftheit, wenn sie ihn in ihrem Leib willkommen hieß. Sehnte sich danach, zu wissen …

„Lügen", wiederholte er. Nur um nicht den Verstand zu verlieren.

Sie ließ ihre Hand sinken, und ihre Miene wurde traurig. „Falls es hilft, manche dieser Lügen, die ich mit dir geteilt habe, waren das Einzige, worauf ich mich wirklich gefreut habe." Breena drehte sich auf der Stelle um und ging fort.

Sein Puls hämmerte in seinem Schädel. Diese Träume waren auch das Einzige gewesen, was ihm in seinem Leben so etwas wie Freude bereitet hatte. Bis er sie schlafend in seinem Bett gefunden hatte.

Alles, was sie wollte, war, mit ihm zu träumen. Im Traum bei ihm zu sein. Wie konnte er ihr das verweigern?

Er streckte die Hand nach ihrer Schulter aus, und seine Finger krallten sich in ihre Haut. „In Ordnung."

Bernt hatte Breena sein Bett überlassen. Er und Osborn wollten am nächsten Tag damit anfangen, ein neues Gestell zu bauen. Es wurde eng im Lagerraum, aber nach einigem Hin und Her und einer angeschlagenen Ecke stand das Bett endlich für Breena bereit.

Sie küsste die beiden auf die Wangen. „Vielen Dank!" Sie klang so glücklich, als hätte Osborn ihr den seltensten aller Edelsteine geschenkt. Irgendwo in einem der Reiche gab es einen Mann, der Breena richtig beschenken würde, mit Juwelen und edlen Roben und all den Dingen, die man Frauen schenkte.

Aber im Augenblick gehörte sie noch ihm.

Breena bezog das Bett mit warmen Decken und Pelzen. Sie würde nicht mehr vor dem Feuer schlafen, deswegen brauchte sie mehr Decken, um sich warm zu halten. Außerdem war auf Bernts Bett nicht annähernd genug Platz für sie beide. Breena hob die Decken an und kroch an den Rand des Bettes, gegen die Wand.

„Wie sollen wir es machen?", fragte er.

Sie verzog die Lippen zu einem Grinsen. „Für dich ist nicht viel Platz", sagte sie und ließ ihren Blick dabei über seine breiten Schultern und seine langen Beine gleiten. Wenn sie ihn so ansah, als wäre er der stärkste und mächtigste Mann der Welt, der alles schaffen konnte, wollte er genau das für sie sein.

„Ich mag es, wenn du dich hinter meinem Rücken ausstreckst", gestand sie ihm.

Und wenn er ihre Brüste mit den Händen umfasste. Und sich an ihre Kurven presste. Ihm gefiel es auch. Sehr. Und das wurde langsam sichtbar. Das Bett knarrte unter seinem Gewicht, als er sich neben sie legte. Osborn wollte sein Gesicht in ihrem Haar vergraben und die Schlafkleider loswerden, die seine Haut von ihrer trennten. Er gab sich damit zufrieden, einen Arm auf die sanfte Rundung ihrer Hüfte zu legen.

Er schloss die Augen. Versuchte, sich zu entspannen. Stellte sich den Gestank verfaulten Essens vor, um ihren erotischen Duft auszublenden. Alles, damit er einschlafen konnte.

„Ich kann nicht schlafen", flüsterte sie ihm nach einigen Augenblicken der Stille zu.

„Ich auch nicht."

„Rede mit mir. Erzähl mir eine Geschichte."

Sie schmiegte sich an ihn, und er stöhnte leise auf. Jede ihrer weichen Kurven passte sich seinem Körper an. Osborn wollte ihre Bitte erfüllen, aber ihm fiel nichts ein. „Ich kenne keine Geschichten, wie du sie erzählst, über Elfen oder Wölfe, die sich in den Wäldern verstecken und ein Auge auf Mädchen mit roten Kappen geworfen haben."

„Dann erzähl mir eine wahre Geschichte. Aus der Zeit, als du noch ein kleiner Junge warst", schlug sie vor.

Osborn versuchte, nicht an diese Zeit zu denken. Krieger waren nicht traurig. Sie schoben diese Gefühle beiseite. Verdrängten sie. „Da gibt es nichts zu erzählen."

„Oder von einer großen Feier? Erzähl mir von einer Zeit, als du festliche Kleidung getragen hast und Musik gespielt wurde."

Er atmete wieder den Duft ihrer Haare ein und versuchte, sich zu erinnern. Sein Volk bevorzugte eine schlichte Lebensweise. Wenig Politik, kaum Würdenträger oder Herrscher. Sie waren alle einfach Ursaner. Sie bereiteten sich auf die Schlacht vor, wenn ihre Verbündeten sie brauchten. Nur wenige wagten es, Ursa direkt den Krieg zu erklären. Nachts errichteten sie große Feuer, um die das ganze Dorf versammelt war und sich unterhielt oder zum Klang der Trommeln sang. Ein Lächeln legte sich auf seine Lippen. Er hatte die Nächte vergessen, in denen die Ältesten in den Himmel deuteten und lehrten, wie man die Sterne zur Orientierung benutzte. Er hatte die Lieder vergessen. Osborn sollte eine Trommel schnitzen und seinen Brüdern einige der alten Lieder aus Ursa beibringen. Vielleicht würden die beiden eines Tages heiraten und diese Lieder an ihre Töchter und Söhne weitergeben. In seiner Brust keimte Hoffnung auf.

Zum ersten Mal waren die Erinnerungen nicht gefolgt von Schuldgefühlen und Schmerz.

„Keine Bankette", antwortete er, „nur Familien rund um ein Lagerfeuer."

„Nicht einmal Hochzeitsgelage? Zu Hause haben wir jede Gelegenheit genutzt, um zu feiern. Mein Vater hat uns erklärt, dass die Arbeit auf dem Feld und in den Werkstätten schwer und manchmal trostlos sein kann. Es war unsere Verantwortung, dem Volk so viel Freude und Zerstreuung zu bieten, wie wir konnten."

„Er klingt sehr weise."

Breena nickte. „Das war er", sagte sie mit leiser, tiefer Stimme.

„Wir haben unsere Hochzeiten nicht öffentlich gefeiert", erzählte Osborn, um sie von den Gedanken an ihren toten Vater abzulenken … bis sie sich dazu zwang, von ihm zu träumen.

„Nicht?" Sie klang so schockiert, dass Osborn nicht anders konnte, als zu lächeln.

„Wenn ein Mann eine Frau wollte, hat er sie gebeten, ihr Leben mit seinem zu versiegeln. Bei Vollmond sind die beiden allein in den Wald gegangen, der das Dorf umgab. Und dort, wo nur die Sterne Zeuge waren, legten sie die Eide ab, die sie füreinander geschrieben hatten."

„Das klingt schön. Und bedeutsam."

Die Sehnsucht in ihrer Stimme traf ihn schmerzlich. „Ist das nicht die Art Ehe, die du führen würdest?", fragte er, um sich selbst daran zu erinnern, dass sie für einen anderen bestimmt war.

„Nein", sagte sie mit einem schweren Seufzen. „Meine Ehe wäre eine Zweckehe. Es ist eine Ehre, meinem Volk auf diese Weise dienen zu dürfen."

„Und wie oft hat man dir das eingeredet?"

Breenas Muskeln entspannten sich. „Oft", gestand sie. „Mein Vater wollte am Tag des Angriffs die Entscheidung fällen."

„Meinst du, das hatte etwas damit zu tun? Ein wütender Freier?"

„Höchstens ein enttäuschter Verhandlungsführer. Ich habe keinen der potenziellen Ehemänner je kennengelernt. So wollte man verhindern, dass sie an einer meiner Eigenschaften Anstoß nehmen."

„Und worüber sollten sie sich bei dir beschweren?" Der Gedanke erschien ihm vollkommen unsinnig. Breena war perfekt. Perfekt für ihn ...

Sie lachte nur. „Ich erinnere mich, dass du dich sehr oft über mich beschwert hast. Die Gefahr, die ich mit mir gebracht habe. Die zusätzlichen Kosten."

„Meine Socken sind schön geworden."

Breena lachte wieder. Der Klang war so betörend, dass er sie immer und immer wieder zum Lachen bringen wollte. Bis in alle Ewigkeit.

„Bleib bei deinen Kämpfen, Krieger von Ursa. Diese Art von Komplimenten bringt dich bei Hofe nicht weiter."

Noch eine Warnung. Er würde nie in ihre Welt passen.

Nach einigen Minuten wurden Breenas Atemzüge tief und gleichmäßig, und er wusste, dass sie bald ihre Träume betreten würde. Und dann seine.

10. Kapitel

Breena wartete vor den beiden Türen.
    Die schlichte Tür befand sich vor ihr. Sie sah nicht länger verboten aus. Sie stand sogar einen Spalt offen. Einen Augenblick lang war sie verlockt. Auf der anderen Seite erwartete sie nichts als Vergnügen.
    Zögernd löste sie ihren Blick und ließ ihn auf den reich verzierten Türrahmen wandern. Mit den Juwelen, die Reichtum versprachen, würde wohl jeder andere diese Tür wählen. Aber sie wusste, was sie erwartete, sobald sie die Schwelle übertrat. Tod und Zerstörung.
    Sie zwang sich, nach dem Knauf zu greifen, ihn zu drehen und hindurchzutreten.
    Dieser Traum enthielt nicht den üblichen Nebel. Jedes tödliche Bild, jedes Geräusch und jeder Geruch waren deutlich und klar. Ihre Aufmerksamkeit richtete sich auf das Zischen einer Rasierklinge. Sie begann zu zittern, erinnerte sich. Die schreckliche spinnenartige Kreatur, die nur aus Blutmagie entstanden sein konnte. Breena kämpfte die Übelkeit nieder und zwang sich, auf jedes Detail zu achten, das ihr Verstand lieber übergehen wollte. Sie blickte zur Treppe und sah dort sich selbst, wie sie in der Nacht des Angriffs ausgesehen hatte. Sie trug das wunderschöne Kleid, mit dem sie in Ursa aufgewacht war. Es war makellos, nicht zerrissen und zerfetzt. Die Breena auf der Treppe versuchte, mutig zu sein und keine Angst zu zeigen, aber jeder neue Schrecken, all die grausamen Bilder, die sie vor sich sah, hinterließen ihre Narben.
    Dann sah sie ihn. Ein so schrecklicher, grotesker Anblick, dass es sie fast aus ihrem Traum riss. Der Blutmagier. Der Mann, der für all das verantwortlich war. Er sprach zu ihren Eltern, verspottete sie. Sie lagen im Sterben, und ihr Blut gab ihm neue Kraft. Sie sah, wie die beiden sich an den Händen fassten, und sie wusste, noch bevor sie den Blitz ihrer Magie spürte, dass sie von den beiden fortgeschickt worden war. Mit ihrer vereinten Magie hatten sie ihr die Befehle eingepflanzt, die in ihrem Verstand widerhallten wie ein Fluch: *Überlebe*

und räche. Die Willenskraft ihres Vaters und die fürsorgliche Magie ihrer Mutter überwältigten die Breena aus ihrer Erinnerung, die auf dem Boden kauerte, und sie verschwand.

Und Breena selbst war in Osborns Träumen.

Er wartete schon auf sie. Seine Gesichtszüge waren nicht mehr durch den Traumnebel verschwommen. Seine festen Lippen, sein langes braunes Haar und seine dunklen Augen waren ihr jetzt vertraut. Sie rannte auf ihn zu, und er fing sie mit starken Armen auf, wirbelte sie durch die Luft und setzte sie dann dicht neben seinem festen Körper wieder ab. Sie musste ihn sofort anfassen. Wollte den Traum hinter der anderen Tür aus ihren Gedanken verjagen … wenn auch nur für den Augenblick.

Früher hatte Osborn immer den ersten Schritt gemacht. Aber sie war nicht mehr die Breena, die sich früher in seine Träume geschlichen hatte. Jetzt schob sie die Finger in das Haar an seinem Nacken und zog seine Lippen auf ihre. Sie öffnete den Mund und drang mit der Zunge tief in seinen ein.

Osborn stöhnte auf und drückte sie fest an sich. Er erwiderte ihren Kuss mit eigenem wachsendem Verlangen.

„Es ist so lange her, seit wir hier gewesen sind", sagte sie an seinem Mund.

„Zu lange", stimmte er ihr zu.

„Deine Entscheidung."

„Ich war ein Idiot." Er senkte seine Lippen wieder auf ihre. Der Kuss, den sie teilten, war wild und leidenschaftlich und angefüllt mit all den Emotionen, die sie sich außerhalb der Traumwelt versagten.

Breena zog ihm das Hemd aus der Hose und fuhr mit der Hand über seine nackte Haut. Er atmete scharf ein, als sie ihre Finger über seinen Bauch wandern ließ. Ihre Hände waren rastlos, streichelten und erforschten jeden Teil von ihm. Als er ihre Handfläche an seinem Schwanz spürte, wurde er vollkommen still.

„Fühlt sich das gut an?", fragte sie.

Er konnte nur nicken.

„Ich will, dass es unglaublich für dich ist. So wie es für mich am See war", gestand sie und griff nach dem Band, das seine Hose festhielt.

Osborn hielt ihre Hände fest. „Nein, ich will dir Vergnügen bereiten."

„Lass mich", drängte sie ihn. „Ich brauche das. Ich muss geben."
Seine Hose lockerte sich, und sie zog sie an seinen langen Beinen hinab. Die Haare an seinen Oberschenkeln kitzelten dabei an ihren Handflächen. Seine Erektion sprang hervor, und sie streckte die Hand danach aus. Er erschauerte, als sie die Finger darum schloss. Sie umkreiste seine Spitze mit dem Daumen.

„Fühlt sich das gut an?", fragte sie wieder und genoss es, die Antwort bereits zu kennen.

„Ja." Seine Stimme war kaum mehr als ein angespanntes Stöhnen, und Breena verspürte die gleiche erregende Macht, die ihr sonst nur Magie verschaffte.

„Aber mein Mund wird sich noch viel besser anfühlen."

Er riss die Augen weit auf. Der Schmerz und das Verlangen danach, was sie mit seinem Körper anstellen konnte, waren deutlich in seinem Gesicht zu erkennen.

Sie drängte ihn sanft zurück, bis er mit dem Rücken gegen einen Baumstamm auf ihrer Traumlichtung stieß, und ließ sich dann vor ihm auf die Knie sinken. „Sag mir, wenn ich es falsch mache."

„Wirst du nicht."

Sie lächelte gegen seine zarte Haut. Küsste die Spitze. Seine Beine zitterten einen Augenblick, ehe er seine Knie durchdrückte.

Breena hielt ihn weiterhin sanft umschlossen, als er sich bewegte, und er schwoll zwischen ihren Fingern weiter an. Sie ließ die Hand an seinem Schaft entlanggleiten und fand einen gleichmäßigen Rhythmus, ehe sie die Spitze wieder zwischen die Lippen nahm.

Sie umkreiste ihn mit der Zunge, so wie er es bei ihr getan hatte. Sein stoßweiser Atem sagte ihr, dass sie dabei wirklich nichts falsch machte.

Breena hatte noch nie einen Mann gesehen, der so mächtig und so stark war wie ihr Krieger, aber er war wie geschmolzenes Wachs in ihren Händen. Es war berauschend. Sie bewegte den Mund noch schneller, und Osborn griff in ihr Haar und drang noch tiefer in ihren Mund ein.

„Breena …"

Seine Stimme war ein erstickter Schrei, und sie machte schneller.

„Breena, du musst …"

Sie wachte plötzlich in ihrer neuen Schlafkammer auf.

Osborn saß auf dem Bettrand, die Füße am Boden. Er hatte sein Gesicht in den Händen verborgen, und sein Atem war schwer und unregelmäßig.

Sie strich ihm über die Schulter. „Osborn?"

Er zuckte vor ihrer Berührung zurück. Sprang aus dem Bett, als hätte sie ihm mit ihrer wütenden Magie einen Schlag verpasst.

„Habe ich etwas falsch gemacht?"

Er schüttelte den Kopf, sah sie aber immer noch nicht an. Er stützte sich mit den Händen am abgeschliffenen Holz des Türrahmens ab und drehte ihr weiterhin den Rücken zu. „Das dürfen wir nie wieder tun." Damit öffnete er die Tür und ließ sie allein.

Breena zog sich die Decken bis an den Hals und rollte sich darunter zusammen. Es dauerte lange, bis sie Schlaf fand, und als sie es tat, waren ihre Träume nur Albträume.

Später am Morgen traf sie auf Bernt und Osborn, die gerade ein neues Bett bauten. „Trainieren wir heute?", wollte sie wissen.

„Morgen", brummte Osborn und machte sich nicht die Mühe aufzublicken.

Bernt warf ihr einen Blick zu, der zu sagen schien: „Rette mich", und sie nickte. Der Rahmen, an dem die beiden arbeiteten, sah stabil und solide aus. Im Gegensatz zu dem Stuhl in der Küche vor ... erst ein paar Tagen? Es fühlte sich wie ein ganzes Leben an.

„Ihr leistet gute Arbeit", lobte sie.

„Nach etwa dreißig Versuchen", murmelte Bernt.

„Mund halten", fuhr Osborn seinen jüngeren Bruder an.

„Ich würde auch lieber trainieren. Wir sind nicht zu Tischlern geboren."

„Jetzt sind wir eben welche."

„Wenn ihr eine Pause wollt, hätte ich nichts gegen mehr Übung im Schwertziehen", schlug sie vor, um die Situation zu entschärfen, auch wenn sie Schwertziehen ungefähr so gern hatte wie Balanceübungen. Also überhaupt nicht.

„Breena, geh weg", sagte Osborn durch zusammengebissene Zähne.

Er hatte noch nie so unhöflich mit ihr gesprochen. Reizbar, damit konnte sie umgehen, aber nicht hiermit.

„Bernt, wenn du uns bitte entschuldigst. Ich möchte allein mit deinem Bruder reden."

Bernt ließ den Hammer fallen, als hätte er Feuer gefangen.

„Komm sofort zurück", brüllte Osborn hinter seinem Bruder her, aber Bernt tat so, als könnte er ihn nicht hören. Braver Junge.

„Eines Tages wirst du sie so vor den Kopf stoßen, dass sie nicht mehr zurückkommen. Bernt und Torben bewundern dich. Sie wollen deine Anerkennung. Weiß der Himmel, warum, weil du immer nur so ein Ekel zu ihnen bist, aber so ist es eben."

Osborns Laune verschlechterte sich noch weiter, und er legte die Stirn in noch tiefere Falten.

„Würde es dich umbringen, sie ab und zu mal anzulächeln? Ihnen etwas anderes zu sagen als Befehle?" Sie versuchte, ihren grimmigen Krieger in die Ecke zu drängen. „Warum bist du so wütend?"

Osborn stakste auf sie zu, packte ihre Hand und schob sie zwischen seine Beine. „Deswegen. Weil ich an nichts anderes denken kann, als meinen Schwanz in deinen Mund zu schieben. In dich hineinzustoßen. Ich oben. Du oben. Du auf allen vieren wie ein wildes Tier im Wald." Er ließ ihre Hand los. „Sei nicht mit mir allein. Nicht noch einmal."

Wieder diese Warnung.

„Bereite dich nach dem Mittagessen auf ein hartes Training vor", rief er ihr über die Schulter zu, während seine langen Schritte ihn in den Wald führten, wo er allein sein konnte.

Breena begann zu zittern. All diese Dinge, jedes Wort, von dem sie wusste, Osborn hatte es als Drohung ausgesprochen … sie wollte es auch.

Osborn hatte nicht übertrieben, als er ihr geraten hatte, auf ein hartes Training eingestellt zu sein. Schweiß lief ihr über die Schläfen und den Rücken hinab. Er übte mit ihr den Zweikampf, parierte und stieß mit seinem Stock zu und erwartete von ihr, seine Waffe abzuwehren.

„Jetzt bist du tot", stellte er fest, als sein Stock ihre Schulter berührte. „Schon wieder."

Sie hob ihren Stab und hielt ihn in der Stellung, die er ihr gezeigt hatte, aber er durchbrach mit Leichtigkeit ihre Verteidigung und hielt ihr die improvisierte Waffe an den Hals. „Du bist tot."

Breena schob ihn von sich und schlug ihren Stock über seine Beine. Dann blieb sie stehen und richtete den Stock direkt auf sein Herz. „Eine Bewegung, und du hast deinen letzten Atemzug getan."

„Stimmt, wenn du von den Toten auferstanden wärst. Aber das war schon ein guter Überraschungsangriff. Mehr davon."

Sie duellierten sich wieder und wieder, und Breena verlor jeden einzelnen Kampf. „Wie willst du mit deinen Fähigkeiten für Gerechtigkeit sorgen?" Fast klang seine Stimme wie Hohn. Er wollte sie zum Aufgeben bringen.

„Meine Gegner sind keine Krieger von Ursa mit einem Stachel im Fleisch."

„Oh, er ist viel größer als ein Stachel", sagte er derb.

Sie schob ihn von sich. „Reg dich ab, Osborn. Deine Launen sind dein Problem. Hör auf, mir für alles die Schuld zu geben."

Osborn ließ den Stock fallen und wandte sich zum Gehen. „Schluss für heute."

„Gut", rief Breena ihm nach. Wünschte sich, sie hätte eine schlagfertigere Antwort parat. Sie wischte sich eine Träne von der Wange. Wer hätte gedacht, dass man aus reinem Ärger weinen konnte? Entschlossen marschierte sie zurück in die Hütte, griff sich die Seife, die er ihr gegeben hatte, und hasste dieses Mal den Duft. Rasch wusch sie sich und zog sich an. Sie musste, so schnell sie konnte und so weit es möglich war, fort von dieser Hütte und ihren Bewohnern.

Torben hatte ihr einen Pfad zu den Sträuchern gezeigt, wo sie reife Beeren sammelten. Der war so gut wie jeder andere. Außer den Beerensträuchern entdeckte sie dort einige Wildblumen. Sie streckte die Hand aus, um eine Blüte zu pflücken, und zerrieb sie zwischen den Fingern, bis der süße Duft an ihre Nase drang.

Wie lange sie dort zwischen den Blumen gesessen hatte, wusste sie nicht, aber sie erstarrte, als sie Schritte hörte. Sie erkannte sie sofort als Osborns. Er trat mit noch feuchten Haaren hinter einem Baum hervor. Wahrscheinlich hatte er im See gebadet. Ihre Wangen glühten bei dem Gedanken an das, was sie am Ufer getan hatten, und sie wendete sich schnell ab.

Er hockte sich neben sie und streckte ein Bein von sich. „Ich bin noch nie in so einer Situation gewesen", sagte er nach einigen Augenblicken des Schweigens.

Sie nahm an, das war Osborns Art, sich zu entschuldigen, und ihr Ärger verflog. Man hatte Breena beigebracht, wie sie sich in jeder erdenklichen gesellschaftlichen Situation zu verhalten hatte. Aber an so etwas hatte ihre Mutter nicht gedacht.

Osborn schob ihr etwas Großes zu, und sie sah in an. Es war ein weiteres der geheimnisvollen Pakete, die er von seinem Dorfbesuch mitgebracht hatte. „Ich, äh, habe das hier für dich gekauft."

Sie liebte Geschenke, und so überraschend und perfekt wie Osborns erstes Geschenk an sie gewesen war, konnte Breena kaum abwarten, was sich in diesem befand. Sie zog an der Schnur und schob die Verpackung zur Seite, unter der sich ein feiner grüner Stoff befand.

„Es ist ein Mantel", erklärte er. „Die Farbe hat mich an deine Augen erinnert."

Ihre Kehle verengte sich. Über die Jahre hatten Höflinge ihr viele charmante Dinge gesagt, aber Osborns Kompliment war das vollkommenste, weil sie wusste, dass es von Herzen kam. Tränen stiegen ihr in die Augen, und sie blinzelte sie fort. Wie konnte ein einziger Mann ihre Gefühle so von einem Extrem ins andere jagen und sie aus derart unterschiedlichen Gründen zu Tränen rühren? Und so schnell?

Breena legte sich den Mantel um. Die Kleider, die sie zu Hause in Elden getragen hatte, waren viel aufwendiger gearbeitet gewesen, mit winzigen Blumen bestickt und mit Kristallen und anderen kleinen Juwelen verziert, die direkt in die Muster eingenäht waren. Aber dieser Mantel war für sie viel schöner als alles, was sie je getragen hatte. „Ich liebe ihn", sagte sie zu Osborn.

„Es gibt auch ein passendes Kleid."

Breena streckte die Hand danach aus, aber ihre Finger stießen stattdessen auf etwas Rundes und Hartes. Sie zupfte es aus dem Paket und sah, dass es ein goldener Armreif in Form einer Schlange war. Was für eine ungewöhnliche Form für Schmuck. Sie hatte so etwas noch nie gesehen. War es in Ursa Brauch?

„Sie hat mich an unseren ersten Kampf erinnert. Wie du die schlangenartigen Kundschafter geschlagen und mir das Leben gerettet hast."

Jetzt verstand Breena. Sie schob das Armband hoch bis über ihren Ellenbogen, wo es hingehörte. „Ich werde es nie mehr abnehmen", schwor sie ihm. Wie ihren Zeitmesser.

Besitzanspruch blitzte in seinen braunen Augen auf.

„Danke", sagte Breena, während sie aufstand. Sie hielt das Kleid an ihre Brust und drehte sich mit dem Stoff im Kreis. „Ich werde dieses Kleid an dem Tag tragen, an dem ich nach Hause zurückkehre, Osborn. Am Tag, an dem unser Haus wieder an die Macht kommt und mein Bruder Nicolai zum König von Elden gekrönt wird. So viel bedeutet mir dein Geschenk."

„Elden?" Alle Farbe verließ sein Gesicht. Jegliches Verlangen wich aus seinem Blick. Er kniff die Augen zusammen, und seine Schultern spannten sich an. „Hast du Elden gesagt?"

Breena nicke langsam. „Dort bin ich zu Hause. Mein Vater ist ..." Sie schluckte. „Er *war* dort König."

Osborn sprang auf. Fort von ihr. Etwas Eisiges kroch langsam ihren Rücken hinab, und sie presste das Kleid fester an ihre Brust. Als wäre es ein Schutz. Osborn sah sie nicht mehr mit Verlangen und Begehren in den Augen an wie der Mann, den sie langsam zu lieben begann. Nein, jetzt sah er sie mit einem Blick an, aus dem beinahe Hass sprach.

„Jetzt ergibt alles einen Sinn", warf er ihr an den Kopf. Seine Worte klangen beißend und hart.

„Was?", fragte sie, fassungslos über diese Veränderung.

„Ich hätte es wissen müssen, nachdem der Händler mir von Eldens Untergang erzählt hat, so kurz nachdem du gekommen warst. Er hat sogar die vermissten Erben erwähnt. Du. Deswegen hast du mir nie erzählt, woher du stammst. Elden. Du wusstest, was dein Volk meinem angetan hat."

„Wovon redest du?"

Osborn schnaufte verächtlich. „Oh, du hast vielleicht ein Problem mit deinem Erinnerungsvermögen, Breena, aber ich nicht. Ich erinnere mich an alles. Dein Vater hatte den Zeitpunkt seines Angriffs gut gewählt. Das muss ich ihm lassen. Die Bärenjagd, während der unsere Krieger ins geheiligte Land des Bären wandern. Unser Dorf war schutzlos. Es ist eine Zeit des Friedens", brüllte er voller Schmerz.

Breena wusste nicht, was sie sagen oder tun sollte. Sie kaute auf ihrer Unterlippe und hoffte, er würde mit seiner Erzählung fortfahren. Alle Wut ablassen, ehe sie ihm antworten musste.

„Elden war unser Verbündeter. Dafür hat dein Vater gesorgt", warf er ihr vor. „Wir fanden bei unserer Rückkehr ein Massaker vor. Einen Hinterhalt. Ich habe so viele umgebracht, wie ich konnte. Krieger deines Volkes. Habe es genossen, zu sehen, wie eure Toten im Licht der aufgehenden Sonne verbrannt sind. Ich habe dir beigebracht zu kämpfen. Ich habe dich in mein Haus gelassen, ich habe mit dir geteilt ..." Er schnitt sich selbst das Wort ab. „Die ganze Zeit hast du es gewusst. Du hast mich dazu gebracht, dir von meinem Volk zu erzählen, das von deiner Familie umgebracht wurde." Er ging mit steifen Schritten auf sie zu. „Deine Lügen können dich jetzt nicht mehr schützen."

Breena schüttelte den Kopf und wich vor ihm zurück. „So war es überhaupt nicht. Etwas in mir hat mich davor gewarnt, Elden zu erwähnen. Ein Instinkt." Ihre Worte klangen auch in ihren eigenen Ohren schwach. „Aber ich schwöre dir, Osborn, damit hat es nichts zu tun. Mein Vater ist ein ehrenhafter König. Er ist ein Diplomat, kein Krieger."

Osborn stieß einen brutalen Laut aus. „Sag das meiner toten Mutter. Oder meiner Schwester. Ich habe euch Rache geschworen. Ganz Elden. Und ich habe dich nicht angerührt. Ich dachte, du wärst mehr als ... Elden."

Voll Bitterkeit und Hass sprach er den Namen ihrer Heimat aus. Er ballte die Hände zu Fäusten und warf sich auf sie.

Breena stolperte rückwärts und geriet mit den Füßen in den Stoff des Kleides. Sie landete an einem Baum. Die grobe Rinde grub sich in ihre Schulterblätter. Sie konnte nicht weiter zurückweichen. Der Mann hatte ihr viele Techniken beigebracht, mit denen sie sich im Kampf gegen einen Gegner wehrte, der größer war als sie selbst. Wahrscheinlich hatte er nicht damit gerechnet, dass sie diese Techniken je gegen ihn selbst einsetzen würde. Breena legte ihm eine Hand an die Wange. Um ihn abzulenken. „Osborn ..."

Er hielt inne. Einen entscheidenden Augenblick lang.

„Es tut mir leid", sagte sie im selben Moment, in dem sie ihr Knie zwischen seine Beine rammte. *Fest.*

Osborn stöhnte auf und krümmte sich zusammen, hielt sich den Bauch. Breena nutzte die Gelegenheit, um ihn zu Boden zu stoßen und das Messer aus ihrem Stiefel zu ziehen, das sie auf seine Anweisung hin dort verborgen hatte. Sie setzte sich rittlings auf ihn und drückte ihre Nasenspitze gegen seine. „Ich könnte davonrennen. Deine Anweisung lautet, nicht mit dir allein zu bleiben, erinnerst du dich?"

Sein Blick loderte vor etwas, das über Hass noch hinausging.

Breena legte die Klinge an seinen Hals, wo sie den Puls pochen sah. „Ich könnte dich auch töten. Siehst du? Du hast mir einiges beigebracht."

Er presste die Lippen zusammen. Sie spürte, wie seine Haut abkühlte, und sah, wie seine Pupillen kleiner wurden und sich nur auf sie richteten. Sie hatte seinen Berserkergang geweckt. Aber sie hatte keine Angst. Breena hatte ihre Angst schlicht und einfach aufgebraucht. Sie würde eher sterben, als sich je wieder verängstigt zu fühlen.

Und das furchterregende Ding in ihm würde ihr nicht wehtun. Das wusste sie einfach.

Das Geräusch ihres eigenen raschen Atems hüllte sie ein. Die Sonne über ihnen ließ die Sträucher grauenerregende messerschwingende Schatten werfen. „Mein Volk hat deines nicht angegriffen."

Sein Zorn kühlte ab. „Ich kann sehen, dass du das selbst glaubst."

Immerhin ein Anfang. „Du hast gesagt, die Angreifer sind in der Sonne verbrannt?"

„Die nicht fliehen konnten. Kaltblütige Feiglinge."

„Eldens Vampire können sich im Sonnenlicht bewegen. Mein Bruder Nicolai ist so warmblütig wie du und ich. Mein Vater hat eine vorteilhafte Ehe arrangiert, um Eldens Zukunft zu sichern. *So hat er Macht gewonnen. Nicht durch Schlachten.*"

Osborn kniff seine Augen fest zusammen. Sie wusste, dass er gegen ihre Worte ankämpfte, gegen das kämpfte, was er für die Wahrheit hielt.

„Sie haben Eldens Farben getragen."

„Das muss ein taktischer Zug gewesen sein, falls es Überlebende geben sollte."

Sie sah, wie er schluckte. In seinen Augen bekämpften sich die Gefühle. „Clever, denn ich plane meinen eigenen Rachefeldzug gegen dein Volk."

Und mit der Kraft des Berserkers hätte er vielen Menschen das Leben genommen. Auch wenn es ein gnädigerer Tod gewesen wäre als der, den der Blutmagier ihnen gebracht hatte.

„Ich frage mich, ob es sich um denselben Feind handelt. Aber all diese Jahre zu warten … das ist unwahrscheinlich."

Sie wollte ihm erzählen, was sie in ihrem Traum herausgefunden hatte. Dass der Blutmagier ihre Eltern umgebracht hatte. Aber jetzt ging es erst einmal um Osborn.

„Ich lasse das Messer jetzt fallen. Ich werfe es zur Seite."

Das war ihr ganzer Plan, mehr hatte sie sich nicht überlegt. Breena rollte sich von seiner riesigen Gestalt herunter.

Er ergriff ihre Hände, ehe sie ganz außerhalb seiner Reichweite war. „Du weißt, ich hätte dich jederzeit überwältigen können."

Das hatte sie sich schon gedacht. „Aber du hast es nicht getan."

Er ließ ihre Hände los und lehnte sich gegen den Baum. Sie beobachtete, wie er sich mit der Hand den Nacken rieb. „Nein, habe ich nicht."

„Warum nicht?"

Er sah ihr in die Augen. „Weil ich dir glauben wollte. Weil ich will … Ich will so viele Dinge, seit ich dich in meinem Bett gefunden habe."

In ihrem Bauch flatterte es, und ihr Herz fing an zu rasen. Sie hatte sich ihren zukünftigen Liebhaber oft vorgestellt. Einen Mann mit höfischem Benehmen. Einen Mann, der ihr die Hand küsste. Einen Mann, der sie um die Ehre bat, mit ihr tanzen zu dürfen.

Niemals hätte sie sich vorgestellt, dass der Mann, den sie sich an ihrer Seite wünschte, streithaft, von Schuld zerfressen und so, so fehlbar sein würde. Und doch perfekt.

Als Prinzessin hatte Breena zwei Aufgaben gehabt: unberührt bleiben und gut heiraten.

Sie stand kurz davor, bei einer dieser königlichen Pflichten zu versagen.

11. Kapitel

Osborn zuckte zusammen, als sie seinen Arm streichelte. Seine Hand schloss sich sofort um ihre und hielt sie fest.
 Sie lächelte ihn aufmunternd an. „Lass mich." Und er ließ los. Breena fuhr die Bogen seiner Augenbrauen nach. Fuhr mit den Fingern an seiner Nase entlang. Zeichnete seine Lippen nach. Strich über die Stoppeln, die seine Wangen bedeckten. Seine Muskeln spannten sich unter ihren Fingerspitzen an. Sein starker Körper erzitterte für den Bruchteil eines Augenblicks.
 „Lass mich dich lieben", drängte sie ihn.
 Der Mann vor ihr erstarrte. Jeder Muskel und jede Faser in seinem Körper spannten sich an, als hätte sie ihm mit ihren Worten einen Schlag versetzt. Er schloss die Augen und ballte die Hände zu Fäusten. Wogegen kämpfte er jetzt? Sie oder sich selbst?
 Dann hoben sich seine Lider, und sein Blick bohrte sich in ihren. Sie sah allen Schmerz und alle Wut, die er seit dem Angriff auf seine Heimat empfunden hatte. Er gestattete ihr, sie zu sehen.
 „Ich will dich heute Nacht lieben", flüsterte sie an seinem Hals und spürte, wie er erschauerte.
 Aber er stieß sie nicht von sich.
 Ihr Herz machte vor Erleichterung einen Satz, und sie drückte winzig kleine Küsse auf seinen Hals, seinen Kiefer und schließlich auf seine Lippen. Breena nahm seine Unterlippe zwischen ihre Zähne und knabberte daran, bis er aufstöhnte.
 „Bring mich zu deinem See", schlug sie vor. Ohne auf eine Antwort zu warten, führte sie seine Hand an ihre Lippen, küsste die Handfläche und zog ihn dann hoch. Gemeinsam gingen sie den kurzen Weg zu dem Ort, der für sie immer etwas Besonderes sein würde.
 Nachdem sie die Stiefel ausgezogen und ihr Messer wieder darin verstaut hatte, drehte sie sich zu ihm um. Mit dem Rücken zum Wasser schob sie ihr Hemd hoch und zog es sich über den Kopf. Dann strich sie den groben Stoff sinnlich langsam über ihren Körper.

„Du hast gesagt, du hasst es, mich in Jungenkleidern zu sehen."

„Ich bin froh, dass du sie ausgezogen hast."

Ihre Brüste hoben sich seinem erhitzten Blick entgegen. Osborns braune Augen sahen im Licht der untergehenden Sonne fast schwarz aus.

Breena ging langsam auf ihn zu, löste dabei ihre Hose und beförderte sie mit einem Tritt zur Seite. Er griff nach seinem Hemd, aber sie hielt seine Hände fest. „Ich will mich heute Nacht um dich kümmern."

Er schluckte mühsam. Sie ergriff den Saum seines Hemds und zog es ihm aus. Seine Hose spannte sich immer mehr.

„Das kann ja nicht bequem sein", stellte sie fest.

„Wird mit jedem Augenblick ungemütlicher."

Breena lächelte den unglaublichen Mann vor sich an und fühlte sich glücklich und attraktiv und sehr, sehr begehrt. Sie hakte ihre Daumen in den Stoff und zog die Hose an seinen starken muskulösen Beinen hinab.

Osborn war atemberaubend. Sein Körper war wie gemeißelt und von Narben überzogen, einige harmlos, andere sahen brutal aus. Sie fuhr eine gezackte Narbe unter seinem Schlüsselbein nach. Die auf seinem Gesicht war neu, aus der Nacht, in der sie sich zum ersten Mal begegnet waren und gegen die Kreaturen der Blutmagie gekämpft hatten.

Breena strich mit den Fingerspitzen über seine feinen Gesichtszüge, seinen Kiefer, seine Augenbrauen. Er nahm ihre Hände in seine und senkte den Kopf. Nur ein Atemhauch trennte ihre Lippen voneinander, und sie stieg auf die Zehenspitzen, um ihn zu küssen. Er schloss sie mit einem Stöhnen in die Arme. Osborns Kuss war brennend, lodernd, voller Schmerz, Hoffnung und so viel Leidenschaft.

Seine Bewegungen wurden fordernder. Er nahm ihre Brüste in beide Hände, streichelte ihre Hüfte und strich quälend langsam an der empfindlichen Haut über ihrer Wirbelsäule hinab. Gänsehaut überzog ihre Arme, und ihre Brustwarzen wurden hart an seiner grob behaarten kräftigen Brust. Sie konnte nicht genug davon bekommen, ihn zu berühren. Einfach mit den Händen über die festen Muskeln seiner Arme zu gleiten, verursachte in ihrem Körper kleine wohlige Schauer.

„Sieh mich an", drängte er voller Leidenschaft.

Sie hob die Lider, als seine forschenden Hände über ihre Hüften glitten und ihren Hintern umfassten. Mit einem Ruck zog Osborn sie enger an seine nackte Haut. Die Härte zwischen seinen Beinen ließ keinen Zweifel daran, wie sehr er sie wollte, und ihre Knie wurden weich.

Osborn nahm sie in die Arme und trug sie bis ans sandige Ufer des Sees.

„Ich wollte mich doch um dich kümmern", sagte sie lachend.

„Nächstes Mal", versprach er, die Stimme rau und voller Verlangen.

„Ja." Sie nickte. Jetzt und schnell. Sie schlang die Arme um seinen Hals und zog seinen Kopf noch einmal zu ihrem herab. Er presste seine Lippen auf ihre und drang mit der Zunge tief in ihren Mund ein. Ihr Kuss war eindringlich und hastig.

Er zog sie mit sich hinab. Die sanften Wellen des Sees strichen warm und sinnlich über ihre Füße. Osborn streckte sich neben ihr aus, und sein Mund und seine Hände schienen ganz auf ihre Brüste konzentriert. Seine Lippen neckten und reizten die Spitzen, bis er sie endlich nacheinander in seinen warmen Mund saugte. Breena bog ihren Rücken durch, streckte sich ihm entgegen. Ihr Körper schmerzte und war bereit, mit seinem vereint zu werden. Sie war für diesen Mann schon ihr ganzes Leben lang bereit gewesen. Von ihren Träumen bis in seine.

„Wir müssen langsam machen, Breena. Das ist dein erstes Mal, und ich will dir nicht wehtun."

„Dann berühr mich." Sie verzehrte sich nach seinen Händen an ihrem geheimsten Ort.

„Hier?", fragte er neckend und strich federleicht über ihre Rippen.

„Tiefer."

Jetzt legte er seine Hand auf ihren Bauch. „Vielleicht hier?"

„Tiefer", drängte sie ihn.

Seine Finger glitten über die Feuchtigkeit zwischen ihren Beinen.

„Ja." Ihre Stimme war nur noch ein Stöhnen. Eine Welle der Empfindungen durchflutete sie bei jeder seiner Berührungen.

„Berühren ist gut, aber ich möchte dich schmecken." Osborn legte sich eines ihrer Beine über die Schulter und küsste sie dort, wo all ihre Empfindungen zusammenzufließen schienen.

Mit kleinen Kreisen seiner Zunge verstärkte er noch ihre Lust. Sie spürte, wie er sie vorsichtig mit einem Finger erforschte. Er ließ den Finger ganz in sie eindringen, und ihre Muskeln zogen sich zusammen.

„Das wird sehr gut", versprach er ihr und bewies es, indem er sie mit seiner Zunge verwöhnte.

Ein zweiter Finger schloss sich dem ersten an, und er versetzte ihr einen kleinen Stoß, der ihr Bedürfnis nach Erlösung noch verstärkte. Ihr ganzer Körper begann zu beben.

„Lass mich nicht länger warten, Osborn."

Zwischen seinen Augenbrauen bildete sich eine Falte. „Ich will dir nicht wehtun. Ich würde alles tun, damit du keine Schmerzen erleiden musst."

„Es ist mir egal. Ich brauche dich. Brauche dich in mir. Jetzt."

Er legte sich zwischen ihre Beine, so lang und groß, dass sie es sich fast noch einmal anders überlegte. Er setzte dort an, wo seine Finger gewesen waren.

„Sieh hin", ermutigte er sie. „Sieh dir an, wie dein Körper meinen willkommen heißt."

Mit sanftem Druck fand er ihre Grenze und brach hindurch.

Sie spürte Schmerz, aber sie spürte auch so viel mehr. Sein Gewicht auf ihrem Körper. Den sanften Kuss, den er auf ihre Schläfe drückte. Die Wonne, mit der er sein schönes Gesicht verzog. Und dann war der Schmerz verschwunden, und an seine Stelle trat die herrliche Ekstase, von ihm ausgefüllt zu sein, seine ganze Länge in sich zu spüren. Osborn fing an, die Hüften zu bewegen, und ihr empfindsamer Körper gewöhnte sich an die Bewegung.

„Fester?", fragte er.

Breena wusste nicht, ob fester das war, was sie wollte, aber sie war bereit, es zu versuchen. „Ja", flüsterte sie.

Osborn gehorchte. Ja, fester war genau, was sie brauchte. Er stieß wieder und wieder zu, wurde immer schneller, und die Gefühle, die er in ihr weckte, wurden noch intensiver. Breena hob ihm die Hüften entgegen. Brauchte mehr von ihm. Sie hatte schon höchste Lust bei ihm empfunden, und genau das wollte sie jetzt wieder. Ihr Verlangen nach dem Höhepunkt wuchs und wuchs.

„Verschränk deine Beine hinter meinem Rücken", wies er sie an.

Dadurch trafen seine Stöße genau das Zentrum ihrer Lust. Osborn leckte die empfindliche Stelle unter ihrem Ohr. Massierte ihre Brust. Er war überall. Über ihr. In ihr. Sie sog ihn mit jedem Atemzug ein.

„Du fühlst dich so gut an, Breena."

Die rohe Leidenschaft seiner Worte brachte sie an den Gipfel. Sie keuchte. „Osborn, ich ..."

„Ja, Breena, ja!" Er bewegte sich noch schneller in ihr.

Eine Flut der Empfindungen brandete in ihrem Körper auf, und sie klammerte sich an ihn. Mit einem Stöhnen bäumte er sich auf und ergoss sich in sie.

Vollkommen erschöpft sank er, noch auf seine Arme gestützt, auf sie. Sie lagen gemeinsam da und konnten sich nicht bewegen. Dann rollte Osborn sich auf den Rücken, hielt sie dabei weiter in den Armen und legte ihren Kopf an seine Brust.

Breena konnte sich nicht vorstellen, etwas so Intimes mit einem anderen als Osborn zu teilen. Wenn Elden wieder an der Macht war, würde sie sich weigern, eine Ehe einzugehen, die Nicolai für sie arrangierte. Sie wollte nur Osborn. Wollte von seinen Armen festgehalten werden. Seine Lippen auf ihren spüren. Seinen Körper mit ihrem vereinen.

Sie fuhr mit der Fingerspitze über die warme Haut seiner Brust. „Kommt dein Berserker manchmal zum Vorschein, wenn du ... du weißt schon?"

Osborn lachte, und sie schloss vor Wonne die Augen. *Sie* hatte das getan. Hatte ihn glücklich gemacht. Ihn aus dem Leid gezerrt, dem er sich verschrieben hatte. Breena hatte nie wirklich begriffen oder zu schätzen gewusst, was für ein Geschenk ihre Magie wirklich war.

„Gib mir ein paar Minuten, dann können wir es versuchen."

All diese Kraft und Macht schüchterten sie ein wenig ein. „Wie bist zu zum Berserker geworden?"

Osborn verschränkte seine Finger mit ihren. „Unsere Vorfahren erzählen davon, wie Mann und Bär einst in *Bermannen* vereint waren. *Bermannen* und seine Frau waren klug, klüger, als es den Göttern gefiel. Sie haben das Geheimnis der Blitze entdeckt und Feuer gemacht. Sie haben den Schlüssel zu den Wolken gestohlen und konnten fortan das Wetter kontrollieren. *Bermannen* und seine Frau wurden weise genug, um die Geheimnisse des Erdbodens zu entschlüsseln und ihr eigenes Essen zu pflanzen. Die beiden brauchten die Götter nicht mehr."

Breena stützte sich auf einen Ellenbogen, um zu Osborn hinabsehen zu können. „Was ist dann passiert?" Sie kannte viele Geschichten, aber keine von den Göttern von Ursa.

„Die Götter wurden neidisch, deswegen haben sie die beiden getrennt. Kraft und Macht gingen an den Bären, Klugheit an den Mann. *Mannen* und *Ber* haben darum gefleht, wieder vereint zu werden. Dann wurden sie wütend. Der Zorn der Berserker kommt daher, dass beide eins sein wollen und es niemals vollkommen sein können. Aus Mitleid haben die Götter dem Mann die Gabe des Feuermachens und das Wissen über den Erdboden gelassen. Dem Bären haben sie die Kraft gegeben und ein heiliges Land, in dem er sich frei bewegen konnte."

„Du kennst also doch eine Geschichte."

„*Ber* und *Mannen* waren gebrochen, aber sie waren immer noch klug und haben einen Weg gefunden, sich gegen die Götter und ihre Einmischungen zu wehren."

„Wie?"

„Im Tod vermischen sich die Geister. Bär und Mann kämpfen, aber nur einer kann gewinnen."

„Du hast mit einem Bären gekämpft, um Berserker zu werden?"

Osborn deutete auf die Narbe an seinem Oberkörper. Breena keuchte erschrocken auf und fuhr die Narbe mit den Fingern nach. Dann beugte sie sich vor, um ihn dort zu küssen.

„Ich bin eins mit *Ber*, jedoch nur durch seinen ehrenhaften Tod. Der Berserkergang ist immer in mir, aber der Pelz ist es, der uns vereint, der mich zu dem macht, was du in der Gasse gesehen hast. Und deswegen konnte ich den Kundschafter hier am See nicht töten."

„Du warst nackt. Und der Pelz, den du trägst, ist der des Bären. Das ist so traurig."

Osborn hob eine Augenbraue. „Wünschst du, der Bär hätte gewonnen? Das passiert oft."

Sie schüttelte rasch den Kopf.

„Der Mann kann sich mit dem Bär vereinen oder der Bär mit dem Mann. So ist es Brauch." Osborn hob ihre Hand von seiner Brust. „Ich liebe dein weiches Herz."

Ihr Herz hämmerte gegen ihre Rippen. Liebe. Er liebte ihr Herz. Das war ein Anfang.

Er küsste jeden einzelnen ihrer Finger. Den letzten saugte er in seinen Mund.

„Gestern, als du dich gewaschen hast, habe ich dich keuchen gehört. Hast du an mich gedacht, Breena? Hast du dich angefasst und an mich gedacht?"

Sie schluckte den Kloß in ihrer Kehle hinunter und bemühte sich, nicht rot zu werden. Sie konnte nur nicken.

Ein zufriedenes Lächeln breitete sich auf seinem Gesicht aus. „Ich würde gern zusehen."

Seine Bitte war so unfassbar, dass sie ins Stottern geriet.

„Fühl mal, was die Vorstellung in mir auslöst." Osborn nahm ihre Hand und legte sie auf seine Erektion.

Schon wurde sie feucht. „Du willst es wirklich sehen?"

„Bei allen Göttern, ja. Hier …", er zupfte an ihrer Brustspitze, „und hier." Seine Finger tauchten in sie ein. „Setz dich hin."

Breena erhob sich vom Boden, und Osborn griff nach ihrer Hüfte. „Setz dich auf mich."

Ich oben. Du oben. Du auf allen vieren wie ein wildes Tier im Wald.

Seine Worte hatten sie erregt. Sie verlockt. Sie zum Brennen gebracht.

Breena schwang sich auf ihn, und er schwoll weiter an.

„Nimm mich in dir auf."

Wieder fühlte Breena sich schwach. Sie streckte die Hand nach ihm aus und spürte, wie glatt und hart er war. Als sie ihn sanft umfasste, stöhnte er. „Ich wollte dich, als ich mich gewaschen habe", gestand sie. „Ich wollte, dass du es bist, der mich berührt."

„Ich auch", sagte er, und sein Körper zitterte, so sehr musste er sich zurückhalten, um sich nicht auf sie zu stürzen.

„Sieh zu", drängte sie ihn. Jetzt war sie es, die Befehle erteilte. Breena setzte seine Spitze an und ließ sich auf ihn sinken. Wurde von ihm ausgefüllt. Die köstliche, perfekte Empfindung, dass ihre Körper vereint waren, brachte sie zum Beben.

Osborn schloss die Augen und stöhnte tief auf. Er hob die Hände zu ihren Brüsten.

Seine Berührung brannte, und ihre Brustwarzen wurden hart. Sie setzte sich auf, bis ihre Körper fast getrennt waren, und ließ sich dann ruckartig wieder fallen. Er presste sich an sie, packte ihre Taille, um die Kontrolle zu gewinnen.

„Fass dich an. Wie neulich an der Quelle", sagte er mit heiserer Stimme. Sein Blick war dunkel verhangen vor Leidenschaft.

Ihr ganzer Körper begann auf seinen Vorschlag hin zu zittern. Sie stützte sich an Osborns breiten Schultern ab, lehnte sich zurück und legte sich die Hände an die Brüste. Sie umkreiste ihre Brustwarzen und fühlte, wie sie sich noch weiter zusammenzogen. Langsam ließ sie die Finger weiter nach unten wandern. Osborns lodernder Blick folgte dem sinnlichen Pfad, den sie nahmen, hinab über ihren Rippenbogen, an ihrem Bauch entlang, bis sie auf die Locken stieß, die die Stelle verbargen, wo sie miteinander vereint waren.

Sie keuchte bei der ersten leichten Berührung zwischen ihren Beinen auf.

„Ja", ermutigte ihr Liebhaber sie und hob seine Hüften.

Sie rieb sich kräftiger und spürte, wie sie sich dem Höhepunkt näherte. Osborn ergriff ihre Hüften, hielt sie fest, während er in sie eindrang. Das Spiel ihrer Finger wurde immer wilder.

Ihre Brustwarzen spannten sich an. Jeder Muskel in ihrem Körper streckte sich nach ihm aus und nach dem, was er ihr geben konnte.

„Fester", verlangte sie.

Er packte sie härter, und jede seiner Bewegungen trieb ihn in ihren Körper. Mit einem Keuchen stieß er sie über die Grenze. Welle um Welle des Höhepunkts durchrauschte Breena. Sein Name löste sich in einem Stöhnen von ihren Lippen.

Sie spürte, wie Osborn die Brust anspannte und er in ihre Haut griff. Mit einer schnellen Bewegung drehte er sie auf den Rücken. Sie schlang die Beine um ihn, wollte ihn noch tiefer in sich spüren. Genoss sein Gewicht auf sich und die Kraft, mit der er sie festhielt.

„Ja. Genau so", ermutigte sie ihn.

Er drang immer wieder in sie hinein. Immer fester. Jeder Muskel seines Körpers spannte sich an, als sein Höhepunkt über ihn kam und etwas tief in ihr auslöste. Das Kribbeln eines weiteren Orgasmus überwältigte sie, und sie hielt Osborn, so fest sie konnte, an sich gedrückt.

Allmählich kam Breena wieder zu sich. Sie nahm die sanften Wellen des Sees wahr, den Wind in den Bäumen, den Ruf eines fernen Vogels und den geliebten Mann über sich. Ihr Herzschlag beruhigte sich, und sie konnte wieder atmen, ohne zu keuchen, als hätte sie sich mit Osborn auf dem Übungsplatz duelliert.

Er legte sich auf den Rücken, drehte sie mit sich und zog sie an seine Seite. Zärtlich küsste er sie auf den Scheitel.

„Ich liebe dich", flüsterte sie. Dann schlief sie ein.

Osborn schloss die Augen. Er hatte nicht gewusst, wie sehr er diese Worte brauchte, bis Breena sie so herrlich im Schlaf ausgesprochen hatte. Er zog sie fest an sich. Sie verdiente einen besseren Mann als ihn. Einen ehrenhafteren. Jemanden, der ihr die gleichen Worte sagen konnte.

Sie verdiente mehr, aber das bedeutete nicht, dass er nicht alles dafür tun würde, auch kämpfen oder töten würde, um sie an seiner Seite zu behalten. So dumm war Osborn nicht.

Die Tage vergingen viel zu schnell. Tagsüber fuhr Osborn mit der Ausbildung von Breena und seinen Brüdern fort. Breenas Magie wurde stärker, und sie konnte schon kleine Impulse kontrollieren, ohne dafür Gefühle als Auslöser zu brauchen. Die Nächte gehörten ihm und Breena. An den meisten Abenden ging er zu ihr ins winzige Schlafzimmer. Andere Nächte verbrachten sie am See und unter den Sternen ... und er dachte an den Vollmond.

Bernt und Torben wuchsen trotz seiner Erziehung zu guten und starken Männern heran. Er hatte die Tradition eingeführt, jeden Abend vor einem großen Feuer ausklingen zu lassen, wie sein Volk es getan hatte, als er noch ein Junge war. Dort erzählte er seinen Brüdern von *Bermannen* und seiner Frau und wie sie die Götter erzürnt hatten.

Er berichtete von den Traditionen ihrer Eltern, wie sie einander das Leben versprochen hatten und wie ihr Vater Osborn ausgebildet und auf die Bärenjagd vorbereitet hatte.

Die aufgestaute Wut in Bernt nahm jeden Tag weiter ab.

Alle drei hatten viele Jahre lang auf dem heiligen Land des Bären gelebt, und nur Osborns Eid hatte den Ort geschützt. Bernt hatte mit keinem Bär gekämpft, um zu *Bermannen* zu werden. Sich zum Berserker zu wandeln. Jetzt müsste Bernt eigentlich im richtigen Alter sein, um auf Bärenjagd zu gehen. Älter sogar. Und doch wurde er immer kräftiger.

Hatte Osborn, indem er hergekommen war, das Schicksal von *Ber* und *Mann* verändert? Einmal, während eines Duells, glaubte Osborn, seinen jüngeren Bruder mit der Klinge verletzt zu haben, aber es war nicht einmal ein Kratzer zu sehen. Berserkern konnte Stahl nichts anhaben. Wagte er es, Bernt mit den einzigen Mitteln herauszufordern, die einen Berserker schlagen konnten – Waffen, die aus Baum und Feuer geschaffen waren? Baum, weil er aus dem Boden wuchs, und Feuer, weil es die Gabe der Götter an den Menschen war. Die eifersüchtigen Götter hatten es ironisch gefunden, dass ihre Gaben auch den Tod bringen konnten.

Osborn stellte sich das Leben seiner Brüder ohne Bärenjagd vor. Stärke und Ehre ohne Kampf und Blut? Aber diese Gedanken mussten warten, bis zu der Zeit … danach. Aber nach was, konnte er nicht sagen.

Später am Abend hörte er das Gelächter seiner Brüder und ging dem Klang nach. Er fand sie am Feuer, wo sie mit Breena lachten. „Was ist so lustig?", fragte er.

„Breena wollte gerade ihre Drohung wahr machen, Bernt das Tanzen beizubringen."

„Das ist keine Drohung", sagte sie mit gespielter Strenge. „Tanzen ist eine wichtige Fähigkeit."

„Mutter hat gern getanzt", sagte Osborn.

Bernt sah ruckartig zu ihm auf, und seine Miene war neugierig. Im Augenblick war er eher Junge als Mann, erpicht darauf, mehr zu hören.

Osborn hatte sie hintergangen. Er hatte ihnen den Trost ihrer Erinnerungen vorenthalten und die Geschichten, die er ihnen hätte erzählen können, weil er selbstsüchtig gewesen war. Weil *er* sich nicht erinnern wollte. *Er* wollte den Schmerz nicht. Es war nicht die Schuld seiner Brüder. Es war nicht ihre Scham. Torben und Bernt sollten eine Mutter und einen Vater lieben dürfen.

„Wann hat sie getanzt?", fragte Torben mit leiser Stimme, als befürchtete er, er könnte Osborn wütend machen und den Augenblick damit zerstören.

„In der ersten Vollmondnacht haben wir uns in der Dorfmitte versammelt. Die Ältesten haben ein großes Lagerfeuer entzündet, und wir haben gegessen, gesungen und getanzt. Ihr seid am liebsten um das Feuer herumgetobt, und Mutter hat sich deswegen immer Sorgen gemacht."

Auf Bernts Gesicht breitete sich ein Lächeln aus. „Daran erinnere ich mich."

„Hast du getanzt?", fragte Torben seinen großen Bruder.

Osborn schüttelte den Kopf. Im Jahr nach seiner Bärenjagd hätte auch er getanzt. „Ich habe es nie gelernt."

„Breena könnte es dir beibringen."

„Oh, ich bezweifle, dass euer Bruder so etwas lernen will", sagte sie und hoffte damit wohl, weitere Versuche zu unterbinden. Seinetwegen? Oder ihretwegen?

Jetzt lächelte er offen. Es erschien ihm wie eine Herausforderung, und er hatte sich noch jeder Mutprobe gestellt. Er wischte sich die Handflächen an der Hose ab, stand auf und streckte ihr eine Hand entgegen.

„Es wird Zeit, dass ich es lerne."

Breena spürte, wie ihr vor Erstaunen der Mund offenstand. Osborn hätte sie vieles zugetraut, aber dass er um einen Tanz bat, wäre ihr nie eingefallen. Geschweige denn, dass er Unterricht darin wollte. Er würde nie aufhören, sie zu überraschen.

„Zeig mir, wie man dort tanzt, wo du herkommst, Breena."

Seine Stimme war reine Verlockung, und sie konnte nicht widerstehen. Also legte sie ihre Hand in seine und erlaubte es ihm, sie auf eine Lichtung zu führen, während seine jüngeren Brüder sich in die Rippen stießen. Als er sie in die Arme schließen wollte, fing sie endlich an, sich ihrer Aufgabe zu widmen. Sie ertrug während des Trainings seine gebellten Anweisungen, sein ständiges Drängen, dass sie härter an sich arbeiten und die Übungen wieder und wieder durchführen musste. Jetzt war es an ihr, ein paar Befehle zu erteilen.

„Ein Gentleman packt sich die Lady nicht einfach und wirbelt sie herum."

„Ich könnte hier etwas Offensichtliches anmerken", erwiderte er. War da tatsächlich Humor in seinen Worten? Sie entschied sich, das zu ignorieren und schenkte ihm ihre beste Nachahmung seiner eigenen „Ich bringe dir etwas bei, also pass gefälligst auf"-Miene.

„Du stellst dich neben mich, und nur unsere Schultern berühren sich." Theoretisch. Ihre Schulter reichte nicht einmal annähernd an seine heran. Keiner ihrer früheren Partner war so riesig gewesen wie Osborn. Breena wickelte eine Haarsträhne um ihren Finger. „Und wir sehen in die entgegengesetzte Richtung."

Osborn nahm seinen Arm von ihrer Schulter und drehte sich, bis er Seite an Seite mit ihr stand. Sie war sicher, dass dieser Tanz geschaffen worden war, damit junge Männer und Damen angemessen und sittsam blieben, und Breena hatte nie etwas Anrüchiges daran finden können. Aber jetzt berührte seine Hüfte ihre eigene auf eine Art, die alles andere als harmlos war, und sie spürte seine Hitze und atmete seinen erdigen Duft ein.

„Und jetzt?", hakte er nach.

Sie blickte auf und sah, wie sein dunkler Blick sie durchbohrte. „Du hebst deinen Arm, und ich lege meine Hand darauf."

Als er ihrer Anweisung Folge leistete, wurde Breena klar, dass sie irgendwie in den letzten Minuten die Oberhand verloren hatte. Und das gefiel ihr nicht. Sie räusperte sich. „Man darf nie vergessen, dass auf der Tanzfläche immer die Dame führt."

Die größte Lüge, die sie je erzählt hatte, aber sie bezweifelte, dass Osborn je die Wahrheit herausfinden würde. Außerdem machte es Spaß, diesem Krieger zu sagen, was er zu tun hatte. „Bei diesem Tanz gibt es sehr präzise Bewegungen im Takt der Musik. Erst drehen wir uns rechts herum. Dann links."

Osborn bewegte sich langsam und nahm seinen Blick nie von ihrem Gesicht.

„Als Nächstes legst du deine Hand um meine Taille, und wir drehen uns wieder."

Seine Hand glitt langsam und intim ihren Körper hinab. Sie liebte es zu tanzen. In Elden war es ihre Lieblingsbeschäftigung gewesen.

Jetzt nicht mehr.

„Geht ins Bett, Jungs", befahl Osborn.

Die Tage verstrichen schon schnell, aber die Nächte flogen nur so dahin. An jedem Morgen wachte Osborn mit düsteren Vorahnungen auf. Etwas Boshaftes lauerte in der Ferne. Er übte noch intensiver mit Breena. Sie hatte sich zu einer erstklassigen Schwertkämpferin entwickelt, aber er fürchtete, dass diese starke und mutige Frau nie genug Kraft haben würde, um einen Krieger nach dem anderen hinzustrecken. Sie mussten sich auf ihre Verteidigung konzentrieren.

Osborn hob seine eigene Waffe. „Lenk mich ab", befahl er.

„Hast du schon einmal eine Frau geliebt, während du deinen Pelz getragen hast?", fragte sie.

Osborn ließ sein Schwert fast fallen, und der Griff rutschte in seiner Hand.

Breena konnte ihr Lächeln nicht verbergen und nutzte die Gelegenheit, ihn anzugreifen. Es gelang ihm allerdings dennoch, ihren Schlag abzuwehren.

„Nein", sagte er, und in seinem Gesichtsausdruck lag etwas Sinnliches.

„Oh." Die Vorstellung faszinierte sie, seit er ihr erklärt hatte, dass er nur in seinem Pelz vollkommen Berserker war. Sie hatte gehofft, dass er wüsste, wie der *Ber*-Geist in ihm auf Leidenschaft reagierte.

Er war so stark und mächtig und zielgerichtet, wenn er in Rage war. Wie würde es sich anfühlen, all diese Kraft und Macht und Aufmerksamkeit auf sich selbst gerichtet zu spüren?

Sie wusste, weder Mann noch Berserker würden ihr je Schaden zufügen, aber würde es ihrem Liebesspiel nicht einen Hauch Gefahr verleihen?

Bald würde sie seine Hütte verlassen und sich der Bedrohung in ihrem Reich stellen müssen. Trotz Osborns Ausbildung und ihrer wachsenden magischen Kraft musste sie der Tatsache ins Auge sehen, dass sie vielleicht nicht überlebte. Sie könnte als letzte Erbin von Elden sterben. Breena musste die kurze Zeit, die ihr blieb, nutzen, um die Erfahrungen zu machen, für die andere ein ganzes Leben Zeit hatten. Und einen Mann zu lieben, der ganz wilder Berserker war, war etwas, was sie unbedingt erleben wollte.

„Osborn?", fragte sie, als sie seinen Hieb abwehrte.

„Ja?"

„Hast du gemerkt, dass wir allein sind?"

Er ließ die Waffe sinken und steckte sie in die Scheide. Offensichtlich würden sie den Nachmittag nicht mit weiteren Übungen zubringen. „Ich erinnere mich, dich davor gewarnt zu haben, mit mir allein zu sein."

„Und hier stehe ich und widersetze mich deiner Warnung. Weißt du noch, was du mir versprochen hast? Ich meine, angedroht."

Er schüttelte den Kopf, aber seine Augen wurden schmal, und die Luft um sie herum kühlte ab.

„Ich oben. Du oben. Ich auf allen vieren wie ein wildes Tier im Wald."

„Jetzt erinnere ich mich." Seine Worte waren schwer vor Verlangen.

Breena nahm den Beutel, der nie außer seiner Reichweite lag, und warf ihn Osborn zu. „Ich werde jetzt wegrennen."

Sie ließ ihr Schwert fallen und rannte los. Sie hoffte, das Tier in ihm konnte der Jagd nicht widerstehen. Sie blieb nicht lange genug auf der Lichtung, um es herauszufinden. Stattdessen rannte sie lachend den Pfad entlang und zog im Rennen ihr Hemd aus. Ihre Hosen waren schwieriger loszuwerden, aber bald gelang es ihr, nur noch in ihrer leichten Unterwäsche unterwegs zu sein.

Die Luft um sie herum kühlte sich ab, obwohl die Sonne noch über ihr schien. *Er ist Berserker.* Erregung und die Ahnung von Gefahr ließen sie schneller laufen. Hinter ihr raschelten die Blätter in den Baumkronen und sagten ihr, dass er nicht mehr weit entfernt war.

„Breena", rief er, die Stimme rau und unwirklich. Nicht vollkommen menschlich. Sie hatte ihn noch nie im Berserkerrausch sprechen hören.

Ein schwerer Arm legte sich um ihre Taille, und ihre Füße berührten plötzlich nicht mehr den Boden. Osborn schob sie gegen den Stamm eines großen Baumes, ihre Brüste fest gegen die Borke gepresst. Seine Hand riss an den kleinen Schleifen an ihrer Hüfte. Der Stoff, der ihre intimste Stelle verbarg, fiel auf den Boden, und seine Finger drangen zwischen ihre Beine.

Als er ihre Feuchtigkeit spürte, rammte er sich gegen sie und schmiegte sich an ihr Hinterteil. Mit den Zähnen schnappte er nach ihrer Schulter. Sein Liebesspiel war grober und mit Gefahr durchsetzt. Mehr heiße Feuchtigkeit ergoss sich zwischen ihre Beine. Er packte ihre Brüste. Sie waren hart und brauchten seine Berührung. Als er sie in die Brustwarzen kniff, erschauerte sie bis hinab zu ihren Zehen.

„Gehörst du mir, Breena?", fragte er mit unsicherer und heiserer Stimme.
„Ja." *Für immer.*
„Nimm ein Bein hoch."
Sie hob ein Knie, und die Rinde zerkratzte dabei die Innenseite ihres Oberschenkels. Er stieß mit der Spitze in sie hinein und versank dann mit einem Stöhnen ganz in ihr. „Mein." Er packte ihre Brust. Erneut stieß er zu, und ihr ganzer Körper bebte, so lang und hart spürte sie ihn in diesem neuen Winkel. Sein Pelz hüllte sie beide ein. Osborn wiegte sich in ihr vor und zurück, und Breenas Lust stieg in hohen Wellen immer weiter an. Ihr Stöhnen hallte durch die Bäume. Sie war so kurz davor ...
Osborn löste sich aus ihrer Hitze und atmete heiser hinter ihr.
„Auf den Boden. Auf die Knie", presste er heraus, vor Begehren kaum in der Lage zu sprechen.
Sie drehte sich um, lehnte sich gegen den Stamm und starrte ihren Berserker an. Seine Augen waren fast schwarz, sein Gesicht vor Anstrengung und Erregung verzerrt. Die Hände hatte er an beiden Seiten zu Fäusten geballt, und seine Muskeln waren zum Kampf bereit. Osborn war wunderschön in seinem Zorn, ein angsteinflößender und doch atemberaubender Anblick. Seine Erektion ragte steil vor seinem Körper empor.
Breena ließ sich auf den Boden sinken. Osborn fiel hinter ihr auf die Knie, strich mit der Hand über ihren Rücken und küsste sie auf die Schulter. Seine Finger fanden die Stelle, an der all ihre Lust sich sammelte, und streichelten sie. Ihre Sinne entflammten. Sie brauchte ihn in sich.
„Osborn. *Jetzt.*"
Mit einem schmerzerfüllten Stöhnen packte er ihre Hüften und zog sie an sich. Sie spürte die Hitze seiner Haut, und dann drang er in sie ein. Breena begann zu zittern und zu beben. Osborn bewegte sich vor und zurück, und noch einmal stöhnte sie vor Leidenschaft.
„Mehr", drängte sie. Sie wollte jeden Teil ihres Liebhabers. Brauchte ihren Krieger.
Er schob sich drängender in sie, und endlich erreichte sie den Gipfel ihrer Leidenschaft. Sie konnte nichts weiter tun als fühlen. Die

Luft um sie herum schien zu wirbeln, und mit einem scharfen Stöhnen wurde auch sein Körper vom Höhepunkt überwältigt.

Osborn ließ sich auf den Boden fallen, fast zu ausgelaugt, um sie an sich zu ziehen. Nach einigen Augenblicken küsste er sie auf den Scheitel. „Ich verliere sonst nie so die Kontrolle. Ich wollte dir nicht weh…"

Breena hob einen Arm und legte ihm einen Finger auf die Lippen. „Du hast nicht die Kontrolle verloren. Ich wusste, dass du mir nie wehtun könntest."

Sie zog ihn fest an ihre Brust. Ihr Körper bebte noch immer. Osborn hatte so viel Freude in ihr Leben gebracht. Neue Erfahrungen. Ohne ihn wäre sie nicht die, die sie war. Bei dem Gedanken wurde sie plötzlich ernst. War sie die Frau, die sie sein sollte? Wenn der Blutmagier nicht angegriffen hätte, wäre alles beim Alten geblieben. Sie wäre weiterhin Prinzessin Breena.

Aber der Angriff war geschehen. Ihre Eltern waren ermordet, ihr Reich war wahrscheinlich zerstört, das Volk, das sich darauf verlassen hatte, dass die königliche Familie es beschützte, war entweder tot oder versklavt. Und sie hatte währenddessen ihr Glück in den Armen eines Mannes gefunden.

Breena war den Rest des Tages schweigsam, und er machte sich immer größere Sorgen. Was, wenn er ihr doch wehgetan hatte und sie es zu verbergen versuchte? Warum hatte er seinen Pelz angelegt und Jagd auf sie gemacht? Das war Wahnsinn gewesen.

Weil sie es gewollt hat.

Und Osborn hätte alles getan, was Breena von ihm verlangte. Aber nicht noch einmal, schwor er sich. Nie wieder. Die Vorstellung, ihr wehzutun, verursachte ihm selbst Schmerzen.

Er sah hilflos zu, wie sie das Abendessen durchlitt. Am Lagerfeuer hatte sie keine Geschichten zu erzählen. Als der Abend kam, war Osborn voller Scham über seine Schwäche. Er musste es wieder in Ordnung bringen. Nach dem Essen folgte er Breena in ihr Zimmer.

„Du bist den ganzen Tag sehr schweigsam gewesen", sagte er, als er sich zu ihr ins Bett legte. Sie hatte ihn nicht fortgeschickt, das nahm er als gutes Zeichen.

„Ich habe darüber nachgedacht, wie glücklich ich bin."

Der Rausch der Erleichterung brachte Osborn fast zum Zittern. Er verschränkte seine Finger mit ihren. „Das ist gut."

Breena schüttelte den Kopf. „Nein, ist es nicht. Ich sollte nicht glücklich sein. Nicht, solange mein Volk leidet. Und meine Eltern tot sind."

Ihm wurde eiskalt. Nicht die Art von Kälte, die seinen Berserkergang ankündigte, sondern vor Panik. Es war so weit. Er hatte befürchtet, dass Breena eines Tages von Schuldgefühlen geplagt werden würde ... wie er selbst. Die Selbstvorwürfe würden ihre Seele zerfressen, sie verzweifeln und bereuen lassen.

Er wollte sie in die Arme nehmen und ihr versichern, dass der Tod ihrer Familie nicht ihre Schuld war. Er wollte die Falte glätten, die sich zwischen ihren Brauen bildete, und ihr sagen, dass es nichts gab, wofür sie sich schuldig fühlen musste.

Aber das tat er nicht, weil er wusste, dass sie ihm nicht glauben würde. Genau, wie er diese Dinge sein Leben lang nicht geglaubt hatte.

In dieser Nacht liebten sie sich nicht. Stattdessen lagen sie Seite an Seite und berührten sich kaum.

Osborn erwachte am nächsten Morgen in der gleichen Untergangsstimmung.

Er löste sich aus den Laken und schaute dann in Breenas schönes Gesicht hinab. Er würde es nie leid sein, sie anzusehen. Selbst wenn er das Glück hätte, mit ihr alt werden zu dürfen und zu sehen, wie sich in ihren Augenwinkeln Falten bildeten und mehr graue als blonde Strähnen in ihrem seidigen Haar waren. Es war nicht ihr Äußeres, das sie so schön machte. Es war ihr Wesen. Ihre Fähigkeit zu lieben, ihn und auch seine Brüder, trotz allem, was ihr im Leben genommen worden war. Breena hatte keine Angst vor dem Berserker in ihm. Das änderte alles für ihn. Sie hatte vor nichts Angst.

Während er vor Angst wie gelähmt war.

Er würde sie verlieren. Das wusste Osborn jetzt. Er hatte sie wahrscheinlich schon zu lange festgehalten.

Nachdem er aus dem Bett geschlüpft war, zog er sich rasch an. Er konnte es nicht länger aufschieben, ins Dorf zu gehen und sich nach

Neuigkeiten über Elden zu erkundigen. Das war es, was in der Ferne lauerte. Breenas Rache und ihr Traum, ihren Brüdern, falls sie noch lebten, wieder zu ihrem rechtmäßigen Thron zu verhelfen. Es war Zeit, dass sie die Befehle – nein, Flüche –, die ihre Eltern ihr in den Kopf gepflanzt hatten, erfüllte und damit zum Schweigen brachte. Überleben und rächen ... überleben, um zu rächen.

Als er den Gipfel des Hügels erreichte, lag das Dorf noch ruhig da. Die meisten Bewohner schienen noch zu schlafen; alle bis auf die Kaufleute. Osborn fand den Gewürzhändler, der gerade dabei war, seine Waren auszupacken und auf seinem Stand auszulegen. Der Mann lächelte, als Osborn näher kam. „Ich habe doch gesagt, Ihr sollt Olivenöl kaufen, ehe meine Vorräte zur Neige gehen. Jetzt habe ich keins mehr. Elden ist eine Festung."

„Was ich brauche, sind Informationen."

Der Händler lächelte nur. „Der Preis ist der gleiche. Schließlich bin ich Geschäftsmann."

Osborn griff in seinen Beutel und reichte ihm eine Münze.

„Ich fürchte, es sind keine guten Neuigkeiten, mein Freund. Im Augenblick bekommt man nichts mehr aus Elden hinaus oder hinein. Man sagt, das Land ist von Blut verflucht." Der Händler schüttelte sich. „Ich gehe nicht zurück, und wenn ich ein Vermögen damit machen könnte."

Von Blut verflucht. Die Schlangenkreatur, die aus Blutmagie geschaffen war. Das alles passte zu den Erinnerungen aus Breenas Träumen. Der Blutmagier steckte hinter dem Angriff auf Elden. „Was ist mit Eldens Volk?"

Der Gewürzhändler schüttelte den Kopf. „Darüber weiß ich noch weniger. Und gerade weil man von ihnen nichts hört, vermute ich, dass sie alle tot sind."

Das hatte Osborn schon befürchtet. Breenas geliebte Brüder ... Nicolai, Dayn und der kleine Micah.

„Es gibt Gerüchte über einen Widerstand."

Endlich. Eine gute Nachricht.

„Was sagt man?"

Der Händler streckte ihm die leere Handfläche hin. Ein kluger Schachzug, die Geschichte zu unterbrechen, wenn sie am spannendsten war.

Osborn steckte dem Mann noch mehr Münzen zu. „Wenn ich erfahre, dass Ihr nur Lügen erzählt habt, um mein Geld zu erschwindeln, dann schließt Ihr Euch den Toten von Elden an."

„Nein, ich sage die Wahrheit. Jene, die der alten Königsfamilie von Elden treu sind, sammeln sich in einem Außenposten an der Grenze. Jeden Tag kommen mehr Leute dort an, tragen Waffen zusammen und planen einen Angriff. Ein völlig ausweisloses letztes Gefecht, wenn Ihr mich fragt."

Breena sollte dort sein, um ihr Volk anzuführen.

Osborn war immer noch dumm genug gewesen, die Hoffnung nicht ganz aufzugeben, dass Breena bei ihm bleiben würde. Das wurde ihm erst jetzt klar, da diese Hoffnung gerade gestorben war. Er hätte es besser wissen müssen. In den Geschichten, die sie ihnen am Lagerfeuer erzählte, blieb die Prinzessin nie in der Hütte im Wald.

Auf dem Rückweg besorgte Osborn alles, was sie für ihre Reise nach Elden brauchten. Dorthin, wo ihr Volk sich versammelte und wahrscheinlich nur auf einen Anführer wartete. Er hatte als Kind die Positionen der Sterne gelernt und konnte Breena leicht nach Hause führen.

Er brauchte nicht lange, um über den von Bäumen gesäumten Pfad zu Breena zurückzukehren. Nach einem kurzen Klopfen an ihre Schlafzimmertür trat er ein. Sie lächelte zu ihm auf und streckte sich den morgendlichen Schlaf aus den Gliedern.

„Ich habe mich schon gefragt, wohin du verschwunden bist." Sie rutschte zur Seite und hob die Decke hoch. „Komm zurück ins Bett."

Er rührte sich nicht.

Ihr einladendes Lächeln verblasste. „Osborn, was ist los?"

„Ich habe Nachricht von deinem Volk."

Ihre schönen grünen Augen weiteten sich.

„Sie bilden einen Widerstand. Sie hoffen, die Burg zurückzuerobern."

Breena presste die Augen fest zusammen. „Ja!" Dann sprang sie aus dem Bett und suchte frische Kleider zusammen. „Wir müssen so schnell wie möglich dorthin."

„Ich habe schon gepackt."

„Ich muss noch ein paar Sachen zusammensuchen. Wissen sie, dass ich noch lebe? Was für eine dumme Frage. Natürlich nicht. Wie könnten sie? Ich frage mich, wer sie anführt. Und ich plappere so schnell, dass du nicht mitkommst."

Seine Mundwinkel hoben sich trotz seiner immer schlechter werdenden Laune. „Du bist aufgeregt. Das ist schon in Ordnung."

Breena packte ihn am Ellenbogen. „Es wird alles in Ordnung kommen, nicht? Ich kann es fühlen."

„Pack ein, was du brauchst. Ich muss meinen Brüdern noch ein paar Anweisungen geben."

Bernt warf Osborn einen anklagenden Blick zu, als dieser nach draußen trat und in die Sonne blinzelte.

„Ich will sie behalten", sagte Torben und klang dabei mehr wie ein Junge als wie ein Mann.

„Sie gehört uns nicht", versuchte Osborn zu erklären.

Bernt schüttelte den Kopf. „Aber du kannst sie dazu bringen, zu bleiben. Sag ihr, was sie hören will."

Ich liebe dich.
Bleib bei mir.
Ich sterbe innerlich bei dem Gedanken, dass du mich verlässt.

Er knirschte mit den Zähnen. „Das ist ihr Weg. Das haben wir immer gewusst."

„Und hinterher? Sie würde zurückkommen, wenn du sie darum bittest."

„Ich habe kein Recht, sie zu bitten. Schließlich ist sie eine Prinzessin. Prinzessinnen gehören in Schlösser."

Bernt drehte sich auf dem Absatz um und stakste in die Wildnis. Von seinem jüngeren Bruder würde es keinen Abschied geben.

12. Kapitel

Sie waren drei Tage unterwegs. Osborn hatte es nicht allzu eilig, obwohl Breena am liebsten den ganzen Weg gerannt wäre.

„Am Ende der Reise erwartet uns eine Schlacht, Breena. Wir können es uns nicht leisten, schon müde dort anzukommen", warnte er sie.

In den Nächten liebten sie sich, wo sie ihr Lager aufgeschlagen hatten, manchmal wild, manchmal langsam und innig, aber immer mit einem Hauch Verzweiflung getränkt. Osborn hielt sie noch lange fest, nachdem sie eingeschlafen war, und starrte hinauf in die Sterne.

„Was machst du?", fragte sie schläfrig.

„Ich versuche, die Zeit anzuhalten."

Am dritten Tag kurz nach ihrem Mittagsmahl entdeckte er den Außenposten. Breena keuchte erstaunt auf, als sie die Zelte entdeckte, die auf dem ganzen Gelände verteilt standen, und ihr Volk, das sich geschäftig zwischen ihnen bewegte – Familien, Soldaten, Bedienstete der Burg.

„Mein Volk", flüsterte sie, so erleichtert und voller Liebe, dass sie kaum atmen konnte. „Da ist Rolfe!", schrie sie fast und rannte auf ihn zu, ehe Osborn sie aufhalten konnte.

Voll neuer Energie rannte Breena über das Feld, und eine Brise fuhr ihr dabei ins Haar und kühlte ihr Gesicht. Die Menschen, die im Freien arbeiteten, hielten inne und starrten sie an. Sie sperrten ihre Münder vor Staunen weit auf, und Tränen stiegen ihnen in die Augen. Ihr Volk drängte sich um sie und hieß sie willkommen.

„Gibt es Nachricht von meinen Brüdern? Hat jemand von ihnen gehört?", rief sie über den Lärm hinweg.

Aber die Bewohner von Elden hörten sie nicht vor Jubel, dass einer der Erben zu ihnen zurückgekehrt war.

„Rolfe", rief sie.

Rolfe war einst ein wichtiger Bestandteil ihres Hofstaates gewesen, ein Mitglied der Wache, die ihre Eltern beschützte. Er war gealtert, seit sie ihn das letzte Mal gesehen hatte. Ausgezehrt und angeschlagen sah er aus. Doch er riss die Augen auf, und Freude legte sich auf seine Miene, als er sie erkannte. Dann wich alle Farbe aus seinem Gesicht. Schuld. Das Gefühl kannte sie nur zu gut.

„Es war nicht deine Schuld", beeilte sie sich, ihm zu versichern. „Wie sollte eine kleine Leibwache den Blutmagier besiegen?"

„Ihr dürftet nicht hier sein", warnte er.

Wie albern, dass Rolfe sich in diesem Augenblick Gedanken um Anstand machte. „Unsinn. Das hier ist mein Volk. Ich bin genau da, wo ich hingehöre."

„Wie seid Ihr hierhergekommen?" Rolfe ließ seinen Blick über die Menge wandern und entdeckte den anderen Neuankömmling, Osborn. „Du." Er zeigte auf ihn. „Bring sie fort von hier."

Osborns Hand lag sofort auf seinem Schwert.

Die Tür des Außenpostens öffnete sich, ein Mann trat heraus, und die Menge verstummte. Breena erkannte ihn als Mitglied der Truppe, die einst Eldens Grenzen bewacht hatte. „Was ist das für ein Lärm?", brüllte er. Seine Stimme war überraschend laut und dröhnend dafür, dass sein Körper so ausgemergelt wirkte.

Sofort wichen die Bewohner von Elden vor ihm zurück und duckten sich.

„Warum brüllst du sie an, wenn sie sich doch nur des Lebens freuen?", fragte Breena streng.

„Cedric ist, ähm, der Anführer des Volkes."

Breena unterdrückte ein Schaudern. Cedric war ihr immer unsympathisch gewesen, aber der Krieg schuf die seltsamsten Verbündeten. Sie sah Osborn an. Er betrachtete die Menge, die Hand immer noch an seinem Schwert.

„Manchmal braucht man etwas Gewalt, um für Ruhe und Ordnung zu sorgen. Das versteht Ihr sicherlich."

Nein, das verstand sie keineswegs.

„Ich will nichts davon wissen. Diese Leute haben Angst. Sie haben Angehörige verloren und fürchten sich vor dem, was die Zukunft bringt. Wir brauchen nicht noch mehr Zwist und Zorn."

Cedrics Lippen verzerrten sich über seinen Zähnen. Sie nahm an, es sollte ein Lächeln darstellen, aber auf sie wirkte es, als bleckte er die Zähne.

„Danke für alles, was du geleistet hast, Cedric. Deine Taten werden nicht vergessen werden", fügte sie hinzu. Die Worte waren auch als Warnung gemeint.

Osborn trat einen Schritt vor. „Wie groß sind die Streitkräfte?"

Cedric erstarrte, als wolle er etwas einwenden, dann ließ er seinen Blick über Osborn wandern und nahm dessen Kraft wahr, die breiten Schultern und das riesige Schwert an seiner Seite.

„Nicolai stellt im Süden eine riesige Armee zusammen."

Vor Freude und Erleichterung über diese Nachricht brach Breena fast zusammen. „Mein Bruder lebt?"

Cedric nickte. „Dayn ebenfalls. Auch er führt eine Armee. Man sagt, die Macht des Blutmagiers über Elden wankt bereits. Das Land wird wieder uns gehören", schloss er laut genug, dass die umstehende Menge ihn hörte.

Ein lautes Jubeln erhob sich, und Breena begriff, warum sie Cedric folgten. Vielleicht war ihr erster Eindruck von ihm falsch gewesen. Schwere Zeiten brachten oft den wahren Charakter eines Menschen zum Vorschein und zusätzliche innere Stärke. In ihr hatten sie die Kriegerin geweckt.

Cedric blickte zu Osborn. „Danke, dass du die Prinzessin nach Hause gebracht hast. Du wirst für deine Mühen reich entlohnt werden. Rolfe, bring mir das Gold, das wir beiseitegelegt haben. Wir hatten gefürchtet, Ihr wärt entführt worden und wir müssten ein Lösegeld aufbringen."

Sie blickte zu Osborn, der die Augen zusammenkniff und angespannt dastand.

„Ich lasse dich gleich hinausbegleiten", fuhr Cedric fort. „Du kannst es sicher kaum abwarten, dich auf den Weg zu machen. Eine halbe Tagesreise nach Osten liegt ein Dorf. Du freust dich bestimmt schon darauf, dort deinen Lohn auszugeben."

„Du verwechselst Osborn mit einem Söldner", widersprach Breena. „Er hat mich nicht für eine Belohnung hergebracht."

„Aber du bist doch ein Söldner, oder nicht?"

Osborn nickte langsam.

Rolfe kam mit einem schweren Geldbeutel zurück. Cedric nahm den Beutel und warf ihn Osborn zu, der ihn auffing und gegen seine Brust drückte.

Breena sah zu ihrem Krieger, aber er erwiderte den Blick nicht. Sein Starren galt dem Mann, der ihn gerade einen Söldner genannt hatte.

Cedric packte einen vorbeilaufenden Jungen an der Schulter. „Bring mir Asher und Gavin." Er sah zurück zu Osborn. „Das sind unsere zwei besten Soldaten. Sie begleiten dich auf deinem Weg aus Elden hinaus."

„Wovon redet Ihr?", fragte sie. „Osborn bleibt natürlich."

„Bleibst du, Söldner? Bei einer Prinzessin?" Die Frage war eher ein Spotten. Cedric stellte Osborn wie einen Opportunisten dar, jemand, der nur auf den eigenen Vorteil bedacht war.

Ihr Magen verkrampfte sich. „Osborn?"

„Sie ist jetzt bei ihrem Volk. Zwei große Armeen sind auf dem Weg. Es gibt keinen Grund für dich, zu bleiben."

Eine angespannte Stille breitete sich zwischen ihnen aus. Das war alles so dumm. Sie öffnete den Mund, um ihm zu sagen …

„Nein. Es gibt keinen Grund für mich, zu bleiben."

„Was?", fragte sie verletzt und verwirrt. Das musste eine Strategie sein, irgendeine Täuschung, mit der Osborn die Sicherheitsvorkehrungen testen wollte.

„Da kommen auch schon unsere Soldaten." Cedric konnte die Freude in seiner Stimme nicht verbergen.

„Ich will unter vier Augen mit meinem Söldner reden", verlangte Breena.

Cedric sah aus, als wollte er etwas einwenden, doch dann neigte er nur ergeben den Kopf.

Osborn folgte ihr zu einem Baum, der weit genug fort von Cedric und Rolfe stand. „Was hast du jetzt vor?", fragte sie.

Ihr Krieger rieb sich mit der Hand übers Gesicht. „Nach Hause zurückgehen. Meine Brüder ausbilden."

Ihr wurde schlecht. „Du willst wirklich gehen?"

Osborn neigte seinen Kopf in Richtung Lager. „Sie haben hier alles unter Kontrolle. Deine Brüder sind auf dem Weg."

„Und du lässt mich einfach hier allein?"

Sein Nicken war die einzige Antwort.

„Aber … aber du bist mein Krieger. Du gehörst zu mir."

Er griff nach ihren Armen. „Du hast mich in deiner Vorstellung verherrlicht und ein falsches Bild von mir bekommen. Du hast in

mir einen der Helden aus deinen Märchen gesehen." Seine dunklen Augen brannten sich in ihre. „Aber ich bin nur ein Mann. Ein Mann, der dich auf jede Art wollte, die er bekommen konnte."
„Wie ein Seelenverwandter?"
Das klang wenigstens romantisch.
Aber Osborn, der Krieger, schüttelte nur den Kopf. „Ich glaube nicht an Seelenverwandtschaft. Ich glaube an nichts außer Lust und Leidenschaft."
Ihr Körper fing an zu beben. „Ich habe mir nur vorgemacht, dass du etwas für mich empfindest, nicht?"
Osborn schluckte und sah ihr direkt in die Augen. Er sah aus, als wollte er widersprechen. *Bitte sag etwas. Sag mir, dass ich mich irre.*
„Wir hatten Spaß miteinander. Jetzt ist es vorbei."
Breena gestattete es sich nicht, vor diesem Mann zu weinen. Und schon gar nicht seinetwegen. Niemals. „Geh", sagte sie und wandte ihm den Rücken zu.
Er wartete einen Augenblick, und fast wollte sie sich wieder umdrehen und seine Hand nehmen. Aber dann hörte sie, wie seine Stiefel im Laub raschelten. Osborn verließ sie.
„Und, Söldner?"
„Ja?"
„Komm nicht zurück."
Nachdem sie mehrere tiefe Atemzüge genommen hatte, kehrte Breena zu Cedric und Rolfe zurück.
„Kommt herein, Prinzessin", lud Cedric sie ein. „Seht, was wir für die Rückkehr Eurer Familie im Schloss vorbereitet haben."
Mit einem Nicken folgte sie ihm in den Außenposten. Dayn hatte ihr mal erzählt, dass sich hier einst der ursprüngliche Burgwall von Elden befunden hatte, als ihr Reich noch neu und nicht so riesig gewesen war. Das Gebäude hatte nur zwei Geschosse, viel kleiner als die von hohen Pfeilern gestützte Burg, die ihr Zuhause war. Die wieder ihr Zuhause sein würde ... bis man sie mit einem passenden Ehemann verheiratete. Ihr Herz zog sich zusammen, als ihr klar wurde, dass Osborn nicht der Mann an ihrer Seite sein würde. In ihrem Bett.
Die Wände des Gebäudes aus Holz und Stein waren von jahrelangen Feuern im Kamin schwarz gefärbt. Auch jetzt brannte für die Leute, die hier Unterschlupf suchten, wieder ein Feuer darin. Mit den

Jahren war das Gebäude ein Lager geworden, gefüllt mit Fässern voll Öl und Wein, die man auf ihrem Land herstellte und von hier aus verkaufte.

„Ich habe Euch ein Geschenk gebracht", sagte Cedric zu jemandem in den Schatten.

„Wurde deshalb draußen so laut gejubelt?"

Breena schauderte. Eine Gänsehaut überzog ihre Arme und ihren Nacken. Die Stimme klang eiskalt. Böse. Das war alles, was ihr einfiel.

„Leyek, ich präsentiere Breena, Prinzessin von Elden."

„Lebendig, wie schön", sagte die Stimme, die immer noch in den Schatten verborgen blieb.

Cedric arbeitete für den Blutmagier. Jetzt verstand sie, warum er so ausgezehrt aussah. Und wie es den Anhängern des Blutmagiers gelungen war, die äußeren Schutzmauern zu durchdringen – den Bereich, den Cedric bewacht hatte. Sie verstand, was Rolfe gemeint hatte, als er sie zum ersten Mal gesehen hatte. *Ihr dürftet nicht hier sein.*

Die Leute, die aussahen, als würden sie sich am Feuer wärmen, waren an Haken im Boden gefesselt. Männer und Frauen und zwei kleine Mädchen, die nicht älter als vier Jahre sein konnten und vollkommen verängstigt aussahen. Ihr Schicksal war es, ausgeblutet zu werden.

„Die riesige Armee, von der Ihr gesprochen habt, war eine Lüge, oder?" Sie kannte die Antwort bereits. Niemand würde kommen und sie oder ihr Volk retten. Die Rettung lag ganz allein bei ihr.

„Deine Brüder sind so tot wie deine Eltern", sagte Cedric höhnisch und spuckte auf den Boden. „Ich regiere hier."

„Als Lakai. Für den Blutmagier. Ihr beide."

„Ergreift die Prinzessin", befahl Leyek, der immer noch nicht aus den Schatten trat. Ein Zeichen, wie gering er Elden schätzte. „Fesselt sie. Sie wird unserem Blutlord eine köstliche Mahlzeit abgeben."

Jetzt wusste sie es wirklich zu schätzen, dass Osborn immer wieder darauf bestanden hatte, das Schwertziehen zu üben. Dies war ihre einzige Gelegenheit, sich ihnen entgegenzustellen. Sie würde keine zweite Chance erhalten.

Sie legte die Finger um den Schwertgriff.

Warum, zur Hölle, ging er fort?
 Dies waren neue Zeiten. Andere und verzweifelte Zeiten. Eine Gefahr bedrohte ihre Welt – all ihre Reiche. Es konnte Jahre dauern oder nur Tage, aber der Tag der Abrechnung würde kommen. Nach der Schlacht war vielleicht nicht mehr viel übrig. Alles Glück, alle *Liebe*, die das Leben einem bis dahin bot, sollte man mit beiden Händen ergreifen ... *er* würde sie mit beiden Händen ergreifen. Es kam nicht darauf an, dass sie eine Prinzessin war, und wenn doch ... war ihm das egal. Osborn wollte ihr alles bieten, was sie sich wünschen konnte. Breena war sein Glück. Seine Liebe.
 Die Mörder seiner Mutter, seiner Schwester, seines Vaters und aller Bewohner seines Dorfes ... er würde vielleicht nie herausfinden, wer sie waren.
 Etwas in ihm zerriss. Er wurde sich schmerzlich bewusst, dass er vielleicht nie die Gelegenheit erhalten würde, seine Familie zu rächen. Das tat so weh, war so brutal, dass er fast zusammenbrach unter dem Verlust dieses einen Ziels, das er seit seiner Bärenjagd beständig angestrebt hatte. Osborn atmete tief ein, zwang sein Herz, langsamer zu schlagen, und seinen Magen, sich zu beruhigen.
 Breena hatte immer noch eine Chance.
 Die Chance, ihr Volk zu befreien. Ihre Brüder zu finden. Etwas, *irgendetwas*, zu tun, um den ewigen Durst nach Rache zu stillen.
 Warum verließ er sie jetzt? Er wollte an ihrer Seite kämpfen. Kämpfen, um ihrem Land Frieden zu bringen oder mit dem Schwert in der Hand an ihrer Seite zu sterben.
 Und Osborn hatte nicht vor zu sterben.
 Er machte auf dem Absatz kehrt, um zurück in das Gebäude zu rennen, in dem er sie allein gelassen hatte. Bereit, sein Schicksal ihrem zu verschreiben.
 Als er hörte, wie Breena ihr Schwert zog, stockte er.
 Er *wusste*, es war Breenas Schwert. Hatte den Klang unzählige Male gehört. Hatte sie so oft üben lassen, bis ihre Bewegungen flüssig und glatt waren. Damit sie ihr Schwert so schnell ziehen konnte, dass ihr ein Überraschungsangriff gelang.
 Warum zog sie es jetzt? Inmitten ihres geliebten Volkes, das sie so freudig begrüßt hatte?
 Kälte kroch seine Beine hinauf und breitete sich in seinem Körper

aus. Er ließ alles bis auf sein Schwert und seinen Pelz fallen. Sein Berserkergang war wachsam und sehnte sich nach einem Kampf. Osborn schlüpfte durch einen Seiteneingang in das Gebäude. Er entdeckte Breena, die kampfbereit dastand, mit dem Schwert ihren Körper schützte und mit wachsamen Augen um sich blickte. Sie war atemberaubend.

Und sie gehörte *ihm*.

Der Mann, der die Prinzessin noch vor Minuten so herzlich willkommen geheißen und Osborn Gold gegeben hatte, damit er verschwand, erhob jetzt die Waffe gegen sie.

Wut hämmerte in Osborns Brust. Zorn blitzte weißglühend vor seinen Augen auf. Im Berserkerrausch stieß Osborn einen Schrei aus, hob sein Schwert und griff an. In weniger als einem Herzschlag schepperte das Schwert des Mannes zu Boden, und sein Körper folgte im Handumdrehen.

Osborn stellte sich vor Breena und hob sein Schwert. „Wer stirbt als Nächster?", fragte er.

Ein leises Pfeifen ertönte aus dem hinteren Teil des Raums. Osborn fühlte, wie Breena erstarrte, und wusste, dass derjenige, der dieses Geräusch von sich gab, die eigentliche Bedrohung darstellte.

„Zeig dich", befahl Osborn.

„Sonst was? Bringst du diese edlen Bürger von Elden um? Mach doch. Das erspart mir die Mühe. Allerdings ..."

Am langsamen Scharren eines Stuhls über den Boden erkannte Osborn, dass er bald sehen würde, wer Breena etwas antun wollte.

„Mir gefällt die Vorstellung, dass du mein Gesicht zu sehen bekommst – dass es das Letzte ist, was du im Leben sehen wirst." Ein großer dürrer Mann, kaum mehr als Haut und Knochen, trat aus den Schatten.

Wieder regte sich der Berserker in Osborn. Er hatte Gerüchte darüber gehört, was Blutmagie einem Mann anhaben konnte. Sie verzehrte alles, was ihn menschlich machte. Erst die Sinne, bis er sich nur noch an den Schmerzensschreien anderer erfreuen konnte und den Geschmack des nahenden Todes auf seiner Zunge spüren wollte. Dann verließen alle Gefühle seine Seele – erst Mitgefühl, dann Reue, bis schließlich nur noch Feindseligkeit und Gier übrig blieben. Zuletzt veränderte sich der Körper. Alle Fülle und Tiefe und jeder mitfühlende Ausdruck verschwanden aus dem Gesicht, bis nur noch ein wandelnder atmender Leichnam blieb.

„Leyek ist stark. Und brutal", flüsterte Breena, und Osborn verstand. Dieser Gehilfe des Blutmagiers mochte zerbrechlich aussehen, aber das war nur eine Illusion. Seine Macht war unbezähmbar und vermischt mit reiner Bosheit.

Osborn wurde eins mit dem Geist des *Ber*.

„Bist du, was ich glaube?", fragte Leyek.

Osborn straffte die Schultern.

Der Diener des Blutmagiers stieß ein begeistertes Lachen aus. „Tatsächlich! Ein Krieger von Ursa. Ein Berserker. Ich dachte, wir hätten euch alle umgebracht."

Seine Finger schlossen sich fester um den Griff seines Schwertes. „Du hast dich geirrt."

Leyek schenkte ihm ein Lächeln. „Gut. Eure Frauen sind weinend und schreiend gestorben, weißt du. Dein Tod wird mir ebenso viel Freude bereiten."

Der Berserkergang bäumte sich in ihm auf, aber Osborn nahm sich zusammen. Er wusste, dass Leyeks Worte nur Lügen waren, die ihn provozieren sollten.

Leyek betrachtete demonstrativ seine Fingernägel. „Es überrascht mich, dass du einer Prinzessin von Elden hilfst. Unsere Wechselbalg-Vampire als Soldaten von Elden zu tarnen, hatten wir für eine besonders gewitzte Täuschung des Meisters gehalten. Auch wenn ich zugeben muss, dass mir damals schon der Gedanke kam, ein so subtiler Plan wäre auf euch Tiere verschwendet."

Kälte kroch in seinen Körper und bemächtigte sich seiner Brust. Es war nicht die vertraute, zielgerichtete Kälte des Berserkergangs, die ihn überwältigte – das war etwas anderes.

Töte.
Räche.
Tu ihm weh.

Breena legte ihre weiche Hand auf seine Schulter, um ihn zu beruhigen.

Seine Frau hatte recht. Diese Kreatur, dieser Träger des Bösen, wollte ihn erzürnen. Er wollte ihn so weit treiben, dass er einen Fehler machte. Dieses Ding wusste, dass Osborn es immer noch umbringen konnte, trotz aller Blutmagie. Er würde es umbringen. Mit der Macht des Berserkers und der Kraft, die Breenas Nähe ihm gab.

Gelassen und in perfektem Gleichgewicht hob Osborn sein Schwert.

13. Kapitel

Jede Lektion, jedes Wort der Warnung, jede Anweisung, die Osborn ihr je erteilt hatte, gingen Breena jetzt durch den Kopf. Sie hatte noch nie so viel Angst gehabt. Vor gar nicht langer Zeit war sie aufgewacht und hatte nur noch zwei Befehle in ihren Gedanken gehört: überleben und rächen.

Jetzt fügte sie selbst noch einen dritten hinzu: diesen Kampf mit Osborn an ihrer Seite gewinnen.

Leyek hob sein Schwert und holte weit aus, wie in einer sorgfältig ausgearbeiteten Choreografie.

Die Ritter, die am weitesten ausholen, sterben zuerst.

Die Luft um sie herum kühlte ab. Osborns Berserkergang hatte die Kontrolle übernommen. Der Gehilfe des Blutmagiers griff an. Das Scheppern von Stahl auf Stahl hallte durch die Luft, als Osborn den Hieb abwehrte. Mit einem Schwung seines eigenen Schwertes warf der Krieger Leyek fast zu Boden.

Sie sah sich um, bis sie Rolfe entdeckte, deutete auf die Tür und formte mit den Lippen: „Raus!" Solange Leyek durch den Kampf abgelenkt war, hatte ihr Volk Zeit zu entkommen. Rolfe nickte, sammelte leise die Bewohner von Elden zusammen, die in der Halle ihr blutiges Schicksal erwarteten, und führte sie hinaus.

Als ihr Volk in Sicherheit war, packte Breena ihr eigenes Schwert fester. Zwei gegen einen mochte nicht fair sein, aber seit wann hatte ein Diener der Blutmagie einen fairen Kampf verdient?

Osborn preschte vor und traf seinen Gegner an der Schulter. Leyek kreischte vor Schmerz auf, ein schrecklicher Klang, der die Mauern zum Beben brachte. Staub regnete auf ihre Köpfe hinab.

„Das Geräusch haben auch deine Vampire gemacht, als ich sie umgebracht habe", rief Osborn ihm spöttisch zu. Er griff erneut an, aber Leyek gelang es, seinem Schlag auszuweichen.

Der Gehilfe des Blutmagiers begann zu beben und zu murmeln. Worte, düstere Worte, hallten von den Deckenbalken wider. Ein

Übelkeit erregendes Gefühl der Bedrohung erfüllte die kleine Halle. Breena wurde schlecht davon.

„Er beschwört seine Magie!", rief sie.

Leyek bewegte sich blitzschnell. Ein Schnitt erschien auf der rechten Seite von Osborns Pelz. Dann auf der linken. Leyek lachte gehässig, als der Pelz zu Boden fiel und in Flammen aufging.

Osborns Verbindung mit dem Geist des *Ber* war getrennt. Verschwunden.

Mit einem empörten Brüllen stürzte Osborn sich auf den Lakaien. Aber eine unsichtbare Kraft warf ihn zurück. Ein tiefer Schnitt entstand auf seiner Brust, und Blut floss aus der Wunde. Blutmagie.

Osborn sah zu seiner Verletzung hinab und wischte sich über die Rippen. Seine Hand war rot vor Blut. Er erstarrte bei diesem Anblick, und der Raum schien wärmer zu werden.

Doch dann veränderte sich die Miene ihres Kriegers. Der unnachgiebige Zorn in den Falten seines Gesichts glättete sich und wurde durch Entschlossenheit ersetzt. Osborn stach zu, wehrte ab und stach wieder zu.

Leyek stolperte rückwärts. Blut floss aus einer Wunde in seinem Gesicht und einer weiteren in seiner Seite. Osborn griff noch einmal an und stieß seine Klinge tief in den Bauch des Lakaien. Leyek fiel auf den kalten Steinboden, und eine Pfütze seines eigenen Bluts entstand unter ihm.

„Sag mir noch einmal, wie sie gestorben sind", befahl Osborn.

Leyek rang nach Atem. „Ich biete dir Macht. Große Macht. Wir liefern das Mädchen gemeinsam aus. Mein Meister wird dich reich entlohnen."

„Sag mir, wie sie gestorben sind."

Die Augen des Lakaien wurden aschfahl. Er wusste, dass der Ursaner, der über ihm stand, nie sein Verbündeter sein würde. „Ich habe die Vampire losgelassen. Folter, Zerstörung, Qualen ... sie haben das alles getan." Leyeks Worte begannen, ineinander zu verschwimmen, und ein schlammiger Nebel schien ihn zu umgeben. Die Wunde auf seiner Wange begann zu heilen. Breena würde nicht zulassen, dass dieses Ding noch einen weiteren Tag erlebte.

Sie rannte an Osborns Seite und griff nach dem Stahl seines Schwertes. Sie umklammerte die Klinge so fest, dass sie ihr ins Fleisch schnitt. In ihr begann die magische Energie zu wirbeln und aufzusteigen. Funken sprühend verließ die Magie ihre Finger und verwob sich mit dem Stahl.

„Meine Magie mit deiner Stärke", sagte Breena. „Zeit, ihm ein Ende zu machen."

„Genauso soll es sein", antwortete Osborn.

Er bedeutete Breena beiseitezugehen, schob Leyeks Schwert mit dem Fuß zu ihm hinüber und wich dann zurück. Ihr Krieger betrachtete den Gehilfen des Blutmagiers. Winkte ihn zu sich.

Leyek ergriff sein Schwert mit blutigen Fingern. Im Aufstehen sang er eine Beschwörungsformel, aber Breena fürchtete sich nicht länger vor seiner Art der Magie. Er sprang auf Osborn zu, und mit nur einem Schlag vom Schwert ihres Kriegers fiel Leyek tot zu Boden. Ihre Magie hatte den Lakaien des Blutmagiers besiegt.

Osborn schwankte, und Breena rannte auf ihn zu, legte einen Arm um seine Schultern und half ihm hinaus. Er musste an der frischen Luft sein, fort von Tod und Blutmagie.

„Du hast es geschafft, Osborn. Sogar ohne deinen Pelz."

„Wir haben es gemeinsam geschafft."

„Du gehörst zu mir, Breena", sagte er, sobald sie aus der Tür traten. Er liebte das Gefühl ihrer Kraft und versuchte, sich nicht anmerken zu lassen, dass seine Verletzungen so schmerzhaft waren, wie sie aussahen.

„Meinst du nicht vielmehr, du gehörst zu mir?", fragte sie mit diesem langsamen und wunderschönen Lächeln auf ihren Lippen.

„Ja." Sein Atem entwich als erleichtertes Stöhnen.

Ihre wie zum Küssen gemachten Lippen verzogen sich zu einem Schmollmund. „Ich habe mich da drinnen ganz gut geschlagen. Es gab keinen Grund, gleich zum Berserker zu werden."

„Ich bin ein Berserker."

„Auch ohne deinen Pelz?"

Er nickte. Der Geist des *Ber* würde immer bei ihm sein. Das begriff er jetzt. Eine Lektion, die er eines Tages seinen Brüdern beibringen konnte. „Und doch, ich musste zum Berserker werden. Für dich."

Breena stellte sich auf die Zehenspitzen und küsste ihn auf die Wange. „Deswegen liebe ich dich. Und ihn. Aber dich am meisten", neckte sie ihn.

Osborn ergriff ihre Hände. „Du weißt, dass ich mit dir nach Elden ziehen muss. Der Blutmagier hat auch meine Familie ermordet."

Breena nickte. „Ich hatte gehofft, an dieser Stelle sagst du, du liebst mich auch."

Sie wollte ihm ihre Finger entziehen, aber er ließ sie nicht los. Er würde sie nie mehr loslassen. „Und ich versuche, dir zu sagen, dass ich dir auf jeden Fall nach Elden gefolgt wäre. Selbst ohne zu wissen, dass er verantwortlich ist für das, was meinem Volk angetan wurde. Ich bin zurückgekommen, um dich zu überzeugen, dass ich, äh, an deine Seite gehöre, doch dann habe ich deine Klinge gehört."

Er ließ ihre Hand fallen. Ihre Entscheidung. Ihre Wahl.

Sie streckte die Hand aus und legte sie an seine Wange. Mit dem Daumen strich sie über seine Unterlippe.

„Heute Nacht ist wieder Vollmond. Breena von Elden, willst du dich mir unter den Sternen anschließen und dein Leben mit meinem versiegeln?"

Sie nahm seine Hände in ihre eigenen, die daneben winzig aussahen, und drückte sie. „Ich weiß nicht, was morgen sein wird, aber heute Nacht gehöre ich dir. Ja, Osborn, ich will."

„Und, Breena?"

Sie sah ihm in die Augen. „Ja?"

„Ich liebe dich."

Epilog

Nach dem Sieg über Leyek bestand Breena auf einem Fest. Angeblich, um den Sieg zu feiern, aber Osborn wusste, dass sie einfach spürte, wie sehr ihr Volk ein Fest brauchte. Die Musik, den Tanz und die Geschichten am Feuer. Um sich wieder normal zu fühlen. Vereint als Bürger von Elden. Der Blutmagier hatte sie als Volk fast vernichtet. Für viele von ihnen würde es nie wieder so sein wie vorher, aber heute Nacht wollten sie essen und lachen und alles andere vergessen.

Morgen würden sie dann Pläne für die Schlacht schmieden. Breena hatte bereits alle Bewohner von Elden befragt, um so viele Neuigkeiten wie möglich zu erfahren, selbst die unsichersten Gerüchte über ihre Brüder. Osborn wusste, dass sie nie wirklich ruhen konnte, ehe sie ihre Antworten hatte, selbst wenn sie tragisch waren.

Die Sonne ging unter, und das Feuer loderte höher. Stunde um Stunde krochen weitere Bewohner von Elden aus den Schatten, um sich ihnen anzuschließen. Jeder einzelne wurde mit Gelächter oder Tränen und manchmal beidem begrüßt. Familien wurden wiedervereint, während andere mit stoischer Akzeptanz vom Schicksal ihrer Angehörigen erfuhren. Trauern konnte man später. Nachdem der Blutmagier vernichtet war.

Als die Sterne am Himmel erschienen, begann Breena, von Osborns Heldenmut zu erzählen, und die Eldener waren begeistert, dass sich ihnen in der bevorstehenden Schlacht ein legendärer Berserker anschloss. Sie lachten, als sie von seinen Tanzkünsten erzählte, und er bemerkte, dass er selbst lächeln musste.

Osborn hatte diese Leute von Elden fast sein ganzes Leben lang gehasst, hatte sie vernichten wollen, wie sein eigenes Volk vom Blutmagier vernichtet worden war. Jetzt, zum ersten Mal in seinem Leben, war Osborn zufrieden. Aber trotz aller Zufriedenheit fragte er sich, wie lange sie noch um das Feuer sitzen mussten. Er wollte nichts mehr, als Breena in die Dunkelheit der Nacht zu ziehen und sein Leben mit ihrem zu versiegeln, wie sie es versprochen hatte. Er wollte endlich seinen Mantel auf dem Boden ausbreiten und sie darauflegen, um sie unter den Sternen zu lieben. Er wollte nur noch ihre Laute der Leidenschaft hören.

Noch vor wenigen Stunden hatte er gedacht, er würde sie nie wiedersehen, nie wieder ihre süße Stimme hören. Ihre Berührung spüren. Wie sie in seinen Armen einschlief.

Rolfe stellte sich hinter Breena. Sein stahlgrauer Blick war herausfordernd, als er die Arme vor der Brust verschränkte. Die Nachricht war eindeutig. Heute Nacht wurde sich nicht fortgeschlichen – und auch in keiner anderen Nacht, solange sie nicht verheiratet waren.

Er zeigte dem älteren Krieger mit einem Nicken an, dass er verstanden hatte. Seine Absichten waren ehrenhaft – was die Hochzeit anging jedenfalls. Was er mit Breenas Körper anstellen wollte, war eher ziemlich verrucht.

Auch wenn die gefährlichste Zeit noch vor ihnen lag, freute Osborn sich auf die Zukunft. Zum ersten Mal, seit er ein Junge von fünfzehn Jahren gewesen war. Breena hatte ihm das geschenkt.

Zum Glück hatte Breena mit Geschichten über ihn aufgehört und erzählte jetzt von ihrer Ausbildung mit dem Schwert. Um ihn herum erklang Gelächter, und er merkte, dass es einen Augenblick dauerte, bis die Leute tatsächlich glauben konnten, dass ihre süße Erbin von Elden zu einer Kriegerprinzessin geworden war.

Zwei weitere Männer traten ans Feuer, und er hörte, wie Breena überrascht aufkeuchte. Seine Finger schlossen sich augenblicklich um den Griff seines Schwertes.

Bernt und Torben standen vor ihnen.

Osborn stand auf. „Wie seid ...?"

Breena rannte zu seinen Brüdern und küsste jeden der beiden auf die Wangen. „Magie. Ich habe Spuren hinterlassen, denen nur die beiden folgen konnten."

Osborn gefiel die Vorstellung nicht, dass die beiden an ihrer Seite kämpften, aber sie waren jetzt beinahe erwachsen. Es war Zeit, dass er das akzeptierte. Der Blutmagier hatte ihnen die Kindheit geraubt, und sie hatten ein Recht auf diesen Kampf. Die Jungen setzten sich ans Feuer, wo zwei weitere Berserker, ohne zu zögern, willkommen geheißen wurden. Die Leute dort würden sich bis tief in die Nacht unterhalten.

„Ich kann mehr als nur Spuren legen. Ich weiß nicht, ob es daran liegt, dass ich wieder in Elden bin, oder ob der Kampf mit Leyek etwas in mir befreit hat, aber ich kann spüren, wie meine Macht ständig wächst. Siehst du?"

Breena legte ihre Hände zusammen, und er spürte die Veränderung in ihr. Etwas Mächtiges und Ungreifbares bildete sich zwischen ihren Händen. Wuchs. Licht erstrahlte zwischen ihren Handflächen. „Ich kann meine Magie jetzt vollständig kontrollieren. Ich bin nicht mehr auf starke Gefühle angewiesen."

Seine Gedanken wanderten zu den starken Gefühlen, mit deren Hilfe sie die Spuren ihrer Magie vor den Blutkundschaftern am See verborgen hatten, und er hätte beinahe laut gestöhnt.

Die Kugel aus Licht wuchs, und Breena warf sie hoch in die Luft, wo sie sich in drei Bälle trennte. Mit einer Handbewegung schickte sie sie über den Himmel, und er sah ihnen nach, bis ihr Licht am Horizont verblasste. „Die sende ich meinen Brüdern." Ein Lächeln lag auf ihrem Gesicht. „Ich spüre, dass sie am Leben sind. Ich weiß es einfach."

Man hatte ihm diese unglaubliche Frau geschenkt. Bis zum letzten Atemzug wollte er an ihrer Seite bleiben.

„Der Mond ist voll heute Nacht", flüsterte sie.

Sein Herz klopfte, und er wurde hart. In einigen Augenblicken sollte sie für immer zu ihm gehören. Lachend hob sie ihre Röcke und rannte davon. „Ich gehöre dir, aber nur, wenn du mich fängst."

Osborn war zu schnell für sie und erfasste ihre Hände. „Versuch nur, vor mir davonzurennen."

Wie die meisten kleinen Mädchen hatte Breena sich oft ihren Hochzeitstag ausgemalt. Sie wollte ein atemberaubendes Kleid tragen, elegant, mit Perlen bestickt und mit einer langen Schleppe in den Farben von Elden. Ihr Mann wäre natürlich vornehm und gut aussehend, und nach dem Festmahl und dem Tanz würde er sie in sein Schloss mitnehmen.

Niemals hätte sie gedacht, dass der Mann, der eines Tages ihr Ehemann sein würde, lieber brummte, als zu tanzen. Heute Nacht jedoch trug sie das grüne Kleid, das ihr zukünftiger Mann für sie gekauft hatte, und das goldene Schlangenarmband um ihren Oberarm. Und es gefiel ihr besser als alle Hochzeitskleider, die sie sich je vorgestellt hatte.

Statt einer großen Halle, dicht besetzt mit einer langen Reihe von adeligen und wohlgeborenen Gästen, die höfischen Zeremonien zusahen, standen sie nur zu zweit, Hand in Hand, unter den Bäumen und einem Baldachin aus Sternen. Die Wirklichkeit mit Osborn war perfekter als alles, was sie sich je erträumt oder ausgemalt hatte.

Osborn, dieser wilde Berserker von einem Mann, liebte sie.

Als sie eine kleine Lichtung erreicht hatten, blieb er stehen, drehte sich zu ihr um und verschränkte seine Finger mit ihren.

Sie sah auf und keuchte erschrocken, als sie die Veränderung bemerkte. „Was ist mit deinem Haar passiert?" Osborns lange braune Locken waren verschwunden, sein Haar war kurzgeschoren.

„Noch eine Tradition meines Volkes. Am Hochzeitstag schneidet der Mann sich die Haare ab. Eine Zähmung, wenn du so willst."

Breena lachte. Sie bezweifelte, dass man diesen Mann zähmen konnte. Sein neues Aussehen war gewöhnungsbedürftig, aber es gefiel ihr auch.

Die Fältchen in seinen Augenwinkeln glätteten sich, und seine Miene wurde ernst. „Breena, meine Liebe. Ich versiegele mein Leben mit deinem."

So schlichte Worte. Keine ausgefeilten Eide, keine Schnörkel. Nur ein Mann, der die Frau, die er wollte, mit in die Natur nahm und sich ihr unter den Sternen und dem Mond erklärte. Eine Woge der Liebe und der Rührung trieb ihr die Tränen in die Augen. Aber sie würde nicht weinen. Ihr Krieger verdiente eine Kriegerin.

„Osborn, meine Liebe", sagte sie mit klarer, fester Stimme. Sie sah ihm in die braunen Augen und lächelte. „Ich versiegele mein Leben mit deinem."

Es war einmal eine wunderschöne Prinzessin, die nur in ihren Träumen wirklich lebte. Dann, eines Tages, wachte sie auf und war von drei grollenden Bären umgeben. Mit Geduld und Liebe zähmte sie den wildesten von ihnen, und mit einem Kuss verwandelte sie das Biest in einen Prinzen.

– ENDE –

Jessica Andersen / Nalini Singh
Royal House of Shadows 3&4: Das Herz des Werwolfs

Im magischen Elden herrschen Gewalt und Grausamkeit, seit der Blutzauberer das Königspaar stürzte. Nur die vier rechtmäßigen Thronerben können Elden retten. Doch ihnen allen wurde die Erinnerung geraubt.

Das Herz des Werwolfs

Als Reda durch ihr antikes Märchenbuch blättert, wird sie plötzlich in ein fernes magisches Land katapultiert. Unter dem Blutmond begegnet sie Dayn, dem verbannten Prinzen von Elden. Der furchteinflößende Herr über die Werwölfe weckt Redas tiefstes Verlangen. Doch wenn Dayn sein Ziel erreicht und nach Elden zurückkehrt, muss er sie verlassen. Für immer?

ISBN: 978-3-95649-760-5
9,99 € (D)

Lord der toten Seelen

Er ist ein Monster, das die Seelen gnadenlos in das Reich der Toten verbannt. Aber die schöne Liliana weiß, dass sich hinter der dunklen Rüstung aus Grausamkeit ein Herz aus Gold verbirgt. Wenn ihre Liebe ihn von seinem dunklen Fluch befreit, wird er mit seinen Geschwistern gegen Lilianas Vater, den mächtigen Blutzauberer, um Elden kämpfen.

Ab 05.02.2018

Gena Showalter
Die Herren der Unterwelt 13: Schwarzes Versprechen

Lazarus lebt nur für sein Königreich, über das er mit eisernem Willen herrscht. Bis er die junge Cameo trifft. Er will alles tun, um ihr ein Lächeln auf die Lippen zu zaubern ... und sie in sein Bett zu führen. Doch sie trägt den Dämon des Elends in sich und kann keine Freude empfinden. Wagt sie es dennoch, wird ihre Erinnerung daran gelöscht. Jeder Kuss, jede Berührung von ihm führt sie gefährlich nah an die Klippen des ewigen Glücks. Aber der Preis dafür ist hoch: Sie wird Lazarus für immer vergessen ...

ISBN: 978-3-95649-758-2
9,99 € (D)

Jeaniene Frost
Dämonenasche

Seit Jahren wird Ivy von Visionen heimgesucht: Sie sieht düstere Orte, bedrohlich nah und dennoch jenseits der Realität. Wird sie etwa verrückt? Plötzlich verschwindet ihre Schwester Jasmine und jemand versucht, Ivy zu töten. Aber der mysteriöse Adrian rettet sie und offenbart ihr die schockierende Wahrheit: Diese dämonische Parallelwelt existiert wirklich und Jasmine ist dort gefangen. Gemeinsam mit Adrian begibt sich Ivy auf die Suche nach einem alten Relikt, um Jasmine zu befreien. Was Ivy allerdings nicht weiß: Adrian, zu dem sie sich immer mehr hingezogen fühlt, ist vom Schicksal dazu bestimmt, im Krieg der Engel und Dämonen auf der anderen Seite zu kämpfen. Als ihr Todfeind ...

ISBN: 978-3-95649-215-0
10,99 € (D)

Jeaniene Frost
Dämonenrache

Bis vor Kurzem glaubte Ivy, ein ganz normales Mädchen zu sein. Doch nun weiß sie um ihre wahre Bestimmung, die Welt vor den Dämonen der dunklen Paralleldimensionen zu schützen. Mit der Hilfe des gefährlich attraktiven Adrian sucht Ivy nach der heiligen Waffe, mit der sie die Mächte der Finsternis in ihre Schranken weisen kann. Obwohl das Schicksal sie zu Todfeinden bestimmt hat, setzt Adrian alles daran, Ivys Liebe zu gewinnen – auch wenn er dafür Himmel und Hölle herausfordern muss …

ISBN: 978-3-95649-597-7

10,99 € (D)